Wenn nichts mehr so ist, wie es war...

Ina Lorenz

Wenn nichts mehr so ist, wie es war ...

Schicksalsroman

Engelsdorfer Verlag

Bibliografische Information durch
Die Deutsche Bibliothek:
Die Deutsche Bibliothek verzeichnet diese Publikation in der Deutschen Nationalbibliografie; detaillierte bibliografische Daten sind im Internet über http://dnb.ddb.de abrufbar.

ISBN 3-938607-97-1

Hergestellt in Leipzig, Germany (EU)
www.engelsdorfer-verlag.de

(D) 18,00 Euro

In Dankbarkeit für meine Tochter.
Mit ihrem Mut und ihrer Kraft gelang es mir,
mein Schicksal zu meistern.

Die Forderung,
die Illusion über seinen Zustand aufzugeben,
ist eine Forderung,
die der Illusion bedarf.

Karl Marx

Ich habe dieses Buch geschrieben, um Behinderten und deren Angehörigen einen Weg zu zeigen, niemals aufzugeben.

In diesem Buch schildere ich mein Leben in den vergangenen 22 Jahren. Alle Ereignisse und den Zeitablauf habe ich wahrheitsgetreu wiedergegeben.
Die Namen der beteiligten Personen habe ich geändert, um ihre Privatsphäre zu wahren.
Jede Ähnlichkeit, die der Leser zu erkennen glaubt, ist rein zufällig und unbeabsichtigt.

Die Autorin

PROLOG

Januar 2002

In wenigen Minuten wird man mich zum OP bringen.
Meine Schilddrüse soll entfernt werden. Und das mit fast 62 Jahren!
Ein Tumor wurde festgestellt. „Gutartig" lautet die Diagnose.
Ich habe keine Angst vor dem Eingriff.
Angst habe ich davor, dass meine ohnehin schon geschädigten Stimmbänder ihre Funktion völlig verlieren. Unvorstellbar für mich – ein Leben ganz ohne Stimme!
Aber ich muss positiv denken. Hier in der Universitätsklinik bin ich in den besten Händen.
Mein Entschluss steht fest: Wenn alles gut geht, dann schreibe ich einen Roman über mein Leben vor dieser OP.

Stunden später ...
Verschwommen erkenne ich neben mir die Umrisse einer Tür mit Milchglasscheibe.
Als „ITS" entziffere ich die Spiegelschrift.
Eine Krankenschwester beschäftigt sich mit dem Infusionsständer an meinem Bett.
„Was ist mit meiner Stimme?", flüstere ich mühsam diese für mich so bedeutungsvollen Worte.
„Alles verlief gut!", lächelt die Schwester.
„Jetzt kann ich mein Buch schreiben", stöhne ich erleichtert.
Die Schwester sieht mich ungläubig an. Wie sollte sie das auch verstehen?

1

Zweiundzwanzig Jahre sind vergangen. Eine lange Zeit. Geprägt von großer nervlicher und seelischer Belastung. Unzählige Aufregungen, Niedergeschlagenheit und Verzweiflung wurden abgelöst von ständig wiederkehrender Hoffnung auf die Rückkehr in mein früher so ausgeglichen sorgloses Leben.
Je mehr ich versuche, die Vergangenheit aus meinem Gedächtnis zu verdrängen, desto deutlicher werden die Erinnerungen an diese zurückliegenden Jahre.

Sylvester 1979/80. Wie schön hatten wir uns diesen Tag vorgestellt!
Schon im September hatte mein Mann Eintrittskarten für die Silvesterparty in der einzigen Nachtbar unserer „Großstadt" besorgt. „Ein Glückstreffer!", meinte Gert stolz.
Entsprechend groß war unsere Vorfreude. Mit unseren besten Freunden, Carola und Martin, wollten wir das neue Jahrzehnt begrüßen.
Aber es kam anders.
Ein plötzlich auftretender Schmerz in der Halswirbelsäule zwang mich, meine Hausärztin aufzusuchen. Bereits seit Anfang Dezember hatte mich Frau Dr. Neuder mittels einer unförmigen Halskrause und Medikamenten außer Gefecht gesetzt.
Da ich trotz Krankschreibung täglich bis 18 Uhr Ausgang hatte, besuchte ich oft meine Arbeitskollegen im Institut.
Hier hatte ich das Gelächter auf meiner Seite! Die Halskrause und meine merkwürdig steifen Bewegungen sorgten für allgemeine Erheiterung.
„Dich hat es ja tüchtig erwischt!", stellte Ilse fest. „Du hättest dich schon früher krankschreiben lassen sollen!", wurde ich getadelt. „Sieh zu, dass du zum Jahresanfang wieder gesund bist!"
Wir hatten alle ein gutes Verhältnis zueinander, waren nahezu im gleichen Alter und hatten somit auch ähnliche Probleme mit unseren fast erwachsenen Kindern. Oft wurde darüber ausgiebig diskutiert.
Statt der erhofften Besserung wurden die Schmerzen in meiner Halswirbelsäule kurz vor dem Weihnachtsfest nahezu unerträglich. Schon die kleinste Bewegung wurde zur Qual. Die Vorbereitungen für das Fest fielen mir zunehmend schwer.
„Ich gehe noch mal mit dir zu Frau Dr. Neuder", beschloss Gert. „Sie muss das anders behandeln! Diese Schmerzen dauern doch schon viel zu lange!" Gert war besorgt. Also fuhren wir zur Poliklinik, obwohl ich erst in der darauf folgenden Woche bestellt war.
Zwei Stunden saßen wir neben hustenden, Grippe kranken Patienten im überfüllten Wartezimmer.
Die Untersuchung bei der Ärztin war kurz und flüchtig. „Ich habe Ihnen doch gesagt, dass es eine sehr langwierige Sache ist!", wies sie mich zurecht. „Aber wir versuchen es trotzdem mal mit Manualtherapie." Ich musste mich auf einen kleinen Hocker setzen. Eine junge Sprechstundenschwester fixierte meine Schultern. Frau Dr. Neuder nahm meinen Kopf zwischen ihre Handflächen, beugte und drehte ihn hin und her. Danach musste ich den Kopf fest gegen den Widerstand ihrer Hände drücken. Obwohl dies alles vorsichtig geschah, war es sehr schmerzhaft.
„Du bist ja ganz blass! Geht es dir noch schlechter?" Gert sah mich erschrocken an, als ich aus dem Behandlungszimmer kam. Jeder Schritt wurde nun zur Anstrengung für mich.
Kurz vor unserem Auto wurde mir plötzlich übel. Alles drehte sich. Hätte Gert mich nicht gehalten, dann wäre ich gestürzt.

Zu Hause ging ich sofort ins Bett. Ich schlief tief und fest bis zum Morgen. Gert weckte mich, bevor er zum Dienst fuhr.
Gemeinsam mit Carsta, unserer Tochter, hatte er alles so vorbereitet, dass ich mich tagsüber ausruhen konnte. Ich beruhigte beide. Es ging mir wesentlich besser als am Vortag.
Carsta frühstückte mit mir, bevor sie zur Medizinischen Fachschule ging, nur wenige Meter von unserem Haus entfernt.
Jetzt dachte ich wieder daran, wie schnell doch die Zeit vergangen war. In einigen Monaten wurde Carsta siebzehn Jahre alt. Sie wollte ganz gegen meine Pläne OP-Schwester werden. Dafür hatte sie eine dreijährige Fachschulausbildung mit Praktikum im Bezirkskrankenhaus begonnen. Aus meiner früheren Tätigkeit im Kliniklabor wusste ich vom anstrengenden Dienst der Krankenschwestern. Carsta schlug jedoch alle meine Argumente in den Wind und setzte sich mit der Unterstützung ihres Vaters durch.

Bis zum Weihnachtsfest ging es mir von Tag zu Tag besser. Nur längeres Stehen löste das merkwürdige Schwindelgefühl wiederholt aus. Daran wurde ich peinlich erinnert, als ich mich einer langen Warteschlange anschloss, um Apfelsinen zu kaufen. Enttäuscht musste ich mit leerem Einkaufsbeutel wieder nach Hause gehen.
Aber am Nachmittag überraschte mich Gert. Er brachte Südfrüchte mit, die er in der Verkaufsstelle seines Werks erstanden hatte.
Gesteigert wurde unsere Freude noch durch das riesige „Westpaket“, das kurz vor dem Fest eintraf. Es kam von Gerts Vater, der in der BRD lebte, und dort das zweite Mal verheiratet war. Opa Max und Oma Emmi verwöhnten uns nahezu mit ihren wertvollen Geschenken.
Das Auspacken wurde auch diesmal wieder zur wahren Zeremonie. Neben dem begehrten Bohnenkaffee, duftender Seife, Gebäck, Schokolade und vielen weihnachtlichen Süßigkeiten gab es für Carsta einen modernen Jeansoverall, der ihr ausgezeichnet gut stand. Gert bekam Zigaretten und die gewünschte Velours-Lederjacke. Staunend betrachtete ich ihn bei der Anprobe. „Du siehst toll aus, Papi!“, bestätigte auch Carsta. Sie hatte inzwischen das Geschenk für mich entdeckt. Ein hübsches, dunkelgrünes, enges Jeanskleid mit einem dünnen Rolli, den ich darunter tragen konnte. Nur zu gern hätten Carsta und ich diese Sachen anbehalten. Aber das waren Weihnachtsgeschenke, die vorerst unter dem Tannenbaum platziert werden sollten.

Die Feiertage mit meinen Eltern und Schwiegereltern verliefen fröhlich und harmonisch und immer im „Doppelpack“, denn auch Gerts Mutter war wieder verheiratet.
Carsta unterschied ihre drei Omas und Opas, indem sie allen die Vornamen hinzufügte.

Gert nahm zwischen Weihnachten und Neujahr Urlaub. Carsta hatte Ferien. Alles wäre perfekt gewesen, wenn ich nicht unsere Silvesterfeier verpatzt hätte!
„Hör doch auf mit deinen Selbstvorwürfen“, tadelte mich Gert. „Wenn sie es verantworten könnte, hätte dich deine Ärztin bestimmt gesund geschrieben.“
Insgeheim gab ich Gert Recht, denn die Schmerzen der Halswirbelsäule waren noch nicht ganz abgeklungen. Er tröstete mich damit, dass er mir für den Silvesterabend eine Überraschung versprach. Und tatsächlich kamen Carola und Martin mit Getränken, einem Nudel- und Heringssalat, den Carola so köstlich zubereitete.

„Sei nicht traurig", Martin schmunzelte schelmisch und nahm mich in die Arme. „Wir haben die Silvesterkarten Gewinn bringend verkauft." Er reichte mir zwei Flaschen. „Das ist ja Russischer Sekt! Wo habt ihr den denn her?", fragte ich und sah verblüfft auf diese Rarität. „Beziehungen!", erwiderte Gert gutgelaunt. In der Speisekammer hatte er noch eine große Ungarische Salami versteckt, die er jetzt stolz präsentierte.
Zum Jahresabschluss hatte er seinen selbstgemauerten Kamin sorgfältig mit Birkenscheiten bestückt. Gemütlich knisternd verbrannte das Holz. Ein angenehmer Duft und wohlige Wärme verbreiteten sich im Wohnzimmer.
Es wurde eine lustige Silvesterfeier. Punkt zwölf Uhr knallten nicht nur die Sektkorken, sondern auch Feuerwerkskörper vor dem Haus.
Für das neue Jahrzehnt wünschten wir uns wie üblich Glück und Gesundheit.
Im feuchtfröhlichen Trubel der vielen Nachbarn hatten wir nicht bemerkt, dass Carsta verschwunden war. Carola entdeckte sie schließlich bei Jörg, einem gleichaltrigen Jungen aus dem Nachbarhaus. Mit ihm war Carsta seit zwei Jahren befreundet.
Gegen zwei Uhr verabschiedeten wir uns von ihr und marschierten zu viert – noch etwas beschwipst – durch die Stadt zu meinen Eltern, um auch ihnen Glück zu wünschen.
Als wir nach Hause kamen, schlief Carsta bereits.

Am Neujahrstag fing es leicht an zu schneien. „Wir könnten zum Wochenendhaus fahren, wenn es für dich nicht zu anstrengend ist", schlug Gert beim Kaffeetrinken vor.
Carsta sah mich an. „Bitte, Mami, das wäre klasse! Dort liegt bestimmt Schnee!"
„Natürlich fahren wir. Behandelt mich nicht wie eine Schwerkranke!", verteidigte ich mich lachend. Vor dem geplanten Winterurlaub mussten wir dort noch nach dem Rechten sehen.
Die Fahrt durch den verschneiten Wald war herrlich. Wir ließen das Auto an der Dorfstraße stehen, da der Feldweg zur Bungalowsiedlung nicht geräumt war. Der kurze Fußmarsch in der klaren Winterluft tat gut! Carsta veranstaltete mit ihrem Vater eine Schneeballschlacht. Die beiden alberten mal wieder wie die Kinder. Vor Lachen kam ich kaum vorwärts.
Der Knöchel hohe Schnee machte mir doch mehr zu schaffen, als ich anfangs angenommen hatte.
Im Haus und auf dem Grundstück war alles in Ordnung. Gert nahm es mit dem Winterfestmachen immer sehr genau. Das Wasser war abgestellt und abgelassen. Nichts konnte einfrieren. Alle jungen Sträucher und Bäumchen hatte ich mit Wachs gegen Wildverbiss geschützt. Überall sahen wir Spuren von Hasen und Rehen. Aber nichts war angeknabbert. Übermütig schüttelte Carsta die Schneelast von den Ästen der Blaufichten.
Die Säulenwacholder waren fürsorglich zusammengebunden.
Gert plauderte im Ort noch mit einigen Bekannten. Carsta besuchte Frau Ostmann, die allein in ihrem Häuschen am Dorfende wohnte. Zwischen Ziegen, Schweinen, Hühnern, Enten, Katzen, einem Hund und einem alten Gaul fühlte sich unsere Tochter seit acht Jahren bei Frau Ostmann wie zu Hause.
„Alles Gute und beste Gesundheit für 1980!", riefen wir ihr zu. „Wir melden uns, wenn wir aus dem Winterurlaub zurück sind!" Am Fenster winkte sie fröhlich, als unser Auto sich in Bewegung setzte.

Der folgende Tag wurde recht hektisch für mich. Nachdem Gert zum Dienst gefahren und auch Carsta aus dem Haus war, machte ich mich auf den Weg zur Poliklinik. Frau Dr.

Neuder untersuchte mich flüchtig und schrieb mich dann wieder arbeitsfähig. Mir war das recht, denn so blieb mir vor dem Urlaub noch genügend Zeit, um das Wichtigste mit meiner Vertretung zu regeln.
Meine Arbeit als Laborleiterin machte mir großen Spaß, und ich freute mich auf meine Kolleginnen und Kollegen. Auf dem Weg zum Institut kaufte ich ein großes Paket Kuchen für ein gemeinsames Frühstück.
„Das wird ja Zeit!", empfing mich Helga. „Hast du dich endlich von der tollen Halskrause getrennt? Stand dir aber gut – das Unikum!"
„Spottet nur!", konterte ich lachend. „In zwei Wochen seid ihr mich wieder los! Dann werde ich beim Skifahren an euch denken!"
Nach der fröhlichen Frühstückspause ging ich zur BGL, um die Ferienschecks abzuholen. Die anschließende Aussprache mit Carstas Klassenlehrer war weniger erfreulich. Ich musste eine Stunde warten, bevor er mich anhörte. Aber Carsta brauchte für den Urlaub eine Freistellung vom Unterricht.
Aufdringlich musterte mich der Mann. Ich hielt seinen Blicken stand.
„Sie wissen, dass erst im Februar Ferien sind. Wenn wir mit Ihrer Tochter eine Ausnahme machen sollen, dann muss sie den versäumten Unterrichtsstoff selbst nachholen und während der Ferien im Pflegeheim arbeiten!" Ich glaubte, ein höhnisches Grinsen im Gesicht meines Gegenübers zu entdecken und antwortete schnell, bevor er noch zynischer wurde.
„Diesen Bedingungen wird meine Tochter natürlich nachkommen! Vielen Dank für Ihr Verständnis!" Er gab mir die schriftliche Zustimmung und ich verabschiedete mich höflich, obwohl mir dieser Mensch ausgesprochen unsympathisch war.

Am Nachmittag diskutierte Carsta mit mir über das Ergebnis dieser Unterredung.
„Das ist eine echte Erpressung!", schimpfte sie. „Weißt du, welche katastrophalen, schlimmen Zustände im Pflegeheim herrschen! Niemand will dort arbeiten! Es ist gemein, dass ich jetzt einen zusätzlichen Einsatz machen soll!"
„Ich weiß, dass die Patienten im Pflegeheim nicht ordentlich versorgt werden", pflichtete ich ihr bei. „Sicher liegt das auch am Personalmangel. Da könnt ihr Schülerinnen doch helfen."
Zu meinem Glück kam Gert in diesem Moment. „Na, ich dachte, der Kaffeetisch ist schon gedeckt!", rief er zur Tür herein und beendete damit das leidige Thema.
„Was hat deine Ärztin gesagt?", wollte Gert wissen, während er den restlichen Weihnachtsstollen sorgfältig in gleichmäßige Scheiben zerlegte. „Es ist alles in Ordnung. Morgen gehe ich wieder arbeiten. Im Institut war ich bereits. Die Freistellung für Carsta habe ich auch bekommen." Darauf erntete ich einen missbilligenden Blick. „Das finde ich aber sehr voreilig!", murrte Gert. „Du hättest dich lieber noch etwas schonen sollen. Zu Hause hast du ja vor dem Urlaub auch noch allerhand zu tun!"
„Ich schaff das schon. Mach dir darüber keine unnötigen Gedanken", verteidigte ich mich. „Im Labor gibt es auch einiges zu regeln. Ich war lange genug zu Hause und möchte beruhigt in den Urlaub gehen. Du weißt ja selbst, wie das ist."
Gert war seit einigen Jahren Abteilungsleiter.
„Ich gebe auf!", meinte er lachend und fragte Carsta nach ihrem Tag.

Die letzten Arbeitstage vergingen wie im Flug. Kurzzeitig spürte ich wieder diese bekannten Schmerzen im Nacken. Möglicherweise ist daran Zugluft schuld, überlegte

ich. Denn unmittelbar neben meinem Schreibtisch im Labor stand die Klimatruhe. Wenn sich dieses Ungetüm einschaltete, wehte es kalt an mir vorbei. Nach dem Urlaub wollte ich diese Sache verändern.
Jetzt hab ich herrliche vierzehn Tage Zeit zur Erholung mit Gert und Carsta, dachte ich auf dem kurzen Heimweg.
Unser Auto stand bereits vor dem Haus. Gert hatte die neuen „Loipe-Skier“ schon auf dem Dachgepäckträger befestigt.
Schon an der Flurtür hörte ich Gert mit Carsta diskutieren. „Ihr habt mal wieder den ganzen Kleiderschrank eingepackt!“
„Aber Papi, deine dicken großen Pullover nehmen doch den meisten Platz weg!“ Carsta boxte ihren Vater schelmisch in den Arm. „Diese beiden Koffer reichen eh' nicht!“
„Seid ihr fertig?“ Ich wollte die beiden erschrecken. Gert zuckte tatsächlich zusammen. „Im Bad stehen noch die Plastetüten mit den Skischuhen.“
„Also, ich werde wohl zum nächsten Winterurlaub einen Anhänger kaufen müssen“, witzelte Gert. Er war auch schon in Urlaubsstimmung.
Bevor er alles ins Auto packte, fuhren wir zu unseren Eltern, um uns zu verabschieden. Carsta erhielt wie gewohnt ein Taschengeld und einen riesigen Beutel mit Naschereien.
„Und schreibt gleich! Fahrt vorsichtig! Ihr wisst, wir machen uns Sorgen. Erholt euch gut. Kommt gesund wieder!“ Es waren die besorgten Worte und gut gemeinten Wünsche wie vor jedem Urlaub.

2

Morgens gegen fünf Uhr fuhren wir los. Eine etwa dreistündige Fahrt auf der Autobahn lag vor uns. Dann waren es nur noch etwa 30 km bis zum Ferienheim. Auf der Autobahn kamen wir schneller voran als gedacht. Aber die Straßen im Gebirge waren streckenweise Schnee verweht und Gert konnte nur sehr langsam fahren.
Die letzten Kilometer führten sehr steil und kurvenreich bergan. Über beängstigend vereiste Bahngleise gelangten wir zu einer winzigen, idyllischen Gaststätte, die zu einem FDGB-Ferienheim umfunktioniert war.
„Oh Gott – diese Straße!“, stöhnte ich und dachte mit Herzklopfen schon an die Rückfahrt.
„Wir kommen da auch wieder runter!“ Gert legte seinen Arm um meine Schultern.
Carsta hatte bereits mit einem molligen schwarzen Kater Freundschaft geschlossen.
„Wir sind die Ersten“, stellte Gert fest. „Es scheinen noch keine weiteren Gäste hier zu sein.“
„Das hat den Vorteil, dass Sie unsere einzige Garage bekommen!“, erklärte uns der freundliche Objektleiter, als er uns ein „Herzlich Willkommen!“ zurief.
Unser Dreibettzimmer war einfach, aber gemütlich eingerichtet und befand sich direkt unter dem Dach. Aus dem winzigen Fensterchen bot sich eine bezaubernde Aussicht auf die tief verschneiten Wälder bis hinab ins Tal, wo das kleine Dörfchen lag.
Gert hatte die Koffer nach oben getragen. Carsta wollte mir beim Auspacken helfen, aber sie kam erst, als ich damit schon fertig war. „Papi kämpft unten mit den Skiern. Sie sind mit den Riemen am Dachgepäckträger festgefroren!“, wurde mir aufgeregt berichtet.

„Und du hast offensichtlich mit dem Kater gekämpft!“ Ich deutete auf die zerkratzten Hände Carstas. Statt zu antworten, zog sie mich aus dem Zimmer. „Sieh dir mal das Haus an! Toll ist es hier!“
Im Erdgeschoß war ein kleiner Aufenthalts- und Speiseraum. Daneben bewunderten wir einen großen, altertümlichen Saal mit einem antiken Bücherschrank, einer Tischtennisplatte und einer Musikbox.
Inzwischen hatte Gert unsere Skier vom Eis befreit und im Hausflur abgestellt.
Bei der Anmeldung erzählte uns der Wirt, dass in den nächsten Tagen starke Schneefälle erwartet werden.
„Kommt dann ein Schneepflug oder Räumfahrzeug?“, wollte ich wissen.
„Nee, nee, junge Frau – der Schneepflug fährt nur am An- und Abreisetag der Urlauber!“, lautete die etwas verlegene Auskunft.
„Oh je! Hoffentlich kommen wir dann heil wieder runter!“
„Du und dein Pessimismus!“, neckte mich Gert. „Der Schnee ist weich. Das gibt keine Beule im Auto!“
Bis Mittag waren alle Gäste eingetroffen. Leider war niemand im Alter unserer Tochter dabei.
„Na, da werde ich mich mit euch begnügen müssen.“ Carsta hob feixend die Arme.
„Du! Sei froh, dass wir dich mitgenommen haben!“, rückte ich sie lachend zurecht, während Gert mich anstupste. Er wusste, wie das gemeint war. Vielleicht würden wir zum nächsten Urlaub schon allein fahren. Und doch mochten wir daran noch nicht denken.
Am Nachmittag nahmen wir die steile Abfahrt ins Dorf in Angriff. Unsere Langlaufski waren dazu nicht gerade gut geeignet. Mittels einer „Notbremsung“ auf dem Hosenboden konnte ich einem Gatterzaun nur knapp ausweichen, während Carsta mit ihrem Vater lachend an mir vorbeisauste. An der Straße warteten sie auf mich.
„Wir sind gut! Stimmt's, Mammi?“, lobten sich die beiden.
„Ach, ich wollte euch nur vor dem Zaun warnen. Demnächst fahrt ihr voraus. Dann lache ich über eure Fahrkünste!“, begründete ich meine Blamage.
Im Dörfchen suchten wir vergeblich nach einem Postamt. Eine junge Frau erklärte uns schließlich, dass wir in der Bäckerei ein Telegramm aufgeben könnten.
„Wer hätte das gedacht“, bedankte sich Gert. Freundlich gab die Verkäuferin die Telegramme an unsere Eltern auf und verkaufte uns außer frischen Kuchen noch Ansichtskarten und eine Wanderkarte der Umgebung.
Wir waren gerade im Begriff, wieder auf die Ski zu steigen, da rief die Bäckersfrau uns zu: „Mit den schmalen Bretter'ln werden's Schwierigkeiten haben beim Aufstieg zum Gasthaus!“ Sie wies uns einen schmalen Weg, der durch den Wald zum Ferienheim führte.
„Da brauch'ns zwar eine Stunde bis 'nauf, aber der Weg steigt nur leicht an.“ Wir nahmen den Vorschlag dankend an.
Nur Carsta maulte: „Die denkt wohl, wir sind Anfänger!“ Doch sie kam mit und verdrückte im Laufen gleich zwei Stück vom leckeren Kuchen.
Die Wanderung durch den tief verschneiten Wald war märchenhaft schön! Hier herrschte eine herrliche Ruhe. Die Tannen hatten schwer an ihrer Schneelast zu tragen. Tief hingen die Äste herab. Carsta nutzte dies und rüttelte mit ihrem Skistock an einem Zweig, sodass Gert und ich die weiße Pracht ins Gesicht bekamen. „Na warte! Ich werde mich rächen!“, sagte da Gert und jagte unserer davon eilenden Tochter nach.

Wir hatten viel Spaß. Die erholsamen Tage vergingen viel zu schnell. Täglich waren wir mit den Skiern unterwegs und kannten bald die ganze wunderbare Umgebung, die für den Langlauf wie geschaffen war. Die Waldwege waren zwar teilweise schlecht ausgeschildert und oftmals irreführend, doch wir hatten ja Zeit und kamen auch auf Umwegen ans Ziel.
Ärgerlich war nur, wenn wir Gaststätten ansteuerten, die gerade Ruhetag hatten oder uns mit dem Schild „Wegen Krankheit geschlossen" begrüßten. Davon fühlte sich Gert am meisten betroffen, weil er auf seinen geliebten Grog verzichten musste.
In der zweiten Urlaubswoche hatte Carsta für die Abende zwei Tischtennispartner gefunden. Wir plauderten dann bei einem Glühwein mit einem sehr netten Rentnerehepaar.
Beide waren Ende sechzig und liefen noch fabelhaft Ski. Insgeheim waren sie Vorbild für uns. Als die beiden Wenzels schließlich von ihren Reisen in die BRD erzählten, kam es zum regen Erfahrungsaustausch. Als Rentner waren sie in der beneidenswerten Lage, ihre Söhne in der BRD besuchen zu dürfen.
„Dieses Warenangebot in den Supermärkten! Man kann sich das einfach nicht vorstellen!", schwärmte Frau Wenzel.
„Da sind wir schon glücklich, wenn wir von meinem Vater Geld für Einkäufe im Intershop bekommen", warf Gert ein.
„Oma Emmi und Opa Max werden uns im Frühjahr besuchen", meldete sich unsere Tochter. Sie hatte einen Teil unserer Unterhaltung mitgehört. „Schade, dass wir sie nicht besuchen dürfen!" Da niemand widersprechen konnte, rettete Gert die Situation mit einem Ulk.
„Auch du wirst einmal Rentnerin! Dann darfst du fahren!" Carsta schüttelte den Kopf.

„Übermorgen geht es heimwärts", stellte ich tags darauf am Frühstückstisch fest.
„Vielleicht auch nicht!" Carsta sah hinunter zur Straße. „Wenn es nicht bald aufhört, dann schneien wir ein!"
„Damit ist nicht zu spaßen", schimpfte ich. „Denk daran, dass wir erst mal heil ins Dorf runterkommen müssen."
Sogar das Versorgungsfahrzeug war im tiefen Schnee stecken geblieben. Und alle verfügbaren Männer mussten den Lkw anschieben.
Am Abend gaben unsere Urlaubsfreunde ihre Abschiedsrunde. „Im Sommer fahren wir zu unserem ältesten Sohn in den Schwarzwald", schwärmte Herr Wenzel.
Die beiden Söhne waren kurz vor dem Mauerbau nach drüben gegangen und hatten es nicht bereut. Beiden ging es sehr gut. Sie waren selbstständig.
„Ach, wir sind leidenschaftliche Zelter", erzählte Gert nicht ohne Stolz. „Seit zwanzig Jahren fahren wir zum Sommerurlaub an die Ostsee."
„Stimmt nicht ganz!" Carsta erhob Einspruch. „Ein Jahr habt ihr wegen meiner Ankunft pausiert!" Da brachen alle in schallendes Gelächter aus.
„Wir sitzen hier im tiefen Schnee und träumen vom Sommerurlaub." Frau Wenzel rief uns in die Gegenwart zurück. „Laut Wetterbericht ist es auch im Tiefland noch frostig kalt."
„Da sind im Park die Teiche zugefroren und wir können alle drei noch mal Schlittschuh laufen", Gert sah uns schelmisch an. „Die Zeit müssen wir nutzen!"

„Unsere Freizeit findet eben nur in der DDR statt", erklärte ich dazu. „Aber wenn Carsta ihre Ausbildung abgeschlossen hat, dann wollen wir auch mal ins Ausland fliegen. Bulgarien, Rumänien - vielleicht zum Schwarzen Meer."
„Sie sind noch jung, haben das ganze Leben noch vor sich. Wir müssen mit unseren Kräften schon haushalten", sagte Frau Wenzel.
Wir protestierten. „Wenn wir im Rentenalter noch so gesund und agil sind wie sie beide, dann schätzen wir uns glücklich!"
„Darauf und auf den schönen Urlaub trinken wir!" Gert hob sein Glas.
Als wir dann nach oben gingen, sagte Gert nachdenklich: „Wir könnten noch mehr für unsere Gesundheit tun. Die beiden Wenzels sind mir richtig zum Vorbild geworden."
„Das tun wir doch", gab ich zur Antwort und meinte damit unsere gesunde Ernährung und die vielseitige sportliche Betätigung.
„Das allein genügt nicht", Gert legte den Arm um mich und schob mich hüpfend die letzten Stufen hinauf. Ich musste laut lachen. „Sei nicht albern! Was meinst du denn noch?"
„Ich bin jetzt ganz ernst!", kam die Antwort.
„Huch, das kommt mir bekannt vor!", ich stolperte. Gert lachte ebenfalls, hielt mich aber fest.
„Pass auf ... Du musst unbedingt bald zu einem Facharzt gehen! Lass dich gründlich untersuchen. Du hast so oft Kopfschmerzen. Und nun auch noch diese Beschwerden mit deiner Halswirbelsäule. Das hat sicher eine Ursache. Diesmal gebe ich nicht nach, bevor das nicht geklärt ist!"
Inzwischen waren wir im Zimmer angekommen. Carsta schlief schon.
„Aber das hat Zeit. Mir geht es jetzt wieder gut. Lass uns den Urlaub genießen", lenkte ich ab, „außerdem haben wir bald eine perfekte Krankenschwester in der Familie."

Für den letzten Urlaubstag war eine Skiwanderung zum nächst größeren Kurort vorgesehen.
Gleich nach dem Frühstück brachen wir auf. Nach Gerts Auskunft war dort ein großes, komfortables Kurheim für Regierungsmitglieder, Armeeangehörige und verdienstvolle Genossen.
„Also gebt euch Mühe! Damit ihr dort auch mal Kuren dürft!", spottete unsere Tochter schelmisch. Wir wussten nur zu gut, wie sie das meinte. Deshalb landete der Skistock ihres Vaters auf ihrem Hinterteil.
Wir liefen etwa eine Stunde durch hohen Tannenwald. Keine Skispuren waren zu sehen. Während der vergangenen Nacht hatte es ununterbrochen geschneit.
„Hoffentlich verlaufen wir uns nicht", gab ich zu bedenken, denn wir trafen auf keine anderen Urlauber.
„Aber Mami! Wie kannst du denn zweifeln! Bei dem tollen Wanderführer ist das doch völlig ausgeschlossen!" Carsta saß der Schalk im Nacken.
Gert stellte sich ihr in den Weg, sodass sie über ihre eigenen Bretter stolperte ...
„Guck lieber auf die Wanderkarte, Papi!"
„Bleibt mal stehen!", rief er, als wir aus dem Wald kamen und auf eine Lichtung stießen. „Hier mache ich ein Foto."
Ich fand die Aussicht fantastisch. Nur Carsta spöttelte. „Das wird ein Kitschbild." Sie verzog ulkig das Gesicht. „Drei Spuren im Schnee, Futterkrippe für Hirsch und Reh und blauer Himmel."

Die Wegweiser an den Bäumen waren recht unkenntlich. Gert studierte die Wanderkarte.
„Gleich werden wir die Stadt sehen“, verkündete er uns. „Also ... Wir können links durch den Wald die steile Abfahrt nehmen ... Oder geradeaus über die Wiese hinunter laufen. Ich überlasse euch die Entscheidung.“
„Ich wäre für die Wiese!“ Carsta meldete sich mit erhobenem Skistock.
Das war mir recht, denn diese Abfahrt schien gemütlich sanft.
„Papi hat versprochen, mit uns ganz toll essen zu gehen. Also auf zum Kurhotel! Oder dürft ihr normalen Durchschnittsbürger da nicht rein?“
„Wenn du mich ärgerst, dann lasse ich dich draußen, mein Fräulein!“, gab Gert zur Antwort.
Die Neckerei der beiden lenkte mich davon ab, dauernd daran zu denken, dass das vorerst unser letzter Urlaubstag war.
„Euer Wunsch ist mir Befehl! Runter über die Wiese. Weil ich ja Kavalier bin, fahre ich voraus und mache euch eine feine Spur!“, übermütig schwang Gert seine beiden Skistöcke und ließ sich langsam abwärts gleiten.
„Geht's nicht schneller?“, drängelte Carsta. Sie wäre ihrem Vater gern auf die Fersen gerutscht.
„Lass Papi lieber erst runter“, hielt ich sie zurück. „Wir sind schneller, wenn wir in seiner Spur fahren.“
Scheinbar war dort unten ein Hindernis, denn Gert stand plötzlich quer. Er hatte angehalten und rief uns zu: „Fahrt langsam, wenn ihr nicht baden wollt! Hier plätschert es. Hinter der Schneewehe ist ein kleiner Bach!“
Von oben war das nicht zu erkennen. Aber unsere Tochter war schon unterwegs. Wie konnte das auch anders sein? Und ich als Dritte in größerem Abstand hinterher. Kurz vor dem Bach wollte Carsta elegant anhalten, legte sich aber bei diesem Versuch in voller Länge vor das gluckernde Rinnsal, was ein furchtbares Schimpfkonzert zur Folge hatte.
„Mist! In deiner Spur kann ich nicht fahren!“
Am Bach schien es sehr glatt zu sein. Vergeblich versuchte Carsta, auf die Beine zu kommen.
Der Anblick war dermaßen drollig, dass ich vor Lachen taumelte und über ihre Ski stürzte.
„Warum macht ihr denn solch ein Knäuel?“, erheiterte sich Gert über unser Missgeschick.
„Da werde ich euch mal entwirren“, feixte er mit seinem trockenen Humor und stakte zu uns.
Beim Fallen hatte sich meine linke Hand in der Schlaufe des Skistocks verfangen.
Während wir, noch immer lachend, unsere Anzüge vom Schnee befreiten, spürte ich, wie die Hand schmerzte und anschwoll.
„Hoffentlich ist nichts gebrochen!“, befürchtete Carsta besorgt. Das wäre das kleinere Übel, dachte ich. Denn bei diesem kuriosen Sturz war mein Kopf ruckartig nach hinten gefallen. Ein kurzer Schmerz, dann ging es wieder. Aber jetzt, als ich stand, wurde mir übel und alles drehte sich um mich herum.
„Du bist ja ganz blass!“ Gert sah mich erschrocken an. „Schmerzt die Hand so sehr?“
„Das muss geröntgt werden!“, war Carstas fachkundige Anordnung.
„„Ach, das ist doch übertrieben“, lenkte ich ab. „Laufen wir weiter! Wir wollen doch fein essen gehen!“

Von den dumpfen Schmerzen im Nacken sagte ich nichts. Dieses Gefühl war mir bekannt, es vergeht sicher bald – dachte ich. Ich wollte uns nicht den letzten Urlaubstag verderben.
Gert nahm mir einen Skistock ab. Langsam liefen wir am Bach entlang bis zum Ortsanfang.
In der Kureinrichtung stand ein Hotel am anderen. Wir entschieden uns schließlich für einen älteren Gasthof mitten im gepflegten Kurpark.
„Hier würde ich auch gern mal meinen Urlaub verbringen", schwärmte Carsta.
„Such dir dafür einen Mann, der dir das ermöglicht", flüsterte ich ihr zu.
Inzwischen hatte Gert die Bestellung für das Mittagessen aufgegeben.
„Deine Hand wird ja immer dicker. Was machen wir nun?" Er beobachtete, welche Mühe ich hatte, beim Essen die Gabel zu halten. „Wir gehen gleich hier zu einem Arzt!"
Carsta bewegte vorsichtig meinen Ringfinger. Das tat weh. Aber die Halswirbelsäule schmerzte weitaus heftiger. Nur nichts anmerken lassen, dachte ich unentwegt.
„Einverstanden! Suchen wir einen Arzt auf!", sagte ich und tat gleichgültig. „Ihr gebt ja doch keine Ruhe." Der Kellner erklärte uns den Weg.
Das Schild am Gartentor „Nur für Kurgäste" schreckte mich ab. Aber Gert und Carsta marschierten schnurstracks und wie selbstverständlich in die schöne, alte Villa und bugsierten mich ins Wartezimmer.
Das war leer! „Hier ist niemand krank!", stellte ich fest.
Da erschien auch schon eine Schwester. Sie musterte uns und hätte uns sicher abgewiesen, wenn Gert nicht eindringlich mit ihr diskutiert hätte
Wenige Minuten danach wurde ich ins Behandlungszimmer gerufen. Der junge, auffallend gut aussehende Arzt war mir unsympathisch. Er saß hinter einem gewaltigen Schreibtisch und hielt die Arme hinter dem Kopf verschränkt. Der Schönling tat überheblich, hörte sich aber meine Beschwerden an. Ohne sie anzufassen sah er flüchtig auf meine geschwollene Hand und schickte mich zum Röntgen ins Nebenzimmer. Die Aufnahme bestätigte zum Glück nur einen Bandabriss. Auf meine Nackenschmerzen ging hier niemand ein. Also war das auch nicht von Bedeutung, beruhigte ich mich.
Ohne sich vom Schreibtisch zu erheben, entließ mich der Arzt mit dem Hinweis, ich solle mich daheim von meinem Hausarzt behandeln lassen.
„Seid ihr nun beruhigt?", scherzte ich, als wir in der herrlich klaren Winterluft zum Ferienheim zurück wanderten. Carsta studierte das Röntgenbild. „Die Hand muss sicher gegipst oder bandagiert werden", sagte sie.
„Du gehst gleich zu Frau Dr. Neuder, wenn wir zu Hause sind!"
Ich kannte Gerts Hartnäckigkeit und versprach es.

Die restlichen Stunden dieses letzten Urlaubstages waren ausgefüllt mit den Vorbereitungen zur Heimfahrt. Gert verstaute unsere Ski auf dem Dachgepäckträger des Autos. Carsta half mir beim Kofferpacken. Das war mit nur einer Hand nicht so einfach.
Da wir am nächsten Morgen früh abfahren wollten, gingen wir schon nach dem Abendessen zu Bett.
Die Nacht war schlimm. Ich hatte nur kurz geschlafen, als ich von heftigen Schmerzen im Nacken geweckt wurde. Nachdem ich eine starke Schmerztablette genommen hatte, fand ich wieder etwas Ruhe. Aber die Wirkung der Tablette ließ gegen Mitternacht nach. Ich legte mein Kopfkissen als Rolle in den Nacken. Erfolglos! Schließlich warf ich es aus dem Bett und legte mich flach auf den Rücken. Die Matratze empfand ich als zu weich.

Deshalb streckte ich mich auf dem Fußboden aus. Ich zählte die Stunden bis zum Klingeln des Weckers und rollte mich dann schnell wieder auf mein Bett, damit Gert und Carsta nichts von meinen nächtlichen Experimenten bemerkten.
Als wir am Frühstückstisch saßen, kam pünktlich, wie angekündigt, der Schneepflug zum Berg herauf geschnauft. Zu beiden Seiten der schmalen Abfahrt türmten sich nun hohe Schneeberge.
„Falls wir rutschen, landet das Auto weich", stellte Carsta fest.
„Nun bezweifle nicht meine Fahrkünste!" Gert lachte unternehmungslustig.
„Ich bin froh, wenn wir unten sind", gestand ich.
Es folgte ein herzliches Abschiednehmen von den restlichen Urlaubern und dem netten Heimpersonal. Alle hatten es sehr eilig, denn der Himmel kündigte heftigen Schneefall an. Wir waren die ersten Abreisenden. Unser Auto hatte keine Startschwierigkeiten, da es in der Garage gestanden hatte. Der Weg war noch nicht festgefahren.
Gert fuhr sehr vorsichtig. Ohne zu rutschen oder zu schleudern, kamen wir unten auf der gestreuten Dorfstraße an. Ich atmete auf. Die folgenden Straßen und Ortschaften waren weniger abschüssig und erfahrungsgemäß auch gut gestreut.
„Unsere Tochter macht es sich gemütlich", lachte Gert, indem er nach hinten zeigte.
Carsta lag bequem auf der Rückbank und wollte lesen.
„Warum genießt du nicht noch mal die wunderbare Winterlandschaft? Bis zum nächsten Jahr sehen wir keine Berge mehr!"
Meine Schmerzen ließen nicht nach. Jede Unebenheit der Fahrbahn machte mir arg zu schaffen. Aber Gert und Carsta waren so ausgelassen und fröhlich, ich konnte den beiden nicht die Stimmung verderben. Ich ließ mir nichts von meinen Beschwerden anmerken.
Wir erreichten ein zauberhaft schönes Städtchen mit Fachwerkhäusern. Hier war die Straße wunderbar eben. Eine Wohltat für meine geplagte Halswirbelsäule!
Aber was war das! Gert raste plötzlich wie wild! Diese Fahrweise kannte ich nicht bei ihm!
Ich wollte etwas zu ihm sagen, brachte aber keinen Ton heraus. Ich hatte das Gefühl, unser Auto würde nach vorn kippen.
Wir überschlagen uns!, war mein letzter Gedanke.
Schnell ließ ich mich nach vorn fallen, das Gesicht fest auf die Oberschenkel gepresst.
Da ... Plötzlich ein schrecklich lautes Quietschen der Bremsen! Ein Ruck ging durch meinen ganzen Körper.
„Was ist passiert?", stammelte ich. Noch völlig benommen saß ich wieder aufrecht. Gert hielt mich fest an beiden Schultern. Das Auto stand!
„Was war denn los mit dir?" Gert sah mich erschrocken an.
„Was ist passiert?", fragte ich ganz leise. „Was ist mit Carsta?"
„Es ist nichts passiert. Was ist los mit dir? Wurde dir übel? Geht es wieder oder möchtest du mal kurz aussteigen?" Gert hielt mich noch immer fest. Hatte er Angst, ich würde umfallen?
Ich verstand nichts und überzeugte mich, dass auch Carsta unverletzt war. Sie rutschte vor zu mir und sah mich erschrocken an.
Da wurde abrupt die Wagentür aufgerissen. „Stellen Sie den Motor ab und steigen Sie bitte aus!", wurde Gert von einem Verkehrspolizisten aufgefordert.
„Hatten wir einen Unfall, Gert?" Er hörte meine entsetzte Frage nicht. Er war bereits ausgestiegen.

„Haben Sie nicht gesehen, dass hier eine Baustelle ist? Sie dürfen hier nur 30km/h fahren! Dort steht das Schild!" Der Polizist zog einen Strafzettel aus seiner Tasche.
„Entschuldigen Sie", hörte ich Gert antworten. „Das habe ich nicht gesehen! Meine Frau wurde plötzlich ohnmächtig. Ich bin völlig durcheinander. Mehr als 50km/h bin ich doch nicht gefahren?"
„Nein, deshalb zahlen Sie nur eine Ordnungsstrafe. Passen Sie demnächst besser auf!"
Der Polizist zückte eine Quittung und kontrollierte die Fahrzeugpapiere. Dann ging er zu seinen Kollegen zurück, die offensichtlich auf den nächsten Verkehrssünder warteten. Man schenkte uns weiter keinerlei Aufmerksamkeit.
Gert setzte sich, ziemlich verunsichert, wieder ins Auto. Besorgt sah er mich an.
„Du hast uns einen furchtbaren Schrecken eingejagt!!" Seine Stimme klang zittrig, als er leise fragte, ob wir weiterfahren könnten.
„Natürlich! Weshalb fragst du?" Ich fand sein Verhalten merkwürdig.
„Wir dürfen hier nicht stehen bleiben." Das klang wie eine Entschuldigung. Aber ich stellte keine weiteren Fragen.
Schon nach wenigen Minuten hielten wir vor einem neu erbauten Hotel. Wie ein Außenseiter stand es zwischen den kleinen, alten Häusern.
„Hier können wir sicher gut zu Mittag essen", wandte ich mich an meine beiden.
Das ungewohnte Schweigen wurde mir langsam unheimlich.
„Aber erzählt mir jetzt erstmal, was vorhin eigentlich passiert ist? Ich war doch nicht wirklich ohnmächtig? Ich hatte bestimmt nur einen Filmriss", versuchte ich zu scherzen.
„Ich kann darüber nicht lachen", sagte Gert sehr ernst und hielt sich den Kopf. „ Sieh mal in den Spiegel! Wie du aussiehst!" Ich erschrak vor meinem eigenen Spiegelbild! War ich das wirklich? Blass ... Nein, grauweiß und hohlwangig! Erschreckend!
Carsta saß noch immer zusammengekauert und wortlos in ihrer Ecke.
„Papi, so erzähl doch endlich, was Mami passiert ist", flüsterte sie, da Gert keine Anstalten zu einer Erklärung machte.
„Fühlst du dich wirklich ganz gesund?", begann er. „Sei mal ehrlich! Hast du wieder Kopfschmerzen?" Diesen Ton kannte ich. Wenn ich jetzt nicht die Wahrheit sagte, würde er ernsthaft böse werden. Und mit banalen Ausreden war uns auch nicht geholfen. Also gestand ich, dass ich seit diesem lächerlichen Sturz wieder Schmerzen im Nacken hatte.
„Es ist genau so wie vor dem Urlaub", sagte ich. „Das gibt sich sicher wieder. Außerdem hab ich das gestern auch diesem Kurarzt erzählt. Er ging gar nicht darauf ein. Deshalb hab ich das auch nicht so wichtig genommen und warum sollte ich euch da etwas vorjammern!"
Ich hoffte, das genügte zu meiner Verteidigung. Irrtum! Nun wurde Gert energisch.
„Warum gehst du so verdammt leichtsinnig mit deiner Gesundheit um? Sag bloß niemandem, dass du sechs Jahre im Gesundheitswesen gearbeitet hast! Deine häufigen Kopfschmerzen! Und jetzt auch noch die Schmerzen in der Halswirbelsäule! Damit hättest du längst mal zum Facharzt gehen müssen! Aber du findest ja immer alles nicht so schlimm!"
„Papi hat Recht", meldete sich nun auch Carsta.
„Ich möchte jetzt endgültig, dass du dich zu Hause sofort zu einem Spezialisten überweisen lässt!" Gert blieb hartnäckig.
„Wie soll ich das begründen? Ich mache mich doch nicht lächerlich, Gert! Wegen Nacken- oder Kopfschmerzen gehe ich nicht zu einem Spezialisten!" Jetzt war ich an der Reihe, empört zu sein.

„So, dann erklär mir mal, wie es soeben zu deinem Ohnmachtsanfall kam?!“ Gert war wieder ganz ruhig. „Kannst du dich überhaupt an etwas erinnern? Wir sahen uns das hübsche Rathaus an und plötzlich bist du ohne ersichtlichen Grund nach vorn gefallen! Du hast dir den Kopf gehalten und laut gestöhnt. Ich wollte dich aufrichten. Aber mit einem Arm ging das nicht. Deshalb hielt ich schnell an und setzte dich auf. Aber du hattest die Augen geschlossen und hast auch nicht reagiert. Erst nachdem ich dich heftig geschüttelt habe und Carsta dich ansprach, warst du wieder da. Du hast irgendwas von einem Unfall gestammelt. Das Erscheinen des Polizisten und alles Weitere hast du wohl registriert ... oder?“
Nach dieser Offenbarung war ich doch ziemlich schockiert. „Es tut mir Leid, dass ich euch einen Schrecken eingejagt habe!“, entschuldigte ich mich. „Ich verspreche, morgen gleich zum Betriebsarzt und dann zu Frau Dr. Neuder zu gehen. Im Gegensatz zu euch beiden habe ich ja morgen noch Urlaub!“, versuchte ich, die bedrückende Atmosphäre zu lockern.
„Ich hab zwar noch Kopfschmerzen, fühle mich aber völlig normal und würde jetzt gern mit euch essen gehen!“
„Hoffentlich mutest du dir nicht zu viel zu!“ Gert hatte Bedenken. Carsta war schon ausgestiegen. Sie war erleichtert, dass es mir nun doch nicht so schlecht ging, wie es vor wenigen Minuten noch ausgesehen hatte.
Als wir ihr folgten, merkte ich, wie Gert mich beobachtete.
„Mach dir keine Sorgen!“, tröstete ich und hing mich bei ihm ein.
Nach dem Essen brachte mir eine Schmerztablette Linderung. Aber Gert wollte trotz Carstas Protest keine Kaffeepause machen. Da die nächste Gaststätte an der Autobahn lag und es dort stets verräuchert und unsauber war, stimmte ich Gert zu.
Die Fahrt verlief ungewohnt ruhig. Ich spürte, dass Gert mit seinen Gedanken ganz woanders war. Er schimpfte weder über die Schlaglöcher noch über die mit Lauge besprühten Straßen. Ungewöhnlich für ihn!
Es tat mir leid, dass der schöne Urlaub durch mich so unerfreulich endete.
Carsta brach bald dieses Schweigen. Als wir auf der Autobahn waren, schimpfte sie auf die „West-Autos“, die mit unerlaubt hoher Geschwindigkeit an uns vorbei rauschten.
Wir kamen zügig voran und waren schon am frühen Nachmittag bei Gerts Eltern.
Oma Lotte empfing uns gut gelaunt und lustig wie immer.
„Wir haben schon auf euch gewartet! Ich koche gleich Kaffee. Quarktorte habe ich auch gebacken!“ Fröhlich umarmte sie uns drei.
„Na, erzählt mal, wie hat es euch gefallen!“, wollte Opa Karl wissen. Schnell gab ich Gert ein Zeichen, nichts von meinem „Filmriss“ zu erwähnen.
Gern hätte uns Oma auch noch mit einem Abendessen verwöhnt. Aber auch meine Eltern erwarteten uns.
„Gott sei Dank, dass ihr kommt!“, rief Opa Edwin zur Begrüßung. „Die Oma guckt schon seit Mittag aus dem Fenster!“ Alle lachten über die übertriebene Besorgnis.
„Wir kommen zum Abendbrot, Oma!“, erklärte Carsta. Trotzdem griff sie nach einem Stück Kuchen. „Zum Kaffee waren wir bei Oma Lotte.“
Diese Eröffnung war überflüssig, denn meine Mutter hatte uns bereits eingeplant und schon für die nächste Woche allerlei Lebensmittel für uns eingekauft.
„Ich war im Delikat und hab was Besonderes besorgt“, flüsterte sie mir zu.
„Ihr braucht ja was zum Frühstück, denn die Geschäfte machen doch morgen erst mittags auf!

„Oh, daran hab ich nicht gedacht!“, entfuhr es mir. „Danke! Wenn wir dich nicht hätten!“ Gert nahm den prall gefüllten Einkaufskorb. „Das reicht ja für die ganze Woche!“, lachte er und ich war froh, dass wir uns schon bald verabschieden konnten. Am nächsten Wochenende wollten wir ausführlich vom Urlaub berichten.
Zu Hause angekommen, brachte Gert gleich die Skier in den Keller und das Auto in die Garage. Ganz gegen meine Gewohnheit konnte ich mich nicht dazu überwinden, die Koffer auszupacken.
„Dazu hast du ja morgen noch Zeit“, meinte Carsta. Lustlos legte sie ihre Sachen für den nächsten Tag bereit. In den kommenden vier Wochen musste sie von sechs Uhr morgens bis vierzehn Uhr nachmittags im Pflegeheim arbeiten. „Weck mich bitte kurz nach fünf“, sagte sie, bevor sie uns eine gute Nacht wünschte und in ihrem Zimmer verschwand.
„Was wirst du nun machen?“, fragte Gert, als wir allein waren.
„Morgen lasse ich mir von meiner Betriebsärztin einen Schonplatz geben, bis die Hand wieder in Ordnung ist.“
„Das ist doch jetzt Nebensache“, beharrte Gert. „Du kannst den Vorfall von heute nicht einfach ignorieren! Lass dich mal von einem Facharzt gründlich untersuchen. Ich nehme mir morgen nach der Dienstbesprechung frei und gehe mit dir zur Poliklinik.“
Er lässt nicht locker, dachte ich. Wenn er meinetwegen gleich nach dem Urlaub frei nimmt, ist es ihm wirklich erst. Ich versprach, Frau Dr. Neuder um eine Überweisung zu bitten.
„Du brauchst deshalb wirklich nicht nach Hause zu kommen. Das schaffe ich allein.“
Ich fühlte mich müde und erschöpft. Führte das aber auf den anstrengenden Tag zurück. Wir gingen bald zu Bett. Gert nahm mich fest in die Arme und sagte - mehr zu sich selbst: „Na, einen Trost habe ich!“ Verdutzt sah ich ihn an. Gert lachte jetzt ganz verschmitzt. „Mit der kranken Hand kannst du bestimmt nicht arbeiten!“
Am Morgen wachte ich wie zerschlagen auf. Ich hörte Gert und Carsta, wie sie in der Küche leise sprachen. Wer wohl wen geweckt hatte? War der morgendliche Kampf um das Bad schon vorbei? Wenn ja, hatte ich verschlafen! Da lugte Carsta ins Schlafzimmer.
„Wie geht es dir, Mami? Besser, stimmt's? Ich bin schon seit fünf Uhr auf. Da habt ihr beide noch fest geschlafen. Du hast nicht mal gemerkt, dass ich Papi geweckt hab!“
Oh je! Unsere Tochter wird sich wohl nie ändern! Augen auf und reden wie ein Wasserfall.
Ganz im Gegensatz zu mir ... Ich bin ein Morgenmuffel.
„Tschüß! Schlaf ruhig noch!“, rief sie, schon im Begriff loszuhetzen.
Langsam gehen konnte sie nicht. Aber das konnte ich ja auch nicht.
Carsta war also raus. Wie sie wohl ihren ersten Arbeitstag im Pflegeheim verkraften wird?
Ich hörte, wie Gert in der Küche das Geschirr abwusch und aufräumte. Dann kam er ins Schlafzimmer, hockte sich vors Bett und fragte: „Bist du sicher, dass du alles allein schaffst? Ich würde lieber wieder nach Hause kommen.“
„Du musst dir wirklich keine Sorgen machen“, beruhigte ich ihn. „Ich bringe hier alles in Ordnung und gehe danach gleich zur Ärztin. Versprochen!“
„Na dann, Tschüß, bis zum Nachmittag! Ich bringe Kuchen vom Bäcker mit.“
Küsschen ... Und auch Gert machte sich auf den Weg. Der Alltag hatte uns wieder.

Verflixt! Weshalb war ich wieder eingeschlafen! Gegen acht Uhr weckte mich das Klingeln der Postfrau. Für ein schnelles Frühstück war gerade noch Zeit. Aber das

Auspacken der Koffer und Bestücken der Waschmaschine musste ich auf den Nachmittag verschieben. Das ärgerte mich fürchterlich!
Die Betriebsärztin kannte mich gut. Sie lachte, als sie die Röntgenaufnahme meiner Hand sah. „Nun komme ich aus dem Urlaub und bin arbeitsunfähig!“, jammerte ich in der Hoffnung auf einen Schonplatz.
„Sie dürfen vorläufig nicht arbeiten“, ordnete Frau Dr. Platz an. „Aber ein Beinbruch wäre schlimmer.“ Vorsichtshalber bekam ich eine Überweisung zum Chirurgen.
Ich erzählte kurz von unserem schönen Urlaub, erwähnte aber nichts von den Nackenschmerzen. Mit der Behandlung war Frau Dr. Neuder besser vertraut. Mit guten Wünschen für das Jahr 1980 wurde ich verabschiedet.
Auf dem Hof des Instituts traf ich einen Kollegen. „Na, Wintersportlerin, wann haben wir dich wieder?“ Ich erzählte von meinem Pech und zeigte ihm die geschwollene Hand.
„Also, wenn du dich schon vor der Arbeit drückst, dann hättest du ja wenigstens ein Gipsbein aufweisen können!“, neckte er mich.
Mir war nicht zum Scherzen zu Mute. Kopfschmerzen plagten mich wieder.
„Ja ... Wer den Schaden hat, braucht für den Spott nicht zu sorgen“, konterte ich. „Sag bitte im Labor Bescheid, dass ich krankgeschrieben wurde. Ich komme morgen wieder her. Heute bin ich in Eile. Ich muss jetzt zur Poliklinik und danach noch zur Chirurgie! Grüß alle von mir!“
Ulli ging ein Stück neben mir her. „Aber flitzen kannst du noch! Bestell schon mal die Pfannkuchen für unsere Faschingsfeier!“
„Du hast Sorgen!“ Darüber musste ich dann doch lachen.
„Werd schnell gesund!“, rief er mir nach.

Das überfüllte Wartezimmer in der Poliklinik machte meinen Zeitplan zunichte. Für Carsta das Mittagessen zubereiten - Koffer auspacken - Wäsche waschen! Das würde ich wohl kaum schaffen, bevor Gert kam. Und ich hatte es ihm versprochen.
Die Sprechstundenschwester empfing mich mürrisch. „Sie müssen nächste Woche wiederkommen. Sie sind nicht angemeldet!“
„Ich habe starke Kopf- und Nackenschmerzen. Bis nächste Woche kann ich nicht warten!“, widersprach ich.
Kopfschüttelnd verschwand die Schwester im Arztzimmer, kam nach wenigen Minuten zurück. „Sie müssen warten! Die bestellten Patienten gehen vor! Nehmen Sie Platz!“
Das war gut gesagt. Kein einziger Stuhl war frei. Auch am Garderobenständer fand ich keinen leeren Fleck, um mich meiner dicken Jacke zu entledigen.
„Das dauert heute ewig“, klagte eine ältere Frau neben mir. „Erst trinken sie lange Kaffee, nun machen sie scheinbar Mittagspause. Ich warte trotz Bestellung schon zwei Stunden!“
Meine Kopfschmerzen wurden immer heftiger. Ich konnte das Stimmengewirr kaum noch ertragen. Nach einer Stunde hatte ich einen Sitzplatz.
Kurz vor vierzehn Uhr wurde ich aufgerufen. Frau Dr. Neuder empfing mich überraschend freundlich. Obwohl es mir schwer fiel, erläuterte ich ihr genau das Missgeschick meines letzten Urlaubstags. Ich erzählte vom plötzlichen Ohnmachtsanfall während der Heimfahrt und der Besorgnis meines Mannes. Ich bestätigte, dass die Schmerzen in der Halswirbelsäule nach dem kleinen Sturz stärker geworden waren.
Die Ärztin drehte meinen Kopf nach allen Seiten. Aber ich konnte den Schmerz nicht lokalisieren. Inzwischen hatte sich die ganze Schulter- und Nackenmuskulatur verkrampft.

Nach kurzem Überlegen wurde Schwester Hanna gerufen.
„Ich möchte hier noch einmal die Manualtherapie anwenden", meinte Frau Dr. Neuder.
Wieder saß ich auf einem Hocker. Wieder diese Drehungen an meinem schmerzenden Kopf! Das war die gleiche Prozedur wie vor dem Urlaub! Wie sollte das gegen die Schmerzen helfen? Ich verstand nichts mehr. Niemand erklärte mir etwas. Fragen wollte ich auch nicht! Nur schnell nach Hause! Die Chirurgie war jetzt Nebensache!
Wie benommen hörte ich die Ärztin. „Ich schreibe Ihnen etwas gegen das Schwindelgefühl auf, das eventuell auftreten wird. Bei Bedarf lassen Sie eine Tablette in der Wangentasche zergehen. Keinesfalls lutschen oder schlucken! Ich schreibe Sie bis auf weiteres krank. Die Behandlung muss mehrmals wiederholt werden. Kommen Sie in zwei Wochen wieder!"
„Ich bin bereits krankgeschrieben!", sagte ich darauf ziemlich barsch. Ich ärgerte mich, weil sie das offensichtlich vorhin nicht registriert oder schon wieder vergessen hatte.
„Dann lassen Sie sich von der Schwester einen Termin geben", eilig wurde ich damit entlassen.
Draußen atmete ich tief durch. Meine Schmerzen in der Halswirbelsäule waren schlimmer als je zuvor!
Mir wurde schwindelig. Ich wünschte, Gert wäre jetzt hier.
Da mein Weg an der Apotheke vorbeiführte, holte ich mir die genannten Tabletten, steckte eine davon in die Wangentasche und wartete beim Laufen auf die Wirkung.
Aber nichts dergleichen geschah. Meine Beine waren schwer wie Blei. Wie betrunken kam ich mir vor. Es war frostig kalt, dennoch schwitzte ich fürchterlich. Der Heimweg nahm kein Ende und wurde zur Qual.
Endlich in der Wohnung fühlte ich mich in Sicherheit. Carsta war noch nicht da. Schnell noch die eingefrosteten grünen Bohnen aufsetzen, damit wir gleich essen konnten, wenn sie kam.
Da klingelte es schon! „Wartest du schon lange? Ich hab nämlich Jörg getroffen. Wir haben uns über den Urlaub unterhalten. Deshalb komme ich jetzt erst", sprudelte Carsta los.
„Ich bin auch spät dran", antwortete ich. Während wir aßen, berichtete ich über den unerfreulichen Vormittag und dass ich noch nichts geschafft hatte
„Nicht so wichtig, Mami! Das hat ja Zeit. Du kannst sicher länger nicht arbeiten gehen!"
Nun folgte Carstas ausführliche Schilderung ihres ersten Arbeitstags im Pflegeheim.
„Wir Schülerinnen dürfen dort nur die Drecksarbeit machen! Alle Schwestern sind launisch und unfreundlich. Ich bin froh, wenn ich diese vier Wochen geschafft hab!"
„Das gehört nun mal dazu, Carsta", trotz des heftigen Kopfwehs versuchte ich sie zu besänftigen. „Vielleicht müssen wir später unsere Großeltern pflegen."
„Na, das ist ja was anderes!", empörte sich Carsta. „Weißt du, was mir passiert ist?"
Ich ahnte nichts Gutes bei dem Temperament unserer Tochter.
„Ich komme ahnungslos in ein Zimmer, da wirft mir eine Oma ihre Kaffeetasse an den Kopf! Das tat weh! Und niemand sagt uns, wie man sich in derartigen Situationen verhalten soll! Die Stationsschwestern sind richtig abgebrüht! Überall Schmutz! Unmöglich finde ich das!"
„Du hast ja Recht", bremste ich Carstas Redefluss. „Aber wenn du deine Vorgesetzten kritisierst, dann fällst du unangenehm auf und änderst nichts", gab ich zu Bedenken.
Das Thema musste gewechselt werden!
Ich fror plötzlich ganz stark. Die Nackenschmerzen wollten nicht abklingen.

„Leg dich auf die Couch, bis Papi kommt!“ Carsta begann, die Koffer auszupacken. „Kannst du morgen meinen blauen Pullover waschen? Ich möchte ihn gern anziehen.“
Auf der Couch konnte ich nicht liegen. Das war viel zu weich. Also streckte ich mich lang auf dem Teppich aus - direkt vor dem Heizkörper. Ich musste doch einen Weg finden, diese bohrenden Schmerzen loszuwerden!
„Mami, was machst du denn auf dem Boden?“, erschrocken sah Carsta zu mir herunter, ihren Lieblingspullover in der Hand haltend. „Leg dich lieber ins Bett und schlaf dich aus, dann geht es dir bald besser. Du siehst müde aus. Ich spreche mit Papi. Mach dir keine Sorgen.“
Ich kam mal wieder nicht zu Wort, zog mich widerspruchslos aus und legte mich ohne Kopfkissen in mein Bett. Ich schlief sofort ein.
Als ich erwachte, stand Gert am Bett. Er sah mich ängstlich und sehr besorgt an.
„Carsta hat dich geweckt“, sagte er. „Wir hatten Angst, weil du nicht wach wurdest. Es ist schon einundzwanzig Uhr.“ Ich verstand nicht recht, was er meinte.
Plötzlich wurde mir übel. Ich versuchte, zur Toilette zu gehen. Alles drehte sich ...
Gert stützte mich ... Warum versagte mein rechtes Bein? Es war sicher eingeschlafen.
Leblos und schwer wie Blei hing der rechte Arm an mir herunter ... Ich sah alles wie durch einen Schleier, schaffte es bis zum Toilettenbecken und musste mich übergeben.
Was war nur los? Ich wollte mit Gert und Carsta sprechen – es ging nicht! Die beiden waren so unendlich weit weg.
„Der Notarzt kommt gleich“, hörte ich Gert sagen. Carsta saß auf meinem Bett und sah mich traurig und hilflos an. Jetzt begriff ich, dass die beiden wohl dachten, ich sei ernsthaft krank.
„Was wollt ihr mit dem Notdienst?“, fragte ich, meine Stimme war wieder da!
„Ich sehe wieder ganz klar! Ich brauche keinen Arzt!“, schimpfte ich.
Es klingelte. Gert ging hastig zur Tür, kam dann mit einem Arzt und einem Sanitäter ins Schlafzimmer.
„Kennen Sie mich?“, fragte der Doktor. Ich nannte seinen Namen und sagte, dass ich vor einigen Jahren bei ihm in orthopädischer Behandlung war.
„Mir geht es gut!“, beendete ich das Gespräch. „Nur meine Beine kribbeln etwas.“
„Sicherer wäre es, wenn wir Ihre Frau zur Beobachtung mitnehmen“, sagte der Arzt zu Gert.
„Nein! Das möchte ich auf gar keinen Fall!“ Hilfe suchend sah ich ihn an. Ich kämpfte mit den Tränen. Dann sprach Gert mit dem Arzt. Aber ich verstand nichts.
Endlich hörte ich den Arzt sagen: „Einverstanden! Rufen Sie aber bitte sofort an, wenn sich der Zustand Ihrer Frau verändert. Unabhängig hiervon kommen wir aber in zwei Stunden wieder.“ Ich war unendlich froh, als sie wieder gingen. Ich konnte weiterschlafen!
Ich erwachte erst wieder, als mich Gert und der Arzt im Bett aufrichteten. Weshalb?
„Ist sie ansprechbar?“, fragte er. Und wieder erschien mir alles umnebelt zu sein.
Wie im Traum ließ ich mir von Gert den Bademantel anziehen. Ich widersprach nicht als gesagt wurde, dass ich in die Klinik müsste. Ganz fern hörte ich Gerts erstickte Stimme.
„Ich fahre dem Krankenwagen hinterher.“
Aber wo war Carsta? Ich konnte nicht sprechen.
Im Krankenwagen sah ich meine Umgebung wieder ganz klar. Nur wusste ich nicht, wie ich hierher gekommen war. Es war kalt. Die Trage war hart. Neben mir saß der Arzt.
„Wie heißen Sie? Wo und wann sind Sie geboren? Wo wohnen Sie?“

Artig wie ein Kind beantworte ich seine Fragen. Ich konnte wieder sprechen und beklagte mich über den holpernden Krankentransport.
„Wo fahren wir hin?“, fragte ich. Beruhigend strich eine Hand über mein Haar. „In die Neurologische Klinik.“
Der Wagen hielt. Die Tür wurde geöffnet. Es wurde noch kälter! Die Trage wurde herausgezogen. Ich rang nach Luft und hörte, wie es bei jedem Atemzug im Brustkorb rasselte.
Jetzt habe ich wohl noch eine Lungenentzündung, dachte ich, bevor ich wieder einschlief.

3

... ganz von fern hörte ich Stimmen. Wie lange hatte ich diesmal geschlafen? Wo hatte man mich hingebracht? Ich versuchte, die Augen zu öffnen. Hier war doch keine Klinik!
Ich erkannte einen langen Korridor. Vor mir eine einfache Holzbank. Ich wollte zur anderen Seite sehen, aber es gelang mir nicht, den Kopf zu drehen.
Warum? Sicher bin ich steif vor Kälte! Schrecklich kalt war es hier! Warum wurde ich hier abgestellt?
„Carsta, komm schnell her! Ich glaube, Mami wacht auf!“, deutlich hörte ich Gert sprechen.
Ich wollte ihn rufen, konnte aber keinen Ton von mir geben, die Lippen nicht bewegen.
Gert beugte sich zu mir herunter und drückte sein Gesicht fest an mein Ohr. Ich versuchte, meine Arme zu heben. Es ging nicht. Gert flüsterte etwas. Ich verstand es nicht, aber ich merkte, dass er weinte.
Wie versteinert stand Carsta neben ihrem Vater. Sie sah verweint und hilflos zu mir.
Wie sollte ich die beiden trösten, wo ich doch nur unter größter Anstrengung die Augen offen halten konnte.
Dieser kahle, unfreundliche Korridor mit den vielen Türen hatte keine Fenster. Nirgendwo eine Uhr ... Wie spät war es wohl?
„Ich glaube nicht, dass Ihre Frau Sie erkennt“, hörte ich plötzlich eine männliche Stimme in gebrochenem Deutsch sagen. Wütend wollte ich protestieren - aber nichts an mir regte sich! Nur in meinem Kopf arbeitete es wild!
Da kam Carsta mir zu Hilfe. „Das ist nicht wahr!“, schrie sie. „Meine Mutti sieht uns an! Sie ist nur müde!“
Wie Recht du hast, dachte ich. Aber woher nur kannte ich diesen Korridor und diesen Mann mit der auffallenden Sprache? Er nahm jetzt Gert zur Seite. „Ihre Frau ist sehr, sehr krank. Wir kennen nicht die Ursache. Aber Sie ...“
Mühsam gelang es mir, Gert anzusehen. Tränen standen in seinen Augen. Er antwortete nicht, setzte sich nur ganz langsam auf die Bank zu Carsta.
Glaubt doch diesem Mann nicht, wollte ich schreien. Ich habe keinerlei Schmerzen! Bin nur sehr müde!
„Sie können Ihrer Frau nicht helfen. Fahren Sie nach Hause“, sagte der Mann. Erst jetzt sah ich seinen weißen Kittel. Ein Arzt! Aber unfähig! Das werd ich ihm beweisen!
„Auf welche Station wird meine Frau verlegt?“, fragte Gert.
„Auf die Neurologie - vorläufig!“ Weil weder Gert noch Carsta sich entschlossen, zu gehen, erklärte der Arzt nachdrücklich: „Es wird lange dauern. Sie merkt nicht, dass Sie hier sind!“

Hilfe suchend sah ich meine beiden an. Sie mussten doch spüren, dass ich alles verstand! Aber die Anstrengung war wohl zu groß. Ich schlief wieder ein ...

... abermals erwachte ich und war diesmal wirklich ganz allein. Ich war in dicke Decken eingepackt. Der Raum war klein und schmal. Zu beiden Seiten erkannte ich Regale, die bis unter die Decke reichten und mit verstaubten Akten, Büchern und Zeitschriften voll gestopft waren. Das war eine Abstellkammer! Ich nahm mir vor, darüber mit Gert zu sprechen. Über diese Behandlung müssen wir uns beschweren!
Im gleichen Augenblick sah ich Gert! Er kam mit einem Arzt zur Tür herein. Sicher war das ein Arzt, denn er fragte freundlich nach meinem Befinden. Mit großer Anstrengung konnte ich antworten. Gert lächelte – offensichtlich erleichtert. Und ich war glücklich, wieder sprechen zu können.
„Ziehen Sie bitte Ihr rechtes Bein an den Bauch“, verlangte der Arzt. Oh Gott! Es ging ja! Gert schien überglücklich, er wollte nicht aufhören, mich zu drücken.
„Es geht Ihrer Frau besser. Fahren Sie mit Ihrer Tochter heim. Sie beide brauchen dringend Ruhe! Ihre Frau wird jetzt in ein Krankenzimmer gebracht. Sie dürfen zu jeder Zeit kommen.“
Ich suchte Carsta, aber bevor ich fragen konnte, war ich schon wieder eingeschlafen.

„Hallo! Aufstehen!“, vor meinem Bett stand eine junge Krankenschwester.
„Ich soll Sie waschen“, sagte sie ungeduldig und zog mir dabei schon unwirsch das Nachthemd über den Kopf.
„Ich möchte mich allein waschen“, erwiderte ich gequält. Die Zunge war schwer.
„Sie dürfen nicht aufstehen!“, war die knappe Antwort.
Es war hell draußen. Das Zimmer hatte ein großes Fenster. Ich stellte fest, dass ich mich in einem Dreibettzimmer befand. Alles erschien mir wie ein Traum.
„Ihre Tochter rief soeben an. Ich soll fragen, was sie Ihnen mitbringen kann.“ Ein Pfleger sah zur Tür herein.
„Nur ein paar Äpfel“, brachte ich mühsam heraus. Meine Augenlider wurden wieder schwer und die Umgebung versank im Nebel.
Wie lange ich geschlafen hatte, konnte ich nicht feststellen. Wach wurde ich durch das laute Röcheln in meiner Brust. Ich rang nach Luft. In meiner Luftröhre saß ein fester Schleimpfropf! Ich versuchte, abzuhusten. Es ging nicht! Niemand kam, um mir zu helfen! Eine furchtbare Angst befiel mich. Ich wollte rufen! Es ging nicht. Es blieb still und dunkel.
Nach endlosem, angstvollem Warten vernahm ich ganz von fern eine männliche Stimme.
„Ganz ruhig – tief durchatmen – gleich geht es Ihnen besser!“ Etwas Gummiartiges wurde mir auf den Mund gedrückt. Das alles konnte nicht Wirklichkeit sein ... Nur ein böser Traum, aus dem ich bald erwachen würde!
Da vernahm ich auch schon hastige laute Schritte und aufgeregt diskutierende Menschen. Sie rollten mein Bett über einen unendlich langen, hellen Flur. Das Bett raste an einer Menschenansammlung vorbei. Alle sahen neugierig zu mir herab.
„Ist so etwas nicht furchtbar!“, sagte jemand. Ein Anderer klärte die Umstehenden auf: „Ja, die Frau ist neununddreißig!“ Ein Mädchen rief: „Sie sieht ja aus wie zwanzig! So eine hübsche junge Frau und sie kriegt nichts mehr mit! Traurig ist das!“

Lasst mich in Ruhe! Was soll dieser Blödsinn, hätte ich gern geschrieen. Aber es ging nicht! Ich schämte mich. Hätte ich mich doch vor diesen neugierigen Blicken wenigstens unter die Bettdecke verstecken können! Nichts ging! Dann wieder befreiende Dunkelheit.

... wo hatte man mich denn nun hingebracht? Über meinem Bett sah ich zwei große runde Lampen ... Nein, es waren drei ... Oder vier? Die Lampen tanzten, schwangen hin und her. Ich schloss die Augen, öffnete sie wieder. Da waren nur zwei Lampen dicht nebeneinander!
Nun wollte ich ganz sichergehen. Ich kniff ein Auge zu und betrachtete die Zimmerdecke.
Da war nur eine einzige Lampe! Sobald ich aber beide Augen öffnete, sah ich alles doppelt.
Vielleicht hat man mir irgendwelche Medikamente gegeben, dachte ich.
Es war mir egal. Ich wollte nur ganz schnell wieder nach Hause.
Ich schaute mich weiter um. Ich hing an einem Tropf! Mein Arm war völlig ohne Gefühl! Ich hoffte, er wäre eingeschlafen und versuchte, ihn etwas anzuheben. Erschrocken stellte ich fest, dass ich weder Arme noch Finger bewegen konnte. Ebenso leblos waren meine Beine.
Ich war völlig unfähig, mich irgendwie zu rühren! Nur die Augen konnte ich noch bewegen!
Mein Herz raste! Was ist los mit mir? Warum bin ich allein? Ich wollte rufen. Vergeblich!
Ein Furcht erregendes Fauchen und Zischen ließ mich aufhorchen. Erst jetzt bemerkte ich den Schlauch, der aus meinem Kehlkopf ragte. Der Schlauch führte scheinbar zu einem Gerät, das dieses Geräusch verursachte. Nach und nach registrierte ich die vielen grünen Schläuche, Rohre und Apparaturen an meinem Bett. Ich kannte das alles - aber woher?
Aus meiner Nase ragte ebenfalls ein Schlauch! Beim Niesen war ich mit dem Kopf an ein grünes Rohr gestoßen. Es polterte laut! Eine Krankenschwester kam. Sie sah mich nicht an, überprüfte nur die Schläuche und rief laut: „Alles in Ordnung!"
Ich hatte Durst, konnte mich aber nicht bemerkbar machen. Niemand beachtete mich.
Ich blieb allein mit dem fauchenden Apparat. Weit weg von Gert und Carsta fiel ich in einen erlösenden Dämmerzustand.

... jemand drehte einen harten Gegenstand in meinen Hals. In die Luftröhre! Dann zog er das Ding wieder heraus. Es tat nicht weh.
Zwei Männer unterhielten sich. „Da, beeindruckend ist so was!", sagte einer. „Sehen Sie mal, wie schnell sich das Loch wieder schließt!"
„Schnell, schnell! Die Kanüle wieder rein!", rief der andere. „Ach, nicht so ängstlich", lachte der Erste und schob mir achtlos, als wäre ich irgendein Werkzeug, das Metallrohr wieder in den Kehlkopf.
Wie viele Tage und Nächte waren vergangen, seit ich von Daheim weg war? Wo war ich?
Laute Männerstimmen ließen mich aufhorchen. „Das hat doch keinen Zweck mehr", sagte ein Mann im weißen Kittel. „Das wird sie nicht mehr lange durchhalten!"
Ich sah mich um, so gut ich konnte. Der Raum quoll über von Männern in grünen und weißen Kitteln. Sie hatten eigenartige Mützen auf. Alles sah ich wie im Nebel. Umso deutlicher verstand ich jedes Wort. Sie stritten um meinen Tropf. Jeder wollte seine eigene Meinung durchsetzen. Die milchige Flüssigkeit im Tropf sollte ausgetauscht werden, nahm ich an.

Ich hatte das Gefühl, als läge ich hinter einem schönen, weißen Zaun. Und alle sahen mich mitleidig an. Dann wieder glaubte ich, ganz oben auf einer weißen Leiter zu stehen. Jemand wollte mich herunter stoßen. Unten stand Gert. Er lächelte mir zu. „Hab keine Angst! Ich bin ja da und fange dich auf!"
Voller Angst hörte ich wieder diese fremden Männer sprechen. Sie wollen – oder sie glauben – ich sei tot! Warum sprechen sie so? In meinem Kopf arbeitete es wild.
Ich wollte schreien: Bitte lasst mich nicht sterben! Ich will alles ertragen, um gesund zu werden! Aber meine Lippen bewegten sich nicht. Keiner der Anwesenden beachtete mich.
Es war so anstrengend. Ich schlief ein mit dem Gedanken, dass sicher bald alles wieder gut wird und bald jemand mit mir spricht.

Ein riesiger, grauer Metallkasten wurde an mein Bett geschoben. Ich konnte nicht ergründen, was man mit mir vorhatte. Die Augen fielen mir immer wieder zu. Als ich erwachte, war ich wieder allein mit all den Schläuchen, Rohren und dem fauchenden Ungetüm.
Im Laufe der Zeit wurde ich gleichgültig und willenlos während der kurzen Phasen des Wachseins. Wenn ich spürte, wie sich jemand an den Schläuchen in meiner Nase zu schaffen machte oder den Gegenstand im Kehlkopf bewegte, bemühte ich mich nicht mehr, dabei aufzuwachen. Alles war unwichtig, weil Gert und Carsta nicht herkamen.
Ganz ohne meinen Willen wurde ich plötzlich wach. Ich befand mich in einem größeren, hellen Zimmer. Obwohl ich meinen Kopf kaum drehen konnte, bemerkte ich, dass alle grünen Rohre und das fauchende Gerät verschwunden waren. Ich versuchte, an meinem Hals das Metallteil zu ertasten. Aber ich konnte meine Arme nicht bewegen.
Eine junge Schwester kam herein. Sie lächelte mich an, sprach aber zu meiner Verwunderung kein Wort. Aus einer riesigen Spritze drückte sie eine gelbe Flüssigkeit in meinen Nasenschlauch. Danach wurde es wohlig warm im Magen. Bevor ich fragen konnte, war ich wieder allein. Also erkundete ich mein Zimmer. Rechts neben meinem Bett ein Fenster ohne Gardine. Draußen kahle Bäume und ein barackenähnlicher Flachbau. Links von mir befand sich eine breite Tür, durch welche die Schwester verschwunden war. Die Tür hatte zwei breite Flügel mit je einem winzigen Fensterchen. Diese waren von außen mit Vorhängen bestückt. Weinrote Vorhänge. Hinter dem Fußende meines Bettes – eine hellgrün geflieste Wand. In der rechten Ecke des Raumes sah ich einen quadratischen Tisch, voll mit Gegenständen, die ich nicht erkennen konnte. In der linken Ecke – einsam – ein Stuhl. Nach dieser Analyse meiner Umgebung schlief ich erschöpft ein.
Wie viel Zeit bis zum nächsten Erwachen vergangen war, erschien mir uninteressant. Man hatte mich also doch nicht aufgegeben! Das allein war wichtig!
Ich war fest entschlossen, meine Situation zu ergründen! Deshalb kämpfte ich eisern gegen die Müdigkeit, die mich befiel, als eine Schwester mir das Nachthemd auszog.
Ich versuchte zu sprechen. Meine Lippen bewegten sich! Doch warum kam kein Ton heraus?
Die Schwester stand einen Augenblick reglos, sah mich dann freudig überrascht, aber auch etwas ungläubig an. „Schnell, Schwester Eva, rufen Sie den Chef! Ich glaube, sie hat es geschafft!"
Ich hörte eine Frauenstimme aufgeregt telefonieren. Inzwischen war eine weitere Schwester herbeigeeilt. „Können Sie mich verstehen?", fragte sie mich.

„Ja, natürlich“, antwortete ich. Dabei wurde ich unruhig, denn ich stellte abermals fest, dass kein Ton über meine Lippen kam.
„Bitte nicht aufregen! Bleiben Sie ganz ruhig. Ich verstehe Sie gut“, sagte eine der Schwestern. Sie las mir von den Lippen ab.
„Der Chef wird sich aber freuen, dass er Recht behalten hat!“, stellte sie fest. Als ich versuchte zu fragen, schüttelten beide Schwestern den Kopf. Gehorsam schloss ich die Augen.
Durch eine männliche Stimme wurde ich hellwach. „Na, wir sehen ja schon recht gut aus!“ Hilfe suchend sah ich die Schwester an, denn ich wusste nichts mit diesen Worten anzufangen.
„Das ist unser Chefarzt“, klärte sie mich auf.
„Ich habe Sie während der vergangenen Wochen nicht aus den Augen gelassen!“, sprach er ruhig weiter. „Wie wir sehen, hat sich unsere Mühe gelohnt.“ Er klopfte der Schwester auf die Schulter, bevor er sich mir wieder zuwandte.
„Demnächst erklären wir Ihnen alles, was Sie wissen möchten. Aber wir wollen nichts überstürzen. Nun geht es ja aufwärts!“
Der Chefarzt gab den Schwestern noch einige Anweisungen, die ich aber nicht verstand und verabschiedete sich dann auch von mir.
„Ich bin Schülerin Monika“, stellte sich die Schwester vor. „Ich bleibe bei Ihnen, bis Sie eingeschlafen sind. Haben Sie einen Wunsch?“
„Ich möchte gern meinen Mann und meine Tochter sprechen“, bat ich und hatte Angst, nicht verstanden zu werden.
„Ich kümmere mich darum“, bekam ich ohne Zögern zur Antwort.
„Ich bin so froh, dass ich verstanden werde. Vielen Dank!“, formulierte ich und war schon eingeschlafen.
War alles nur ein Traum oder werde ich Gert und Carsta wiedersehen?
Ich wagte kaum, bei diesen Gedanken die Augen zu öffnen. Es war hell. Vormittag? Mittag? Das Fenster konnte ich nicht sehen. Ich lag auf der Seite mit Blick zur Tür, die gerade geöffnet wurde.
„Guten Morgen! Sie haben schön ruhig geschlafen. Ich bin hier die Stationsschwester Eva“, wurde ich freundlich begrüßt. So als wäre alles ganz selbstverständlich.
„Verstehen Sie mich wirklich?“, ganz leise, nahezu tonlos klang meine bange Frage.
„Aber klar doch! Wir verstehen Sie gut!“, bestätigte Eva. „Gleich kommt unsere Schwester Hella, um Sie zu waschen. Anschließend geben wir Ihnen Puddingsuppe.“
Ich sah die Schwester sicher verständnislos an. Sie lachte und klärte mich geduldig auf.
„Ja, eine Weile müssen Sie sich schon noch von uns bedienen lassen. Sie lagen mehrere Wochen im Koma, waren nur kurzzeitig etwas ansprechbar.Wir sind alle sehr froh, dass Sie das überstanden haben. Nun brauchen Sie viel Geduld.“
„Ich kann mich nur an wenig erinnern“, gab ich zu.
„Ihre Tochter wird gleich kommen. Sie hat Sie täglich besucht.“ Davon wusste ich gar nichts!
„War mein Mann auch hier?“, erkundigte ich mich.
„Ja, er kam jeden Tag. Aber der Oberarzt ließ ihn nur einmal wöchentlich rein“, sagte Eva. „Es tat uns sehr Leid, aber jede Aufregung hätte Ihnen geschadet.“
Also hatte mich Gert an diesen furchtbaren Apparaten gesehen. Wie schrecklich!

Schwester Eva erriet meine Gedanken. „Machen Sie sich keine Sorgen. Ihr Mann telefoniert täglich mit dem Chefarzt. Er hat ihm ständig von Ihren Fortschritten berichtet."
„Na, was macht unser Sorgenkind heute?" Schwester Hella öffnete die Tür.
„Wir haben uns angeregt unterhalten", scherzte die Stationsschwester. Sie blinzelte mir zu, als sie hinausging.
Als dann Schwester Hella sich anschickte, mich zu waschen, begriff ich allmählich das ganze Ausmaß meiner Erkrankung. Ich war nicht nur zu schwach, um mich selbst zu waschen ... Ich war völlig unfähig, mich zu bewegen! Fassungslos und mit Tränen in den Augen sah ich die Schwester an. Fragen konnte ich nicht. Mein Hals war wie zugeschnürt.
„Sie dürfen sich jetzt nicht aufregen." Schwester Hella streichelte meine leblosen Hände. „Wir sind zunächst sehr froh, dass Sie bei Bewusstsein sind. Das Weitere wird sich finden", versuchte sie zu trösten.
„Was muss ich tun, um schnell gesund zu werden?" Ich wollte ihren Rat – nicht ihren Trost.
„Sie haben unbewusst schon viel dazu beigetragen", antwortete Hella anerkennend. „Sie haben in den vergangenen Wochen eisern gekämpft und einigen Ärzten das Gegenteil ihrer Prognose bewiesen. Machen Sie weiter so. Lassen Sie sich nicht entmutigen, auch wenn es nur langsam vorwärts geht!"
Ich wusste mit diesen Worten nicht viel anzufangen. Während ich gewaschen wurde, schlief ich ein und bemerkte nicht, wie und wann man mir die Suppe verabreichte.
Am späten Nachmittag erwachte ich durch ein wohlig warmes Gefühl in der Magengegend.
Schwester Monika war damit beschäftigt, mir die Nahrung durch den Nasenschlauch einzuflößen. Behutsam legte sie den Schlauch, der quer über mein Gesicht baumelte, zur Seite.
„Sie dürfen vorerst nichts anderes essen", klärte sie mich auf. Sie hatte wohl gemerkt, dass ich fragen wollte. Dann drehte sie mich zur Seite und stopfte Kissen an meinen Rücken, die verhinderten, dass ich wieder zurück rollte.
„Sie werden jede Stunde gedreht. Sie dürfen keine Druckstellen bekommen", erklärte Monika dabei. Gewissenhaft zog sie das Bettzeug glatt.
Ich wollte nicht wieder einschlafen, da ich auf Gert und Carsta wartete.
Meine Enttäuschung war groß, als Monika sagte, dass beide da waren, während ich schlief. „Es tut uns Leid. Aber sie durften nicht länger bei Ihnen warten!", entschuldigte sie sich.
Da wurde plötzlich die Tür aufgerissen. Ein großer, gut aussehender Arzt stürmte herein.
„Ich höre, unsere ‚Zum Leben Erwachte' ist neugierig geworden! Wunderbar! Du siehst ja wirklich schon ganz munter aus!" Er lachte mich an. Das vertrauliche Du erweckte Zuversicht und Vertrauen in mir. Aber woher kannte er mich? Er kam mir bekannt vor.
„So, dann wird' ich dich mal aufklären!", legte er temperamentvoll los. „Also, du warst über einen Monat im Koma – das heißt, kurze Momente warst du da. Wir haben keinen Pfifferling mehr auf dich gegeben! Du hattest ein Blutgerinnsel im Gehirn. Das haben wir weggekriegt. Nun gib dir mal weiterhin Mühe und wird' gesund! Jetzt liegt es an dir!"
Bevor ich versuchte, Fragen zu stellen, nahm er meine Hände und sprach beruhigend weiter.

„Du kannst nur flüstern, weil wir einen Luftröhrenschnitt machen mussten. Deine Atmung setzte aus und wir mussten dich künstlich beatmen. Deshalb steckt jetzt eine Trachealkanüle in deiner Luftröhre. Du kannst jetzt wieder selbst atmen, hast aber Probleme beim Schlucken. Wir versorgen dich darum durch diesen Schlauch." Der Arzt tippte lächelnd an meine Nase.
„Aber auch das wird sich bald normalisieren. Du musst es aber wollen!"
Ich hatte Mühe, all diesen Worten zu folgen. Schon stand er auf. „Das reicht für heute!"
„Hab ich einen Urinkatheter?", machte ich mich noch schnell bemerkbar.
„Ja! Blase und Darm sind auch gelähmt. Keine Aufregung! Wir stehen erst am Anfang. Unsere Physiotherapeuten geben sich große Mühe, dass es rasch aufwärts geht mit dir!"
„Aber ...", weiter kam ich nicht. „Genug, genug!" wurde ich wieder freundlich abgewehrt.
Ich hätte gern noch weitere Fragen gestellt, doch ich spürte, dazu fehlte mir die Kraft.
Alles war so unfassbar! Furchtbar! Warum war mir das passiert? Könnte ich doch nur bald wieder nach Hause!
Beim nächsten Erwachen war es dunkel im Zimmer. Angestrengt versuchte ich, meine wirren Gedanken zu ordnen. Das Gespräch mit dem sympathischen Arzt! Alles, aber auch alles an mir soll gelähmt sein! Vergeblich meine Bemühungen, Arme oder Beine zu bewegen!
Auf der Seite liegend, hatte ich die Tür im Blick. Die beiden Glasfensterchen darin sah ich doppelt und ganz verschoben! Mit einem zugekniffenen Auge sah ich alles normal.
Die linke Körperseite schmerzte. Ein Gefühl als läge Blei darauf.
„Guten Morgen!" Eine sanfte Stimme ließ mich aufhorchen. „Ich bin Schwester Rita. Kennen Sie mich?", fragte sie mit auffallend sanfter Stimme. Die Schwester war mir völlig fremd, obwohl sie mich in den vergangenen Wochen betreut hatte.
„Sicher verstehen wir uns", sprach sie weiter. Dabei zog sie mir das Nachthemd aus.
„Das ist ja ein OP-Hemd! Nicht mein Nachthemd!" Ich war entsetzt. Rita verstand mich.
„Ja, weil diese Hemdchen leicht zu wechseln sind", sie lächelte mich an und erzählte mir, dass ich mehrmals täglich frische Wäsche bekam. Auch das hatte ich bisher nicht bemerkt.
Beim Waschen fragte ich, ob Gert und Carsta mich besuchen kommen und dass ich dann unbedingt geweckt werden möchte. Ich wartete sehnsüchtig auf dieses Wiedersehen und doch beschlich mich eine unerklärliche Angst – auch Unsicherheit. Wie werden sich die beiden verhalten? Werden sie mich verstehen?
Gewaltsam vertrieb ich diese Gedanken und konzentrierte mich auf die Gegenwart.
„War ich heute Nacht allein?", fragte ich Rita. „Aber nein!", lachte sie. „Elvira hatte Nachtdienst. Sie sah regelmäßig nach Ihnen und drehte Sie auch stündlich."
„Ich hab nichts gemerkt. War ich wieder bewusstlos?", wollte ich wissen. Rita widersprach.
„Aber nein! Sie schliefen nur fest und ganz ruhig!" Ich glaubte ihr.
Nun hab ich wieder verschlafen, dachte ich.
Da ging leise die Tür auf - Gert kam! Mit einem Riesenschritt war er bei mir. Schnell beugte er sich über mich, drückte und küsste mich, ohne ein Wort zu sagen. Mein Herz raste wie wild. Jetzt nicht weinen, dachte ich voller Glück. Aber die Tränen kullerten! Auch bei Gert.
Dieses erste, für mich bewusste Wiedersehen war so einfach! Alles war so selbstverständlich für Gert. Er hatte sich genau über den Verlauf meiner Krankheit informiert.

„Ich war unsagbar froh, als ich gestern erfuhr, dass du wieder bei Bewusstsein bist!", wiederholte er immer wieder.
„Und ich bin sehr erleichtert, dass du meine Flüsterstimme verstehst", gestand ich ihm. Gert nahm meine Hände.
„Ich kann kaum etwas fühlen. Ich spüre nur, dass deine Hände schön warm sind", sagte ich und sah ihn ängstlich an.
„Du darfst nicht gleich zu viel verlangen. Sei tapfer, auch wenn es nur langsam vorwärts geht. Wir sind ja alle so froh, dass du uns erkennst!", tröstete mich Gert liebevoll.
Ich wollte noch viel fragen, aber da öffnete der Oberarzt die Tür und deutete auf die Uhr. „Genug für heute!" Gert musste gehen. „Übermorgen darf ich wieder kommen", flüsterte er beim Abschied nehmen, während er mich zärtlich küsste. Ich war so glücklich und hätte ihn auch gern fest in die Arme genommen, aber in meinem verteufelten Zustand ging das nicht. Völlig unsinnig erschienen mir nun meine Ängste vor diesem ersten Wiedersehen.
Nicht die kleinste Andeutung von Mitleid hatte ich bemerkt. Da waren nur unendlich große Freude und Zuversicht. Das tat so gut! Mitleid hätte ich nicht ertragen.
An der Tür drehte sich Gert um und nickte mir aufmunternd zu.
Er ist noch genauso lieb zu mir wie vorher, dachte ich da.
Ich blieb nur kurz allein mit meinen Gedanken. Schwester Hella kam, um mich zur Seite zu drehen. „Na, das war eine Freude, stimmt's?", lachte sie. „Die nächste Überraschung ist schon im Anmarsch! Bitte nicht einschlafen!" Das war jetzt auch nicht möglich.
„Hallo, Mami! Ich bin's!" Es war Carsta! Ängstlich und forschend sah ich meine Tochter an.
Wie wird sie meinen Zustand verkraften? Doch sie verblüffte mich durch ihre unverändert natürliche Art. Carsta drückte mich so fest, als wollte sie mich nie mehr loslassen.
„Bin ich froh, dass du es endlich geschafft hast! Der Oberarzt darf mich nicht erwischen. Heute darf ich nämlich nicht zu dir, weil Papi schon hier war! Da hab ich eben Schwester Hella angebettelt und sie hatte Erbarmen!", schnatterte sie so schnell, wie ich es von ihr gewöhnt war. Nun kam ich gar nicht mehr zu Wort. Sie erzählte, dass sie täglich bei mir war und mir sogar die Nahrung geben durfte. „Schließlich gehöre ich ja zum Personal", sagte sie stolz. „Papi wurde oft weggeschickt. Ich fand das gemein! Er war immer sehr traurig. Aber du hast uns nicht erkannt. Wir wussten von Anfang an, dass du wieder gesund wirst!"
Carstas Zuversicht tat mir jetzt so gut. Trotzdem musste ich ihren Redeschwall unterbrechen.
„Sag mal, Carsta, ist es schwierig, mich zu verstehen?"
„Nein, wenn man dich beim Sprechen ansieht, bist du gut zu verstehen", versicherte sie mir.
„Dein Sprachzentrum ist doch nicht betroffen. Die Stimme ist nur durch den Luftröhrenschnitt so tonlos. Wenn du die Trachealkanüle wieder los bist, dann wirst du bald wieder laut sprechen können!", erklärte Carsta sachkundig.
Gerade als ich fragen wollte, wie sie beide den Haushalt schafften, sah Hella ins Zimmer.
„Schnell raus Mädchen! Der Oberarzt kommt gleich! Er schimpft, wenn er dich hier sieht!"
Eilig verabschiedete sich Carsta: „Morgen komme ich wieder!"
Schwester Hella drehte mich behutsam zur Seite, wechselte den Beutel meines Urinkatheters und erzählte dabei, dass der Oberarzt gleich zum Absaugen kommen wird.

Verunsichert fragte ich, was das bedeutet. „Nichts Schlimmes", sagte Hella. „Durch die Kanüle in Ihrer Luftröhre wird mehrmals täglich der Schleim abgesaugt, weil Sie noch nicht aktiv abhusten."
„Selbstständig kann ich scheinbar gar nichts mehr!", sagte ich verzweifelt. Das hatte Hella wohl falsch verstanden. „Oberarzt Dr. Heinrich hilft Ihnen gleich!", lautete darauf unpassend die Antwort.
„Oh, sie ist ja wach", sagte der Oberarzt zu Schwester Hella. Erst nachdem er bemerkte, dass ich ihn ansah, sprach er weiter. „Ich sauge den Schleim ab, dann geht es Ihnen wieder besser."
Ich verfolgte jeden seiner Handgriffe. Er rückte eine etwa einen Meter hohe Metallflasche heran, an deren Kopf sich ein Ventil mit Schlauch befand. Beim Aufdrehen dieses Ventils zischte es.
Dr. Heinrich reinigte den dünnen Schlauch, um ihn dann in die Kanüle zu schieben. Es röchelte und brodelte! Ein eigenartiges Gefühl, aber kein Schmerz. Wo der abgesaugte Schleim blieb, konnte ich nicht sehen. Mehr zu sich selbst als zu mir sagte der Oberarzt: „Jetzt fällt Ihnen das Atmen leichter." Er hing den Schlauch zurück an die Flasche und ging.
Das war die letzte Wahrnehmung an diesem ereignisreichen Tag. Ich träumte vom Wiedersehen mit Gert und Carsta.
Als ich erwachte, lag ich auf der rechten Seite. In dieser Lage hatte ich keine Schmerzen und konnte zum Fenster hinaussehen. Unmittelbar gegenüber sah ich ein langes, flaches Gebäude. Beim genaueren Hinsehen erkannte ich eine Brettertür, darüber Leuchtbuchstaben. „SAUNA" las ich. Wozu wird im Krankenhaus eine Sauna gebraucht? Oder wurde ich wieder verlegt, während ich schlief? Da niemand kam, den ich fragen konnte, versuchte ich, draußen etwas zu beobachten. Kürzlich standen hier noch kahle Bäume. Jetzt sah die Wiese vor dem Saunagebäude saftig grün aus. War jetzt etwa schon Sommer?
Da kamen plötzlich Hühner angerannt! Also hatte man mich in eine andere Klinik gebracht.
Gert und Carsta dürfen mich hier sicher auch besuchen.
Ich sah den Hühnern zu. Braun gesprenkelt waren sie. Niedlich, wie flink sie durcheinander rannten! Aber was war das? Ich traute meinen Augen nicht! Die Hühner stießen mit ihren dünnen Beinchen kleine, weiße Bälle vor sich her! Sie spielten Fußball! War das lustig anzusehen! Ich musste laut lachen über die drollige Gesellschaft.
Durch laute Stimmen im Zimmer wurde ich bei meinen Beobachtungen unterbrochen. Schwester Eva drehte mich auf den Rücken. Mein Bett war umringt von Ärzten und Schwestern.
„Nun können wir uns besser unterhalten", sagte eine junge Ärztin, die sich als Stationsärztin Dr. Henze vorstellte. „Wo bin ich jetzt?", fragte ich sie.
Ärzte und Schwestern sahen mich bestürzt an. Schwester Eva ergriff das Wort.
„Na, das wissen Sie doch! Seit Ende Januar sind Sie hier bei uns auf der Intensivstation. Gestern haben wir uns so schön unterhalten."
„Bin ich schon lange in diesem Zimmer?", wollte ich dann wissen.
„Seit drei Tagen", antwortete einer der Ärzte. „Kennen Sie mich? Wie heiße ich?"
Ich kannte ihn, konnte aber seinen Namen nicht nennen. Und das war mir äußerst peinlich!

Die Ärzte tauschten einige Blicke, flüsterten und gingen, ohne nochmals zu fragen, hinaus.
Ich war froh, dass ich wieder allein war und nicht über meine Beobachtungen gesprochen hatte. Geglaubt hätte das sicher niemand!
Nach einer Weile des Grübelns kam Eva zu mir. „Was war denn los? Sie waren ja so durcheinander!“ Besorgt sah sie mich an.
„Die vielen Ärzte haben mich etwas irritiert“, verteidigte ich mich.
„Heute war Chefvisite. Da kommt immer solch ein Rattenschwanz mit“, lachte Eva.
„Ich schäme mich so, weil ich den Namen des Arztes nicht mehr wusste.“
„Ach, das kann doch vorkommen. Ist nicht schlimm! Das war unser Oberarzt, Dr. Heinrich. Außerdem weiß der selbst, wie er heißt. Da braucht er nicht andere Leute fragen. Stimmt's?“
Eva lachte schelmisch. Und auch ich musste lachen.
Während ich per Nasenschlauch etwas in den Magen bekam, sagte sie: „Damit werden wir bald Schluss machen. Sonst vergessen Sie noch, wozu Sie Zähne haben!“ Eva hatte bei jeder Gelegenheit einen Scherz parat. Das beruhigte mich.
„Ärgern werde ich Sie aber trotzdem noch. Ich muss Sie auf die linke Seite legen - und das gefällt Ihnen nicht. Aber das muss sein!“ Schwupps ... Bevor ich antworten konnte, hatte Eva mich gedreht. „Schöpfen Sie noch etwas Kraft, bevor die Physiotherapeuten kommen. Die werden Sie immer früh und nachmittags jeweils zwanzig Minuten lang bewegen. Zack, zack! Sie müssen wieder in Gang kommen! Oder wollen Sie hier weiter so faul herumliegen?“
Flink wollte Eva verschwinden, aber sie ließ sich zurückhalten durch meine Frage.
„Wer war dieser sympathische große Arzt, der mir gestern - oder wann war das – alles an meinem Zustand so gut erklärt hat? Er sprach mich mit Du an. Aber ich kenne ihn nicht.“
„Das war unser Klinikchef, Prof. Dr. Menkel“, geduldig klärte mich Eva über den beliebten Chefarzt auf. „Er war bei der heutigen Visite nicht dabei. Aber er hat sich ständig um Sie gekümmert. So, und nun wird geschlafen!“ Ihr gehorchte ich gern.
Die Physiotherapeuten waren zwei Frauen, etwa Mitte dreißig. Lebhaft diskutierend betraten sie mein Zimmer. Ich wartete darauf, von ihnen angesprochen zu werden und überlegte schnell, wie ich mich am besten verständlich machen könnte Doch die beiden nahmen keine Notiz von mir. Sie plauderten miteinander, legten die Bettdecke zur Seite und kullerten mich in die Rückenlage. Sie konnten sich nicht gleich einigen, wer welches meiner Beine bewegen sollte.
Einen Augenblick glaubte ich, einer Verwechslung aufzuliegen. Ich war ja nicht gefragt worden. Wieder sprach ich die beiden an – vergeblich. Gegen ihren Redeschwall kam ich nicht an. Ganz mechanisch hoben, senkten und beugten die Physiotherapeutinnen meine Beine und Arme, ohne mich dabei anzusehen oder ihr Privatgespräch zu unterbrechen. Offensichtlich kannten sie das Bewegungsprogramm auswendig.
Ich hatte Bedenken, dass die beiden Redseligen etwas falsch machten, denn das Bewegen der rechten Extremitäten war sehr schmerzhaft. Die Tortur schien eine Ewigkeit zu dauern.
„Machen wir Schluss!“, entschied endlich die größere der beiden Damen. Ich merkte erst jetzt, dass sie auffallend geschminkt waren. Sie deckten mich zu und verließen grußlos den Raum.
Das Hemd war nicht glatt gezogen worden. Es drückte am Rücken.

„Hallihallo! Da bin ich!“ Schwester Rita erlöste mich. Ich beklagte mich über die Physiotherapeutinnen. „Machen Sie sich nichts draus! Sie sind nicht die Erste, die sich darüber ärgert!“, tröstete Rita. „Wir Schwestern haben auch kein gutes Verhältnis zur Physiotherapie. Die halten sich alle für etwas Besonderes. Da kann man nichts machen.“
Ohne meine Bitte zog Rita das Hemd glatt und drehte mich zur rechten Seite. Ich war so froh, dass die Schwestern mich verstanden und alle ausgesprochen nett waren.
Diese Übungen muss ich ertragen, bis ich mich wieder aus eigener Kraft bewegen kann. Es kann ja nicht ewig dauern, machte ich mir Mut.
Ein leises Klopfen lenkte mich ab. Ich lag mit dem Rücken zur Tür und sah nicht, wer kam. Aber meine Tochter war auch ungesehen für mich erkennbar.
Mit einem fröhlichen „Ich bin's Mami!“ begrüßte sie mich und berichtete von ihren Tageserlebnissen. „Zu Hause haben wir alles gut im Griff“, wurde mir versichert. „Beide Omas helfen uns. Du darfst dir keine Sorgen machen! Denn das schadet deiner Genesung sehr! Du musst nur daran denken, vorwärts zu kommen!“, befahl mir Carsta.
„Papi rief mich an“, plauderte sie weiter, „er will versuchen, herzukommen. Hoffentlich kann er den Oberarzt irgendwie überlisten!“ Ohne die Antwort hierauf abzuwarten, schickte sie sich an, mich zu füttern. Geschickt zog sie die puddingartige Emulsion auf und drücke sie langsam in den Schlauch. Wärme im Magen - wie ich dieses Spielchen hasste! Warum nur war plötzlich alles umgekehrt! Noch vor kurzem hatte ich Carsta umsorgt. Jetzt musste ich mir von ihr helfen lassen. Ich kämpfte mit größter Anstrengung gegen diese Gedanken an. Sie drohten, mich fast wahnsinnig zu machen.
Zu allem Überfluss kam nun auch noch der Oberarzt mit übler Nachricht.
„Liebe Grüße von Ihrem Mann. Er darf Sie heute nicht schon wieder besuchen, weil Sie das zu sehr aufregt.“ Wütend kämpfte ich mit den Tränen.
„Wo ist mein Mann? Steht er draußen?“ Das verstand niemand.
„Du musst jetzt gehen, Carsta! Dein Vater wartet draußen auf dich“, war die unerbittliche Antwort des Arztes. Er war mir unsympathischer denn je. Er war herzlos!
Carsta wirkte verstört. „Geh nur“, sagte ich. „Grüß den Papi ganz lieb. Ich hätte ihn so gern gesehen.“ Wortlos und lange drückte mich Carsta. Neben mir wurde das Kopfkissen nass.
Der Oberarzt hatte erreicht, dass wir uns alle drei aufregten! Wusste er es nicht besser? Wusste er nicht, wie gut mir Gerts Besuch getan hätte? Gert tat mir unendlich Leid, weil er abgewiesen wurde. Da tröstete auch nicht, dass Carsta täglich kommen durfte. Ich war so aufgewühlt und konnte auch auf meiner Lieblingsseite nicht einschlafen.
Ich sah zum Fenster hinaus und hoffte, Gert würde morgen eine Möglichkeit finden, mich zu sehen. Er versteht es ja, sich durchzusetzen.
Draußen setzte die Dämmerung ein. Ich erkannte die „SAUNA“ noch deutlich. Vor dem Gebäude sah ich einen sauberen Plattenweg. Plötzlich kam Gert von rechts und eilte mit raschem Schritt auf die große Eingangstür zu. Oh, er kommt doch, dachte ich voller Freude.
Ich rief ihm zu und winkte. Vor Begeisterung konnte ich beide Arme bewegen! Aber warum sah Gert nicht rüber? Ich rief immer lauter. Er hörte mich nicht, schaute traurig gerade aus, öffnete zögernd die Tür und ging dann hinein. In der Hoffnung, Gert würde bald wieder herauskommen, ließ ich die Tür nicht aus den Augen Einschlafen wollte ich keinesfalls!
Erschrocken wurde ich wach. Ich lag auf dem Rücken, hatte Gert verpasst!

Ich sah mich auf einem kleinen Boot, das sich in einer grünen Röhre sanft vorwärts bewegte.
Zu beiden Seiten wunderbar grüne, mir aber unbekannte Bäume. Man hatte mich sicher wieder verlegt. Ich suchte nach Gert. Aber das Boot glitt unaufhaltsam weiter durch den Blätterwald.
Abermals musste ich eingeschlafen sein. Ich erwachte wieder auf dem Rücken liegend.
Über mir zwei Neonröhren. Oder war es nur eine? Ich sah wieder Doppelbilder! Ich hatte diese unverkleidete Neonröhre noch nie gesehen! Ich wusste aber genau, dass ich nicht ständig in diesem Zimmer war! Allzu deutlich sah ich das Erlebte vor mir. Erstmals fing ich an zu zweifeln. Was war Traum? Was war Wirklichkeit? Sollte ich den Arzt fragen? Nein - ich will so schnell wie möglich heim zu Gert und Carsta!
„Guten Morgen!“ Schwester Eva unterbrach meine Überlegungen. „Gleich kommt die Chefvisite!“ Noch sehr benommen fragte ich, ob man mich wieder verlegt hatte.
„Aber nein!“, lachte Eva. „Sie hatten nur eine sehr unruhige Nacht und haben Schwester Elvira ganz schön auf Trab gehalten. Kein Grund zur Beunruhigung! Das gibt sich wieder!“
Da riss der Oberarzt unwirsch die Tür auf. Eva bekam meinetwegen noch einen Rüffel, weil sie als Stationsschwester nicht pünktlich zur Stelle war. Jedoch völlig unbeeindruckt schnappte sie sich die bereitliegenden Krankenakten.
„Es kann losgehen, Herr Oberarzt!“
Er sah mich mit durchdringendem Blick an. „Können Sie mir heute sagen, wer ich bin?“
Etwas sträubte sich in mir. Ich wollte und konnte meine Lippen nicht bewegen.
Frau Dr. Henze übersah die Situation und lenkte diplomatisch ab.
„Vielleicht wissen Sie, welchen Monat wir jetzt haben?“
„August!“, riet ich, ohne zu überlegen. Gleichzeitig fühlte ich die Blamage.
„Na, so lange möchten wir Sie nicht auf der Intensivstation behalten“, meinte die Ärztin und zeigte ruhig lächelnd zum Fenster. „Sehen Sie mal, die Bäume haben noch keine Blätter. Es ist noch nicht Sommer. Jetzt haben wir erst Anfang März.“ Tröstend legte sie ihre Hand auf meine Schulter. „Bleiben Sie nur ganz ruhig. Das ist alles ganz normal in Ihrem Fall. Auch das Erinnerungsvermögen kommt wieder. Alles braucht seine Zeit.“
Frau Dr. Henze sprach ganz ruhig. Doch ich sah ein mitleidiges Lächeln auf dem Gesicht des Oberarztes.
Dir werde ich beweisen, dass ich es schaffe, dachte ich zornig. Was danach der Chefarzt mit ihm und all den anderen Ärzten besprach, verstand ich nicht.
Nach einer kurzen Ruhepause weckten mich die beiden Physiotherapeutinnen mit dem bekannten, unpersönlichen Programm. Nur ließen sie sich diesmal ausschließlich über ihre Ehemänner aus. Das wäre recht unterhaltsam gewesen, wenn ich dabei keine Schmerzen gehabt hätte. Aber wen interessierte das? Für die beiden war ich ja nur ein Arbeitsmittel. Wie gewohnt, verschwanden sie ohne Gruß. Ich wusste, am Nachmittag würden sie das gleiche nochmal bei mir abarbeiten.
Ständig war ich bemüht, das Erlebte genau zu registrieren, mir die Umgebung einzuprägen. Aber die Müdigkeit war stärker. Gegen meinen Willen schlief ich immer wieder ein, obwohl ich jetzt Angst vor meinen Träumen hatte.
Im Halbschlaf merkte ich, wie sich jemand an meinem Kehlkopf zu schaffen machte. Als ich die Augen öffnete, lächelte mich ein mir unbekannter, älterer Arzt an. „Ich wechsle nur die Trachealkanüle und untersuche Ihren Kehlkopf“, erklärte er. Schwester Hella

assistierte dabei. Sie nahm mir weitere Fragen ab. „Das tut unser Hals-Nasen-Ohrenarzt jetzt regelmäßig.“
Diese Prozedur tat zwar nicht weh, war aber ebenso unangenehm wie das Schleimabsaugen.
„Sie brauchen dieses Loch in der Luftröhre noch einige Zeit“, verabschiedete sich dieser Dr. Neumann. Ich war sehr erleichtert, weil er ganz normal mit mir sprach. Wieder allein, dachte ich an Carsta und ihre Begeisterung, mich zu füttern.
Eine unbestimmbare Abneigung hiergegen überkam mich. Ich wollte mich nicht mehr von meiner Tochter bedienen lassen. Sie war nicht meine Krankenschwester!
Das muss sich ändern, beschloss ich.
Als hätten meine Gedanken sie gerufen, stand Carsta plötzlich an meinem Bett.
„Ich soll dich ganz lieb von Papi grüßen und du sollst nicht traurig sein Der Oberarzt erlaubt nicht mehr als zwei Besuche wöchentlich. Aber am Sonntag dürfen wir beide kommen.“
Die Enttäuschung ließ ich mir nicht anmerken.
„Die Nachmittage sind so langweilig für uns“, fuhr Carsta fort. „Der Papi sitzt oft grübelnd im Wohnzimmer. Deshalb hab ich ihn überredet, wieder mit mir nach Neritz zu fahren.“
Sofort fiel mir ein, dass wir dorthin stets zum Reiten fuhren.
„Das ist gut so“, lenkte ich ein. „Ihr sollt meinetwegen nicht darauf verzichten. Wir hatten immer so viel Spaß. Und es wird noch eine Zeit dauern, bis ich wieder auf ein Pferd steigen kann.“
Ich sagte Carsta nichts von meiner Blamage bei der Visite. Es würde sie nur beunruhigen. Wichtig war allein, dass Gert am Sonntag kommen durfte!
Die Physiotherapeutinnen standen unerwartet da. Sie baten Carsta, das Zimmer zu verlassen.
Wir hatten kaum Zeit, uns zu verabschieden.
Ungeduldig erwartete ich das Ende der schmerzhaften Übungen. Auf der linken Seite liegend, ließ ich anschließend die Tür nicht aus den Augen.
Tatsächlich war ich wach, als Gert und Carsta kamen. „Endlich!“, rief ich. „Die Zeit war ja schrecklich lang!“ Als mich die beiden stürmisch begrüßten, spürte ich den vertrauten Geruch des Pferdestalls. „Wir kommen direkt von Neritz!“ Gert strahlte. „Wir hatten keine Zeit, uns umzuziehen. Der Oberarzt sagte, wir könnten gleich kommen, weil es dir viel besser geht!“
Ich lachte laut. „Ihr riecht nach Pferd! So schmutzig dürft ihr hier doch nicht rein!“
„Wir fahren schnell nach Hause, ziehen uns fein an und sind ganz schnell wieder bei dir!“, entschied Gert. Er befürchtete, unangenehm aufzufallen.
Ich konnte nicht aufhören zu lachen. Die beiden gingen und winkten. „Bis gleich!“
Da kam auch schon Rita. Sie hatte nichts von dem Kurzbesuch bemerkt und wollte mich zur anderen Seite drehen.
„Ich möchte nicht gedreht werden, weil mein Mann gleich kommt!“, erklärte ich schnell.
Zu meiner großen Verwunderung reagierte Schwester Rita nicht. Missmutig sah ich zum Fenster hinaus. Von dort konnte Gert nicht kommen. Das wusste ich.
Unmittelbar unter dem Fenster erkannte ich einen Mauervorsprung. Große Hunde, schwarz und weiß gefleckt, saßen darauf. Sie machten mir keine Angst. Ich schloss die Augen und wartete auf Gert und Carsta.

Schwester Hella weckte mich. „Habe ich meinen Mann verpasst?“, fragte ich erschrocken. „Ihr Mann kommt bestimmt am Sonntag.“ Hella lächelte freundlich, während sie sorgfältig meine Beine wickelte. Bisher hatte ich nicht bemerkt, dass sie fest umwickelt waren, deshalb erkundigte ich mich auch nicht näher danach. Ich nahm mir vor, besser aufzupassen.
„Gleich kommt die Visite.“ Dieser Satz löste inzwischen wahre Angstattacken in mir aus.
„Nur nicht einschüchtern lassen“, sagte Hella leise. Sie hatte meine Aufregung bemerkt.
Doch da standen bereits alle Weißkittel an meinem Bett.
Auf die Frage nach dem heutigen Tag antwortete ich verwirrt: „Am Sonntag kommt mein Mann!“ Grinste der Oberarzt etwa wieder?
„Ja, das ist übermorgen“, sagte darauf Frau Dr. Henze. „Welchen Tag haben wir dann heute?“
Ich wusste es wieder nicht. Wann wird sich wohl mein Gedächtnis normalisieren?
Verschämt schloss ich die Augen. Niemand sollte weitere Fragen stellen.

„Wo ist mein Ehering?“ Erschrocken sah ich auf meinen rechten Ringfinger. Schwester Elvira war damit beschäftigt, mich zu waschen. Dabei hielt sie meinen rechten Arm hoch. Sicher hatte der Schmerz mich wach gemacht. „Wir mussten den Ring abnehmen, als ihre Finger stark anschwollen“, sagte Elvira. „Ihr Mann bekam den Ring.“
Ich hatte also etwas geträumt, das mit der Wirklichkeit zusammenhing. Im Traum war ich mit Gert durch eine hohe Scheune geirrt. Wir hatten im Stroh vergeblich nach meinem Ehering gesucht. Wir ärgerten uns sehr über den Verlust. Ich war froh, alles nur geträumt zu haben.
Aber was war mit all den anderen Wahrnehmungen? Was davon war Wirklichkeit?
„Heute darf Ihr Mann Sie wieder besuchen.“ Elvira lenkte mich von meinen Überlegungen ab. „Heute ist Sonntag“, stellte ich fest.
„Richtig!“, freute sich auch Elvira. „Heute ist keine Visite und nächste Woche klappt es sicher besser mit dem Gedächtnis. Vergessen sie nicht, dass sie viel Zeit brauchen, um sich wieder zurechtzufinden. Nicht ungeduldig werden!“
Lachend drohte sie mir mit erhobenem Zeigefinger. „Und nun wird nicht gegrübelt, sondern geschlafen! Unsere Rita löst mich ab. Also – tschüß bis morgen!“ Elvira löschte das Licht.
Ich war froh, die grelle doppelte Neonröhre nicht mehr ansehen zu müssen.
Gerade ausgeschlafen, beobachtete ich Schwester Rita, wie sie an dem Tisch in der Ecke hantierte. Plötzlich sah ich Rauch vom Tisch aufsteigen.
„Es brennt!“, rief ich. Rita hörte es nicht. Ich wurde unruhig, wollte meine Arme heben. Es ging nicht. Da drehte sich Rita um. Ich konnte ihr klarmachen, dass Qualm in der Nähe des Elektrokochers aufstieg. Aber sie lachte nur, tastete alles ab und versicherte, es wäre alles in Ordnung. Resigniert gab ich auf.
Was danach passierte, entzog sich wieder meinem Bewusstsein.
Meine nächste Wahrnehmung war Gert.
„Du willst uns wohl nicht sehen?“, fragte er leise. Mehrmals hintereinander schloss und öffnete ich die Augen. War das endlich Wirklichkeit?
„Ich hab so lange auf euch gewartet! Ich kann kaum glauben, dass ihr wirklich da seid!“, sagte ich und spürte glücklich, wie beide mich drückten und küssten. Zum ersten Mal registrierte ich deutlich, dass ich im Gesicht ein völlig normales Gefühl hatte. Alles andere war nicht nur leblos, sondern auch taub!

Da wusste ich, diesmal träume ich nicht.
„Der Chefarzt sagte mir, dass das Gefühl als Letztes wiederkommt“, tröstete mich Gert. „Viel wichtiger ist doch, dass du allein atmen kannst. Wenn du dann auch wieder selbst schlucken kannst, wirst du diesen Nasenschlauch los. Du wirst sehen, wie schnell es dann vorwärts geht!“ Gerts Zuversicht tat mir unendlich gut. Wenn er nur jeden Tag kommen könnte! Das würde mir mehr helfen als jede Behandlung.
Carsta freute sich über die Diskussion. Ich fragte so ganz nebenbei, ob sie mich täglich besucht habe. „Natürlich, Mami!“ kam strahlend ihre Antwort. „Du hast zwar fast immer geschlafen. Aber das macht mir nichts aus. Du brauchst noch viel Schlaf!“
Es beruhigte mich, dass sie offensichtlich nichts von den wirren Vorstellungen und meinem Versagen bei den Visiten wusste.
Gert lenkte mich ab. „Jetzt darf ich dich ja zweimal pro Woche besuchen. Dazu hab ich mir was ausgedacht“, sagte er mit dem verschmitzten Lächeln, das ich so an ihm liebte. Er nahm meine Hände. „Pass auf! Ich komme nächsten Dienstag - und am Donnerstag. Das wäre wöchentlich zweimal. Aber dann komme ich am Sonntag schon wieder. Das merkt der Oberarzt sicher nicht. Freust du dich?“
Natürlich bedeutete das sehr viel für mich. Ich verstand diese Rechnung zwar nicht. Aber Gert würde öfter kommen. Das allein war wichtig.
„Ich telefoniere jeden Morgen und Abend mit dem Chefarzt“, erzählte Gert weiter.
„Richten sie dir meine Grüße aus?“ Von den Grüßen wusste ich nichts. Hatten das die Schwestern versäumt oder hatte ich es nicht registriert? Ich nickte vorsichtshalber.
Schwester Rita erklärte im gleichen Moment die Besuchszeit für beendet.
„Bis morgen, Mami!“ Carsta verabschiedete sich zuerst. Dann beugte sich Gert herunter.
„Bis übermorgen. Ich bin in Gedanken immer bei dir“, flüsterte er und küsste mich zärtlich. Jetzt standen Tränen in seinen Augen.
Da gingen sie beide. Ich war wieder allein ... Allein mit meiner Angst und der Unsicherheit, Traum und Realität auseinander zu halten. Wird das allmählich zum Wahnsinn führen?
Wie und wann wird meine Bewegungsfähigkeit wiederkehren? Wann werde ich wieder normal sprechen können? Fragen, die mir niemand beantworten konnte.
Ich musste fest daran glauben, dass man hier auf der Intensivstation alles Erdenkliche tat, damit ich gesund wurde.

Wie schnell oder langsam die Tage vergingen, darüber mochte ich nicht nachdenken.
Ich war stets in einer Art Wartezustand. Warten auf Gert!
Dass Carsta täglich kam, empfand ich bald als selbstverständlich. Sie kam immer - auf sie brauchte ich nicht warten.
Täglich der gleiche Ablauf: Morgens waschen, Wäsche wechseln, zweimal schmerzhafte und unpersönliche Physiotherapie, Absaugen des Schleims, Wickeln der Beine, Nahrung per Nasenschlauch – und die aufregende Visite mit den frustrierenden Fragen, die ich trotz großer Mühe nicht richtig beantworten konnte.
Das Spülen und Wechseln des Urinkatheters gehörten zum Alltag wie das Ausräumen des Darms. Nichts an mir funktionierte normal.
Stündliches Ändern der Körperlage – linke Seite – Rückenlage – rechte Seite.
Die Schwestern waren alle sehr verständnisvoll. Worüber sollte ich mich beklagen?
Die wenigen Stunden, die ich gemeinsam mit Gert und Carsta verbringen durfte, empfand ich stets wie ein Geschenk. Nur nahm man mir dieses Geschenk immer wieder weg.

„Wir haben eine große Veränderung geplant!", eröffnete mir Frau Dr. Henze ganz unerwartet an einem Morgen.
„Soll ich wieder in ein anders Zimmer?" Ich war nicht erfreut über diese Aussicht.
Die Ärztin sah mich verdutzt an. „Nein! Wie kommen Sie denn darauf?"
Zu mir gewandt rettete Schwester Eva die peinliche Situation. „Ach, Sie denken wohl, wir malern immer noch? Jeden Tag umquartieren! Das könnte Ihnen so passen! Wir sind doch hier nicht im Interhotel!" Darüber mussten wir drei herzhaft lachen. Eva war außerordentlich schlagfertig, diplomatisch und dabei auch sehr einfühlsam.
Frau Dr. Henze wusste nicht, dass ich wegen Malerarbeiten mehrmals das Zimmer wechseln musste. Seitdem war ich oft verunsichert, wenn ich morgens geweckt wurde.
„Na, dann ist mir doch alles klar", sagte sie. „Aber wir wollen heute sehen, ob Sie wieder aktiv schlucken können." Dabei zog sie behutsam den lästigen Schlauch aus meiner Nase.
Erleichtert holte ich tief Luft. „Ist das schön, wenn nichts mehr im Gesicht herumbaumelt!"
Frau Dr. Henze übernahm selbst meine erste normale Fütterung. Ich war ganz aufgeregt. Nach langen Wochen hatte ich wieder etwas im Mund! Ein unbeschreibliches Glücksgefühl! Ich spürte süßen, warmen Schokoladenpudding. Das Schlucken bereitete mir keinerlei Schwierigkeiten. Ärztin und Schwester waren ebenso froh über das Erfolgserlebnis wie ich. „Das war wirklich eine tolle Leistung! Zur Belohnung dürfen Sie jetzt auf Ihrer Lieblingsseite schlafen." Eva scherzte schon wieder.
Mit den Gedanken bei Gert und Carsta schlief ich sofort ein. Jetzt träumte ich nicht.
Die folgende Mahlzeit reichte mir Rita. Ein Schüsselchen Sahnepudding! Auch den konnte ich genießen, da ich mich auch diesmal nicht verschluckte. Ein Forschritt, den jeder anerkennen musste.
Das war mein Glückstag! Ich fixierte die Tür, als sie leise geöffnet wurde. Gert kam!
Er sah mich an, stutzte kurz und drückte mich dann ganz fest an sich, als wollte er die vergangenen Tage damit nachholen. Strahlend sah er mich an.
„Du bist den Schlauch losgeworden! Das ist ja ganz toll! Oh, ich freu mich! Kannst du jetzt wieder richtig schlucken?"
Ganz aufgeregt erzählte ich ihm von dem großen Erfolg. Dabei musste Gert mich mehrmals unterbrechen, um nachzufragen. Vor Begeisterung hatte ich nicht auf deutliche Lippenbewegungen geachtet.
„Du wirst sehen, jetzt kommt alles andere auch zurück!" Gert drückte meine linke Hand an seine Wange. „Der Anfang ist gemacht! Du schaffst das!"
Da wirbelte Carsta aufgeregt zur Tür herein. Die Schwestern hatten sie angerufen und von meinem Fortschritt berichtet. Nun besprachen wir zu dritt das erste große positive Ereignis.
Während meines langen Klinikaufenthalts plante Carsta bereits, Essen von daheim mitzubringen.
„Vorläufig muss ich sicher mit Pudding üben", befürchtete ich. „Er schmeckt aber köstlich!"
„Ihr erzählt vom Essen", unterbrach Gert. „Nächste Woche hast du deinen vierzigsten Geburtstag." Gert sah mich traurig an. Ich erschrak. Daran hätte ich mich von selbst niemals erinnert. Ich hoffte nur, die beiden würden das nicht merken. Carsta rettete mich!
„Blumen dürfen wir hier nicht mitbringen. Als Geburtstagsgeschenk bringen wir dir dein Lieblingsessen!" Da konnte ich nur zustimmend nicken.
„Was wünschst du dir?", fragte Gert. „Ich erfülle dir jeden Wunsch!"

„Ich möchte nach Hause zu euch!“, flüsterte ich. Gert hatte verstanden.
„Sobald das irgendwie möglich ist, hole ich dich hier raus. Das verspreche ich dir!“
„Ausgerechnet dein Vierzigster!“, meldete sich Carsta wieder. „Ich werde Oma und Opa erklären, dass sie dich noch nicht besuchen dürfen.“
„Übermorgen komme ich wieder“, sagte Gert beim Verabschieden. Aber wann war das? Ich hatte ja noch immer kein Gefühl für die Zeit.

Die grelle Neonröhre an der Zimmerdecke war lästig. Dauernd musste ich hinsehen. Da stolzierte doch plötzlich ein kleiner grauer Vogel auf der Leuchte herum! Wo kam der denn her? Er spielte mit einem winzigen schwarzen Würfel. Deutlich erkannte ich die weißen Augen darauf. Niedlich sah das aus. Aber der Vogel hatte ja Schwimmhäute! Wie geschickt der kleine Graue balancierte. Amüsant war das! Hoffentlich fliegt er nicht weg, bevor Gert und Carsta kommen! Gern hätte ich ihnen diesen Speckfuß gezeigt. Sie würden sich bestimmt auch darüber freuen.
Während der Betrachtung von Speckfuß trat eine mir unbekannte Schwester an mein Bett.
Missmutig sah sie mich an. „ Ich bin die Schülerin Christiane. Ich soll Sie füttern.“
Ich bat sie, mich etwas höher zu lagern. Ich lag ganz flach auf dem Rücken, mit nach hinten überstrecktem Kopf. So hätte ich nicht schlucken können.
Trotz aller Mühe gelang es mir nicht, ihr das verständlich zu machen. Christiane stellte Schulter zuckend die Schüssel zurück auf den Tisch und ging. Ich hätte so gern gegessen!
Nach einigen Minuten kam Christiane mit Schwester Elvira zurück.
„Warum wollen Sie nicht essen?“, fragte sie verwundert. Vor Aufregung schüttelte ich den Kopf. Ich wollte ja essen! Aber auch Elvira verstand mich falsch. Sie hatte mich noch nie gefüttert. Vorsichtig gab sie mir kleine Portionen.
„Sie müssen essen“, sagte sie dabei. Ich verschluckte mich und musste furchtbar husten. Mein Kopf lag zu flach. Keine der beiden Schwestern erkannte das. Elvira redete mir gut zu.
„Sie müssen aber essen, auch wenn es Ihnen nicht schmeckt!“
Ich weinte, weil sie mich nicht verstand. Elvira sah mich hilflos an. Desinteressiert, die Hände in den Kitteltaschen stand die Schülerin neben ihr. Elvira führte wieder den Schlauch in meine Nase. „Sie müssen doch was in den Magen bekommen“, versuchte sie, mich zu trösten.
Ich wehrte mich. Aber Christiane hielt meinen Kopf fest.
Völlig erschöpft schlief ich danach ein. Als Carsta mich sanft weckte, war ich ziemlich benommen. Wortlos drückte sie mich und zupfte traurig am Schlauch, der quer über meinen Mund lag. Nur mühsam konnte ich ihr meinen Ärger und Misserfolg berichten. Man hatte sie bereits darüber informiert, dass ich noch nicht in der Lage war, selbstständig zu schlucken und weiterhin mit Sonde ernährt werden musste.
Das Gegenteil dieser Anordnung konnte ich nicht beweisen, da weder Frau Dr. Henze noch Schwester Eva erreichbar waren. Beide hatten Urlaub. Sie verstanden mich. Bei ihnen wäre das nicht passiert.
„Du darfst dich nicht aufregen, Mami.“ Carsta versuchte, mich zu beruhigen. „Wenn es erst einmal geklappt hat, dann geht es bestimmt bald wieder. Papi müsste auch gleich kommen. Wir wollten uns bei dir treffen. Bis Ende März haben wir Schule. Das wird langweilig.“
Carsta schnatterte und brachte mich auf andere Gedanken bis Gert eintraf.

„Ist was passiert? Du hast ja wieder den Schlauch!“ Bei seiner liebevollen Begrüßung sah Gert diesmal traurig und enttäuscht aus. Carsta erzählte, was sie von mir erfahren hatte.
„Die Schwestern geben sich keine Mühe! Ich hole den Oberarzt!“, sagte er empört und sprang auf. Wir konnten ihn nicht zurückhalten. Wenig später kam Gert mit Dr. Heinrich zurück.
Er betätigte ein Gerät, das hinter meinem Bett stand. Es zischte. Nun wurde ein dünner, transparenter Schlauch in die Trachealkanüle geschoben. Lautes Schlürfen war zu hören.
„Sehen Sie, welche Massen an Schleim wir täglich absaugen! Das ist unwahrscheinlich!“ Der Oberarzt zeigte auf einen Glasbehälter, der sich allmählich füllte.
Gert antwortete nicht gleich. Er überlegte. „Was bedeutet das?“, fragte er dann schroff.
„Die starke Verschleimung könnte der Grund für die verweigerte Aufnahme der Speise sein. Wir können nichts erzwingen. Wir müssen abwarten. Mit dem Gedächtnis ist es auch noch nicht so, wie es sein sollte“, erklärte Oberarzt Heinrich betont freundlich. Dann verabschiedete er sich von Gert.
Carsta hatte die ganze Zeit still neben meinem Bett gestanden und meine Hand gehalten.
„Der kann wohl nie was Positives sagen!“, murmelte sie ärgerlich, als wir drei allein waren.
„Wir lassen uns den Mut nicht nehmen.“ Gert nahm Carsta bei den Schultern.
„Morgen sieht die Welt schon wieder anders aus!“
Wir sprachen dann noch über unsere Eltern. Sie halfen, wo sie nur konnten. Gert hatte die Post mitgebracht und las mir die vielen Briefe vor. Es war kein schöner Tag.

Als sich an einem der folgenden eintönigen Tage die „Schinder“ – wie ich die Physiotherapeutinnen insgeheim nannte - wieder mit mir beschäftigten, hörte ich, wie eine der beiden sagte: „Die ganze rechte Seite ist spastisch. Da ist doch nichts mehr zu machen!“
Ich erschrak unbeschreiblich! Im Fernsehen hatte ich schon Spastiker gesehen. Ich wusste, das Leiden war unheilbar. Ich hatte also diese Krankheit! Warum wird mir das nicht gesagt?
Wussten Gert und Carsta davon? Ich werde also ein Krüppel! Weshalb quälten mich dann diese beiden unsympathischen Damen? Mein Kopf dröhnte. Mir wurde übel.
„Lasst mich doch in Ruhe!“, versuchte ich mit all meiner gebliebenen Kraft zu schreien.
Völlig unerwartet verstanden sie mich. Sie sahen mich sogar an.
„Wir haben Anweisung, Sie täglich zweimal von oben bis unten zu bewegen. Das muss sein. Auch wenn es sehr schmerzhaft ist“, sagte die Kleinere und kreiselte teilnahmslos mit meinem rechten Fuß.
Eine unbändige Wut kroch in mir hoch. Könnte ich den beiden doch nur meine Meinung sagen! Aber sie beachteten mich nicht mehr. Sie unterhielten sich während der gesamten Übungszeit über Strickmoden. Endlich wurde ich zugedeckt. Wie gewohnt verschwanden beide, ohne sich zu verabschieden.
Das Gespräch der Physiotherapeutinnen erinnerte mich daran, wie gern und oft ich strickte.
Wenn sie Recht hatten, würde ich nie mehr eine Stricknadel halten können! Unvorstellbar!
Das durfte einfach nicht sein! Meine Wut wich allmählich einer tiefen Traurigkeit.
Ich konnte nicht schlafen – nicht abschalten. Ich starrte zur Decke ... zur Neonröhre, sie prangte da wieder in doppelter Ausführung. Da war auch Vögelchen Speckfuß. Gut, dass ich davon niemand was gesagt hatte.

„Wer träumt denn da? Darf ich mal stören?“ Schülerin Monika öffnete leise die Tür. Zu meiner Freude war die unbeliebte Schülerin Christiane von Monika abgelöst worden. Mit ihrer Hilfe hatte ich wieder essen gelernt. Monika setzte all ihren Ehrgeiz daran, mir das Schlucken beizubringen. Gert und Carsta waren ebenso glücklich darüber wie ich. Das hatte Gert jedoch nicht davon abgehalten, sich über die schnoddrige Art von Christiane zu beschweren. Ob sie deshalb versetzt wurde?
„Sie sehen traurig aus. Oder täusche ich mich?“, hörte ich Monika fragen. Sie war immer ausgeglichen und freundlich, hatte Einfühlungsvermögen. Zu ihr hatte ich Vertrauen. Hastig erzählte ich das soeben Erlebte. In meiner Aufregung war ich verkrampft und schlecht zu verstehen. Ich bat Monika um ihre ehrliche Meinung.
„Das ist alles Unsinn!“, begann sie und sah mich dabei ernst an. „Sie dürfen sich keinesfalls darüber aufregen! Diese Physiotherapeutinnen halten sich mal wieder für besonders klug! Ich werde das ansprechen. Und Sie vergessen diesen Ärger bitte ganz schnell, sonst werden Sie nie gesund. Denken Sie immer daran, was der Chefarzt zu Ihnen gesagt hat. Versprochen? Wechseln wir das Thema?“ Ich nickte. Monika erklärte mir nun ausführlich, dass in den nächsten Tagen ein Orthopädiemechaniker Beinschienen für mich bringen wird.
„Diese Schienen müssen Sie tragen, bis Sie Ihre Füße und Beine wieder bewegen können. Damit Sie keinen so genannten Spitzfuß bekommen. Sie wollen doch sicher wieder schöne Schuhe tragen?“ Monika brachte mich bei der Vorstellung wieder zum Lächeln. Erst jetzt bemerkte ich ein kleines buntes Buch in ihrer Hand. Sollte ich lesen? Die Frage wurde beantwortet, bevor ich es auszusprechen versuchte.
„Ihr Mann sagte, Sie lesen sehr gern. Und weil Sie das jetzt noch nicht selbst können, würde ich Ihnen gern vorlesen, wenn Sie möchten.“ Ich spürte, wie viel Monika daran lag, mich zu fördern. Auf meine Frage nach dem Grund ihrer Initiative erzählte sie, dass sie unbedingt Ärztin werden möchte. Ihr Vater war Neurologe. Trotz Abiturabschluss mit Sehr gut bekam sie keinen Studienplatz. „Die so genannten Arbeiterkinder wurden bevorzugt“, meinte sie und erklärte weiter, dass sie deshalb ein Jahr als Hilfsschwester gearbeitet hatte, um jetzt ein dreijähriges Studium an der Medizinischen Fachschule aufzunehmen und sich zur Vollschwester ausbilden zu lassen. Monika hatte sich erneut um ein Medizinstudium beworben, da sie die Fachschulausbildung im Frühjahr abschließen würde. Es tat gut, Monika zuzuhören.
„Da sind Sie jetzt schon Anfang Zwanzig“, unterbrach ich, da ich sie viel jünger schätzte. „Ich glaube, jetzt gibt es keinen Grund mehr, Sie abzulehnen. Im September werden Sie mit dem Studium beginnen und werden sicher eine gute Ärztin!“
Monika sah mich fassungslos an. „Was haben Sie denn da eben gesagt! Sie haben richtig gerechnet! Natürlich - im September beginnt das neue Schuljahr!“
Ich begriff nur langsam, worüber sich Monika so sehr freute.
„Ihr Zeitgedächtnis ist wieder da! Ich werde das gleich dem Oberarzt berichten!“
Da unterbrach ein unerwarteter Besucher die weitere Diskussion. Ein Orthopädiemechaniker brachte die angekündigten Schienen. Der junge Mann war sehr einfühlsam. Seinen Worten entnahm ich, dass er gut über mein Krankheitsbild informiert war. Gemeinsam mit Monika legte er mir die Schienen an und verabschiedete sich dann höflich.
Beide Beine waren hoch gelagert. Ich erschrak über den Anblick. Mein rechtes Bein steckte nun samt Fuß bis zum Knie in einer starren Halbschale aus gelbem Kunststoff. Links trug ich eine Lederschiene, die im Fußgelenk beweglich und mit Riemen beliebig verstellbar war.

„Das ist alles nur vorübergehend", tröstete Monika. „Ihr rechter Fuß ist noch schlaff und braucht Halt. Durch diese beweglichen Metallstreben und die Riemen wird Ihr linker Fuß in die richtige Stellung gebracht. Das ist notwendig und bringt Erfolg", wurde mir beruhigend erklärt. Da konnte ich nur noch nicken. Dieser Tag war ganz schön anstrengend. „Sie haben heute sehr lange durchgehalten und gute Fortschritte gemacht!", lobte Monika.
Sie lagerte mich so, dass ich zum Fenster sehen konnte. Ich schlief sofort ein.

„Alles, alles Liebe zum vierzigsten Geburtstag!", riefen Gert und Carsta schon an der Tür. „Wir dürfen dir keine Blumen bringen. Das holen wir nach, sobald du hier raus bist", flüsterte Gert. Liebevoll begrüßten mich beide. Ich freute mich und erzählte von den Ereignissen der letzten Tage.
Ich hatte wieder ein Gefühl in den Beinen. Die Schienen drückten an den Knöcheln. Gert untersuchte die Konstruktion und beanstandete, dass die Metallteile nicht abgepolstert waren. Er sprach darüber mit Frau Dr. Henze und erhielt die Erlaubnis, diesen Mangel zu beheben.
Die Besuchszeit verging an diesem runden Geburtstag schneller als je zuvor. Als ich wieder allein war, weinte ich und träumte davon, wie wir diesen Tag wohl gefeiert hätten, wenn ...
Am späten Abend überraschte mich Gert. Er war noch mal gekommen, um die Schienen an den Druckstellen mit dünnem Schaumgummi zu bekleben.
„Ein schöneres Geburtstagsgeschenk hättest du mir nicht machen können", gestand ich und unterdrückte die Tränen. „Nun drückt nichts mehr!"
Es war unendlich beruhigend, dass ich mich auf Gert verlassen konnte. Ich wusste nicht, wie er sich diese zusätzliche Besuchserlaubnis beschafft hatte. Er durfte nicht lange bleiben. „Sei nicht traurig. Übermorgen komme ich wieder. Träum was Schönes", flüsterte er mir zärtlich ins Ohr. Er wusste ja nicht, welche Angst ich hatte, etwas Verrücktes zu träumen.
In dieser Nacht träumte ich, meinen Pelzmantel hätte jemand gestohlen. Gert suchte verzweifelt danach und fand ihn in einer Gepäckaufbewahrung. Dann war plötzlich mein geliebter brauner Cordoverall verschwunden. Als ich erwachte, brauchte ich Zeit, um mich wieder zurechtzufinden.

Mit dem Anlegen der Schienen hatte ich mich ebenso abgefunden wie mit dem Absaugen und Wechseln der Trachealkanüle. Es war nötig, diente meiner Genesung, wenn oft genug abgesaugt wurde.
Carstas tägliche Besuche waren inzwischen zur Selbstverständlichkeit und einer lieben Abwechslung geworden.
Als ich einmal wieder angstvoll auf die Visite wartete und versuchte, mir Wochentag und Monat einzuprägen, hörte ich ganz unerwartet eine fremde Stimme.
„Nun treffe ich Sie endlich auch mal hellwach an!" Vor mir stand ein freundlicher Arzt, der sich als Chefarzt der Neurologie, Dr. Wittig, vorstellte.
„Ich spreche täglich mit Ihrem Mann", begann er, „heute möchte ich mir mal zeigen lassen, was Sie schon alles können."
Ich wusste nicht, was er damit meinte. Bevor ich fragen konnte, ergriff der Arzt meine linke Hand. „Bewegen Sie bitte den Arm!", sagte er und sah mich aufmunternd an.
„Das geht nicht", hauchte ich verärgert. Dr. Wittig verstand mich nicht.

„Den ganzen Arm aus der Schulter heraus nach unten schieben!“, forderte er ernst und energisch. Ich war nahe am Weinen, konzentrierte mich aber dann doch auf meine linke Schulter und schob den Arm verbissen nach unten. Ich fühlte, es funktionierte! Mein Atem stockte!
„Na, wunderbar!“, ich wurde lautstark gelobt. Da wusste ich, es war kein Traum.
Ganz bewusst erlebte ich nun, wie ich die Finger der linken Hand, die Zehen vom linken Fuß – ja, den gesamten Fuß bewegen konnte!
Da ging die Tür auf. Die Visite! Angst und Triumph kämpften gegeneinander. Der Chefarzt nickte mir aufmunternd zu.
„Sehen Sie!“, wandte er sich an die Ärzte und Schwestern. Dabei hob er mein linkes Bein unterm Knie an und forderte freundlich, aber energisch: „Bitte kräftig nach unten wegstoßen!“ Ich streckte das Bein! Meine Fußsohle drückte deutlich spürbar gegen die Hand des Chefarztes. Dabei musste ich plötzlich laut lachen. Ich erschrak sehr über diesen unkontrollierten Gefühlsausbruch.
„Sie haben allen Grund zur Freude! Lachen Sie nur! Das entspannt!“, sagte Dr. Wittig leicht schmunzelnd. „Weiter so!“
Ich registrierte nun nicht mehr, worüber sich die Ärzte unterhielten. Ich war nur noch glücklich über meinen Fortschritt. Niemand konnte mir diesen Erfolg streitig machen.
Dabei hatte der Oberarzt wohl vergessen, nach Wochentag und Monat zu fragen!

Am Nachmittag erwartete ich Gert und Carsta. Beide waren hellauf begeistert von meinem Fortschritt, den ich sogar vorführen konnte. Es gab nur ein Gesprächsthema - meine zurückkehrende Bewegungsfähigkeit. Gert erzählte, dass er sich bereits vor vielen Wochen mit dem Chefarzt der Neurologie in Verbindung gesetzt hatte. Über die regelmäßigen Untersuchungen, die ich bisher nicht wahrnahm, hatte sich Gert ständig bei ihm erkundigt.
„Ab heute will ich nicht mehr so viel schlafen“, sagte ich froh gestimmt, „sonst verschlafe ich noch meine Entlassung!“
Daraufhin sah mich Gert unerwartet ernst an: „Du wirst noch sehr viel Geduld haben müssen, bevor es soweit ist!“
„Ach, Mami, das schaffen wir schon!“ Carsta war zuversichtlich.
Am darauf folgenden Tag bekam ich zwei andere Physiotherapeutinnen. Sie waren bedeutend zugänglicher als ihre überheblichen Vorgängerinnen. Während der Übungen sprachen sie mit mir und forderten mich zur Mitarbeit auf. Obwohl ich auf der rechten Seite noch starke Schmerzen hatte, machten mir die Behandlungen jetzt Spaß und brachten merkliche Besserung. Danach war ich immer angenehm müde und entspannt.
Schwester Monika las mir oft lustige Geschichten vor.
Zu meiner Verwunderung stellte ich in dieser Zeit fest, dass ich oft ohne ersichtlichen Grund in heiteres Gelächter ausbrach. Aber weder die Ärzte noch die Schwestern schienen daran etwas unnormal zu finden. Vielleicht waren meine täglichen kleinen Fortschritte der Anlass zu derartiger Heiterkeit.
Das Schlucken ging reibungslos, bis zu einem entmutigenden Zwischenfall. Schwester Monika gab mir selbst zubereitetes Würzfleisch. Es war eins meiner Leibgerichte und die erste etwas gröbere Mahlzeit. Dabei verschluckte ich mich ganz furchtbar. Ich konnte nicht kauen und gleichzeitig schlucken.
Eine Erklärung für diese Beschwerden gab mir der HNO-Arzt beim Wechseln der Kanüle.

„Ihr Kehldeckel schließt nicht richtig", sagte Dr. Neumann, als er meinen Kehlkopf spiegelte. „Das ist eine Muskelschwäche. Wenn Speise in die Luftröhre rutscht, müssen Sie husten."
Als er sah, wie ich erschrak, beschwichtigte er. „Das bleibt nicht so! Wenn diese Öffnung in Ihrem Kehlkopf geschlossen wird, normalisiert es sich."
Wann die Trachealkanüle entfernt wird, konnte oder wollte mir Dr. Neumann nicht sagen.

„Weil Sie es so lange bei uns ausgehalten haben, gibt es eine Überraschung!", weckte mich Schwester Eva. „Sie haben mit drei Monaten den Rekord gebrochen! Wir baden heute!"
Statt zu antworten, musste ich laut lachen. Eva ließ sich davon nicht beeindrucken. Sie lachte mit. „Das Haar wasche und schneide ich Ihnen auch! Keine Widerrede!"
Jetzt kamen auch Rita und Monika. Sie wedelten lustig mit einem Bettlaken. Ich verstand nichts. In Windeseile wurde ich ausgezogen und auf eine fahrbare Liege befördert, das Bettlaken unter meinem nackten Körper. Warm zugedeckt schoben mich die drei Schwestern durch einen langen Flur ins Bad. Die Badewanne erschien mir beängstigend tief.
Bevor ich weiter darüber nachdenken konnte, ergriffen Eva und Rita je einen oberen Zipfel des Lakens. Monika fasste am unteren Ende zu. Sanft landete ich samt Laken im warmen Badewasser. Ein wunderbares Gefühl! Monika hielt meinen Kopf und stützte die Schultern.
„Nur keine Angst!", Eva sprach ganz ruhig. „Es kann nichts passieren!"
Als sie mich abseifte und das Haar wusch, empfand ich eine schreckliche Hilflosigkeit, musste aber ganz gegen meinen Willen lachen. Ich versuchte vergeblich, das rechte Bein so wie das linke aufzustellen. Der linke Arm und sogar die Finger waren im warmen Wasser leicht zu bewegen. Rechts tat sich nichts. Warum nur! Monika beobachtete mich.
„Strecken Sie bitte mal beide Beine", forderte sie mich auf. „Ganz locker bleiben und nun das rechte Bein abspreizen." Tatsächlich gelang es so. Langsam schwebte mein rechtes Bein zum Wannenrand. Nun gab es Grund zur Freude. Über dieses Lachen schämte ich mich nicht. Nach diesem Erfolg verpasste mir Eva einen beinahe fachmännischen Kurzhaarschnitt.
Bisher hatte ich stets vergeblich um einen Spiegel gebeten. Diesmal hatte ich Glück!
Mein Spiegelbild verblüffte mich. Gemessen an der langen Bettlägerigkeit, sah ich überraschend normal aus.
Am Nachmittag kamen Gert und Carsta. Beide waren sprachlos über meine Veränderung.
„Jetzt siehst du wieder ganz so aus wie früher!", freuten sie sich. Gert war hellauf begeistert und versprach den Schwestern für ihre Mühe ein großes Paket Bohnenkaffee.
Ausführlich musste ich von meinem Badeerlebnis berichten. Dabei klagte ich über Angst vor dem Wasser und Unzufriedenheit, ob der minimalen Beweglichkeit rechtsseitig.
Gert sah mich nachdenklich an. „Du verlangst zu viel von dir", sagte er. „Hast du vergessen, dass du beim Schwimmen in der Ostsee immer panische Angst hattest, Wasser zu schlucken? Durch diese Öffnung in deinem Hals ist die Angst jetzt begründet. Und nun bist du ungerecht zu dir selbst!" Dem konnte ich nichts entgegensetzen.
„Immerhin wirst du bald wieder schwimmen müssen." Gert sah mich geheimnisvoll an.
„Das ist bereits geplant!" Ich verstand nichts. Sicher wollte er mich necken. So wie früher.

„Sieh mich nicht so strafend an", sagte er, tat übertrieben traurig, nahm meine Hände und drückte sie an seine Wange.
„Ich wollte dich überraschen. Aber du hast mir mit deinem unverhofften Bad den Wind aus den Segeln genommen. Also, hör mir genau zu. Ich spreche täglich mit dem Chefarzt der Neurologie, Dr. Wittig. Er ist mit deinen bisherigen Fortschritten sehr zufrieden und wird dich bald auf seine Station verlegen lassen. Sobald dein Kehlkopf wieder verschlossen ist, wird man dort mit dir Bewegungsübungen im Wasser durchführen. Davon verspricht sich der Chefarzt sehr viel. Er hat viel Erfahrung auf diesem Gebiet. Ich habe Vertrauen zu ihm."
Nun schmunzelte Gert verheißungsvoll. Ich brauchte Minuten, um zu begreifen, was da auf mich zukam.
„Also steht mit Sicherheit fest, vor mir liegt noch ein langer Klinikaufenthalt!" Ich kämpfte mit den Tränen. „Bald ist Mai und kein Ende in Sicht!"
„Nicht weinen!" Gert küsste mich auf die Augen. „Am Sonnabend darf ich dich für einige Stunden nach Hause holen!"
„Das glaub ich nicht!" Jetzt schluchzte ich unaufhaltsam. „Das erlaubt der Oberarzt niemals! Du willst mich trösten. Damit solltest du nicht scherzen!"
Gert schüttelte enttäuscht den Kopf. „So was würde ich niemals tun", fuhr er ruhig fort. „Du scheinst da etwas zu verwechseln. Du bist Patientin vom Chefarzt. Er entscheidet, was gut und richtig für dich ist. Und nicht der Oberarzt! Du musst mir schon glauben!"
„Danke! Ich freu mich so sehr! Damit hätte ich niemals gerechnet!" Meine Stimme versagte jetzt völlig. Ich war glücklich und gleichzeitig stolz auf Gert. Er nahm mich fest in die Arme.
„Schaffen wir das?", durchfuhr es mich.
Da nahm Gert unsere Tochter an den Schultern. „Aber sicher! Wir haben ja eine gute Hilfe!"
Ich erschrak. Carsta hatten wir während unseres langen Disputs ganz vergessen. Sie hatte nur zugehört, ohne sich am Gespräch zu beteiligen. Das war ungewöhnlich. Sie gehört doch dazu! Mir schien, dass sie in letzter Zeit etwas zerstreut war.
Wir müssen uns unbedingt einmal wieder über andere Dinge unterhalten – nicht nur über mich, ging es mir beim Abschied durch den Kopf.

An den folgenden drei Tagen vor meinem ersten Heimurlaub war ich in einer freudigen Aufregung, wie ich sie bisher nicht kannte. Meine Vorfreude wurde jedoch arg erschüttert, als ich von den Schwestern erfuhr, dass die Klinik keinen Krankentransport für mich stellt.
Wie sollte ich nach Hause kommen? In unserem Auto konnte ich nicht sitzen!
Bei ihrem Besuch fand Carsta mich sehr niedergeschlagen.
„Papi hat das schon organisiert", tröstete sie mich sofort. „Der Sanitätsdienst seines Betriebs fährt dich. Du musst ja liegend transportiert werden."
Ich atmete auf. Gert fand, wie immer, einen Weg, Schwierigkeiten auszuräumen.
„Freust du dich?", fragte ich Carsta, um das Gespräch auf meine Beurlaubung zu lenken.
„Ja, schon", kam leise die Antwort. „Es ist halt nur ein Besuch. Du musst ja noch ganz lange Geduld haben, bevor du für immer entlassen wirst."
„Wir schaffen das!" Jetzt war mein Trost gefragt. „Zu Hause bereden wir das mal alle drei. Einverstanden?" Carsta zwang sich zu einem Lächeln.
Die Schwestern zählten mit mir die Tage bis zur Bewährungsprobe.

Die Ärzte versprachen sich davon einen positiven Einfluss auf meinen Genesungsprozess.
Am Tag vor meiner Beurlaubung prüfte Frau Dr. Henze die Fingerfunktion meiner linken Hand.
„Ich glaube, Sie schaffen es, einen Klingelknopf zu drücken", meinte sie zuversichtlich.
Ich ahnte den Grund hierfür. Und es war mir peinlich. Denn ich hatte mir angewöhnt, laut mit den Zähnen zu knirschen, um mich bemerkbar zu machen. Furcht erregendes Zähneknirschen, wenn die Schienen drückten, wenn ich Durst hatte oder die Lage verändert werden sollte. Aber die Schwestern eilten daraufhin zu mir. Sie wussten, es war nicht so böse gemeint, wie sich das grässliche Geräusch anhörte. Ich selbst empfand es als unangenehm.
Die Ärztin legte mir das größte der verschiedenen Klingelexemplare in die Hand. Ich sollte einen hervorstehenden, schwarzen Knopf mit dem Daumen nach unten drücken. Es schien, ganz einfach zu sein. Umso erschrockener war ich über den Misserfolg. Mein Daumen gehorchte mir nicht! Ich hatte zu wenig Kraft und kein Gefühl in den Fingerspitzen!
So sehr wir beide uns auch um den gewünschten Erfolg bemühten, ich war unfähig, eine Klingel zu benutzen. Ich war unendlich weit davon entfernt, wieder ein normales Leben führen zu können.
Unruhig, fast schlaflos, aber ohne Zähneknirschen verbrachte ich die Nacht zum Samstag.
Nach dem Mittagessen klopfte es stürmisch.
„Wir sind ganz pünktlich!" Bei dieser stürmischen Begrüßung stellte ich fest, dass Carsta wieder ihren gewohnten Übermut hatte.
Gert freute sich, dass ich schon zum Abholen bereit auf eine fahrbare Liege gebettet war.
„Das Taxi ist da!", rief Schwester Rita und öffnete die Tür. Gert übernahm die Liege und fuhr durch den schmalen Flur ins Freie. Ich roch sofort die herrlich frische Frühlingsluft.
Die Sonne blendete stark. Ich schloss die Augen. Nur undeutlich nahm ich wahr, wie Rita sich von uns verabschiedete und wie ich von der Transportliege auf die Trage des Krankenwagens gelegt wurde.
„Carsta fährt hinten bei ihrer Mutter mit", hörte ich Gert sagen, als ich in das Krankenauto geschoben wurde. „Ich fahre voraus, damit ihr euch nicht verfahrt", erklärte Gert seinen beiden Kollegen, die ich inzwischen auch registriert hatte. „Macht's gut ihr beiden! Bis gleich!", rief er Carsta und mir zu, froh gestimmt.
Einer der beiden Männer schloss vorsichtig die Wagentür hinter uns.
„Fahr ganz vorsichtig! Die Frau kann sich ja kein bisschen bewegen! Ich verstehe nicht, was Gert mit ihr zu Hause anfangen will. Ob sie was mitbekommt?"
Ich erschrak. Da war es wieder! Das Gefühl der Hilflosigkeit! Fremde hielten mich für einen aussichtslosen Fall.
Der Krankenwagen war kalt. Es holperte furchtbar. Ich sah Carsta neben mir. Sie sah jetzt wieder sehr ernst aus. Hatte sie auch verstanden, was die beiden Männer gesagt hatten? Ich hatte Schwierigkeiten, bei dieser Schüttelei meinen Kopf stillzuhalten.
Die Scheiben des Wagens waren bis zur Hälfte mit weißer Farbe gestrichen. Durch einen schmalen Streifen sah ich Bäume, graue Häuser und dann ein großes, rotes Backsteingemäuer vorbeihuschen. Obwohl mir dies bekannt vorkam, konnte ich es nirgendwo einordnen. Hilfe suchend sah ich Carsta an. Sie bemerkte es nicht.
„Wir sind da, Mami!" Der Wagen hielt, Carsta hatte während der Fahrt nichts gesagt.

„Na, seid ihr gut durchgeschüttelt worden?“ Gert öffnete die Tür und zog die Trage heraus. Wieder an der frischen Luft und im grellen Sonnenschein sah ich blinzelnd, wie die Fenster der ganzen Umgebung mit Schaulustigen besetzt waren. Schnell wurde ich ins Haus getragen und im Wohnzimmer abgesetzt.
„Können wir dir helfen?“, wandte sich ein Kollege an Gert.
„Ach, danke!“, lehnte er lächelnd ab. „Das müssen wir ja jetzt üben.“ Er schob die Arme unter meine Schultern und Beine und trug mich vorsichtig zur Couch.
Die beiden Kollegen versprachen, gegen sechzehn Uhr wiederzukommen.
Da ich in der Klinik kaum etwas gegessen hatte, servierte mir Carsta nun ganz stolz ihr selbst zubereitetes Mittagessen: Schnitzel, Kartoffeln und Spargel aus der Dose.
Carsta versuchte, mich zu füttern. Doch ich kniff die Lippen fest zusammen. Gert hielt mich bequem im Arm, redete mir gut zu und versuchte es dann selbst. Ich öffnete den Mund nicht!
Ich wusste genau, was ich tat. Aber weshalb verhielt ich mich so!
Carsta sah sehr unglücklich aus. Sie tat mir Leid, weil ich nicht zeigen konnte, wie sehr ich mich freute, zu Hause zu sein. Ich tat genau das Gegenteil von dem, was ich tun wollte. Gert fragte besorgt, ob ich bequem liege. Ich reagierte nicht.
Er legte mich so, dass ich den Fernseher im Blick hatte. Es lief ein Tierfilm. Wieder sah ich Doppelbilder. Das irritierte mich und ich begriff den Zusammenhang nicht.
Liebevoll streichelte mich Gert. Carsta saß im Sessel gegenüber und beobachtete uns still.
Wie im Traum betrachtete ich unser schönes Wohnzimmer. Alles war exakt und gepflegt. Die gesamte Einrichtung empfand ich als harmonisch abgestimmt und sehr gemütlich.
So hatte ich unsere Wohnung noch nie gesehen. Der melierte Teppichboden passte farblich so gut zum gemauerten Kamin und der wuchtigen Couchgarnitur aus braunem Lederimitat.
Stolz war ich auf unser schönes Zuhause und hätte das so gern gesagt. Stattdessen lag ich reglos da und träumte mit offenen Augen.
Die ersehnten Stunden vergingen ganz anders als erhofft. Welche Mühe sich Gert und Carsta mit mir gaben! Warum war ich plötzlich nicht mehr fähig, ihnen das zu danken?
Unzufrieden und ärgerlich auf mich selbst fuhren wir zurück zur Intensivstation.
Schwester Elvira hatte Spätdienst. Sie stellte keine Fragen. Völlig erschöpft wollte ich nur noch schlafen.

Am Sonntag weckte mich Schwester Monika. Ihr klagte ich mein Leid über den missglückten Heimurlaub. „Sicher darf ich nun nicht mehr nach Hause“, urteilte ich abschließend.
„Das glaube ich nicht“, Monika schüttelte den Kopf. „Es war die erste große Belastungsprobe für Sie. Warten wir das Urteil vom Chefarzt ab. Und wehe, Sie sind heute betrübt, wenn Ihr Mann und Ihre Tochter kommen! Dazu besteht kein Grund!“ Monika verstand es, mich auch nach dieser vermeintlichen Niederlage zu trösten.
Ich war so froh, dass sie an diesem Tag Dienst hatte.
Trotz meines schlechten Gewissens verlief die Besuchszeit mit Gert und Carsta wie gewohnt.
Gert fragte nur, ob der Nachmittag nicht doch zu anstrengend gewesen wäre.

„Es waren für mich die schönsten Stunden seit Monaten", versicherte ich mehrmals. Erleichtert spürte ich, wie gut Gert mich verstand. Nur bedauerte Carsta, dass ich während der Rückfahrt fest geschlafen hatte. Daran erinnerte ich mich nicht.
Gert erzählte mir noch von unseren Eltern. Er hatte es nicht einfach, meiner Mutter glaubhaft zu machen, dass sie mich auch während des Heimurlaubs nicht besuchen durfte.

Die folgende Woche brachte einige Veränderungen. Jeden zweiten Tag durfte Gert mich jetzt besuchen. Er hatte mit dem „Chef" – so nannte man Chefarzt Dr. Wittig – über meinen Heimurlaub gesprochen. Mein Verhalten wurde als „den Umständen entsprechend" beurteilt. Ich musste nun lernen, mich besser zu konzentrieren. Fernsehen sollte dabei helfen, mich vom eintönigen Tagesablauf abzulenken. Deshalb brachte mir Gert unseren kleinen Kofferfernseher, den wir im Wochenendhaus stehen hatten.
Obwohl Gert sogar eine kleine Antenne installierte, brachte der Apparat nur ein einziges Schwarz-Weiß-Programm der DDR. Und das erwies sich manchmal eher als nervtötend statt anregend. Der Grund lag darin, dass den Schwestern die Zeit fehlte, das Fernsehprogramm zu prüfen. Da lief plötzlich mit Getöse und lautstarker Schießerei ein Kriegsfilm, welcher mich sehr aufregte. Den Lärm mochte ich nicht ertragen. Aber weder Ohrenzuhalten noch die Decke über den Kopf ziehen – nichts dergleichen ging. Weil ich auch nicht klingeln konnte, blieb mir nur wieder das Zähneknirschen, um die Schwestern zu rufen. Wenn sie angestürmt kamen, konnte ich mich oft vor Aufregung nicht verständlich machen. Deshalb war ich froh, wenn sie vergaßen, das Fernsehgerät einzuschalten. Denn dann konnte ich in aller Ruhe mein Spiegelbild in der Bildröhre betrachten.
Die Zeit zwischen den Besuchen von Gert und Carsta erschien mir länger als zuvor, da ich tagsüber kaum noch schlief. Beim Essen hatte ich keine Schwierigkeiten mehr bis auf das übliche Verschlucken. Physiotherapeutisch verzeichnete ich kontinuierlich kleine Fortschritte. Aber ich wagte nicht, nach einer Beurlaubung zu fragen.
„Sie grübeln ja wieder!", ertappte mich Schwester Eva, als ich ungeduldig auf Gert wartete.
Sie lachte und tat sehr geheimnisvoll. Flink packte sie mich auf die fahrbare Liege und schob mich aus dem Zimmer hinaus auf den Flur.
„Aber mein Mann kommt doch gleich!", protestierte ich, weil ich annahm, es ginge ins Bad.
„Irrtum! Ihr Mann kommt nicht! Er ist schon da und wartet auf Sie!" Eva war ein Witzbold. Ich kannte das und war wieder mal auf ihre Neckereien reingefallen. Im Eiltempo fuhren wir auf den Ausgang zu. Tatsächlich sah ich Gert dort stehen. Er hielt die große Flügeltür auf.
„So, nun gucken Sie mal schön in die Sonne, damit Sie sich wieder daran gewöhnen", sagte Eva und übergab ihm meinen fahrbaren Untersatz.
Wieder blendete mich das Sonnenlicht. Die ungewohnte Umgebung mit dem Stimmengewirr fremder Menschen, die an uns vorbeieilten und der Autolärm machten mir Angst. Ich fühlte mich von neugierigen Blicken verfolgt und schloss die Augen. Aber ich konnte das alles nicht sagen. Hier war es zu laut. Gert hätte mich nicht verstehen können.
Gleich bei der Begrüßung bemerkte er meine Unruhe. „Wir fahren hier weg, mein Schatz! Wir lassen uns die Besuchszeit nicht vermiesen!" Seine Worte wirkten Wunder. Unter hohen Bäumen im Schatten fühlte ich mich bei Gert geborgen und sicher. Nur meine

Augenlider waren schwer wie Blei. Gert musste glauben, ich wäre eingeschlafen. Ich hörte, wie er sich mit jemandem angeregt unterhielt. Die Stimme kannte ich. Es war Chefarzt Dr. Wittig.
„Du bist ja wach!", staunte Gert, als er mich wieder durch den kühlen Gang der ITS rangierte, um mich auch gleich zurück ins Bett zu legen.
„Ich krieg draußen die Augen nicht auf. Das finde ich furchtbar! Ich hätte mich doch so gern etwas umgesehen!", klagte ich. Aber da kam Eva und Gert wurde scherzhaft gemaßregelt.
„Ich bin wohl nicht mehr gefragt? Wollen Sie demnächst alles allein machen?"
„Wenn Sie meine Frau nicht dick füttern, schaffe ich das!" war Gerts schlagfertige Antwort.
Ich lachte laut. Aber auch Eva und Gert fanden diese Vorstellung lustig.
„Am Sonntag darf ich dich schon am Vormittag nach Hause holen!" Gert strahlte mich an. „Wir kommen dann erst gegen siebzehn Uhr zurück. Ich hab soeben mit dem Chef gesprochen. Die häusliche Umgebung ist besser als jede Behandlung!", wandte sich Gert nun an die verblüffte Eva.
Mein Herz raste vor Freude und Aufregung. Oder vor der Befürchtung, es könnte wieder unerfreulich ausgehen?
„Wie wollen Sie das so viele Stunden lang bewältigen? Es muss der Schleim abgesaugt werden, ja und ..." Schwester Eva war skeptisch. Aber Gert schnitt ihr lachend das Wort ab.
„Es ist bereits alles besprochen. Der Chef besorgt mir für daheim eine kleine Pumpe, womit ich selbst absaugen werde. Wir schaffen das schon!"
Wie oft hatte ich diesen Satz schon gehört! Ich war Gert unendlich dankbar für seine Zuversicht. Ob er dies spürte? In diesem Augenblick wünschte ich mir nichts mehr als das.
„Wenn du wieder so überwältigt bist wie bei der ersten Beurlaubung", Gert drückte mich fest an sich, „da macht es mir nichts aus, wenn du einschläfst. Die Hauptsache ist, dass ich dich zu Hause hab. Es wird schon werden. Da müssen wir durch!"
„Ach, Gert, ich möchte gern schnell wieder gesund werden!" Ich schluckte krampfhaft die Tränen weg. „Ich komme so langsam voran! Ob Carsta das auch versteht?"
„Carsta versteht dich. Aber sie ist zu jung, um alle unsere Probleme zu sehen", gab Gert zu.
Diesen Worten entnahm ich, dass unsere Tochter Sorgen hatte, die sie ihrem Vater nicht anvertrauen wollte oder konnte. Ich fehlte ihr.

Mein zweiter Urlaub war weitaus erfolgreicher. Schon den Transport erlebte ich bewusster.
„Heute sieht deine Frau wirklich bedeutend munterer aus!", sagte Gerts Kollege. Diese Feststellung machte mir schon bei der Abfahrt Mut.
Im Wohnzimmer packte mich Gert wieder auf die sorgsam mit Decken und Kissen vorbereitete Couch. Erstmals wieder durfte ich Bohnenkaffee trinken – ein Fest!
Sogar das Mittagessen klappte reibungslos. Carsta war stolz auf ihre Kochkünste. Ich lobte sie, denn bisher hatte sie sich geschickt vor jeglicher Küchenarbeit gedrückt.
Gert öffnete für einige Zeit die Fenster. Die Luft roch wunderbar frisch, denn es hatte eben erst geregnet. Ich genoss diese Eindrücke, die ich so lange vermisst hatte.

Am Nachmittag trug mich Gert in Carstas Zimmer. Vorsichtig setzte er mich auf der Liege ab, sodass ich in seinen Armen halbwegs aufrecht lag und den Raum gut überblicken konnte.
Das Zimmer sah ganz verändert aus! Da stand der riesige antike Bücherschrank mit dem dazu passenden Schreibtisch! Beides hatten wir vor unserem Winterurlaub gekauft. Ich erinnerte mich. Nun hatten Gert und Carsta die Möbel ohne mich eingeräumt. Und sie hatten gemalert! Eine Wand war rosafarben, die anderen strahlend weiß. Wunderschön sah Carstas Zimmer aus. Gert deutete auf den rustikalen Esstisch, der neben der Tür stand.
„Den haben wir bei einer Versteigerung gekauft. Gefällt es dir, Mami?", fragte Carsta.
Ich war überwältigt von dieser Renovierungs- und Verschönerungsaktion.
„Natürlich! Ich freue mich sehr! So eine tolle Überraschung!" Mehr brachte ich nicht heraus.
Mein Hals war mal wieder zugeschnürt. Dauernd kämpfte ich mit den Tränen und dachte daran, wie schön es sein wird, wenn ich erst wieder nach Hause durfte.
„Mami, es war doch sehr schön heute", Carsta kuschelte sich an mich. Gert ahnte wohl meine Gedanken. Er legte seine Arme fester um mich.
„Es ist doch ein großer Fortschritt, dass du dich wieder an alles erinnerst! Wir müssen Geduld haben!"
Viel zu schnell war der schöne Tag vergangen. Zuverlässig holten uns die Kollegen Gerts wieder ab.
Wieder allein im öden Klinikzimmer dachte ich an die vergangenen Stunden.
Ich werde alles daransetzen, wieder ein normales Leben führen zu können. Mit Gert und Carsta schaffe ich das mit Sicherheit, sagte ich mir immer wieder.
Aber ich hatte vergessen, mit Carsta zu sprechen. Wieder war ich zu sehr mit meiner Krankheit beschäftigt. Das musste sich unbedingt ändern!

Die folgenden Tage verliefen im gewohnten Trott. Chefarzt Dr. Wittig registrierte und lobte jeden meiner kleinen Fortschritte. Er stand mit Gert in ständiger Verbindung.
Eines Nachmittags hörte ich, wie Gert vor meiner Tür energisch mit dem Oberarzt diskutierte.
Es ging um die Besuchserlaubnis meiner Schwiegereltern, die kurzfristig aus der BRD angereist waren. Ich freute mich sehr auf dieses Wiedersehen. Oberarzt Dr. Heinrich war dagegen!
„Das wird zu anstrengend für Ihre Frau! Es wird sie zurückwerfen wie der erste Hausurlaub! Das war auch zu früh!", beharrte der Oberarzt lautstark.
„Wenn meine Frau weiß, dass ihre Schwiegereltern sie nicht besuchen dürfen, dann ist der Rückfall garantiert! Ich werde den Chefarzt um die Besuchserlaubnis bitten!", konterte Gert böse. Er öffnete die Tür zu meinem Zimmer und ließ Dr. Heinrich einfach stehen.
„Ich hab alles mitgehört", sagte ich, als Gert mich lieb wie immer begrüßte.
„Mach dir darüber keine Gedanken. Ich fahre heute gleich zum Chef. Er hat sicher nichts dagegen."
Gert verstand es, mich von unerfreulichen Dingen abzulenken. Erst jetzt erzählte er mir, dass er oft mit meinen Kolleginnen und Kollegen telefonierte. Alle nahmen regen Anteil am Verlauf meiner Krankheit. Meine Stellvertreterin hatte meinen Arbeitsplatz eingenommen.

„Sie begreifen nicht, dass du für längere Zeit ausfallen wirst. Alle bestellen Grüße an dich und möchten dich so gern besuchen“, berichtete Gert. „Ich habe dir davon bisher nichts erzählt, um dich nicht zu belasten. Aber ich glaube, du kannst es jetzt verkraften. Weil auch der Chef meint, du hättest gute Fortschritte gemacht!“ Dabei lachte Gert mich zuversichtlich an. „Wenn ich mich wenigstens selbst aufsetzen könnte“, klagte ich trotz des Lobes.
„Freu dich über das, was du erreicht hast! Sei nicht so unzufrieden. Vergiss nicht, dass einige Ärzte dich schon aufgegeben hatten. So, und jetzt gehe ich zum Chef und frage ihn nach der Besuchserlaubnis.“ Gert musste sich verabschieden, weil die Physiotherapeuten kamen.
Nach dem Abendessen überraschte mich Frau Dr. Heinze. „Ihr Mann rief an, er lässt lieb grüßen. Ihre Schwiegereltern dürfen Sie besuchen.“

Nachdem ich am folgenden Morgen die lästigen Fragen der Visite erfolgreich bestanden hatte, verdarb mir ein unliebsames Ereignis die gute Stimmung.
Ein Schwarm von Ärzten, Schwestern und Schülerinnen stand ganz unverhofft im Zimmer. Alle waren mir unbekannt. Ohne mich anzusehen, zog eine der Schwestern die Bettdecke zur Seite, erklärte meine Krankheit und demonstrierte dann an mir das sterile Wechseln des Urinkatheters. Anschließend musste eine Schülerin die Prozedur wiederholen. Es schmerzte. Die Lehrschwester tadelte. Ich schämte mich furchtbar. Warum behandelten sie mich wie ein lebloses Werkzeug?
Später fragte ich Schwester Elvira, weshalb mich niemand auf diesen Überfall vorbereitet hatte.
„Ach, das war nur eine Wiederholungsprüfung. Das arme Mädchen ist wieder durchgefallen“, antwortete Elvira, wortkarg wie immer.

Eher als ich vermutete, kamen meine Schwiegereltern. Weder Gert noch Carsta hatten mir den genauen Tag des Besuches angekündigt. Sie wollten mir unruhiges Warten ersparen.
Am Nachmittag klopfte es ungewöhnlich lange an der Tür. Ich hätte gern gerufen.
Die Schatten hinter der kleinen Scheibe verrieten die Besucher. Mein Schwiegervater kam als Erster völlig unbefangen und lustig wie eh und je auf mich zu. So, als wäre ich nicht krank, brachte er mich schon vor der Begrüßung zum Lachen. Er hatte die hellgrüne Stoffhaube, welche alle Besucher auf der ITS tragen mussten, ganz schief und verwegen auf seinen Kopf gestülpt. Der grüne Kittel spannte. Die Ärmel waren zu kurz. Ein drolliger Anblick!
„Ach, wo bist du denn krank! Du siehst gut aus! Nun mach mal hin, dass du heim kommst!“
Die Worte taten gut! Gerts Vater wollte keine Traurigkeit aufkommen lassen.
Meine Schwiegermuter drückte mich lange und wortlos. Beide bemühten wir uns, nicht zu weinen.
Gert lenkte geschickt ab. Er rückte seinem Vater die Haube gerade und kritisierte ihn lachend. Alle wollten mir die Situation so leicht wie nur möglich machen. Es wurden keine Fragen gestellt. Wir lachten und erzählten, als wäre alles in Ordnung. Nur Carsta fehlte. Sie durfte wegen einer starken Erkältung nicht kommen.
Eine Stunde Besuchszeit war viel zu kurz! „Nun lass noch was von deiner Frau übrig!“

Mein Schwiegervater schubste Gert zur Seite. „Du schmust hier rum, als wären wir Nebensache! Lass uns auch mal ran!“ Scherze machten uns den Abschied etwas leichter. „Ich hab für die Schwestern Kaffee und Seife mitgebracht“, flüsterte mir meine Schwiegermutter schnell noch zu, bevor sie gingen.

„Carsta niest dauernd ohne ersichtlichen Grund“, erzählte mir Gert beim nächsten Besuch.
„Vielleicht hat sie eine Allergie. Es sieht nicht nach einer Erkältung aus.“
Ich machte mir Sorgen. Sie wollte sich erst testen lassen, wenn ich wieder gesund bin. Auch rückte ihr siebzehnter Geburtstag bedenklich näher. Mein Zeitgedächtnis war wieder vollkommen zurückgekehrt.
Nach zwei Wochen erschien Carsta schimpfend. „Stell dir vor, Mami, ich konnte niemandem klarmachen, dass ich keinen Schnupfen habe! Wegen der Allergie durfte ich nicht zu dir!“
„Schön, dass du wieder gesund bist! Du hast mir gefehlt!“, lachte ich erleichtert.
Wir beratschlagten die kommende Geburtstagsfeier. Mit Gert hatte ich bereits abgesprochen, dass ich nicht dabei sein kann. Nun war es an mir, Carsta davon zu überzeugen.
„Es wäre schön, wenn du zu meinem Siebzehnten Heim kommen dürftest“, bat sie.
„Ich würde gern mit euch feiern, aber das wird für mich zu anstrengend“, sagte ich vorsichtig. „Denk mal – da kommen beide Omas und Opas. Sie haben mich seit vier Monaten nicht gesehen. Du weißt, Oma Jenni würde mich bedauern. Das wäre kein schönes Fest für dich.“
Carsta nickte traurig - sie verstand mich.
„Wir holen deine Feier nach! Nur wir drei! Einverstanden?“ Wieder nickte sie nur.
„Zu Papis Geburtstag bin ich ganz bestimmt zu Hause. Dann feiern wir unsere drei Geburtstage ausgiebig nach“, tröstete ich.
Gert hatte erst im Herbst Geburtstag. Das hoffte ich zu schaffen.

Für die entgangene Geburtstagsfeier unserer Tochter wurde ich ausreichend entschädigt.
„Du darfst am Samstag zu Hause übernachten!“, stellte mir Gert freudestrahlend in Aussicht. Nach dieser endlos langen Zeit wieder daheim im eigenen Bett zu schlafen und nicht allein aufzuwachen – ein wunderbares, unbeschreiblich überwältigendes Gefühl!
„Oh, Gert! Wie hast du das denn eingefädelt? Das ist so herrlich! Ich freue mich wahnsinnig!“ Nahe an den Freudentränen war ich nicht zu verstehen. Meine Kehle war wie zugeschnürt.
„Wir schaffen das schon!“, antwortete Gert. „Der Chef wird uns mal kurz besuchen und sich überzeugen, ob wir dich richtig versorgen. Ich hab alles gut durchdacht. Die Absaugpumpe bekomme ich wieder. Für den Katheter erklärte sich Carsta zuständig. Freust du dich nun? Das wird dir sicher wieder neuen Aufschwung geben!“ Gert drückte dabei fest meine Hände.
Meine Gedanken schlugen Purzelbaum. Während dieser Besuchszeit schmiedeten wir nur noch Pläne für meinen nächsten Urlaub daheim.
An diesem Abend ließ ich den Fernseher nicht einschalten. Wirre Träume hatte ich nicht zu befürchten. Das war Vergangenheit! Träumen wollte ich nur von daheim! Glücklich dachte ich daran, dass wir am Samstagnachmittag nicht unruhig auf den Rücktransport

warten mussten. Abends gemeinsam fernsehen oder erzählen. Am Sonntagmorgen wird uns Carsta wecken. Und wann genau musste ich zurück in dieses sterile Zimmer?
In meiner Freude hatte ich vergessen, Gert danach zu fragen. Aber auch das beunruhigte mich nicht. Ich schlief mit der Gewissheit ein, dass es weiter bergauf gehen wird. Weshalb sonst durfte ich daheim schlafen? Ich hätte jubeln können!

Schwester Eva teilte die Freude mit mir. „Ich befürchte, sie wird uns bald verlassen", sagte sie zum Oberarzt, als er bei der Visite meine Krankenblätter länger als üblich durchsah. Er wiegte bedenklich den Kopf. Aber sein Pessimismus verdarb mir nicht die gute Laune.
Als Eva meine Beine wickelte und die Schienen anlegte, diskutierte ich mit ihr scherzhaft darüber, ob ich nicht schon am Freitagabend nach Hause könnte. Sie lachte verschmitzt.
„Das ist aber raffiniert! Sie kommen erst am Sonntag zurück! Damit erschleichen Sie sich ja dann zwei Nächte im Ehebett!" Mit Evas Hintergedanken hatte ich diesmal nicht gerechnet.
„Langsam, langsam!", lachte sie. „Wir fangen mit einer Übernachtung an. Und wenn Sie sich weiter so tapfer halten, dann dürfen Sie zu Pfingsten sicher zwei Tage nach Hause."
„Das wäre wunderschön!", stammelte ich. Eva verstand mich, musste aber gehen, da die Physiotherapeutinnen bereits in der Tür standen.
Die beiden Mädchen waren erstaunt, weil meine Arme und Beine weitaus besser beweglich waren als bisher. Ich hatte kaum Schmerzen. Sicher lag das an meiner guten Stimmung.
„Wenn Sie immer so gut mitarbeiten, geht es Ihnen bald viel besser", wurde ich gelobt.
Ich antwortete darauf nicht. Sie hatten sich in letzter Zeit kaum noch bemüht, meine Flüsterstimme zu verstehen. Außerdem konnte ich die abwertenden Bemerkungen ihrer Vorgängerinnen nicht vergessen. Ich war froh, dass das Kopfteil hochgestellt wurde, bevor die beiden Mädchen wieder gingen.
Schwester Monika kam mit ihrem Büchlein, um mir eine Kurzgeschichte vorzulesen.
„Ich habe jetzt Zeit", sagte sie freundlich wie immer. „Ich setze Sie mal ganz aufrecht."
Zum besseren Halt bekam ich eine Nackenrolle. Aber schon nach wenigen Minuten musste Monika die Lektüre unterbrechen. Ich rutschte nach unten! Das enttäuschte mich.
„Sie dürfen nicht zu viel verlangen", beruhigte mich Monika. Sie stellte das Kopfteil flacher, legte aber zwei dicke Kissen unter meinen Kopf. „Das machen wir ab heute mehrmals täglich. Sie werden sehen, wie schnell Sie das Sitzen lernen!"
„Könnte ich dann schon versuchen, selbst zu lesen?", wagte ich zu fragen.
„Aber vorher müssen Sie mit mir das Umblättern üben! Sonst komme ich mir überflüssig vor! Wir dürfen Sie nicht überfordern!"

Samstag! Endlich Heimreisetag! Schon kurz vor zehn Uhr kamen Gert und Carsta.
„Du bist bis morgen um achtzehn Uhr beurlaubt! Ich hab noch mal mit dem Oberarzt telefoniert", verkündete Gert, als er mich fest umarmte und gleichzeitig versuchte, mir den Bademantel anzuziehen. Auch Carsta mühte sich ab. Vor Aufregung war mein rechter Arm ganz steif. Schwester Rita beobachtete lachend unser Treiben. „Na, lassen Sie mich mal ran!" Geschickt steckte sie mich in den hübschen bunten Veloursmantel, den ich vor einem Jahr für unseren Ostseeurlaub gekauft hatte.

Draußen war herrlicher Sonnenschein. Es war Ende Mai. Gerts Kollegen machten diesmal sogar Witze. Sicher hatte er sie mit seiner Heiterkeit angesteckt. Ich hob den Kopf etwas an und roch das frische Grün einer Birke, die am Eingang zur ITS-Baracke stand.
„Erholen Sie sich gut von uns und dem Klinikmief! Machen Sie daheim keine Dummheiten! Ich frage Ihren Mann!“ Alle lachten. Rita gab Gert noch meine Medikamente und los ging es.
Während der Fahrt und auch als ich in die Wohnung getragen wurde, stellte ich erstaunt fest, dass der Frühling gute Arbeit geleistet hatte. Die Linden in unserer Straße waren dicht und frisch belaubt. Noch nie war mir dieser Jahreswechsel so bewusst geworden.
Erst im vertrauten Wohnzimmer schaltete ich ab. Gerts Kollegen wünschten mir zwei schöne Tage. „Wir sehen, es geht Ihnen von Urlaub zu Urlaub besser. Wir freuen uns und helfen gern!“, meinten sie anerkennend.
Als die beiden Männer gegangen waren, fragte ich Gert, ob es denn so einfach wäre, den Betriebskrankenwagen für private Zwecke zu nutzen.
„Deine beiden Kollegen sind sehr nett. Sie opfern ihre Freizeit für mich“, überlegte ich.
Lächelnd winkte Gert ab. „Darüber mach dir bitte keine Gedanken. Es ist alles geregelt. Solange du auf den Krankentransport angewiesen bist, bekomme ich das Fahrzeug. Und meine Kollegen fahren dich, bis du wieder in unserem Auto sitzen kannst.“
„Siehst du nichts Neues, Mami?“, meldete sich Carsta. Sie ließ sich neben mir auf der Couch nieder. Ich sah zur Wohnzimmertür. Diese hatte sich total verändert! Ursprünglich weiß lackiert, war sie jetzt aus dunklem Naturholz. Passend dazu war die massive schmiedeeiserne Türklinke. Zwischen Kamin und antiker Eichentruhe wirkte die neue Tür fantastisch.
Ich starrte stumm auf diese hübschen Veränderungen und fing an zu weinen.
„Es gefällt dir wohl nicht, mein Schätzchen! Wir wollten dich überraschen. Dir eine Freude machen. Hättest du lieber helles Holz gehabt? Wir hätten dich fragen sollen! Es tut mir Leid!“
Gert war völlig verunsichert. Carsta sah mich erschrocken und verständnislos an.
Ich schüttelte den Kopf. Mühsam machte ich meinen beiden verständlich, wie sehr ich mich über diese geniale Idee freute, aber gleichzeitig traurig war, weil ich nicht helfen konnte, weil ich untätig im Krankenhaus lag.
„Das ist selbstklebende, abwaschbare Tapete aus dem Intershop. Das Zeug klebt wie Pech! Gut, dass du uns bei der Arbeit nicht sehen konntest!“ Gert wollte mich ablenken.
„Besser hätte ich das nicht machen können! Ich dachte, das wäre eine neue Tür. Schade, dass ich nicht hingehen kann“, sagte ich, das gelungene Werk bewundernd.
Nachdem ich mich dann noch daran erinnerte, wie wir vor Jahren mit der kleinen Carsta geschimpft hatten, als sie diese antike Türklinke in einem Abrisshaus aufgestöbert hatte, kam die gute Stimmung wieder. Wer hätte damals an den Verwendungszweck dieses alten Teils gedacht?
Die Türen standen offen. Ich beobachtete Gert, wie er in der Küche hantierte und wünschte, ich könnte einfach hinübergehen.
Carsta gab mir das Mittagessen. Am Nachmittag bettete mich Gert so auf die Couch, dass ich zum offenen Fenster hinaussehen konnte. Der Lärm vorbeifahrender Autos störte nicht.
Carsta zeigte mir stolz all ihre Geburtstagsgeschenke. Wie üblich, war sie von den Großeltern reichlich verwöhnt worden.

„Omi Emmi und Opi Max haben mir diese weiße Jeans und zwei Pullis mitgebracht. Für dich eine Cordjeans und für Papi einen tollen Anzug." Carsta breitete die hübschen Sachen vor mir aus. Gern hätte ich meine Hose probiert. Aber daran war vorläufig leider nicht zu denken.
„Wenn du wieder gesund bist, gehen wir in den Intershop und du suchst dir etwas aus. Mein Vater hat mir Geld dafür gegeben", tröstete mich Gert. Er hatte wohl bemerkt, wie mir zu Mute war.
„Wenn wir zu anstrengend für dich sind, kannst du ja etwas schlafen", schlug Gert vor. Aber das lehnte ich strikt ab. Ich brauchte jetzt nicht mehr so viel Schlaf.
„Nein, nein! Dazu ist mir die Zeit mit euch zu kostbar!"

Mit Besorgnis stellte ich an diesem Wochenende fest, dass Gert mehr rauchte als früher. Dazu ging er mit seiner Zigarette immer ans offene Badfenster. Diese Gelegenheit nutzte ich, um mit Carsta allein zu sprechen.
„Erzählst du mir mal etwas von dir?", begann ich. „Ich kann mir gar nicht mehr vorstellen, was du in deiner Freizeit alles so unternimmst. Du darfst meinetwegen nicht darauf verzichten, mit deinen Freundinnen auszugehen! Ich habe nichts dagegen, wenn du vielleicht zur Disko gehst und dich mit Freunden triffst."
„Ach, Mami!", unterbrach mich Carsta. „Ich hatte ja noch nie Interesse an Diskobesuchen! Das weißt du doch! Die Mädchen in meiner Klasse sind unmöglich! Sie haben dauernd andere Freunde und prahlen damit. Ich möchte mit denen nichts zu tun haben!"
„Du darfst aber nicht nur zu Hause sitzen und Trübsal blasen, weil ich nicht hier bin. Hast du zu wenig Zeit für dich? Ich mache mir darüber Sorgen."
Damit hatten wir eine gute Überleitung gefunden. Ungezwungen erzählte Carsta nun.
„Du brauchst dir wirklich keine Gedanken machen, Mami! Die beiden Omas helfen uns viel. Die Wohnung hält Papi allein in Ordnung. Er meint, ich mache nicht gründlich genug sauber. Papi sitzt jeden Abend vor dem Fernseher und hat nichts dagegen, wenn ich mich mit Jörg treffe. Mit Jörg kann ich über alles reden. Ich glaube, wir könnten uns nie ernsthaft zanken. Ich möchte keinen anderen Freund haben!"
„Du hast noch keinen anderen Freund gehabt, Carsta. Ich hoffe, du bindest dich nicht zu sehr an Jörg." Mir war nicht wohl bei dem Gedanken, Jörg wäre mehr als nur ein guter Freund.
„Ich weiß, was du meinst, Mami. Aber ich brauche die Pille jetzt noch nicht! Außerdem sagt unser Gynäkologie-Dozent, dass sie schädlich ist. Wenn ich die Pille brauche, dann lasse ich sie mir vom Arzt verschreiben. Ich wollte dich nicht damit belasten, deshalb hab ich dir bisher darüber nichts erzählt."
Carsta war sichtlich erleichtert. Ich musste das so hinnehmen. Ich war ja nicht zu Hause.

Jetzt dachte ich an ein Ereignis, das schon über ein Jahr zurücklag. Damals hatte mich Jörgs Mutter beschuldigt, nicht genügend auf Carsta zu achten. Angeblich würde sie ihrem Jörg dauernd nachrennen und sie solle ihn in Ruhe lassen. Außerdem würden auch andere Jungen bei Carsta ein- und ausgehen, wenn ich nicht zu Hause war. Ich konnte nicht antworten. Mir war das damals äußerst peinlich.
Ich sprach mit Gert darüber. „Ist ja toll, wenn wir so interessant sind, dass uns die Nachbarn beobachten!", amüsierte er sich. „Warum freut sie sich nicht, dass sich unsere hübsche Tochter für ihren Sohn interessiert? Mach dir nichts aus diesem Klatsch!"
Gert zog die Sache ins Lächerliche.

Als ich Carsta zur Rede stellte, erzählte sie von ihren Klassenkameraden, von denen sie oft zum Unterricht abgeholt wurde. Ich wusste davon und hatte nichts dagegen.
Doch wenige Tage nach dieser unerfreulichen Auseinandersetzung mit Jörgs Mutter wurde mein Vertrauen auf eine harte Probe gestellt. Als ich während meiner Arbeitszeit unerwartet nach Hause kam, überraschte ich Jörg mit Carsta allein in der Wohnung. Es traf mich wie eine eiskalte Dusche! Mühsam gelang es mir, nicht die Beherrschung zu verlieren.
„Was fällt dir ein, einfach hierher zu kommen, wenn Carsta allein ist!“, wies ich Jörg zurecht. „Na und! Das merkt doch keiner!“, antwortete er mürrisch, zuckte die Schultern und ging.
„Warum bist du nicht in der Schule?“, fragte ich Carsta verärgert.
„Weil Jörg frei hat, da bin ich auch daheim geblieben“, kam die unpassendste Begründung.
Die Abschlussprüfungen der zehnten Klasse standen bevor.
Aufgeregt sprach ich sofort mit meinen Kolleginnen über diesen überraschenden Besuch. Sie gaben mir den Rat, mit der Mutter von Jörg zu sprechen. Das tat ich sofort am Nachmittag.
„Ich möchte nicht, dass Jörg sich in unserer Wohnung aufhält, wenn Carsta allein ist! Bitte sagen Sie ihm das und achten Sie darauf!“, beendete ich die Schilderung von Jörgs Auftritt.
Seine Mutter betonte daraufhin, sie sei nach wie vor gegen den Umgang ihres Sohnes mit meiner Tochter. Den Grund dieser Abneigung erfuhr ich nicht.
Zu allem Überfluss hatte ich dann auch noch Ärger mit Gert. Er warf mir unüberlegtes Handeln vor. „Du hättest vorher mit mir sprechen können. Der Junge überlegt mit seinen sechzehn Jahren scheinbar nicht, worum es geht. Hoffentlich treffen sie sich jetzt nicht aus Protest heimlich!“
„Ich lasse mich von Jörgs Mutter nicht beschuldigen, während er sich heimlich in unserer Wohnung aufhält! So was kann ich nicht einfach hinnehmen!“, beharrte ich.
Wir machten Carsta die Einstellung von Jörgs Mutter klar und bauten auf die Vernunft unserer Tochter. Danach gab es diesbezüglich auch keinerlei Grund zur Besorgnis.
Carsta traf sich oft mit Jörg und dessen Freund Torsten. Er war nett und aufgeschlossen. Ich kannte seine Eltern gut und bekam den Eindruck, Carsta hatte ihn ebenfalls gern. Damals sah ich keinen Grund, mich einzumischen.
All dies sah ich jetzt wieder deutlich vor mir. Nun war Carsta wieder allein mit Jörg befreundet. Enger als vor meinem Klinikaufenthalt. Sicher war meine lange Abwesenheit der Anlass zu dieser Bindung.
„Worüber denkst du nach, Mami?“ Carsta riss mich aus meinen Gedanken.
„Was sagt Jörgs Mutter dazu, dass ihr gegen ihren Willen befreundet seid?“, fragte ich.
Carstas Blicke verfinsterten sich. „Ist mir egal! Jörg lässt sich von ihr nichts verbieten! Sein Vater ist freundlich, wenn ich grüße.“
„Na, ihr beiden!“ Gert stand plötzlich im Wohnzimmer. „Habt ihr Probleme?“
„Wir haben gerade von Jörg gesprochen“, ergriff Carsta sofort das Wort.
Gert ging nicht darauf ein. Absichtlich, wie mir schien.
Ablenkend fragte er: „Wie wär’s denn mit Kaffee?“ Und an Carsta gewandt: „Erzähl mal der Mami von Oma Lottes Vorschlag!“
Nun brachte Gert eine leckere Quarktorte, die seine Mutter für uns gebacken hatte. Wir sollten meinen vierzigsten Geburtstag, den ich in der Klinik verbracht hatte, nachfeiern.

Sie und Opa Karl fragten nicht, ob sie uns besuchen kommen dürfen. Im Gegensatz zu meinen Eltern hatten sie Verständnis dafür, dass wir vorerst noch allein bleiben wollten.
Carsta schickte sich an, Kaffee zu kochen. Gert hielt sie lachend zurück. „Ach, überlass das mir!"
Prompt beschwerte sich Carsta. „Siehst du, ich kann ihm nichts Recht machen!"
„Dein Kaffee ist zu schwach, er kann kaum aus der Kanne laufen!", neckte Gert.
Ich amüsierte mich über die Fopperei der beiden. Sie alberten. Das war wie früher.
„Oma Jenni und Opa Edwin fragen dauernd, wann sie dich endlich besuchen dürfen", plauderte Carsta beim Tischdecken.
Das war ein heikles Thema. Ich wollte mich in meinem derzeitigen Zustand nicht meinen Eltern zeigen. Ich hatte Angst, von meiner Mutter bedauert zu werden. Auch befürchtete ich, dass sie neugierigen Klatschmäulern bereitwillig Auskunft über mich geben würde. Schon früher hatten wir deshalb Meinungsverschiedenheiten.
„Ihr könnt mir jetzt einen Geburtstagswunsch erfüllen!", lenkte ich ab.
„Was denn?", fragten beide zugleich. Gert saß neben mir auf der Couch. Er hatte den Kuchenteller in der Hand, um mich zu füttern.
„Ich würde mich beim Essen gern richtig aufsetzen. Ob wir das schaffen?"
„Hoffentlich machen wir nichts falsch", gab Gert zu bedenken.
Meine Beine waren fest gewickelt. Was sollte da passieren? Ich wollte Fortschritte machen! Mit Gerts Hilfe setze ich mich auf. Carsta ließ behutsam meine Beine vom Rand der Couch herab gleiten. Das ging wunderbar! Ich lehnte meinen Kopf an Gerts Schulter. Er blieb neben mir und stützte mich. Erstmals berührten meine Füße den Boden. Ich spürte es kaum.
Kein Schwindelgefühl! Herrlich, unser Wohnzimmer wieder aus dieser Perspektive zu sehen!
Ich konnte nun sehen, was auf dem Tisch stand!
„Deine Zehen werden blau, Mami!", stellte Carsta plötzlich erschrocken fest. „Leg deine Beine lieber wieder hoch."
Ich gehorchte nur ungern, blieb aber sitzen. Von Gert gestützt, konnte mir Carsta die Quarktorte geben. Kaffee trank ich aus einer Plastik-Schnabeltasse. Da mir das Trinken aus dem Schnabel nicht gelang, hatte Gert einen dünnen Schlauch hindurch geschoben. Hierdurch sog ich alle Getränke. Das war ein furchtbarer Anblick am schön gedeckten Kaffeetisch.
„Wenn ich doch endlich wieder normal essen und trinken könnte", seufzte ich.
Am Nachmittag übten wir nochmals das Beine baumeln. Weil ich nicht so früh zu Bett gehen wollte, musste ich eine Stunde Mittagsruhe einhalten.
Ich beobachtete Gert. Er war vertieft in eine Fußballübertragung im Fernsehen.
Oft hatten wir ihn früher dabei geneckt, indem wir absichtlich laut erzählten oder Carsta sich versehentlich vor das Bild stellte. Gert schimpfte dann zwar fürchterlich, konnte aber selten länger ernst bleiben. Wenn Carsta kicherte, war es vorbei mit seiner Autorität. Wer von beiden zuerst lachte, war schwer zu sagen. Selten gab es ernsthafte Auseinandersetzungen.
Doch machte mir Gert oft Vorwürfe, zu streng mit unserer Tochter zu sein.
Dass ich mich schon wieder mit der Vergangenheit beschäftigte, war jetzt verständlich für mich. Die vertraute Umgebung und der allzu vertraute Anblick: Gert gemütlich im Sessel. So, als wäre nichts geschehen.
Lautes Scheppern holte mich in die Gegenwart zurück.

„Was machst du denn?“ Gert sprang erschrocken auf. Carsta kam mit einer Schüssel Kartoffelsalat, Gewürzgurken und Wiener Würstchen ins Wohnzimmer.
„Sei nicht so schreckhaft, Papi“, lachte sie, „das war nur der Deckel vom Würstchentopf.“
Ich freute mich sehr über dieses Festessen. Den Kartoffelsalat hatten beide nach meinem Rezept zubereitet. Die Wiener waren so genannte „Bückware“ vom Menüladen.
Ich aß mit bestem Appetit, bedeutend schneller und verschluckte mich nicht.
Gert saugte nur einmal ab, da die Verschleimung nachgelassen hatte. Sogar abhusten konnte ich jetzt. Das Unangenehmste war der Dauerkatheter. Ich war erleichtert, weil Carsta ganz problemlos damit umging. All das wirkte sich positiv auf meinen Gesundheitszustand aus. Beide machten mir das Wochenende so angenehm wie nur möglich!
Doch im tiefsten Inneren plagten mich Bedenken. Ich war eine große Belastung und brachte unser Familienleben völlig durcheinander.
Mit Sorge dachte ich an unser Wochenendhaus. Dort wartete jetzt viel Arbeit.
„Der Chefarzt wollte heute nach dir sehen“, Gert sah zur Uhr. „Er hat Wochenenddienst.“
„Ob er es mir erlaubt, mit euch zum Wochenendhaus zu fahren?“, überlegte ich.
„Das ist Gedankenübertragung!“ Gert griff meine Idee auf. „Danach will ich ihn fragen. Ich habe wenig Lust, allein draußen zu sein. Was wir hier schaffen, werden wir auch im Wochenendhaus packen. Was meinst du?“
Ich konnte die Freudentränen nicht zurückhalten. Sofort planten wir meinen Aufenthalt im Grünen.
Bevor Carsta dann in ihrem Zimmer verschwand, machte sie mich bettfertig.
Sie versprach, uns auch nachts zu helfen. Wahrscheinlich machte sie sich Gedanken über meine erste Nacht ohne Klinikpersonal.
Als ich mit Gert allein war, sprach ich mit ihm über Carsta und Jörg. Auch Gert war es nicht wohl bei dem Gedanken, unsere Tochter würde eine feste Beziehung mit ihm eingehen.
Er hatte mich mit Carsta absichtlich allein über das Thema sprechen lassen, da er annahm, von Frau zu Frau ließe sich das regeln. Aber ich musste zugeben, nichts Wesentliches erreicht zu haben. Übrig blieb der quälende Gedanke, Carsta hätte meinetwegen kein Interesse an anderen Bekanntschaften.
„Alles wird sich finden, mein Schatz! Dieses Grübeln bringt nichts!“ Gert ließ sich auf keine weitere Diskussion ein. Ich wusste, da war ich machtlos.
Ohne meine Antwort abzuwarten, trug er mich ins Schlafzimmer. Hier erst wurde mir bewusst, was ich monatelang vermisst hatte. Wie unbeschreiblich gut tat es, endlich wieder im eigenen Bett und nicht allein zu schlafen. Ich hatte meine eigene weiche Bettwäsche wieder! Nicht dieses harte, grau-weiße Klinikleinen! Die vertraute, freundliche Atmosphäre und das Ticken unserer Uhren!
Beim Studium meiner Umgebung nahm ich mir fest vor, alles intensiver zu genießen, wenn ich gesund bin. Zu viel hatte ich früher oberflächlich betrachtet, als selbstverständlich hingenommen.
„Hast du was gesagt?“ Gert war damit beschäftigt, den Wecker zu stellen, um mich stündlich umzulagern.
„Wenn ich nicht mehr liegen kann, dann wecke ich dich. Ich möchte gern so normal wie möglich schlafen“, bat ich meinen skeptischen Ehemann.
Gert drohte mit dem Finger. „Vergiss nicht, das ist heute unsere Generalprobe! Wenn du nur eine einzige Druckstelle bekommst, krieg ich Ärger - und du kriegst Urlaubssperre!“

Die erste gemeinsame Nacht war für Gert sicher wenig erholsam. Viermal musste ich ihn wegen Schmerzen im rechten Bein wecken. Mit meiner Flüsterstimme gelang das nicht. Deshalb tastete ich mit dem linken Arm nach ihm. Gert schlief sehr fest. Das wusste ich. Aber er schoss sofort erschrocken hoch. Nie war er ungehalten oder missmutig, sondern immer sehr besorgt, dass ich bequem liege. Beim nächtlichen Umlagern war er sehr geschickt und behutsamer als manche Krankenschwester.
„Du hast sicher kaum geschlafen, weil ich dich so oft wach gemacht hab", sagte ich zu Gert, als er früh aufwachte. „Das tut mir so Leid!"
„Sag so was nie wieder! Das mache ich gern für dich. Außerdem schlafe ich immer sofort wieder fest ein. Das weißt du doch!" Lachend schob er seinen Arm unter meinen Kopf.
Zum Waschen trug mich Gert ins warme Wohnzimmer. Dort hatte Carsta bereits alle dazu erforderlichen Utensilien bereitgestellt. Die erste Morgentoilette übernahm Gert.
„Ich will das lernen", sagte er zu Carsta. „Wenn du mal nicht da bist, muss ich das können."
„Ich strenge mich an, damit ich mich bald wieder selbst waschen kann", versprach ich.
Gert und Carsta zogen mir gemeinsam das hässliche OP-Hemd aus.
Gert gab mir das Gefühl, als wäre diese Arbeit ganz selbstverständlich für ihn. Dafür war ich ihm dankbar. Meine Unzufriedenheit ließ ich mir nicht anmerken. Das wäre ungerecht gegenüber Gert gewesen. Alles war vorläufig nicht zu ändern.
Nach dem Frühstück kam Chefarzt Dr. Wittig. Er war begeistert, mich angekleidet und sitzend – von Carsta gestützt – vorzufinden. Gert berichtete ihm, wie problemlos wir zurechtkommen. Erstaunt stellte ich fest, dass die beiden Männer sich duzten.
„Wenn du möchtest, dann kannst du dein Frauchen in euer Wochenendhaus mitnehmen", sagte er, froh über unsere guten Nachrichten. „Die frische Luft wird sich positiv auf ihren Zustand auswirken."
Gert schmunzelte. „Damit hast du uns die Frage abgenommen. Natürlich machen wir das!"
„Ich bin aber nicht gekommen, um euch zu kontrollieren." Der Chefarzt tat recht feierlich.
„Auf meiner Station wurde ein Einzelzimmer frei. Nächste Woche holen wir deine Frau zu uns. Na, freut euch doch! Gert, du kannst dann kommen und gehen, wann du möchtest. Ich habe unsere Ärzte und Schwestern schon informiert."
Ich sah gewiss ziemlich ratlos aus. Den Mut, zu fragen, hatte ich jedoch nicht.
„Wir sehen uns dann nächste Woche bei mir auf der Neurologie. Dort geht es bestimmt schneller voran als auf der ITS!"
Eilig verabschiedete sich der Chefarzt wieder. Gert begleitete ihn. Ich hörte, wie sie sich an der Haustür noch unterhielten.
„Ihr seid so vertraut. Man könnte meinen, ihr seid schon lange Zeit befreundet", sagte ich, als Gert zurück ins Wohnzimmer kam. „Ich weiß gar nicht, wie es dazu gekommen ist."
Da setzte sich Gert neben mich, legte seinen Arm fest um meine Schultern und fing an, von den vergangenen vier Monaten zu erzählen.
„Du kannst es jetzt verkraften und sollst alles wissen. Weißt du, ich war nervlich völlig am Ende, als es dir anfangs so schlecht ging. Niemand sagte mir, was aus dir wird. Damals war ich ganz verzweifelt und wusste nicht, wie es mit uns weitergehen soll. Da war Chefarzt Dr. Wittig immer für mich da. Er war der Einzige, der mir Mut gemacht hat. Er hat mich immer wieder aufgerichtet und mir klar gemacht, dass du wieder gesund wirst. Obwohl einige Ärzte das bestritten. Es war so furchtbar für mich, wenn mich unsere

Freunde und Bekannten nach dir fragten! Hätte ich damals Werner - das ist der Vorname vom Chef - nicht gehabt, ich weiß nicht, wie ich diese Zeit durchgestanden hätte. Ich hab mehrmals täglich mit ihm telefoniert, war oft bei ihm in der Klinik und auch abends bei ihm zu Hause. Seine Frau ist sehr sympathisch. Sie fragt oft nach dir. Sie möchte dich gern kennen lernen. Am Wochenende wollen uns beide besuchen. Werner ist nämlich davon überzeugt, dass es gut für dich ist, wenn du die Wochenenden mit uns daheim verbringst. Ich durfte dir das bisher nicht sagen, damit du nicht ungeduldig wirst. Du musst immer daran denken, dass dich jede noch so kleine Aufregung zurückwirft. Du hast in den vergangenen Monaten viel Willenskraft bewiesen, sagt Werner."

Gert machte eine Pause. Ich konnte nicht gleich antworten. Er sah mich besorgt an und drückte meinen Kopf an seine Brust. „Es war wohl doch zu viel auf einmal!"

„Nein, nein! Ich freue mich! Ihr gebt euch alle so viel Mühe mit mir", sagte ich schnell.

„Wird meine Willenskraft ausreichen, um gesund zu werden?"

„Wenn du Werner vertraust, schaffst du es!", gab Gert zur Antwort. Er hatte mich sicher nicht richtig verstanden. Das passierte manchmal, wenn er mir die Worte nicht von den Lippen ablesen konnte.

Carsta hatte während unserer Unterhaltung nur still neben mir gesessen.

„Wusstest du, wie schlecht es Papi ging?", fragte ich. Ich wollte auch ihre Auffassung hören.

„Ja. Aber wir haben nicht darüber gesprochen. Auf der ITS waren manche Ärzte sehr gemein zu mir", kam es kleinlaut zurück.

„Worum ging es da? Ich möchte jetzt aber alles wissen!"

„Carsta hat mir inzwischen alles erzählt", verteidigte Gert unsere Tochter.

„Es liegt ja nun schon fast vier Monate zurück. Nächste Woche gehst du weg von der ITS, da darf ich es dir erzählen", fragend sah sie Gert an. Er nickte nur.

Nun verschaffte sich Carsta Luft. Der Oberarzt hatte ihr zu verstehen gegeben, dass sie mich nicht so oft besuchen solle, da ich niemanden erkenne und nicht mehr lange leben würde.

Er hatte sogar angedeutet, dass ich geistig behindert wäre, falls ich wider Erwarten das Bewusstsein wieder erlange.

„Carsta! Diese Zeit war ja seelisch grausam für dich!" Ich erschrak heftig. „Wie hast du das ertragen?" Dabei erinnerte ich mich, dass ich zeitweise tatsächlich Wahnvorstellungen und Angst vor meinen wirren Träumen hatte.

„Ihr habt sicher bemerkt, wie verwirrt ich lange Zeit war." Ich wollte nicht auf Einzelheiten eingehen.

„Du hast Vögel auf der Lampe gesehen", griff Carsta das Thema auf. „Dann hast du behauptet, man hätte deinen Overall und Pelzmantel gestohlen. Wir haben die Sachen zur ITS mitgebracht und sie dir gezeigt. Du wolltest nicht glauben, dass alles daheim im Schrank hängt."

„Schluss damit!", mischte Gert sich energisch ein. „Du hast den Miesmachern und Zweiflern das Gegenteil bewiesen! Würdest du sonst hier sitzen?"

Ich ließ mich zu einer kurzen Ruhepause überreden. Nach dem gemeinsamen Kaffeetrinken folgte dann die letzte Rückfahrt zur ITS.

Dort verbrachte ich die verbleibenden Tage mit gemischten Gefühlen.

Einerseits freute ich mich, einen Abschnitt meiner Krankheit abgeschlossen zu haben. Andererseits blickte ich skeptisch, aber auch zuversichtlich auf das, was noch vor mir lag.

Was wird sich ändern? Die Behandlungsmethode? Der Tagesablauf? Werde ich mehr gefordert? Viele Fragen, die unbeantwortet blieben, weil ich sie nur mir selbst stellte.
Ich hatte Angst vor ausweichenden Antworten.
Letztendlich siegte der Entschluss, niemals aufzugeben. Der Chefarzt würde mir dabei helfen. Und ich war es Gert und Carsta schuldig.

4

... so also sieht mein neues Zimmer aus. Das Zimmer, in welchem ich gesund werden und wieder laufen lernen soll. Nachdem die Krankenfahrer mich auf den langen, hellen Flur der Neurologischen Station A abgestellt hatten, schob mich eine Schwester in diesen Raum.
Auf der fahrbaren Liege wartete ich darauf, in das Bett – greifbar nahe neben mir – gelegt zu werden.
Ich hatte Zeit, mein neues Domizil zu betrachten.
Ein etwa sechs Meter langer und drei Meter breiter Schlauch – sicher höher als drei Meter!
Ein riesiges Fenster, fast bis zur Decke reichend, nahm die gesamte Schmalseite des Raumes ein. Darunter sah ich einen Nachttisch mit Schubkästen und einem größeren offenen Fach. Hierin prangte, für Besucher sicher sofort ins Auge fallend, das so genannte Stechbecken.
Rechts standen zwei Betten dicht hintereinander. Links ein zweitüriger weißer Spint, dessen Türen scheinbar nicht mehr schlossen und deshalb von einem Metallriegel gehalten wurden.
Daneben war noch Platz für einen abgeschabten Holztisch und einen Metallstuhl mit rotem Kunstledersitz. Alle Möbel waren dicht aneinander gezwängt.
Ich war enttäuscht! Wohl fühlen konnte ich mich hier nicht. Aber dazu war ich nicht hier. Und ich durfte nicht voreingenommen sein.
Da ging endlich die Tür auf. „Guten Tag! Ich bin die Stationsschwester Marita. Und das ist unser Ralf!“
Zwischen Liege und Bett drängte sich eine freundliche, junge Schwester. Sie zog an der Hand des Pflegers. „Nun zeig dich mal! Du passt hier auch noch dazwischen!“
Obwohl es mir nicht danach zu Mute war, musste ich lachen. Die beiden machten einen netten Eindruck. Von der Liege transportierten sie mich vorsichtig in das Bett, das mit dem Fußende zum Fenster stand. Bei dieser Enge grenzte dies schon an eine akrobatische Übung.
„Das zweite Bett wird nicht belegt“, erklärte Marita. „Es wird bei Bedarf auf den Flur gestellt.“
Ich wusste nicht, was sie damit meinte. Fragen wollte ich nicht, da ich befürchtete, sie würden mich hier nicht so gut verstehen wie auf der ITS. Alles war so ungewohnt, so neu.
„Der Chefarzt hat uns schon viel von Ihnen erzählt. Wir werden uns bestimmt bald aneinander gewöhnen“, die Stationsschwester lachte mir aufmunternd zu. Sie versicherte, dass ich stündlich umgelagert würde. Bis ich gelernt hatte, selbst zu klingeln, kam regelmäßig jemand, um nach mir zu sehen. Schwester Marita zupfte die Bettdecke glatt und nahm Ralf am Arm. „Wenn Sie keinen Wunsch mehr haben, dann gehen wir jetzt frühstücken. Anschließend räumt Ralf Ihren Schrank ein.“

Wieder allein mit meinen Gedanken, fiel mir ein, dass Ralf kein Wort gesprochen, sondern mich nur freundlich lächelnd beobachtet hatte. Er war noch sehr jung. Etwa Anfang zwanzig. Marita schätzte ich auf dreißig Jahre.
Draußen auf dem Flur herrschte lebhaftes Treiben. Ich vernahm lautes Lachen. Dazwischen Männerstimmen. Eine Frau schrie. Vielleicht hatte sie Schmerzen.
An diese Eindrücke musste ich mich nun gewöhnen. Hier war es nicht so still wie auf der ITS.
Viel Unvorhersehbares kam auf mich zu.
Mein Blick fiel auf den weißen Spint. An einer Tür waren zwei hässliche, graue Flecken. Dicht nebeneinander lagen sie, beide ganz gleich. Ich schloss ein Auge - sah nur einen Fleck.
Da wusste ich, die Doppelbilder waren noch da! Immer wieder wanderten meine Augen dorthin. Den Schandfleck konnte man nicht wegputzen. Das war abgekratzte Farbe.
Zum Glück kam Ralf und lenkte mich von dieser unsinnigen Betrachtung ab.
„Ich räume jetzt Ihren Schrank und Nachttisch ein. Sagen Sie mir bitte, wo ich die Sachen hinlegen soll."
Wir wurden uns schnell einig. Für mein weniges Gepäck war ausreichend Platz.
Ralf verstand mich. Allerdings fragte er mehrmals nach.
„Es ist nur ungewohnt", entschuldigte er sich. „Sie sprechen ja deutlich, aber eben sehr leise. Mit der Zeit spielt sich das ein."
Bei seiner Arbeit erzählte Ralf ganz ungezwungen, dass noch vier weitere Krankenschwestern zum Kollektiv gehörten. Oft waren sie wegen Krankheit nur zu dritt und mussten deshalb Überstunden machen.
„Aber wir verstehen uns alle sehr gut. Deshalb gibt es kaum Probleme", beteuerte er.
In diesem Moment überfiel mich ein starker Hustenreiz. Ein Schleimpfropf löste sich, schoss aus der Kanüle und blieb unterhalb der Zimmerdecke an der Wand hängen.
Es war mir schrecklich peinlich. Beschämt sah ich Ralf an.
„Das macht nichts!", sagte er ganz ruhig. „Dafür können Sie nicht. Ich helfe Ihnen gleich."
Und schon eilte er hinaus, um eine große Metallflasche, ähnlich einer Sauerstoffflasche, zu holen. Nachdem er gründlich abgesaugt hatte, reinigte Ralf den Schlauch, deckte ihn mit einem sauberen Tuch ab und steckte ihn dann auf das Flaschenventil.
„Das müssen wir machen, um eine Infektion zu verhindern", erklärte er. Dann nahm er den Einsatz meiner Kanüle aus dem Rohr, spülte ihn kräftig durch und trocknete ihn, bevor er wieder eingesetzt wurde.
Wie ruhig und gewissenhaft der Pfleger alle diese Handgriffe ausführte. Ich war von seiner Fürsorge beeindruckt.
„Hallo! Hier steckst du also!" Die Stationsschwester stand lachend vor uns. „Du hast mir die Arbeit weggenommen!" Sie deutete auf die Absaugflasche.
„Das überlass nur mir", Ralf blieb unbeeindruckt.
„Sehen Sie, so frech ist er immer zu mir!" Marita spielte die Beleidigte. Dabei blinzelte sie mir schelmisch zu. „Sie werden uns alle bald kennen lernen."
Die beiden gefielen mir. Mit ihrer Unbeschwertheit machten sie mir das Eingewöhnen etwas leichter.
Zu Mittag gab es Graupensuppe. Ralf fütterte mich. Es war schlimm! Bei jedem zweiten Löffel verschluckte ich mich und musste husten. Schließlich gaben wir auf. Ich bekam eine große Schüssel Quarkspeise, die problemlos rutschte und gut schmeckte.

Nach dem Mittagessen drehte mich Marita auf die rechte Seite. „Ich wünsche eine angenehme erste Mittagsruhe. Aber machen Sie schnell die Augen zu. Sonst kriegen Sie Alpträume, wenn Sie unsere schäbigen Wände ansehen. Wir warten seit einem Jahr auf den Maler. Um vierzehn Uhr ist Schichtwechsel. Da haben Ralf und ich Dienstschluss. Vorher sehen wir noch zu Ihnen rein."
Ich lag bequem auf meiner Lieblingsseite. Aber statt des gewohnten Fensters sah ich nur auf einen altersschwachen, bröckligen, grauen Ölsockel. An der Oberkante zwei Steckdosen dicht nebeneinander – nein, es war nur eine Dose da! Ich hatte wieder diese Doppelbilder! Auch die Löcher in der Wand waren alle doppelt vorhanden. Es waren einzeln besehen ja schon mehr als genug. Ich zwang mich dazu, die Augen zu schließen und schlief auch bald ein.
Durch lautes Poltern an der Tür wurde ich wach. Ich erschrak, wusste nicht, was nun geschah.
„Ich will hier rein! Lasst mich los! Ich will in mein Bett!", schrie eine Frau. Sie trat dabei an meine Zimmertür. Da öffnete jemand die Tür. Ich hatte unbeschreiblich große Angst. Was hinter meinem Rücken ablief, konnte ich nicht sehen. Wer wollte in mein Zimmer?
„Was ist hier wieder los? Passt besser auf eure Patienten auf!", rief jemand sehr energisch. Wieder hörte ich lautes Stimmengewirr und Gezeter. Plötzlich war alles still. Ich lauschte und wagte kaum zu atmen. Wo war ich hier hingeraten?
Eine Ewigkeit schien vergangen zu sein, als eine hübsche Schwester sich über mich beugte.
„Hallo, wir möchten uns vorstellen!" Sie befreite mich vom Sandsack und dem Kissen. Ich rollte zurück auf den Rücken. Zwei Schwestern lachten mich an. Sie stellten sich als Dietlinde und Ulla vor. Bevor ich nach dem aufregenden Zwischenfall fragen konnte, klärte Schwester Ulla mich auf.
„Sie brauchen keine Angst zu haben. Hier ist öfter mal Krawall. Das war nur eine harmlose, verwirrte Patientin von der Station B – nebenan. Dort sind geistig Behinderte untergebracht. Manchmal reißt da ein Patient aus. Aber wir passen auf. Wir beide haben Spätdienst."
Noch immer aufgewühlt von dem aufregenden Ereignis sah ich die Schwestern wortlos an.
„Schwester Marita hat uns genau informiert", Dietlinde drückte beruhigend meine Hände.
„Sie müssen uns nur sagen, ob wir alles richtig machen und ob wir Sie richtig verstehen."
Auch diese beiden Schwestern waren jung. Etwa Anfang zwanzig. Es war nicht zu übersehen, dass sie sich gut verstanden. Als sie mich zum Nachmittagskaffee aufsetzten, brachte mich Ulla mit ihrem trockenen Humor sogar zum Lachen. Sie fädelte den Schlauch in die Tülle der Schnabeltasse und rümpfte dabei die Nase. „Äh, schmeckt denn das? Das werden wir bald abändern! Bei uns wird anständig getrunken!"
Die Stunden des ersten Nachmittags vergingen nur schleppend. Auf dem Rücken liegend betrachtete ich die riesigen Baumkronen vor meinem Fenster. Dort unten vermutete ich einen Park. Das Fenster selbst hatte dringend einen Anstrich nötig. Die abblätternde Farbe und der verrostete Riegel forderten geradezu eine Renovierung.
Auf dem Flur war es sehr unruhig. Laute Musik, klapperndes Geschirr, Männerstimmen – aufdringliche ungewohnte Geräusche drangen an meine sicher überempfindlichen Ohren.
Nach einem kurzen Klopfen wurde die Tür geöffnet. Angstvoll zuckte ich zusammen.
Doch diesmal war es lieber Besuch! Gert war gekommen!

Nach der gewohnt liebevollen Begrüßung folgten besorgte Fragen.
„Hat dich der Umzug sehr angestrengt? Sind die Schwestern nett? Verstehen sie dich? Welchen Eindruck hast du vom Stationsarzt?“ Statt zu antworten, lachte ich laut.
Das geschah wieder ganz gegen meinen Willen. Gert führte das wohl auf die große Wiedersehensfreude zurück. Oder übersah er es taktvoll? Es musste sich alles erst wieder normalisieren. Wir wussten das beide.
„Ich brauche einige Zeit, um mich hier einzugewöhnen“, sagte ich schnell. „Hoffentlich muss ich nicht mehr so sehr lange hier bleiben!“
„Es ist ganz egal, wie lange es dauert!“ Gert lächelte und drückte meine Hände. „Du schaffst es! Ich helfe dir – wo und wie ich kann. Vergiss das nie!“
Seine Worte hatten mich schon so oft getröstet. Sie halfen immer.
Gert hatte meinen kleinen Fernseher mitgebracht. Er fand Platz auf dem Nachttisch.
Von dem Vorschlag, mein Bett so zu drehen, dass ich zur Tür sehen kann, hielt Gert nichts.
„Ich verstehe, dass du nervös wirst, wenn du nicht siehst, wer hereinkommt. Aber ist es nicht bedrückend, wenn du nur die Tür und die kahlen Wände vor Augen hast? Das große Fenster ist doch das freundlichste an diesem Raum.“
Damit hatte Gert mich überzeugt. Carsta platzte in die Diskussion. Aber sie meinte, schon Schlimmeres gesehen zu haben. Es klopfte. Schwester Ulla lugte zur Tür herein: „Ich möchte nicht stören. Aber wir teilen gleich das Abendbrot aus. Was möchten Sie essen?“
Wir sahen uns ungläubig an. Das war auch neu! Bisher musste ich essen, was man mir in den Mund schob.
„Das klingt gut“, lachte Gert, „bringen Sie uns bitte die Speisekarte! Dürfen wir mitessen?“
„Ich meinte Ihre Frau! Oder sind Sie auch krank? Dann dürfen Sie hier bleiben und werden gern bedient!“ Ulla sah Gert abschätzend an. „Na, Sie sehen mir aber ziemlich gesund aus!“
„Sind hier alle Schwestern so lustig?“, wollte Carsta wissen, als wir wieder allein waren.
Ich erzählte von den Erlebnissen des ersten Tages.
Schwester Ulla brachte bald die gewünschte Käseplatte. Appetitlich angerichtet mit Gewürzgurke und einem gefüllten Ei. Dazu der berühmte Kräutertee in der Schnabeltasse.
„Gibt es hier nur diesen Einheitstee?“, spottete Gert.
„Wieso?“ Ulla tat beleidigt. „Heute haben wir Marke ‘Bahndamm – rechte Seite’. Morgen gibt es ‘Bahndamm – linke Seite’. Sonntags gibt es Bohnenkaffee und Sekt. Da sind Sie ja nie da!“
Flink drehte sich Ulla um und verschwand. Wir lachten über ihre Schlagfertigkeit. Gert und Carsta gaben mir das Abendbrot. Trotz aller Aufregungen konnte ich gut essen.
Carsta kontrollierte meine Toilettenutensilien. Gert säuberte die Trachealkanüle und saugte den Schleim ab. Gegen achtzehn Uhr hieß es Abschied nehmen.
„Morgen kannst du uns sicher Genaueres berichten. Ich fahre heute noch zu Werner und erzähle ihm, dass wir hier waren“, versprach Gert. Zwei Stunden waren einfach zu schnell vergangen!

„Es tut mir Leid. Aber ich muss Sie jetzt wecken", Dietlinde rüttelte mich sanft wach. „Wir haben mehrmals nach Ihnen gesehen. Sie liegen jetzt schon drei Stunden auf dem Rücken, obwohl wir Sie stündlich umlagern sollen.
„Schwester Dietlinde, ab morgen geht das seinen sozialistischen Gang! Halten Sie sich an die Vorschriften! Verstanden?", frotzelte Ulla.
„Du hast nur Unsinn im Kopf!", sagte Dietlinde wie zur Entschuldigung. Ich war zwar noch recht verschlafen, hatte aber den Eindruck, Ulla parodierte jemanden, der ihr nicht sonderlich sympathisch war.
Ich schlief sofort wieder ein. Die Nacht erschien mir viel zu kurz.
„Wie spät ist es?", fragte ich, als eine Schwester sich mit aller Kraft bemühte, mir das „Engelshemd" auszuziehen. So unsanft war ich noch nie geweckt worden.
„Das ist ja furchtbar! Sie sind ja so steif! Das ist mir zu schwer! Das kann Johanna machen!", maulte die Schwester und verschwand, ohne zu antworten und ohne mich zuzudecken. Die Tür ließ sie auch noch offen.
Es zog, da das Fenster nur angelehnt war. Das Zimmer war hell erleuchtet und ich lag mit hochgeschobenem Hemd fast nackt da. Ich fror und hatte Angst. Auf dem Flur hörte ich Männerstimmen, Geklapper von Geschirr und laute Musik. Jeder, der am Zimmer vorbeiging, konnte mich sehen. Es war erniedrigend!
Ich war bereits sicher, dass man mich vergessen hatte. Da näherten sich energische Schritte und die ebenso kräftige wie große Schwester Johanna stellte sich vor. Sie deckte mich erstmal zu und entschuldigte sich für das Verhalten ihrer Kollegin, Schwester Erika. Johanna strich mir das Haar glatt. Sie verstand nicht, dass ich auf der Seite liegen wollte, weil das Hemd drückte und die Füße schmerzten.
„Ich lasse Sie jetzt schlafen. In zwei Stunden kommt Marita. Sie wird sich dann gleich um Sie kümmern." Johanna löschte das Licht und schloss leise die Tür. Draußen mahnte sie eine laut diskutierende Patientin, endlich Ruhe zu geben und in ihrem Zimmer zu bleiben.
Wo war ich nur hingeraten? An Schlafen war nicht mehr zu denken. Die Schmerzen wurden stärker. Vergeblich versuchte ich, mich auf die Seite zu wälzen. Die Matratze hielt mich fest wie ein Magnet. Zwei Stunden konnten so unendlich lang sein.
„Ich hörte soeben von der Panne im Nachtdienst", Marita überblickte sofort meine missliche Lage. Geschickt drehte sie mich zur Seite. Eine Erlösung! Jetzt hätte ich gern geschlafen!
Aber Schwester Gitta stellte sich vor.
„Gestern hatte ich Haushaltstag", erzählte sie. „Heute sind wir zu dritt im Frühdienst. Ralf ist auch da. Ich würde Sie jetzt gern waschen. Oder sind Sie noch sehr erschöpft von dieser Nacht?"
Ich schüttelte den Kopf, wollte schnell alles hinter mir haben. Von dieser Schwester ging eine wohltuende Ruhe aus. Mit Leichtigkeit zog sie mir das OP-Hemd aus. Keine hektischen, unüberlegten Handgriffe beim Waschen. Verständnisvoll lächelte sie mir zu und unterhielt sich sogar mit mir.
Zum Frühstück gab es Butterbrötchen, Marmelade, Malzkaffee und Puddingsuppe. Ralf erklärte mir alles, als ich einen laut scheppernden Wagen über den Flur von Tür zu Tür rollen hörte.
„Das ist unsere Frau Hartmann. Sie bringt das Geschirr in die Küche. Anschließend wischt sie alle Zimmer. Unsere Putzfee werden Sie gleich kennen lernen." Fürsorglich hatte Ralf mein Bettlaken geglättet und das Kopfteil wieder abgesenkt. Ich wäre einge-

schlafen, wenn nicht Frau Hartmann leise „Guten Morgen“ gewünscht hätte. Sie war sicher schon nahe am Rentenalter. Das Wischen fiel ihr sichtlich schwer.
Etwa eine Stunde mochte vergangen sein. Gitta kam, um mich auf die Seite zu legen.
„Der Oberarzt wird jetzt mit Ihnen sprechen“, sagte sie, „ruhen Sie sich vorher noch etwas aus.“ Das musste auch sein nach all den Aufregungen.
Oberarzt Dr. Ahlert war ein stattlicher, gut aussehender Mann mittleren Alters. Sorgfältig prüfte er meine Muskelfunktionen und forderte mich zum Sprechen auf. Es ging schlechter denn je!
Aufgeregt wartete ich auf sein Urteil. Er äußerte sich nicht, sah mich nur freundlich an.
Aufmunternd tätschelte er meine linke Hand. „Wir werden sehen, was sich machen lässt.“
Ich nahm all meinen Mut zusammen. „Wann bekomme ich die Physiotherapie? Wann wird der Katheter entfernt? Und wann die Trachealkanüle? Wie soll ich wieder Laufen lernen?“
Ich war unglaublich enttäuscht. Dr. Ahlert nahm die Sorgen um meine Zukunft scheinbar gar nicht wahr. Ich war hier, um gesund zu werden! Ich erwartete eine Auskunft!
Der Oberarzt drehte sich lächelnd um. Er hatte mich verstanden.
„Wir werden das alles nächste Woche mit dem Chefarzt besprechen. Nichts überstürzen! Sie wissen ja, dass Sie noch viel Geduld aufbringen müssen.“
Wieder allein, rekonstruierte ich diese so genannte Einstellungsuntersuchung. Ich nahm mir vor, meine Angelegenheiten selbst voranzutreiben. Geduld allein macht mich nicht gesund.
Was hatte ich bisher erreicht? Ich war in der Lage, das linke Bein anzuwinkeln, aufzustellen und in der Streckung etwas anzuheben. Den linken Arm konnte ich gestreckt heben, das Handgelenk war schlaff, obwohl ich alle Finger gut bewegen konnte. Mein Kopf war schwer wie Blei. Ich konnte ihn nur im Liegen drehen. Kaum etwas anheben. Der Rumpf und die gesamte rechte Seite waren völlig unbeweglich. Bei jeder Aufregung sogar steif wie ein Brett.
Das also war meine Situation. Und ich musste den Ärzten klarmachen, dass ich keine Lust mehr hatte, noch länger untätig in diesem Bett herum zu liegen. Gitta teilte mir mit, dass die Visite nicht zu mir kommt, weil der Oberarzt heute bei mir war.
Ralf sah oft nach mir. Ich wurde regelmäßig umgelagert. Alle Schwestern gaben sich Mühe, mir das Eingewöhnen zu erleichtern. Doch der Tag verstrich ohne Erfolgserlebnis.
Nach dem Nachmittagskaffee kamen Gert und Carsta. Ich sprach mir den ganzen Kummer vom Herzen. Bei meinem Bericht verfinsterte sich Gerts Miene zusehends.
„Ich kann Werner nicht erreichen. Er ist zu einer Tagung gefahren. Nächste Woche werde ich mit ihm darüber sprechen. Mach dir keine Sorgen. Der Chef sorgt schon dafür, dass du richtig gefordert wirst. Er hat es mir versprochen. Verlass dich auf mich! Und morgen fahren wir drei ins Wochenendhaus!“ Damit rückte meine Unzufriedenheit etwas in den Hintergrund.
„Hör mal, Mami, du musst dich damit abfinden, dass es auf dieser Station niemals ruhig ist“, erklärte Carsta. „Denn nebenan sind die Zimmer der geistig behinderten und alkoholkranken Patienten. Manche haben Selbstmordversuche hinter sich.“
So deutlich war mir das noch nie gesagt worden und ich war froh, dieses Thema nicht weiter erörtern zu müssen. Schwester Dietlinde kam und reichte Gert einen Teller mit belegten Broten. Carsta holte Tee. All das lief ab, als wäre ich schon eine Ewigkeit hier.

Während ich mich füttern ließ, erzählten meine beiden, wie sehr sie sich auf das kommende Wochenende mit mir im Grünen freuten. Die Vorfreude vertrieb meine Sorgen endgültig.
Der Abschied fiel mir nicht mehr ganz so schwer. Ich zählte die Stunden bis zur Fahrt ins Wochenendhaus.
Vor dem Einschlafen betrachtete ich die riesigen Buchen vor meinem Fenster. Dazwischen ragte einsam ein einziger Essigbaum. Er war schätzungsweise sechs bis sieben Meter hoch. Unwahrscheinlich! Unser Essigbaum am Wochenendhaus war dagegen ein Winzling. Aber er wird auch einmal so groß sein und dann werde ich an diese Zeit in der Klinik zurückdenken.
Schwester Johanna unterbrach meinen Traum. „Ich möchte Sie zur Seite drehen."
Das Vorhaben erwies sich als äußerst schwierig. Verbissen mühte Johanna sich ab. Ich erklärte, dass sie nicht richtig vorging. Doch sie war schrecklich aufgeregt und verstand mich nicht.
Puderrot im Gesicht und schwitzend vor Anstrengung wälzte sie mich dann doch zur Seite, stopfte Kissen und Sandsack an meinen Rücken.
„Nun haben wir es geschafft! Ist es gut so?", fragte Johanna sichtlich erleichtert.
Ich nickte, obwohl ich unbequem mit gestreckten Beinen lag. Hätte ich es bemängelt, wäre sie noch unsicherer geworden. Sie gab sich ja Mühe! Weil es kühl wurde, schloss sie das Fenster. Dann wünschte sie mir eine „Gute Nacht", löschte das Licht und ging leise hinaus.
In dieser zweiten Nacht war es etwas ruhiger auf dem Flur. Ich konnte trotzdem nicht einschlafen. Ich wartete darauf, von Johanna umgelagert zu werden. Sie öffnete auch mehrmals ganz leise die Tür, hörte dabei aber nicht, dass ich mich bemerkbar machte.
Endlich fing es an zu dämmern. Stöckelschuhe trippelten hin und her. Wieder klapperte Geschirr. Türen wurden zugeschlagen. Die Nacht war also vorbei. Doch ich musste noch lange warten, bis Schwester Johanna endlich kam.
„Sie haben so schön geschlafen", strahlend begrüßte sie mich. „Ich wollte Sie nicht wecken."
Ich sagte dazu nichts. Es tat gut, endlich auf dem Rücken zu liegen. Der Sandsack drückte.
„Sie sind meine letzte Patientin", Johanna seufzte. „Heute hatte ich sechs Frauen und drei Männer zu waschen. Um das zu schaffen, hab ich den ersten schon früh um drei gewaschen."
Ich erfuhr nun, dass es fünf Uhr dreißig war. In einer halben Stunde kam der Frühdienst. Davor musste noch Kaffee und Puddingsuppe gekocht werden. Johanna tat mir plötzlich Leid.
Nervös und aufgeregt mühte sie sich damit ab, mir das OP-Hemd auszuziehen.
„Oh, ich stelle mich sicher ungeschickt an", entschuldigte sie sich. „Ich habe Angst, Ihnen weh zu tun. Sagen Sie mir bitte, wie es am besten klappt!"
Durch ihre Offenheit bekam ich Vertrauen zu ihr. Ich versichte, nicht empfindlich zu sein. Mir war es lieber, wenn ich fest angefasst wurde. Ich sagte, wie sie mich beim Waschen besser bewegen kann. Sie fragte oft nach, weil sie mich schlecht verstand.
Es war neu für mich, um Rat gebeten zu werden. Deshalb erklärte ich ihr auch, weshalb ich nachts nicht geschlafen hatte. Johanna war recht bestürzt über das Missverständnis.
„Es ist nett, dass Sie mir das selbst sagen", meinte sie ernst. „Viele Patienten meckern hinter meinem Rücken. Darüber ärgere ich mich oft."

Meine zweite Nacht hatte nun noch ein erfreuliches Ende gefunden.
Gerade hatte sich Johanna verabschiedet, da stand schon Schwester Gitta mit einem Stapel frischer Bettwäsche im Zimmer. „Guten Morgen! Ich störe ungern. Aber Johanna hat es nicht mehr geschafft, Ihr Bett frisch zu beziehen. Das hole ich jetzt nach!“
Schwester Gitta ging die Arbeit rasch von der Hand. Geschickt und flink drehte sie mich, zog das alte Laken ab und spannte gleichzeitig das frische straff und faltenlos ein.
Meine Freude auf das Wochenende wirkte appetitanregend. Ralf freute sich, weil ich außer der Puddingsuppe noch ein Butterbrötchen schaffte. Er kritisierte Johanna. Sie hatte vergessen, meine Kanüle zu reinigen und abzusaugen.
Wir unterhielten uns über eine Verbesserung des Fernsehempfangs und das Anbringen einer kleinen Antenne, als Gitta die Visite ankündigte.
„Nur Mut! Jetzt lernen Sie unseren Stationsarzt Dr. Krause kennen!“ Ralf zwinkerte mir zu.
Die Visite bestand aus dem Oberarzt, Dr. Krause und Schwester Marita. Nach einer flüchtigen Begrüßung erläuterte Oberarzt Dr. Ahlert mein Krankheitsbild. Ich hörte ihm aufgeregt zu. „Nach einem Skiunfall lag die Patientin fünf Monate auf der Intensivstation, akutes Atemnotsyndrom, Tracheotomie, Tetraparese, rechts verstärkt, Blasen- und Darmlähmung.“
Diese Fachausdrücke hatte ich in den vergangenen Monaten oft genug gehört. Sie bedeuteten mir nichts. Ich wollte endlich etwas von der Weiterbehandlung wissen.
Wie mir schien, lächelte Dr. Krause ziemlich desinteressiert. „Sie sind eine Patientin des Chefarztes“, sagte er schließlich. Damit wusste ich nichts anzufangen. Sollte das eine Frage oder eine Feststellung sein. Bisher war ich der Meinung, hier von allen Ärzten behandelt zu werden.
„Der Zustand der Patientin stabilisiert sich soweit“, sprach der Oberarzt weiter. „Die linksseitige Lähmung ist leicht rückgängig. Rechts besteht eine spastische Lähmung. Blase und Darm sind weiterhin gelähmt – ebenso die Stimmbänder. Die Atmung ist geschwächt. Durch physiotherapeutische Behandlung wollen wir das Möglichste erreichen. Genaueres entscheidet der Chef.“ Die beiden Ärzte verließen flüsternd das Zimmer.
Marita drückte mich. „Ich komme gleich wieder!“ Sie hatte gesehen, wie ich krampfhaft versuchte, die Tränen zurückzuhalten.
Immer ging es auf und ab mit meiner Stimmung! Eben noch froh und zuversichtlich, bekam ich statt Anerkennung nur niederschmetternde Worte zu hören. Scheinbar war das, was ich bisher erreicht hatte, nichts wert. Es war wohl nur Einbildung. Was sollte ich Gert sagen?
Wie zum Hohn blinzelte nun auch noch die Sonne durch die dichten Baumkronen.
Die Freude auf das Wochenendhaus war dahin.
„Na, sind die Herren raus?“ Ralf unterbrach meinen Gedankenwirbel und erkannte sofort meine Niedergeschlagenheit. Geduldig hörte er mich an. Dann schüttelte er den Kopf.
„Das dürfen Sie nicht so tragisch nehmen. Der Chef lässt sich von seinen Ärzten nicht ins Handwerk pfuschen. Er hat Sie im Januar hier bei uns aufgenommen und danach auf der ITS weiterbehandelt. Vertrauen Sie dem Urteil des Chefs - er kommt am Montag.“
Jetzt kam auch Schwester Marita. „Entschuldigung, ich wurde aufgehalten! Der Oberarzt hat Sie ja richtig geschockt mit seiner Aufzählung von Fachausdrücken. Das ist hier so üblich und hat wirklich keinerlei Bedeutung. Lassen Sie sich davon nicht entmutigen!“
Mit ihrer natürlichen Neckerei versuchten Marita und Ralf, mich wieder aufzuheitern.

„Es gibt Linsen mit Rotwurst“, Marita schnitt Grimassen. „Wollen Sie lieber was Leichteres?“
Ich aß Eintopf jeder Art sehr gern und wunderte mich, dass mir sogar blähende Hülsenfrüchte angeboten wurden. Wo doch mein Darm gelähmt war!
„Sie dürfen alles essen! Nur dick dürfen Sie nicht werden! Sonst rennen Sie zur Strafe dreimal um die Klinik!“, befahl Ralf. Wie gern würde ich rennen!
„So, nun sind wir alle wieder fröhlich und gehen in die Küche zum Tellerklappern!“ Marita hakte sich bei Ralf ein und zog ihn hinter sich her.
Der Linseneintopf schmeckte ausgezeichnet. Ralf brachte dazu noch ein Schälchen mit Obst.
Aber dieses Mittagessen wurde mir zum peinlichen Verhängnis.
Zur Mittagsruhe lag ich auf der Seite. Plötzlich spürte ich starkes Rumoren im Bauch.
Ein bekanntes Gefühl, das ich seit Beginn meiner Krankheit nicht mehr hatte!
Ich versuchte, den Stuhl anzuhalten. Und es gelang mir!!
Eine Ewigkeit verging. Niemand erlöste mich. Ich schwitzte. Mir wurde übel. Dann war es zu spät! Ich spürte normalen Stuhlgang und dann Durchfall! Ich schämte mich schrecklich und weinte.
Noch vor wenigen Stunden hatte der Oberarzt meinen Darm als gelähmt bezeichnet - es klang so, als wäre das unabänderlich. Und plötzlich konnte ich den Stuhl sogar eine Zeit lang anhalten! Wenn jemand gekommen wäre, dann wäre es nicht ins Bett gegangen.
Freude, aber auch Scham lösten sich ab.
Schwester Marita fand mich laut schluchzend vor. „Aber hallo!“, rief sie und lachte. „Das darf Ihnen nicht peinlich sein! Wir wollten das so. Sie liegen auf einer Vlies-Unterlage. Das ist ein großer Fortschritt. Ich freue mich für Sie! Es klappt also wieder. Schade, dass der Oberarzt nicht mehr im Hause ist!“
Von der großen Anstrengung völlig erschöpft schlief ich im frisch bezogenen Bett sofort ein.
Dietlinde weckte mich zum Kaffeetrinken. Schon vor sechzehn Uhr klopfte es stürmisch an der Tür. Gert und Carsta waren von Marita bereits vom großen Erfolg unterrichtet worden.
Carsta hatte meinen Trainingsanzug mitgebracht. „Das ist bequemer für dich!“, meinte sie.
Schwester Ulla half beim Anziehen. Nach langer Zeit wieder etwas Zivilisiertes anzuziehen, ein herrliches Gefühl! Zum Verschwinden des Urinbeutels fand Ulla eine praktische Lösung.
„Das Ding stecke ich Ihnen in die Hosentasche. Dann sehen es die fremden Onkels nicht!“
Damit meinte sie die beiden Kollegen von Gert, die wie gewohnt, meinen Transport übernahmen. Ullas lustige Einlagen heiterten die schwierigsten Situationen auf.
„Heute haben wir eine längere Fahrt vor uns“, die beiden Männer sahen mich fröhlich an. „Wir haben die Liege etwas höher gestellt, damit Sie etwas sehen können.“
Ulla rannte noch mal nach oben, um ein zweites Kopfkissen zu holen. Nun sah ich über den weißen Farbanstrich der Scheiben hinaus. Alle waren so besorgt um mich.
Gert fuhr mit unserem Auto voraus. Carsta war auf den kleinen harten Sitz neben meiner Liege gekrabbelt. Ich wünschte mir so sehr, bald wieder mit meinen beiden im eigenen Auto zu fahren.

Bei der Fahrt durch die Stadt stellte ich erstaunt fest, dass ich alle Straßen erkannte, die wir durchfuhren. Noch bei den letzten Touren nach Hause hatte ich damit Schwierigkeiten.
Ich registrierte die Auffahrt zur Autobahn, die Strecke durch den Buchenwald und zuletzt den Feldweg bis zum Bungalow. Hier schüttelte uns der Sani-Wagen erbarmungslos durch. Carsta lachte übermütig. Die Freude auf unser gemeinsames Wochenende im Grünen machte alles erträglich.
Ein wunderbar warmer Spätnachmittag! Gert trug mich zu einer Liege im Schatten. Er überredete seine beiden Kollegen noch zu einer Tasse Kaffee, bevor sie zurückfuhren.
Hier herrschte eine wohltuende Ruhe. Wie ich diese dörfliche Stille vermisst hatte!
In der Ferne schnatterten Gänse. Ein Hahn krähte.
Ich beobachtete Gert und Carsta. Sie holten die Gartenmöbel aus der Garage. Gert stellte den Sonnenschirm auf die Terrasse. Carsta schleppte eilig die mitgebrachten Verpflegungsbeutel ins Haus. Alles war wie früher. Nur ich musste den beiden untätig zusehen.
Gert kam mit einem Korbstuhl, um sich neben mich zu setzen.
„Wir haben Grillwürstchen mitgebracht. Wirst du auch welche essen können?"
Ich freute mich über diese Abwechslung, äußerte jedoch Bedenken. Wie sollten wir damit fertig werden, wenn ich durch dieses ungewohnte Essen Stuhlgang bekäme.
„Das schaffen wir auch!", sagte Gert entschlossen. „Wir haben uns das schon überlegt. Ich setze dich einfach mal auf die Toilette. Carsta hält dich fest. Nach deinem heutigen Erfolg müssen wir endlich etwas mutiger werden! Oder hast du Angst?"
„Ich hab nie Angst, wenn du bei mir bist, Gert! Frag doch nicht so was!", empörte ich mich.
Gert lachte vergnügt und schüttelte mich. „Wir dürfen grillen! Carsta, die Mami erlaubt es!"
Auch wenn es auf meine Kosten ging – es war schön, wenn Gert mit Carsta alberte.
Auch die anderen Wochenendhäusler waren inzwischen angereist. Gert hatte dafür gesorgt, dass uns die Nachbarn vorerst nicht besuchten. Niemand sollte mich so hilflos sehen!
Es wurde ein langer Abend. Erst als es kühl wurde, wanderten wir ins Haus. Carsta legte meine Füße hoch und polsterte den Korbsessel ringsherum aus. So konnte ich gut sitzen und wir drei hatten noch einen gemütlichen Fernsehabend.
Statt der Betten hatten wir hier ein vom Fußboden erhöhtes Schlafpodest. Das sah sehr hübsch aus und war auch Platz sparend. Gert fiel es bestimmt nicht leicht, mich dort unten zu lagern.
Ich wog zwar nur etwa fünfzig Kilo, wollte aber unbedingt schnell eigene Kraft bekommen.
Das Waschen auf der tiefen Liegefläche war ebenso beschwerlich.
„Wenn du wieder frei sitzen kannst, haben wir schon viel gewonnen", tröstete mich Gert.

Am Samstag lockte uns die Sonne schon zum Frühstück auf die Terrasse.
Ich genoss die wärmende Sonne. Hier hinderte keine Bettdecke die selbst erdachten Bewegungsübungen. Gert und Carsta ermunterten mich. Sie registrierten und lobten jede kleine Besserung.
Zunehmend traurig wurde ich, als ich den beiden beim Rasenmähen zusah. Diese Zeit des Nichtstuns wollte ich niemals vergessen. Immer war alles so selbstverständlich gewesen: Meine Haus- und Gartenarbeit, abends zu dritt Tennis spielen auf dem kurz

geschnittenen Rasen, das Wetteifern mit Carsta beim Kopf- und Handstand. Und jetzt war ich nahezu bewegungsunfähig. Warum gerade ich? Wie ein Blitz aus heiterem Himmel hatte es mich getroffen! Nicht nur mich, sondern uns drei hatte es aus der Bahn geworfen!
Ich hatte die Augen geschlossen. Plötzlich trafen mich eiskalte Wassertropfen. Ich erschrak so heftig, dass beide Arme gleichzeitig nach oben flogen. Was war das denn? Ich war doch dazu nicht fähig!
„Oh, Mami! Was machst du denn?“ Carsta kam angerannt. „Das war der Rasensprenger.“
Nun stand auch Gert aufgeregt neben meiner Liege. Beide forderten eine Wiederholung meines grandiosen Armschwungs. Aber alle Mühe war vergeblich. Während es mir leicht gelang, den linken Arm bis hinter den Kopf und wieder zurück zu führen, blieb der rechte unbeweglich und steif wie ein Stock neben meinem Körper liegen.
„Ich schaffe es nicht mehr“, enttäuscht gab ich auf. „Das war nur eine Schreckreaktion.“
„Aber immerhin war das ein gutes Zeichen“, meinte Gert beharrlich. „Mach das nicht noch einmal, Carsta! Sonst rennt die Mami plötzlich davon!“ Gert hatte seinen Humor auch jetzt nicht verloren. Auch ich lachte, obwohl mir eher zum Weinen zu Mute war.
Der Tag war sehr heiß. Wir blieben bis zum Einbruch der Dunkelheit draußen.
Auch am Sonntag war kein Wölkchen am Himmel zu sehen. In Gemeinschaftsarbeit ließ ich mich von Gert und Carsta in einen Bikini stecken. Obwohl ich nie Sonnenbrand bekam, musste ich mich gründlich einölen lassen. Unsere zwei Meter hohe Hecke schützte dabei vor neugierigen Blicken.
Ich träumte davon, mit meinen beiden ins Badebecken zu springen. Ob ich es mit Gerts und Carstas Hilfe vielleicht noch diesen Sommer schaffen werde? Sie waren ja immer für mich da. Ich fühlte mich wohl, hatte keine Schmerzen – gute Voraussetzungen, schnell gesund zu werden. Ich bekam Zuversicht. Es machte mir Spaß, das fröhliche Treiben im Badebecken zu beobachten.
Warum vergehen schöne Stunden so wahnsinnig schnell?
Am Nachmittag wollte ich mich mit Carsta über ihre Beziehung zu Jörg unterhalten.
„Wir verstehen uns gut. Es ist schon in Ordnung“, bekam ich zur Antwort. Auf ein längeres Gespräch wollte sich Carsta nicht einlassen. Wieder hatte ich Schuldgefühle. Wenn ich gesund wäre, würde ich mich mehr um sie kümmern.
Meine Überlegungen wurden jäh unterbrochen. Ein Auto hielt hinterm Haus. Gert eilte zum Tor, und ich hoffte klopfenden Herzens, dass er den ungebetenen Besuch abwimmeln konnte.
Stattdessen kam Gert unversehens mit dem Chefarzt Dr. Wittig zurück. Ich erschrak.
„Na, das ist ja fein! Nun treffe ich die ganze Familie vereint an!“, half er mir über die Verlegenheit hinweg.
Er war am Freitag von der Dienstreise nach Hause gekommen. Nun wollte er sich vergewissern, ob wir mit den veränderten Gegebenheiten im Wochenendhaus zurechtkommen.
Ich war sofort beruhigt, weil ich sah, wie er sich um uns sorgte.
Als ich von meinen ersten Eindrücken auf der Neurologie berichtete, erwähnte ich auch das unerfreuliche Aufnahmegespräch und die erste Visite mit dem Oberarzt und dem Stationsarzt.
„Ich habe den Eindruck, der Oberarzt sieht meinen Zustand als unabänderlich an“, sagte ich.

„Das ist ausgeschlossen!“, empörte sich der Chef. „Das hat er sicher nicht so gemeint. Aber ich spreche morgen mit meinen Ärzten.“ Nach einer kurzen Pause erzählte er weiter.
„Kopf hoch! Fünf Monate sind keine Zeit für solch eine Krankheit! Ich hab mir viel mit dir vorgenommen. Zunächst bekommst du intensive Physiotherapie! Und sobald deine Luftröhre geschlossen ist, beginnen wir mit der Wasserbehandlung. Ihr werdet euch wundern, wie schnell es vorwärts geht!“
Er drückte meine Hände. „Du warst bisher so tapfer. Mach mir weiterhin Freude! – Oh! Jetzt hab ich vor lauter Begeisterung ‘Du’ gesagt! Darf ich das weiterhin? Natürlich nur, wenn wir unter uns sind.“
Jetzt hatte ich Mühe, meine Freudentränen zurückzuhalten. Ein Chefarzt mit langjähriger Erfahrung hatte mir das Du angeboten! Also war er davon überzeugt, dass ich wieder ganz gesund werde! Seine Worte stärkten mein Vertrauen. Von dieser Stunde an wollte ich mich von niemandem mehr verunsichern lassen. Wollte nur noch einem Arzt glauben.
„Du darfst dich niemals negativ beeinflussen lassen“, meldete sich nun auch Gert zu Wort.
„Jeder Ärger, jede kleine Aufregung wirkt sich negativ auf deinen Gesundheitszustand aus. Vergiss das nie! Ich kann dir das nicht oft genug sagen“, bekräftigte nochmals der Chefarzt.
Über die Rückkehr meiner Darmtätigkeit zeigte er sich nicht sonderlich überrascht, da er dies erwartet hatte. Allerdings würde es einige Zeit dauern, bevor sich wieder ein gewisser Rhythmus eingespielt hat. Ich sollte nicht ungeduldig werden. Auch die Funktion der Blase stellte er in Aussicht.
„Genießt die gute Waldluft und die Ruhe! Ich sehe dich morgen in der Klinik“, verabschiedete sich der Chef von mir und Carsta.
„Gert, du kommst ja sicher wieder heute Abend zu uns nach Hause. Ich muss los! Die Familie wartet!“ Eilig ging er mit Gert zum Auto.
„Nun habt ihr den Chef auch privat kennen gelernt“, Gert setzte sich wieder zu mir. „Du bist bei ihm in den besten Händen!“
Ich konnte nichts darauf antworten. Aber Gert wusste, dass mir der Chef all meine Zweifel und Unsicherheit genommen hatte.
Carsta war fix noch einmal zu Frau Ostmann ins Dorf geradelt. Der Jagddackel, viele Katzen, Gänse, Enten, Ziegen und sogar der altersschwache Gaul wurden auch an diesem Wochenende von unserer Tochter nicht vergessen.
Die Stunde des Aufbruchs rückte näher. Gert hängte schon die Fensterläden ein und stellte die Gartenmöbel in die Garage als Carsta zurückkam. Sie erzählte uns, wem sie begegnet war und dass mir auch die Dorfbewohner baldige Genesung wünschten.
Da es noch sehr warm war, zog mir Gert nur einen Pulli über den Bikini. Carsta übernahm das Anziehen meiner Hose. Der Urinbeutel verschwand in der Hosentasche.
Da hörte ich auch schon das Sanitätsauto heranrumpeln. Vorbei war die schöne Zeit!
Wir wollten die beiden Fahrer nicht warten lassen. Sie fanden uns bereit zur Heimfahrt.
Als ich auf der Liege zum Auto getragen wurde, streiften mich die silbrig grünen Äste einer Blaufichte. Es reizte mich, nach den zarten jungen Trieben zu greifen. Ich wusste, dieser Versuch wäre jetzt noch misslungen. Aber bald wollte ich diese herrlich weichen Nadeln wieder anfassen. Vorbei an Säulenwacholdern, Lebensbäumen und Rosen ging es weiter. Dieses Bild musste ich jetzt eine Woche lang festhalten.

Auf der Rückfahrt unterhielt mich Carsta. Sie hatte bei Frau Ostmann kleine Kätzchen entdeckt. Sie lagen, von der Katzenmutter versteckt, in einem Holzstapel.
Die Zeit war unerbittlich. Der Wagen hielt. Carsta sprang heraus. Meine Liege wurde herausgezogen. Da stand schon Gert mit dem Fernseher in der Hand. Rein in den Aufzug und ins Zimmer.
Eilig verabschiedeten sich Gerts Kollegen. „Alles Gute. Bis zum Freitag!“, wünschten sie mir.
Ich konnte nicht antworten. Es war mir sehr unangenehm. Aber in meiner Kehle saß ein Kloß.
Hoffentlich hielten mich die beiden netten Männer jetzt nicht für undankbar oder gar für launenhaft!
Schwester Johanna hatte uns schon erwartet. „Sie sehen ja richtig erholt aus!“, empfing sie mich. Sie half beim Ausziehen. Doch Gert und Carsta gingen dabei geschickter mit mir um.
Bei der Fülle Johannas und der Enge des Zimmers erwies sich auch das Umlagern als ein Geschicklichkeitsspiel. Johanna hatte noch immer unbegründete Angst, mir weh zu tun.
Nach dem wunderschönen Wochenende fiel mir der Abschied schwerer denn je.
Carsta sah zur Uhr. Sie hatte sich sicher mit Jörg verabredet. Gert stellte den Fernseher ein.
„Damit du nicht grübelst!“, sagte er. „Morgen sind wir wieder pünktlich zur Stelle!“

Schwester Johanna gab sich große Mühe mit mir. Dennoch schaffte sie es nicht, mein rechtes Bein anzuwinkeln und mich in die Seitenlage zu bringen. Schließlich gaben wir beide auf. Ich blieb auf dem Rücken liegen, bis Schwester Ulla zum Nachtdienst kam.
„Unsere Hanni ist heute wieder ganz wuschig!“ Ulla kam fröhlich angefegt. „Das wäre doch gelacht, wenn ich Sie halbe Portion nicht drehen kann! Na, worauf wetten wir?“
Antworten war nicht möglich. Ich musste herzhaft lachen, denn Ulla krempelte sich demonstrativ beide Ärmel hoch. „Eins - zwei - drei - hopp! Na bitte!“
Schon lag ich mit angewinkelten Beinen ganz bequem auf der Schlafseite. Nachts drehte mich Ulla so geschickt, dass ich es kaum registrierte. Da die meisten Wochenendurlauber erst am Vormittag zurückkamen, war die Nacht schön still.
Gegen vier Uhr kam Ulla mit der Waschschüssel. „Wie sehen Sie denn aus!“ Ulla erstarrte.
Ich war am ganzen Körper feuerrot! Sonnenbrand! Der Bikini zeichnete sich hell ab!
„Sie kriegen Hausarrest!“, schimpfte Ulla. Ich wusste, wie das gemeint war. Sie sprühte mich bis an die Zehen dick mit weißem Schaum ein. „So, jetzt bleiben Sie schön still liegen! Bis zur Visite muss das etwas ungefährlicher aussehen! Sonst gibt's Ärger!“ Das war gut gemeint.
„Wie geht es unserem Schneemann?“ Schwester Marita, Dietlinde und Gitta hatten Frühdienst.
Ich konnte sie beruhigen. Es war nicht so schlimm, wie es aussah. Es tat nicht weh.
Dietlinde erneuerte mehrmals meine Schaumbeschichtung. Die Wirkung war erfolgreich. Abgesehen von einer knallroten Nase, hatte ich nach etwa drei Stunden eine gesunde, rotbraune Hautfarbe.
Zur Visite kam nur Dr. Krause mit Marita. Er belächelte meine verbrannte Nase, deckte mich aber nicht auf. „Morgen ist Chefvisite“, erklärte er. „Dann erfahren Sie, wie es mit

Ihnen weitergeht." Ohne mich weiter zu fragen, ging er. Wohl oder übel musste ich mich also wieder auf einen Tag einstellen, an welchem nichts mit mir passierte!
Kurz danach klopfte es kräftig und schon ging die Tür auf – der Chefarzt!
„Oh, was seh' ich denn da!", rief er gleich an der Tür. Erschrocken über meine Veränderung untersuchte er sofort die Rötung. „Du musst unbedingt vorsichtiger sein!", mahnte er besorgt.
„Du bist jetzt sehr empfindlich, weil du lange nicht an der Luft warst!"
„Es wird sicher bald richtig braun. Ich hab ja keine Schmerzen", sagte ich kleinlaut.
„Warum hat man dir die Beinschienen nicht angelegt? Und einen Bettkasten hast du auch nicht! So geht das nicht!" Der Chef untersuchte die Beweglichkeit meiner Füße.
Dann nahm er meine rechte Hand. Sie war noch immer dick geschwollen, die Finger fest verkrampft und völlig unbeweglich.
„Hier bekommst du vorläufig eine Schiene. Damit sich keine so genannte Kralle bildet. Ich spreche das gleich alles ab. Wir wollen doch keine Zeit verlieren!", damit verabschiedete er sich eilig.
Noch vor dem Mittagessen brachte Gitta einen Bettkasten. Diese einfache, mit einem Laken bespannte Holzkiste wurde am Fußende des Bettes platziert. Während der Rückenlage und wenn ich im Bett saß, musste ich beide Fußsohlen fest dagegen drücken. Dadurch wurde verhindert, dass ein so genannter Spitzfuß entsteht. Die Beinschienen wurden nun nur noch während der Seitenlage angelegt. Der Bettkasten verhinderte, dass ich beim Sitzen immer weiter nach unten rutschte. Eine simple, aber sehr wirkungsvolle Lösung.
Ein kleiner Grund zur Freude.
Pünktlich um siebzehn Uhr kamen Gert und Carsta. Sie lachten über meine Indianerhaut. Gert fand den Bettkasten zu hart. Carsta versicherte, dass diese Art auch auf anderen Stationen verwendet würde. Als Gert mir dann das Abendessen gab, sah auch er den Vorteil der ominösen Kiste. Ich saß zwar eingekeilt, rutschte aber nicht abwärts.
Fast zwei Stunden waren vergangen, als wir uns verabschiedeten. Wir hatten viel erzählt. Carsta verstand mich gut. Gert fragte oft nach. Nach dem Dienst war er sehr abgespannt. Statt sich wie früher bei einer Tasse Kaffee zu erholen, hetzte er jetzt in die Klinik. Zusätzlich musste er sich um all die Dinge kümmern, die ich früher erledigt hatte.
Alles soll wieder so werden, wie es vorher war, nahm ich mir ganz fest vor und dachte dabei auch an Carsta. Sie brauchte mich.
Es war gut, dass Ralf gleich kam, als meine beiden Besucher gegangen waren.
Belustigt sah er zum Fernseher, der nur das erste Programm der DDR brachte.
„Ich würde Ihnen gern eine kleine Antenne anschließen. Dann bekämen Sie noch das ARD-Programm von drüben." Ralf schmunzelte. „Sie müssten aber erst den Chef fragen."
Das verstand ich nicht. „Was sollte er dagegen haben?"
„Wir haben hier im Aufenthaltsraum einen großen Fernseher. Die Patienten dürfen aber keine Westsender einschalten, obwohl wir dort auf allen Programmen guten Empfang haben", Ralf hob beide Arme. „Anordnung von oben!"
Ralf war rührend besorgt um mich. Ohne Aufforderung saugte er ab. Er sah oft zur Tür herein, um nach eventuellen Wünschen zu fragen.
Der alte Montagsfilm war an diesem Tag besonders kitschig. Aber es lenkte mich etwas ab.
„Störe ich? Jetzt hab ich Zeit für ein Schwätzchen", Johanna lugte zur Tür herein. „Drei Patienten haben mir nämlich die Küchenarbeit abgenommen!"

Ich war dankbar für jede Abwechslung. Als anschließend Ralf kam, um mir den Anblick des „Schwarzen Kanals“ zu ersparen, war ich erleichtert.
„Darf ich jetzt den Apparat ausschalten? Oder möchten Sie gern Karl-Eduard sehen?“ Ralf schlängelte sich an Johanna vorbei und reckte sich zum Fernseher. Ich lachte über diese Bemerkung. „Wer sieht sich das schon an?“
„Sei vorsichtig mit deinen Äußerungen!“, drohte Johanna. Aber wir beide lachten dabei. Flink legte mir Ralf nun die Schienen an, ordnete das Bett und lagerte mich auf die rechte Seite. Johanna kam kaum dazu, im geeigneten Moment zuzufassen.
Diese Nacht war sehr ruhig. Sogar nach der Morgenwäsche schlief ich wieder fest ein.
„Guten Morgen! Es gibt Frühstück!“ Schwester Dietlinde stand an meinem Bett. In der Hand hielt sie die Schnabeltasse und führte sie an meinen Mund. Ich war völlig benommen, lag auf der Seite, das Kopfteil war ganz flach gestellt. So konnte ich nicht trinken. Ich bat Dietlinde, mich aufzusetzen. Sie verstand mich nicht. Sie drückte die Schnabeltasse noch fester an meinen Mund. Ich hatte Angst, mich zu verschlucken, deshalb schüttelte ich den Kopf in der Hoffnung, doch noch gefragt zu werden. Aber Dietlinde sah mich nur böse an, stellte missmutig die Tasse auf den Tisch und verschwand aus dem Zimmer.
Dem Weinen nahe, wartete ich auf Klärung dieses Missverständnisses. Inzwischen kam Frau Hartmann und wischte schnaufend den Fußboden.
„Nächste Woche bin ich nicht mehr allein, da kommt Birgit aus dem Urlaub“, freundlich sah mich die alte Frau an. „Es ist zu schwer für mich, beide Stationen sauber zu halten!“
Ich nickte, zum Zeichen, dass ich sie verstehe.
„Wo ist denn Ihr Frühstücksgeschirr? Hat das schon jemand raus gebracht?“ Frau Hartmann sah mich verwundert an. Mühsam brachte ich ein „Nein“ heraus.
„Oh, da sind Sie wohl vergessen worden! Ich hole Dietlinde!“, bedauerte sie, ließ ihren Wischeimer stehen und eilte hinaus.
Ich hörte, wie sie nach Dietlinde rief. „Sie weigert sich zu trinken! Wenn Sie Hunger hat, wird Sie sich schon melden!“, rief Dietlinde zurück.
„Möchten Sie was essen?“, fragte Frau Hartmann. „Ich hole die Gitta!“ Ich nickte, hatte Durst.
Wieder musste ich lange warten. „Ich habe gerade einen Patienten gefüttert“, entschuldigte sich Gitta. Ohne zu fragen, nahm sie mir die Schienen ab, stellte meine Füße gegen den Bettkasten und setzte mich auf. „So können Sie essen.“
Ich atmete auf. Von Gitta ging eine wohltuende Ruhe aus. Ich trank zwei Tassen Malzkaffee. Die Puddingsuppe war kalt geworden. Dafür gab mir Gitta eine Scheibe Weißbrot mit Butter.
Dank der Aufmerksamkeit Frau Hartmanns war ich nicht vergessen worden. Den Ärger über Dietlindes Verhalten würde ich wohl nicht so schnell vergessen.
Die Chefvisite nahte. Manchmal gelang es mir sogar, nach hinten in Richtung Tür zu sehen. Sie blieb offen. Der winzige Raum war nicht groß genug für den Ärztestab und sein Gefolge. Allen Weißkitteln voran – der Chefarzt. Sachlich erklärte er den bisherigen Verlauf meiner Krankheit. Er verordnete zweimal täglich Physiotherapie.
Schwester Marita bekam den Auftrag, eine Handschiene zu bestellen, einen Bettgalgen anbringen zu lassen und für mein wöchentliches Bad zu sorgen.
Keiner der anderen äußerte sich dazu. „Nur weiter so fleißig!“, der Chefarzt klopfe auf meine Schulter. „Sie werden sich sicher bald an uns gewöhnt haben!“

So schnell, wie sie kamen, waren sie wieder verschwunden. Ich hörte sie im Nachbarzimmer. Dort lagen drei Männer. Herzliches Gelächter der Ärzte und Patienten war zu hören. Sie waren sicher bald gesund und durften nach Hause gehen. Ich beneidete Sie!
„Wie war die erste Chefvisite?“ Schwester Gitta kam, um das Kopfteil etwas niedriger zu stellen. Ich äußerte mein Erstaunen über die Kürze der Aktion und ließ mir die Funktion eines Galgens erklären. An diesem Metallgestänge sollte ich mich zunächst zum Sitzen hochziehen.
Noch vor dem Mittagessen suchte mich Marion, meine neue Physiotherapeutin auf.
Eine temperamentvolle, sportliche, junge Frau, die sich offensichtlich genau über meinen Zustand informiert hatte. Sie setzte sich an mein Bett und erzählte ganz vertraut, welche Übungen sie für mich vorgesehen hatte.
„Wichtig ist Ihre Mitarbeit“, Marion sah mich ernst an. „In Gedanken müssen Sie auch die Bewegungen mitmachen, die vorerst nur passiv gelingen. Bei den Übungen können wir uns unterhalten. Ich werde Sie schon verstehen. Außerdem kann ich ja fragen. Einverstanden?“
Ich nickte. Die natürliche Art von Marion gefiel mir sehr. „Wollen wir gleich anfangen?“
Und ob ich wollte! Lange genug hatte ich darauf gewartet!
„Also, los geht's. Links aktiv!“ Marion feuerte mich regelrecht an. Sie gab für jede Bewegung hilfreiche Kommandos. „Und hopp, den Fuß hochziehen, hoch, hoch! Senken, runter! Und kräftig kreisen, kreisen! Nun die Zehen krallen, krallen! Hopp, hopp! Zu anstrengend?“
„Nein, nein!“, beteuerte ich. „Es macht Spaß! Ist nur ungewohnt für mich.“
„Dann machen wir weiter!“ Systematisch beübte Marion nun das linke Bein, das Knie und das Hüftgelenk mit gleicher Anregung zur aktiven Mitarbeit.
Rechts ging alles nur passiv. Aber das Bein war kaum spastisch. Ich erzählte, welche Schwierigkeiten Johanna diesbezüglich mit mir hatte.
„Johanna ist zu ängstlich“, Marion lachte viel sagend. „Deshalb nehmen ihr die anderen Schwestern oft die Arbeit ab. Damit es schneller geht.“
Nun zeigte sie mir, wie leicht mein rechtes Bein sich beugen ließ. Man musste den Fuß fest nach oben drücken und das Bein in Richtung Hüftgelenk schieben. Dann ging die Beugung leicht. Warum hatten das die Physiotherapeutinnen auf der ITS nicht getan?
„So, das reicht für den Anfang! Es ging doch recht gut. Ich werde der Johanna unseren Trick mit der Beugung noch mal erklären“, versprach Marion. „Am Nachmittag sehen wir beide uns wieder. Ab heute müssen Sie mich zweimal täglich ertragen!“, verschmitzt sah sie mich an, nahm meine linke Hand und drückte fest zu. „Das muss bald klappen!“
Von meiner neuen Physiotherapeutin war ich begeistert! Ihr Elan war im wahrsten Sinne des Wortes ansteckend! Bei ihr hatte ich ein gutes Gefühl. Gewiss wird sie alles tun, um mich wieder auf die Beine zu bringen.
Nach dem Mittagsschlaf nahm sich Marion meine Arme vor. Sie ging dabei ebenso forsch ans Werk wie am Vormittag mit den Beinen. Wenn die linke Hand auf dem Bett lag, konnte ich zwar alle Finger bewegen, nicht aber das Handgelenk. Trotzdem befahl Marion wieder im Rhythmus: „Und heben – senken – hoch – hoch mit der Hand! Gut, gut, ich fühle schon eine leichte Muskelanspannung!“ Vor Freude lachte ich laut los. Es war mir unangenehm.
Marion merkte es. „Lachen Sie nur!“, sagte sie. „Lachen entspannt! Ich werde Sie jetzt öfter zum Lachen bringen! Und nun den gestreckten Arm hoch! Oben halten - halten! He-

langsam runter, nicht so plumpsen lassen! Das können Sie schon allein versuchen. Geht's noch?"
Ich gab nicht zu, wie anstrengend es war und ließ den rechten Arm noch passiv bewegen.
Wir hatten unser Pensum gerade geschafft, als Ralf erschien.
„Du kommst mir gerade recht!", rief Marion. „Hilfst du mir morgen, den Galgen anzubauen?"
„Wenn du einen besorgen kannst, helfe ich dir gern", feixte Ralf.
Die restlichen Stunden bis zum Eintreffen meines täglichen Besuchs vergingen überraschend schnell. Ich schwärmte von der neuen Physiotherapeutin und ihrer Behandlungsmethode.
Vom Ärger mit Schwester Dietlinde erwähnte ich nichts. Sie hatte sich den ganzen Tag lang nicht bei mir sehen lassen.
Gert stellte gerade meinen leeren Abendbrotteller zur Seite, als ich einen starken Druck im Darm verspürte. Carsta überblickte die Situation. Blitzschnell schnappte sie den Schieber, der sichtbar im offenen Nachttischfach stand und beförderte mich auf diesen Topf.
„Ausgerechnet jetzt!", jammerte ich. „Die schöne Besuchszeit verderbe ich euch damit!"
„Du brauchst dich nicht schämen!" Gert lachte herzhaft, weil er mein erschrockenes Gesicht sah. „Allein der Erfolg zählt! Und Schwester Carsta hat's doch super gepackt!"
„Du bist unmöglich, Papi!" Carsta funkelte ihren Vater wütend an. „Immer musst du spotten!"
„Ich freu' mich doch über dich!", besänftigte Gert und nahm sie in die Arme. „Bei der nächsten Gelegenheit mache ich das!", noch immer lachte er. Diesmal verging mir die Heiterkeit. Sie hätten doch nach der Schwester klingeln können.
Bevor sich beide verabschiedeten, maß Gert meine Bettkiste genau aus. Sosehr ich auch rätselte, er schmunzelte nur geheimnisvoll und verriet nichts.
Johanna staunte, als sie mich bequem auf der Seite liegend vorfand. Sogar die Schienen hatte mir Carsta noch angelegt. Über den erledigten Stuhlgang wunderte sich sogar Ralf.
Als er mich später zur Nacht vorbereitete, witzelte er wieder über das Fernsehprogramm.
„Irgendwann baue ich Ihnen eine Antenne an!"
In der Nacht kam ich kaum zur Ruhe. Ein Radio schmetterte laue Schlagermusik.
Im Nebenzimmer schimpfte ein Mann, weil er auch nicht schlafen konnte.
Gewaschen wurde ich von Schwester Silke. Sie hatte Nachtdienst auf der Nachbarstation und entlastete Ulla. Silke ging das Waschen rasch von der Hand. Auch die Verständigung klappte.
Aber beim Betten kullerte mich Silke so schwungvoll von Seite zu Seite, dass ich beinahe über die Bettkante hinausgeschossen wäre. Silke fing mich zwar auf und fand das äußerst lustig, aber ich brauchte lange, um mich von dem Schrecken zu erholen.
Jede Schwester hatte eine ihre eigene Art. Daran musste ich mich erst gewöhnen.
Die Zeit bis zum Frühstück kroch im Schneckentempo. Am Geklapper in der Küche konnte ich die Zeit abschätzen. Ich könnte eine Uhr gebrauchen, dachte ich.
Schwester Gitta holte mich aus der Grübelei. Ihre ruhige, umsichtige Art tat so gut!
Die restlichen Tage der Woche vergingen ruhig, ohne aufregende Neuigkeiten.
Schwester Dietlinde war nicht mehr böse auf mich, wie ich anfangs befürchtet hatte. Wahrscheinlich hatte sie nur mal einen schlechten Tag gehabt.
Da man auf der ganzen Station nur einen Galgen hatte, musste ich noch eine Woche auf diese Rarität warten.

Marion übte täglich zwei Mal zwanzig Minuten mit mir. Sie probierte ständig neue Bewegungsmuster aus, um meine Muskeln anzuregen und zu kräftigen.
Der Oberarzt äußerte sich lobend dazu, als er uns bei den Übungen zusah. Das passiere nach Ralfs Auskunft äußerst selten.
Am Freitag erschien unerwartet der HNO-Arzt, Dr. Neumann. Marita assistierte ihm beim Wechseln meiner Trachealkanüle. Das Einführen der neuen sterilen Kanüle war noch immer unangenehm und auch schmerzhaft. Auf meine Frage, wann dieses lästige Rohr endlich entfernt würde, mahnte Dr. Neumann weiterhin zur Geduld. „Wir werden Ihren Kehlkopf noch mehrmals spiegeln", vertröstete er mich.
Es blieb keine Zeit, über diese Worte nachzudenken. Gert hatte angerufen. Er kam bereits eine Stunde früher als vereinbart.
„Rasch, rasch in die Urlaubskluft!" Schwester Marita zog mir schnell den Trainingsanzug an. „Unser Umstandskasten macht daraus wieder ein Problem", sagte sie und meinte Johanna.
Wie ein Sportler angezogen, wartete ich auf meine Transporteure.
„Hallo, wir bringen ein Westpaket!" Ich hatte die Schritte von Gert und Carsta bereits erkannt. Das riesige Paket entpuppte sich als Bettkiste. Gert hatte sie mit Hilfe eines Kollegen selbst angefertigt.
Vor Freude brachte ich keinen einzigen Laut hervor. Freudentränen kullerten.
Die Kiste war weit höher als die vorherige, reichte über die gesamte Bettbreite und hatte rundherum eine Schaumgummipolsterung! Jetzt bekam ich gewiss nie mehr gerötete Fußsohlen! Herrlich weich waren alle Seiten!
„Sie passt!" Carsta machte stolz einen Probeaufbau. „Papi, das hast du fein gemacht!", lobte sie ihren Vater mit einem schelmischen Blick.
Jetzt drückte ich Gert so fest ich konnte. Inzwischen hatte Marita auch Johanna und Ralf von meiner neuen Errungenschaft berichtet. Alle drei sparten nicht mit Bewunderung und Lob.
„Wir könnten solch einen geschickten Bastler für unsere Station gebrauchen", sagte Marita. „Es fehlt an den einfachsten Dingen!"
„Nun aber los!", mahnte Ralf. „Der Transport wartet!"
„Wehe, wenn Sie wieder als Krebs zurückkommen!", drohte Marita zum Abschied.
Und schon rollte meine Liege in Richtung Sanitätsauto.
„Heute müssen wir durch die Dörfer fahren. Die Autobahn ist streckenweise gesperrt", erklärten Gerts Kollegen. Uns stand also eine ungemütliche Fahrt bevor. Auf den Dorfstraßen konnte man wegen der vielen Schlaglöcher nur langsam fahren.
Doch diese Unannehmlichkeiten wurden ganz klein beim Vergleich mit dem schönen Wochenende, das mich erwartete.
Die Sonne brannte unerbittlich heiß, als wir nach einer Stunde Schüttelfahrt ankamen.
„Na, Gert, sind alle Schrauben noch dran?", rief einer der beiden Kollegen. Er zwinkerte mir zu, während er meine Trage aus dem Wagen zog.
„Spottet nicht! Ich hab die Autobahn nicht gesperrt!", knurrte Gert. Er war bekannt dafür, dass er sein Auto hegte und pflegte. Dem alten Sani-Wagen schadeten schlechte Straßenverhältnisse nicht. Ich war überrascht, die Fahrt hatte mich kaum angestrengt.
Ohne Verschnaufpause fuhren unsere freundlichen Helfer zurück. Wie selbstverständlich hatten sie den Transport wieder übernommen.
„Wenn ich wieder gesund bin, dann laden wir deine beiden Kollegen mal mit ihren Frauen zu uns ein", sagte ich zu Gert. Er nickte.

Der Freitag verabschiedete sich mit einem kräftigen Gewitter. Das Grollen und Blitzen hielt lange an. Es war, als kämen die dunklen Wolken nicht über den hohen Kiefernwald hinweg.
Durch die weit geöffnete Tür beobachteten wir, wie das Regenwasser über die Terrasse rann. „Schade, dass Mami nicht raus kann!", rief Carsta. Sie lief im Bikini schnell mal nach draußen.
„Das Dach dampft regelrecht", stellte Gert fest. Triefnass und lachend kam er herein: „Morgen muss ich die Klärgrube auspumpen!"
Es regnete die ganze Nacht hindurch. Nur einmal brauchte ich Gerts Hilfe. Ich wollte die Seite wechseln. Eine Falte im Laken drückte hartnäckig.
Der Sonnabend war wolkig, aber warm. Am Nachmittag aalten wir uns in der frischen, vom Gewitterregen gereinigten Luft. Uns blieb Zeit zum Erzählen. Langeweile hatte es bei uns nie gegeben – und es gab sie auch jetzt nicht. Für Erheiterung sorgte zunächst Carsta, indem sie ihre jüngsten Erlebnisse auf einer Männerstation preisgab.
Wie nebenbei erwähnte Gert, dass unser, vor sechs Jahren bestellter Campinganhänger abgeholt werden konnte. Ich war sofort hellauf begeistert. Ich sah uns damit schon zur Ostsee fahren. Vorsichtig unterbrach Gert meine Schwärmerei. Er hatte mit dem Chefarzt gesprochen.
„Nicht traurig sein, mein Schätzchen! Aber für die nächsten Jahre müssen wir auf unsere Zelterei verzichten. Dazu wirst du so schnell nicht in der Lage sein."
Das traf mich wie ein Blitz! Meine Gedanken schwirrten wild durcheinander. Wie sollten wir demnächst unseren Urlaub verbringen? Und wo? Etwa im Hotel? Nein! Wir kannten doch keinen anderen Sommerurlaub als Zelten an der Ostsee! Und meinetwegen sollte nichts mehr wie früher möglich sein?!
„Warum sagt ihr mir das erst jetzt?", fragte ich wütend und traurig zugleich.
„Schätzchen! Nicht aufregen! Das wirft dich doch nur zurück! Wir finden eine Lösung. Weißt du, den Campingwagen habe ich dem Kollegen verkauft, der uns immer hierher fährt. Er hat sich sehr gefreut." Gert versuchte, mich abzulenken.
Ich sah Carsta an. Sie verzog keine Miene. „Hast du davon gewusst?", fragte ich.
„Im nächsten Jahr werde ich mit Jörg in den Urlaub fahren, wir wollen zelten!", wich sie aus.
„Wer weiß, was im nächsten Jahr ist", lenkte Gert ein. Er sah mir meinen Ärger an.
„Vielleicht erkennt die Versicherung meine Krankheit als Unfallfolge an", überlegte ich. „Dann könnten wir von dem Geld eine Auslandsreise ans Schwarze Meer machen."
„Da würde ich gern mitkommen!" Carsta richtete sich auf ihrer Liege auf.
„Ach was! Du fährst doch mit Jörg zelten. Wir sind froh, wenn wir endlich allein sind!", rief Gert übertrieben laut. Ich wusste, wie er das meinte. Aber Carsta fühlte sich getroffen.
„Papi, das ist gemein! Wie alt warst du denn, als du das erste Mal mit Mami gezeltet hast?"
„Wir waren beide Zwanzig!", kam unsere Antwort gleichzeitig.
„Jetzt geht eben alles schneller. Nächstes Jahr bin ich achtzehn!", maulte Carsta weiter.
„Vom dritten Zelturlaub haben wir dich mitgebracht. Das war wohl ein Fehler - oder?" Gert lenkte unsere schwierige Diskussion ins Heitere. Das war nicht neu! Gut, dass Carsta seine letzte Bemerkung nicht mehr gehört hatte! Denn das sollte sie uns nicht schon im nächsten Jahr nachmachen.

Unsere Tochter unterhielt sich mit Herrn und Frau Kamenz am Heckenzaun. Wir verstanden uns sehr gut mit dem älteren Ehepaar. Sie bewohnten ein kleines Einfamilienhaus, welches direkt an unser Grundstück grenzte. Auch Gert stand nun auf und ging hinüber. Wie gern wäre ich ihm gefolgt!
„Frau Kamenz lässt dich ganz herzlich grüßen und wünscht dir, dass du bald wieder laufen kannst. Wenn du möchtest, dann kommen sie beide mal rüber“, triumphierend hielt Carsta einen Teller mit köstlichem Kirmeskuchen hoch.
Frau Kamenz verwöhnte uns oft mit ihren ausgezeichneten Bäckereien. Und Gert half, wenn es in der Stadt etwas für sie zu erledigen gab.
Unser Streit war nach dem Kaffeetrinken wieder vergessen. Carsta marschierte noch mal ins Dorf und ich machte meine Hausaufgaben. Übungen, die mir Marion aufgetragen hatte. Dabei freuten wir uns über jede noch so kleine Verbesserung.
Die Stunden flogen dahin. Gegen Abend überredete Carsta ihren Vater zum Rasentennis. Ich sah, wie die beiden dem kleinen Schaumgummiball hinterher jagten. Dabei machte ich mir erneut Gedanken, wann ich mich wohl wieder so bewegen konnte.
Niemand sollte bemerken, wie sich Zuversicht, Hoffnung und immerwährende Zweifel ablösten.
Hier im Freien war ich selten müde. Das Sitzen im Korbsessel und das lange Fernsehen verkraftete ich immer besser. Nachts hätte ich gern ohne Schienen geschlafen. Doch Gert bestand darauf.
„Was sein muss, muss sein!“, sagte er. „Weck’ mich nur, wenn sie drücken!“
Auch die Nächte vergingen hier schneller als in der Klinik.
Am Sonntag erzählte Gert von meinen Eltern. Sie wollten sich nicht mehr vertrösten lassen, wollten mich unbedingt sehen. Wir einigten uns, dass sie mich am Mittwoch gemeinsam mit Gert besuchen kommen sollten.
Gerts Mutter war sehr zurückhaltend. „Ich möchte nicht, dass sich Oma Lotte und Opa Karl benachteiligt fühlen. Bring sie doch bitte auch bald mal mit“, sagte ich zu Gert.
„Meine Mutter hat Angst, dich nicht zu verstehen“, antwortete Gert nachdenklich.
„Ihr macht euch das aber problematisch“, mischte sich Carsta ein. „Mit Omi Emmi und Opi Max gab es doch auch keine Schwierigkeiten! Warum geht das jetzt nicht auch so?“
Dass diese beiden ganz anders sind, konnten wir unserer Tochter nicht erklären. Aber wir stellten fest, dass sie Recht hatten. Sie sollten jetzt selbst entscheiden, ob und wann sie mich sehen wollen.
Schneller als uns lieb war, rückte die Zeit des Aufbruchs heran. Pünktlich hupten unsere treuen Abholer. Wieder ein schönes Wochenende vorbei. Aber ich hatte für eine weitere Woche frische Luft und Sonne getankt.

„Kontrolle!“ Schwester Marita lugte vorsichtig unter meine Bettdecke. „Krebsrot? Oder waren Sie artig? Oh, da muss man ja vor Neid erblassen! Sie sind schön braun geworden. Das freut mich aber!“ Meine Gedanken waren noch beim schönen Wochenende. Marita verstand es, mich abzulenken. Ich musste von meinen Erlebnissen berichten.
Alles lief wieder im gewohnten Rhythmus. Nur zum Wischen erschien ein neues Gesicht. Birgit, ein junges Mädchen. Husch, husch fischelte sie oberflächlich mit ihrem Scheuerlappen durch das Zimmer, schneller als die alte Frau Hartmann.
Die Visite bewilligte mir ein leichtes Schlafmittel. Dr. Krause schockte mich mit der Verordnung eines Medikamentes gegen Blasen- und Nierenentzündungen.

„Zur Vorbeugung“, erklärte er eigentümlich lächelnd. „Sie müssen ja nun mit dem Dauerkatheter leben.“ Mir war bei dieser Bemerkung zum Heulen zu Mute. Aber es gelang mir ein gleichgültiges Lächeln.
Am Wochenende wurde der Galgen angebaut. Marion schmiedete sofort Pläne zur Nutzung. Damit hob sich meine Stimmung wieder.
„Wir brauchen unbedingt das linke Handgelenk. Damit Sie sich festhalten und hochziehen können!“ Marion überlegte. „Wenn Sie den Ellenbogen aufstützen und den Unterarm heben, spannt sich das Handgelenk an. Das wäre wieder eine selbstständige Übung für Sie.“
Diese kleine Aufgabe spornte mich an. Ich freute mich auf die Übungen am Nachmittag.
Während der Mittagsruhe war es auf dem Flur und im Nachbarzimmer sehr laut. Ich konnte nicht schlafen, betrachtete die seltsam geformten Löcher im Ölsockel.
Plötzlich vernahm ich eine bekannte Stimme – meine Mutter! Dann hörte ich auch meinen Vater. Er sprach mit Schwester Ulla. Eine unbändige Angst beschlich mich. Warum hörte ich Stimmen, die nicht da waren? Da ging leise die Tür auf. Ich stellte mich schlafend. Ganz sanft spürte ich eine Hand auf meiner Schulter. „Ich muss Sie mal kurz stören“, Schwester Dietlinde beugte sich über mich. „Ihre Eltern stehen draußen. Wir haben ihnen gesagt, dass während der Mittagsruhe keine Besuchszeit ist. Angeblich wissen sie das nicht. Sie wollen nicht warten. Darf ich sie herein lassen?“
Ich atmete erleichtert auf. Also war es keine Einbildung! Dietlinde missdeutete meine Freude. „Wir machen eine Ausnahme. Sie dürfen hereinkommen“, rief sie zur Tür hinaus.
Dietlinde setzte mich auf, rückte die Bettkiste zurecht und ordnete sorgfältig mein Bett.
Währenddessen standen meine Eltern bereits beobachtend hinter Dietlinde. Mir war das gar nicht recht. Sie sollten nicht sehen, wie hilflos ich war! Ich hatte Bedenken, meine Mutter würde mich bedauern.
Die Wiedersehensfreude nach sechs Monaten vertrieb diese Gedanken. Wir umarmten uns wortlos. Beide hatten Tränen in den Augen. Es dauerte lange, bis ein Gespräch in Gang kam.
„Gert war gestern Abend bei uns“, begann dann meine Mutter. „Wir sollten erst am Mittwoch mit ihm herkommen. Aber wir wollten nicht mehr warten. Deshalb sind wir jetzt mit dem Bus gekommen. Wir freuen uns so sehr, dass wir dich endlich sehen dürfen!“
Mein Vater hatte Schwierigkeiten, mich zu verstehen. Er hörte etwas schwer. Aber mit meiner Mutter klappte die Verständigung recht gut.
Plötzlich klagte sie: „Warum musste uns das passieren? Womit haben wir das verdient?“
Traurig sahen mich beide an. Ich gab mir große Mühe, sie zu trösten. „Macht euch nun keine Sorgen mehr“, sagte ich betont fröhlich. „Mir geht es jetzt von Tag zu Tag besser!“
Ich zeigte, was ich bereits geschafft hatte, erzählte von der guten Physiotherapie, schilderte alles recht positiv. Meine Eltern sollten ebenso zuversichtlich sein wie ich.
Stattdessen lenkte meine Mutter ab. „Wir sind ja so froh, dass Gert sich um dich kümmert. Du musst ihm das hoch anrechnen! Alle Leute sagen zu uns, dass wir stolz sein können, einen so verständnisvollen Schwiegersohn zu haben.“
Nach dieser Offenbarung war ich ganz verunsichert. Sprachlos sah ich die beiden an.
Wollten sie mir ein schlechtes Gewissen machen? Es war doch selbstverständlich, dass ich dankbar war für alles, was Gert für mich auf sich nahm. Gert wusste das, auch ohne Worte und ständiges darüber sprechen. Sollte ich dauernd und jedem meinen Dank aussprechen? Ich fühlte mich irgendwie angegriffen.

„Carsta gibt sich doch auch große Mühe, mir zu helfen", versuchte ich abzulenken.
„Sie wird bald ihre eigenen Wege gehen", stellte meine Mutter darauf fest.
Dieser erste Besuch meiner Eltern war nicht gerade aufbauend.
Beim Verabschieden freute ich mich über meinen Vater. „Sieh zu, dass du bald wieder auf die Beine kommst", flüsterte er mir ins Ohr. Er war verständnisvoller.

Bei den Übungen mit Marion war ich unkonzentriert. „Wenn es sich derart negativ auswirkt, bekommen Ihre Eltern Besuchsverbot", sagte sie ernsthaft. „Sie müssen lernen, abzuschalten. Aber auch das wird Ihnen bald gelingen", versicherte sie mir.
Beim abendlichen Besuch berichtete ich davon. „Oma Jenni drängelt schon lange. Opa Edwin musste dann eben mit!", bestätigte Gert.
Carsta freute sich über die riesige Pralinenschachtel, die mir meine Eltern als Blumenersatz mitgebracht hatten. Für Nachschub an frischen Blumen sorgte Gert.
Er wollte noch am Abend zum Chef gehen und die Nutzung des Galgens besprechen.
Unsere gemeinsame Abendzeit verging wie immer viel zu schnell. Eine lange Klinikwoche lag vor mir.
Die Nacht zum Dienstag war schlimmer denn je. Noch am Montagabend wurde ein Alkoholiker eingeliefert, der auf dem Flur stationiert wurde. Der Mann grölte und sang laut.
Er beschimpfte die Schwestern mit den derbsten Kraftausdrücken. Meine Schlaftablette blieb wirkungslos. Ich gab mir Mühe, bis zur Chefvisite wach zu bleiben.
„Oh, welch erfreulicher Anblick! Eine erholte, gebräunte Patientin!" Der Chef kam, allen anderen Ärzten voran, eilig ins Zimmer gestürmt. Ich fühlte mich elend nach der durchwachten Nacht, zwang mich aber zu einem Lächeln.
„Wir können jetzt den Dauerkatheter entfernen", wandte sich der Chef an den Oberarzt. Ich beobachtete, wie zweifelnd dieser dabei Dr. Krause ansah.
„Schwester Marita, sorgen Sie bitte dafür, dass das Entleeren der Blase überwacht wird."
„Das schaffen wir schon, Herr Chefarzt!", Marita reagierte blitzschnell. Nach dieser erfreulichen Anordnung war meine Müdigkeit wie weggeblasen.
Also hatte Dr. Krause Unrecht! Ich musste nicht mit dem Urinkatheter leben!

„Nun geben Sie das Ding endlich her! Sie können doch nicht alles behalten!" Gleich nach dem Mittagessen kam Marita fröhlich trällernd zu mir. Sie ahnte sicher meine Angst. Meine Blase war doch gelähmt. Wie würde ich das schaffen? Marita versuchte, mich aufzumuntern.
„Eigentlich hätten wir jetzt allen Grund zum Feiern", verschmitzt kniff sie ein Auge zu.
„Hoffentlich schaffe ich es", gab ich ängstlich zu bedenken.
„Wenn es hoffnungslos wäre, dann hätte es der Chef nicht angeordnet!", konterte Marita.
„Und nun machen Sie mal nicht so ein Gesicht! So, wie Sie es mit dem Darm gepackt haben, werden Sie auch Ihre Blase wieder beherrschen!" Marita konnte auch energisch sein.
„So, nun darf ich mir von Ihnen etwas wünschen", sie zupfte an meinem OP-Hemd herum.
„Könnten Sie jetzt nicht Ihre eigenen Nachthemden anziehen? Da sehen Sie nicht mehr so krank aus. Jetzt, wo der Katheter weg ist. Ich würde mich freuen."
Ich nahm den Vorschlag begeistert an. Das war wieder ein kleiner Schritt in Richtung Normalität.

Da ich nicht klingeln konnte, sollte vorerst halbstündlich jemand nach mir sehen.
„Wenn wir es mal verpassen", lachte Marita, „dann ist das unsere Schuld, nicht ihre! Da dürfen Sie nicht traurig sein! Das kann öfter mal passieren! Aber jetzt versuchen Sie, etwas zu ruhen!"
Flink brachte sie das Zimmer in Ordnung und öffnete weit das Fenster.
Schon nach kurzer Zeit setzte mich Johanna auf den Schieber. Ich hatte das Gefühl zur Entleerung der Blase völlig verloren. Es ging nicht! Auch der tröpfelnde Wasserhahn brachte keinen Erfolg.
Kaum war Johanna aus dem Zimmer, spürte ich einen starken Druck in der Blase. Im Nu war das Bett so nass, als hätte jemand einen Eimer Wasser hineingeschüttet.
Ich richtete mich auf eine lange Wartezeit ein. Doch die Schwestern schienen mein Missgeschick zu ahnen. Marita und Johanna befreiten mich aus der unangenehmen Lage.
„Nun gucken Sie uns nicht so unglücklich an!", sagte Marita. „Freuen Sie sich, dass Sie den Druck bemerken!"
„Mit Klingeln wäre das nicht passiert!", bestätigte auch Johanna.

Der Nachmittag war weniger erfreulich. Schwester Ulla und auch Dietlinde ließen sich anmerken, dass sie über das Absetzen des Katheters nicht gerade erfreut waren.
Missmutig fragte Ulla, wie oft sie mich auf den Schieber setzen solle. Ich verursachte jetzt mehr Arbeit. Beide zeigten mir das. Natürlich war es einfacher, einen Urinbeutel zu wechseln, als eine gelähmte Patientin auf dem Schieber hin und zurück zu balgen.
Aber in Marion hatte ich dabei eine Verbündete. Sie zeigte ehrliche Freude und sah sofort die Erleichterungen, die wir nun bei allen Bewegungen hatten.
Vor der Übungsstunde sollte ich die Blase entleeren. Marion klingelte. Und Ulla verzog ihr Gesicht, als sie kam. Doch diesmal klappte es sofort.
„Morgen machen wir das allein. Jetzt hab ich die Damen wohl beim Kaffeetrinken gestört", amüsierte sich Marion.
Wie gewohnt wertete ich meine Tageserlebnisse mit Gert und Carsta aus.
Gerts Miene verfinsterte sich, als ich über das Verhalten von Ulla und Dietlinde sprach.
„Wenn du Ärger hast, spreche ich mit Werner. Mal sehen, wer dann den Kürzeren zieht!"
In diesem Augenblick brachte Dietlinde das Abendessen. Freundlichst!
Gert rief sie zurück, als sie schnell verschwinden wollte. Ein Schreck durchfuhr mich! Ich kannte die Reaktion, wenn Gert Ungerechtigkeit sah. Aber nichts geschah. Gert sah sie nur sehr ernst an.
„Ich habe mit dem Chefarzt gesprochen. Ab nächste Woche bekommt meine Frau Wunschessen. Ich gebe Ihnen nachher einen Plan!"
Über meine erstaunte Frage, wie ich zu dieser Ehre käme und wessen Idee das war, lachte Gert verschmitzt.
„Na, freu dich doch! Damit du nicht abnimmst, Mami!", war Carstas Begründung. Mehr wollten beide nicht verraten.
Damit hatte dieser Tag ein recht erfreuliches Ende gefunden. Beim Einschlafen dachte ich an das eintönige Klinikessen. Das war nun für mich passé! Wie oft hatte ich nur die Nachspeise – Pudding oder Quark – gegessen. Reis und Graupen, was schlimme Schluckbeschwerden verursachte, durfte ich jetzt ablehnen.
Diese positiven Gedanken trugen sicher dazu bei, dass ich es schaffte, mein Bett bis zum Ende der Spätschicht trocken zu halten.

Nachtdienst hatten Ralf und die nette Schwester Maren von der Nachbarstation.
Ralf war der Einzige, der auch nachts meine Kanüle reinigte. Ich schlief kaum in dieser ersten Nacht ohne Katheter. Deshalb sah ich, wie Ralf kopfschüttelnd den Absaugschlauch betrachtete. Dieser war verschmutzt und hatte offen auf dem Boden gelegen.
Ralf wechselte den Schlauch und spülte die Kanüle, bevor er sie sorgfältig trocknete und wieder einsetzte.
Ich wusste, welche Schwester so nachlässig gearbeitet hatte. Insgeheim wünschte ich mir, dass sie dabei mal von Marita, der Stationsschwester, ertappt wurde. Doch leider hatte Marita meist Frühdienst und da lief alles vorbildlich.
In einem Heft notierte Ralf, wie oft ich nachts Wasser lassen musste. Es war fast stündlich. Es war mir peinlich, weil ich nicht nur Ralf, sondern auch Maren die ganze Nacht auf Trab hielt. Aber keiner der beiden war deshalb ungehalten. Und das Bett blieb trocken!
Maren unterbrach sogar die Morgenwäsche, weil ich dabei auf den „Topf" musste.

Der Tag verlief in gewohntem Gang. Schwester Johanna war rührend um mich besorgt. Sie nahm sich die Zeit, das Zimmer zu wischen, aufzuräumen und die Blumen zu versorgen.
„Damit Sie nicht allein sind, wenn Sie mal müssen", sagte Johanna. Ich wurde dadurch zunehmend ruhiger.
Bei der Visite erhielt ich allerdings einen Dämpfer. Der Oberarzt sah sich die Aufzeichnungen über das Entleeren meiner Blase an. „Das wird wohl eine Überlaufblase werden", sagte er dann zu Dr. Krause. Ohne weitere Erklärungen gingen sie.
Mit dieser Bezeichnung meinte er sicher, dass sich meine Blase ohne meinen Einfluss selbst entleert, wenn sie voll ist. Es war ja tatsächlich so, dass ich kaum zwei Minuten anhalten konnte, sobald ich den Harndrang verspürte. Darüber war ich sehr beunruhigt.
Dank der verständnisvollen Hilfe von Marita, Johanna und Marion gab es auch am Vormittag keine Überschwemmung.
Vorsichtshalber ließ ich den Nachmittagskaffee ausfallen, was Dietlinde sehr gelegen kam und sich außerdem als günstig erwies. Unerwartet klopfte es - meine Eltern kamen.
„Heute ist doch Besuchszeit! Wir wollten dich überraschen, weil dich heute ja niemand besucht."
Meine Mutter strahlte mich an. Sie hatte einen hübschen, kleinen Rosenstrauß mitgebracht.
„Nach den Blumen hab ich mich eine ganze Stunde angestellt!", schimpfte mein Vater.
Ich wusste, er tat das gern und meinte es nicht so. Stolz packte er noch eine Flasche Most aus.
Bei diesem zweiten Besuch waren beide ganz anders. Sie interessierten sich für den weiteren Verlauf meiner Krankheit. Aber sie schimpften über das enge, unfreundliche Zimmer und über den Pförtner, der sie lange vor dem verschlossenen Tor warten ließ.
„Ihr müsst euch an die Vorschriften halten!", meinte ich lachend. „Hier herrscht Ordnung. Aber ihr könnt ja jetzt jeden Mittwoch kommen!"
Wir redeten über belanglose Dinge. Es war eine schöne Stunde, die leider viel zu schnell verging.

Gert und Carsta brachten mir einen großen Wecker mit. Nun brauchte ich nicht mehr abschätzen, wie spät es war. Und auch an das eigene Nachthemd hatten sie gedacht.

Sprachlos betrachtete ich das hellgelbe Prachtstück aus wunderbar weichem Jersey. Es sah sehr wertvoll aus.
„Du freust dich wohl nicht? Gefällt es dir nicht?“ Gert nahm mich in den Arm.
„Doch, doch! Es ist wunderschön! Zu schade fürs Krankenhaus. Und viel zu teuer. Ich kann mich doch nicht bewegen“, stammelte ich. Beinahe hätte ich geweint.
„Für dich ist mir nichts zu teuer“, flüsterte Gert mir zärtlich ins Ohr. „Wir möchten dich wieder so schick sehen wie früher. Auch wenn du vorerst noch im Bett bleiben musst.“
„Guck mal, Mami! Hier oben ist echte Spitze dran! Alles ist ganz weich, damit nichts drückt!“
Carsta war ganz begeistert. „Papi hat eine Prämie bekommen. Die hat er gleich für dich im Exquisit umgesetzt“, schnatterte unsere Tochter weiter.
„Das solltest du nicht verraten!“, Gert kniff sie in die Seite. „Ich wollte das selbst erzählen!“
Die Folge war nun doch großes Gelächter.
„Wie geht es eigentlich mit deiner Blase?“, fragte Gert nach dem Abendessen.
„Oh! Schnell! Klingelt mal!“ Wie ein Blitz durchfuhr es mich. Seit drei Stunden hatte ich kein Wasser gelassen! Vergessen! Jetzt drückte es plötzlich!
Gert und Carsta klingelten nicht - sie setzten mich in Windeseile auf den Topf. Und es gelang!
Erstmals hatte meine Blase länger durchgehalten. Aber es gefiel mir ganz und gar nicht, dass mein Besuch wieder die Aufgabe der Schwestern übernommen hatte. Deshalb erzählte ich auch davon, wie ungehalten einige Leute waren.
„Das geht so nicht!“ Gert war sichtlich verärgert. „Darüber spreche ich mit Werner!“
„Davon muss der Chef nichts wissen. Mach daraus bitte keinen Ärger!“ Ich wollte mich nicht unbeliebt machen.
„Keine Sorge, überlass das mir! Ich regele das!“ Gert ließ sich nicht davon abbringen.

Als sich beide verabschiedet hatten, dauerte es zu meiner Verwunderung kaum fünf Minuten, bis Ulla sich nach meinen Wünschen erkundigte. Sie hatte das länger nicht getan. Ich deutete auf meinen Wecker und erklärte ihr, dass ich erst beim stündlichen Drehen wieder Wasser lassen möchte. Ich wollte Ulla die Arbeit mit mir etwas erleichtern. Länger als eine Stunde hielt ich auch mit größter Anstrengung nicht durch.

Wochenende - ich durfte drei Tage in der freien Natur verbringen! Diesmal ging die Fahrt wieder über die Autobahn. Meine Blase verhielt sich bis zur Ankunft im Wochenendhaus wider Erwarten ganz vorbildlich.
Gemeinsam mit Gert und Carsta tankte ich Kraft für die kommende Woche in der Klinik. Nur drei- bis viermal täglich brauchte ich den verhassten Schieber. Sicher lag das an der Ablenkung, die ich hier hatte. Wir schmiedeten Pläne für das nächste Jahr. Gert wollte einige Bäume abholzen, Sträucher herausnehmen und neue pflanzen.
Frau Kamenz reichte Kuchen über den Zaun. Auch Gerlachs, unsere Bungalow-Nachbarn, waren diesmal da. Sie kamen jedoch nicht rüber. Und ich war froh, sie sollten mich erst sehen, wenn es mir besser ging.
„Wird im nächsten Jahr wieder alles so sein wie früher?“, fragte ich – mehr mich selbst.
„Das glaube ich kaum“, antwortete Gert. Er beobachtete schelmisch meine Reaktion.
„Denkst du etwa, unsere Tochter fährt dann noch mit uns jedes Wochenende hierher?“
Das hatte ich nicht gemeint, aber fand seine Antwort lustig.

Merkwürdig fand ich allerdings, dass Carsta nichts von Jörg erzählte.
Auf der Rückfahrt erwähnte sie dann so ganz nebenbei, dass sie mit Jörg ins Kino gehen wird, falls er schon vom Handballspiel zurück ist.
Waren seine Auswärtsspiele der Grund dafür, dass sie alle Wochenenden mit uns verbrachte? Ich fragte nicht näher nach.

In der Klinik nahm mich Schwester Johanna in Empfang. Sie kam inzwischen gut mit mir zurecht. Wiederholt fragte sie, ob es mir so recht sei oder ob sie etwas anders machen solle. Ich rechnete ihr das hoch an. Sie gab sich ehrliche Mühe.
Ulla und Erika hatten Nachtdienst. Sie sahen im Wechsel nach mir. Wieder krächzte das Radio. Die beiden Schwestern lachten und erzählten laut. Gern hätte ich mir die Ohren zugehalten. Dann ging im Nebenzimmer die Tür auf. Eine Patientin schimpfte und ging den Flur entlang, kam zurück ins Zimmer. Dann war es still. Sicher hatte sie sich beschwert.
Zum Waschen kam Schwester Erika schon kurz nach drei Uhr morgens. Sie war mürrisch, sprach mich nicht an. So nachlässig war ich noch nie gewaschen worden! Sie benutzte nicht einmal meine gute Seife. Den Rücken wusch Erika gar nicht, weil ihr das zu schwer war.
Statt den vollen Schieber in der Toilette zu säubern, stellte sie ihn samt Inhalt auf den Nachttisch und verschwand. Bis zum Eintreffen des Frühdienstes musste ich ohne Bettkiste, ohne Schienen – beides lag auf dem Tisch – unbequem auf dem Rücken ausharren.
Als Birgit mit ihrem Wischeimer kam, erschrak sie über die Unordnung im Zimmer.
Meine Beine waren stocksteif und der Rücken schmerzte. Da Birgits Versuche, mir schnell zu helfen, scheiterten, holte sie Marita. Nun bekam ich zur Entspannung eine Knierolle. Die Bettkiste sorgte endlich wieder für mein sicheres Sitzen. Marita selbst bereinigte wortlos alle Nachlässigkeiten von Erika.
Schwester Gitta gab mir das Frühstück. In ihrer ruhigen Art erzählte sie dabei von den lustigen Streichen ihrer beiden Jungen. Nach den Aufregungen der Nacht empfand ich das als doppelten Trost. Gitta zeigte auch ehrliche Freude, als sie vom Entfernen des Katheters hörte.
„Das häufige Wasser lassen vergeht sicher bald", tröstete sie.
Nach der Visite, die nichts Neues brachte, stellte Marita zwei Schwesternschülerinnen vor.
Sie erklärte die Beeinträchtigung meiner Stimme und zeigte ihnen, wie sie mich bewegen konnten. Die beiden Mädchen machten einen netten Eindruck. Sie waren in Carstas Alter.
Nach dem täglichen Fieber- und Blutdruckmessen kam Marion angewirbelt.
„Schluss mit der Faulenzerei! Die Blase ist leer! Also werden wir heute in der Bauchlage turnen!" Flink und sehr geschickt drehte mich Marion auf den Bauch. Ein unbeschreiblich beängstigendes Gefühl! Ich fand mich nicht zurecht. Wusste nicht, wo Arme und Beine lagen.
Ich lag völlig hilflos auf der Nase, konnte den Kopf keinen Zentimeter anheben. Ich ärgerte mich über meine kraftlose Unbeholfenheit.
„Was haben Sie denn erwartet?", meldete sich Marion lachend. „Aller Anfang ist schwer! Oder wollten Sie gleich Liegestütze machen?"

Marions drollige Art hätte mich zum Lachen gebracht, wenn nicht der Rücken dabei Schmerzen verursacht hätte. Während der Übungen schnaufte ich jämmerlich.
„Fürs Erste war es besser, als ich erwartet hatte“, lobte Marion. Vielleicht wollte sie mir Mut machen, weil ich völlig erschöpft war.
Zum Mittag brachte mir Gitta mein erstes Wunschessen. Bratkartoffeln, Sülze mit Remouladensoße und eine Quarkspeise zum Nachtisch. Eine Schülerin sah zu, wie ich gefüttert wurde. Angenehm war das nicht. Lieber wäre ich mit Gitta allein gewesen. Aber das Mädchen war taktvoll und zurückhaltend. Sie musste mich ja kennen lernen, um nichts falsch zu machen. Sie war auch sehr aufmerksam, als Marita ihr zeigte, wie ich auf den Schieber gebracht wurde. Auch wenn das alles deprimierend wirkte, es gehörte dazu, um wieder auf die Beine zu kommen.
Mittagsruhe! Ich peilte verbissen meinen Wecker an. Ablenkung hilft, um nicht so oft Wasser lassen zu müssen. Ich befolgte also den Rat von Marion. Den linken Arm entspannt auf das Bett legen – den Unterarm bei aufgestützten Ellenbogen anheben – das geht ganz leicht!
Ich zählte, um nicht einzuschlafen. Plötzlich hob sich die Hand! Sie hing nicht mehr schlaff herunter! Ich starrte die gestreckte Hand an. Vorsichtig hob und senkte ich die Hand. Es war kein Irrtum! Auch das Handgelenk konnte ich wieder bewegen! Wieder und wieder machte ich diese Übung. Es funktionierte so leicht, als wäre es nie anders gewesen. Irgendwann – vielleicht bald – werden auch alle anderen Lähmungen verschwinden. Überglücklich und aufgeregt wartete ich auf jemanden, dem ich meinen Erfolg demonstrieren konnte.

Gitta war die erste, die sich mit mir freute. Marion meinte schelmisch, sie habe damit bereits gerechnet. Jetzt hieß es, die Finger zu kräftigen, um eine Klingel zu betätigen. Dazu wollte Marion einen Schaumgummiball besorgen, den ich kräftig durchkneten sollte.
Sie hob meinen linken Arm und legte die Finger um die Galgenstange.
„Jetzt brauchen Sie Kraft, um sich hieran hochzuziehen“, erklärte Marion. „Aber dazu brauchen wir noch sehr viel Geduld!“
Johanna brachte mir den Nachmittagskaffee. Die Freude über den Fortschritt machte mir Mut.
Ich machte den Versuch, ohne Schlauch, direkt aus der Tasse zu trinken. Sogar das gelang!
„Bald werden Sie auch die Tasse allein halten“, Johanna war nicht weniger stolz als ich. Sie hatte mir beim Trinken sehr geschickt geholfen.
Ralf kam anschließend, um drei Querstangen am Galgen anzubauen. Ich verstand den Sinn dieser Arbeit nicht. „Abwarten!“, schmunzelte Ralf. „Anordnung vom Chef!“
Des Rätsels Lösung lieferte mir Gert. Wie immer kam er mit Carsta zur Abendbrotzeit.
Gleich nach unserer Begrüßung begutachtete er den erweiterten Aufbau. Dann hielt er mir einen langen Vortrag darüber, wie meine Beine demnächst damit beübt werden sollten.
Ich begriff nur wenig, freute mich aber sehr über Gerts Initiative. Er machte sich ständig Gedanken darüber, wie er mir helfen kann, um wieder in die Senkrechte zu kommen.
„Morgen hab ich Urlaub“, erzählte er weiter. „Ich komme schon am Vormittag her. Da hab ich genügend Zeit, alles anzubauen. Ich hab mit Werner einen guten Plan ausgearbeitet. Du wirst sehen, wie gut du dann allein deine Beine beüben kannst.“

Ich konnte mir noch immer keine rechte Vorstellung von der Konstruktion machen.
Mit meinen Gedanken war ich bei den Erfolgserlebnissen des Tages.
Gegen die Begeisterung von Gert kam ich nicht an. Deshalb führte ich einfach vor, wie ich mein Handgelenk bewegen konnte. Damit hatte ich nun die Überraschung auf meiner Seite.
Wortlos starrte Gert auf meine Hand. Dann sahen mich beide zweifelnd an. Aber erst als ich die Bewegung lachend wiederholte, fiel mir Carsta jubelnd um den Hals.
„Jetzt hast du den Anfang geschafft!" Gert nahm meine Hand und drückte sie an seine Wange. „Dann geht es bestimmt bald mit der rechten Seite los!", schlussfolgerte Carsta.
Sie hatte mir einen ganzen Stapel Nachthemden mitgebracht und dazu noch ein neues gekauft.
„Es ist nicht so vornehm, wie das von Papi", sagte sie und hielt es hoch. Es war sehr hübsch.
Der Besuch dehnte sich an diesem Tag über zwei Stunden aus. Wir übten das Trinken aus der Tasse. Gert gab sich große Mühe, mir die Tasse ruhig an den Mund zu halten. Doch wir wurden von unserer Tochter abgelenkt. Sie konnte es nicht lassen, meine Schluck-bewegungen mitzumachen. Ob ich wollte oder nicht – ich musste sie ansehen und verschluckte mich!
„Seid nicht so albern!", schimpfte Gert. Aber schließlich lachte auch er über Carstas Einlage.
Er zog mir das bekleckerte Nachthemd aus. Das von Carsta Geschenkte passte gut. Es ließ sich auch leicht anziehen.
Für den nächtlichen Ärger war ich an diesem Tag entschädigt worden. Ich schlief sofort ein, als sich meine beiden Besucher verabschiedet hatten. Auch nachts wachte ich nur kurz auf, wenn Ulla mich zum Wasser lassen wachrüttelte. Ich war froh, als sie mit der Waschschüssel kam. Ulla wusch flink und sehr gründlich. Allerdings war sie über das neue Nachthemd nicht gerade erfreut.
Ausgeruht und froh über die ruhige Nacht begrüßte ich Schwester Marita. Sie überzeugte sich von meinem Erfolg. „Na, wenn das heut mehr nicht geklappt hätte!", drohte sie mit erhobenem Zeigefinger. „Gleich kommt die Visite!"
Die Angekündigten erschienen wenig später. „Kann dieser Aufrichter nicht bei Herrn Simon am Bett angebaut werden? Er wird hier nicht genutzt." Der Oberarzt zeigte auf den Galgen.
„Heute kommt der Ehemann und trifft die nötigen Voraussetzungen. Dann wird die Patientin täglich selbst damit üben!", gab der Chef in scharfem Ton zurück. „Seit gestern kann sie das linke Handgelenk bewegen. Die Funktion der Blase hat sich gebessert.", betonte er weiterhin.
Ein Gemurmel war zu hören. Vom Oberarzt kam keine Reaktion.
Eine freundliche Ärztin klopfte mir beim Hinausgehen auf die Schulter. „Ich freu' mich, dass es endlich vorwärts geht! Machen Sie weiter so!"
Später erfuhr ich von Schwester Gitta, dass diese Ärztin nur selten an der Chefvisite teilnahm und in der Poliklinik ihre ambulanten Patienten behandelte. Ich fragte mich, ob meine Frau Dr. Neuder diese Ärztin kannte.
Lange nachdenken konnte ich nicht. „Hallo, mein Schatz! Es geht los!", Gert begrüßte mich.
Auf dem Tisch stapelten sich viele unterschiedlich große Metallzylinder. Alle waren verchromt.

Dazu legte er, exakt geordnet, Stangen, Rollen, Seile und riesengroße Schrauben.
„Was hast du denn vor?“, staunend beobachtete ich meinen eifrigen Ehemann.
„Geduld! Erst noch die andere Überraschung!“ Gert schmunzelte verschmitzt. Er schnürte stolz ein kleines Paket auf. „Das bekam ich heute durch Zufall im Spezialgeschäft für Sanitäranlagen. Werner hat dort eine Bestellung aufgegeben und ich beschwatzte die Verkäuferin so lange, bis sie dieses Ding herausrückte.“
Zum Vorschein kam ein schmales, rotbraun zerknittertes Gummigebilde, etwa vierzig Zentimeter lang. Gert blies das seltsame Teil auf. Nun sah es aus, wie ein Minischlauchboot.
„Wozu brauche ich das denn?“, wieder konnte ich mir das Lachen nicht verkneifen.
„Das ist ein so genanntes Gummistechbecken. Sieh mal! Es ist ganz weich!“
Geduldig erklärte Gert den Vorteil zum harten Metallschieber. Hiervon bekam ich auch nach längeren Sitzungen keine Druckstelle.
Ich war gerade im Begriff, Gert dankbar zu drücken, da klopfte es. Die Tür ging auf und schon stand der Chef bei uns.
„Na, ihr beiden! Störe ich?“, er schüttelte Gert die Hand. Dann sah er verblüfft auf das Gummistechbecken. Gert gab eine belustigende Erklärung, wie er so schnell zu dieser Rarität kam.
Nun durfte ich zusehen, wie mein Galgen mit Flaschenzügen, Schrauben und Gewichten bestückt wurde. Die beiden Männer schienen mich vor Begeisterung dafür vergessen zu haben.
Gert schnallte mir nun die Schiene fest an das linke Bein. An deren Riemen er zwei Seile mit kleinen Stahlhaken befestigte. Der Chef führte die Seile über Rollen und zog am anderen Seilende mein gestrecktes Bein weit nach oben.
„Genauso hab ich mir das gedacht“, sagte er. „Jetzt noch die Gewichte!“
Gert hing das leichteste Gewicht an das Seil. Mein Bein fiel wieder herab. Ein zweites Gewicht zog das Bein wieder nach oben.
„Ich verstehe nicht, weshalb ihr das macht“, wagte ich nun zu fragen.
„Werner, erklär du es bitte. Ich möchte nichts Falsches sagen“, gab Gert meine Frage weiter.
„Pass auf!“, erklärte der Chef begeistert den komplizierten Aufbau. „Wenn dein Bein gerade hängt, versuchst du, es zu beugen und an den Bauch heranzuziehen. Das gibt dir Kraft!“
Ich versuchte die Bewegung. Die Beugung gelang. Aber meine Kraft reichte nicht, um das Knie an den Bauch heranzuziehen. Gert sah meine Enttäuschung und half nach.
„Das schaffst du bald allein! Ich hab nur ganz wenig angehoben!“, rief er erstaunt.
„Die Übung bringt es. Das Gefühl für bestimmte Bewegungsmuster muss erst wieder zurückkommen“, machte der Chef mir Mut.
Während unserer Diskussion war Marion gekommen. Sie freute sich, überlegte aber gleich, dass wir für die linke Hand einen Griff zum Hochziehen gebrauchen könnten.
„Das mache ich gern!“, gab Gert eilfertig zurück. „Sagen Sie nur, was fehlt!“
„Oh je!“, Marion winkte ab. „Wenn ich aufzähle, was uns alles fehlt, das würde kein Ende nehmen! Aber ich finde es toll, dass Sie so viel für ihre Frau basteln.“
Nochmals wurde die Anzahl der Gewichte verändert. Ich musste das gestreckte Bein kräftig nach unten drücken. Es ergab sich eine Vielzahl von Übungsmöglichkeiten.
Gert bekam zur Belohnung eine große Portion Kartoffelsalat mit Bockwurst – mein Wunschmittagessen.

Die Mittagruhe musste ich einhalten. Aber Gert ließ es sich nicht nehmen, zum Abendessen mit Carsta wiederzukommen. Er hatte sich von Marion zeigen lassen, wie das rechte Bein bewegt wird. Um den Spasmus zu überwinden, wollten wir das jeden Abend üben.
Carsta hatte eine Idee zur Kräftigung meiner Hand. Unser Tennisball vom Bungalow war dazu maßgerecht und ließ sich gut durchkneten. Gleich am Wochenende wollte ich damit beginnen.
„Jetzt brauchst du nur noch eine Fernbedienung für den Fernseher", überlegte Gert, „aber nach der heutigen Arbeit wirst du sicher gut schlafen." Er stellte das Programm ein, bevor sie gingen.
Obwohl es in der Nacht wieder turbulent zuging, war ich selten wach. Langsam gewöhnte ich mich an die Unruhe auf der Station. Mein Vorwärtskommen war oberste Priorität! Gert gab sich sehr viel Mühe mit mir. Das war so beruhigend. Ich wollte nur ganz schnell wieder auf die Beine kommen!
Gegen Morgen wurde das zweite Bett mit großem Gepolter aus meinem Zimmer geschoben.
„Das hat uns gerade noch gefehlt!", wetterte Ulla. Ich war sofort hellwach.
Das Bett wurde für eine Notaufnahme auf den Flur gestellt.
Die Katzenwäsche von Schwester Erika und ihr Meckern über den blöden Schieber ließ ich mir gefallen. Aber als sie den Urin ins Handwaschbecken schüttete, sah ich sie wütend an. „Ich habe keine Zeit, dauernd zur Toilette zu rennen!", fauchte Erika mich an. Schimpfend zog sie mir das Nachthemd an, wuchtete die Bettkiste zurück, ohne vorher das Laken glatt zuziehen. Obwohl es nicht nötig war, setzte mich Erika nochmals auf den Schieber. „Ich komme gleich wieder!", sagte sie und verschwand. Die Tür ließ sie weit offen. Das Zimmer war hell erleuchtet.
Dreißig Minuten vergingen. Langsam wurde ich unruhig. Erika hatte meine Füße oben auf die Bettkiste gelegt. Die Fersen brannten. Die Beine waren überstreckt und schmerzten. Ich sah zum Wecker – vierzig Minuten! Auf dem Flur liefen eilig Patienten hin und her. Manche blieben vor meinem Zimmer stehen.
Nach einer Stunde hörte ich Schwester Ulla. „Kannst du nicht die Türen zu machen, Erika!"
Mehrere Türen knallten. Auch meine fiel laut ins Schloss.
Erika hatte mich vergessen. Es gelang mir nicht, die Beine von der Kiste herab zu schieben.
Nun musste ich also auf den Frühdienst warten.
Birgit fand mich in meiner unglücklichen Lage. Immer höflich und einfühlsam half Birgit manchmal den Schwestern, obwohl sie Reinigungskraft war.
„Darf ich das Kopfteil hochstellen? Es gibt gleich Frühstück", fragte sie freundlich.
Ich konnte ihr nicht verständlich machen, weshalb sie mich heute nicht aufsetzen durfte.
Vor Aufregung fing ich an zu weinen. Birgit sah mich entsetzt an und rief sofort nach Marita.
Da standen beide an meinem Bett. Ich war völlig verkrampft. Marita zog die Bettdecke weg.
Schräg und nach hinten durchgebogen hingen meine Beine auf der Bettkiste.
„Wie konnte denn das passieren?" Vorsichtig befreite mich Marita. Birgit half ihr.
„Ich lag so über eine Stunde. Schwester Erika hat mich vergessen", jetzt hatte ich gepetzt. Aber das musste wohl mal sein.

Schwester Gitta kam mit dem Frühstück. Ihre sanfte Art wirkte Wunder.
Bis zur Visite hatte ich mich wieder normalisiert. Der Oberarzt äußerte sich anerkennend zur Erweiterung des Galgens. Er fragte sogar nach den verschiedenen Übungsmöglichkeiten.
Auch von Dr. Krause bekam ich ein Lob.
Das zweite Bett war noch nicht zurückgebracht worden. Deshalb nutzte Marion den zusätzlichen Platz. Sie schob mein Bett zur Raummitte. Bei den Übungen in der Bauchlage stand Marion vor mir und fixierte meine Arme. Es gelang mir, den Kopf etwas anzuheben.
„Wieder ein kleiner Erfolg", lobte sie. „Aber das Bett ist zu weich für unsere Kunststücke!"
Mit der Ermahnung, nicht zu übertreiben, hing sie mein Bein an den Flaschenzug.
Als danach die Tür aufging, vermutete ich Gitta. „Es ist alles in Ordnung", sagte ich schnell.
„Das hoffe ich!", kam es belustigend zurück. Es war Gert!
„Wo kommst du so früh her? Oh, da freue ich mich aber!" Gert begrüßte mich liebevoll wie immer. Er hatte sich für den Rest der Woche Urlaub genommen.
„Der Galgen muss auch für dein rechtes Bein genutzt werden", meinte Gert und baute die dazu erforderlichen Rollen und Seile an. Er kam direkt vom Bungalow, hatte dort den Rasen gemäht, die Blumenbeete geharkt und gegossen. Auf meine erstaunte Frage, warum er das tat, schmunzelte er nur geheimnisvoll. „Damit ich am Wochenende mehr Zeit für dich hab. Ich hänge jetzt dein rechtes Bein an, dann muss ich wieder weg. Etwas besorgen", sagte Gert.
Er war dabei recht ernst, wie mir schien. „Drück die Daumen, dass es klappt!"
„Aber ich kann nur einen Daumen drücken! Reicht das denn?" Das fanden wir beide lustig.
Es war mir nicht gelungen, Gerts Geheimnis zu lüften. Bis zum Wochenende hieß es, Geduld zu haben.
Ich knetete den Schaumgummiball, den mir Gert mitgebracht hatte. Aber das aufgehängte rechte Bein konnte ich keinen Zentimeter bewegen.
Am Nachmittag schob Marion eine schmale Untersuchungsliege ins Zimmer.
„Die hat mir der Chefarzt besorgt. Sie ist schön hart und nimmt uns nicht soviel Platz weg wie das Bett. Es soll ja nicht belegt werden." Gemeinsam mit Ralf hob Marion mich auf die Liege.
Er blieb bei unserer Turnstunde im Zimmer und sah interessiert zu.
Am Nachmittag – pünktlich zur Besuchszeit – kamen meine Eltern. Opa Edwin schimpfte, weil es nirgends Schnittblumen gab. Dafür brachte er leckere, selbstgebackene Pfannkuchen mit.
„Deine Pfannkuchen sind mir viel lieber!", bestätigte ich, um seinen Ärger zu vertreiben.
Mein Vater war schon um fünf Uhr aufgestanden, um diese Pfannkuchen zu backen. Und das mitten im Sommer! Er wollte mir eine Freude machen, weil ich zur Faschingszeit bewusstlos war. Daran mochten wir aber nicht mehr denken.
Oma Jenni wollte wissen, wozu ich so ein komisches Gestell am Bett brauchte.
„Das stört dich doch sicher!" Doch als sie hörte, dass es Gerts Werk war, fiel sie hellauf in Begeisterung.

Am Donnerstag setze mich Gert auf die Bettkante. „Gleich kommt Werner. Er will sehen, wie du dich halten kannst.“ Ich wackelte vor Aufregung, obwohl mich Gert festhielt.
Wenn ich beide Arme dicht am Körper aufstützte, saß ich frei – ohne Hilfe! Aber wenn mich der Chef nur leicht antippte, würde ich umfallen wie ein Mehlsack. Ich war enttäuscht.
„Das reicht!“, lachte der Chef. „Ab jetzt kannst du mit eurem eigenen Auto, gut angeschnallt, sitzend transportiert werden! Gert fährt sicher vorsichtig. Ich gratuliere!“

Gert und Carsta kamen am Freitag gleich nach der Mittagsruhe. Sie hatten einen Rollstuhl dabei. Ich brauchte also auch keine Trage mehr.
„Das ist schön, dass ihr mir das zutraut“, sagte ich erfreut in dem Glauben, es wäre ein Leihrollstuhl der Station. Aber gleichermaßen fassungslos war ich, als Gert erklärte, er habe das Gefährt eigens für mich besorgt.
Ein Kloß im Hals schnürte mir fast den Atem ab. Das rechte Bein wurde stocksteif. Es stand ab wie ein Besenstiel. Gert hatte Mühe, mich gerade hinzusetzen. Auch Ralf gelang es nicht, das Bein anzubeugen und auf die Fußstützen zu stellen.
„Warum hast du mir das nicht gesagt?“, brachte ich kaum hörbar hervor. „War das deine Überraschung? Warum hast du mich so gemein überrumpelt?“
„Bitte beruhige dich. Wir brauchen den Rollstuhl doch nur vorübergehend. So lange, bis du wieder laufen kannst.“ Gert versuchte, mich zu trösten, erschien mir aber selbst unglücklich.
Wortlos stand Carsta neben mir. Gert redete ruhig auf mich ein. Ich nahm den Sinn seiner Worte nicht wahr. Zweifel, Wut und bittere Enttäuschung hatten mich ganz unverhofft überfallen.
Wie im Traum ließ ich mich durch den hellen, langen Flur schieben. Patienten starrten uns an. Mein Kopf wackelte. Das Bein ragte noch immer steif voraus. Ich schämte mich unsagbar.
Endlich im Fahrstuhl umfasste mich Gert, denn durch den Ruck des Anhaltens rutschte ich nach vorn. Am Eingang warteten wir, bis Gert das Auto vorgefahren hatte. Es schien ewig lange zu dauern. Ich hoffte, dass niemand mich so sah. Bisher – beim Transport auf der Liege – hatte ich das nie so empfunden. Aber jetzt hatte man mich in einen eigenen Rollstuhl verbannt! Für jeden sichtbar! Es sah verdammt endgültig aus!
Endlich trug mich Gert zum Auto. Er legte den Sicherheitsgurt straff um meinen Oberkörper. Carsta saß hinter mir. Sie hielt meine Schultern. Ralf wünschte uns ein schönes Wochenende. Ich sah ihm nach, wie er meinen Rollstuhl durch die Flügeltür in Richtung Aufzug schob.
Wie groß war meine Freude auf die erste Fahrt im eigenen Auto! Nun war mir total elend zu Mute!
Abschalten! Nicht grübeln, befahl ich mir. Es gelang, weil die Fahrt durch die Stadt meine ganze Konzentration in Anspruch nahm. Im Auto sitzend, sah ich ja ganz normal aus. Diese Gewissheit vertrieb meine Depression.
Ich feierte Wiedersehen mit der Stadt. Sitzend war das ein Erlebnis.
„Fahre ich zu schnell?“ Gert hatte mich beobachtet. Ermutigend drückte er meine Hand.
Ich hatte den Kopf angelehnt. Er sollte nicht so wackeln. Mein Blick ging zum Tachometer. 40km/h – ich hatte das Gefühl für Geschwindigkeit verloren, sah die Zahlen doppelt.
Die Häuser rasten vorbei. Ich sagte nichts dergleichen, lächelte Gert nur an.

An einer Ampel hielt er an. Ganz sanft. Sehr behutsam. Doch ich rutschte bedenklich weit nach vorn. Gegen den Spasmus kam ich nicht an.
„Macht gar nichts!", sagte Gert. „Wir schaffen das!" Am Stadtrand hielt er an und setzte mich wieder aufrecht. Carsta erhielt einen Rüffel, weil sie mich angeblich ungeschickt gehalten hatte. Sie tat mir Leid.
An der Autobahnauffahrt hielten wir abermals, um meine Sitzhaltung zu korrigieren. Aber auch auf dieser ebenen Fahrbahn rutschte ich auf meinem Sitz wieder nach vorn. Meine Beine gaben mir keinen Halt.
Ich hatte mir alles leichter vorgestellt. Trotzdem genoss ich die Sicht aus dieser, für mich jetzt neuen Perspektive. Die Menschen in den vorbeifahrenden Autos sahen uns als ganz normale Familie. Und das war ein gutes Gefühl.
Verschwommen erkannte ich das große blaue Schild und wusste, dahinter geht es scharf rechts ab. Schon weit vorher fuhr Gert ganz langsam. Ich versuchte, in der Kurve gerade sitzen zu bleiben. Vergeblich! Ich hatte das Gefühl, als würde ich von einer unsichtbaren, gewaltigen Kraft zur Seite gedrückt. Damit hatte Gert gerechnet. Ganz ruhig griff er nach meinem Arm und hielt mich zurück. Ich wäre sonst umgekippt.
Die Straße durch den Wald war in gutem Zustand. Doch in jeder kleinen Kurve demonstrierte ich den gleichen Kippvorgang. Wir schlichen und mussten mehrmals anhalten.
Am Bungalow angekommen stöhnte ich erschöpft, dass es besser wäre, wieder mit dem Krankenwagen zu fahren. „Ich mache euch nur Ärger!", klagte ich.
„Das machst du auf gar keinen Fall!", protestierte Gert. „Ich dachte, du willst gefordert werden und vorankommen. Dann lass dich nicht gleich hängen! Autofahren ist Training!"
Er wartete meine Antwort nicht ab, ließ mich im Auto sitzen und begann auszupacken.
„Es ging besser, als ich dachte, Mami!", Carsta war sichtlich erleichtert.
„Darf ich dir nun meine Überraschung zeigen?" Gert lachte wieder verschmitzt – ein Glück!
Hoffentlich haben sie nicht auch hier noch einen Rollstuhl, durchfuhr es mich.
Gert trug mich zur Terrasse. Dort stand ein wuchtiger, antiker Holzliegestuhl. Sehr hübsch, mit hoher Rückenlehne, verstellbarem Fußteil und als Auflage drei dicke Gobelinkissen.
„Darf ich dich reinsetzen oder lehnst du den auch ab?" Ich kannte den spöttischen Unterton.
„Oh, der ist ja wunderschön! Wo hast du den her?" Ich war entzückt wie lange nicht.
Ich landete in dem bequemen Stuhl. Auch das Kopfteil war höhenverstellbar.
Carsta bog sich vor Lachen. „Das Monstrum sah schlimm aus! Hat Papi vom Chef!"
Nun erzählte Gert den ganzen Zusammenhang. Carsta schickten wir zum Kaffeekochen.
„Das war Zufall", begann Gert, durch meine Freude wieder versöhnlich gestimmt.
„Ich fand den Stuhl bei Werner im Keller. Das alte Erbstück war ganz wacklig und stand ungenutzt herum. Ich hab den Stuhl als Überraschung für dich repariert. Dafür hatte ich Urlaub genommen. Die Rückenlehne musste ich verlängern, damit das dritte Kissen passt. Du kannst dich jetzt flach hinlegen oder setzen. Wir können das Fußteil hochstellen oder auch ganz aushängen." Gert führte mir alle verstellbaren Möglichkeiten vor.
„Ich kann dir gar nicht sagen, wie sehr ich mich freue! Du denkst wirklich an alles! Du hast ja auch das Holz lackiert!" Ich hatte jetzt allen Grund, mich für mein Misstrauen zu schämen.

„Gert, du hast mir vorhin mit dem Rollstuhl einen richtigen Schock verpasst", gab ich zu, „ich hatte richtig Angst, dass ihr hier noch so ein Gefährt für mich habt." Ich atmete auf. Jetzt war es ja vorbei.
„Du wirst lachen, aber daran dachte ich schon", wider Erwarten griff Gert das leidige Thema nochmals auf. „Ein Rollstuhl wäre hier draußen eine Erleichterung für uns. Aber er muss in der Klinik bleiben. Obwohl er nur für dich vorgesehen ist. Klinikeigentum - dagegen kann ich nichts tun."
Ich antwortete nicht, wollte davon nichts mehr hören.
„Was hast du nur gegen den Rollstuhl!" Gert war wieder sehr ernst. „Du sollst dich weiter so anstrengen und vorwärts kommen wie bisher. Wir meinen es doch nur gut! Schwester Marita möchte dich jetzt täglich in den Park fahren lassen. Die frische Luft trägt zur Genesung bei. Die ganze Woche siehst du nur das düstere, unfreundliche Zimmer. Glaub mir, Werner setzt alles daran, dich wieder auf die Beine zu kriegen. Das hat nichts mit dem Rollstuhl zu tun!"
„Ich glaub dir schon. Es tut mir Leid, du hast es nicht leicht mit mir", gab ich zu.
„Ja, ich hab es sehr schwer mit dir", Gert seufzte laut. „Genau 52 kg - wenn das noch stimmt und wenn du nicht zunimmst beim jetzigen Wahlessen!", ulkte Gert, schlagfertig wie immer. Er war wieder der alte Witzbold. Die Unstimmigkeiten waren vergessen.
Während unseres Disputs hatte Carsta den Kaffeetisch gedeckt. Es gab Kuchen von Oma Lotte. Ich genoss den Bohnenkaffee aus der Porzellantasse. Dabei träumte ich davon, wieder allein trinken zu können. Aber dies zu sagen, wäre sehr ungerecht gewesen. Gert hielt mir die Tasse, dabei hatte er selbst noch nichts getrunken.
„Oh! Das ist wieder Kaffee für Herzkranke!" Gert lachte unsere Tochter viel sagend an, nachdem er den ersten Schluck getrunken hatte. „Warum bist du immer so sparsam?"
„Damit du was zu meckern hast!", feixte Carsta. „Mami sagt nie, dass der Kaffee zu dünn ist!"
„Sie bekommt ja die ganze Woche nur Malzkaffee, da fällt ihr das nicht auf", folgerte Gert.
Nach dieser Erkenntnis machte er einen Vorschlag, den ich begeistert annahm.
Gert wollte meine Eltern bitten, bei ihrem nächsten Besuch in der Klinik löslichen Bohnenkaffee mitzubringen. Davon könnte ich mir von den Schwestern öfters mal eine Tasse aufbrühen lassen.
„Seid ihr nun fertig mit euren Problemen? Bin ich auch mal dran!", nörgelte Carsta plötzlich.
Sie hatte Recht. Dauernd drehte sich alles um mich. Noch vor wenigen Monaten stand sie im Mittelpunkt.
„Also Mami", legte sie los. Und wir waren das gewöhnt, unterbrachen sie nicht.
„Du erinnerst dich sicher, dass ich dir im vorigen Jahr von einem netten Mann erzählte, der Airedaleterrier züchtet. Damals warst du einverstanden, dass wir uns einen solchen Hund anschaffen. Nun war ich in den vergangenen Wochen mit Jörg fast jeden Tag bei diesem Züchter. Wir durften die Hunde sogar ausführen. Eine Hündin ist trächtig. Von diesem Wurf möchte ich so gern einen Rüden bestellen. Es sind sehr schöne Tiere! Papi meint, wir schaffen das jetzt nicht. Was meinst du? Was soll ich dem Züchter sagen?"
„Wie stellst du dir das vor, Carsta! Damals war ich gesund. Ich ging nur halbtags arbeiten. Aber jetzt ist alles anders. Wir haben doch gar keine Zeit für einen Hund! Wenn ich irgendwann aus der Klinik entlassen werde, dann bin ich gewiss nicht gleich in

der Lage, einen so großen Hund zu bändigen." Ich musste es Carsta behutsam ausreden. Aber wie?
„Daran hab ich auch gedacht", unterbrach sie mich. „Bald arbeite ich im Drei-Schicht-System. Dann bin ich tagsüber oft daheim. Nachmittags ist Papi da. Herr Meisner, der Züchter, sagt, der Hund kann schon einige Stunden allein sein. Und bevor du wieder zu Hause bist, hab ich ihn stubenrein. Und du wärst nie alleine zu Hause. Arbeiten gehst du sicher nicht so bald."
Carsta redete wieder wie ein Wasserfall. Der Gedanke war verlockend. Ich stellte mir vor, wie schön das wäre, wenn ich es schaffen würde.
„Warum sagst du nichts dazu?", wandte ich mich an Gert. Er hatte nur amüsiert zugehört.
„Wir haben darüber schon stundenlange Gespräche geführt. Ich kann es ihr nicht ausreden. Sie hat dauernd Gegenargumente, wenn ich Bedenken habe. Jetzt musst du entscheiden. Ihr beide hattet ja diese verrückte Idee mit diesem Hund. Mir wäre ja so ein kleiner, frecher, weißer mit Zottelfell lieber. Wie heißt diese Rasse? Westi – oder?" Gert verkniff sich das Lachen.
„Jetzt will er wieder ablenken! Mami findet Airedaleterrier auch hübscher. Stimmt's, Mami?" Carsta kämpfte verbissen um diesen Hund.
Letztendlich entschieden wir uns dafür, eine Bestellung abzugeben. Carsta war glücklich. Für mich war es ein zusätzlicher Anreiz, so schnell wie möglich auf die Beine und nach Hause zu kommen.
An diesem Wochenende war der Hund Hauptgesprächsstoff. Es machte Spaß in diesem Zusammenhang Pläne zu schmieden. Oma Lotte und Opa Karl wollten den Hund betreuen, wenn mal Not am Mann war. Das hatte Carsta vorsorglich abgesichert.
Das leidige Rollstuhlthema wurde nicht mehr erwähnt.
„Warum nur vergehen schöne Tage immer schnell?", fragte ich am späten Sonntagnachmittag, als ich zur Rückfahrt angegurtet im Auto saß. Gert hatte den Sitz etwas nach hinten geschoben. Das linke Bein stemmte ich gegen die Wölbung unter dem Handschuhfach.
Mein rechtes Bein stellte Gert fest mit der Sohle auf. Doch es fiel kraftlos zur Seite.
Ich hatte wenig Freude an der Fahrt. Die Konzentration auf meine Haltung nahm meine Aufmerksamkeit völlig in Anspruch. Gert hielt geduldig an und rückte mich zurecht, so oft es nötig war.
An der Klinik angekommen, war ich ziemlich erschöpft. Hatte ich mir zu viel zugemutet?
„Sei nicht schon wieder unzufrieden. Das war erst unsere zweite Fahrt." Gert ging gleich nach oben, um den Rollstuhl zu holen.
„Du hast aber heute schon viel besser gesessen als am Freitag", stellte Carsta zufrieden fest.
Da begrüßte uns auch schon Ralf: „Hallo, Urlauber! Das ist ja eine richtige Ostseebräune! Gut sehen Sie aus! Carsta, du auch – ich werde bald neidisch!"
Gert setzte mich in den Rollstuhl. Diesmal blieben die Füße auf den Stützen. Vielleicht war es die Erschöpfung oder das lustige Ablenkungsmanöver von Ralf.
„Du hast ein Leben! Ihr jungen Hüpfer werdet vom Wochenenddienst verschont!", neckte er Carsta, während er mich zum Aufzug schob.
„Spotte nicht", verteidigte sie sich. „Nächste Woche bin ich auf der Chirurgie. Dort werden wir auch für die Wochenenden eingesetzt, wenn es erforderlich ist!"

Wir fuhren wieder durch den langen Flur. Gert ging dicht neben mir. Das gab mir Sicherheit. Nur wenige Patienten waren zu sehen. Ich war froh, wieder im Zimmer zu sein, weg von den neugierigen Blicken.

Wir verabschiedeten uns schnell, weil mir das nach den Wochenenden immer besonders schwer fiel. Ralf machte mich schlaffertig. Ich war sehr müde.

Nachtdienst hatten Johanna und Annerose, eine hübsche und ebenso nette Schwester der Nachbarstation. Beide sorgten für eine ruhige Nacht.

Beim morgendlichen Waschen mit Johanna half Annerose. Auch sie wusste, dass bei Johanna alles etwas länger dauerte. Sie war zwar langsam aber gewissenhaft und gutmütig – niemals launisch! Aber ich hatte mich darauf eingestellt, in der Gewissheit, irgendwann wird dieses Klinikleben ein Ende haben.

„Ich sah gerade ihr Gefährt vor der Tür stehen." Marita unterbrach meine Gedanken. „Ein Patient wollte gerade damit losfahren. Ich hab ihn gefragt, ob er Analphabet sei. Was meinen Sie, wie der geguckt hat. Ihr Name steht nämlich deutlich lesbar dran!"

Marita verstand es, Unstimmigkeiten scherzhaft zu lösen.

Die erste Spazierfahrt mit dem Rollstuhl musste ich ihr versprechen. Freuen konnte ich mich nicht darauf.

Schwester Ulla kam mit dem Frühstück. Nach meinen Wünschen fragte sie nicht. Wahrscheinlich brachte sie das, was sie gerade erwischt hatte, und das war Schwarzbrot! Da ich das früh sehr ungern aß, verschluckte ich mich und Ulla musste absaugen. Das wiederum machte sie missmutig. Als ich sie dann noch bat, meine Beine zum Üben an das Gerüst zu hängen, verzog sie nochmals das Gesicht.

„Wenn Ihnen das zu viel Arbeit macht, warte ich auf Marion", sagte ich betont freundlich.

Ulla hatte mich nicht verstanden, was bei ihr oft passierte. Ich wurde nervös. Aber Ulla kam meiner Bitte nach.

Bei der Visite erwähnte Dr. Krause die Besserung meiner Blasenfunktion. Da sich die Zeitabschnitte zwischen den Entleerungen deutlich verlängerten, wurde von einer bleibenden Blasenlähmung nun nicht mehr gesprochen. Damit war auch die Prognose des Oberarztes Dr. Ahlert von der so genannten Überlaufblase widerlegt. Ich hatte nicht den Eindruck, er würde sich über meine Forschritte freuen.

Das ganze Gegenteil war Marion. Ständig war sie bemüht, meine kraftlosen Muskeln anzuregen, mich zu fordern und mir Mut zu machen. Sie bedauerte, dass wir auf Übungen im Wasser vorerst verzichten mussten. Der Luftröhrenschnitt verhinderte dies. Nach Meinung des Chefarztes bestand auch keine Aussicht auf baldigen Verschluss der Öffnung.

Im Anschluss an unsere Übungsstunde drückte mir Marion statt des Schaumgummiballes eine Klingel in die Hand. Die Fingerkraft reichte zwar aus, um den Ball zusammenzudrücken. Aber weder mein Daumen noch der Zeigefinger erreichten den Klingelknopf, der tiefer liegend, von einem hohen Rand umgeben war. Marion schimpfte auf das unhandliche Stück.

Sie brachte es aber fertig, eine Klingel mit großem, hervorstehendem Knopf zu holen.

Ich drückte und es klingelte! Marita riss erschrocken die Tür auf. Ich demonstrierte mein Erfolgserlebnis. Nun brauchten die Schwestern nur noch bei Bedarf kommen.

Nach dem Mittagessen kam unerwarteter Besuch. Der Orthopädiemechaniker passte mir die rechte Handschiene an. Es war eine mit dünnem Filz beschichtete Aluminiumplatte -

etwas größer als mein Handteller. Auf dieser Platte waren, für jeden Finger einzeln, Lederschlaufen angenietet.
Marita versuchte, meine steifen, gekrümmten Finger in die Schlaufen zu stecken. Ein nahezu unmögliches Unterfangen! Endlich lagen meine ‚Fünf' gebändigt und gestreckt an ihrem Platz.
Um dem Ganzen Halt zu geben, befestigte Marita den Riemen am Handgelenk.
Da krümmten sich ruckartig alle Finger und lagen wieder frei! Nichts konnte ich dagegen tun.
„Na wartet, ihr Burschen!", Marita lachte. „Wir holen Hilfe!"
Zur Probe sollte ich klingeln. „Es geht nicht!", vergeblich angelte ich nach der Klingel.
Sie war unerreichbar für mich zur Seite gerutscht. Marita sah meine Enttäuschung.
„Und ob es geht!" Marita band flink die Klingelschnur an die Schleife meines Nachthemds.
„So, jetzt kann sie nicht mehr ausreißen! Wir müssen uns nur zu helfen wissen! Nun, bitte klingeln. Mal sehen, wie lange Ulla braucht." Marita sah schelmisch zur Uhr.
Meine zittrigen Finger trafen den Klingelknopf. Nach fünf Minuten riss Ulla die Tür auf und sah uns verdattert an. Die Situation wurde geklärt. Beide Schwestern bändigten gemeinsam meine Finger. Erstmals lag meine Hand festgeschnallt, mit gestreckten Fingern auf dieser eigenartigen Platte. Ich hoffte, dass die Hand dadurch bald wieder funktionstüchtig wurde.
Am Nachmittag legte mir Marion ganz problemlos die Handschiene an.
Gitta und Ralf begutachteten meine „Fliegenklatsche". Auch wollten beide sicher sein, dass ich gut mit der Klingel zurechtkam.
Ich freute mich auf die erstaunten Gesichter von Gert und Carsta.
„Hallo, wir haben eine Überraschung!", rief Carsta schon an der Tür. Ich kam nicht zu Wort.
Gleich nach der Begrüßung fing Gert an, seine Tasche auszupacken. Mehrere Päckchen stapelten sich auf dem Bett. Eine Dose mit löslichem Bohnenkaffee kam zum Vorschein.
„Damit du den richtig genießen kannst, haben wir dir eine schöne Tasse mitgebracht!"
Carsta stellte sie auf den Tisch und schob die abgeschabte Plastiktasse zur Seite.
„Nun bin ich dran", Gert tat ganz feierlich. „Hoffentlich kannst du meine Überraschung schon benutzen. Wenn nicht, dann heben wir sie auf. Aber nicht ungeduldig werden!"
Etwas zweifelnd sah Gert mich an. Vorsichtig packte er ein kleines, schwarzes Kästchen aus.
Ich erkannte ein silbern schimmerndes Metallplättchen an der Oberseite und seitliche Kabel. Bevor ich fragen wollte, erklärte er mir den Sinn dieser neuen Bastelei.
„Ich habe mir darüber Gedanken gemacht, wie du den Fernseher selbst ein- und ausschalten könntest. Ein Kollege hat mir dabei geholfen. Pass auf! Das Ding funktioniert ähnlich wie eine Fernbedienung."
Gert verband nun die Kabel so, dass das Kästchen zwischen Fernseher und Steckdose geschaltet war. Carsta schaltete den Fernseher ein. Nichts geschah. Gert nahm meinen linken Zeigefinger und tippte ihn ganz sacht auf das Metallplättchen. Der Apparat war damit eingeschaltet! Nochmaliges Antippen des Plättchens bewirkte das Ausschalten.
Gert strahlte. „Schaffst du das allein?" Ich zielte, doch mein Finger landete neben dem Plättchen.
Aber nach einigen Fehlversuchen hatte ich Erfolg. Ich war glücklich!
Dank des Einfallsreichtums von Gert – ein kleiner Schritt zur Selbstständigkeit!

„Was würde ich nur machen, wenn ich dich nicht hätte. Zum Dank für alles kann ich mich nur wieder ganz, ganz tüchtig anstrengen!", versprach ich.
Beide drückten mich gleichzeitig. Dabei entdeckte Carsta die festgebundene Klingel.
Stolz berichtete ich von meinem Erfolg.
Es blieb kaum noch Zeit, um die Handschiene vorzuführen. Fast drei Stunden waren vergangen.
„Das war ein toller, erfolgreicher Tag, Mami", bestätigte Carsta. Beim Verabschieden hatte Gert Bedenken, dass ich mit der hinderlichen Handschiene nicht gut schlafen werde.
„Ich kann ja klingeln, wenn ich eine Schlaftablette haben möchte", tröstete ich ihn und lachte.

Beide Beine und nun auch noch die rechte Hand geschient – ich schlief gut in dieser ersten Nacht mit der Klingel in der linken Hand. Es war hell genug, um den Klingelknopf zu erkennen.

Bei der nächsten Visite wurde festgelegt, dass ich durch Klingeln selbst entscheiden darf, wann ich umgelagert werden möchte oder andere Hilfe brauchte.
Trotzdem war ich selten lange allein. Wenn es die Zeit erlaubte, leisteten die Schwestern mir Gesellschaft. Im Laufe der Zeit erkannte ich mehr und mehr ihre unterschiedlichen Charaktere. So gingen beispielsweise fast alle Schwestern sehr vorsichtig mit meiner neuen Fernbedienung um. Sie war am Bett festgebunden, damit sie nicht herunterfiel oder versehentlich berührt und eingeschaltet wurde. Schwester Ulla jedoch sah meine neue Errungenschaft und tippte, ohne zu fragen, unzählige Male auf dem Metallplättchen herum.
Der Fernseher knatterte laut und ging im Eiltempo an und aus.
„Das ist ja lustig! Macht Spaß!", Ulla amüsierte sich. Ich ärgerte mich über ihre Dreistigkeit, wollte verhindern, dass der Apparat Schaden nimmt. Deshalb versuchte ich, meine Hand schützend über das Kästchen zu halten. Ungewollt traf ich dabei Ullas Arm.
„Na, na! Was soll denn das?", schimpfte sie.
„Lassen Sie das bitte! Das ist kein Spielzeug!", verteidigte ich mein wertvolles Eigentum.
„Mein Gott, sind Sie empfindlich!", bekam ich schroff zur Antwort. Ulla warf den Kopf zurück. Die Tür knallte.
Beim Abendessen wertete ich mit Gert und Carsta diesen unangenehmen Zwischenfall aus.
„Bin ich überempfindlich geworden?"
„Schade, dass sie nicht mehr hier ist", beruhigte mich Gert. „Ich würde ihr gern ein paar passende Worte sagen!"
Vor Aufregung bekam ich einen Hustenanfall. Carsta griff zum Absaugschlauch.
„Seht euch das an!" Sie hielt den stark verschmutzten Schlauch hoch. „Sauerei! Er lag offen auf dem Fußboden!"
Ich wusste, dass Ulla zuletzt abgesaugt hatte. Sie hing den Schlauch immer ungeschützt über die Metallflasche, wo er dann herabfiel.
Gert tobte, als er das sah. „Jetzt reicht's aber! Damit fahren sie dir in den Kehlkopf! Was da passieren kann! Ich spreche mit Werner."
Diesmal hielt ich Gert nicht davon ab. Es hätte auch keinen Sinn gehabt. Wie oft hatte ich mich schon vor dem schmutzigen Schlauch geekelt und nichts gesagt!

Carsta holte Ralf. Er wechselte den Schlauch aus und spülte meine Kanüle.
Warum waren nicht alle so gewissenhaft wie er?
Als wir uns beruhigt hatten, erklärte Carsta, dass sie zum Zwischendienst eingeteilt wurde und auch am nächsten Wochenende Dienst hatte. Ich würde sie also erst in der kommenden Woche wieder sehen. Die schöne Zeit der täglichen Besuche war mit Beginn von Carstas Schichtdienst leider vorbei.
Gert nahm sich noch Zeit, mein rechtes Bein zu beugen, bis es ganz locker war.
Frei sitzen konnte ich noch immer nicht. Das ging nur mit Hilfe beider Arme – und auch dann nur sehr wackelig.

Wieder allein, malte ich mir aus, wie schön es sein würde, diesem Klinikleben endlich Lebewohl zu sagen. Hoffentlich kann ich laufen, ohne zu hinken. Mit vielen Zukunftsträumen schlief ich ein.

Die Übungen in der Bauchlage brachten mich recht gut voran. Bald gelang es mir, die Arme aufzustützen und dabei den Kopf etwas anzuheben. Hierbei fixierte Marion den rechten Arm.
Er schob sich dauernd unter den Oberkörper.
Da Carsta arbeiten musste, brachte Gert kurz entschlossen seine Mutter mit. Ich saß im Bett.
Ohne Worte drückte sie mich lange ganz fest an sich. Mit Tränen erstickter Stimme flüsterte sie dann: „Es wird ganz bestimmt alles wieder gut! Ich hatte Angst vor diesem Besuch. Du siehst gut aus. Ich dachte, es wäre schlimmer."
„Es ist doch schlimm genug", brachte ich heraus und schluchzte mit.
„Jetzt ist genug geheult!" Gert setzte seine Mutter gewaltsam auf den bereit stehenden Stuhl.
„Ich dachte, ihr freut euch! Soll ich dich wieder nach Hause fahren?", schimpfte Gert. Dabei packte er Blumen, Obst und Saftflaschen aus, um sich selbst abzulenken.
„Der Opa kommt das nächste Mal mit. Es tut ihm so Leid. Er lässt sich nur nichts anmerken. Du weißt ja, wie er ist", sagte Oma Lotte noch immer weinend.
„So, wenn ihr nicht aufhört, Trübsal zu blasen, dann sehe ich mir das Fußballspiel im Fernsehen an!", drohte Gert jetzt. Aber er lachte dabei. Nun kam eine rege Unterhaltung in Gang. Es gab viel nachzuholen. Meine Schwiegermuter erzählte, wie Carsta von den kommenden Hundebabys schwärmt.
„Ich komme bald wieder!", versprach die Oma. Ich freute mich, weil es nun doch ganz problemlos mit ihr war.

Nach diesem Besuch ging meine Stimmung auf und ab. Ich hatte das eigenartige Gefühl, dass Gerts Mutter mehr unter meiner Krankheit litt als meine Mutter. Gleichzeitig machte ich mir Vorwürfe, mit diesen Gedanken ungerecht zu sein. War ich in meiner Situation überhaupt fähig, richtig zu urteilen? War ich undankbar, weil ich Gerts Hilfe nicht ständig lobte?
Warum erwähnte meine Mutter bei jedem ihrer Besuche so eindringlich, wie froh ich doch sein muss, dass Gert sich dermaßen verlässlich und liebevoll um mich kümmert?
Warum sprach Gerts Mutter nicht auch von seiner Hilfe? Würde ich irgendwann dahinter kommen?

Diese Woche brachte zu allem Ärger auch noch Neuerungen in Bezug auf das von mir so gefürchtete Thema Rollstuhl. Ich hatte vergeblich gehofft, es wäre in Vergessenheit geraten.
Da brachte Gert, eigens für dieses Fahrzeug, eine Kopfstütze und einen breiten Gurt mit.
Sollte ich mich darüber freuen? Ich zwang mich dazu. Viel, viel lieber wäre ich im Bett geblieben, bis ich die ersten Schritte machen würde.
Dr. Krause hatte die Kraft meines linken Beines schon als zum Laufen ausreichend befunden. Das war gestern. Und ich war glücklich über diese Anerkennung.
Nun steckte mich Schwester Gitta in meinen Trainingsanzug. Gert setzte mich in den Rollstuhl und schnallte mich wie im Auto fest. Auch meine Füße wurden durch Riemen gehalten, damit sie ordentlich auf ihrem Platz blieben.
Auf dem langen Flur richteten sich wieder unzählige Augen auf uns. Wie gern hätte ich jetzt Carsta neben mir gehabt!
Gert fuhr mit mir durch das parkähnliche Gelände, das ich mir ganz anders vorgestellt hatte.
Die Wege waren holprig, der Rasen zwischen den Bäumen ungepflegt und voller Unkraut.
Zwischen einigen Sträuchern standen Bänke. Die Farbe blätterte ab.
Unter einem Blechdach hingen Gartengeräte. Davor parkten viele Autos.
Obwohl ich alles erkannte, erschrak ich wieder vor dieser Doppelsichtigkeit.
Ein Mann kam uns entgegen. Ich sah ihn deutlich – aber doppelt. Ich kniff ein Auge zu und sah drei dicke Bäume dicht nebeneinander. Mit beiden Augen standen da fünf Bäume!
Diese Erkenntnis verunsicherte mich erneut. Müsste ich nicht längst wieder normal sehen?
Wie lange wird dieser Zustand noch anhalten?
Wir fuhren auf einen breiten Weg. Oder war das eine Straße? Vor mir sah ich das riesige Eisentor zur Klinik. Links Rosenbeete, rechts mehrere Reihen parkender Autos.
Der Ort kam mir bekannt vor. Krampfhaft versuchte ich, mich zu orientieren.
„Siehst du unser Auto?“ Gert blieb stehen. Er beugte sich zu mir herunter, so dass wir beide den gleichen Blickwinkel hatten. Ich gab mir alle erdenkliche Mühe mit zugekniffenem Auge.
Aber alle Autos verschwammen. Enttäuscht schüttelte ich den Kopf.
„Das war auch zu anstrengend für dich“, sagte Gert ganz ruhig. Er schob mich langsam neben ein gelbes Auto. Ich erkannte weder die Form noch den Wagentyp. Alles kreiselte.
Gert deutete auf die Motorhaube. Dort erkannte ich den Aufkleber - ein kleines schwarzes Pferd! Das war also unser Auto! Ich fing an zu weinen. Trotz der Mühe von Gert hatte ich versagt. Ich schämte mich.
„Du darfst dich nicht aufregen!“ Gert drückte mich beruhigend, wischte die Tränen weg.
Die Sonne blendete. Ich erinnerte mich an die Heliomatikbrille, die mir der Augenarzt verordnet hatte. Die Brille fehlt! Ich bat Gert, mir diese Lichtschutzbrille mitzubringen. Sie wird mir bestimmt helfen, besser zu sehen!
„Ich dachte, die Brille stört dich“, sagte er verwundert. „Du wolltest sie nie tragen, obwohl du in grellem Licht schlecht sehen konntest.“
„Du hast Recht. Ich möchte die Brille tragen. Das Aussehen ist nicht so wichtig“, gab ich zu.

Gert lachte. „Ich fand sie schon immer schick! Das weißt du ja! Gut, dass du es nun einsiehst!“
Am Eingang zum Klinikgebäude war Schatten. Hier erkannte ich die Stufen.
Gert kippte den Rollstuhl vorsichtig nach hinten und zog ihn rückwärts über die Stufen. Dabei hatte ich trotz Kopfstütze Schwierigkeiten. Mein Kopf wackelte zur Seite. Sicher war das ein furchtbarer Anblick, wie unfähig ich im Rollstuhl hing. Eine Schwester öffnete die Flügeltür und fuhr uns mit dem Aufzug nach oben. Wieder im Zimmer fühlte ich mich geschützt vor neugierigen Blicken.
„Der Ausflug war anstrengender als die erste Autofahrt“, seufzte ich, endlich wieder im Bett.
„Deshalb müssen wir das öfter machen.“ Gert und Schwester Gitta waren darin einer Meinung.
Ich gab mich geschlagen. Was Gert für richtig hielt, wollte ich mir annehmen. Wenn ich doch nur mit seiner Hilfe bald ein paar Schritte laufen könnte!
Freitag - 14 Uhr. Reisefertig saß ich im Bett und wartete auf Gert. Er wollte eher kommen, da wir erstmals ohne Carsta fuhren. Ich hörte seine schnellen Schritte auf dem Flur.
„Hallo, da bin ich wieder! Wartest du schon lange?“ Nach dem üblichen Begrüßungsküsschen schob Gert den Rollstuhl neben das Bett und setzte mich rein, ehe Marita zufassen konnte.
Eilig wurden Kofferfernseher, Schienen, Saugpumpe und die gepackte Reisetasche ergriffen und los ging es über den verhassten Flur, der von Patienten wimmelte; in den Fahrstuhl, durch die Vorhalle – hinaus und rein ins schützende Auto!
Marita und Gert spürten meine Unsicherheit. Sie versuchten, mich abzulenken.
„Heute werden Sie beweisen, dass Sie auch ohne Hilfe ans Ziel kommen!“ Marita drückte mich beim Verabschieden. „Und nächste Woche fahren wir beide in den Park!“
Gert fuhr noch langsamer als an den vorherigen Wochenenden. Er beobachtete meine Sitzhaltung. Langsam rutschte ich nach vorn. Sicher waren wir ein Verkehrshindernis.
An der Autobahnzufahrt hielt Gert, um mich wieder aufzurichten. Ich kämpfte mit den Tränen.
„Warum kann ich nicht endlich normal sitzen!“, schimpfte und jammerte ich gleichzeitig.
„Deine Ungeduld! Ich meckere ja auch nicht. Wir schaffen das auch allein!“ Gert blieb ruhig.
„Die Übung bringt's! Das hast du zu Carsta oft gesagt, wenn sie nicht Klavier spielen wollte! Jetzt musst du fleißig üben!“ Der Vergleich hinkte. Gert wollte mich damit auf andere Gedanken bringen. Es half wenig. Bei jeder kleinen Kurve oder Änderung der Geschwindigkeit flog ich hin und her. Gert hielt mich mit seiner rechten Hand zurück. Sonst wäre ich zu ihm rüber gekippt. Das war sicher kein vergnügliches Fahren. Mir wurde dadurch bewusst, wie gut Carsta mich immer gehalten hatte.
Als wir endlich angekommen waren, machte Gert trotz der anstrengenden Fahrt Späße. Er war fröhlich, als wäre alles in Ordnung. Dieses erste Wochenende ohne unsere Tochter wurde wider Erwarten völlig problemlos. Gert hatte gute Vorbereitungen getroffen. Der Rasen war gemäht. Es brauchte nur gegossen zu werden. Und das erledigten die Sprenger. So konnten wir uns Zeit für uns nehmen.
Wir schmiedeten Pläne für die Zukunft. Gert machte mir Vorschläge zur besseren Nutzung des Galgens. Arme und Beine wurden beübt. Hier draußen ging das viel leichter.

Mein Stimmungsbarometer stieg dank Gerts Einfühlungsvermögen. Ich nutzte unsere Zweisamkeit, um das Gespräch auf Carsta zu lenken.
„Abends geht sie oft mit Jörg zu Herrn Meisner. Sie ist ganz verrückt nach den Terriern", gab Gert mir Auskunft. Dabei spürte ich, dass er gern mehr darüber erzählen würde.
„Du brauchst mich nicht zu schonen", sagte ich. „Wir müssen darüber mal sprechen."
„Wenn die beiden öfter zusammen sind, dann bleibt es sicher nicht nur bei Freundschaft. Ich mache mir darüber schon länger Gedanken", gab Gert zu und fing nun an, zu erzählen. „Mir gefällt das überhaupt nicht, dass sie sich so an Jörg klammert. Ich weiß, dass andere Jungen auch für Carsta schwärmen. Ich verstehe sie nicht. Aber ich komme als Vater nicht an sie ran. Und wenn ich nur andeutungsweise etwas sage, wird sie sofort wütend."
„Darüber rede ich mit ihr!" Ich ärgerte mich, weil Carsta so uneinsichtig war im Bezug auf die Pille.
„Das Thema hatten wir doch schon", Gert sah mich jetzt schelmisch an. „Für so unvernünftig halte ich unsere Tochter nun aber nicht! Die Pille liegt auf dem Regal im Bad."
„Da liegt sie schon lange. Aber ob sie die Dinger jetzt nimmt, wissen wir beide nicht!"
„Soll ich nachzählen?", fragte Gert. Ich wusste nicht, ob das eine ernst gemeinte Frage war.
„Ich denke immer daran, dass Carsta bei Jörg Trost sucht. Er ist ja immer erreichbar. Und sie fühlt sich sicher vernachlässigt, weil du ständig mit mir beschäftigt bist. Wenn alles so wie früher wäre, dann hätten wir diese Sorgen bestimmt nicht", überlegte ich.
„Dann hätten wir vielleicht andere Sorgen. Wer weiß, wie sich die Sache mit Jörg entwickelt. Wir haben kaum Einfluss darauf. Verderben wir uns nicht das Wochenende mit trüben Gedanken." Damit war für Gert Ende der Diskussion. Ich kannte das!
Ich musste einfach bald wieder auf die Beine und nach Hause kommen! Die Belastung wurde für meine beiden immer größer.

In der folgenden Woche kam ich nicht umhin, mehrmals im Rollstuhl durch den Park kutschiert zu werden. Schwester Marita löste ihr Versprechen ein, obwohl die Station voll belegt und viel zu tun war.
Ich trug draußen stets meine Brille. Die Doppelbilder blieben. Daraufhin ergriff Gert wieder die Initiative. Er sprach mit dem Chef über meine Unzufriedenheit und erwirkte die Erlaubnis, mich in der Augenklinik gründlich untersuchen zu lassen.
Gert hatte sich für diesen Tag Urlaub genommen. Wir fuhren mit dem Auto. Schwester Ulla saß hinter mir. Sie hielt meine Schultern und war erstaunt, dass ich fast allein sitzen konnte. Auch in den Kurven wankte ich nicht. Das war sicher die Gewissheit, dass hinter mir jemand saß.
In der Augenklinik wurden viele Tests durchgeführt und Messungen vorgenommen. Gert musste mich eine steile Treppe hinauf von Raum zu Raum, von einem Stuhl zum anderen tragen. Bei allen Untersuchungen hielt er mich fest. Ich bezweifelte die Genauigkeit der Ergebnisse, da ich mich nicht entsprechend konzentrieren konnte. Außerdem verstand mich der Augenarzt sehr schlecht. Ich schämte mich. Meine Sehschwierigkeiten, bedingt durch die Doppelbilder, waren nervlichen Ursprungs. Mit einer Brille konnten sie nicht behoben werden.

Dennoch verordnete mir der Augenarzt eine leicht stärkere Fernbrille, Heliomatik, die sich bei Sonneneinwirkung dunkel einfärbte. Von einer Lesebrille wurde abgesehen, da ich nicht fähig war, weder ein Buch zu halten noch umzublättern.
Die Diagnose war niederschmetternd. Damit hatte ich nicht gerechnet.
Die Rückfahrt zur Klinik verlief dementsprechend. Ich saß sehr unsicher im Auto. Ulla hatte Mühe, mich festzuhalten. Auch Gert war bedrückt. Er blieb noch zum Mittagessen.
„Das alles muss nicht endgültig sein", tröstete er mich wie so oft. „Du weißt ja – drei Ärzte und vier verschiedene Meinungen! Vergessen wir das! Ich komme mit Carsta wie immer heute zum Abendbrot."
Am Nachmittag trainierte ich mit Marion den linken Arm. Es gelang mir noch immer nicht, im Sitzen die Querstange des Galgens zu umfassen. Bei einem langweiligen Fernsehfilm vertrieb ich mir die Zeit mit Armübungen, die mir Marion aufgetragen hatte. Es kostete viel Konzentration, den Arm zu heben. Ich überraschte mich buchstäblich selbst, als meine Hand plötzlich die Stange traf. Nach mehreren Versuchen umschlossen auch meine Finger die Querstange.
So fanden mich Gert und Carsta aufrecht im Bett sitzend, mit der linken Hand die Galgenstange umschließend.
„Was machst du denn!", rief Gert. Er strahlte. „Das ist ja ein Erfolgserlebnis nach der kalten Dusche heute Vormittag!"
Ich wollte ihm die Hand reichen – Fehlversuch! Der Arm fiel schwer herab.
„Das ist ja kaum zu fassen!", rief Carsta. Sichtlich erleichtert drückte sie mich. Wahrscheinlich hatten sie befürchtet, mich deprimiert anzutreffen.
„Die Stange ist zu hoch. Tiefer kann man sie aber nicht anbringen, dann reicht der Platz für die Beinbewegungen nicht aus", Gert überprüfte die Konstruktion.
„Dann lass dir was einfallen, Papi!" Carsta klopfte ihrem Vater auf die Schulter und betrachtete das Thema für beendet. Während Gert mir das Abendbrot gab, berichtete sie anschaulich von ihren neuesten Erlebnissen auf der Chirurgie. Auch dieser unheilvolle Tag hatte also noch ein angenehmes Ende gefunden.
Ralf leistete mir beim Fernsehen Gesellschaft. Er hatte eine improvisierte Antenne angebracht, so dass ich heimlich – gegen den Willen des Chefs – das ARD empfangen konnte.
Schwester Johanna sorgte für eine ruhige Nacht. Sie hatte mich von Sandsack und Kissen befreit. Denn bei guter Lagerung konnte ich jetzt auf der Seite liegen, ohne zurückzurollen.
Am Morgen besuchte mich der Chef. Gert hatte ihn über meinen Misserfolg in der Augenklinik informiert. Er tat meinen Ärger mit einer Handbewegung ab.
„Du weißt doch, alles braucht seine Zeit."
Meine kleinen Fortschritte lobte der Chef ausgiebig. Er trug mir auf, im Sitzen die rechte Schulter zu heben und zu senken. Vorerst gelang nur das Anheben.
„Wir wollen jetzt auf deine häufige Umlagerung verzichten", erläuterte der Chef weiter. „Du bekommst ein großes Wasserkissen, welches die Hälfte des Bettes einnimmt. Dieses Kissen verhindert einen Dikubitus."
„Danke! Ein Tag, der gut beginnt!", mehr konnte ich nicht sagen. Der Chefarzt war bereits wieder zur Tür geeilt.
Da hörte ich die Stimme des Oberarztes. Es hörte sich an, als würde er etwas vortragen. Verstehen konnte ich ihn jedoch nicht. Nach einigen Minuten stand Oberarzt Dr. Ahlert mit sechs Studentinnen neben meinem Bett. Er reichte mir freundlich die Hand. Ich griff

zu, war froh, dass mir das so gut gelang. Aber ich drückte zu stark zu. Denn das Gefühl hierfür hatte ich noch nicht unter Kontrolle. Nun folgte eine furchtbare Blamage!
„Nun mal nicht so stürmisch! Lassen Sie meine Hand wieder los! Sonst sag ich das Ihrem Mann!" Der Oberarzt schüttelte meine Hand ab. Die Mädchen kicherten.
„Drehen Sie sich bitte zur Seite", verlangte er, obwohl er wusste, ich kann das nicht. „Versuchen Sie es", freundlich lächelnd führte er die Hand eines Mädchens zu meiner Hüfte.
Ich versuchte, mich zur Wand zu drehen. Nur mein Kopf bewegte sich in diese Richtung. Warum nur hatte ich meine Unfähigkeit gezeigt? Ich hätte sagen müssen, dass ich mich nicht drehen kann! Die Mädchen dachten jetzt vielleicht, ich wäre geistig behindert.
„Sehen Sie", erklärte der Oberarzt weiter, „das ist typisch für diese Krankheit. Die Patientin ist nicht mehr fähig, die richtigen Muskeln zur Körperdrehung anzuspannen."
„Fühlen Sie, dass Sie die entgegengesetzten Muskeln anspannt?", fragte er die Studentin, deren Hand meine Hüfte befühlte. Das Mädchen sah mich traurig an und nickte.
Nun sollte ich das linke Bein gestreckt anheben. Das ging mühsam, nur etwa zehn Zentimeter.
„Links sind noch wenige Restfunktionen erkennbar, wie Sie sehen", erläuterte er dazu. „Die rechte Seite ist völlig gelähmt."
Bei diesen Worten fasste er schnell nach meinem rechten Arm und hob ihn hoch. Die Hand baumelte kraftlos herunter. Ebenso unerwartet ließ der Oberarzt den Arm los und er klatschte schwer wie ein Stein neben meinen Körper. Das tat weh!
„Die Patientin ist nicht fähig, ihren Arm zu halten", lautete die Erklärung dazu.
Wieder sahen mich die Studentinnen mitleidig an. Ich versuchte zu lächeln. Es gelang mir nicht. Ein Mädchen fragte, ob ich ein Gefühl in der rechten Hand habe. Als ich nickte, drehte sich Dr. Ahlert um und drängte die Mädchen aus dem Zimmer.
Ich kochte vor Wut! Da hat der Oberarzt mal wieder die Gelegenheit genutzt, um mir indirekt zu sagen, dass er nicht der gleichen Meinung war wie der Chefarzt. War das Rivalität?
Wer gab dem Oberarzt das Recht, mir den Mut zu nehmen? Warum erinnert er mich dauernd an das, was ich nicht kann? Warum erkennt er meine Fortschritte nicht an?
Ich werde mich über seine taktlos herablassende Art beschweren! Schließlich bin ich kein Vorführobjekt!
In meiner Rage wollte ich gerade klingeln. Da kam Marion angestürmt. Ich schimpfte hemmungslos auf die unverschämte Art des Oberarztes.
„Wenn er der Meinung ist, mein Zustand bessert sich nicht, dann können wir ja aufhören mit unseren Übungen", sagte ich verärgert.
„Ach was!", lachte Marion. „Wir geben nicht auf! Heute fangen wir mit Beckenübungen an!"
In Rückenlage wurden beide Beine angestellt. Während Marion Knie und Füße festhielt, sollte ich das Becken anheben. Aber ich wusste nicht, was ich dazu tun musste.
„Kopf und Schultern ganz fest auf die Unterlage drücken! Bauch und Po anspannen! Und los! Hopp! Hopp! Hoch!", kommandierte Marion energisch. „Das muss gehen!"
Sie zog meine Knie etwas vom Körper weg und drückte nach unten. Das half! Nun wusste ich wieder, was zu tun war, um das Becken anzuheben.
Die Übung gelang überraschend gut. Wir hatten beide allen Grund zur Freude.
Mein Zorn auf den Oberarzt war inzwischen etwas abgeklungen.

Schon am Nachmittag bekam ich das Wasserkissen. Es wackelte und gluckste unter mir. Ein eigenartiges, aber angenehmes Gefühl.
Gerade im Begriff einzuschlafen, ging leise die Tür auf. „Störe ich dich?" Der Chef wollte die Funktion des Wasserbetts prüfen. Bei dieser Gelegenheit schilderte ich in allen Einzelheiten den unerfreulichen Lehrbesuch des Oberarztes.
„Es war so deprimierend für mich. Ich kam mir vor wie eine Maschine, deren Funktion erklärt wird", schloss ich.
Der Chef hörte aufmerksam zu. Mehrmals fragte er nach, da er mich in meiner Aufregung schlecht verstand. Kopfschüttelnd und sehr ernst versprach er: „Ich werde das klären. Ist sonst alles in Ordnung?"
Die Übungsstunde am Nachmittag bestätigte den Erfolg vom Vormittag. Nicht nur das Anheben des Beckens gelang wieder, ich konnte es sogar etwas nach links und rechts drehen. Ich versprach Marion, den Griff nach oben fleißig zu üben.
Bei der üblichen Tagesauswertung war Gert sehr verärgert über das Verhalten des Oberarztes.
Carsta schien mir ziemlich unruhig. Sicher wartete Jörg. Ich fragte nicht. Es war schön, dass sie jeden freien Nachmittag nutzte, um zu mir zu kommen.

Das folgende Wochenende gehörte wieder uns Dreien im Bungalow.
Diesmal saß ich schon bedeutend ruhiger als bei den vorherigen Fahrten. Vielleicht trugen die täglichen Ausfahrten im Rollstuhl dazu bei. Vielleicht aber lag es an meiner guten Stimmung, da zwei schön Tage im Grünen vor mir lagen.
Die Sonne meinte es an beiden Tagen wieder ausgesprochen gut mit uns. Carsta nutzte jeden Sonnenstrahl, um ihre ohnehin schon auffallende Bräune noch zu vertiefen.
Ich saß auf meinem Super-Liegestuhl unter dem Sonnenschirm und beobachtete Gert. Wie üblich, fand er nicht lange Ruhe. Jetzt zerlegte er den Rasenmäher in seine Einzelteile.
Wie so oft träumte ich davon, was ich alles tun würde, wenn ich gesund wäre.
Als hätte er meine Gedanken erraten, sah Gert zu mir herüber. Ich hob den Arm zum Zeichen, dass ich nicht schlafe.
„Ist alles in Ordnung?", fragte Gert besorgt. Er kam zu mir, sein Werkzeug noch in der Hand.
„Wie wär's mit einer Pause?", schlug ich vor. Das Zusehen fiel mir immer schwerer.
„Fang nicht an, mir Vorschriften zu machen!", bekam ich überraschend ernst zur Antwort. So hatte ich das nicht gemeint. Erschrocken sah ich Gert an. Aber er lachte gleich wieder.
„Ich bin gleich fertig, dann leiste ich dir Gesellschaft. Die Räder vom Rasenmäher machen nicht mehr lange mit. Es gibt keinen Ersatz zu kaufen. Da muss ich mir was einfallen lassen", erklärte Gert seine Bastelei.
Wenig später setzte er sich zu mir. Wir stellten fest, dass uns nur noch wenige Wochenenden hier draußen im Grünen blieben. Die warmen Tage würden bald vorbei sein. Ich musste streng darauf achten, mich nicht zu erkälten. Meine Blase war sehr empfindlich geworden.
„Wir können jetzt sehr froh sein, dass wir den Bungalow haben", meinte Gert. „Sonst müssten wir jetzt die Wochenenden in der Wohnung verbringen."

Stolz rieb er sich die Hände, als hätte er eben erst das Werk vollbracht. Das tat er immer, wenn er sich über einen Erfolg besonders freute. Ich lachte herzhaft über diese bekannte Geste.
„Bei Sturm und Regen bist du mit Carsta in den Wald gegangen, um Buchenstecklinge für die Hecke zu holen. Und ich hab gegraben wie ein Maulwurf!“, erinnerte sich Gert.
„Die Zementringe für die Klärgruben hast du selbst angefertigt. Anschließend durfte ich die Dinger teeren. Und du wolltest dich ausschütten vor Lachen, weil ich aus dem klebrigen Loch nicht allein rauskam!“, fiel mir ein. Aber das lag nun schon sieben Jahre zurück.
Ich sah noch alles genau vor mir. Um Geld zu sparen, haben wir viel selbst gebaut.
Es waren einige sehr schwere Jahre. Jedes Wochenende steckte voller Arbeit. Aber es war Arbeit, die viel Freude machte und die sich gelohnt hat.
„Weißt du noch, wie öde es hier aussah? Und wie wir angefangen haben, das Grundstück zu bepflanzen? Ist doch toll, wie wir das geschafft haben! Stimmt's?“ Gert sah mich fragend, auf Zustimmung wartend, an. Bei der Erinnerung an meine Agilität standen Tränen in meinen Augen. Jetzt lag ich fast völlig bewegungslos hier und musste mich bedienen lassen. Ganz gegen meinen Willen lachte ich. Warum? Ich hatte doch nicht den geringsten Grund dazu. Gert übersah mein Lachen.
„Na, na! Nicht gleich traurig sein! Ich versteh dich ja. Du wirst noch genug arbeiten können!“, tröstend, aber sehr ernst, drückte mich Gert fest an sich.
„Das Unangenehme dauert eben immer viel zu lange“, lenkte ich ab. „Die Wochenenden mit mir sind jetzt für dich nur noch anstrengend.“
„Anstrengend, aber trotzdem schön!“, war die spontane Antwort. „Wir haben die schlimmste Zeit überstanden. Wir müssen vorwärts denken!“ Gert sah zur Uhr. „Abendbrotzeit! Bald müssen wir wieder los.“ Er weckte Carsta, die fürchterlich schimpfte, weil es schon so spät war. Jörg wartete zu Hause auf sie.
Die Rückfahrt verlief für mich recht gut. Gert fuhr sehr behutsam - besonders in den Kurven. Wieder saß ich etwas sicherer. Wir fuhren zuerst nach Hause, um Carstas Verabredung nicht platzen zu lassen.
Bei der Ankunft in der Klinik gab es einen unerwarteten Zwischenfall. Ralf hatte uns schon erwartet. Er ging mit dem Fernseher in der Hand voran in mein Zimmer. Gert und ich folgten mit dem Rollstuhl.
Wir trauten unseren Augen nicht – mein Bett war belegt! Ein kleiner, hagerer Mann, weißhaarig, etwa achtzigjährig lag zusammengerollt auf meinem Deckbett. Er schlief fest.
„Hallo, Herr Winkler! Sie sind mal wieder im falschen Zimmer!“, rief Ralf übermäßig laut.
Verschlafen richtete der Mann sich auf, stieg umständlich aus dem Bett und sah uns ängstlich verwirrt an. Dabei hing das kurze OP-Flatterhemd zwischen den dürren Beinen. Der nackte Rücken und ein faltig herabhängender Po kamen zum Vorschein.
Ralf überblickte sofort die Komik der traurigen Situation. Er stellte den Fernseher ab, hielt mit einer Hand das OP-Hemd zusammen und umfasste geschickt den unsicher tapsenden Mann, um ihn zur Tür zu führen.
„Donnerwetter, wo ist denn der Opa wieder hin?“, rief auf dem Flur eine Schwester.
Die Stimme kannte ich. Es war Erika von der Nachbarstation. Sie packte den zitternden Mann unwirsch am Arm und zog ihn hinter sich her. Er tat mir Leid.
Schneller als gewünscht lag ich wieder im frisch bezogenen Bett. Gert stellte die mitgebrachten Rosen in ein Glas. Vasen waren nicht auffindbar. Ganz schnell verabschieden!

Wie lange würde das noch so weitergehen? Nachtdienst hatte Schwester Johanna. Das beruhigte mich. Sie achtete darauf, dass ich keine unerwünschten Besucher bekam.

Am Montagmorgen stellte mir Schwester Marita wieder zwei neue Studentinnen vor. Sie ließen sich genau erklären, wie sie mit mir umzugehen hatten. Marita machte das immer auf eine sehr nette, taktvolle Art.
Eines der beiden Mädchen sorgte gleich am Wochenbeginn unbeabsichtigt für Erheiterung. Sie hielt das Gummistechbecken für einen orthopädischen Schuh.
„Hast du schon mal jemanden mit so großen Füßen gesehen? Du weißt doch, die Patientin kann nicht laufen. Also braucht sie auch keinen Gummischuh", Ralf klärte den Irrtum auf seine Art. Das hatte zur Folge, dass sich das Mädchen nach dieser Blamage mehrere Tage nicht bei mir sehen ließ.
Wie ich von Marita erfuhr, war die Station voll belegt. Vorwiegend mit Pflegefällen. Die Studentinnen mussten tüchtig mit zufassen. So kam es des Öfteren vor, dass mein Frühstück auf dem Tisch stand und der Bohnenkaffee kalt wurde. Sie hatten vergessen, dass ich nicht allein essen konnte.
Die Erklärung für diese Vergesslichkeit erhielt ich bei den täglichen Ausfahrten mit dem Rollstuhl. Die beiden Mädchen hatten freiwillig diese Aufgabe übernommen. Ich merkte, sie waren mit ihren Gedanken nie bei der Sache. Sie unterhielten sich ausgiebig über ihre Männerbekanntschaften. Die Mädchen achteten nicht auf den Weg. Sie fuhren durch Löcher, holperten über Steine. Ich fiel bald zur rechten, dann wieder zur linken Seite. Keines der beiden Mädchen bemerkte das. Ich konnte mich nicht bemerkbar machen. Sie verstanden mich nicht. Die Ausflüge wurden deshalb anstrengender als je zuvor. Davon sagte ich nichts zu Schwester Marita. Sie hätte die Studentinnen sicher zurechtgewiesen. Aber ich hätte mich bei ihnen nur unbeliebt gemacht.
Gert war der Meinung, ich sollte die Stationsschwester informieren.
„Schwester Marita glaubt, du wirst von den beiden gut betreut! Du musst es ihr erzählen!", Carsta war empört. In ihrer Klasse gab es auch Mädchen, die wenig Interesse an ihrer Ausbildung zeigten.
Trotz allem wollte ich kein Aufsehen erregen. Bald würden wieder neue Studentinnen kommen, die vielleicht netter waren. Ich hatte festgestellt, dass vieles sich von selbst regelt. So wurde ich vorläufig von taktlosen Äußerungen des Oberarztes verschont. Er war zu einem vierwöchigen Lehrgang außerhalb der Klinik. Die Visiten des Stationsarztes fielen kurz aus, was mir ausgesprochen recht war.
Für mich galt nur noch die Meinung des Chefarztes.

Meine kleinen Fortschritte hatten Gert zur Anfertigung eines Griffs inspiriert.
Dieser hing an einem Seil, das über die Rollen des Galgens lief. Eine knifflige Konstruktion, die mir die selbstständige Kräftigung des linken Armes ermöglichte.
Da der Griff schaukelte, musste ich lernen, gezielt nach oben zu greifen. Auch hier brachte längere Übung den Erfolg. Schließlich konstruierte Gert seinen Eigenbau so um, dass ich durch Ziehen oder Lockerlassen des Handgriffs beide Beine, mittels der Schienen am Galgen hängend, bewegen konnte.
Ähnlich wurde mein rechter Arm an der Handschiene angehangen. Bald gelang mir hierdurch die Beugung im Ellenbogen. Zu all diesen selbständigen Übungen war ich auf die Hilfe der Schwestern angewiesen. Sie mussten dafür die Haken und Seile mit den Schienen verbinden.

Während Marita, Gitta, Johanna und Ralf dies unaufgefordert taten, musste ich Ulla und Dietlinde mehrmals darum bitten. Oft saß ich dann lange im Bett und wartete auf ihre Hilfe.
Erst als ich mit Gert darüber gesprochen hatte, änderten sich die beiden Schwestern. Ich fragte nicht nach diesem plötzlichen Sinneswandel. Sicher duldete Gert nicht, dass seine Erfindung und meine Bemühungen keine entsprechende Unterstützung fanden.
Eine Ausnahme in Sachen Handschiene bildete Johanna. So sehr sie sich auch bemühte, meine Finger sträubten sich, in die Lederschlaufen zu schlüpfen. Weil sie stets alles fehlerfrei machen wollte, nahm sie sich das sehr zu Herzen und wurde schnell unruhig. Das wiederum löste bei mir den Spasmus aus. Meine Finger verkrampften sich. Schwester Ulla musste oftmals helfen, nicht ohne über Johannas Ungeschick zu spötteln.

Durch unsere Übungen auf der harten Behandlungsliege hatte mich Marion soweit gebracht, dass ich das Becken anheben konnte. Auch in der Bauchlage verzeichnete ich Fortschritte.
Der Oberarzt ließ sich dazu herab, uns beim Üben zuzusehen. Ich befürchtete eine abwertende Bemerkung. „Das macht richtig Spaß, sie zu beobachten. Sie sind so schön sonnengebräunt“, sagte er ganz gegen seine Gewohnheit. Ich bezweifelte die Aufrichtigkeit seiner Worte.
Sollte seine längere Abwesenheit die Einstellung zu meiner Krankheit geändert haben?
In Gedanken mit dem Oberarzt beschäftigt, hörte ich plötzlich vertraute Schritte auf dem Flur. Es war zwanzig Uhr. Da ging schon stürmisch die Tür auf. Es war Gert!
„Ist etwas ist passiert?“ Ich erschrak, da er doch erst nach dem Abendessen gegangen war. Statt einer Antwort bekam ich einen Kuss und einen großen Rosenstrauß.
„Viele Grüße von Oma Lotte und Opa Karl!“ Gert lachte spitzbübisch. Er drehte den hübschen Strauß hin und her, damit ich ihn bewundern konnte.
„Ich wollte die Rosen nicht erst nach Hause bringen“, erklärte Gert seinen späten Besuch.
„Ich dachte, du bringst eine schlechte Nachricht“, erleichtert atmete ich auf.
„Gute Nachricht!“, wieder schmunzelte Gert. „Wir haben Opa Karl überredet, dich morgen zu besuchen. Oma Lotte bringe ich natürlich auch mit. Freust du dich?“
Natürlich war meine Freude groß. Viel lieber wäre ich selbst zu meinen Schwiegereltern in den kleinen Garten gegangen. In Gedanken sah ich uns alle zwischen den bunten Blumen am Kaffeetisch sitzen. Wie schön das immer war, wusste ich erst jetzt zu schätzen. Aber es wird noch viele Sommer geben. Und diese, so nahm ich mir vor, werde ich bewusster genießen.
„Wolltest du etwas sagen?“, Gert brachte mich in die Gegenwart zurück.
„Ich dachte nur daran, wie schön es jetzt bei deinen Eltern im Garten ist und dass sie viel Arbeit haben“, gab ich abwesend zur Antwort. Ich wollte nach Carsta fragen, da klopfte es.
„Hab ich euch erwischt!“, lachend stand der Chef vor uns. „Na, Gert, du hattest wohl Sehnsucht nach deinem Frauchen? Oder ist was nicht in Ordnung? Ich sah deinen Wagen unten stehen“, erkundigte sich Werner besorgt.
Gert erklärte den Grund seines Überraschungsbesuchs. Eilig verabschiedete sich der Chef von uns. Er hatte Dienst im Hauptkrankenhaus.
Vor zwei Stunden erst war Gert bei mir und doch hatten wir uns wieder so viel zu erzählen. Wir merkten nicht, wie schnell die Zeit verging. Kurz vor zweiundzwanzig

Uhr kam eine Studentin, um mich für die Nachtruhe vorzubereiten. Gert saß an meinem Bett und hielt beim Erzählen meine Hände. Das junge Mädchen sah uns entgeistert an.
„Das mache ich alles selbst“, sagte er. „Ich habe darin Übung!“
Etwas verlegen und zweifelnd dreinschauend landeten meine Tabletten auf dem Tisch. Dann verschwand die Studentin wortlos.
„Jetzt hat es ihr glatt die Sprache verschlagen“, spöttelte Gert, als er mir die Schienen anlegte.
„Du hast aber auch eine Art, junge Mädchen zu mustern! Kein Wunder, dass sie da verlegen wird!“ Ich musste herzhaft lachen.
„Dann werd ich jetzt besser gehen. Sonst denkt sie noch, ich will hier übernachten“, sagte Gert mit seinem vertrauten, verschmitzten Lächeln. Dann verabschiedete er sich.
Im Dämmerlicht zählte ich die vielen Löcher im Ölsockel. Ich kannte ihre verschiedenen Formen und bemerkte sofort, wenn ein neues Stück von der Wand abblätterte. Das war meine Einschlaftherapie.
Nachts wurde ich mehrmals durch lautes Trommeln an der Tür geweckt. Schwester Ulla schimpfte: „Geh zurück, Oma! Das ist nicht dein Zimmer!“ Kaum war ich eingeschlafen, polterte jemand meinen Rollstuhl gegen die Tür.
Manche Nächte waren unerträglich.

Am nächsten Tag wurde meine Trachealkanüle gewechselt. Wie gewohnt ging der HNO-Arzt recht grob dabei vor. Ich war froh, dass Marita meinen Kopf hielt.
Auf meine Frage, wann ich endlich von dem lästigen Rohr befreit werde, antwortete der Arzt ausweichend: „Vorläufig ist daran nicht zu denken.“ Mit einer Lampe und einem Spiegel sah er sich meinen Kehlkopf an. Er äußerte sich aber nicht zum Befund.
Abschließend bekam ich den Hinweis, die Kanülenöffnung beim Sprechen mit dem Zeigefinger zu verschließen. Die Stimme würde lauter, wenn keine Luft mehr entweicht.
Ich dankte für den Rat, verschwieg aber, dass mir der Chef diesen Tipp schon gegeben hatte.
„Wer dich nicht versteht, ist selber schuld und soll selbst diese blöde Öffnung zudrücken“, tröstete mich Marita. Ich war unglücklich, weil es mir nicht gelang, gezielt zur Kanüle zu greifen. Marita hatte für mein Problem wieder mal eine lustige Lösung.
Nach dem Frühstück zog mir eine Schülerin die Ausfahrtgarderobe an - Trainingshose und Pulli. Wie ich diese Sachen hasste! Wann endlich war ich wieder in der Lage, mich ganz normal – modern – zu kleiden?
„Heute mache ich mit Ihnen die Spazierfahrt! Das wird eine Probefahrt!“ Marita hob mich mit Hilfe der Schülerin vom Bett in den Rollstuhl. Ich wusste zwar nicht, was sie damit meinte, aber ich freute mich. Mit Marita war es nie langweilig. Wir hatten immer Gesprächsstoff.
Da erschien auch noch Ralf. Übermütig schwenkte er einen Schraubenzieher.
„Ich soll ihren Rollstuhl zerlegen“, sagte er betont wichtig. Ich verstand nun gar nichts mehr.
Das Lachen von Marita verriet aber, dass Ralf wieder Witze machte.
Tatsächlich baute er dann die Kopfstütze, den Beckengurt und Halteriemen für die Füße ab.
„So, nun werden wir beweisen, dass es ohne diese Dinger geht!“ Marita war zuversichtlich.

Vorsichtig fuhren wir die Strecke vom Flur zum Aufzug, durch die Halle und hinaus in den Park. Ralf ging neben mir. Auf dem Holperweg musste er mein rechtes Bein mehrmals bändigen. Es wurde steif und rutschte von der Fußstütze.
„Kein Grund zur Beunruhigung", Marita hatte bemerkt, wie verunsichert ich dadurch war.
Sie drückte meine Schultern. „Das haben wir erwartet", kommentierte sie weiter. „Wichtiger ist das aufrechte und sichere Sitzen. Und das klappt ja schon ganz gut!"
„Wenn nur mein Kopf nicht so furchtbar schwer wäre. Wie eine Bleikugel!", schimpfte ich.
Ohne den Halt der Kopfstütze wackelte er wie bei einem Baby. Ich fühlte mich beobachtet. Schämte mich. Die vielen Fenster des riesigen Klinikgebäudes sahen mich neugierig an.
Inzwischen waren wir an unserer Bank angekommen. Meine beiden Begleiter setzten sich für ein kleines Schwätzchen. Hier wurde ich gleichberechtigt in das Gespräch mit einbezogen.
Das hob etwas meine Stimmung.
„Ich hab Sie beobachtet", empfing uns Marion, als wir ins Zimmer zurückkamen.
„Fürs erste ging das recht gut", beurteilte sie die unangegurtete Spazierfahrt.
„Im Auto rutsche ich zwar nach vorn, aber da sitze ich sicherer. Die Kopfstütze fehlt mir!"
„Deshalb wird sie auch nicht wieder angebaut!", entschied Marion freundlich, aber energisch.
Sie setzte mich auf die Bettkante, hielt mich an den Schultern. Wieder wurde das rechte Bein stocksteif. Das Beugen gelang nur, wenn es gewaltsam nach unten gedrückt wurde.
„Den Spasmus nutzen wir zum Stehen aus", sagte Marion und klingelte.
Ich ahnte nicht, dass sie diese Ankündigung sofort in die Tat umsetzen würde. Deshalb sah ich Marion verwundert an, als sie den hereinstürmenden Ralf bat, uns bei Stehübungen zu helfen. Beide hielten mich unter den Armen fest. Ich wurde behutsam von der Bettkante geschoben.
„Beine durchdrücken!", kommandierte Marion lautstark. Meine Füße hatten Bodenkontakt. Die Kniekehlen, fest an die dicke Bettmatratze gedrückt, gaben mir Halt. Marion und Ralf hielten mich sicher unter den Armen fest.
„Ich stehe!" Fassungslos vor Freude sah ich vorsichtig an mir herunter. Die Hose hing schlampig weit, mit ausgebeulten Knien an meinen Beinen. Die Füße steckten in unförmigen Schuhen. Aber ich stand!
Wieder sitzend rang ich vor Anstrengung nach Luft. Meine Gedanken wirbelten wild durcheinander. Damit hatte ich nicht gerechnet!
„Ich glaube, ich bin größer geworden. So groß war ich früher nicht!", keuchte ich.
„Sie sind sicher gewachsen", stimmte Ralf mir zu. Ich sah ihn an. Er nahm mich nicht ernst. „Das kommt Ihnen nur so vor", auch Marion lachte. „Weil Sie so lange nicht in der Senkrechten waren. Deklarieren wir diese Leistung als weiteren Fortschritt!"
Erstmals im Rollstuhl sitzend, gab mir Marita das Mittagessen. Ralf hatte sie freudestrahlend von meiner erfolgreichen Stehübung informiert.
Den Mittagsschlaf hielt ich in der Gewissheit, mit entsprechender Hilfe stehen zu können.
Die Nachmittagsübung beschränkte sich auf die Bewegung der Beine in Bauchlage.

Gern hätte ich mich im Rollstuhl vor das Bett gesetzt. Aber auch das fand Marion zu anstrengend. Sie wollte auch hierzu erst die Erlaubnis des Chefs einholen. So musste ich mich mit den üblichen Übungen am Galgen begnügen.
Während dieser Betätigung kam mein Besuch. Oma Lotte, Opa Karl und Gert!
„Oh, was du schon kannst!", staunte meine Schwiegermutter. Dabei vergaß sie beinahe, mich zu begrüßen. Gert erklärte ihr den Sinn und Zweck meiner Verrenkungen.
Inzwischen leerte der Opa die großen Taschen. Obst, Most, Süßigkeiten und viele Blumen füllten den Tisch. Um von der Verlegenheit des Opas abzulenken, erzählte ich von den erfreulichen Ereignissen des Vormittags. Gert war hellauf begeistert.
„Siehst du, jetzt wird bald wieder alles gut!" Meine Schwiegermutter war voller Zuversicht.
Opa Karl saß schweigend neben meinem Bett. Er sah mich nur an. Ich wusste, er kann mich nicht verstehen. Meine monotone Flüsterstimme musste ihn ja erschrecken! „Sag doch was, Karl!", stupste ihn meine Schwiegermutter an. „Stimmt's, du denkst auch, dass bald alles wieder gut wird?" Sie drückte mich fest und nickte dem Opa aufmunternd zu.
Er gehörte nicht zu den Menschen, die ihre Gefühle zeigen können. Das wussten wir. Ich tat ihm Leid. Das konnte er nicht verbergen. Aber er sprach nicht darüber.
Stattdessen zeigte er auf den Tisch. „Lass dir die Mostflaschen nicht wegnehmen. Carsta kann die leeren Flaschen mal mitbringen. Wir brauchen sie im nächsten Jahr wieder."
Ich kannte seinen Stolz auf den köstlichen Obstsaft und Wein aus eigener Ernte. Deshalb versprach ich die Rückgabe des Leergutes gern.
Die Zeit bis zum Abendbrot war im Nu vergangen. Auf den Kliniktee konnte ich für einige Wochen verzichten - dank der Versorgung mit Fruchtsäften.
Beim Verabschieden machte Gert einen Vorschlag: „Wenn wir nicht mehr zum Bungalow fahren, dann besucht ihr uns zu Hause. Ich weiß, wie ungern du ins Krankenhaus kommst!" Er klopfte Opa Karl auf die Schulter.

Schwester Gitta hatte Spätdienst. Mit ihr erzählte ich gern. Sie fragte nach meinen Besuchern.
„Ich dachte, ihre Schwiegereltern leben in der BRD", wunderte sie sich.
„Ich habe das Glück, die Schwiegereltern in doppelter Ausführung zu besitzen", lachte ich und erklärte ihr, dass Gerts Eltern geschieden und beide Elternteile wieder verheiratet waren.
„Ist es nicht schwierig, die drei Omas und Opas auseinander zu halten?", überlegte Gitta nun.
„Da Carsta alle Großeltern durch ihre Vornamen unterscheidet, haben wir damit keine Probleme. Leider hat sie wenig von den Großeltern in der BRD. Sie durften mich aber auf der ITS besuchen", erzählte ich weiter. Gitta war gerade dabei, mein Bett hellgrün zu beziehen.
„Dann müssten Ihre Schwiegereltern jetzt wieder kommen! Sie würden sich sicher über Ihre Fortschritte freuen."
Die kleine Unterhaltung mit der ruhigen, einfühlsamen Gitta regte mich dazu an, vor dem Einschlafen Bilanz zu ziehen. Was hatte ich nach dem ITS-Aufenthalt erreicht?
Mit der bisher zurückgekehrten Bewegung konnte ich kaum etwas anfangen. Alles ging so unbeschreiblich langsam voran! Sehr oft war ich deshalb unzufrieden.

„Vergiss nicht“, mahnte dann der Chef, „dass unzählige Muskelfasern wieder mobilisiert werden müssen!“
Niemand konnte mir sagen, wie lange ich mich noch gedulden musste. Und auch meine Familie musste Geduld mit mir haben. Gert gab mir täglich neuen Mut. Ich machte mir Vorwürfe, weil ich mich für die Mühe und Unterstützung so wenig bedanken konnte. Ich war zu sehr mit mir selbst beschäftigt. Carsta trat mehr und mehr in den Hintergrund. Ich konnte nichts dagegen tun. Immer häufiger überfielen mich derartige Grübeleien.
Der Chef verbot mir jegliche Aufregung, da diese mich nur zurückwerfen würde. Aber Gedanken lassen sich nicht abstellen. Man kann nur versuchen, sich den Kummer nicht anmerken zu lassen.
Meine Eltern besuchten mich jeden Mittwoch. Da sie oft schon während der Mittagsruhe kamen, mussten sie vor meiner Tür warten.
„Gert kommt jeden Tag zu dir! Und wir müssen draußen warten!“, warf meine Mutter mir vor. Ich wollte ja nicht sagen, wie anstrengend ihre Besuche manchmal waren. Sie meinten es gut. Sie überhäuften mich mit Geschenken, nahmen meine Wäsche zum Waschen mit und fragten besorgt nach meinen Wünschen.
Andererseits merkte ich, wie wenig Verständnis sie für den Verlauf meiner Krankheit hatten. Besonders meine Mutter. Sie bedauerte mich. Das tat weh.
„Jetzt darfst du ja nicht mehr im Bett liegen! Musst immer draußen sitzen!“, empörte sie sich, weil sie vor der Tür warten sollten, bis Gitta und Ralf mich in den Rollstuhl gesetzt hatten.
Meine Mutter glaubte nicht, dass dieses Sitzen Training für mich bedeutete.
Bei jedem ihrer Besuche musste ich mir anhören, wie stolz sie auf Gert seien. Sie sprachen oft mit Bekannten darüber.
„Das würde bestimmt nicht jeder Mann tun“, betonte meine Mutter ständig. Meine kleinen Fortschritte interessierte sie wenig. Sicher kränkte sie mich nicht absichtlich. Aber ich bekam dadurch den Eindruck, sie wollte mir ein schlechtes Gewissen machen. Sie gab mir zu verstehen, ich würde Gert zu sehr belasten. Die Folge war, dass ich den Besuchen meiner Eltern befangen, sogar misstrauisch entgegensah. Es gelang mir nicht mehr, in ihrer Gegenwart fröhlich und zuversichtlich zu sein. Sie deuteten mein Verhalten als schlechte Laune.
Das ganze Gegenteil war Gerts Mutter. Sie besuchte mich selten. Aber immer versuchte sie, mich aufzumuntern und mir Mut zu machen. Von ihr kamen nie Andeutungen darüber, dass Gerts Verständnis etwas Besonderes sei. Hätten Gert oder der Chef von den Unstimmigkeiten mit meinen Eltern gewusst, wären ihnen weitere Besuche vielleicht verboten worden. Doch das wollte ich ihnen nicht antun. Besuche von Freunden und Kollegen hatte der Chef bisher untersagt. Derartige Kontakte würden mich nur aufregen und deshalb zurückwerfen. Regelmäßig schickten mir meine Kolleginnen Blumen. Gert schrieb ihnen dafür Briefe, die ich ihm diktierte.

Bald empfand ich das Sitzen am Nachmittag als sehr angenehm.
Auf Anordnung des Chefs wurde ich deshalb bereits nach dem Frühstück angezogen und in den Rollstuhl gesetzt. Das bedeutete für die Schwestern mehr Arbeit. Zum Wasserlassen mussten sie mich ins Bett und auf den Schieber heben und dann wieder zurück in den Rollstuhl setzen. Ich bekam schnell kalte Füße, was scheinbar die Blase anregte. Mir war das peinlich.

Bald merkte ich, dass Dietlinde und Ulla auf mein häufiges Klingeln mürrisch reagierten. Ich sprach darüber mit Gert. Er wurde furchtbar wütend, wollte sich beim Chef beschweren.
„Das Sitzen hilft dir doch weiter! Lass dich nicht einschüchtern!"
„Ich mache mich unbeliebt, wenn du dich gleich bei Werner beschwerst", befürchtete ich.
„Er macht das schon diplomatisch", versicherte Gert. „Oder willst du die Schwestern schonen und lieber wie eine Schwerkranke im Bett liegen?"
Das wollte ich natürlich nicht. Wieder einmal konnte ich auf Gerts Unterstützung bauen.

Entgegen unseren Erwartungen wurde das folgende Herbstwochenende angenehm warm.
„Also kann ich mich noch von unserem Häuschen verabschieden", sagte ich, als wir zur Abfahrt bereit im Auto saßen.
„Streng dich an, streng dich weiter so an!" Gert klopfte mir lachend auf die Knie. „Der nächste Sommer kommt bestimmt!" – „Ich möchte so gern schnellere Fortschritte machen", antwortete ich.
Ich freute mich, weil Carsta dieses letzte Wochenende im Bungalow mit uns verbrachte. Wir kamen auch ohne ihre Hilfe gut zurecht. Jeder Handgriff hatte sich eingespielt. Aber zu dritt war es noch schöner. Durch die ständigen Frotzeleien zwischen den beiden vergaß ich allen Kummer und hatte Grund zur Heiterkeit.
Als ich aber das Gespräch auf Jörg brachte, blockte Carsta so entschieden ab, dass ich erschrocken das Thema wechselte.
Die Tage waren schon deutlich herbstlich. Einige Stunden verbrachte ich dennoch draußen in meinem geliebten Liegestuhl.
Am Sonntag traf Gert die ersten Vorbereitungen für den bevorstehenden Winter. Vielleicht war das etwas verfrüht. Aber wie üblich fand er keine Ruhe. Er suchte sich eine Beschäftigung.
Carsta packte unsere Sommergarderobe in verschiedene Plastiktüten.
Ein letztes Kaffeetrinken auf der Terrasse, dann mahnte Gert zum Aufbruch.
„Hoffentlich kann ich hier im nächsten Jahr wieder mitarbeiten!", sagte ich, mehr zu mir selbst, als ich vor der Rückfahrt unser hübsches Häuschen und das Grundstück betrachtete.
Gert hatte von unseren Sträuchern einen bunten Herbststrauß zusammengestellt.
„Zur Verschönerung deines Klinikzimmers. Nächstes Wochenende kommst du wieder nach Hause!" Gert hatte mal wieder meine Gedanken gelesen.
„Ich bin so froh, dass ich dich hab!", antwortete ich leise, für ihn dennoch verständlich.
„Jetzt machst du wohl Witze? Das ist doch selbstverständlich."

Im Gegensatz zum spätsommerlichen Wochenende zeigte sich der Montag grau und regnerisch. Schwester Johanna zog mich nach der Visite an. Ralf kam, um mich in den Rollstuhl zu heben. Das Fernsehprogramm konnte mir die Langeweile nicht vertreiben. Deshalb beschäftigte ich mich mit Armübungen.
„Oh, das trifft sich gut", Marion kam herein und blieb überlegend vor mir stehen. „Ich hab mir nämlich gedacht, dass unsere Stehübungen auch die Schwestern übernehmen könnten."
„Davon werden bestimmt nicht alle Schwestern zu überzeugen sein", gab ich zu bedenken. „Sie haben ja jetzt schon mit mir viel Arbeit."

„Ach, was", Marion winkte ab, „dazu sind sie da! Andere Patienten sind viel anspruchsvoller als Sie." Damit betätigte sie auch schon die Klingel.
„Müssen Sie aufs Töpfchen?" Marita öffnete die Tür. „Ich hole gleich den zweiten Mann." Marion rief sie zurück.
Nun erklärte sie uns ihr Vorhaben. Ab sofort sollte ich nicht mehr im Bett „geschiebert" werden. Ich könnte schon einen Toilettenstuhl benutzen. Dazu müssten mich zwei Schwestern zum Stand bringen, während eine dritte meinen Rollstuhl mit dem Toilettenstuhl austauscht.
Zum ersten Versuch wurde Johanna beordert. Marion und Marita stellten mich auf die Beine. Das ging sehr gut! Das Stehen war angenehm für mich. Der Austausch der Stühle erwies sich durch die Enge des Zimmers allerdings als schwierig. Aber durch diesen Umstand bekam ich unbeabsichtigt die Gelegenheit, länger zu stehen. Auch das Hinsetzen klappte überraschend gut. Marita und Johanna staunten über meine Standfestigkeit.
„Warum sind wir nicht selbst auf diese Idee gekommen?", Marita war nahezu begeistert.
„Das ist auch für uns bedeutend leichter!", stellte Johanna fest.
Für mich hieß das: Aufstehen - Setzen - Aufstehen - Setzen - eine zweckmäßige Übung! Und das mehrmals am Tag zusätzlich zur Physiotherapie!
„Marion, ich könnte Sie umarmen!"
Durch diese guten Aussichten fiel es mir leicht, den linken Arm gegen Widerstand zu bewegen. Meine gute Stimmung wurde von Marion bemerkt.
„Ich hab aber noch etwas Unerfreuliches", sie zupfte mir den verrutschten Pulli zurecht.
„Ab Montag habe ich zwei Wochen Urlaub. Leider fand sich keine Vertretung." In meinem Gesicht stand sicher große Enttäuschung.
„Aber Ralf würde gern mit Ihnen üben, wenn Ihnen das recht ist", lenkte Marion ein.
Natürlich war ich einverstanden. Ralf hatte schon oft bei unseren Übungen zugesehen. Ihm musste nicht viel dazu erklärt werden.
Damit ich nicht untätig im Rollstuhl sitzen würde, bekam ich von Marion eine Selbstbeschäftigung - ein Stück Stoff, worauf Knöpfe und Knopflöcher verschiedener Form und Größe angebracht waren. Sogar ein Reißverschluss war darauf. Marion zeigte mir, wie ich mit diesem Übungsstück meine Fingerfertigkeit trainieren sollte.
Mit einer Hand war das nicht einfach, aber ich hatte ja viel Zeit!
Jetzt war ich fast pausenlos beschäftigt. Im Bett mit dem Galgen, im Rollstuhl mit dem Aufstehen und Setzen, zusätzlich noch Fingertraining und natürlich die Physiotherapie zweimal täglich!
Am Abend berichtete ich Gert von meinem guten Tag. Gern hätte er die Aktion mit dem Austausch der Stühle selbst versucht. Doch dazu fehlte die Hilfe von Carsta. Sie hatte Dienst.
Gert ließ es sich aber nicht nehmen, mich auf die Behandlungsliege zu setzen. Wenn er vor mir stand, fühlte ich mich so sicher, dass er mich nur leicht an beiden Schultern halten musste.
Bevor er sich verabschiedete, steckte er meine rechte Hand in die Schiene und befestigte sie zum Üben am Galgen. Den Haltegriff in die linke Hand gedrückt spornte mich Gert an.
„So, nun sei schön fleißig! Schön ziehen! Ziehen! Der verdammte rechte Arm muss sich doch bald bewegen!"

Ich zog verbissen am Griff. Der Arm rührte sich nicht. Gert sah, wie ich mit den Tränen kämpfte.
„Nicht weinen!“ Er setzte sich neben mich auf die Bettkante und drückte mich fest an sich. „Ich versteh dich ja! Glaub mir, ich denke den ganzen Tag an dich. Wir schaffen das schon!“
Gert blieb noch, redete mir noch lange Mut zu. Er ging erst, nachdem ich wieder ruhiger geworden war.

Am Mittwoch überraschten mich meine Eltern mit einem brauchbaren Geschenk: ein Paar mit Fell gefütterte Hausschuhe.
„Gert hat uns erzählt, dass du kalte Füße hast, wenn du im Rollstuhl sitzt.“ Meine Mutter hielt die Prachtexemplare hoch. Sie waren mindestens zwei Nummern zu groß. Ich konnte mir das Lachen nicht verkneifen.
„Wir haben die Schuhe absichtlich so groß gekauft!“ Mein Vater fand es ebenso lustig.
„Damit deine Schienen mit reinpassen“, verteidigte sich meine Mutter.
Ich betonte überschwänglich meine Freude über den tollen Einfall. Diesmal verlief ihr Besuch ausgesprochen fröhlich. Ich hatte den Eindruck, meine Eltern würden sich nun doch über den Verlauf meiner Krankheit Gedanken machen.

Die Woche wäre ohne nennenswerte Aufregung vergangen, wenn nicht die verhängnisvolle Freitagsvisite alles umgeworfen hätte.
Stationsarzt Dr. Krause fragte nach meinen Fortschritten. Er bat um eine Selbsteinschätzung. Ich war der Meinung, er wäre über meinen Zustand informiert, zählte aber dennoch auf, was ich in letzter Zeit erreicht hatte.
„Nun dürfen Sie sich aber nicht einbilden, das würde einfach so weitergehen“, Dr. Krause sah mich mit seinem gekünstelten Lächeln an.
„Seit Ihrer Einlieferung sind nun schon acht Monate vergangen. Erfahrungsgemäß ändert sich nach dem siebenten Monat nichts mehr. Wir wollen trotzdem versuchen, Sie so weit wieder herzustellen, dass Sie sich selbst behelfen können. Aber so wie früher werden Sie nie mehr leben können. Damit müssen Sie sich abfinden.“
Ohne meine Reaktion auf diese unheilvolle Ankündigung abzuwarten, ging er aus dem Zimmer. Ich war so schockiert, dass ich nicht einmal weinen konnte. Meine Gedanken waren zuerst bei Gert. Was wird er dazu sagen? Bis zum Nachmittag musste ich mich damit quälen.
‚Finden Sie sich damit ab, dass es nie wieder so wird wie früher!‘, dröhnte es in meinem Kopf. Verzweifelt wehrte ich mich gegen die unheilvollen Worte des Arztes.

Bei den späteren Übungen mit Marion gelang nichts. Ich befürchtete, nie wieder normal zu werden. Sie führte mein Versagen darauf zurück, dass ich zwei Wochen ohne sie auskommen muss.
„Ralf wird sich große Mühe mit Ihnen geben. Sie werden in meiner Abwesenheit ganz sicher nichts verlernen.“ Marion kannte den Grund meiner Niedergeschlagenheit nicht.

Warum ließ sich eigentlich Schwester Marita nach der Visite nicht mehr sehen?
War der Rollstuhl wirklich nur eine Übergangslösung? Was und wem konnte ich noch glauben?

In letzter Zeit hielt sich der Oberarzt mit seinen abwertenden Äußerungen zurück. Übernahm der Stationsarzt jetzt seine Rolle? Meine Gedanken drehten sich im Kreis.
Die Zeiger meines Weckers krochen im Zeitlupentempo. Ich saß grübelnd im Rollstuhl und wartete auf Gert. Ich hatte Angst.
Pünktlich wie immer hörte ich seine Schritte auf dem Flur.
„Wir müssen uns beeilen", begrüßte er mich lachend, „der Chef kommt gleich zu uns!"
Während der Fahrt erzählte Gert ganz ungezwungen. Er ahnte nichts von meinem großen Kummer, meinem Zweifeln und dem Misstrauen.
Gert parkte das Auto auf dem Gehweg, direkt vor der Haustür. Als er mich ins Haus trug, fühlte ich mich wieder von unzähligen, neugierigen Augen beobachtet. Einige wollten wohl nur warten, mich wieder laufen zu sehen. Andere waren vielleicht auch schadenfroh. Ich wusste, dass wir auch Neider hatten, weil uns bisher immer alles gelungen war, was wir in Angriff genommen hatten.
Nun war schlagartig alles vorbei! War es das wirklich?
„Möchtest du auf der Couch sitzen oder liegen?" Gerts Frage holte mich zurück in die Gegenwart.
Zu seiner Verwunderung entschied ich mich fürs Liegen. Vorsichtig setzte er mich ab.
Ein Kissen unter dem Kopf und auf der Seite liegend hatte ich die Tür im Blick.
Ich erwartete den Chef. Er wird mir sicher schonend beibringen, was mir Dr. Krause bereits gesagt hatte. Mein Herz klopfte so laut, Gert musste das eigentlich gehört haben!
Da klingelte es! Froh gelaunt stürmte der Chef herein: „Nanu, keine Lust zum Sitzen?"
Mit meiner Beherrschung war es vorbei. Ich fing laut an zu Weinen. Mein Hals war wie zugeschnürt. Ein Kloß saß in meiner Kehle fest. Ich schämte mich. Mein Schluchzen wurde immer lauter.
Gert setzte sich erschrocken zu mir auf die Couch. Der Chef zog sich einen Sessel heran. Beide hielten meine Hände fest.
„Was ist passiert? Tut dir etwas weh? Soll ich dich doch lieber aufsetzen?" Gert sah ganz hilflos zu mir herunter.
„Wein dich nur mal tüchtig aus! Das ist dein Recht!" Werner strich mir sanft übers Haar.
„Ich weiß, was du denkst! Ja, wir haben es leicht. Können herumlaufen und laut sprechen. Alle reden von Geduld, loben deine Tapferkeit. Wir verstehen dich!"
Ich schüttelte den Kopf. Werner hatte Recht. Aber das war es jetzt nicht. Mühsam und stockend brachte ich den Anlass meiner Verzweiflung zum Ausdruck. Es war sehr schwer, diese verhängnisvolle Visite nochmals zu durchleben. Dennoch erzählte ich ausführlich, hatte ich doch kein Wort des Stationsarztes vergessen.
Schon bei meinen ersten Äußerungen sprang der Chef aufgebracht hoch und ging im Zimmer auf und ab. Gert übersetzte mein hektisches Gestammel. Beiden sah ich die Aufregung an. Nach einer kurzen Bedenkpause zwang sich Werner zur Ruhe. Er setzte sich wieder zu uns.
„Bitte reg dich nicht auf! Ich weiß, das ist leicht gesagt. Was sich der Krause da geleistet hat, ist unverantwortlich! Ich werde mit ihm sprechen. Die Erkenntnisse, dass nach sieben Monaten keine Besserung mehr eintritt, gelten nur für den Schlaganfall. Und auch das ist nach neuesten Erfahrungen nicht mehr zutreffend. Davon hat Krause natürlich nichts erwähnt!"
Werner sah mich jetzt sehr ernst und ruhig an.
„Warum lässt du dich immer wieder so verunsichern? Glaub an dich und deine bisherigen Erfolge! Auf der ITS hatte man dich aufgegeben. Blasen- und Darmfunktion haben sich,

entgegen der Meinung einiger Ärzte, wieder normalisiert! Keiner unserer Ärzte hätte dir das zugetraut! Bisher hast du allen das Gegenteil bewiesen. Enttäusche mich nicht!"
„Aber niemand kann mir sagen, was in meinem Kopf los ist", unterbrach ich Werner.
Gert saß noch immer schweigend neben mir und hielt meine Hände.
„Du musst Vertrauen haben", Werner wich meiner Frage aus. „Du könntest rund um die Uhr einen Physiotherapeuten gebrauchen. Aber weil das nicht durchführbar ist, machst du eben zurzeit nur langsame Fortschritte. Hab weiterhin Geduld mit dir!"
Ich verschluckte mich vor Aufregung. Gert holte schnell die kleine Pumpe und saugte damit die Kanüle frei.
„Ihr habt alles so schön im Griff", sagte Werner anerkennend. „Zum Teufel mit dieser Miesmacherei!"
„Wann wird die Kanüle rausgenommen?", wollte Gert wissen.
„Diese Entscheidung trifft der HNO-Arzt. Ich sagte dir schon, dass ich darauf warte, um mit den Wasserübungen zu beginnen. Na, das hat Herr Krause auch nicht erwähnt, oder?"
„Ich wünschte, es wäre schon so weit", sagte Gert. „Du kannst dabei auf meine Hilfe bauen."
Mit dieser positiven Aussicht beruhigte ich mich soweit, dass ich aufhörte zu weinen.
„So gefällst du mir wieder", Werner lachte mich an. „Durch diese unsinnige Aufregung vergesse ich noch den Grund meines Besuchs!"
Nun machte er mir einfühlsam klar, dass ich zum Stehen unbedingt Knöchel hohe, feste Schuhe brauche. Gert kannte meine Eitelkeit. Er befürchtete meine Ablehnung.
„Ich könnte die Kufen von deinen Schlittschuhstiefeln abbauen", schlug er deshalb vor. „Dann brauchen wir nicht diese plumpen orthopädischen Schuhe."
Ich bestand aber auf die Anfertigung fachgerechten Schuhwerks. Es kam schließlich nicht auf das Aussehen, sondern auf den Nutzen an. Außerdem wollte ich damit beweisen, dass mir das Urteil von Dr. Krause nichts bedeutete. Jeder sollte sehen, dass ich mich von ihm nicht einschüchtern lasse.
„Eure Couch muss höhergestellt werden", bestimmte Werner. „Du überanstrengst deinen Rücken, wenn du dein Frauchen hebst."
Dazu hatte Gert bereits vier Holzklötze anfertigen lassen. Die beiden Männer schoben sie unter die Couch, die nun sehr hochbeinig aussah. Doch Gert brauchte sich nun nicht mehr so sehr zu bücken, wenn er mich auf die Arme nahm, um mich in ein anderes Zimmer zu tragen.
Zu guter Letzt holte Werner eine große Schaumgummimatte aus seinem Auto.
„Darauf werden wir Bodenübungen machen. Ich komme am Wochenende her, so oft es meine Zeit erlaubt. Morgen fangen wir an. Darf ich meine Frau mitbringen? Sie möchte dich sehr gern kennen lernen."
Ich war kaum fähig, meine Freude auszudrücken. Beinahe hätte ich wieder geweint. Ich hatte jetzt allen Grund, wieder zuversichtlich zu sein. Der Chefarzt zeigte mir immer wieder, dass es sich lohnt, weiter zu kämpfen.

Gegen Abend kam Carsta nach Hause. Sie war auffallend missmutig. Diesen Zug kannte ich an ihr nicht, übersah aber ihre Maulerei. Vielleicht gab es Unstimmigkeiten im Dienst. Ich saß mit Gert auf der Couch. Er war rührend um mich bemüht. Wir hatten ein Glas Wein getrunken. Dabei träumte ich wieder mal davon, wie schön es sein wird, wenn ich endlich allein trinken und selbst die Gläser füllen kann.

Gert war in die Küche gegangen, um die Gläser zu spülen. Carsta setzte sich neben mich. Gerade war es mir gelungen, das linke Bein auf die Couch hochzuziehen. Diese ungewohnte Sitzhaltung schmerzte bald. Es gelang mir jedoch nicht, das Bein wieder herunter zu schieben.
Carsta nahm keinerlei Notiz von meinen Bemühungen. Bisher hatte sie jeden meiner kleinen Forschritte sofort freudig registriert. Scheinbar war sie jetzt mit ihren Gedanken weit weg.
„Hilfst du mir bitte mal?“ Ich sah sie lachend an.
„Du hast das Bein allein hochgestellt, dann kannst du es auch selbst runter schieben!“ Carsta stand auf, wünschte „Gute Nacht“ und ging in ihr Zimmer.
Mit schlechter Laune konnte man das wohl nicht mehr entschuldigen. War für unsere Tochter jetzt der Zeitpunkt gekommen, da sie meiner Hilflosigkeit überdrüssig wurde? Ich war so schockiert von dieser abweisenden Art, dass mein Bein ohne mein Zutun von der Couch rutschte.
„Was ist denn heute mit unserer Madame los?“, Gert kam ins Wohnzimmer. „Sie ist ja schon verschwunden. Da machen wir uns auch bettfertig.“
Vor dem Einschlafen musste ich noch die eben erlebte Abfuhr kommentieren. Ich machte mir Sorgen um Carsta. Gert musste jetzt ja besser über sie Bescheid wissen als ich.
„Hast du auch den Eindruck, dass sich Carsta in letzter Zeit verändert hat?“, fragte ich.
Statt auf meine Frage einzugehen, schob Gert in alter Gewohnheit seinen Arm unter meinen Kopf. „Ach, lass sie nur! Du darfst dich nicht schon wieder aufregen. Vielleicht hatte Carsta Streit mit Jörg. Wir müssen uns langsam daran gewöhnen, dass sie bald ihre eigenen Wege gehen wird. Sie trifft sich jeden Tag mit Jörg. Mir sagt sie auch nichts.“
Gert lenkte ab. Ich kannte das!
„Aber weshalb wollte sie mir vorhin nicht helfen?“, ließ ich nicht locker.
„So, jetzt ist aber endgültig Schluss mit deiner Bohrerei!“, Gert beugte sich über mich. Sehr ernst und eindringlich sagte er: „Hör mal. Carsta wird nicht ewig bei uns sein. Aber mich hast du immer. Ich werde immer für dich da sein. Ganz egal, wie lange du noch krank bist.“
Ich wusste, jedes weitere Wort war nun überflüssig. Tränen stiegen auf. Gerts Worte wirkten unvergleichlich beruhigend. Ich war so froh, dass er mich ständig aufrichtete, mir immer neue Zuversicht gab. Wie oft hatte er das schon getan! Und wie oft würde er das noch tun müssen?

Am Samstag fand ich Gelegenheit, mit Carsta allein zu sprechen. Das Thema Jörg vermied sie auffallend. Dafür bekam ich einen ausführlichen Bericht über die zukünftige Hundemama.
Carsta beharrte darauf, einen der Welpen zu kaufen. Ich machte ihr mehrfach klar, wie weit ich noch davon entfernt war, wieder ein normales Leben führen zu können.
Alle Gegenargumente hielten sie nicht von der Überzeugung ab, ein Hund wäre für uns drei die beste Abwechslung.
„Dann wirst du allein alle Verantwortung übernehmen müssen“, gab ich schließlich entnervt nach. Gert hatte die letzten Worte gehört. „Na, nun hast du es wohl doch geschafft, Mami zu überreden? Das war wohl höchste Zeit – so kurz vor der Entbindung?“
„Was für eine Entbindung“, fauchte Carsta.

„Na, die Hundeentbindung. Wurf nennt man das wohl!“ Gert feixte und zwinkerte mir zu.
Ich lachte herzhaft über den Witz. Carsta war entrüstet, weil ihr Wunschtraum ins Lächerliche gezogen wurde.
„Also sind wir bald zu Viert!“, schloss Gert die Unterhaltung. „Natürlich musst du dich allein um alles kümmern. Und wehe, wenn der Bursche stinkt oder unsere Wohnung verunstaltet! Dann fliegt ihr beide raus!“
Nun lachte auch Carsta wieder. Sie wusste, wie das gemeint war.

Pünktlich, wie vereinbart, kam Werner mit seiner Frau. Von Gerts Schilderung wusste ich, dass wir etwa gleichaltrig waren. Mir fiel sofort auf, wie gepflegt sie war und wie geschmackvoll sie sich kleidete. Sie war mir sympathisch. Aber würde das auch auf Gegenseitigkeit beruhen? Scheinbar hatte sie meine Gedanken erraten, denn sie nahm ganz unbefangen meine linke Hand. „Sie sehen toll aus! So schön braun! Wie ein Urlauber!“, begrüßte sie mich.
„Die Bräune verdanke ich den Wochenenden auf unserem Grundstück im Grünen. Aber das ist eben nur äußerlich – leider.“ Ich deutete auf meine ausgebeulten Hosen und den weiten Pulli. „Bevor wir uns weiter unterhalten, hab ich einen Wunsch“, bekam ich darauf zur Antwort. „Ich möchte mich gern anschließen und auch ‚Du‘ sagen. Ich bin Rita!“
Nach diesen wenigen Worten waren meine Hemmungen wie weggeblasen. Eine lebhafte Unterhaltung kam in Gang. Wir hatten die gleichen Interessen, den gleichen Geschmack – die Mode betreffend. Rita hatte zwei Jungen und daher ganz andere Probleme als ich mit Carsta. Wir tauschten Erfahrungen aus. Es tat gut, mit ihr zu plaudern, ihr zuzuhören.
„Du darfst auf keinen Fall so etwas wie Minderwertigkeitsgefühle aufkommen lassen“, machte Rita mir klar. „Du kannst zwar nicht laufen und laut sprechen, aber deshalb bist du kein anderer Mensch geworden! Du kannst deine Tochter ebenso beraten oder auch mal ein Machtwort sprechen wie früher. Wenn du dich zurückziehst, wird sie das auch tun. Zeig jedem, dass du dich nicht verändert hast!“
Von dieser Seite hatte ich mich bisher nicht betrachtet. Rita hatte Recht.
„Es bedrückt mich, dass ich so schlecht spreche“, gab ich zu.
„Ich verstehe dich gut. Wer schwer hört, ist selbst schuld, muss eben aufpassen und dir auf den Mund sehen“, kommentierte Rita meine Bedenken. Wir lachten beide.
Die beiden Männer ließen sich in ihrer Unterhaltung nicht stören.
„Übrigens wollte ich dir noch sagen“, ergriff Rita wieder das Wort, „dass Werner ganz begeistert von Gert ist, weil er dich ständig motiviert und vorantreibt. Es ist wirklich noch nie vorgekommen, dass Werner einer Patientin das ‚Du‘ angeboten hat. Damit hast du den Beweis: Er glaubt fest daran, dass du gesund wirst. Er lobt sehr oft deine Tapferkeit und spricht von deinen Fortschritten.“
Rita sprach so selbstverständlich mit mir, als wären wir alte Freundinnen. Für all meine Zweifel hatte sie Verständnis.
Vor dem Kaffeetrinken wurde ich auf die Schaumgummimatte gelegt. Ich zeigte gern, was ich bereits erreicht hatte. Es gelang mir sogar, für kurze Zeit mit aufgestützten Armen zu sitzen.

„Wie gefällt dir Rita?“, wollte Gert wissen, als der Besuch gegangen war.

Ich strahlte Gert an. „Wir verstehen uns sehr gut! Sie hat mir viele gute Ratschläge gegeben. Obwohl sie mich nicht kennt, sind wir uns gar nicht fremd. Rita hat für alles eine plausible Erklärung und versteht es, mich aufzumuntern!"
„Hoffentlich hat sie dich auch von deinem Pessimismus geheilt! Deinem lieben Mann glaubst du ja nur ganz selten!" Gert hob wie Hilfe suchend beide Arme.
„Ach, du bist ein lieber Witzbold! Natürlich glaub ich dir! Aber nur weil es so langsam vorangeht, bin ich oft sehr niedergeschlagen und auch unzufrieden. Aber ich verspreche dir heute, dass ich mich von niemandem mehr einschüchtern lasse!" Und das nahm ich mir ganz fest vor, hatte ich doch dazu die beste Unterstützung, die ich mir wünschen konnte.

Die folgenden beiden Wochen brachten mir keine Fortschritte. Ralf übte täglich mit mir. Er gab sich große Mühe, das Erlernte zu festigen. Dr. Krause verhielt sich deutlich reserviert. Bei den Visiten fasste er sich so kurz wie möglich. Sogar mit dem Orthopädieschuhmacher hatte er sich abgesprochen. Leider konnte wegen Materialmangel noch kein Termin vereinbart werden.
Die benachbarte Station B sorgte mal wieder für Unruhe. Nachts weckte mich das laute Klirren einer Fensterscheibe. Eine Patientin war aus dem Fenster gesprungen. Es folgte eine lautstarke Suchaktion im Park. Den versäumten Schlaf wollte ich am folgenden Vormittag nachholen. Aber ein unerwarteter Zwischenfall verhinderte dies.
Die beiden neurologischen Stationen mussten wegen einer Schabenbekämpfung geräumt werden. Alle Patienten sollten deshalb eine Etage höher in den Hörsaal verlegt werden.
Zwei Schülerinnen setzten mich in den Rollstuhl. Alle hatten es eilig. Auf dem Flur warteten schon die Kammerjäger. Ulla fuhr mich nach oben. Sie stellte mich neben der Hörsaaltür ab.
„Ich lasse Sie jetzt allein. Wenn Sie Hilfe brauchen, rufen Sie irgendeine Patientin, die mir Bescheid geben kann." Hastig verschwand Ulla im Getümmel lärmender Patienten.
Ich bekam Angst. Wenn sich nun plötzlich meine Blase meldete! Ich hatte viel getrunken! Wen sollte ich ansprechen? Ich kannte hier doch niemanden. Frauen und Männer schlenderten an mir vorbei und unterhielten sich. Für sie war der Umzug eine willkommene Abwechslung. Einige Patienten lagen teilnahmslos zur Decke starrend in ihren fahrbaren Betten.
Ich sah zwei Männer, die wie ich im Rollstuhl saßen. Sie schienen sich zu kennen. In dem regen Durcheinander beachtete mich niemand. Das erleichterte mich etwas.
Ich sah mich vorsichtig um. Rechts neben mir an der Wand hingen riesige schwarze Schultafeln, davor ein Tisch mit Stuhl – sicher für den Dozenten.
Links stieg der Saal etwas an. Ich sah klappbare Holzsitze. Statt der Studenten saßen dort jetzt einige Patienten. Ich beneidete die Leute, die laufen und sich unterhalten konnten.
Mir machten die Doppelbilder zu schaffen. Ich kniff deshalb ein Auge zu.
„Wie lange sind Sie schon hier? Ich hab Sie noch nie draußen auf dem Flur gesehen."
Seitlich hinter mir stand eine Frau, deren Gesicht ich nicht sehen konnte.
„Ich bin schon mehrere Monate hier", sagte ich, so deutlich wie möglich. Ich spürte, sie verstand mich nicht. Und schon erhielt ich hierfür den Beweis.
„Können Sie etwas lauter sprechen. Ich verstehe Sie nicht."
Ich schüttelte den Kopf. Wie sollte ich einer Fremden meine Krankheit erklären, wenn ich nicht verstanden wurde.

„Ich bin zur Rückenmarkspunktion hier. Am Wochenende gehe ich wieder heim. Anschließend werde ich an der Bandscheibe operiert", erklärte die Frau und wartete darauf, dass ich auch von mir erzählte. Sie stand jetzt direkt vor mir und sah mich an.
„Ach, Sie haben da so etwas im Hals. Ist das ein Loch? Deshalb können Sie wohl nicht sprechen. Und laufen können Sie auch nicht." Wieder schüttelte ich den Kopf.
„Oh, das tut mir Leid! Ich wollte nicht neugierig sein! Aber die Ärzte sind hier sehr gut. Sie werden sicher bald gesund. Ich wünsche Ihnen alles Gute!", sagte meine die Frau. Sie ging zu einer Gruppe von Männern, die fröhlich diskutierten.
Das hatte ich überstanden! Hoffentlich sucht nicht noch jemand meine Unterhaltung!
Ich hatte Glück. Niemand schien mich zu beachten, dafür beobachtete ich die Umgebung.
Einige Patienten, geistig behindert, sahen mich neugierig an. Sie redeten wirres Zeug. Aber sie merkten nicht, dass ich nicht antwortete.
Ein junges Mädchen las in einem dicken Buch. Nichts störte sie. Ich beneidete sie.
Ein älterer Mann stand am Fenster und zählte die vorbeifahrenden Autos.
„Ach Kurt, du verzählst dich ja dauernd!", lachte der neben ihm Stehende.
„Du sollst mich nicht auslachen! Ich sage alles meinem Sohn", schimpfte der Verspottete.
„Kurt wartet jeden Tag vergeblich auf Besuch. Er bleibt hier, bis ein Platz im Pflegeheim frei wird. Traurig!", hörte ich einen anderen Mann sagen.
Die ganze Atmosphäre mit der Zweckentfremdung des Hörsaals war bedrückend. Deshalb war ich froh, nach drei Stunden wieder im Schutz meines Zimmers zu sein. Meine Blase hatte erfreulicherweise keine Schwierigkeiten gemacht. Nach dem Mittagessen erzählte mir Johanna, dass die Ungezieferaktion voraussichtlich in vier Wochen wiederholt wird. Angeblich rannten die Schaben scharenweise in der Küche herum. Bei dem Gedanken, die Tierchen würden über mein Bett kriechen, lief ein Schauer über meinen Rücken.

Unser achtzehnter Hochzeitstag! Niemals hätte ich daran gedacht, diesen Tag einmal im Krankenhaus verbringen zu müssen!
Der Tag begann wie jeder andere. Es wusste ja niemand von 'meinem Feiertag'.
Wenn ich gesund und zu Hause gewesen wäre, dann hätte Carsta uns bestimmt schon gratuliert. Sie vergaß diesen Tag nie. Oft erinnerte sie ihren vergesslichen Vater daran. Er zog dann scherzhaft seinen Ehering ab und las das eingravierte Datum laut vor: „Stimmt! Hätte ich auch selbst daran gedacht!" Jedes Jahr das gleiche Spiel - ein lustiges Ritual.
Während der Mittagsruhe träumte ich von diesen Erinnerungen.
Durch ein leises Klopfen an der Tür wurde ich geweckt. Ich vermutete, dass meine Eltern sich für diesen Tag früher Einlass erzwungen hatten.
Aber es war Carsta! Sie drücke mich ganz fest: „Herzlichen Glückwunsch zum Achtzehnten!" Ein herrlicher Blumenstrauß landete auf meinem Bett.
„Ich muss zum Spätdienst. Deshalb darf ich vorher noch zu dir. Ich setze dich gleich auf!" Carsta brachte mich schon sehr geschickt aus der Seitenlage zum Sitzen.
„Der Papi lässt dich ganz lieb grüßen. Er kommt gegen sechzehn Uhr. Vorher kommen Oma Jenni und Opa Edwin. Hoffentlich wird dir das nicht zu anstrengend!", schnattere Carsta. Dabei schimpfte sie, weil kein passendes Gefäß für ihren schönen Strauß zu finden war.
„Was machen wir jetzt mit den Blumen?", fragte sie. „Die Schwestern trinken gerade alle Kaffee. Da werden sie mich böse ankucken, wenn ich störe und nach einer Vase frage."

Wir entschlossen uns zu klingeln. Vielleicht würde eine Schülerin kommen, die uns die Störung nicht übel nahm.
Aber Schwester Dietlinde riss unwirsch die Tür auf: „Was ist denn?"
Carsta bat höflich um eine Vase.
„Du weißt doch, dass wir keine haben! Warum bringst du keine mit?", die Antwort war ziemlich bissig.
„Weil hier laufend Vasen verschwinden! Ich hab schon so oft welche mitgebracht!" Carsta konterte schlagfertig. Mir war das unheimlich peinlich. Die Tür krachte lautstark zu.
„Blöde Ziege!", empörte sich Carsta. „Hier ist was los! Das gibt es auf meiner Station nicht. Da stehen wenigstens Gläser für die Blumen bereit!"
„Warum bist du gleich so wütend?" Ich war entsetzt über den Ausbruch. Eine Antwort bekam ich nicht mehr. Johanna kam lachend herein. Sie hielt drei Vasen in der Hand. „Passt eine davon?" Zu meinem Erstaunen entschuldigte sich Carsta für die Pausenunterbrechung.
„Ach was", winkte Joanna ab, „das mache ich gern!"
Die Situation war gerettet. Jetzt merkte auch Carsta, wie verschieden die Schwestern doch waren. Ich mahnte meine Tochter, nicht so schnell aufzubrausen. Sie sah das zwar ein, aber ich bezweifelte, dass sie sich daran hielt.
Meine Eltern kamen kurz nachdem Carsta gegangen war.
„Wir gratulieren einzeln, dann wird es nicht anstrengend für dich", sagte meine Mutter. „Wir hoffen, dass wir bald wieder alle gemeinsam und daheim feiern können", mein Vater schüttelte mir beide Hände. Dann packte er leckeren selbstgebackenen Kuchen, einen bunten Blumenstrauß und eine passende Vase aus.
Wir unterhielten uns über eine Stunde sehr angeregt. Ich achtete darauf, dass meine Mutter keine Gelegenheit fand, mich zu bedauern. Für nächsten Monat planten beide wieder eine Reise zu Verwandten in die BRD. Dafür sollten wir unsere Wünsche aufschreiben. Carsta hatte das schon ausführlich getan – wie immer!
„Kauft euch doch auch mal was Schönes! Ihr gebt das Geld immer nur für uns aus", sagte ich. Die Antwort darauf kannte ich. „Ach, wir brauchen nichts mehr. Wir freuen uns, wenn wir euch helfen können!"
Wir einigten uns auf Überraschungsmitbringsel, da ich mich nicht entscheiden konnte. Die Zeit drängte. Der Bus wartete nicht. Johanna brühte mir schnell eine Tasse Kaffee auf und gab mir den guten Kuchen. Nach einer kleinen Ruhepause war dann Gert da. Er brachte nicht nur achtzehn rote Rosen ...
Fassungslos vor Freude sah ich auf ein wunderschönes Medaillon! An einem zierlichen Goldkettchen hing eine ovale Goldkapsel. Auf dem winzigen, schwarzen Deckel war eine rote Rose eingraviert. „Das ist wunderschön, Gert! Danke!"
Unsicher, mit zittrigen Fingern versuchte ich, mein Geschenk von der Bettdecke zu nehmen. Verbissen kämpfte ich gegen die Tränen. Gert merkte das sicher. Zur Ablenkung griff er schnell in seine Jackentasche und legte weitere drei kleine, kugelförmige Behältnisse daneben.
„Mit dem Medaillon liege ich richtig, wie ich sehe", schmunzelte er. „Aber ich hab dir noch etwas zum Aussuchen mitgebracht!"
Aus den geheimnisvollen Döschen erschienen goldene Ringe! Einer schöner als der andere!
Wie kam er auf diese Idee? Und wofür sollte ich mich entscheiden? Nun war es aus mit meiner Beherrschung. Tränen kullerten. Ich schluchzte und lachte gleichzeitig. Ich

schämte mich, weil es mir nicht gelang, meine Freude und Dankbarkeit so wie früher auszudrücken.
„Freudentränen hab ich eingeplant. Sie sind erlaubt! Komm mal her!“ Gert hielt mich fest an sich gedrückt. „Für dich ist mir nichts zu teuer!“
Als ich mich beruhigt hatte, wischte er wortlos mein Tränen verschmiertes Gesicht ab.
„Hast du einen Juwelierladen geplündert?“, gelang mir dann doch ein Scherz.
„Ich war im Intershop. Ich hatte noch Geld von meinem Vater bekommen“, erklärte Gert. „Und weil ich mich nicht entscheiden konnte, hat mir die Verkäuferin diese drei Ringe für dich zum Aussuchen überlassen. Dafür liegt jetzt mein Personalausweis im Intershop!“
„Oh, Gert - ich freue mich so sehr“, sagte ich ganz leise. „Aber wann werde ich wieder einen Ring tragen können?“ Ich sah auf meine Hände. Sie waren nicht mehr geschwollen.
„Bald! Wenn du dich weiterhin anstrengst“, bekam ich zur Antwort.
Gert steckte mir die drei Ringe an. Alle passten.
„Dieser hier ist besonders hübsch! Ich finde ihn irgendwie symbolisch für uns.“
Meine Wahl fiel auf einen schmalen Ring, der wie ein Zopf geflochten war. Nur eine kleine weiße Perle war eingearbeitet.
Schwester Johanna musste ihr Urteil abgeben. Sie zeigte ehrliche Bewunderung und rief Ralf.
„Wunderschöne Schmuckstücke!“ Er sah sich alles interessiert an. „So was kann ich mir nicht leisten. Siehst du, Johanna, deshalb krieg ich keine Frau!“, sagte er trocken. Alle lachten. Das war mit Sicherheit nicht der Grund für sein Junggesellenleben.
Zur Feier des Tages hatte Gert Wiener Würstchen und eine Flasche Sekt mitgebracht. Er war gerade dabei, die Gläser zu füllen, als völlig unerwartet der Oberarzt erschien. Ich war auf eine unpassende Bemerkung gefasst. Aber er begrüßte Gert freundlich und ließ sich sogar dazu herab, mit uns ein Glas Sekt zu trinken. Ich hielt mein Glas selbst. Gert unterstützte dabei meinen Arm.
„Warum versuchen Sie es nicht allein?“, fragte der Oberarzt. Er lächelte.
„Es wäre schade, wenn ich das schöne Sektglas fallen lasse“, begründete ich meine Vorsicht.
„Das macht doch nichts, wenn es Ihre eigenen Gläser sind. Oder sind sie ausgeliehen?“ Weder Gert noch ich gingen auf diese Bemerkung ein.
„Diese Sektgläser haben wir mal aus Prag mitgebracht. Ich muss erst noch üben, bevor ich mir zutraue, daraus wieder allein zu trinken.“ Ich ließ mich nicht einschüchtern.
„Na, dann möchte ich nicht weiter stören!“, lächelnd verabschiedete sich der Oberarzt.
„Ach, wir lassen uns nicht stören!“, rief Gert ihm nach.
Plötzlich durchfuhr es mich wie ein Blitz: „Gert, du kannst nicht fahren! Du hast getrunken!“
„Natürlich fahre ich. Traust du mir das nicht zu?“ Völlig ernst wickelte er die Sektgläser und die leere Flasche in Servietten, um alles sorgfältig im Einkaufskorb zu verstauen.
„Ich möchte nicht, dass sie zu Bruch gehen!“, lachte Gert. „Du weißt, mein Fahrrad ist schlecht gefedert!“ Wieder war ich auf einen Scherz reingefallen!
„Unseren zwanzigsten Hochzeitstag feiern wir vielleicht am Schwarzen Meer. Oder wir machen eine schöne Schiffsreise“, sagte ich voller Zuversicht, als sich Gert verabschiedete.
„Ja, wir haben viel nachzuholen“, bekam ich zur Antwort.

Gleich nachdem er gegangen war, ließ ich mich zur Nachtruhe fertig machen. Ich wollte über unseren traurigen, aber natürlich auch schönen Tag nachdenken. Gert hatte das Beste aus diesem Tag und meiner Situation gemacht. Wäre ich gesund, dann hätten wir die „Harte Währung" gewiss sinnvoller angelegt. Nun hatte er das Geld für mich allein ausgegeben, obwohl er sich schon lange eine Stereoanlage wünschte. Und ich wusste, das war auch der Wunsch unserer Tochter.
Alle gaben sich so viel Mühe mit mir. Ich werde die erforderliche Geduld aufbringen, um gesund zu werden. Mit diesen Gedanken schlief ich ein.

Am folgenden Tag brachte Gert Oma Lotte zur Nachfeier mit. Es wurde eine lustige Stunde. Gert verulkte seine Mutter nur zu gern. Und sie war immer zu Späßen aufgelegt. Die beiden verstanden es, mich aufzumuntern. Nur Opa Karl hatte sich mit einer Ausrede gedrückt. Ich wusste, wie schwer es ihm fiel, mich so tatenlos zu sehen.

Marion hatte mit mir „alle Hände voll zu tun", wie sie oft scherzhaft sagte. Viele Übungen musste ich sitzend beherrschen. Bald gelangen mir im Rollstuhl einige Bewegungen des Rumpfes. Doch rechtsseitig regte sich trotz aller Mühe nichts.
Bei einer Chefvisite stand ich zufällig am Bettende. Ich hielt mich mit der linken Hand fest. Marion legte auch meine Rechte um die Metallstange. Ich stand mit dieser Unterstützung.
„Das gibt es doch nicht", hörte ich einen Arzt hinter mir flüstern.
Ausgerechnet jetzt war ich nur mit einem Bikini bekleidet! Ich erschrak, als ich an mir herunter sah. Mein Bauch quoll hervor wie bei einer Schwangeren. Nein – er war dick und schlaff wie bei einer sehr alten Frau! Im Liegen sah ich doch aus wie früher! Viele hatten mich um meine Figur beneidet. Und jetzt? Unwichtig! Marion wollte die Funktion der Bauchmuskeln nach der Strombehandlung prüfen. Das war vorrangig!
„Kreisen Sie bitte mal mit den Hüften!", wie von fern hörte ich die Stimme des Chefarztes. Ich vollführte kreisende Hüftbewegungen und wunderte mich, dass das ging. Das wiederum löste ein seltsames Lachen bei mir aus. Ich schämte mich. Was wohl wird die weiße Mannschaft jetzt von mir denken? Sie murmelten unverständlich durcheinander.
„Beeindruckend!", sagte dann laut ein Arzt, der mir unbekannt war.
Der Oberarzt und Dr. Krause äußerten sich nicht. Das erwartete ich auch nicht.
„Fein! Festigen Sie das! Und weiter so!", lobte der Chefarzt. Nur sein Urteil galt! Ich konnte mich wieder freuen!

Die Wochen vergingen. Ich hatte nur kleine Fortschritte zu verzeichnen. Aber ich freute mich über jede Muskelregung, die sich zeigte. Vor einigen Monaten hoffte ich noch, zu Gerts Geburtstag gesund zu sein. Damals überblickte ich noch nicht, wie viel Geduld ich dafür aufbringen musste. Bis zum nächsten Jahr würde ich es eventuell schaffen.
So feierten wir Gerts Geburtstag an einem Wochenende, das ich wie üblich zu Hause verbrachte. Vom Besuch unserer Freunde hatte Werner abgeraten, da dies für mich noch immer zu anstrengend wäre. Am Freitag waren nur unsere Eltern eingeladen.
Sie hatten nicht nur Geburtstagsgeschenke für Gert von ihrer Reise in die BRD mitgebracht, sondern auch für Carsta und mich. Von dem guten Nassrasierer war Gert besonders begeistert. Er wurde gleich ausprobiert.
„Kauf dir was Schönes." Gert bekam von seiner Mutter einen Geldschein in die Hand gedrückt. „Wir können dir ja keine Westgeschenke machen."

Wir wussten, sie wären auch gern mal rüber gefahren. Aber sie hatten keine Verwandtschaft in der BRD. Das tat uns oft Leid. Sicher fühlten sie sich jetzt wieder zurückgesetzt. Es wurde eine ruhige Feier, die Gert ganz allein ausrichten musste. Mit seinen üblichen Beziehungen hatte er gute Getränke und Leckereien besorgt. Beim Abendbrot wollte ich unsere Eltern damit überraschen, dass ich endlich ohne Hilfe eine Scheibe Brot essen konnte. Als ich aber nach einem Appetitshäppchen griff, sah mich meine Mutter entsetzt an.
„Das kannst du nicht allein!" Blitzschnell ergriff sie meine Hand. „Ich füttere dich!"
Sie nahm mir das Brot aus der Hand und hielt es mir an den Mund. Entrüstet schüttelte ich den Kopf und kniff die Lippen zusammen. Sprechen war unmöglich.
„Was hat sie denn?", fragte meine Mutter nun erschrocken über meine Reaktion.
„Ina kann wieder allein essen. Damit wollten wir euch überraschen", sagte Gert etwas schroff.
„Ach, das braucht sie nicht! Ich füttere sie doch gern!", behauptete meine Mutter.
Gert gab mir ein Zeichen. Weitere Erörterungen wären erfolglos geblieben. Er fütterte mich. Ich verschluckte mich mehrmals. Seine Eltern übersahen taktvoll den Zwischenfall.
Bei einer Bowle saßen wir noch bis zweiundzwanzig Uhr. Ich spürte keinerlei Müdigkeit.
„Du bist bestimmt müde! Du willst sicher schlafen!" Bedauernd sah mich meine Mutter an. Sie hatte mich schon länger beobachtet. Jetzt streichelte sie meine Wange. Ich reagierte nicht auf diese unangebrachte Besorgnis. Niemand sollte mich bedauern!
Unsere kleine Feier hatte mir Freude gemacht. Nur Carsta fehlte. Sie hatte Spätdienst und kam erst, als die Omas und Opas bereits gegangen waren.

Am Samstag besuchten uns Werner und Rita. Ich beneidete sie, denn sie war wieder so modern und geschmackvoll gekleidet.
„Bevor ich meine Sachen wieder anziehen kann, sind sie unmodern", stellte ich in Aussicht.
„Das sind deine größten Sorgen?", fröhlich küsste mich Gert auf die Wange. Auch unsere beiden Gäste hatte ich mit meinem Seufzer erheitert. Ich fand diesen Gedanken nicht so abwegig. Immer öfter ertappte ich mich dabei.
Beim Kaffeetrinken gelang es mir, ein Stück Kuchen selbst vom Teller zu nehmen. Allerdings zerdrückte ich den schönen Nusskuchen beim Abbeißen.
„Ich merke nicht, wie fest ich zufasse! Ich hab kaum Gefühl in den Fingern!", fragend sah ich Werner an. Die Hälfte des Kuchens bröselte auf den Teller, der auf meinem Schoß stand.
„Du machst das schon sehr schön", sagte Werner. „Mit der Zeit wird das immer besser. Lass dich nicht einschüchtern, wenn dich jemand beobachtet."
Gert hatte ihm sicher von meinem gestrigen Misserfolg berichtet.
„Jeder Bewegungsablauf muss sich jetzt wieder einschleifen. Das Feingefühl kommt zuletzt zurück", erklärte mir Werner sachlich.
Die beiden Männer beförderten mich auf die Schaumgummimatte. Beckenbewegungen und Strecksitz gelangen immer besser. Rita zeigte reges Interesse an meinen Fortschritten. Mit ihr hatte ich eine neue Freundin gefunden.

Carsta blieb am Sonntagvormittag zu Hause. Mir war aufgefallen, dass sie sehr still war und oft vor sich hingrübelte. Aber ich wollte abwarten, bis sie mir von selbst anvertraute, was die Ursache für ihr verändertes Verhalten war.

Ich fragte nach Jörg. „Er ist mit der Sportgruppe verreist“, lautete Carstas knappe Antwort. „Ich würde gern mal zu Herrn Meisner gehen. Durch den Spätdienst habe ich die Hunde eine Woche nicht gesehen.“
Wir hatten nichts dagegen. Schon nach einer Stunde kam sie zurück. Aber nicht allein! Sie hielt ein pummeliges, braunes Wollknäuel auf dem Arm. Gert nahm ihr den kleinen Kerl ab.
„Oh! Das habt ihr mir verheimlicht!“ Ich war entzückt von dem süßen, dicken Hundebaby. „Ich wusste gar nicht, dass die Welpen schon da sind!“, brachte ich dann kaum hörbar heraus.
„Damit wollten wir dir eine Freude machen“, strahlte Carsta mich an. „Das ist mein Quartus!“
Gert setzte den kleinen Kerl direkt vor meine Füße - auf eine Zellstoffunterlage. Jetzt wäre ich so gern vom Sessel aufgesprungen! Ich beugte mich vor. Meine Hand reichte nicht hinunter.
„Herr Meisner behält Quartus so lange, bis er stubenrein ist und für einige Stunden allein bleibt. Ich hab von dir erzählt. Er weiß auch, dass ich mich vorläufig allein um Quartus kümmern muss.“ Carsta schnatterte so aufgeregt. Ich kam mal wieder nicht zu Wort.
Wie würde sie das schaffen? Durch die täglichen Besuche bei mir kam Gert erst spät heim!
„Aber, aber!“, hörte ich ihn schimpfen. Mit erhobenem Zeigefinger hockte Gert vor Quartus, der versuchte, seine Unterlage zu verlassen. Sofort setzte er sich wieder auf sein dickes Hinterteil, sah Gert mit lustigen Knopfaugen an und bellte. Dabei fuchtelte er unbeholfen mit seiner tapsigen Vorderpfote, als wollte er sagen: „Lasst mich doch hier rumlaufen!“
Das Ganze war dermaßen drollig, dass ich vor Lachen zur Seite wankte. Ich konnte meine Augen nicht von dem süßen kleinen Wicht abwenden. Zu gern hätte ich ihn mal geknuddelt.
Gert setzte ihn auf meinen Schoß. Ich spürte das Gewicht und die Wärme des kleinen Körpers. Ich machte den Versuch, ihn zu streicheln. Meine Hand fuhr hin und her.
Vor Aufregung hatte ich sie nicht unter Kontrolle. Carsta legte meine Hand sanft auf das Köpfchen von Quartus. Ich hatte das Gefühl, einen dicken Handschuh anzuhaben. Nichts spürte ich von dem Fellchen! Nur Wärme! Ich wusste genau, wie sich dieses Wollknäuel anfühlt, aber das Gefühl war verschwunden.
Es kommt alles wieder, dachte ich und drückte mein Gesicht in das weiche Fell. Dort war das Gefühl unverändert. Ich genoss es. Nur unser kleiner Freund bellte ablehnend. Es gefiel ihm offensichtlich nicht.
„Lass ihn mal laufen“, bat ich Carsta. Ich befürchtete, er würde in seiner Unbeholfenheit herunterkullern.
Quartus wackelte auf seinen dicken Pfoten durch das Wohnzimmer. Ein goldiges Kerlchen! Dunkelbraun gelockt – so breit wie lang. Ich lachte vor Begeisterung und Freude.
„Der ist wirklich zum Verlieben! Wenn ich jetzt gesund wäre!“ Unvermittelt überfiel mich eine große Traurigkeit.
Carsta fing Quartus flink ein. Er wollte unter die Couch flüchten.
„Siehst du, Mami, nun hast du einen Grund mehr, ganz schnell wieder heimzukommen! Wirst du in der Klinik an ihn denken?“ Carsta setzte den Kleinen wieder auf meinen Schoß.

„He, he! Das ist ja allerhand!“, protestierte Gert. „Bin ich jetzt Nebensache? Ihr wollt mich wohl eifersüchtig machen?“
Carsta kniete jetzt vor mir und hielt den zappelnden Quartus fest. Sie lachte übermütig.
„Ach, Papi! Auf ihn kannst du doch nicht eifersüchtig sein! Er wird mal unser treuer Freund.“
„Aber denk daran, wie groß dein Freund einmal sein wird!“, hatte Gert einzuwenden.
„Ach, da finden wir sicher eine Lösung“, verteidigte ich Carsta. „Ich hab mich damit abgefunden, in den nächsten Jahren nicht arbeiten zu können. Durch Quartus bin ich dann nicht so allein hier.“
„Gut, gegen zwei Frauen komme ich doch nicht an! Ich gebe mich geschlagen!“
Gert schmunzelte, stellte unser Wollknäuel auf seine vier Pfoten und befahl: „Sitz!“
Aber das funktionierte nur, wenn Gert das Hinterteil von Quartus runterdrückte.
„Du musst noch viel lernen, mein Freund!“ Auch Gert konnte sich das Lachen nicht mehr verkneifen. „Dir kann man nicht böse sein. Guck mich nicht so schief an!“
Schweren Herzens verabschiedete ich mich von unserem zukünftigen Familienmitglied.
„Ich hole Quartus am nächsten Wochenende wieder, Mami“, versprach Carsta.
Nun hatte sie endgültig unsere Zustimmung.

Carsta hatte vom Chef die Erlaubnis erhalten, mich auch mittags zu besuchen. So kam sie jeweils vor ihrem Spätdienst zu mir, um mir das Mittagessen zu geben.
Jeden Abend bekam ich von Gert das Abendbrot. Dabei übte ich eisern, beim selbstständigen Essen sicherer zu werden. Anschließend blieb oft noch Zeit für einige Übungen auf der Untersuchungsliege. Der Chef beobachtete unsere Bemühungen mit meinem rechten Arm.
„Du bräuchtest einen Physiotherapeuten, der sich den ganzen Tag über nur mit dir allein beschäftigt. Bei deinem Ehrgeiz und deiner Willenskraft wäre das DIE Lösung! Ist aber leider nicht realisierbar, weil wir viel zu wenige Arbeitskräfte haben“, sagte Werner, „aber ich bin schon froh, deine zweimaligen Übungen durchzusetzen. Alle anderen Patienten werden nur einmal täglich oder noch weniger beübt. Tröstet dich das etwas?“
„Wir schaffen das schon!“, sagte Gert zuversichtlich.

Wiederholung der Schabenbekämpfung! Wieder sollten alle Patienten die Zimmer verlassen. Mit Unbehagen dachte ich an meinen Aufenthalt im Hörsaal.
„Heute bleiben alle draußen auf dem Flur“, gab mir Schwester Gitta Bescheid. Ich ließ mich in den Trainingsanzug stecken und im Rollstuhl auf den hellen Flur schieben. Hier herrschte die übliche Unruhe. Die Patienten wirkten wie aufgescheucht. Da ich sehr gut hörte, verstand ich das Geflüster von zwei Frauen, die am Fenster standen.
„Dort ist wieder der Uwe“, sagte eine der beiden. „Der war im vorigen Jahr auch schon hier. Was der wohl wieder gemacht hat?“ Sie sahen zu einem jungen Mann.
„Diesmal hat er sich die Pulsadern aufgeschnitten“, flüsterte die andere Frau.
Ich überlegte, woher diese Patientinnen das wussten. Weshalb waren sie wohl hier?
„Opa, komm, komm!“, rief Schwester Erika. „Du hast wieder vergessen, dass du das Frühstücksgeschirr abwaschen wolltest!“ Ein älterer Herr eilte in die Küche.
Dann kamen Männer mit Geräten zur Ungezieferbekämpfung. Schnell gingen sie von Zimmer zu Zimmer. „Etwa eine Stunde sollen die Räume geschlossen bleiben. Dann wird alles abgewaschen und Sie dürfen danach gleich wieder rein!“, rief Gitta mir zu.

Die Stunde wurde zur Ewigkeit. Ich hatte Angst, angesprochen zu werden. Die Doppelbilder verunsicherten mich. Endlich hörte ich Frau Hartmann mit ihrem Wischeimer klappern.
Alle, einigermaßen mobilen Patienten wurden aufgefordert, bei der Zimmerreinigung zu helfen. Der gewohnte Tagesablauf war gesichert, als ich mein Domizil wieder bezog.

Freitagnachmittag. Die Woche war geschafft! Ich freute mich auf unseren kleinen Racker. Carsta hatte auch eine Ablenkung nötig. Sie klagte schon länger über Magenschmerzen und Übelkeit. Wegen einer Gastritis war sie seit zwei Wochen krank geschrieben. Ich machte mir Sorgen, dass die Belastung meinetwegen nun doch zu groß würde. Allerdings erwies sich dies bald als Trugschluss und Naivität meinerseits.
Ich ahnte nichts Böses, als Carsta vor Gert zu mir kam. Sie war ja nicht schwerkrank und hatte Ausgang. „Heute siehst du aber sehr schlecht aus!", stellte ich erschrocken fest, als sie sich erschöpft auf mein Bett setzte. Ich wartete bereits heimreisefertig im Rollstuhl. Carsta war ungewöhnlich still. Eine Pause entstand. In der Annahme, sie würde sich besonders elend fühlen, riet ich ihr, einen anderen Arzt aufzusuchen. „Es müsste dir doch längst besser gehen", sagte ich besorgt.
„Ich bin nicht krank. Ich kriege ein Kind." Ganz leise kam die Antwort.
Nichts hätte mich jetzt härter treffen können! In meinem Kopf dröhnte es.
Wie konnte ich nur so blind, so naiv sein und das Märchen von der Magenverstimmung glauben! Ich hatte bezüglich der Antibabypille an Carstas Vernunft geglaubt. Eine ungewollte Schwangerschaft hatte ich Carsta zum jetzigen Zeitpunk niemals zugetraut.
Als würde sich ein Ventil öffnen, ließ ich eine wahre Schimpfkanonade auf sie los.
„Hast du es Papi schon gesagt?", fragte ich wütend nach der ersten Verschnaufpause.
„Nein." Carsta starrte auf die Bettdecke, als stünde dort die Lösung des Problems.
„Dann sieh zu, wie du damit zurechtkommst. So intelligent bist du ja, dass du weißt, ich kann dir in keiner Beziehung helfen. Ich kämpfe darum, wieder gesund zu werden! Eine größere Aufregung hättest du mir jetzt wirklich nicht bescheren können! Weißt du, ich könnte es verstehen, wenn dir der Arzt verboten hätte, die Pille zu nehmen. Ich dachte, du bist so vernünftig und nimmst sie. Ich hab dir vertraut. Scheinbar hältst du dich für klüger als die Ärzte. Diesen Kummer hättest du mir wirklich ersparen können!"
Carsta weinte, was bei ihr eine Seltenheit war.
„Ich will das Kind nicht haben", flüsterte sie.
„Ja, und? Soll ich im Rollstuhl mit dir zum Arzt fahren und einer Unterbrechung zustimmen? Ich weiß nicht, ob wir damit einverstanden sind", wütete ich weiter.
„Ich hab schon lange darüber nachgedacht", kam kleinlaut die Antwort.
„So eine Unterbrechung ist nicht ungefährlich. Das weißt du. Vielleicht kannst du dann später keine Kinder mehr bekommen. Dann machst du uns Vorwürfe, weil wir zugestimmt haben."
Carsta antwortete nicht. Sie studierte noch immer die Bettdecke.
„Hallo, es geht los! Ihr Mann ist im Anmarsch!" Schwester Marita wirbelte herein.
Damit mussten wir das Thema vorerst beenden.
Ich gab mir Mühe, ein unbeschwertes Gesicht aufzusetzen. Und doch hatte ich plötzlich das Gefühl, die einzige Ahnungslose zu sein. So wie Carsta aussah, hätte ich es wissen müssen!

Gert war unbeschwert und fröhlich. Während der Heimfahrt erzählte er von meinen Kollegen. Sie hatten mir einen langen, lieben Brief geschrieben. Ich hörte die Worte völlig teilnahmslos, konnte mich nicht konzentrieren.
„Zu Hause wartet eine ganz tolle Überraschung auf dich", tat Gert geheimnisvoll. Er bemerkte nichts von Carstas Problem und meinem Kummer.
Im Wohnzimmer war der Kaffeetisch festlich gedeckt. Carsta ging gleich in die Küche, um Kaffee zu kochen.
Wann und wie sollte Gert von Carstas Schwangerschaft erfahren? Ich hatte Angst, aber auch eine unermessliche Wut. Das schöne Wochenende! Nächste Woche war der 1. Advent.
„Bevor wir Kaffee trinken, lese ich den Brief von deinem Kollektiv vor", Gert schmunzelte.
Nur mühsam erfasste ich den Inhalt des Briefes. Für meinen letzten Verbesserungsvorschlag hatte man mir zweitausend Mark überwiesen. Ich konnte mich aber nicht freuen.
Gert deutete meine Reaktion falsch: „Sei nicht traurig! Irgendwann wirst du auch wieder in dein geliebtes Labor gehen! Ich bin sehr stolz auf dich!"
Statt darauf zu antworten, deutete ich auf Carsta. Sie saß geknickt im anderen Sessel.
„Unsere Tochter ist schwanger!"
Gert hatte, den Brief in der Hand, vor mir auf dem Teppich gesessen. Jetzt sprang er auf. Zornig, wie ich ihn nur sehr selten erlebt hatte, blieb er vor Carsta stehen.
„Du hast wohl völlig den Verstand verloren! Wie kannst du dir von dem ein Kind anhängen lassen! Das darf doch nicht wahr sein!"
Ich zuckte zusammen. Warum bezeichnete er Jörg mit dem? War da noch ein Anderer?
„Wie soll es nun weitergehen?", drohend stand Gert vor Carsta.
„Ich will kein Kind", schluchzte sie.
„Na, klar! Jörg geht ja noch zur Schule! Übernimmt seine Mutter die Verantwortung für den Schwangerschaftsabbruch?" Gert verlor nun endgültig die Fassung, schimpfte wild drauflos.
„Wie kann man nur so dumm sein! Euch stehen alle Möglichkeiten zur Verhütung offen! Jörg begreift natürlich noch nicht, dass du mit einer Unterbrechung deine Gesundheit gefährdest. Es ist ihm wohl auch schnuppe!"
Auch darauf antwortete Carsta nicht.
„Ich weiß nicht, was wir machen sollen. Jede Entscheidung - ob für oder gegen einen Abbruch - kann die falsche sein", klagte ich. Hilfe suchend sah ich zu Gert.
„Das Wochenende ist ja nun gründlich verdorben", sagte er wieder etwas ruhiger.
„Trotzdem möchte ich jetzt meinen Kaffee trinken." Für Gert war das Gespräch vorerst beendet. Carsta ging in ihr Zimmer. Den ganzen Tag über ließ sie sich nicht mehr sehen.
Ich war so unglücklich, weil sie uns noch zusätzlichen Kummer bereitete.
„Du musst dich damit abfinden, dass Carsta bald ihre eigenen Wege gehen wird. Ich hab dir das schon so oft gesagt. Mich hast du immer. Wir müssen da durch!" Gert konnte mich damit kaum trösten. Bis zum späten Abend suchten wir vergeblich nach einer Lösung.

Am Samstag und Sonntag setzten wir das Gespräch mit erzwungener Ruhe und zu dritt fort. Schlimm war, dass Carsta nicht wusste, im wievielten Monat sie war.
Wir einigten uns deshalb dahingehend, dass Gert gleich am Montag einen Termin mit dem Chefarzt der Frauenklinik vereinbaren würde. Dr. Kersten kannte uns. Er würde uns

den besten Rat geben. So blieb es ungewiss für Carsta, ob wir einer Unterbrechung zustimmen - falls dies überhaupt noch möglich war.

Am Montag war ich mit meinen Gedanken nur bei Gert und Carsta. War es richtig, die Entscheidung dem Arzt zu überlassen? Wie wird sein Urteil lauten?
Mein Herz raste, als ich Gerts Schritte auf dem Flur hörte.
„Für einen Schwangerschaftsabbruch ist es höchste Zeit", begann Gert ohne Umschweife, „Carsta hat dir, vielleicht aus Angst, nicht rechtzeitig von ihrer Befürchtung erzählt."
„Also ist es meine Schuld. Weil ich nicht zu Hause bin, wenn ich gebraucht werde. Carsta wollte mich also schonen! Eine schöne Ausrede!" Ich weinte.
„Hör mir mal gut zu, reg dich bitte nicht auf." Gert drückte meine Hände. „Dr. Kersten hat sich sehr verständnisvoll mit mir unterhalten. Er versteht das ganze Dilemma. Er nimmt die Unterbrechung selbst vor. Er sagt, das wäre in unserem Fall die beste Lösung. Außerdem will Carsta das Baby nicht. Das ist mitentscheidend. Wir brauchen kein schlechtes Gewissen zu haben, wenn wir unser Einverständnis geben. Meine Unterschrift hat er schon. Das genügt. Carsta geht morgen in die Klinik. Ich soll dich herzlich grüßen von Dr. Kersten. Er wünscht dir gute Besserung und du sollst weiter so tapfer sein."
„Tapfer! Was sollte ich denn tun?", ich schüttelte den Kopf. „Hat Dr. Kersten auch gesagt, dass der Eingriff nicht ungefährlich ist?"
„Du brauchst dir keine Sorgen machen", Gert blieb unerschüttert. „Der Uterus wird nicht ausgeschabt, sondern nur schonend ausgesaugt. Das soll ich dir sagen."
Gert war außergewöhnlich ernst und sehr ruhig, wie mir schien. Er sah mich eindringlich an.
„Carsta braucht von uns jetzt viel Liebe und Vertrauen. Dr. Kersten bat mich, mit dir darüber zu sprechen. Wir dürfen sie nicht mehr daran erinnern – ihr keine Vorwürfe mehr machen. Ich weiß, wie schwer dir das fällt! Aber du musst es versuchen!", Gert bettelte regelrecht.
Da hatten wir also wieder eine ähnliche Situation wie so oft früher. Wenn es zwischen Carsta und mir Unstimmigkeiten gab, stand Gert letztendlich unserer Tochter bei. Scherzhaft machte er mir dann klar, dass ich zu streng mit ihr sei. Aber diesmal war der Fall viel zu ernst.
„Ich versuche, deinen Gedankengängen zu folgen", sagte ich. „Aber ich kann mich nicht damit abfinden, dass Carsta mein Vertrauen missbraucht hat. Wäre ich zu Hause, dann wäre alles leichter. Dann hätte ich sie überzeugt, die Pille zu nehmen. Du weißt, ich hasse nichts mehr als Lügen. Aber vielleicht akzeptiert mich Carsta jetzt nicht mehr", resignierte ich.
„Aber jetzt übertreibst du!", Gert unterbrach mich. „Nächste Woche ist alles überstanden und es geht weiter wie bisher. Einverstanden?"
„Ich bin einverstanden, wenn du mit den Eltern von Jörg sprichst. Ich bin der Meinung, auch er hätte verhindern können, dass Carsta schwanger wird! Wie ich die Mutter kenne, wird sie wieder behaupten, Carsta wäre ihrem Jungen nachgerannt. Sag ihr, ich möchte nicht, dass Jörg zu Carsta in die Klinik geht. Wenn er es trotzdem tut, dann kann nicht wieder auf Carsta oder mir herumgehackt werden! Und wenn er sie nicht besucht, wird Carsta hoffentlich ihre Schlüsse daraus ziehen."
Diesmal unterbrach mich Gert nicht. Er nickte zustimmend. Es gab Wichtigeres, worauf wir uns konzentrieren mussten.

Während der folgenden Woche verbarg ich meine Unruhe und Angst hinter gespielter Zufriedenheit. Dennoch konnte ich nicht verhindern, dass mein Zustand schlechter wurde.
Marion mühte sich vergeblich mit mir ab. Meine wenig beweglichen Extremitäten waren zentnerschwer. Nichts klappte wie noch wenige Tage zuvor. Das änderte sich auch nicht, als Gert mir mitteilte, Carsta habe alles gut überstanden.
Keine der Schwestern fragte nach Carsta. Ich war sicher, alle kannten den Grund ihrer Abwesenheit und meines plötzlichen Versagens. Ich wollte allein damit fertig werden und war dankbar für das Taktgefühl aller, mit denen ich täglich zu tun hatte.
Am Wochenende holte mich Gert wie immer nach Hause. Er hatte ein hübsches Gesteck aus Blautanne gekauft. Es war der 1. Advent. Carsta lag noch in der Klinik. Wir waren keineswegs in vorweihnachtlicher Stimmung.
Gert ging zur Besuchszeit zu ihr. Ich lag allein daheim auf der Couch. Wie gern wäre ich mitgegangen! Ob Carsta jetzt auch darüber nachdachte? Ob Jörg sie besucht hatte? Ich nahm mir fest vor, nicht zu fragen. Gert befreite mich vom Grübeln.
„Carsta hat sich sehr über deine Grüße gefreut!“, rief er schon an der Tür, bevor er zu mir kam.
„Es geht ihr ganz gut. Aber sie ist ziemlich niedergeschlagen, hat sehr abgenommen und sieht schrecklich blass aus. Aber du sollst dir deshalb keine Sorgen machen. Sie freut sich schon, bald wieder nach Hause zu kommen. Der Chefarzt behält sie etwas länger in der Klinik, weil du ja nicht zu Hause bist.“
„Siehst du, ich gebe wieder Anlass zur Besorgnis! Das ist so belastend!“, klagte ich.
„Das geht schon in Ordnung“, Gert wusste sofort Rat. „Ich nehme meinen Haushaltstag, wenn Carsta entlassen wird. Dann ist sie nicht allein.“
Das erleichterte mich. Gert erhielt seit Mai monatlich einen freien Tag zur Erledigung der Hausarbeit. Der Betrieb war großzügig und bezahlte diesen.
Gegen Abend besuchten uns Werner und Rita. Meine Leistung auf der Matte war miserabel.
„Das war zu erwarten. Ist normal“, tröstete Werner, „du musst die Sache mit deiner Tochter erst verdauen. Du machst dir Sorgen! Mich kannst du nicht täuschen!“
„Sieh mal die ganze Sache positiv“, Rita legte ihren Arm um meine Schultern „Carsta hat daraus bestimmt gelernt. Sie ist doch ein kluges Mädel. Zum Nachdenken hatte sie in der Klinik genügend Zeit. Und was den Jungen betrifft - er ist ja selbst noch ein Kind! Was nützen da Vorwürfe? Du kennst die Worte: Das kommt in den besten Familien vor!“
„Ich werde nur den Gedanken nicht los, dass ich schuld daran bin, weil ich Carsta nicht überzeugen konnte, die Pille zu nehmen. Damit muss ich erstmal fertig werden“, seufzte ich.
„Das kann mir mit meinen Buben auch passieren! Tröstest du mich dann, wenn mich die Schwiegertöchter überfallen?“, neckte mich Rita.
Diese Vorstellung erheiterte uns alle, denn die Jungen kamen gerade erst zur Schule.
Werner und Rita waren der Ansicht, ich bräuchte mal eine Abwechslung. Eine andere Umgebung würde mir gut tun. Deshalb wurde ein Besuch bei ihnen geplant.
„Zu Weihnachten haben wir Zeit. Da kannst du mal unsere Wohnung und den Rest der Familie kennen lernen“, legte Rita fest.
„Ihr habt so viel Verständnis für mich – für uns drei! Ständig macht ihr euch Gedanken, wie ihr mir helfen könnt. Wie soll ich euch das jemals danken?“, sagte ich.

„Das kannst du uns nur damit bezahlen, indem du dich durch nichts und niemanden entmutigen lässt und dir weiterhin viel Mühe gibst“, Werner sah mich aufmunternd an. Das Versprechen gab ich natürlich – wie so oft schon. Mit Carsta wird alles gut werden. Man hatte mich überzeugt. Ich nahm mir fest vor, nicht mit ihr zu schimpfen.

Die zweite Adventwoche bedeutete nur vier Tage Klink. Gert wollte mich schon am Donnerstag, wenn Carsta entlassen wurde, nach Hause holen. Doch die Vorfreude wurde etwas getrübt durch die Mitteilung, dass neue Schülerinnen ihren vierwöchigen Dienst begannen. Bisher hatte ich oft schlechte Erfahrungen mit diesen Mädchen gemacht. Deshalb sah ich diesem Ereignis etwas skeptisch entgegen. Erstmals lernte ich Schülerinnen kennen, die vom Evangelischen Diakonissenkrankenhaus geschickt wurden.
Mein Misstrauen erwies sich bald als unbegründet. Die beiden Mädchen waren im Vergleich zu ihren Vorgängerinnen auffallend gewissenhaft und einfühlsam.
Schwester Johanna bestätigte meine Erkenntnis. „Wir sind froh, wenn Schülerinnen von der Diakonie zu uns kommen“, sagte sie, „denn sie sind uns eine wirkliche Hilfe, weil sie die richtige Einstellung zur Krankenpflege haben. Im Gegensatz zu manchen Damen, die hier an unserer Klinik ausgebildet werden.“

Gerade als ich mir geschworen hatte, das Versäumte schnell aufzuholen, kam Marion mit einer wirklich erschütternden Nachricht.
„Ich hab’ es bis heute immer vor mir her geschoben. Heute muss ich es Ihnen endlich sagen“, Marion setzte sich auf mein Bett. Mein Herz klopfte. Vor Angst wagte ich kaum zu atmen. Ich erwartete nichts Gutes, weil Marion so plötzlich verändert war.
„Ich verlasse Sie! Ich bin nur noch bis Freitag hier.“ Marion sah mich an, als wollte sie sich entschuldigen. „Ab Januar gehe ich zu meinem Freund nach Ost-Berlin. Wir haben hier keine Aussicht auf eine eigene Wohnung. Und er hat dort eine so schöne. Ich hab auch schon eine neue Arbeitsstelle. So, jetzt ist es heraus!“
„Oh, das ist schön für Sie! Jetzt fällt mir aber ein Stein vom Herzen! Ich hatte gerade die schlimme Befürchtung, Sie würden sagen, es hätte keinen Sinn mehr, weiterhin zu üben.“ Ich stotterte verlegen, war aber gleichzeitig erleichtert wegen meines Irrtums.
„Wie kommen Sie denn auf diese verrückte Idee?“, rief Marion. Sie umarmte mich.
„Ich hatte Hemmungen, es Ihnen zu sagen. Wir haben uns so gut miteinander verstanden. Seit der ITS habe ich Sie aufgebaut. Und nun dachte ich, Sie fühlen sich von mir im Stich gelassen.“
Marion sah mich an. Antworten konnte ich nicht, da war wieder der berühmte Kloß im Hals.
„Sie haben einen starken Willen, der alle Hindernisse überwindet. Machen Sie mir mal Mut!“, sagte sie. „Ich weiß auch nicht, was mich auf meiner neuen Arbeitsstelle erwartet.“
„Bei Ihrer Liebe zum Beruf und Ihren Fähigkeiten werden Sie wohl mit Sicherheit bald Anerkennung finden“, erklärte ich. Dabei dachte ich daran, wie viel ich Marion zu verdanken hatte. Wir sprachen uns gegenseitig Mut für die Zukunft zu und übten unser tägliches Pensum. Es gelang wieder besser als in den vergangenen Tagen.
Am Nachmittag stellte mir Marion ihre Nachfolgerin vor. „Das ist Katja. Sie ist jetzt für Sie zuständig. Ich habe ihr schon erklärt, wie mit Ihnen umzugehen ist, was Sie können.“
Katja war jünger als Marion - schätzungsweise hatte sie gerade ihre Ausbildung beendet. Katja machte einen ausgeglichenen, freundlichen Eindruck. Sie war ausgesprochen hübsch.

Mit ihren fransig geschnittenen, dunklen Haaren und den großen, blauen Kulleraugen erinnerte sie mich an eine Puppe. Wenn sie so gut übt, wie sie aussieht, dann bin ich in guten Händen, dachte ich bei der hoffentlich unauffälligen Musterung.
Es blieben noch vier Tage, an denen Marion und Katja gemeinsam alle Übungen mit mir durchgingen. Dabei musste Marion mehrmals zu höherem Tempo antreiben. Aber sicher waren das nur Anlaufschwierigkeiten. Ich nahm mir vor, nicht gleich pessimistisch zu sein.

Der Abschied von Marion fiel mir sehr schwer. Gert hatte extra Jakobs- Kaffee und Schokolade für sie mitgebracht. Diese kleine Anerkennung hatte sie sich in jeder Hinsicht verdient. Das Lob nahm sie jedoch nur widerstrebend an. „Das ist für mich selbstverständlich! Ich werde durch die Fortschritte meiner Patienten belohnt", erklärte sie und begleitete uns noch ein letztes Mal bis zum Auto.

Mit gemischten Gefühlen sah ich dem Wiedersehen mit Carsta entgegen. Aber sie nahm mir die Unsicherheit, denn schon im Hausflur kam sie uns entgegen und umarmte mich stürmisch.
„Da bin ich wieder! Es war furchtbar! Aber mir geht es gut! Ich wollte dich gestern besuchen, durfte aber erst heute raus!"
„Du reißt mir die Mami noch vom Arm!", stöhnte Gert. Ich landete im Schaukelstuhl.
Carsta hatte das Wohnzimmer weihnachtlich geschmückt. Die kleinen Engelchen, den großen bunten Nussknacker, Räuchermännchen und die Weihnachtspyramide hatte sie vom Boden geholt und überall auf der Schrankwand, dem Kamin und der Balkenwand verteilt.
„Darfst du denn schon so viel herumlaufen?", ich machte mir Sorgen. Sie war sehr blass.
„Ich fühle mich wirklich gut, Mami! Und es soll doch alles so hübsch sein, wie du es in den vorigen Jahren immer gemacht hast. Ich wollte euch eine Freude machen."
Carsta sah sich prüfend um, ob sie auch nichts vergessen hatte. Gert blinzelte mir zu. Ich wusste, was er damit ausdrücken wollte. Wir lobten Carstas gute Idee. Als wir später kurz allein waren, vertraute ich ihr an, dass sich meine Regelblutung ganz unerwartet wieder eingestellt hatte.
„Würdest du mich deshalb an diesem Wochenende allein waschen können?", fragte ich.
„Aber nur, wenn es nicht zu schwer für dich ist. Beim Anziehen kann dir ja Papi helfen."
„Nein, das mache ich gern für dich! Freust du dich? Jetzt kommt auch das wieder zurück!"
Carsta strahlte. Aber ich konnte mich darüber nicht freuen. Diese unangenehme Tatsache brachte mir meine Hilflosigkeit noch gravierender zu Bewusstsein. Ich ließ mir nichts anmerken. Carsta erzählte, dass sie nach vier Wochen zur Nachuntersuchung bestellt war und versicherte mir, nun regelmäßig die Pille zu nehmen.
Ich war froh, dass Carsta keine Beschwerden hatte und stellte weiter keine Fragen.
Am Sonntag besuchten uns meine Eltern. Sie brachten selbstgebackenen Weihnachtsstollen mit. Ob sie den Grund für Carstas Blässe ahnten oder gar kannten, wusste ich nicht. Auch sie stellten keine Fragen.
Auch Werner ließ sich seinen sonntäglichen Besuch nicht nehmen. Mir fiel auf, dass er zu Carsta ausgesprochen liebevoll und besorgt war. So, als wollte er mir sagen: Vergiss, was geschehen ist, sei wieder lieb zu ihr! Sie hat es nicht leicht!
Daran wollte ich mich halten. Es war ein harmonisches Adventwochenende. Noch eine volle Woche in der Klinik, dann durfte ich über die Festtage bis zum Jahresbeginn

daheim bleiben. Gert und Carsta hatten für mich Urlaub genommen. Welch wunderbare Aussichten!

Gert brachte mich am Sonntagabend allein in die Klinik. Schwester Dietlinde hatte mein Wasserkissen nicht gewärmt, weil ihr das angeblich zu schwer war. Gert schüttete das kalte Wasser aus dem Gummikissen und füllte es mit warmem Leitungswasser.
„Wenn Ihnen diese Arbeit zu schwer ist, müssen Sie sich Hilfe holen. Oder verantworten Sie es, wenn meine Frau eine Blasenentzündung bekommt?“, Gert war sehr verärgert.
Dietlindes Gesicht verfärbte sich. Zum Antworten kam sie nicht.
„Komisch – alle anderen Schwestern füllen warmes Wasser ein, bevor wir kommen. Warum klappt das bei Ihnen nicht? Ich werde meine Frau gleich zur Nachtruhe vorbereiten. Diese Arbeit nehme ich Ihnen auch noch ab!“, sagte Gert zynisch.
„Tröste dich. Diese Woche schaffst du noch! Aber lass dir nichts gefallen.“ Gert verabschiedete sich.
Mir war der Vorfall äußerst peinlich.

Da vor den Feiertagen nur akute Fälle aufgenommen wurden, war diese Nacht ruhig.
Auch tagsüber ging es weniger hektisch zu. Die beiden Schülerinnen waren nahezu rührend um mich bemüht. Das Frühstücksbrot durfte ich unter Aufsicht allein essen. Aber sie ließen es sich nicht nehmen, das selbstständige Trinken mit mir zu üben.
Die letzte Woche in diesem Jahr, die ich in der Klinik verbringen musste, schien sich gut zu verabschieden, bis dieser Eindruck von der Visite widerlegt wurde.
„Wie ich feststelle“, begann Dr. Krause mit seinem gekünstelten Lächeln, „sitzen Sie den ganzen Tag über allein hier im Zimmer - völlig isoliert. Sie dürfen sich nicht länger abkapseln. Sie sollten sich endlich damit abfinden, wieder unter Menschen zu gehen. Ab morgen werden Sie raus auf den Flur zu den anderen Patienten gebracht.“
Ohne meine Antwort abzuwarten, ging er aus dem Zimmer.
Etwas Schlimmeres hätte er mir nicht antun können! In meinem Kopf dröhnten wieder die Worte endlich damit abfinden. Ich konnte keinen klaren Gedanken fassen. Ich sah mich auf dem Flur im Rollstuhl sitzend, untätig und stupide vor mich hinstarrend.
Hatte mich der Stationsarzt zum Nichtstun verurteilt? Warum durfte ich nicht mehr mit dem Galgen üben? Oder sollte ich mich jetzt zur Schau stellen mit meinen Greifübungen, den Arm-, Bein- und Oberkörperbewegungen? Sollte ich mit meinen Requisiten, der Tasse, dem Steckspiel, Schaumgummiball und Übungsflicken den anderen Patienten eine Vorstellung geben? Wie in einem Irrgarten rasten meine Gedanken hin und her. Ich merkte nicht, wie die Tränen über meine Wangen liefen.
„Hallo, hier wird nicht geweint! Ich hoffe, das sind Freudentränen!“ Ich hatte nicht einmal gemerkt, dass Schwester Marita neben mir stand. Sofort klagte ich ihr mein Leid.
„Niemand kann Sie zwingen, sich auf den Flur zu setzen“, bekam ich darauf zur Antwort. „Der Doktor hat es gut gemeint. Denn nur bettlägerige Patienten bleiben bei uns im Zimmer.“
Ich wusste das, wollte aber wie gewohnt in meinem Zimmer bleiben. Marita schob den Betttisch vor den Rollstuhl, legte die Fernbedienung und mein Übungsmaterial darauf. Ich kam mir vor wie ein trotziges Kind, das seinen Willen durchgesetzt hat.

An diesem Tag kam meine neue Physiotherapeutin erstmals allein zu mir. Die Übungen verliefen ganz anders als mit Marion. Katja gab ihre Anweisungen leise, mit monotoner Stimme. Der Tonfall wirkte beinahe einschläfernd.
„Ja, das reicht! Sie sehen ganz erschöpft aus", sagte Katja teilnahmsvoll, nachdem sie meine Beine etwa zwanzig Minuten lang passiv und langsam bewegt hatte.
Aber ich war keineswegs erschöpft! Sollte das etwa alles gewesen sein?
Die Nachmittagsübungen verliefen ebenso enttäuschend für mich. Katja stellte sich neben den Betttisch und ließ mich Bauklötzchen stapeln, Knöpfe in Knopflöcher stecken, die leere Tasse zum Mund führen. Katja wusste, dass ich damit schon lange täglich allein übte. Dazu brauchte ich keine Anweisungen mehr. Marion hatte mich dabei nicht mehr beaufsichtigt.
„Das muss noch besser werden", sagte sie nach etwa zehn Minuten. „Wir werden das jetzt jeden Tag üben." Damit verabschiedete sie sich mit ihrem lieblich lächelnden Puppengesicht.
Was meinte sie mit wir? Sie tat doch dabei nichts, sah ohne Worte nur zu!
Ich überlegte, was ich tun konnte, um Katja davon zu überzeugen, dass sie mich mehr fordern musste. Ich wollte sie weder bevormunden noch kränken, aber der Unterschied zu Marion war einfach riesengroß. Und das machte mich traurig.
Gert meinte, ich wäre zu ungeduldig. Die neue Physiotherapeutin müsse sich erst einarbeiten.
„Wir können jederzeit mit Werner sprechen, wenn du unzufrieden bist." Das beruhigte mich. Aber Gert war wie ich der Meinung, dass es keinen Sinn hatte, wenn ich mich untätig auf dem Flur aufhielt.

Die letzte Woche zog sich ziemlich in die Länge. Gitta und Dietlinde waren ausgefallen, da ihre Kinder krank waren. Deshalb hatte Ralf an allen Feiertagen Dienst.
„Das kommt davon, weil du keine Familie hast!", foppte ihn Ulla. Aber alle wussten, dass er gern arbeitete. Schwester Johanna kam oft auf ein Schwätzchen zu mir. Sie hatte eine Tochter in Carstas Alter. Ich erwähnte nichts von der überstandenen Abtreibung. Johanna wusste sicher davon.
Ich wartete täglich darauf, dass Katja mich mehr forderte. Aber ihre Übungen liefen ab wie ein Uhrwerk. Selten gab sie bei den Bewegungen Widerstand. Nie dachte sie sich etwas Neues aus. Ich befürchtete ein Nachlassen meiner Kraft. Ich grübelte, sprach diesmal aber nicht mit Gert darüber. Ich wollte ihm vor dem Fest keine Sorgen machen.
„Also, Katja", sagte Ralf laut lachend, als er uns am dritten Tag beim Üben zusah. „Pass auf, dass du nicht einschläfst! Hast wohl gestern eine anstrengende Nacht gehabt? Katja, Katja bessere dich!"
Das saß! Katja drehte mich auf den Bauch. Ich durfte mal wieder den Oberkörper anheben.
„Machen Sie sich nichts draus", flüsterte mir Ralf zu. „So hübsch wie sie ist, ebenso phlegmatisch ist sie auch!"

Der ersehnte Freitagnachmittag! Ich hatte mich schon von allen Schwestern und Ärzten verabschiedet und wartete abholbereit auf Gert. Da kam Schwester Ulla angefegt!
„Einen ganz lieben Gruß von ihrem Liebsten soll ich Ihnen ausrichten. Er kann erst in einer Stunde kommen, weil er noch eine Besprechung hat! Und ich soll bei Ihnen bleiben!"

Ich musste über die übertriebene Ausdrucksweise herzhaft lachen. Ulla war in den letzten Tagen wieder die alte Ulknudel. Ich freute mich über ihre lustige Unterhaltung.
„Wusste ich doch, wo ich dich finde! Drückst dich mal wieder, liebe Ulla!" Ralf gesellte sich zu uns. Da die Station zum Jahresende nicht voll belegt war, nahmen sich beide die Zeit, mir das Warten zu verkürzen. Dabei erfuhr ich, dass der Chef eine neue Sekretärin hatte. Nach Ralfs Beurteilung machte sie einen netten Eindruck, war ganz natürlich und etwa in meinem Alter. Ich kannte ihre Vorgängerin nicht. Aber Ulla beschrieb diese als wandelnden Tuschkasten mit blondiertem Haarschopf, den sie ständig im Spiegel kontrollierte.
„Wird sich schon zeigen, ob sich unser Chef verbessert hat", konstatierte Ralf.
„Wer hat sich gebessert?" Gert stand hinter uns und amüsierte sich. Wir hatten ihn nicht reinkommen gehört, weil die Tür offen stand. Die neue Chefsekretärin kannte er bereits, deshalb erübrigte sich eine erneute Personenbeschreibung.
Als Weihnachtsgeschenk brachte Gert Westkaffee und Gebäck mit. Bis auf einige Ausnahmen hatten alle eine Anerkennung verdient. Sie hatten mit mir fast ein Jahr lang viel Arbeit gehabt.

Gert fuhr mit mir durch die Stadt. Ich sah die Menschen an den erleuchteten Geschäften vorbeieilen. Im vorigen Jahr schimpfte ich über diesen frustrierenden Einkaufsrummel.
Jetzt träumte ich davon, wie schön es wäre, wieder dabei zu sein. Wie oft ärgerte ich mich, wenn das Gewünschte überall ausverkauft war. Jetzt würde ich gern auf Vieles verzichten, wenn ich nur laufen könnte.
„Sieh mal", Gert riss mich aus meinen Gedanken. „Die Pittiplatsch-Pyramide!" Sie stand dort immer in der Adventszeit. Als Carsta klein war, hielt sie sich immer an den kreisenden Figuren fest. Das war schön - aber schon unendlich lange her!
Es dämmerte schon, als mich Gert aus dem Auto hob und mit großen Schritten ins Haus trug. Carsta erwartete uns ungeduldig. Sie hatte die Pyramidenkerzen angezündet. Es duftete nach Tannengrün und Kaffee. Neben den Kaffeetassen standen Räuchermännchen.
„Ist das gemütlich! Sehr hübsch hast du das gemacht!" Ich freute mich sehr. Gleichzeitig stimmte es mich traurig, weil ich nichts dazu beitragen konnte.
„Im nächsten Jahr machen wir das alles wieder gemeinsam!", Carsta hatte anscheinend meine Gedanken gelesen. Sie fiel mir übermütig um den Hals. Dabei kam der Schaukelstuhl gefährlich ins Wanken, so dass Gert lachend eingriff. „Ihr hättet wohl gern noch ein Gipsbein!"
„Gipsbeine heilen schnell!" Ich sah Gert an. Er reagierte sofort. „Wehe, wenn du grübelst!"
Er hatte ja Recht. Genau sechzehn Tage durfte ich mit Gert und Carsta zu Hause verbringen! Dieses Glücksgefühl würde sicher meine Genesung beschleunigen.

Gert hatte an alles gedacht. Ein Physiotherapeut kam täglich und übte mit mir. Er war ebenfalls ein dürftiger Ersatz für Marion, aber ich ließ es mir nicht anmerken. Schon am zweiten Tag übernahm Gert das Kommando. Taktvoll – aber bestimmt. Er wusste, ich will gefordert, aber nicht geschont werden.
Die Tage vor dem Fest vergingen in Windeseile. Sogar zum Wechseln der Trachealkanüle kam der Arzt zu mir nach Hause.
Carsta sah noch immer blass aus. Sie ging noch nicht arbeiten. Das leidige Thema Unterbrechung wurde gemieden. Ebenso die Frage nach Jörg.

Der Heilige Abend war wie so oft trüb und nasskalt. Es fehlte der Schnee. Und meine Stimmung glich dem Wetter. Nur unter großer Anstrengung konnte ich mich Carstas Fröhlichkeit anpassen. Alles war so anders als in den vergangenen Jahren. Da saß ich nun untätig auf der Couch und sah zu, wie Gert und Carsta den Baum schmückten. Bisher hatte ich das immer allein getan, während die beiden bei meinen Eltern warteten. Sogar im vergangenen Jahr hatten wir uns an diese ungeschriebene Regel gehalten, obwohl ich schon von lästigen Nackenschmerzen geplagt wurde.

„Du verunstaltest ja alles, Papi!" Carsta hielt ihren Vater energisch davor zurück, einen Batzen Bleilametta einfach auf den Baum zu werfen. „Siehst du, die Mami guckt schon böse, weil wir es nicht richtig machen", sagte unsere Tochter, wobei sie sorgfältig jedes Silberfädchen einzeln an die Äste hing.

„Weshalb sollte ich denn böse sein?", fragte ich und zwang mich zu einem Lächeln.

„Es macht nur traurig, dass ich euch nicht helfen kann. Ihr versteht das? Vergesst nicht, das Lametta müsst ihr wieder gründlich abfädeln und fürs nächste Jahr aufheben."

Das Bleilametta schickte uns Opa Max. Im Gegensatz zu den leichten Aluminiumfäden des DDR-Weihnachtsschmucks hing es schön schwer und verfilzte nicht.

Carsta schob ihren Vater zur Seite. Er setzte sich erleichtert neben mich. „Diese Fummelei ist nichts für mich!"

Carsta beendete das Kunstwerk aus großen weißen und kleinen roten Kugeln. Die elektrische Beleuchtung funktionierte sogar beim ersten Versuch. Es war wieder ein schöner Lichterbaum.

Ganz in Gedanken verloren sah ich vor mir auf dem Teppich die leeren Kartons für die Kugeln stehen. Instinktiv bückte ich mich danach und hob einen Karton auf meinen Schoß.

Ich wollte aufräumen, Ordnung schaffen.

„Wie hast du denn das geschafft!" Gert und Carsta sahen mich ungläubig an. Ich wusste es nicht und sah verblüfft nach unten.

„Mach das noch mal! Das war Spitze!", ermunterte mich Carsta begeistert. Auch Gert bat um eine Wiederholung des Kunststücks. So bückte ich mich wieder und wieder, bis ich alle erreichbaren Kartons neben mir auf der Couch stehen hatte. Eine leichte Übung war das nicht, denn seitlich hatte ich keinen Halt und die Couch war ziemlich hoch. Entsprechend groß war unsere Freude über den unverhofften Fortschritt. Ich faltete noch das zerknüllte Seidenpapier und steckte es in die Pappwaben der Kartons – alles sehr langsam mit der linken Hand. Reglos lag die rechte daneben, mit gewaltsam gestreckten Fingern in der Schiene. Aber ich hatte erstmal etwas Sinnvolles getan und konnte helfen! In meiner Freude wollte ich auch die Lamettafäden aufheben Aber das misslang. Das Gefühl in den Fingerspitzen fehlte!

„Es kommt zuletzt zurück!" hatte Werner gesagt.

Gezwungenermaßen verlief auch die Bescherung ganz anders als in all den Jahren zuvor.

Gert und Carsta beschenkten sich gegenseitig. Dazu hatte ich den beiden heimlich Ratschläge gegeben. Die Tatsache, selbst nichts kaufen zu können, war für mich bedrückend und anspornend zugleich. Im nächsten Jahr wollte ich das nachholen und jede Minute auskosten. Von Gert bekam ich drei hübsche Vasen verschiedener Größe, die er von einer Dienstreise mitgebracht hatte. Er foppte mich oft, weil ich trotz der stattlichen Sammlung nie die passende Vase fand, wenn ich Blumen geschenkt bekam.

Carsta hatte für mich eine warme Decke besorgt, die ich über meine Beine legen konnte, wenn ich im Rollstuhl saß.
Oma Emmi und Opa Max hatten Pakete geschickt. Sie verwöhnten uns wie immer mit sehr schöner Kleidung, Kaffee, Toilettenartikeln und Süßigkeiten.
„Die Jeans werden wir dir bald mal anziehen", bestimmte Gert, „mal sehen, ob du zugenommen hast!" Damit wollte er mich necken. Ich kannte das! Das hielt mich auch nicht davon ab, Süßigkeiten vom verlockenden bunten Teller zu naschen. Dabei musste ich mich noch bedienen lassen. Mit ausgestrecktem Arm etwas ergreifen, das funktionierte noch nicht.

Am 1. Feiertag waren beide Omas und Opas eingeladen. Viel zu früh klingelten uns meine Eltern - wie gewohnt - aus dem Mittagsschläfchen. Gert nahm es mit Humor.
Während er und Carsta sich herzlich für die Geschenke bedankten, hatte ich diesmal damit Probleme. Meine Mutter drückte mich. „Ach, es ist so furchtbar. Warum wird es nicht besser!", schluchzte sie. Das wirkte ansteckend. Auch meine Augen wurden verdächtig feucht.
Sofort protestierte Carsta. Sie beschrieb lauthals meine neuesten Fortschritte.
„Aber man sieht doch nichts", zweifelte Oma Jenni. Dabei sah sie mich unglücklich an. Meine Stimmung war dahin. Da war es gut, dass Oma Lotte und Opa Karl pünktlich kamen. Bald lagen alle Geschenke unter dem Weihnachtsbaum.
Ob Oma Lotte meine Gedanken erahnte? Sie rückte näher zu mir und legte eine Tüte voll Süßigkeiten auf meinen Schoß. „Aber nicht zu viel naschen! Dick darfst du nicht werden, sonst kommst du schlecht wieder auf die Beine!", sagte sie. Dabei lächelte sie zuversichtlich.
Ich nickte nur. „Ach, es wird schon werden!", tröstend umfasste sie mich.
Beim Kaffeetrinken wurde lebhaft durcheinander geschnattert. Carsta gab mir ein kleines Stück Stollen in die Hand. Ich aß mit wackeliger Hand, aber ohne fremde Hilfe. Und das, obwohl meine Mutter kein Auge von mir ließ. Was mich sehr verunsicherte!
„Habt ihr das gesehen?", rief sie plötzlich. „Sie kann ja allein essen!" Was sollte ich davon halten? Eben noch hatte sie kleine Besserungen nicht anerkannt. Verstand ich alles falsch?
„Siehst du, Oma, da hast du was verpasst! Denn Mami isst schon lange allein. Nur mit dem Löffel geht es noch nicht. Aber du glaubst mir ja nie, wenn ich es dir erzähle!" Carsta war deutlich, hatte sich aber im Ton vergriffen. Gert gab ihr ein Zeichen, still zu sein.
„Du erzählst gar nichts mehr von Quartus", Oma Lotte wunderte sich.
„Ich hab ihn seit Ende November nicht mehr gesehen. Vielleicht hat ihn Herr Meisner schon verkauft." Carstas Stimme zitterte.
„Wir können jetzt keinen Hund gebrauchen", ergriff Gert das Wort, „das seht ihr doch ein!"
Carsta war nahe am Weinen. Es war auch meine Schuld, dass wir den Hund völlig vergessen hatten. Außer Carsta hatte wohl niemand mehr daran gedacht.
Oma Lotte sah den Opa an: „Karl, den Quartus nehmen wir! Wir können einen Wachhund gebrauchen. Und die Hütte von der Lisa haben wir auch noch."
Opa Karl schmunzelte – das bedeutete Zustimmung. Carsta fiel den beiden stürmisch um den Hals. „Oh! Ist das eine tolle Lösung! Gleich morgen gehe ich mit Jörg zu Herrn Meisner! Dann gebe ich euch Bescheid!"

„Du hast doch Jörg lange nicht gesehen“, folgerte Gert. „Willst du ihm wieder nachlaufen? Das hast du wirklich nicht nötig! Soll ich mit dir zu Herrn Meisner gehen?“
„Nein, ich frage lieber Jörg. Er war ja bisher immer mit.“ Gegen Carstas Hartnäckigkeit kam Gert nicht an. Vor den Großeltern wollten wir das Thema auch nicht erörtern. Mir war jedoch klar, unsere Tochter hatte nun wieder einen Grund, sich mit Jörg zu treffen. Ich hätte an ihrer Stelle anders gehandelt, hielt mich aber zurück. Unsere Meinungen gingen hier auseinander.
Carsta war glücklich über die unverhoffte Wende von Quartus' Schicksal. Sie konnte ihn nun zu jeder Zeit nach Belieben besuchen.
Der Rest des Feiertages war ausgefüllt mit Plänen für Quartus. Wenn ich wieder gesund war, sollte er zu uns kommen.
„Also, weiter so schön anstrengen!“ Gerts Mutter drohte beim Verabschieden scherzhaft mit dem Zeigefinger. Meine Mutter drückte mich wortlos. In ihren Augen standen Tränen.
Als alle nach draußen gingen und ich allein zurückblieb, war da wieder der grässliche Kloß im Hals. Ich hörte, wie sie sich an der Haustür unterhielten.
Warum kann ich nicht einfach aufstehen und zu ihnen gehen?
Da sahen die beiden Omas noch mal zur Tür herein. „Euer Baum sieht wieder wunderschön aus! Von draußen sieht man, wie gemütlich es hier bei euch ist.“ Diese Worte konnten mich nicht trösten. Ich war festgenagelt neben einem schönen Weihnachtsbaum, in einer gemütlichen Wohnung.

Der 2. Feiertag war etwas freundlicher – kalt, aber wieder ohne Aussicht auf Schnee. Carsta hatte es tatsächlich geschafft, sich für neunzehn Uhr mit Jörg zu verabreden.
„So spät kannst du nicht zu Herrn Meisner gehen!“, schimpfte Gert. „Außerdem weißt du genau, dass wir alle drei beim Chef eingeladen sind! Dabei bleibt es! Ich hatte gedacht, ihr würdet Quartus vormittags besuchen und ihn mit herbringen! Aber so wird nichts daraus!“
Gert hatte Recht – aber Carsta bockte. Sie verschwand wütend in ihrem Zimmer.
Gegen fünfzehn Uhr machte mich Gert besuchsfertig – wie er das Ankleiden lachend nannte.
Wir hatten uns für meinen braunen Cordoverall entschieden, den ich im vergangenen Winter so gern getragen hatte. Darunter gehörte ein enger Rolli. Hiermit würde ich mich endlich wieder gut angezogen fühlen. Doch unser Vorhaben erwies sich als außerordentlich schwierig. Zuerst steckte Gert meinen steifen rechten Arm in den Rolli, dann den beweglichen linken. Aber danach den engen Rollkragen über meinen Kopf ziehen – das war Schwerstarbeit für uns beide, denn ich konnte die Arme nicht gleichzeitig anheben!
„So, das wäre geschafft!“ Gert schwitzte. Sorgfältig zupfte er den Rollkragen zurecht.
„Aber wie krieg ich dich in den Anzug?“ Gert schob meine Beine in die Hose. Es ging. „Und wie kommen wir jetzt über den Po und dann in die Ärmel?“
„Wir hätten diesen schwierigen Akrobatikakt lieber lassen sollen“, sagte ich. Es tat mir Leid.
„Ach was! Aller Anfang ist schwer! Wir schaffen das!“, Gert überlegte. „Wenn du etwas sicherer stehen könntest, dann hätten wir dass Ding im Nu oben. Aber ich habe Angst, dich fallen zu lassen.“
Er sah mich hilflos an. Ich war dem Weinen nahe. Da entschloss sich Gert, Carsta um Hilfe zu bitten. Unsere Tochter hatte sich seit Mittag in ihrem Zimmer verschanzt. Sie

wollte damit zeigen, dass sie sich ungerecht behandelt fühlte. Aber sie kam, ohne zu murren.
Gert stellte mich auf die Beine und hielt mich fest an beiden Schultern. Carsta zog den Anzug mit großer Anstrengung über meine Hüften bis unter die Arme.
„Ich krieg die Ärmel nicht höher", stöhnte sie.
Früher habe ich mich in den Overall regelrecht hineingeschlängelt. Er saß wie angegossen.
„Ach, kommt, wir geben es auf", sagte ich entmutigt, „ich bin eben dicker geworden."
Statt zu antworten, legte mich Gert vorsichtig auf den Teppich, beförderte beide Arme an ihren Platz und zog mit Leichtigkeit den langen Reißverschluss hoch.
„So, jetzt sag mir mal, wo du dicker geworden bist!", schnaufend beugte sich Gert über mich.
Vor Freude gab ich ihm einen dicken Kuss. Erleichtert fingen wir alle drei an laut zu lachen. Hilflos ausgestreckt lag ich auf dem Teppich. Gemeinsam setzten Gert und Carsta mich wieder in den Sessel.
„Oh, danke! Jetzt bin ich aber froh!" Ich holte tief Luft.
Gert hatte gerade noch Zeit zu duschen, bevor auch er sich ausgehfertig machte.
Pünktlich um sechzehn Uhr waren wir beim Chef und seiner Familie. Wir wurden schon erwartet.
Die schmale, steile Treppe des Hauses war die nächste Hürde für Gert. Wenn ich einen Arm auf seine Schulter legen könnte, wäre es leichter - aber das war leider nicht möglich. Da nützte es auch nichts, dass der Chef und Carsta hinter uns gingen.
Nach dem aufregenden Aufstieg fanden wir auf einer bequemen Couch Platz. Vor uns prangte eine riesige Schwarzkiefer in weihnachtlichem Schmuck. Gleich fiel mir ein Stein vom Herzen, als ich bemerkte, dass die beiden Söhne, sechs und acht Jahre alt, meine Behinderung gar nicht wahrnahmen. Zur allgemeinen Erheiterung berichtete Gert von unserer schwierigen Ankleideaktion.
„Im Trainingsanzug hätten wir dich ebenso gern empfangen! Aber in dem schicken Overall fühlst du dich sicher wohler", lenkte Rita ein.
Es wurde ein gemütlicher, unbeschwerter Nachmittag. Nur Carsta beteiligte sich kaum an der Unterhaltung und sah dauernd zur Uhr. Als wir dann noch gebeten wurden, zum Abendessen zu bleiben und wir fröhlich zusagten, sah sie mich finster an.
Erst gegen einundzwanzig Uhr traten wir die Heimfahrt an. Carsta sprach nicht mit uns. Sie war verärgert, weil sie sich unseretwegen nicht mit Jörg treffen konnte.
Inzwischen war es sehr glatt geworden. Gert zog sich dicke Wollsocken über die Schuhe, um vor der Haustür nicht auszurutschen. Das sah drollig aus. Wir lachten. Carsta tat weiterhin unbeteiligt. Sie sah zu Jörgs hell erleuchtetem Fenster.
Sie schob Kopfschmerzen vor und ging gleich zu Bett. Ich trank mit Gert noch etwas Wein.
„Ob ich es schaffe, wieder Auto zu fahren?", fragte ich ganz nebenbei.
„Du hast Sorgen!" Gert fand das unwichtig. „Ein Auto kann so umgerüstet werden, dass es auch Behinderte bedienen können. Aber das weißt du ja!"
Bei diesen Worten zuckte ich zusammen. Beschäftigte ihn etwa der Gedanke, dass meine Behinderung nicht völlig verschwinden wird? Ich ließ mir nichts anmerken, lenkte das Gespräch auf Carsta. Gert wollte wie ich verhindern, dass sie Jörg wieder nachlief, wie seine Mutter behauptet hatte. Diesen Vorwurf würde ich nicht noch einmal ertragen.

„Wie willst du das unserer Tochter klar machen? Du weißt, wie eigensinnig sie sein kann!"
„Die beiden sind ein so ungleiches Paar", sagte Gert. „Lassen wir die Zeit entscheiden! Verderben wir uns nicht den schönen Abend", schloss er das heikle Thema.
Am folgenden Vormittag ging Carsta zu Herrn Meisner, um sich nach Quartus zu erkundigen.
Gert hatte bemerkt, dass sie allein gegangen war. Schon nach kurzer Zeit klingelte es stürmisch. Ich saß im Schaukelstuhl. Gert öffnete ahnungslos die Tür. Da stürmte plötzlich Quartus bellend ins Wohnzimmer! Ich erschrak so sehr, dass meine Arme nach oben flogen. Quartus musste das wohl falsch verstanden haben! Denn er sprang mit einem Satz auf meinen Schoß und fing an, mich abzuschlecken. Nie zuvor hatte ich Angst vor Hunden gehabt - aber jetzt, in meiner Hilflosigkeit, war das ganz anders. Ich lehnte mich abwehrend zurück. Gert packte den Wirbelwind und zog ihn zurück, was mit lautem Winseln beantwortet wurde.
„Ich musste ihn bis zur Wohnungstür tragen!", Carsta stöhnte. „Er will nicht laufen! Mitten auf der Straße blieb er stocksteif stehen!", berichtete sie aufgeregt. Sie war wie umgewandelt. Quartus untersuchte neugierig die Wohnung. Er war tüchtig gewachsen. Ein prächtiger Bursche. Wie gern hätte ich ihn behalten!
„Herr Meisner verkauft ihn mir!", Carsta strahlte. „Aber morgen nehme ich Jörg mit. Was denkt ihr, wie ich schleppen musste! Der Dicke ist viel zu schwer für mich!"
„Das ist ja auch kein Tragehund", amüsierte sich Gert. „Oma und Opa werden ihn schon erziehen."
Quartus jagte jetzt einem Ball nach, den Carsta durch den Flur rollte.
„Wo ist denn Jörg heute?" Für diese Frage erntete ich einen missbilligenden Blick von Gert.
„Jörg schläft sicher noch", bekam ich bereitwillig zur Antwort. „Er wird mich schon sehen, wenn ich Quartus zurückbringe, dann frage ich, ob er mitkommt."
Dagegen hatten wir nichts einzuwenden. Carsta tollte mit dem Hund auf der Wiese herum, bis dann auch Jörg erschien.
Ich konnte das lustige Treiben nicht länger beobachten, weil mein Physiotherapeut kam. Gert hatte absichtlich keine Matte bereitgelegt, da wir Stehversuche machen wollten. Die beiden Männer hielten mich aufrecht. Ich konnte das linke Bein zum Schritt vorsetzen und das Knie so weit nach oben heben, bis Oberschenkel und Körper etwa einen rechten Winkel bildeten. Aber es war unmöglich, das rechte Bein nachzuziehen. Stocksteif und unbeweglich blieb es stehen! Gert bemerkte meine Unzufriedenheit. Wir übten deshalb weiter auf der Matte. Ich hätte gern mehr getan. Der Physiotherapeut beschränkte sich auf passives Durchbewegen.
Pünktlich zum Mittagessen kam Carsta zurück. In bester Stimmung verkündete sie uns, dass sie nun täglich mit Jörg und Quartus spazieren gehen wird, bis der Hund das Laufen an der Leine gelernt hat.
Am Nachmittag kam Werner. „Ich muss wissen, wie du den gestrigen Nachmittag verkraftet hast. Ich wollte dir zeigen, wie gut dir ein Tapetenwechsel tut. Oder war das eine Belastung?"
„Im Gegenteil", protestierte ich. „Für euch war ich sicher eine Belastung!"
„Wir haben uns sehr gefreut, weil du so lange durchgehalten hast", lobte mich Werner. „Das wäre vor einigen Monaten nicht möglich gewesen! Wer sagte da, es ginge nicht vorwärts?"

Da erzählte Gert vom misslungenen Laufversuch am Vormittag.
„Also – du verblüffst mich! Ich befürchtete, du würdest erschöpft im Bett liegen! Stattdessen versuchst du zu laufen."
Zufrieden schmunzelnd klopfte mir Werner auf die Schulter. Er überzeugte uns davon, dass ein weiterer Versuch ohne orthopädische Schuhe sinnlos war.
Da Gert vergeblich versucht hatte, die Kufen von meinen Schlittschuhstiefeln abzunehmen, war ich also auf den Orthopädieschuhmacher angewiesen und das bedeutete zugleich warten!

Die Tage bis Silvester verflogen regelrecht. Carsta kam täglich mit dem Hund. Das waren schöne Stunden. Sie erholte sich zusehends. Im neuen Jahr sollte sie wieder arbeiten. Werner hatte uns geraten, den Silvesterabend nur mit unseren Eltern zu feiern. Etwas größeres mit unseren Freunden wäre noch zu anstrengend für mich. Wann durfte ich Carola und Martin wieder zu uns bitten? Was würden sie wohl am Jahresende tun? Ich bemühte mich, nicht an die letzte Silvesterfeier zu denken.
Gert fuhr am Silvestervormittag für eine Stunde zu unseren besten Freunden. Ganz wider Erwarten überraschte mich Carola dann am Nachmittag mit einem Kurzbesuch. Ein ganzes Jahr hatte ich meine Freundin nicht gesehen, nicht sehen dürfen!
Worte der Begrüßung entfielen. Carola fiel mir um den Hals. Ich schluchzte. Ein wahrer Weinkrampf schüttelte mich. Carola streichelte beruhigend meinen Rücken. Aber auch ihr liefen Tränen übers Gesicht.
„Ich hatte Angst vor unserem Wiedersehen. Hab mir alles viel schlimmer vorgestellt. Du darfst dich nicht aufregen. Ich möchte dir doch wenigstens alles Gute für die Zukunft wünschen. Im nächsten Jahr holen wir die ganzen Feiern nach. Martin lässt dich ganz lieb grüßen. Er war zu feige, mitzukommen. Es tut ihm so Leid. Du weißt ja, wie wehleidig unsere Männer sind." Carola versuchte, die traurige Situation mit einem Scherz zu überspielen.
Beide hatten wir nicht bemerkt, dass Gert nach draußen gegangen war.
Obwohl meine Freundin nur wenige Minuten geblieben war, hatte mich ihr Besuch tüchtig aufgewühlt. Immer wieder stellte ich mir vor, wie schön dieser Tag für uns alle verlaufen wäre, wenn es mich nicht so arg getroffen hätte.

Unsere Eltern freuten sich über die gemeinsame Silvesterfeier. Würde uns das Jahr 1981 das bringen, was wir uns alle so sehnlichst wünschten? – Bleib schön gesund, wie oft wünschte man das. Welch unermessliche Bedeutung hatten diese Worte nun für mich und meine Familie!
Nach Mitternacht ging Carsta vor die Haustür. Jörg hatte mit seinem Freund Torsten ein kleines Feuerwerk entfacht. Für die wenigen Knallkörper hatten die beiden Jungen mehrere Stunden vor einer Drogerie Schlange gestanden.
Carsta machte mit den beiden Freunden noch einen Spaziergang, als sich unsere Eltern schon verabschiedet hatten.
„Mit zwei Jungen ist das ungefährlich", feixte Gert, als wir zu Bett gingen.

Der Neujahrstag unterschied sich kaum von meinen vergangenen Urlaubstagen. Um Gert etwas zu entlasten, hatten meine Eltern wieder für uns gekocht. Carsta war dort und holte das Mittagessen ab. Ich saß auf der Couch und sah Gert beim Säubern des Kamins zu. Dabei hantierte er so geschickt, dass kein Stäubchen Asche auf den Teppich fiel. Es

musste stets alles perfekt sein. Das Bestücken mit neuen Birkenscheiten war ein kleines Kunstwerk, wobei ich immer nur Zuschauer sein durfte. Trotz der vielen zusätzlichen Arbeit, die er im vergangenen Jahr hatte, blieb Gert der alte Perfektionist. „Papi ist pingelich!“, sagte Carsta oft.
Als Gert die Asche weg trug, hörte ich unsere Flurnachbarn. Im Gegensatz zu den anderen Hausbewohnern war das junge Ehepaar sehr zurückhaltend. Ich hörte, wie sie alles Gute fürs neue Jahr wünschten. Gern hätte ich sie herein gebeten. Wir verstanden uns sehr gut. Aber so wollte ich mich noch nicht zeigen. Es sollte mir erst besser gehen.
Der Nachmittagsbesucher hieß Quartus. Bellend quirlte er durch alle Zimmer. Seine Größe vereinbarte sich schon jetzt nicht mehr mit unserer Wohnung. Er war kaum noch zu bändigen. „Ich laufe jetzt mit ihm zu Oma Lotte und Opa Karl. Jörg kommt mit. Quartus muss sein neues Zuhause endlich kennen lernen“, entschied Carsta. „Herr Meisner möchte den Hund nämlich bald verkaufen.“

Beinahe ängstlich zählte ich die Tage, bis ich zurück in die Klinik musste. Zu Hause konnte ich nicht gesund werden. Das wusste ich. Die Physiotherapie hatte keine Besserung gebracht, war nur eine Festigung des Gelernten. Zum wiederholten Male stellte ich fest, dass ich mehr gefordert werden musste, um vorwärts zu kommen. So setzte ich alle Hoffnungen auf Katja. Von ihr war abhängig, wie lange ich noch bis zur Selbstständigkeit brauchte.
Gerts Worte, „Du weißt, dass ich immer für dich da bin. Ganz egal, was auch passiert!“, erleichterten mir den Abschied von daheim. Und die Fahrt zur so verhassten, aber auch Hoffnung gebenden Klinik war ohnehin vorprogrammiert.

Schwer waren die ersten Tage im öden Krankenzimmer. Jeder wünschte jedem das Gleiche: Gesundheit, Glück, Erfolg im Neuen Jahr! – Gedankenlos dahingesagte Worte, über die ich früher nicht nachdachte. Warum auch? Um Erfolg bemühten wir uns ständig, Glück hatten wir bisher bei all unseren Entscheidungen, ernsthaft krank waren wir nie.
Es muss wieder so werden!
Die sprichwörtliche Trägheit meiner Physiotherapeutin machte mir Angst. Angst davor, dass der Oberarzt und Dr. Krause Recht behielten. Aber wie sollte ich bei Katjas phlegmatischer Gleichgültigkeit Fortschritte machen? Ich beschwerte mich beim Chef. Hiernach gab sie sich mehr Mühe, kam aber nur noch vormittags. Angeblich hatte sie sehr viele Patienten zu betreuen. Ich betätigte mich deshalb intensiver an meinem Galgen. Bald gelang es mir, das Gesäß etwas anzuheben. Gert erreichte, dass man mir für die Nachmittagsübung zwei Schülerinnen zuteilte. Leider bewegten sie meine Arme und Beine nur passiv durch. Ich bat die beiden Mädchen, auch gegen Widerstand zu üben. Dabei stieß ich jedoch auf taube Ohren. „Sie werden schon bevorzugt behandelt“, bekam ich zur Antwort.
„Wir sind sehr knapp besetzt und haben viel zu tun!“ Diesen Eindruck hatte ich keineswegs. Denn sie unterhielten sich über ihre Privatangelegenheiten, während sie gedankenlos mit meinen Gliedmaßen hantierten. Traurig dachte ich an die Zeit mit der ehrgeizigen Marion.
Johanna und Ralf verstanden meine Sorgen. „Ja, die Physiotherapeuten wollen sich nicht überanstrengen“, schimpfte Ralf. „So was wie Marion ist selten!“

Der Januar verging, ohne dass ich bewegungsmäßig Besserungen zu verzeichnen hatte. Nach wie vor verbrachte ich die Wochenenden zu Hause. Aber ich war unzufrieden. Meine Hoffnungen fürs neue Jahr schienen sich zu zerschlagen.
Bei einem Besuch von Werner redete ich mir weinend alle angestauten Sorgen vom Herzen.
„Wenn die Trachealkanüle entfernt werden kann, beginnt sofort die Wasserbehandlung. Du darfst die Geduld nicht verlieren." Werner versprach, demnächst die Kehlkopfuntersuchung zu veranlassen.
In der folgenden Woche wurde ich zur Kehlkopfspiegelung in die HNO-Klinik gebracht. Auf der Fahrt im holpernden, kalten Krankenwagen begleitete mich eine Schülerin. Im Raum vor dem OP-Saal herrschte Hochbetrieb. Aber hier war es angenehm warm. Ich wurde auf eine Trage gelegt und fürsorglich mit einer Decke zugedeckt. Nach einer langen Wartezeit kam der Narkosearzt und stellte die üblichen Fragen. Wieder hieß es warten.
Meine Begleiterin sprach kein Wort. Sie sah recht mürrisch aus. All die Unannehmlichkeiten nahm ich gern in Kauf, bestand doch die Hoffnung, wieder normal atmen zu dürfen.
Nach der Narkosespritze vernahm ich gerade noch, dass meine Trage in den OP-Saal gerollt wurde. Als ich erwachte, saß die Schülerin wieder neben mir - teilnahmslos.
Die Kanüle! Ist sie raus? - Wie ein Blitz durchfuhr es mich. Ich wollte mit der Hand zum Hals tasten. Es ging nicht.
„Alles in Ordnung", sagte eine Schwester, die mich beobachtet hatte.
Mein Hals brannte leicht. War das ein gutes Zeichen? Der Chefarzt der HNO-Klinik entdeckte mich. Er kam heran. Plötzlich beschlich mich Angst, etwas Negatives zu erfahren.
„Ihr Kehlkopf sieht bedeutend besser aus, als wir vermuteten", erklärte mir der Chefarzt. „Ein Stimmband hat sich etwas gestrafft. Aber das andere ist leider ganz schlaff. Deshalb werden Sie auch nach dem Entfernen der Kanüle nicht besser sprechen können."
Er lachte mich an und drückte mir die Hand. „Das ist kein Grund zur Traurigkeit! In ein bis zwei Monaten kann ich die Kanüle vielleicht schon rausnehmen. Mit einer kleinen OP wird die Luftröhre wieder verschlossen. Dann können Sie mit Sprachübungen beginnen. Sie haben es schon so weit geschafft! Diese Hürde nehmen Sie auch noch! Nun lachen Sie doch mal!"
Der Chefarzt drückte mit dem Finger auf die Kanüle und forderte mich zum Sprechen auf.
„Man spürt jetzt deutlich die Vibration. Vor einigen Monaten war das noch nicht so. Alles Gute und bis zum nächsten Mal!" Er drückte mir nochmals die Hände. Er hatte es eilig.
Auf den Rücktransport musste ich eine weitere Stunde warten. Während der kurzen Fahrt setzte ein starkes Schneegestöber ein. Im Zimmer wartete Schwester Gitta mit dem Mittagessen. Sie hatte mein Wasserkissen angewärmt. Diese Fürsorge tat gut! Nach und nach kamen alle Schwestern, um zu erfahren, wie es nun mit mir weitergehen wird.
Die Physiotherapie fiel an diesem Tag aus. Ich beobachtete die tanzenden Schneeflocken und träumte vom Winterurlaub des letzten Jahres. Die Bäume waren dick bepudert, als Gert und Carsta kamen. Der Chef hatte die beiden bereits über die Tagesereignisse informiert.

„Werner macht schon Pläne, wie er dich so oft wie möglich ins Wasserbecken bringen kann“, berichtete Gert, „aber vorher muss die Physiotherapie intensiver werden.“
Das war auch die Meinung Carstas. Sie war seit einigen Wochen zum Praktikum in der Orthopädie. Dort hatte sie mit der leitenden Physiotherapeutin über mich gesprochen und um Rat gebeten.
„Frau Zernigk sagt auch, dass es dich zurückwirft, wenn du noch länger so nachlässig beübt wirst!“, Carsta war ganz aufgebracht.
„So kann es nicht weitergehen. Heute abend bin ich wieder bei Werner.“ Ich sah Gert an, wie seine Gedanken kreisten.

Ich hoffte vergeblich auf eine Verbesserung der physiotherapeutischen Behandlungen, bis Mitte Februar der Chef gemeinsam mit Gert zum allabendlichen Besuch kam.
„Was hältst du davon, vorübergehend in die Orthopädische Klinik umzuziehen?“, fragte Werner. Ich wusste nichts mit diesem eigenartigen Vorschlag anzufangen.
„Warum das? Willst du mich loswerden?“, fragte ich erschrocken.
Da ergriff Gert meine Hände und erklärte lachend, dass Carsta auf diese gut gemeinte Idee gekommen war.
„Sie liegt mir schon lange damit in den Ohren“, fuhr Gert fort, „dass dich die Physiotherapeuten der Orthopädie gewissenhafter beüben würden als Katja. Carsta hat auch schon nachgefragt. Sie würden dich dort aufnehmen.“
„Aber bitte überleg es dir gut!“, griff Werner wieder ein. „Noch hab ich mit niemandem drüber gesprochen. Wenn du gern möchtest, dann bitte ich Herrn Bauer dich vorübergehend aufzunehmen, bis ich wieder mehr Physiotherapeuten habe. Und falls du dich für die Orthopädie entscheiden solltest, dann kommst du zur Neurologie zurück, sobald du die ersten Gehversuche machst. Das ist meine Bedingung!“ Werner sah mich ernst an. „Denn auf Laufübungen sind wir hier besser eingerichtet. Und du bleibst natürlich meine Patientin!“
Laufen! Laufen! Das war Musik in meinen Ohren! Wie selbstverständlich der Chef das sagte!
Also ist er nach wie vor überzeugt davon, dass ich wieder auf die Beine komme, laufen lerne!
„Oh, ich bin einverstanden, Werner!“, beinahe hätte ich vor Freude geweint. „Bitte sprich gleich mit diesem Dr. Bauer! Hoffentlich klappt es!“
Gert nickte zustimmend. „Du bist noch ebenso spontan in deinen Entscheidungen wie früher!
Carsta wird sich auch freuen. Sie lässt dich übrigens lieb grüßen! Sie hat Spätdienst, konnte deshalb nicht mitkommen.“
„Heute werde ich gut schlafen“, verabschiedete ich meine beiden Besucher.
Nach jedem Ärger kommt eine Freude, dachte ich glücklich, als ich wieder allein war.
Ich kannte den Chefarzt der Orthopädie. Ich kannte die Klink. Sie war nur zehn Minuten von unserer Wohnung entfernt. Nur wenige Schritte trennten die Klinik vom Institut, meiner Arbeitsstelle. Das hieße, Gert und Carsta konnten dann zu Fuß zu mir kommen sowie meine Kolleginnen, sie konnten mich problemlos besuchen - das war jetzt erlaubt!
Und das Wichtigste: Mich erwartete endlich wieder eine gute Physiotherapie!
Jetzt konnte ich schon davon träumen, wie andere Patienten im Eisbrecher - das war ein großes, weißes Rohrgestell auf Rädern - laufen zu lernen. Dieser Eisbrecher war neben der Tür meines Zimmers deponiert. Er wird auch bei mir eines Tages das Eis brechen!

In der folgenden Woche musste ich Chefarzt Dr. Bauer zeigen, was ich an Bewegung und Kraft aufbrachte. Er war angenehm überrascht und auch sicher, dass seine Physiotherapeuten mir helfen konnten. Dr. Bauer war in meinem Alter. Er hatte viel Verständnis für meine Situation. Sogar für die Funktion des Galgens interessierte er sich.
„Solch erfinderische Ehemänner bräuchte ich auch für meine Patienten", sagte der Chefarzt anerkennend. Auch Carsta lobte er, weil sie sich so hartnäckig für mich eingesetzt hatte. Sobald ein Bett in einem der wenigen Zweibettzimmer frei würde, sollte ich aufgenommen werden.
Anfang März nahm sich Gert eine Woche Urlaub. Ich durfte diese Zeit zu Hause verbringen, da für Mitte März mein Umzug in die Orthopädische Klinik vorgesehen war.
Fast ein Jahr hatte ich auf der Neurologie zugebracht. Mit einigen Schwestern verband mich eine richtige Freundschaft. Der Abschied fiel mir schwerer, als ich dachte.
„Um laufen zu lernen, komme ich wieder", sagte ich zu Schwester Marita, Ralf, Birgit und Frau Hartmann, die mich als Letzte Abordnung - so nannte Marita die kleine Gesellschaft - am Kliniktor verabschiedeten. Alle wünschten mir viel Glück.
Daran dachte ich, als Gert in der Küche seine Einkaufstaschen auspackte.
„Ich meine, wir drei könnten mal wieder im Wochenendhaus nach dem Rechten sehen", rief er mir zu. Ich begrüßte diese Abwechslung freudig. Wir konnten auch Carsta dazu überreden.
Sie besuchte jetzt mehrmals in der Woche ihren Quartus, der sich inzwischen bei Oma Lotte und Opa Karl gut eingelebt hatte. Zum Ausführen kam Jörg oft mit, denn noch immer war Quartus kaum zu bändigen.
Auf der Fahrt zum Bungalow saß Carsta wie gewohnt hinter mir. Seit meiner letzten längeren Autofahrt waren einige Monate vergangen. Ich überraschte mich selbst, denn ich rutschte weder nach vorn noch kippte ich zur Seite. Gert fuhr aber auch überaus vorsichtig. Er forderte das Erfolgserlebnis nahezu heraus.
Der Waldweg zum Bungalow war tüchtig aufgeweicht.
„Hoffentlich bleiben wir nicht stecken", Carsta beugte sich aus dem Fenster. „Die Räder versinken im Schlamm!"
„Jetzt müssten wir laufen, aber meinetwegen geht das wieder nicht." Ich sah Gert an.
„Du wirst noch oft genug durch Matsch laufen müssen", lachte er. „Denk mal daran, wo du im vorigen Jahr um diese Zeit warst."
Er hatte Recht. Ich durfte nicht so unzufrieden sein. Die Luft war schon ausgesprochen frühlingshaft. Ich beobachtete Gert und Carsta beim Kontrollgang übers Grundstück. Carsta öffnete ohne Aufforderung die Fenster, um gründlich zu lüften! Fühlte sie sich jetzt verpflichtet, meine Aufgaben zu übernehmen?
„Wenn wir uns beeilen, könnte ich noch zu Frau Ostmann gehen!" Carsta sah zur Uhr. Gert erfüllte ihr diesen Wunsch gern.
„Hier lag sicher viel Schnee", stellte er fest, „im nächsten Winter müssen wir öfter herfahren!"
„Jetzt freue ich mich erst mal auf die Sommersaison in unserem Häuschen!"
Ich atmete nochmal tief ein. Die Wochenenden hier draußen, in der gesunden Waldluft werden mich immer ein Stück vorwärts bringen. Aber nun musste ich mich konzentrieren! Hin- und Rückfahrt, so kurz hintereinander, bedeuteten doch eine größere Anstrengung. „Nach der langen Faulenzerpause tut dir das gut", Gert freute sich, weil ich verhältnismäßig sicher saß.

Der folgende Tag war ein Samstag - mein 41. Geburtstag. Dafür hatte Carsta ein freies Wochenende genommen und einen hübschen Strauß voller Fresien besorgt. Gert präsentierte mir einen riesigen Strauß rosa Nelken. So kurz nach dem Internationalen Frauentag waren die Blumengeschäfte wie leergefegt. Da wusste ich Schnittblumen besonders zu schätzen.
Die Geburtstagsrunde war klein. Nur unsere Eltern waren zu Gast. Der Chef hatte von einer großen Feier, so kurz vor dem Umzug in die Orthopädie, abgeraten.
Kleine Aufregungen blieben mir trotzdem nicht erspart. Jeder wollte mir mit den hübsch eingepackten Geschenken eine Freude machen. Dabei wurde ich schmerzlich daran erinnert, dass meine Finger unfähig waren, die hübschen Päckchen zu öffnen.
Wenn Gert mir Mut machte, selbst zuzufassen, rief meine Mutter erschrocken: "Ach Gott, das wird doch nichts!" Sie meinte es sicher nur gut. Das war ihre Art von Besorgnis. Nur machte mich das noch unsicherer. Ich setzte mich selbst unter Erfolgszwang.
Es blieb nicht aus, dass sie Gert wieder überschwänglich für seine Aufopferung lobte, bis er gereizt reagierte: „Jetzt ist es aber genug! Das ist doch wohl selbstverständlich!"
„Ach, es wird schon wieder werden! Ihr macht das schon!" Gerts Mutter umarmte mich und Gert gleichzeitig.
Opa Edwin hatte zur Feier des Tages wieder seine unübertrefflich köstlichen Pfannkuchen gebacken. Carsta griff als Erste in die gefüllte Schüssel, biss mit sichtlichem Appetit in das Gebäckstück und ... das Pflaumenmus spritzte in ihre Kaffeetasse, über den Tisch und bis auf den Teller von Opa Karl! Großes Gelächter! Nur der Getroffene verkniff sich das Lachen.
„Danke!", sagte Opa Karl ernst „Ich glaube, mein Pfannkuchen ist auch gefüllt. Du kannst deine Füllung ruhig behalten!" Jetzt hatten wir alle keine Hemmungen mehr zuzubeißen. Die Stimmung hatte sich durch diese Einlage zum Heiteren gewendet.
Da meine Kolleginnen und Kollegen mir auch Geburtstagsgrüße und ein kleines Geschenk geschickt hatten, brachte mein Vater eine große Schüssel der beliebten selbstgebackenen Pfannkuchen zum Brigadefrühstück. Im nächsten Jahr wollte ich wieder mit ihnen feiern.

Am Sonntag gratulierten mir Rita und Werner nachträglich zum Geburtstag. Mit diesen Kaffeegästen wagte ich es, meinen Kuchen selbst in die Hand zu nehmen. Das Trinken gelang mit wenig Hilfe. „Wenn du die Hemmungen überwunden hast, wird es besser", sagte Werner.
Er wollte sich nochmals vergewissern, dass ich bei meinem Entschluss blieb. Aber meine Entscheidung stand fest. Der Klinikwechsel sollte dazu beitragen, schneller auf die Beine zu kommen.
„Wir besuchen dich regelmäßig. Das haben wir uns fest vorgenommen. Aber du weißt ja, wie knapp unsere Freizeit ist! Du wirst dich sicher schnell eingewöhnen", Rita wollte mir Mut machen. „Gert darf auch zu jeder Zeit zu dir. Und wie wir ihn kennen, wird er schon aufpassen, dass du zu deinem Recht kommst!"
Die letzten Stunden des Nachmittags vergingen schnell.
Als Rita und Werner sich verabschiedet hatten, überprüfte Gert mein Umzugsgepäck.
Schnell noch ein Abendbrot zu dritt. Das Auto wartete auf die Fahrt zur Orthopädischen Klinik. Eine neue Etappe meines Genesungsprozesses sollte nun beginnen. Ich hatte mich

selbst dazu entschieden. Niemandem durfte ich Vorwürfe machen, wenn meine Erwartungen nicht erfüllt wurden.

5

Die erste Nacht in der Orthopädie war geschafft. Das heißt, die Nacht hatte mich geschafft!
Ob ich mich nicht doch unüberlegt entschieden hatte?
Gestern wurden wir von der netten Schwester Karin empfangen. Sie war über meinen Zustand informiert und erlaubte Gert und Carsta noch einige Zeit zu bleiben.
„Du hast das freundlichste Zweibettzimmer bekommen!“ Carsta kannte die Station. „Hier wird es dir bestimmt gefallen! Schade, dass ich nicht mehr hier bin. Ich hätte dich gern betreut. Hoffentlich ist deine Bettnachbarin nett. Sie wird morgen kommen.“ Unsere Tochter war in ihrem Element. Aufgeregt schnatterte sie drauflos. Gert saß auf der Bettkante, hielt meine Hände und begutachtete meine neue Umgebung. Carsta wickelte noch meine Beine, legte die Schienen an und Gert stellte die Bettkiste ans Fußende. Ich wollte auf dem Rücken liegen bis die Nachtschwester kommt. Hier hatte ich keinen abbröckelnden Ölsockel, sondern ein dezentes Tapetenmuster vor Augen. Gert hatte scheinbar ähnliche Gedanken.
„Wenn alles Andere die gleiche Verbesserung bringt wie dieses Zimmer, dann bin ich beruhigt“, meinte er zuversichtlich. Noch immer saß er neben mir und streichelte meine Wangen. Der Abschied fiel mir schwerer als üblich. Soviel Neues erwartete mich.
Es war hell in dem kleinen Zimmer. Nichts gab es hier zu bemängeln. Obwohl die Blase drückte, wollte ich nicht klingeln. Ich war ja kaum eine Stunde hier. Was sollten da die Schwestern von mir denken. Hier herrschte eine ungewohnte Ruhe.
„Möchten Sie schon schlafen?“, Schwester Karin öffnete leise die Tür. Das ersparte mir das Klingeln. Nach einigen Missverständnissen kamen wir mit dem Schieber zurecht. Alles würde sich einspielen, denn hier war man den Umgang mit gelähmten Patienten nicht gewöhnt. Es war erst 21 Uhr. Aber ich war müde und ließ mir die Nachtmedizin geben. „Ich ziehe die Vorhänge zu“, sagte die Schwester, „dann können Sie besser schlafen.“
Leise rauschend schob sie die Übergardine vor das Fenster. Bevor ich zum Sprechen kam, wünschte Karin „Gute Nacht“, löschte das Licht und ging hinaus.
Auf dem Rücken liegend, die Füße straff gegen die Kiste gedrückt, konnte ich trotz großer Müdigkeit nicht einschlafen. Also wartete ich auf die Nachtschwester. Sie würde, wie es auf der Neurologie üblich war, auch hier nach mir sehen und mich zur Seite drehen.
Die Zeit des Schichtwechsels bemerkte ich am Flüstern der Schwestern, die vor der Tür standen. Ich lauschte, bis endlich leise die Tür einen Spalt breit geöffnet wurde.
„Sie schläft schon“, flüsterte jemand. Dann schloss sich die Tür wieder ebenso leise.
Ich hatte es verpasst, mich bemerkbar zu machen. Zum Zeichen, dass ich Hilfe brauchte, hätte ich den linken Arm heben müssen! Nun war es zu spät. Die Tür blieb zu.
Nun musste ich also doch klingeln. In der Dunkelheit tastete ich nach der Klingel. Da! Das war die Schnur! Gott sei Dank! Vorsichtig fuhren meine Finger den - im Gegensatz zum Bettbezug - kühlen, glatten Streifen entlang. Nein, das war die falsche Richtung. Sie führte zur Steckdose. Also musste die Klingel am anderen Ende sein. Ich strich mit Zeige-

und Mittelfinger in die andere Richtung. Da hielt ich die erlösende Klingel in der Hand! Glatt und kühl ertastete ich. Aber die Form des Gegenstandes hätte ich nicht definieren können, wenn ich das nicht gewusst hätte.
Der Tastsinn ist weg – es hat sich nichts gebessert, eiskalt durchfuhr es mich bei dieser Erkenntnis im stockdunklen Zimmer. Auf der Neurologie sah ich nachts die Klingel, weil es nie völlig dunkel war. Dort reichten die Vorhänge glücklicherweise nicht übers ganze Fenster.
Trotz der Enttäuschung wollte ich nicht aufgeben. Tränen der Wut liefen über mein Gesicht, Wut auf mich selbst. Ich hätte aufmerksamer sein müssen!
Ich suchte nach dem hervorstehenden Klingelknopf. Dabei fiel die Klingel aus meiner Hand.
Ich hörte das Fallen auf die Bettdecke - immer und immer wieder! Ich schwitzte vor Anstrengung, setzte eine Weile aus, um die Suche erneut zu beginnen. Das Ergebnis blieb das gleiche: Ich konnte nicht klingeln, weil ich meine Hand und die Klingel nicht sah!
Draußen war es mäuschenstill. Mehrmals wurde leise die Tür geöffnet und gleich wieder geschlossen. Ich konnte nicht schlafen. Füße, Rücken und Po drückten zentnerschwer auf die harte Matratze. Ich vermisste mein großes Wasserkissen. Niemand kam, um mich zu drehen. Alles blieb still - eine unendlich lange, schlaflose Nacht.
„Sie haben ja gar nicht geklingelt und die ganze Nacht durchgeschlafen!" Gegen 5 Uhr wurde ich erlöst. Es kam eine Schülerin, um mich zu waschen. Sie verstand mich schlecht und war ungeschickt. Meine gut gemeinten Ratschläge machten sie sichtlich nervös.
Den Waschlappen für Gesicht und Obertkörper verwendete sie auch für die untere Körperpartie. „Das macht doch nichts", sagte das Mädchen, als ich darauf aufmerksam machte. Auch mit meiner großen Bettkiste wusste die Schülerin nichts anzufangen. Ich musste sie bitten, das Laken straff zu ziehen und meine Beine zu wickeln, bevor sie mich auf die Seite verlagerte.
Mir war es peinlich, dass ich so viel verlangte. Aber all das war in der Neurologie selbstverständlich gewesen. Ich hatte das nicht bedacht und musste mich nun an die neue Situation gewöhnen. Ich musste mich damit abfinden, dass gelegentliche Pannen auftraten. Wichtig allein war die bessere Physiotherapie. Das hatte mir Chefarzt Dr. Bauer versprochen.
Über diesen Gedanken war ich nach der durchwachten Nacht eingeschlafen.
Ein freundliches „Guten Morgen" weckte mich. Meine Zimmerkollegin streckte mir ihre Hand entgegen. Noch etwas verschlafen, gelang es mir zuzufassen.
„Ich bin Frau Ebeling. Man hat mir schon von ihrer Ankunft berichtet. Ich weiß auch über ihre Lähmung und Sprachschwierigkeiten Bescheid. Aber wenn wir uns beide Mühe geben, werden wir uns schon verstehen." Ich lachte erleichtert. Die Frau wirkte irgendwie vertraut.
Zu meiner Verwunderung war ich froh, nicht mehr allein im Zimmer zu sein.
„Darf mein Mann mal kurz hereinkommen?", fragte Frau Ebeling.
„Ja, natürlich!", ich nickte zum besseren Verständnis.
„Danke! Ich kann nämlich nichts tragen und schlecht laufen", sie zeigte auf ihr linkes Bein.
Als sie zur Tür ging, um ihren Mann zu rufen, sah ich, dass sie stark hinkte. Es fiel ihr schwer, die Schmerzen zu verbergen. Der ebenso freundliche Ehemann half ihr beim Auspacken der Reisetasche und verabschiedete sich schnell wieder.

„Ich bin schon drei Wochen hier", erzählte mir Frau Ebeling, „ich soll an der Bandscheibe operiert werden. Nur meine Befunde sind nicht in Ordnung. Aber ich darf jedes Wochenende heim."

Es war überraschend für mich, dass die völlig fremde Frau mir so unbefangen gegenüber trat.

Wie wird sie mit meiner Unbeholfenheit zurechtkommen, fragte ich mich.

„Kann ich Ihnen irgendwie helfen? Möchten Sie etwas haben? Dann sagen Sie es nur. Ich darf ja aufstehen!" Frau Ebeling wurde mir immer sympathischer durch ihre ungezwungene, natürliche Freundlichkeit.

„Hier ist das Frühstück!" Die Pflegerin stellte Marmeladenbrötchen und Malzkaffee auf den Tisch – unerreichbar für mich – und ging. Mein verdutztes Gesicht sprach sicher Bände.

„Ach, lassen Sie nur", Frau Ebeling lachte. „Das ist hier so üblich. Ich würde Ihnen gern das Frühstück geben. Aber ich schaffe es nicht, Sie aufzusetzen."

„Das machen wir gleich!" Stationsschwester Helga und Schwester Hedwig stellten sich vor.

Auf einem Tablett stellten sie mir das Frühstück aufs Bett. Ich aß selbstständig, aber unsicher. Beim Trinken halfen die Schwestern. „Klingeln Sie nur, wenn Sie Hilfe brauchen! Wir werden uns schon aneinander gewöhnen", versprachen sie.

Vor Aufregung über so viel Neues hatte ich mich beim Essen oft verschluckt. Ich war froh, mit meiner Leidensgenossin – wie Frau Ebeling uns bezeichnete – wieder allein zu sein.

Ich erzählte ihr von meiner Krankheit, meiner Familie und von meinem vorherigen Leben. In ihren Fragen spürte ich aber keine Spur aufdringlicher Neugier oder Bemitleidung. Ihre Art gefiel mir. Frau Ebeling verstand mich. Und es machte Spaß, sich mit ihr zu unterhalten. Das war eine ganz neue, aber positive Erfahrung!

Meine Zimmerkollegin hatte starke Schmerzen, aber sie klagte nicht. Ich wünschte ihr, durch die Operation eine schnelle Genesung. Andererseits dachte ich bereits am ersten Tag an ihre Entlassung. Würde ich wieder eine nette Bettnachbarin bekommen? Frau Ebeling war zehn Jahre älter als ich. Sie hatte schon verheiratete Kinder. Unser Gesprächsstoff ging nie aus.

„Na, Sie scheinen sich ja gut zu verstehen!" Wir hatten nicht gemerkt, dass der Chefarzt, Oberärztin Frau Dr. Ruminski und ein junger Assistenzarzt im Zimmer standen.

„Ich möchte nur unsere Patientin aus der Neurologie vorstellen. Sie ist bei uns zur intensiven physiotherapeutischen Behandlung", erklärte der Chefarzt seinen beiden Begleitern. „Wir werden Sie schon tüchtig fordern", er klopfte auf meine Schulter. „Ich habe bereits mit Frau Zernigk gesprochen."

Die Ärzte waren in Eile. „Ich komme gleich wieder", sagte die Oberärztin freundlich. „Das war nur ein ungeplanter Kurzbesuch! Nachher sprechen wir über alles Andere."

Hier ging es zu wie im Taubenschlag! Ich kam nicht mehr zur Unterhaltung mit Frau Ebeling. Nachdem das Zimmer von einer jungen, geistig behinderten Frau, die von allen Ingeborg genannt wurde, gewischt worden war, stellte sich schon die leitende Physiotherapeutin vor. Sie hatte sich bereits Gedanken über meine Behandlung gemacht, denn die Übungen am Galgen entfielen jetzt. „Wir werden sicher gut miteinander auskommen", versprach Frau Zernigk, „wir können uns Zeit für Sie nehmen. Wir sind gut besetzt. Und unsere Patienten sind meist selbstständig."

Am Vormittag sollte ich in den Turnsaal gebracht werden. Nachmittags würden Studentinnen so genannte Gebrauchsübungen mit mir machen. Es machte Spaß, Frau Zernigk zuzuhören.
Sie nahm sich auch noch Zeit für eine persönliche Plauderei. Die Verständigung gelang nur schleppend. Aber meine Gesprächspartnerin hatte Geduld und fragte nach. Diese Ehrlichkeit war mir weitaus lieber als falsche Verständnistuerei. Wie oft hatte es dadurch schon peinliche Missverständnisse gegeben! Unser Gespräch wurde von der Visite unterbrochen.
Die Oberärztin nahm gemeinsam mit Schwester Helga meine Personalien auf. Jetzt erst erkannte ich den jungen Assistenzarzt. Er war bis zum Jahresende auf der Neurologie gewesen. Also müsste Herr Weber mich kennen, überlegte ich. „Morgen bei der Chefvisite sagen wir Ihnen, wie wir Ihnen helfen können“, unterbrach die Oberärztin meine Überlegung.
Bei Frau Ebeling hielten sich die Ärzte nur ganz kurz auf, da noch einige Befunde fehlten. Damit waren wir beide wieder allein und konnten unsere Unterhaltung fortsetzen.
„Gestern glaubte ich noch nicht, dass es viel schöner ist, zu zweit im Zimmer zu sein“, gestand ich meiner Nachbarin. Sie versuchte, offensichtlich unter Schmerzen, ihre Beine anzuhocken. „Wenn ich das doch auch schon könnte!“, seufzte ich bei dieser Beobachtung.
„Das wird schon werden“, meinte Frau Ebeling und schimpfte auf ihren dummen Rücken.
„Wie finden Sie die Ärzte hier?“, kam unerwartet eine Frage.
„Ich kann mir kein Urteil erlauben“, gab ich zur Antwort. „Bisher hatte ich wenig mit Orthopäden zu tun. Der Chefarzt ist mir bekannt. Er war sofort bereit, mich aufzunehmen.“
„Hoffentlich operiert mich die Oberärztin. Sie soll eine Kapazität auf diesem Gebiet sein. Sie bringt sogar Veröffentlichungen in medizinischen Fachzeitschriften!“, erzählte sie mir.
„Sie schwärmen ja richtig von ihr!“, lachte ich. „Halten Sie etwa nichts vom Chefarzt?“
„Oh, so meine ich das nicht!“, rechtfertigte sie sich. „Aber ich kenne ihn nicht. Er ist auch erst kurze Zeit hier an der Klinik. Und ich habe etwas Angst vor der Operation. Man weiß vorher nie, wie es ausgeht. Aber schlechter wird es schon nicht werden.“
„Ich würde mich gern operieren lassen, wenn Hoffnung auf Heilung bestünde“, lenkte ich ab, „aber niemand sagt mir genau, was in meinem Kopf los ist!“
„Dass ihr Kopf in Ordnung ist, kann ich bestätigen!“, Frau Ebeling lachte herzhaft. Das wirkte ansteckend. Die Zeit war schnell vergangen. Schwester Hedwig brachte Nudelsuppe. Auf mein Wunschessen musste ich nun verzichten, aber Hedwig fütterte mich.
An diesem ersten Tag galt es, den Schwestern viel zu erklären. Das Anlegen der Schienen, das Lagern meiner Beine und Entfernen der Bettkiste bei der Seitenlage. Und das Wichtigste: das stündliche Umlagern nachts – auch wenn ich nicht klingelte! All das war Routine für die Schwestern der Neurologie. Hier musste ich darum bitten. Sonst wurde es vergessen, weil man den Umgang mit gelähmten Patienten hier nicht kannte. Dabei wurde mir wieder schmerzlich bewusst, wie hilflos ich war. Noch weit von der Selbstständigkeit entfernt!
„Hoffentlich wird es den Schwestern nicht zu viel“, gab ich zu Bedenken, als mich Schwester Helga mühevoll, aber sehr geduldig zur Mittagsruhe gelagert hatte.
„Darüber dürfen Sie sich keine Gedanken machen“, kam die schnelle Antwort. „Dazu sind Krankenschwestern ja da! Wenn ich eine Operation hinter mir habe, muss ich mich auch

bedienen lassen." Durch unser Erzählen war sogar die Zeit der Mittagsruhe zu kurz. Im Liegen klappte die Verständigung weniger gut. Aber Missverständnisse störten nicht, sie trugen zur Erheiterung bei.
„Ich möchte auch mitlachen!" Frau Zernigk stand unerwartet im Zimmer. „Ich möchte Sie nach dem Kaffeetrinken gern mal in den Turnsaal bringen. Sind Sie einverstanden?"
Ich war begeistert! Hier lief die Physiotherapie schneller an, als ich erwartet hatte.
Frau Zernigk setzte mich zum Kaffeetrinken auf. Ihr brauchte ich keine Hinweise zu geben. Schwester Inge stellte mir Butterbrötchen und Malzkaffee auf den Betttisch. Inzwischen ging Frau Ebeling in die Küche, um sich Bohnenkaffee zu kochen. Die Zeit nutzte ich, um selbst zu essen. Als meine Bettnachbarin mit duftend heißem Bohnenkaffee zurückkam, staunte sie, weil ich schon gegessen hatte. „Ihr Malzkaffee ist ja kalt! Sie sind wohl vergessen worden", stellte sie fest. „Macht nichts, dann bekommen Sie von mir eine Tasse Bohnenkaffee!"
Wir waren fertig, als Frau Zernigk mit zwei Kolleginnen kam, um mit mir zum Turnsaal zu fahren. Frau Schönfeld und Frau Apel waren ebenso nett wie ihre Chefin. Mit Spaß und Alberei – das lockerte meine Verspannung – steckten mich die drei in meinen Bademantel.
Im rasanten Tempo wurde ich im Rollstuhl zum Fahrstuhl geschoben. Meine neue Übungsstätte befand sich im Erdgeschoß. Der Turnsaal war sehr zweckmäßig eingerichtet. Sprossenwände, dicke Matten, Bänke verschiedener Größe, drei Übungsliegen, ein Barren und lange Balken auf dem Parkettfußboden ließen mich staunen.
Frau Apel ging auf ein sehr zierliches kleines Mädchen zu. Die Kleine hatte riesige orthopädische Schuhe an. Jeder Schritt fiel ihr schwer. Aber sie strahlte Frau Apel an, die sie nur leicht an die Hand nahm. „Na, Kathi! Das geht ja jeden Tag besser!"
Ich beneidete das Kind, schämte mich aber gleichzeitig dieser unangebrachten Gedanken.
„Kathi ist drei Jahre alt, aber sehr eifrig. Sie wurde bei uns an der Hüfte und an den Füßen operiert", klärte mich Frau Zernigk auf. „Die Kinderstation befindet sich ganz oben im Dachgeschoß. Die größeren Kinder werden von den Schwestern hierher zum Turnen gebracht. Dann haben wir noch Säuglinge und bettlägerige Kinder. Mit ihnen turnen wir im Bettchen."
Mir gefiel es hier! Hier brauchte ich nicht zu befürchten, als geistig behindert angesehen zu werden. Dies geschah gelegentlich nur bei neuen Schülerinnen, die mich nicht verstanden.
Hier im Saal konnten immer mehrere Patienten gleichzeitig an verschiedenen Geräten turnen.
„Wir wissen ja, dass Sie bisher nur allein waren", Frau Zernigk drückte mich. „Wir wollen Sie nicht gewaltsam umkrempeln!" Vorerst sollte ich allein mit den Physiotherapeuten üben.
All das gab mir unbeschreibliche Zuversicht.
„Na, ihr drei Hübschen! Oh – Entschuldigung, es sind ja fünf! Wie geht es unserer Kathi?"
„Gut! Gut!", rief die kleine Patientin und lachte den hübschen jungen Arzt an. Er wurde mir als Dr. Seitz, Oberarzt der Kinderstation, vorgestellt. Er reichte mir die Hand: „Wir sehen uns morgen bei der Chefvisite. Da lernen Sie uns alle kennen."
Erstaunt sah ich, wie sich der Oberarzt gemeinsam mit Kathi auf ein hölzernes Schaukelpferd schwang. Er schaukelte mit ihr, wie es wilder kaum ging. Das Mädchen hatte Spaß daran.
„So lernt sie spielerisch das Gleichgewicht zu halten", flüsterte Frau Apel mir zu.

Schon an diesem ersten Tag spürte ich, dass es hier bedeutend lockerer zuging als auf der Neurologie. Diese Atmosphäre würde mir helfen, schneller wieder auf die Beine zu kommen.
Hier war ich weitab von Ärzten, die mir den Mut nehmen wollten! Hier gab es keine phlegmatische, gleichgültige Katja! Die erste Nacht verdrängte ich aus meiner Erinnerung. Das wird sich einspielen! Und ich hatte ja auch die hilfsbereite Frau Ebeling!
In der entsprechenden Stimmung fanden mich Gert und Carsta bei ihrem ersten Besuch. Die beiden freuten sich mit mir, als ich von den vielen positiven Eindrücken erzählte.
„Ich hab mir den ganzen Tag Gedanken gemacht, wo der Fernseher aufgestellt werden könnte." Gert sah sich suchend im Zimmer um. „Aber in einem Zweibettzimmer geht das wohl nicht."
„Der Fernseher ist jetzt überflüssig", gab ich darauf zur Antwort, „wir haben den ganzen Tag Gesprächsstoff. Es ist wirklich nicht langweilig!" Und Carsta konnte ich versichern, dass ich es ganz bestimmt nicht bereue, ihre Idee in die Tat umgesetzt zu haben.
„Ich bin so froh, dass es dir hier gefällt!", wiederholte Gert immer wieder.
Wie gewohnt halfen mir meine beiden Besucher beim Trinken und gaben mir das Abendbrot.
„Es ist ein so schönes Gefühl – irgendwie beruhigend – dass ihr jetzt beide immer ganz in meiner Nähe seid", sagte ich beim Verabschieden.
Während der Zeit meines Besuches hatte sich Frau Ebeling taktvoll zurückgehalten.
„Sie haben ja eine ganz reizende Tochter!", ergriff sie das Wort, als ich nachdenklich auf meine Bettdecke sah. „Ihr werden die jungen Männer sicher nachlaufen und der Papi hat damit jetzt seine Sorgen!" Meine Bettnachbarin schmunzelte vielsagend. „Wenn ihr Mann morgen kommt, dann gehe ich auf dem Flur etwas auf und ab. Ich soll mich ja bewegen!"
„Das ist aber nicht nötig!" Ich schüttelte energisch den Kopf. „Sie stören uns nicht. Ich weiß, wie schwer Ihnen das Laufen fällt!"
„Man merkt sofort, welch gutes Verhältnis Sie zueinander haben. Wie besorgt Ihr Mann ist", sagte Frau Ebeling. Sie brachte ihr Geschirr in die Küche. Als sie zurückkam, erzählte ich ihr von Carsta und Jörg, vermied jedoch dabei das Thema Schwangerschaftsabbruch. Meine Bedenken, Carsta würde sich zu sehr an Jörg klammern, nur weil ich ihr fehlte, tat Frau Ebeling mit einem verständnisvollen Lächeln ab.
„Ach, diese Sorgen hätten Sie auch, wenn sie gesund wären", sagte sie nachdenklich.
„Meine Tochter hat auch ihren allerersten Freund geheiratet. Er ist fünfzehn Jahre älter – und Holländer! Sie können sich nicht vorstellen, wie wir ihr ins Gewissen geredet haben. Es hat nichts genützt. Mein Schwiegersohn hat die entsprechenden Beziehungen. Sie leben in Holland."
Ich fragte nicht, was damit gemeint war. Aber ich erfuhr noch, dass der Schwiegersohn Journalist war wie auch die Tochter. Frau Ebeling zeigte mir Hochzeitsfotos, welche sie scheinbar immer mit sich trug. „Unsere Tochter hat zu jung geheiratet", erzählte sie dabei, „aber ihr Mann trägt sie auf Händen – wie man so schön sagt!"
Frau Ebeling steckte die Fotos sorgfältig in ihre Tasche. „Vielleicht tröstet es Sie etwas, wenn Sie wissen, dass andere Mütter auch ihre Sorgen haben. Die Wenigsten geben es zu. Ich hoffe, dass wir trotz des Altersunterschiedes bald Enkelchen bekommen. Leider sehen wir uns zu selten." Wir schwiegen beide und hingen unseren Gedanken nach.

„Jetzt hab ich Sie auch noch mit meinen Problemen belastet!", sagte sie nach einer Weile. Aber ich konnte sie beruhigen. Ich betrachtete nun Carstas Zukunft aus anderer Perspektive.
Für die folgende Nacht wurde gut vorgesorgt. Schwester Inge drehte mich zum Einschlafen auf die rechte Seite, wobei Frau Ebeling wortreich meine Panne der vergangenen Nacht schilderte.
Allein hätte ich es nicht geschafft, die Schwestern vom Sinn dieser Kullerei - wie sie das Umlagern scherzhaft nannten – zu überzeugen. Ich bat Schwester Inge, die Nachtschwester nochmals darauf hinzuweisen. Dabei hatte meine Bettnachbarin eine geniale Idee.
„Wenn die Nachtschwester zu lange auf sich warten lässt, dann klopfen Sie fest auf die Bettdecke. Das höre ich. Und dann klingele ich für Sie!", bot Frau Ebeling mir an. So konnten die zugezogenen Vorhänge weiterhin das Zimmer verdunkeln.
Meine zweite Nacht verlief reibungslos. „Sie müssen Geduld mit uns haben, wenn wir ungeschickt sind!", entschuldigte sich die Nachtschwester. „Aber wir lernen das noch!"
Darüber freute ich mich sehr. Es war so beruhigend, zu wissen, dass sich die Schwestern Mühe gaben, obwohl ich eine ungewohnte Belastung für alle war.

Die erste Chefvisite kündigte sich durch ein Murmeln vor der Tür an. Die Mannschaft bestand aus Chefarzt, Oberärztin, drei Ärzten und der Stationsschwester Helga. Alle gruppierten sich zuerst am Bett meiner Nachbarin. Sie musste sich weiterhin gedulden. Für ihre OP waren noch immer nicht alle Befunde in Ordnung. „Was lange dauert, wird bekanntlich gut", tröstend klopfte der Chefarzt Frau Ebeling auf die Schulter. Dann kam er mit seinem Gefolge zu mir. „Ja, und das sagen wir auch zu unserer neuen Patientin", warmherzig drückte er mir beide Hände. „Auf dass Sie bei uns den Erfolg haben, den Sie sich wünschen! Wir werden uns alle Mühe geben!" Die Ärzte nickten mir freundlich und aufmunternd zu. Bei diesem herzlichen Empfang stiegen mir die Tränen in die Augen. Gleichzeitig lachte ich vor Freude.
„Geweint wird hier nicht! Na, sie lacht! Dann sind das Freudentränen!"
Der Chefarzt sah sich suchend um. „Bitte rufen Sie mal Frau Zernigk!", wandte er sich an Schwester Helga. Dr. Seitz erahnte das Anliegen seines Chefs und erzählte von meinem gestrigen Besuch mit den Physiotherapeutinnen im Turnsaal.
„Da waren die Damen mal wieder schneller als ich. Das freut mich!", schmunzelte Dr. Bauer. „Wir wollen keine Zeit verlieren!"
Diese Worte taten unsagbar gut. Die Zukunft sah für mich nun recht viel versprechend aus!
Alle Ärzte wurden mir vorgestellt. Ob ich mir die Namen merken würde?
„Meine Herren, sehen Sie sich das an!" Dr. Bauer zeigte auf das Fußende meines Bettes. „Nehmen Sie sich ein Beispiel! Diese wunderschöne Kiste hat der Ehemann unserer Patientin selbst gebaut! Wie liebevoll er die Seiten mit Schaumgummi abgepolstert hat. Einen so fürsorglichen Ehemann hab ich noch nicht kennen gelernt."
Es folgte ein Loblied über Gerts Tüftelei, eine Beschreibung meines zurückgelassenen Galgens mit den sinnvoll angebrachten Gewichten. Ich wagte nicht, die Ärzte anzusehen. Diese überschwängliche Begeisterung war mir etwas peinlich.
Die Oberärztin unterbrach den Redefluss des Chefarztes, indem sie kurz entschlossen die Bettdecke wegzog und den guten Zustand meiner Beinmuskulatur registrierte.

„Auch Ihre Haut ist in tadellosem Zustand. Das ist außergewöhnlich nach einem Jahr!", unbeirrt lobte mich der Chefarzt weiter. Diese Art der Visite war nicht zu vergleichen mit den Vorführungen des Neurologie-Oberarztes. Hier war man taktvoll und ich fühlte ehrliches Interesse, kein kränkendes Mitleid.
Nach dieser Visite hatte ich meine erste Übungsstunde im Turnsaal. Die nötigen Ruhepausen wurden mit Atemübungen ausgefüllt. Auch für ein Schwätzchen über persönliche Dinge blieb Zeit. Frau Zernigk und ihre beiden Kolleginnen gaben sich große Mühe mit mir.
Bis zur Mittagspause blieb ich im Rollstuhl. Schwester Helene gab mir das Mittagessen. Sie erinnerte mich mit ihrer ruhigen Art an Johanna.
Für den Nachmittag war wieder Turnen angemeldet. Dafür sollte ich nach der Mittagsruhe im Bett bleiben. Schwester Helga übernahm den Transfer vom Rollstuhl zum Bett. Sie staunte, weil ich mit Unterstützung aufstehen konnte. So schob sie mich – etwas umständlich fürs erste Mal – auf die Bettkante, ließ mich zurücklegen und hob dann meine Beine ins Bett.
„Uff! Das war ja gar nicht so schwer, wie ich dachte! Sie müssen uns nur sagen, wie wir Sie anfassen können!" Helga war ebenso erleichtert wie ich.
Zur Mittagsruhe kam ich nicht. Frau Ebeling trat mit mir in einen regen Erfahrungsaustausch über Erleichterungen, die sich die Schwestern durch meine Mithilfe verschaffen konnten.
Meine Nachbarin hatte genau aufgepasst: „Manche Schwestern machen es sich unnötig schwer durch unüberlegtes Herumzotteln beim An- und Ausziehen", stellte sie fest.
Darüber musste ich herzhaft lachen: „Ich will nicht zu viel meckern, ich bin ja nur Gast hier!"
„Wenn Sie nichts sagen, werde ich es tun", Frau Ebeling war anderer Meinung.
Diesen Standpunkt vertrat sie auch schon, als Schwester Inge mich im Bett aufsetzte und danach mit lauwarmem Malzkaffee und vertrocknetem Butterbrötchen auftauchte.
„Danke! Nehmen Sie das bitte wieder mit. Wir versorgen uns selbst", wurde sie abgewiesen.
Wie am Montag tranken wir gemeinsam Bohnenkaffee. Gert hatte den beliebten Löslichen und Kekse mitgebracht. So gemütlich wäre es im Einzelzimmer nicht gewesen.
Lange dauerte unsere Kaffeepause nicht. Zwei Schülerinnen der Physiotherapie stellten sich vor. Auf Anweisung ihrer Chefin bewegten sie zuerst meine Arme und Beine durch. Dann übten wir alles, was ich in Rücken- und Bauchlage beherrschte.
„Im Bett kann man leider nicht so gründlich üben wie im Turnsaal", entschuldigte sich eines der Mädchen. „Aber der Saal ist nachmittags immer von den Männern besetzt. Deshalb kommen wir ab heute täglich nach dem Kaffeetrinken zu Ihnen ins Zimmer. Wenn es Ihnen nichts ausmacht, mit vollem Bauch hin und her gerollt zu werden." Sie lachten mich an.
Es machte mir nichts aus! Wir übten noch den freien Sitz auf der Bettkante.
Frau Zernigk schaute kurz zur Tür herein, um sich nach meinem Befinden zu erkundigen. „War es zu anstrengend am Vormittag", wollte sie wissen.
„Es kann nicht anstrengend genug sein! Wir könnten rund um die Uhr turnen!", rief ich meiner besorgten Physiotherapeutin zu.
„Das wäre Ihnen zuzutrauen!", reagierte Frau Zernigk schlagfertig. Sie hatte schnell gelernt, meine seltsame Stimme zu verstehen.

Gerade, als ich nach der Übungsstunde anfing mit Frau Ebeling zu plaudern, kamen Gert und Carsta. Wie ich vermutet hatte, verwickelte Gert meine Nachbarin auch ins Gespräch.
Da ihr Mann nur immer mittwochs kommen konnte, bot Gert ihr an, einige Besorgungen zu übernehmen. Wir unterhielten uns angeregt. Schwester Inge ermahnte uns nach zwei Stunden. „Die Oberärztin macht gleich ihre Runde. Ich kriege Ärger, wenn so spät noch Besuch da ist“, murmelte die Schwester. Wir verabschiedeten uns artig. Ich wollte durch meine Sonderrechte hier nicht auffallen. Es lief alles so schön an.
„Ach was“, Gert konnte sich die Bemerkung nicht verkneifen, „die Oberärztin wird wohl wissen, dass wir vom Chefarzt die Erlaubnis haben.“
Die beiden waren kaum raus, als es leise an der Tür klopfte. Ich reagierte nicht sofort.
„Na, du willst wohl nichts mehr von uns wissen?“, Rita beugte sich zu mir. Sie drückte mich.
Statt einer Antwort kam mein lautes Lachen, Freudentränen rollten. Hinter Rita stand Werner.
„Ja, lach nur, dann merkst du, wie deine Stimmbänder vibrieren!“ Er drücke den Zeigefinger meiner linken Hand an den Kehlkopf und verschloss dabei die Kanüle. Ich spürte nichts.
„Warum kommt ihr so spät noch? Ich freue mich so sehr!“, brachte ich dann doch noch heraus. „Werner hat dienstlich hier zu tun. Er nahm mich kurz entschlossen mit“, klärte Rita mich auf. Beide wollten sich davon überzeugen, dass ich meinen Entschluss nicht bereut hatte.
„Mit euch fühle ich mich nun doppelt umsorgt! Die Physiotherapie ist hier gut!“, beteuerte ich. „Wie bist du mit der Oberärztin zufrieden?“, fragte Werner unvermittelt.
„Warum fragst du? Ich kenne sie kaum“, antwortete ich. „Wenn sie nicht zu pessimistisch eingestellt ist, dann werde ich mit ihr zurechtkommen. Wichtiger ist mir die Physiotherapie!“
„Vergiss nicht, Frau Dr. Ruminski ist zuständig für alles, was hier mit dir geschieht“, versuchte Werner mir klarzumachen. Wenn diese Oberärztin ähnlich urteilte wie Dr. Ahlert und Dr. Krause, dann sollte mich das fortan nicht mehr erschüttern.
„Du bleibst ja trotzdem mein behandelnder Arzt. Darüber bin ich sehr froh!“, sagte ich darauf.
„Ich werde oft nach dir sehen. Und wehe, wenn du keine Fortschritte machst!“, drohte Werner. Während unserer Debatte war Rita nicht zu Wort gekommen. Sie saß am Bettrand und hielt meine Schultern umschlungen. „Du machst einen zuversichtlichen Eindruck“, sagte sie jetzt.
Wir unterhielten uns sehr leise, um Frau Ebeling nicht zu stören. Sie war eingeschlummert. „Das ist aber später Besuch! Guten Abend, Herr Chefarzt!“ Die Oberärztin begann ihre angekündigte Runde. „Da brauchen Sie mich ja nicht, wenn Sie in so guten Händen sind“, bemerkte sie, schon im Begriff zu gehen und wandte sich nur kurz meiner Bettnachbarin zu.
„Wir müssen uns auch verabschieden“, drängte Werner, „wir wollen Gert noch überfallen. Er hat eine neue Bastelei in Arbeit. Aber das darf ich nicht verraten!“
„Wieder ist ein Tag in Windeseile vergangen“, stellte ich fest, als der Besuch gegangen war. Meine Nachbarin holte tief Luft. „Ach, wenn ich das doch auch sagen könnte“, seufzte sie. „Ich muss nun wieder eine Woche auf die OP warten. Da vergeht die Zeit sehr langsam!“

Das verstand ich gut. Warten musste man lernen. Diese Art zu warten war ein schwieriger Prozess, eine Nervenprobe, die immer schwieriger wurde, je länger sie dauerte. Man musste alle Niederlagen schnell verdrängen und sich nur am Positiven orientieren.

Mittwoch war der erste offizielle Besuchstag für mich. Gerts Mutter brachte einen bunten Strauß selbst gezogener Hyazinthen. „Ich weiß doch, die magst du so gern“, sagte sie stolz. Bevor ich ihr erzählen konnte, wie gut es mir hier gefällt, kamen meine Eltern und zwei Kolleginnen. Der Nachttisch quoll über von Blumen und kleinen Geschenken.
„Alle bewundern deine Geduld“, berichtete Ilse. „Sie war doch früher nicht gerade deine Stärke! Warum hat es dich so arg erwischt! Aber du packst das schon! Das sagen wir alle! Wir belagern dich jetzt zu jeder Besuchszeit. Bisher haben wir Gert mit Fragen nach dir genervt. Aber das weißt du ja. Du siehst gut aus! Gar nicht wie eine Kranke.“
Ilse schnatterte mir früher oft zu viel. Jetzt tat es mir gut. Das war so vertraut.
„Wir kommen immer nur zu zweit, damit es dich nicht anstrengt“, versprach Hella.
„Wenn es doch endlich besser würde!“, warf meine Mutter ein.
„Aber es ist doch schon eine große Verbesserung, dass wir ihre Tochter besuchen dürfen!“, verteidigte mich Hella. Ich freute mich über die spontane Antwort und blinzelte ihr zu.
Mit der Verständigung übertrafen wir uns selbst. Immer, wenn ich zum Sprechen ansetzte, hielt Ilse mit dem Finger die Kanülenöffnung zu. Das Sprechen war dadurch weniger anstrengend und meine Stimme bekam etwas mehr Ton.
Die fröhliche Besucherrunde hatte mich nicht angestrengt. Alle mussten sich pünktlich verabschieden. Physiotherapie war angesagt!
Bald danach kamen Gert und Carsta. Beim Abendbrot berichtete Carsta von den neuesten Streichen Quartus'. Ich verschwieg dabei, dass Oma Lotte mir bereits von den gemeinsamen Besuchen mit Jörg erzählt hatte. Der Hund war noch immer Carstas liebstes Hobby.
„Übermorgen geht es wieder nach Hause“, sagte Gert, als er sich verabschiedete. Schnell war diese erste Woche im neuen Asyl vergangen.
Ich sah Frau Ebeling stricken. Wie ich sie beneidete! Ich mochte nicht daran denken, welche Massen an Wolle ich früher für Pullover, Kleider und sogar Hosenanzüge verarbeitet hatte.
Ärgerlich sah ich auf meine Hände. Bewegung allein nützte nichts. Es fehlten außerdem Koordination und Feingefühl. Die unkontrollierten Bewegungen der linken Hand erlaubten mir mit Ach und Krach mein Brot zu essen.
„Sie sind so still. Sind Sie heute schon müde?“, unterbrach Frau Ebeling meine Gedanken.
Ich erzählte ihr von meinem Wunsch, wieder stricken zu können.
„Wenn Sie das traurig macht, höre ich mit meiner Strickerei auf und wir erzählen noch etwas, bis unsere Inge uns einschläfert.“
Diese treffende Bezeichnung brachte mich zum Lachen. Die wortkarge Inge reichte uns abends die Nachtmedizin, kullerte mich auf die Schlafseite und ging.
„Machen Sie sich keine trüben Gedanken. Bis die Enkelchen da sind, hat sich Ihr Zustand wieder normalisiert. Dann müssen Sie viel stricken. Unsere Töchter können doch heute kaum noch Handarbeiten oder kann ihre Carsta einen Pulli stricken?“
Die Vorstellung erheiterte mich. „Oh je! Ich glaube, sie bringt nicht mal Topflappen fertig!“

Das erwies sich jetzt als Nachlässigkeit meinerseits. Ich hätte Carsta konsequenter anleiten müssen! Ich hätte das – und viele andere Dinge – nicht ständig vor mir her schieben sollen.
„Hallo! Nicht grübeln! Sie sind nicht allein!“, Frau Ebeling stand plötzlich neben mir.
„Ja, das ist der Vorteil des Zweibettzimmers“, sagte ich. „Ich habe immer ein schlechtes Gewissen, wenn ich Sie manchmal nachts wecke, damit Sie für mich klingeln.“
„Das mache ich gern. Und außerdem war das meine Idee. Vielleicht können Sie mir helfen, wenn ich operiert bin“, versuchte mich meine Bettnachbarin zu trösten.
„Das ist zu schön, um wahr zu sein!“ Ich versuchte, bei dieser Vorstellung zu lächeln.

Bei der Visite des folgenden Tages achtete ich besonders auf die Oberärztin. Welchen Eindruck sollte ich von ihr haben? Was meinte Werner damit? Frau Dr. Ruminski war freundlich. Sie hatte bisher nichts Negatives über meinen Zustand geäußert und interessierte sich dafür, wie ich an den Wochenenden daheim versorgt werde. Es fiel mir lediglich auf, dass sie mich ziemlich eindringlich musterte – nicht wie eine Ärztin ihre Patientin, sondern so wie das eben nur von Frau zu Frau üblich ist. Allerdings gab es bei mir zurzeit nichts zu begutachten. Deshalb wertete ich das als meine pure Einbildung. Mein Pessimismus durfte nicht die Oberhand bekommen!
Die Oberärztin wollte sich darum kümmern, dass ich auch logopädisch betreut werde. Meine Stimmbänder sollten trainiert werden. Demnach hat sie also gute Absichten, sagte ich mir.
Komisch! Trotzdem ertappte ich mich bei einer Beschäftigung, die mir bisher suspekt war.
Während sich die Gruppe mit Frau Ebeling befasste, studierte ich das Äußere der Oberärztin. Warum nur? Sie war etwa in meinem Alter. Sie gehörte nicht zu der Art von Frauen, die durch Schönheit auffielen. Die Beine waren kurz und ziemlich kräftig, der Oberkörper wirkte etwas gedrungen. Mir fielen der schmale Mund und die durchdringenden kleinen Augen auf. Aber sie hatte sehr gepflegtes, schönes, etwa schulterlanges, dunkles Haar.
Bei meinen seltsamen Studien dachte ich an Gert. „Du denkst wohl, ich hab dich nur deiner schönen Augen wegen geheiratet!“, neckte er mich oft. Wie oft hatten wir uns im Spaß über Frauen unterhalten und gestritten. Für ihn musste eine Frau schöne lange Beine und eine tadellose Figur haben. Bei dieser Erinnerung schmunzelte ich, denn Gert konnte es sich leisten, so kritisch zu sein. Er sah gut aus, war attraktiv. Früher waren ihm die Mädchen nachgerannt. Das konnte mir Oma Lotte nicht oft genug sagen. Was mich wiederum auf die Palme brachte.
Die Visite war längst gegangen, als ich immer noch gedankenverloren träumte.
„Jetzt waren Sie aber weit weg mit ihren Gedanken“, Frau Ebeling sah mich lächelnd an.
„Wenn nichts dazwischen kommt, dann werde ich in der nächsten Woche operiert! Aber ich weiß noch nicht, wer mich unters Messer nimmt - hoffentlich die Oberärztin!“
Eine weitere Diskussion wurde verhindert. Die Physiotherapeutinnen kamen, um mich zum Turnsaal zu bringen. Nach diesen Turnstunden schmeckte jedes Essen. Auch wenn es keine Wunschkost mehr wie auf der Neurologie war.
Mittagsruhe – Kaffeetrinken – Übungen im Bett – Abendessen mit Gert und Carsta und schon war wieder ein Tag geschafft. Was war heute positiv? Die Oberärztin wollte eine Logopädin zu mir schicken. Ein Versuch, meine Stimme zu bessern.

Zufrieden sah ich dem Wochenende entgegen. Ich schlief mit der Gewissheit ein, dass Frau Ebeling da war, wenn ich Hilfe brauchte und nicht klingeln konnte.
Wenn doch nur meine Stimmung bald weniger störanfällig wäre!

Der Freitag weckte uns mit herrlichem Sonnenschein. Zu unserer Freude hatte sich die Nachtschwester um eine Stunde verspätet. Das bedeutete eine Stunde mehr Schlaf für Frau Ebeling, denn sie war ja ständig wach, wenn ich gewaschen oder gelagert wurde. Niemals war sie deshalb ungehalten. Ich bewunderte das an ihr.
Ingeborg hatte es mit dem Aufwischen mal wieder nicht sonderlich genau genommen. Auf dem Fußboden lagen dicke Staubflocken. Frau Ebeling beseitigte die unschöne Dekoration mit feuchtem Zellstoff. Ich beobachtete, dass meiner Zimmerkollegin das Bücken von Tag zu Tag schwerer fiel. Trotzdem ließ sie es sich nicht nehmen, mir beim Frühstücken zu helfen sowie Teller und Tassen in die Küche zu tragen. Dort half sie beim Spülen des Geschirrs.
„Ich bin immer froh, wenn Sie wieder im Bett liegen. Hoffentlich wird Ihre OP nicht verschoben, weil Sie sich überanstrengen!“ Ich atmete auf, als sie ins Zimmer zurückkam.
„Ich muss mich ja immer an den Wochenenden daheim schonen!“, kam lachend die Antwort. Gerade, als Frau Ebeling wieder in ihr Bett gestiegen war, kam die Visite.
„Na, meine Damen, heute geht’s wieder heim“, begrüßte uns die Oberärztin. „Ich bewundere Ihren Mann! Wie er es schafft, Sie an jedem Wochenende zu Hause zu versorgen!“, wandte sie sich an mich. Dabei sah sie mich an, als würde sie überlegen, wie sie uns helfen könnte.
„Ich möchte behaupten, dass er es sehr gern tut und auch die nötige Übung darin hat“, ergriff der junge Assistenzarzt das Wort. Dabei lachte er mich vertrauensvoll an.
Die Oberärztin stutzte: „Woher wollen Sie das so genau wissen?“
„Wir kennen uns seit meinem Praktikum auf der Neurologie. Daher kenne ich auch Ihren Ehemann, weil er jeden Tag kam“, erklärte Herr Weber.
„Natürlich darf er auch bei uns jeden Tag kommen“, lenkte Frau Dr. Ruminski sofort ein. „Ich möchte nicht, dass Sie in dieser Beziehung etwas vermissen. Aber ich würde diesen vorbildlichen Ehemann gern persönlich kennen lernen.“
Mir fiel zu diesem Thema nichts ein. Eine längere Gesprächspause entstand, bis Schwester Helga mit dem Bleistift auf ihre Akten klopfte. „Vergesst nicht, dass die Tochter in unsere Fußstapfen tritt! Sie wird OP-Schwester. Sie war zum Praktikum hier und hat sich von unseren Physiotherapeutinnen beraten lassen, wie wir ihrer Mutter helfen können.“
„Eine vorbildliche Tochter“, war die Antwort der Oberärztin. Sie wirkte dabei abwesend. Ich bezweifelte, dass sie auch hinter ihren Worten stand. Die kleine Gruppe ging bereits zu meiner Nachbarin. Sie sprachen über die bevorstehende OP.
„Ist unsere Oberärztin nicht eine reizende Person? Sie kümmert sich ja wirklich um alles!“, rief Frau Ebeling ganz entzückt, als wir wieder allein waren. „Sie sorgt sich sogar um Ihre Betreuung daheim während der Wochenenden! Das macht nicht jeder Arzt. Was meinen Sie?“
Frau Ebeling wartete auf meine Zustimmung. Ich konnte nicht sofort antworten. Ich dachte darüber nach, weshalb mich die Ärztin so abschätzend betrachtet.
„Natürlich! Ich finde sie auch sehr nett!“, gab ich zu.
Während des Erzählens war die Zeit im Nu vergangen. Im Turnsaal wartete Herr Weber auf mich. „Darf ich Sie heute mal beobachten?“, fragte er mit verschmitztem Lächeln.

„Wenn man sich beobachtet fühlt, geht es bekanntlich nicht sehr gut!“, Frau Zernigk äußerte Bedenken. Da mir aber der junge Assistenzarzt ausgesprochen sympathisch war, machte mir das nichts aus. Anheben des Beckens, Abspreizen der Beine und Arme, Heben des Kopfes, Bewegungen gegen Widerstand - all das bereitete Spaß, weil es mir immer leichter fiel.
„Ich bin überrascht! Das geht aber schon bedeutend besser als auf der Neurologie! Ich werde unserer Oberärztin von diesen Fortschritten berichten.“ Herr Weber zeigte ehrliche Freude.
„Sie haben mich aber auch vier Monate lang nicht gesehen!“
„Die Frau ist einfach nie zufrieden mit ihrer Leistung! Aber diese Einstellung gefällt mir! Darf ich trotzdem Bericht erstatten?“ Dagegen hatte ich nichts einzuwenden.

Schnell war die erste Woche in der Orthopädischen Klinik vergangen. Am Freitag wurde Frau Ebeling nach dem Mittagessen von ihrem Mann abgeholt. Schon eine Stunde später kam Gert. „Auf geht's - nach Hause! Oder möchtest du lieber hier bleiben?“
Statt zu antworten, drückte ich ihn ganz fest. Es tat so gut, ihn so fröhlich zu sehen. Schwester Hedwig half Gert dabei, mein Gepäck im Auto zu verstauen.
Vor der Ausfahrt stand Frau Dr. Ruminski. Sie schien jemanden zu erwarten und sah uns nur flüchtig an. Ich grüßte Kopf nickend, als wir vorbeifuhren. Aber sie reagierte nicht.
„Wer war denn das? Auch eine Schwester?“, fragte Gert. Ich klärte den Irrtum schnell auf.
„Nein, wo denkst du hin! Das war meine behandelnde Ärztin, Oberärztin Dr. Ruminski!“
Wie ich erwartet hatte, drehte er sich neugierig um, um sein Urteil abzugeben. Aber die Oberärztin kehrte uns bereits den Rücken zu. Ich musste schmunzeln – wie gut ich ihn kannte!
„Mir fällt auf“, feixte Gert, „in der Neurologie gab es hübschere Krankenschwestern als hier!“
„Du hast wohl heute deinen frechen Tag! Ich dachte bisher, du kämst zu mir! Stattdessen liebäugelst du mit den Schwestern! Es wird Zeit, dass ich auf dich aufpasse!“, schimpfte ich und gab mir Mühe, dabei ernst zu bleiben. Kaum fünf Minuten hatte die Fahrt gedauert.
„Du wirst mich trotzdem nicht los. Wie oft soll ich dir das noch sagen! Aussteigen!“ Gert kniff mir ins Bein. An der Haustür stand Carsta. Sie erwartete uns schon.
„Am Vormittag war es so schön frühlingshaft. Jetzt ist es recht kühl im Wohnzimmer, weil Papi vergessen hat, die Heizung anzustellen“, war die vorwurfsvolle Begrüßung.
Inzwischen setzte mich Gert in einen Sessel vor dem Kamin: „Gleich wird's gemütlich!“ Im Nu knisterte das Feuer im Kamin. Eine wohlige Wärme verbreitete sich im Raum. Wieder stellte ich fest, dass alles unverändert sauber und gepflegt war. Niemand würde ahnen, dass hier schon über ein Jahr die Hausfrau fehlte. Ich sollte mich darüber freuen, allerdings kam mir dabei der Gedanke: Du bist entbehrlich!
Am Kaffeetisch wurde ich abgelenkt. Gert erzählte, dass er bei Werner im Wochenendhaus war und von dort einen Anhänger voll mit Birkenstämmen mitgebracht hatte.
„Für den nächsten Winter hab ich vorgesorgt. Aber da gibt es ein anderes, großes Problem. Da musst du mir helfen!“ Gert sah mich schuldbewusst an: „Ich kann nicht so gut sparen wie du!“
Also werde ich doch gebraucht, dachte ich erleichtert.
„Mach dir darüber keine Sorgen! Wenn ich daheim bin, kümmere ich mich wieder um unsere Finanzen.“ Jetzt konnte ich Gert einmal trösten. Aber er ging nicht darauf ein.

„Wenn du wieder gesund bist, dann wird unser Konto wohl kaum gewachsen sein. Ich packe das einfach nicht, weil ich mich noch nie darum gekümmert habe. Das ärgert mich!"
„Geld macht nicht glücklich!", mischte sich Carsta ein. „Das Thema ist langweilig."
„Sparen ist für dich ohnehin ein Fremdwort", schimpfte Gert. „Was hältst du von Kostgeld?"
„Papi, du hast doch eine Überraschung", lenkte Carsta ab. „Darf ich das Ding holen?"
Die Überraschung erschien in Form eines Notenständers. Ratlos sah ich Gert an.
„Hierauf liegt ein Buch fest. Es kann nicht verrutschen, wenn du umblättern willst!", erklärte er stolz seine neue Bastelei. Er hatte sich Gedanken gemacht, womit mir das Lesen erleichtert werden kann, da meine wieder gewonnene Leselust am Rutschen der Bücher gescheitert war.
„Vorerst wirst du den Ständer nicht selbst vor den Rollstuhl stellen können, um ein Buch darauf zu legen. Aber das wäre doch eine gute Übung – den Arm anheben und dann umblättern. Was meinst du?" Gert führte es vor. Ich schüttelte traurig den Kopf.
„Du meinst es gut. Aber der Arm ist schwer wie Blei, wenn ich ihn im Sitzen anhebe."
Ich versuchte es mehrmals. Der Arm verfehlte sein Ziel. An Umblättern war nicht zu denken.
Gert überlegte. „Macht gar nichts", sagte er schließlich, schraubte den Ständer ab und legte mir das kleine, verstellbare Pult mit dem Buch auf den Schoß. Das Umblättern gelang! Allerdings nur mit angefeuchtetem Zeigefinger, da das Feingefühl fehlte.
„Siehst du, es geht doch", ermutigte mich Gert, „so kannst du wieder lesen!"
„Dabei darf mich aber niemand beobachten! Wie das aussieht, wenn ich dauernd an meinem Finger herumlecke!" Ich bekämpfte die aufsteigenden Tränen. „Diese Unart haben wir Carsta schon im Vorschulalter abgewöhnt. Jetzt fange ich damit an!"
Carsta lachte herzhaft: „Mach dir nichts draus, Mami! Das gewöhnst du dir schon wieder ab!"
Dieser trockenen Bemerkung hatten wir nichts hinzuzufügen.

Der Sonntag war für Quartus vorgesehen. Am Nachmittag hatte ihn Carsta zu uns nach Hause geholt. Er war jetzt groß und kräftig geworden, als Wohnungshund wohl kaum geeignet!
Bei der Begrüßung hatte mich der tapsige Wildfang beinahe samt Schaukelstuhl umgeworfen. Aufgeschreckt flogen meine beiden Arme gleichzeitig nach oben.
„Mami, du kannst ja doch beide Arme gleichzeitig heben!", rief Carsta – ebenso erschrocken. Leider gelang mir keine Wiederholung der Vorstellung.
Auf der Wiese vor unserem Haus konnten Carsta und Jörg ausgelassen mit Quartus toben. Ich beobachtete das lustige Treiben. Wie lange würde es wohl noch dauern, bis ich in der Lage war, mich selbstständig mit dem Hund zu beschäftigen? Dabei fielen mir die Worte der Oberärztin ein. Sie hatte versprochen, alles zu tun, um mir schnell zu helfen.
Nach dem Abendessen – bevor mich Gert zurück zur Klinik brachte – erzählte ich davon.
„Die Oberärztin möchte dich gern persönlich kennen lernen."
„Weshalb denn das?", wunderte sich Gert. „Der Chefarzt kennt mich doch. Genügt das nicht?"
„Ich hab keine Ahnung. Frau Dr. Ruminski ist besorgt, dass du es zu Hause mit mir nicht schaffst."

„Das ist allein unsere Angelegenheit. Du weißt, ich lasse mir keine Vorschriften machen. Außerdem bist du nur wegen der besseren Physiotherapie dort!“, Gert war abweisend.
„So hat das die Oberärztin sicher nicht gemeint“, lenkte ich ein. „Vielleicht hat sie irgendeine Idee, wie sie uns helfen kann. Frau Ebeling ist ganz begeistert von ihr.“
„Die Doktorin wird sich schon melden, wenn sie was von mir will“, beendete Gert unsere Diskussion. Es war Zeit, zur Rückfahrt aufzubrechen.

Dank der einfühlsamen Frau Ebeling gab es bald keinerlei Missverständnisse mehr mit den Schwestern. Bei Verständigungsschwierigkeiten wusste sie stets Rat. Deshalb drängte ich auch nicht mehr auf das Entfernen meiner Trachealkanüle.
Umso mehr überraschte mich die Oberärztin bei der Visite. „Ich hoffe, Sie sind damit einverstanden, dass ab morgen eine erfahrene Logopädin mit Ihnen Sprechübungen macht.“
„Aber das sollte ich doch erst, wenn mein Kehlkopf geschlossen ist.“ Ich war verunsichert.
„Je früher wir mit den Übungen anfangen, desto schneller werden Sie wieder normal sprechen können“, begründete die Ärztin. „Frau Greif wird also morgen zu Ihnen kommen!“ Damit wandte sie sich dem Chefarzt zu, der mit meiner Nachbarin sprach.
Ich war zu sehr mit mir und den unerwarteten Neuigkeiten beschäftigt, deshalb war mir völlig entgangen, was mit ihr besprochen wurde. Erst als wir wieder allein waren, merkte ich, wie ernsthaft grübelnd Frau Ebeling mich ansah.
„Was meinen Sie“, fragte ich, „hat es Sinn, schon jetzt mit Sprechübungen anzufangen?“
„Aber sicher! Freuen Sie sich, dass die Oberärztin sich darum kümmert! Nur ich bin etwas traurig, aber gleichzeitig auch froh – am Donnerstag werde ich operiert.“
Nun erfuhr ich, dass meine geduldige Helferin nicht von der Oberärztin, sondern vom Chefarzt operiert wurde. Ich verkniff mir den Gedanken, dass er mir sympathischer war - warum nur? Hatte ich eine Abneigung gegen Oberärzte entwickelt?
Ich hatte Bedenken, die verordneten Sprachübungen würden Vorboten zum ständigen Tragen die Trachealkanüle sein. Und Frau Ebeling hatte plötzlich Angst vor ihrer OP. Den Grund hierfür konnte ich ihr nicht entlocken. Wir sprachen uns gegenseitig Mut zu.
Am Nachmittag erhielt ich unerwarteten Besuch: Frau Schwarz, die neue Chefsekretärin, die Sekretärin von Werner! Wir kannten uns nur flüchtig. Meine Freude war groß. Alle Schwestern der Neurologie ließen mich grüßen. Ich musste ausführlich über meinen Tagesablauf berichten. Als Gert und Carsta kamen, verabschiedete sich Frau Schwarz mit dem Versprechen, jede Woche nach mir zu sehen.
Gert begrüßte das Hinzuziehen einer Logopädin und entkräftete meine Bedenken betreffs des Entfernens der Kanüle. Er versicherte, dass Werner bestimmt mit uns gesprochen hätte, wenn es Unsicherheiten gäbe. „Denk an die Wasserbehandlungen, die Werner dir in Aussicht gestellt hat“, erinnerte mich Gert. „Dazu muss der Kehlkopf geschlossen sein.“
„Nachteilig sind die Stimmübungen bestimmt nicht“, war auch Carstas Meinung.

Die beiden hatten es verstanden, mich etwas zu beruhigen, aber trotzdem verging diese Nacht langsamer als die vorherigen. Ich hatte jetzt nicht mehr die schweren Sandsäcke im Rücken, konnte mich also mit etwas Mühe von der Seite auf den Rücken drehen. Aber auch das hinderte mich nicht am Grübeln.

Gleich nach dem Frühstück lernte ich meine Logopädin kennen. Frau Greif war eine zierliche, junge Frau. „Ich habe mich schon mit ihrer Krankengeschichte vertraut gemacht", wurde ich temperamentvoll begrüßt.
Ich äußerte meine Bedenken zum Entfernen der Trachealkanüle.
„Darüber habe ich mich mit Dr. Neumann beraten", belehrte mich Frau Greif. „Er möchte mit dem Verschluss ihres Kehlkopfes noch warten. Deshalb wenden wir einen Trick an!"
Diese Übung kannte ich bereits. Mein unsicher fuchtelnder Zeigefinger traf nicht das Loch der Kanüle. Die Logopädin war geduldig. Sie drückte nun selbst auf die Öffnung und legte meine linke Hand auf meinen Kehlkopf. „Jetzt stellen Sie sich mal vor, Sie würden etwas Gutes essen und machen bitte mal: Hmmm!" Frau Greif machte den Ton vor.
Im gleichen Moment überfiel mich wieder das verdammte, unangebrachte Lachen!
Ich schämte mich, kämpfte dagegen an. Die Logopädin sah darin nichts Ungewöhnliches.
„Lachen Sie nur! Das entspannt! Und nun: Hhmmm!" Ich versuchte es und spürte zum großen Erstaunen ein leichtes Vibrieren. Das mussten die Stimmbänder sein!
„Überzeugt?", Frau Greif lachte mich an. „Glauben Sie mir! Ich würde mich nicht mit Ihnen beschäftigen, wenn es nicht Erfolg versprechend wäre." Erleichtert und mit Freudentränen in den Augen stimmte ich ihr zu.
„Wenn es Ihre Nachbarin nicht stört, bekommen Sie bis zum nächsten Mal Hausaufgaben!"
„Was denken Sie von mir!", protestierte Frau Ebeling. „Ich passe auf Ihre Schülerin auf und werde Ihnen berichten, ob sie fleißig war!"
So bekam ich den Auftrag, Töne zu üben: ba - ba - ba - puuu - aaa - bwww- brrr – mamama
Mit den Lippen sprudeln, Wangen aufblasen, tief einatmen - ich kam mir vor wie ein Baby.
„Damit bin ich ja rund um die Uhr beschäftigt", seufzte ich.
„Sie schaffen das!" Frau Greif klopfte mir auf die Schulter. „Jeder erzählt mir von Ihrem Ehrgeiz. Also dürfen Sie mich auch nicht enttäuschen!"

Meine eigenartigen Stimmübungen waren gut, um Frau Ebeling etwas abzulenken. Sie war meiner Meinung nach zu sehr mit ihrer OP beschäftigt. Als ich am Donnerstag vom Turnsaal zurückkam, war das Bett meiner Nachbarin leer. „Sie ist im OP", erklärte mir eine Schülerin, die das Mittagessen auf den Tisch stellte und wieder hinauseilte. Ich wartete. Niemand kam. Da saß ich nun und konnte nicht essen. Der Teller war unerreichbar. Ebenso die Klingel, die am Fußende des Bettes hing. Frau Ebeling fehlte!
Nach einer Stunde kam die Schülerin, um das Geschirr zu holen. „Sie haben nichts gegessen! Es schmeckt Ihnen wohl nicht? Wir haben aber nichts anderes." Ich kam nicht zu Wort und ließ mich gleich zur Mittagsruhe ins Bett bringen, um nicht noch mal warten zu müssen.
Gegen vierzehn Uhr wurde meine frisch operierte Zimmerkollegin wieder reingebracht. Sie war schon wach! „Hab alles gut überstanden", flüsterte sie mir zu. Aber sie schlief gleich wieder ein.
Diesmal hatte ich die Klingel fest in der Hand. Frau Ebeling stöhnte. Ich wunderte mich, dass niemand bei ihr blieb, bis sie aufwachte. Plötzlich warf sie ihren Kopf zur Seite und erbrach heftig. Ich erschrak. Diesen Anblick hätte ich früher nicht ertragen. Mit

Sicherheit hätte ich mich dann auch übergeben müssen. Jetzt drückte ich mehrmals auf den Klingelknopf.
Ich konnte helfen! Ein ganz neues Gefühl! Frau Ebeling kämpfte. Sie tat mir Leid.
„Was ist denn los?“ Nach zehn Minuten kam Schwester Inge, unfreundlich wie gewohnt. Als sie dann auch noch die Bettwäsche meiner Nachbarin wechseln musste, war die schlechte Laune komplett. „Der Chef hat heute wieder operiert wie ein Weltmeister!“, wetterte Inge.
„Überall klingelt es! Ich komme nicht dazu, den Kaffee auszuteilen! Ich bin ganz allein mit einer Schülerin!“ Das waren wir gewöhnt. Bei den zwei Damen dauerte alles etwas länger.
Die Physiotherapeutinnen entlasteten die Schwestern. Frau Apel brachte Butterbrötchen und Malzkaffee. Sie half mir beim Essen. Mein Magen knurrte noch vom ausgefallenen Mittagessen. Wir verzichteten auf die Nachmittagsübung, um Frau Ebeling nicht zu stören.
Frau Apel verhalf mir zu einer Lesestunde. So brauchte ich Inge nicht damit zu behelligen, mir Buch und Pult zu reichen sowie die Brille aufzusetzen.
Am Abend wurde Inge dann durch meine täglichen Besucher entlastet. Nach dem Essen legte mir Carsta die Schienen an. „Ich habe gehört, dass Schwester Inge sich scheiden lässt“, erzählte sie mir dabei. „Sicher ist sie deshalb so launenhaft.“ Das erklärte Inges Verhalten. Aber ich kam nicht zum Antworten, denn Gert drängte zur Eile. „Erzählt morgen darüber, wenn es Frau Ebeling besser geht!“ Ein turbulenter Tag ging zu Ende.
Nachts gab es keine Probleme. Die Nachtschwester sah oft nach Frau Ebeling. Diese Gelegenheit konnte ich nutzen, um mich drehen zu lassen.

Der Freitag sah für meine Nachbarin schon bedeutend besser aus. Bei der Visite erklärte ihr die Oberärztin, wie schnell der Chefarzt die OP erledigt hatte. Nur ein kleines Pflaster war am Rücken zu sehen. „Am Wochenende behalten wir Sie aber hier!“, sagte die Oberärztin. „Am Montag beginnt dann für Sie die Physiotherapie!“
„Bei Ihnen gibt es ja nichts Neues“, mit einem flüchtigen Gruß ging sie an meinem Bett vorbei.
„Sie hat sicher vergessen, dass sie meinen Mann sprechen wollte“, ich sah Frau Ebeling an.
„Das glaube ich nicht“, kam sofort die Antwort. „Die Oberärztin interessiert sich sehr für Sie! Sie macht sich Gedanken, wie sie Ihnen helfen kann. Glauben Sie meiner Menschenkenntnis!“
„Ich gebe mir Mühe!“, sagte ich scherzhaft.
Der Tag verging wie im Flug. Frau Ebeling ging es gut. Sie forderte mich sogar zu Stimmübungen auf. Sie lobte die Tüchtigkeit des Chefarztes und war glücklich, ihren kranken Fuß und die Zehen schon leicht bewegen zu können. Fast neidisch beobachtete ich die erfolgreichen Bemühungen meiner Nachbarin.
„Weshalb wollten Sie von der Oberärztin operiert werden?“, fragte ich, um mich abzulenken. „Ach, ich finde das jetzt unsinnig“, gab Frau Ebeling zu. „Eine Bekannte hat bei ihr eine schwierige Hüft-OP sehr gut überstanden. Aber besser als der Chef hätte es die Oberärztin bei mir auch nicht machen können.“

Das letzte Wochenende im März war verhältnismäßig mild. Wir nutzten das für eine Fahrt zu unserem Bungalow. Diesmal war Carsta nicht dabei. Sie hatte Dienst.

„Hin- und Rückfahrt an einem Nachmittag – und ohne Carsta – das müssen wir besonders anrechnen", freute sich Gert. „Du sitzt heute auch ohne Hilfe recht sicher! Ich hab das schon auf der Hinfahrt gemerkt." Auch wenn Gert sehr vorsichtig gefahren war, registrierten wir dies wieder als Fortschritt.
Zu Hause wurden wir von Rita und Werner überrascht. Sie waren gerade im Begriff zu klingeln, als mich Gert in die Wohnung trug.
„Wir kommen zu einer wichtigen, kurzen Besprechung", eröffnete uns Werner schmunzelnd.
Wir kamen auf die Stehversuche zu sprechen, die wir in letzter Zeit vernachlässigt hatten. Werner hatte deshalb vor, für mich ein Ganzkörperkorsett aus Leder mit entsprechenden Gelenken anfertigen zu lassen. Nur die Arme sollten darin frei bleiben.
„Damit bekommt dein Körper Halt und du wirst bald allein stehen können", begann er zu erklären. „Dann kann nach und nach ein Teil der Konstruktion abgebaut werden. Bis du alle Körperfunktionen wieder selbst beherrscht. Erst dann beginnen wir mit Laufübungen."
Ich hätte vor Freude über diese Aussichten laut jubeln können. Das ging nicht. Ich lachte nur.
„Wie lange wird die Anfertigung dauern?", fragte ich. Dabei dachte ich an die Bestellung der orthopädischen Schuhe, die wohl schon überfällig waren.
„Nächste Woche wird von deinem edlen Körper ein Gipsmodell angefertigt. Daran wirst du Spaß haben!", Werner lachte. „Aber Dr. Bauer verspricht sich auch Einiges von diesem Vorgehen. Und dem Orthopädiemechaniker werden wir auf die Sprünge helfen!"
Werner hatte sich so in Begeisterung geredet, dass nicht einmal Gert zu Wort kam.
„Und was wird dann aus der Behandlung im Wasser?", gelang es ihm doch noch einzuwerfen.
„Das ist ja mein Problem!", gestand Werner. „Es dauert mir zu lange, bis wir damit anfangen können. Dr. Neumann meint, es wäre zu riskant, den Kehlkopf jetzt schon zu schließen. Also üben wir im Trockenen!" Wir lachten über Werners Humor. Rita drückte mich und Gert. „Jetzt gibt es wieder einen Aufschwung! Und mit Riesenschritten geht's voran!"
Sofort schmiedete Gert Pläne, wie wir das Korsett im Bungalow einsetzen könnten.
„Dann werde ich dich vor dein geliebtes Rosenbeet stellen und inzwischen meinen Rasen mähen." Gert lachte schelmisch. Er sah dem Versuch hoffnungsvoll entgegen.
Am Sonntag gab es auch mit Carsta viel darüber zu diskutieren. Allerdings meinte sie, auf diese Idee hätten die Ärzte schon früher kommen müssen. Sie hatte nicht Unrecht!

Bei der Rückkehr ins Klinikzimmer sahen wir Frau Ebeling vor ihrem Bett stehen.
„Sie haben es aber eilig", sagte Gert verblüfft über den unerwarteten Anblick. Schwester Hedwig lobte die Patientin. Am Wochenende hatte sie sich schon fleißig bewegt.
Vor dem Einschlafen berichtete ich von dem Erfolg versprechenden Plan des Chefs.

Am Montag begann auch für Frau Ebeling die Physiotherapie. Bei der Chefvisite am Dienstag plante Dr. Bauer mein Gipsmodell bereits für den kommenden Freitag ein. Assistenzarzt Weber äußerte sich überaus begeistert zu diesem Vorhaben. Die Oberärztin war nicht abgeneigt, versprach sich aber mehr von der Wasserbehandlung.
„Ich hoffe doch, dass ich dazu wieder in der Neurologie bin", gab ich darauf zur Antwort.
„Ich möchte Sie ja nur so lange belasten, bis dort wieder mehr Physiotherapeuten sind."

„Na, na! Das habe ich aber jetzt überhört!", klopfte da der Chefarzt auf meine Schulter. „Sie belasten uns doch nicht! Wir erhoffen uns nur Erfolg für Sie!"
Die Tage vergingen hier im Eiltempo. Frau Ebeling machte enorme Fortschritte. Sie half mir wie immer bei den Mahlzeiten und spornte mich bei meinen Stimmübungen an. Frau Greif war mit meinem Erfolg zufrieden. Meine Bewegungsfähigkeit befriedigte mich jedoch weniger. Die Physiotherapeuten gaben sich große Mühe mit mir. Trotz Elektrotherapie nahmen die Muskelreflexe kaum zu. Ich hatte wohl doch zu wenig Geduld.

Der Freitag sollte mich aufheitern. Nach dem Frühstück ging es zum OP!
Sechs Leute hatten ihren Spaß daran, mich in einen Schneemann zu verwandeln, von Kopf bis zu den Zehen einzugipsen. Es war eine lustige Abwechslung. Mein erster Gips! Schockiert wurde ich nur durch die unpassenden Bemerkungen zweier Schwestern, die hinter mir am Waschbecken standen. „Die Frau ist ja schon einundvierzig Jahre alt! Um die Figur beneide ich Sie. So gut gebaut war ich nicht mal mit zwanzig!", vernahm ich. Es war nicht zu überhören. „Puh! Was nützt die beste Figur, wenn sie sich nicht mehr bewegen kann!", kam die Antwort. Außer mir schien niemand diese hässlichen Worte gehört zu haben.
Dr. Seitz, der Oberarzt der Kinderstation, sah mich lachend an. „So, jetzt holen wir Ihren Mann - er kann Sie jetzt abholen! Ob er uns das verübelt?" Der Oberarzt glättete das Werk.
„Wir könnten Sie jetzt als Skulptur verkaufen", schlug die Oberärztin vor. „Den Gewinn geben wir Herrn Chefarzt Dr. Wittig. Damit könnte seine Klinik endlich renoviert werden."
Alle lachten. Der Gips war inzwischen getrocknet und jetzt ging es ans Ausschälen!
„Passen Sie auf! Schreien Sie, wenn er ein Stück Haut erwischt!" Herr Weber zeigte zu Dr. Seitz, der anfing, das Kunstwerk aufzuschneiden. Jetzt lachte ich mit, denn mit der runden Schere hantierte er ausgesprochen vorsichtig.
Da stand nun mein Gipskörper. Nun musste der Orthopädiemechaniker das Gebilde für mich brauchbar umgestalten.

Die Nachfolgerin von Frau Ebeling war weder verständnisvoll noch hilfsbereit.
Frau Anders war drei Tage vor ihrer Ballenoperation eingeliefert worden. Trotz mehrfacher Aufforderungen der Schwestern bewegte sie sich nicht aus dem Bett.
Als ich sie bat, mir die Brille zu reichen – jemand hatte das gute Stück versehentlich auf den Esstisch gelegt – bekam ich zur Antwort: „Dazu sind die Schwestern da! Klingeln Sie doch!"
Ich hatte wenig Kontakt zu ihr. Sie tat überheblich, schminkte und parfümierte sich, sobald sie eine männliche Stimme vernahm. Mich amüsierte das. Denn es stand im krassen Gegensatz zu ihrer Lektüre, die ausschließlich aus dünnen, abgegriffenen Groschenheftchen bestand.
„Die hab ich mir von Drüben mitbringen lassen", sagte sie stolz. „Solche dicken Schwarten, wie Sie da haben, sind nichts für mich." Ich antwortete mit einem Lächeln. Sie gab sich ja ohnehin keine Mühe, mich zu verstehen. Ich las gerade „Krieg und Frieden". Carola hatte mir das Buch geschenkt. Es hatte ein nicht zu großes Gewicht und ich konnte es vom Nachttisch herunter aufs Bett ziehen. Darauf war ich stolz, obwohl mir das Lesen schwerfiel. Die verhassten Doppelbilder machten mir immer noch Schwierigkeiten.

Viel Zeit zum Lesen blieb mir neben der Physiotherapie und den Sprachübungen nicht. Frau Anders verzog bei meinem „ba-ba-ba“ und ähnlichen Lauten mitleidig ihr Gesicht. Sie beschwerte sich, wenn nachts eine Schwester zu mir kam, um mich zu lagern. Ich zählte die Tage bis zur Entlassung dieser unliebsamen Zimmergenossin. Vorher nutzte sie die Zeit noch gründlich, um die Schwestern zu traktieren. Jetzt konnte ich mir gut vorstellen, wie schwer es für das gesamte Pflegepersonal war, stets zu allen Patienten freundlich zu sein.
Etwa Mitte April erzählte mir Gert, der Chef habe ihn wegen seiner Rückenschmerzen zu Oberarzt Dr. Seitz überwiesen. „Werner meint, ich sollte mich mal gründlich untersuchen lassen“, sagte Gert, als er mein besorgtes Gesicht sah.
„Die Schmerzen hast du vom vielen Heben und Tragen“, klagte ich. „Du schleppst mich ja so oft vom Auto in die Wohnung, von einem Zimmer ins andere, zur Toilette, ins Bett!“
„Komm, komm hör auf! Da müssen wir eben durch!“ Gert hielt mir den Mund zu. Das tat er oft, wenn ich zu sehr schimpfte und lachte dabei. Aber jetzt sah er ernst aus. „Gegen Schmerzen gibt es Medikamente“, war seine knappe Antwort.
Die diesjährige Bungalow-Saison eröffneten wir mit einem Wochenende ohne Carsta. Sie bedauerte, dass sie bei dem herrlichen Wetter Dienst hatte und nicht helfen konnte.
Beim Rasenmähen bekam Gert tüchtig Farbe. Die übrige Zeit wollte er nutzen, um sich zu erholen. Nur - konnte er das mit mir überhaupt? Immer öfter dachte ich daran, welch’ große Belastung ich für Gert war. Es musste ein Wunder geschehen, das mich schnell wieder auf die Beine brachte! Ich ließ mir meine Gedanken nicht anmerken. Wem würde es nutzen?
Gut eingepackt lagen wir auf unseren Campingliegen und genossen die wärmende Sonne. Woran Gert wohl jetzt dachte, ich betrachtete ihn. Er merkte es nicht. Sicher schlief er. Gut sieht er aus, dachte ich, nicht ohne stolz auf meinen Mann zu sein. Bei dieser Betrachtung fiel mir die Oberärztin ein. So ähnlich hatte sie mich auch gemustert. Komisch! Sie hatte nicht mehr nach Gert gefragt. Er tat diese Angelegenheit als unwichtig ab.
„Ich glaube, du verschläfst die Kaffeepause!“ Fröhlich und ausgeruht lachte er mich an. Gut, dass er nichts von meiner Grübelei wusste!
Leicht gebräunt kamen wir am Sonntagabend wieder in der Klinik an.
„Sie sehen aus, als kämen Sie beide aus dem Urlaub!“, empfing uns Schwester Helene.
„Ja, das ist der Anfang unserer jährlichen Bungalow-Bräune!“, rief Gert ihr stolz zu.
„Um solch ein Häuschen wird Sie bestimmt mancher beneiden!“ Helene nickte zustimmend. In ihrer ruhigen, behutsamen Art zog sie mir das Nachthemd an. Gert verstaute inzwischen alles Nötige für die kommende Woche. Dabei erzählte er bereitwillig von unserem Bungalow.
Helene stellte interessiert Fragen und schon fachsimpelte sie mit Gert.
„Mein Mann trägt sich schon lange mit dem Gedanken, ein Gartenhäuschen zu bauen“, erzählte sie, „vielleicht können Sie ihn beraten.“ Dazu war Gert natürlich gern bereit.
Während dieser Fachsimpelei war die Oberärztin mehrmals an der offenen Zimmertür vorbeigegangen. Hoffentlich war sie nicht ungehalten, weil wir länger als sonst herumtrödelten. Unser Gespräch hatte sie sicher gehört.
„Morgen bekommen Sie wieder Gesellschaft“, Helene deutete auf das leere Bett. „Sie ist netter als die Vorgängerin.“ Das bedeutete eine Nacht allein. Beim Einschlafen dachte ich an Carsta.

Am Montag hielt Frau Schmidt bei mir Einzug. Nachdem sie sich vorgestellt hatte, fragte sie, womit sie mir behilflich sein kann. Mit diesem kleinen Satz hatte sie mein Misstrauen gegenüber neuen Mitpatientinnen beseitigt. Im weiteren Gespräch – Frau Schmidt gab sich große Mühe bei unserer Verständigung – erfuhr ich, dass sie mich kannte. Ich entschuldigte mich für mein schlechtes Personengedächtnis, das mir früher schon oft zum Verhängnis geworden war. Meine neue Nachbarin fand das lustig und klärte mich auf.

„Wir saßen im Theater in der gleichen Reihe", sagte sie. „Sie mussten immer aufstehen, weil wir ständig zu spät kamen. Pünktlichkeit ist leider nicht meine Stärke." Jetzt erinnerte ich mich.

Nun musste ich meine ganze Krankengeschichte schildern. Diesbezüglich gab es diverse Gerüchte. Sie reichten von Meningitis über Verkehrsunfall bis zur geistigen Verwirrung.

„Der Betroffene erfährt so was immer zuletzt", meinte Frau Schmidt nachdenklich. „Schön, dass ich Sie hier kennen gelernt hab." Mit ihr normalisierte sich der Tagesablauf wieder.

Gert erkannte meine neue Zimmerkollegin sofort. „Ha, da hast du ja die sprichwörtliche Verspätung vom Theater", flüsterte er mir gleich bei der Begrüßung schelmisch ins Ohr.

Nur mit Mühe konnte ich ihn von weiteren humoristischen Kommentaren abhalten.

Gut, dass Carsta mich umarmte. „Du bist ja auch so schön braun wie Papi. Nächste Woche kann ich wieder mitkommen!", stellte sie uns in Aussicht.

„Dafür hattest du sturmfreie Bude!" Gert sah unsere Tochter missbilligend an.

„Du kannst richtig gemein sein, Papi! Erstens waren wir bei Quartus! Zweitens hab ich euch versprochen, nicht mit Jörg allein in der Wohnung zu sein. Und drittens passt seine Mutter auf wie ein Wachhund!" Carsta verteidigte sich vehement. Aber ernsthaft beleidigt war sie nicht. Freudestrahlend berichtete sie von Quartus und seinen Streichen. Er hatte sich beim Spaziergang von der Leine losgerissen und im erstbesten Tümpel ein Schlammbad genommen. „Ihr könnt euch nicht vorstellen, wie kräftig der Bursche ist", Carsta lachte herzhaft. „Jörg war fix und fertig. Wir beide konnten ihn nicht halten!"

„Das ist wieder der Beweis: Quartus ist kein Wohnungshund", tröstete ich mich.

Nachdem wir noch über Carstas Dienst diskutiert hatten, erwähnte Gert seinen Termin bei Dr. Seitz. „Ich komme anschließend gleich zu dir und berichte, wie schwer krank ich bin!"

„Zieh das nicht ins Lächerliche!", ermahnte ich ihn. „Mit mir hast du geschimpft. Sei nicht so leichtsinnig mit deiner Gesundheit!" Aber Gert winkte belustigt ab.

Als meine beiden Besucher auf dem Heimweg waren, gab es noch ein nettes Plauderstündchen mit meiner neuen Zimmerkollegin.

„Man merkt, welch gutes Verhältnis Sie drei haben", sagte Frau Schmidt. „Ich kann das beurteilen, denn ich bin geschieden. Aber ich habe wieder einen sehr guten Mann gefunden. Er macht sich Sorgen wegen meiner Hüftoperation. Hoffentlich geht alles gut!"

Am folgenden Tag kam Gert tatsächlich schon nach der Mittagsruhe. Er war nicht wie vereinbart in der Sprechstunde bei Oberarzt Dr. Seitz gewesen. Gert musste zur Oberärztin Frau Dr. Ruminski.

„Stell dir vor", erzählte Gert, „ich saß ahnungslos im Wartezimmer und wurde plötzlich von ihr aufgerufen. Ich kann mir nicht erklären, wie sie zu meinen Unterlagen kam. Ich staunte, weil sie meine Karteikarte auf ihrem Schreibtisch liegen hatte. Sie ging nicht

darauf ein, als ich nach Dr. Seitz fragte." Ich hörte ihm aufmerksam zu. Eine Erklärung hierfür fand ich aber auch nicht.
„Die Oberärztin sagte mir mal, sie möchte dich gern persönlich kennen lernen", fiel mir ein.
„Na, dann kennt sie mich ja nun gut genug!" Gert fand das offensichtlich komisch. Er lachte.
„Sei doch nicht so albern!", schimpfte ich. „Sag mir lieber, was mit deinem Rücken los ist!"
„Sie hat mich gründlich untersucht. Es ist alles in Ordnung. Mach dir keine Sorgen. Ich werde zur Sicherheit noch geröntgt. Morgen kann ich mir den Röntgenbefund abholen."
Ich war beruhigt, da Frau Ebeling wusste, dass die Oberärztin fachlich sehr gut ist.
Gert war in Eile. „Ich muss zu einer wichtigen Besprechung", entschuldigte er sich. „Wir sehen uns ja heute Abend." Ich konnte kaum durchatmen, da kam schon meine Logopädin.
Wieder konnte sie mir keinen Zeitpunkt zum Entfernen der Trachealkanüle nennen. Meine Wasserübungen standen noch in weiter Ferne. Es blieb also nur die Hoffnung auf baldige Fertigstellung des Korsetts.
All diese Zusammenhänge musste ich Frau Schmidt erklären. Sie war sehr interessiert. Obwohl ich recht niedergeschlagen war, brachte sie es unbewusst fertig, mich abzulenken.

Mittwochs war die Besuchszeit immer anstrengend, aber auch lustig. Kolleginnen, Freundinnen und meine Eltern kamen, als hätten sie sich alle bei mir verabredet. Jeder gab gut gemeinte Ratschläge. Meine Eltern kamen kaum zu Wort. Als dann später Gert und Carsta eintrafen, war ich ziemlich erschöpft.
Gert erzählte ausführlich von seinem zweiten Besuch bei der Oberärztin. Sie hatte ihm ein Medikament gegen die Rückenschmerzen verordnet.
„Meine Wirbelsäule ist laut Röntgenbefund in Ordnung", schloss er seinen Bericht.
„Aber es wird nicht besser, wenn du mich an den Wochenenden tragen und hochheben musst."
„Gerade davon sprach die Oberärztin", meinte Gert. „Deshalb ist sie bemüht, dir so schnell wie möglich zu helfen. Damit du bald wieder selbstständig wirst."
Diesen Worten entnahm ich, dass sie sich ernsthafte Gedanken über mein Befinden machte.
Bei ihren letzten Visiten war die Oberärztin immer nur kurz angebunden. Ich hatte den Eindruck, sie würde sich weniger für mich interessieren. Da war ich wohl wieder meinem Pessimismus zum Opfer gefallen.

Das Wochenende schien nicht das zu werden, was Carsta sich erhofft hatte.
„Laut Wetterbericht bleibt es kalt und regnerisch!", schimpfte sie, als ich zur Heimfahrt abgeholt wurde.
„Du denkst nur an deine Bräune", bemerkte Gert, „aber für Mami ist es zu Hause auch schön. Nächste Woche ist Ostern, da fahren wir schon am Donnerstag zum Wochenendhaus!"
„Ich hab Spätdienst!" Unsere Tochter maulte weiter.
Der Regen hatte gerade nachgelassen. Wir beeilten uns, um trocken nach Hause zu kommen. Auf dem Flur kam uns die Oberärztin entgegen. Sie begrüßte uns freundlich und wünschte ein schönes Wochenende. Sie gab Gert die Hand und erkundigte sich nach der

Wirkung der verordneten Tabletten. „Ich hab sie noch nicht genommen", sagte er lächelnd und wie zur Entschuldigung, „bis heute hatte ich auch keine Schmerzen mehr."
Frau Dr. Ruminski klopfte mir leicht auf die Schulter. „Wir sehen uns ja am Montag. Ich werde sehen, was ich für Sie tun kann, damit Sie schnellere Fortschritte machen."
Ich konnte nicht antworten. Der Kloß im Hals verhinderte es. Zu viele Gedanken schossen mir nach diesem kurzen Wortwechsel durch den Kopf. Da waren indirekt Vorwürfe, dass Gert meinetwegen Rückenbeschwerden hatte. Gleichzeitig freute ich mich über die versprochene Hilfe der Oberärztin.
Auf der kurzen Heimfahrt machte ich mir Kopfzerbrechen, wie ich es Gert erleichtern könnte.
Das häufige Heben und Tragen vom Schaukelstuhl zur Couch, auf den Sessel, zur Toilette, ins Bett und zurück – wie war das zu vermeiden, solange ich keinen Schritt laufen konnte?
„Ich möchte heute gleich im Sessel sitzen", sagte ich, bevor Gert mich aus dem Auto holte. „Dann kannst du mich mit dem Sessel schieben und brauchst mich nicht so oft heben."
„Aber das wird doch unbequem für dich. Du kannst den Kopf nicht anlehnen. Und zu breit ist der Sessel doch auch!" Gert sah darin keine Verbesserung, kam meinem Wunsch aber nach.
„Jetzt kann ich nicht neben dir sitzen so wie auf der Couch", schmollend stand Carsta vor mir. „Wenn du nun zur Seite kippst?" Da wusste Gert Rat. Er stopfte eine Decke neben die wulstige Armlehne und schon hatte ich Halt. Zum Essen konnte ich nun an den Tisch geschoben und zum Fernsehen herumgedreht werden.
„Ab heute ist der Schaukelstuhl für mich tabu!", entschied ich. „Das Hin- und Herheben muss nicht sein!" Gert widersprach nicht. Er bestand aber darauf, dass er mich zum Mittagsschlaf auf die Couch legte. „Oder willst du auch noch im Sitzen schlafen?", schmunzelte er.
„Ich überlege mir noch, was wir im Wochenendhaus anders machen können, damit du es leichter hast", antwortete ich darauf.
Nach dem Abendbrot suchte Carsta vergeblich nach meinen Medikamenten, die wir für jede Beurlaubung aus der Klinik mitbekamen. Gert konnte sich nicht daran erinnern, das bereitstehende Fläschchen mitgenommen zu haben.
„Die Tabletten gegen den Spasmus brauche ich unbedingt. Alles andere ist schon mal entbehrlich", überlegte ich. Doch Carsta suchte bereits nach ihrem Regenschirm.
„Ich hole die Tabletten. Ich bin schuld. Wir haben sie vergessen, weil ich so viel erzählt hab."
„Ich gehe lieber selbst", Gert war im Begriff, seine Jacke anzuziehen. „Bei der Dunkelheit schicken wir dich nicht allein auf die Straße. In zehn Minuten bin ich wieder hier!"
Und schon hörten wir ihn die Stufen hinabeilen.
Warum hatte ich nicht selbst an meine Tabletten gedacht! Es tat so gut, zu spüren, wie besorgt beide waren. Sie schreckten nicht davor zurück, bei diesem ausgesprochen miesen Wetter noch mal zur Klinik zu gehen.
„Woran denkst du?", Carsta saß vor mir im Sessel. Sie hatte, wie in früheren Zeiten, ihre Füße auf meinen Schoß gelegt - ein Zeichen dafür, dass sie gern mit mir reden wollte.
„Ach, ich denke ständig darüber nach, wie schön es wäre, wieder für immer bei euch zu sein! Erzählst du mir mal wieder was von Jörg?"
„Weißt du, Mami, wir verstehen uns prima. Nur – wir sehen uns zu selten! Immer, wenn ich ein dienstfreies Wochenende hab, dann geht er zum Training oder hat ein Aus-

wärtsspiel", bekam ich bereitwillig zur Antwort. Ich merkte, Carsta richtete sich auf ein längeres Gespräch ein.
„Und nun hat er sich auch noch verpflichtet, nach dem Lehrabschluss drei Jahre zur Armee zu gehen! Das heißt, wir sehen uns drei Jahre lang noch weniger!"
„Dabei hat er sich doch hoffentlich was gedacht", unterbrach ich ziemlich erschrocken. Wie konnte Jörg sich nur so breitschlagen lassen! Da wurde die Unreife der Jugend ausgenutzt. Darüber durfte ich mich nicht äußern. In zwei Jahren konnte unendlich viel passieren, was die Situation völlig verändern würde.
„Na ja – er hat viele Vorteile nach diesen drei Jahren." Carsta erzählte nun ganz stolz weiter. „Man hat ihm eine Wohnung und einen Studienplatz versprochen. Außerdem bekommt er viel mehr Geld als beim normalen Pflichtwehrdienst von achtzehn Monaten. Jörg will dann tüchtig sparen!"
„Das hört sich ganz gut an", mehr fiel mir dazu nicht ein. Ich rechnete schnell nach. „Dann seid ihr beide also dreiundzwanzig Jahre alt, wenn Jörg seinen Wehrdienst beendet hat. Danach will er studieren. Habt ihr denn schon so weit geplant?"
„Natürlich haben wir uns das gut überlegt. Wir sind auch sicher, dass wir zusammenbleiben", jetzt sah mich Carsta schelmisch an, „also werdet ihr mich sicher erst in fünf Jahren los! Wenn Jörg nicht da ist, dann müsst ihr mich eben ertragen!"
„Wenn du es so lange bei uns aushältst, freuen wir uns", sagte ich und verdrängte die aufsteigenden Tränen. Carsta fiel mir lachend um den Hals. Sie bemerkte es nicht.
Ich freute mich, dass sie mir ihre Zukunftspläne anvertraute. „Was sagt Papi dazu?"
„Mit ihm kann ich darüber nicht lange reden", kam enttäuscht die Antwort. „Er sitzt nur vor dem Fernseher, grübelt und hört nur mit halbem Ohr zu! Papi meint, dass Jörg in die Partei gehen muss, um später im Beruf etwas zu erreichen."
„Jörgs Ausbildung zum Datenfacharbeiter ist doch eine gute Studiengrundlage. Warum soll er denn in die Partei gehen?" Ich tat ahnungslos, obwohl ich wusste, dass die Zugehörigkeit zur SED Voraussetzung für Jörgs geplante Laufbahn war.
„Er wurde schon mehrmals darauf angesprochen und hat deshalb einen Antrag zur Aufnahme in die Partei gestellt", wurde mir zusätzlich erklärt.
„Oh, es ist schon 21 Uhr! Wir haben aber lange erzählt! Papi ist schon über eine Stunde in der Klinik", stellte Carsta erschrocken fest. Erst jetzt fiel es auch mir auf.
„Er wollte nur meine Tabletten holen. Hoffentlich ist nichts passiert!" Ich war beunruhigt.
„Eher könnte dir etwas passiert sein, weil du deine Tablette nicht nehmen kannst!" Carsta war plötzlich furchtbar wütend. „Warum bleibt er so lange weg? Ich hole Papi!"
Ich wollte ihr sagen, dass es besser wäre, Jörg mitzunehmen, aber da war sie schon draußen.
Kaum zehn Minuten waren vergangen, als beide zurückkamen.
„Ich habe mich mit Schwester Helene etwas verplaudert", entschuldigte sich Gert, „deshalb hat es so lange gedauert." Carsta sah ihn dabei eigenartig an. Es war eine Mischung aus unterdrücktem Zorn und Enttäuschung. Ich wusste das nicht zu deuten. Ruckartig drehte sie sich um und ging wortlos aus dem Zimmer. So hatte ich unsere Tochter noch nie erlebt.
„Was habt ihr denn? Hattet ihr Streit?", fragte ich Gert.
Er schüttelte den Kopf. „Scheinbar hat sie schlechte Laune. Das kann schon mal vorkommen."

Ich konnte mir den plötzlichen Stimmungswechsel nicht erklären. Noch vor einer guten Viertelstunde hatten wir uns wunderbar unterhalten.
Als wir uns anschickten, zu Bett zu gehen, kam Carsta, um beim Ausziehen zu helfen. Sie sprach nicht mit uns und gab nur mir einen Gutenachtkuss. Gert wurde nicht beachtet. Bevor wir einschliefen, fragte ich Gert nochmals nach dem Grund von Carstas Unmut. Aber er schob es als nebensächlich ab und meinte, ich sollte nicht jede Kleinigkeit auswerten. Sicher hatte er Recht. Ich achtete zu sehr auf Nebensächlichkeiten. Trotzdem grübelte ich noch lange darüber nach, weshalb Carsta ihrem Vater wohl verübelte, dass er sich mit der dicken, zehn Jahre älteren Helene unterhalten hatte.

Der Samstag blieb verregnet. Über den gestrigen Vorfall sprachen wir nicht mehr.
Auch der Sonntag war stürmisch und kalt. Im Gegensatz zu Carsta machte mir das nichts aus. Sie hatte sich hinter einem Buch verschanzt. Ich saß am offenen Küchenfenster und sah Gert beim Kochen zu. Wie so oft machte er dabei seine Witze über meine Anweisungen.
Am Nachmittag kam Werner zu uns. Ich wurde auf die Matte befördert und gab mein Bestes bei den Beckenübungen. Die Stehversuche misslangen.
„Was ist los mit dir?“, wunderte sich Werner. „Das ging aber schon besser! Hattest du Ärger?“
„Nein, nein! Im Gegenteil“, antwortete ich schnell, denn über Carstas verändertes Verhalten mochte ich nicht reden. „Sogar Frau Dr. Ruminski macht sich Gedanken darüber, wie sie mir helfen kann, schneller selbstständig zu werden. Darüber freue ich mich natürlich!“
Werner wiegte bei meinen Worten den Kopf, äußerte sich aber nicht. Er wollte sich sicher nicht die Fäden aus der Hand nehmen lassen, denn immerhin war ich seine Patientin. Sollten die Ärzte nur miteinander wetteifern! Zum Schaden war das für mich sicher nicht!
Viel Zeit bis zum Aufbruch blieb nicht mehr.
„Muss ich mit, wenn Papi dich in die Klinik bringt?“, fragte mich Carsta. Natürlich bestand ich nicht darauf. Sie hatte das ganze Wochenende mit uns verbracht. Jetzt wollte sie sich sicher mit Jörg treffen.

Die Osterwoche war für mich schon am Donnerstag zu Ende. Sie begann mit der gleichen Routine wie jede andere. Frau Schmidt sollte am Dienstag ihren OP-Termin erfahren. „Hoffentlich muss ich nun nicht mehr warten“, sagte sie mehr zu sich selbst.
„Wenn Sie diese Woche operiert werden, dann sind Sie zu Ostern nicht zu Hause und ganz allein hier“, stellte ich fest. Das machte ihr nichts aus. Sie wollte es nur hinter sich haben.
Wenn Frau Schmidt anfing zu erzählen, hörte sie so bald nicht wieder auf. Aber es wirkte nie aufdringlich. Ich hörte ihr gern zu. Nur meine Sprachübungen kamen dabei etwas zu kurz.
„Stellen Sie sich vor“, wechselte sie das Thema, „da erzählte mir am Samstag eine Bekannte, dass unsere Oberärztin schon zweimal geschieden ist! Also mich hat meine Scheidung fast den Verstand gekostet. Ich möchte nicht mehr daran denken! Und zweimal, nein, das könnte ich nicht ertragen! Oh, ich rege Sie hoffentlich mit meinem Klatsch nicht auf, oder?“

„Nein, erzählen Sie nur. An jedem Klatsch ist ein Stückchen Wahrheit", sagte ich, „außerdem finde ich es ganz interessant, auch mal was über das Privatleben unserer Ärzte zu erfahren."
Jetzt legte meine Nachbarin los! Ausführlich berichtete sie, dass unsere Oberärztin sich von ihrem ersten Ehemann getrennt hatte und danach die glückliche Ehe eines Kollegen zerstörte.
„Zur Strafe dauerte diese Ehe nur zwei Jahre!", frohlockte Frau Schmidt. „Ich würde niemals eine Ehe auseinander bringen, auch wenn ich den Mann noch so sehr lieben würde."
„Als Außenstehender kann man das nicht beurteilen", antwortete ich. „Man muss dazu immer beide Seiten hören." Darauf reagierte Frau Schmidt mit energischem Kopfschütteln.
„Aber Frau Dr. Ruminski soll dafür bekannt sein, dass sie es mit den Männern nicht so genau nimmt! Jetzt hat sie angeblich ein Verhältnis mit einem viel jüngeren Assistenzarzt. Das wird doch nicht unser netter Herr Weber sein? Was meinen Sie?"
Es erheiterte mich, wie sich Frau Schmidt ereifern konnte. Ich dachte an ähnlichen Klatsch, den es auch bei uns im Institut gab. Bei der Erinnerung musste ich unwillkürlich lächeln.
„Ich kann mir das nicht vorstellen", antwortete ich. „Herrn Weber finde ich sehr attraktiv. Die Oberärztin sieht doch nicht so anziehend aus. Sie ist doch auch viel älter."
„Ich weiß nicht", seufzte Frau Schmidt, „wie manche Frauen es schaffen, sich laufend neue Männer zu angeln! Ich musste erst eine Zeitungsanzeige aufgeben, um nicht allein zu bleiben." Die Nachtschwester unterbrach unsere eifrige Unterhaltung.
Bevor ich einschlief, überlegte ich, ob ich Gert davon erzählen sollte. Oder wusste vielleicht Carsta etwas vom anstößigen Privatleben der Oberärztin? Doch weshalb sollten wir uns darüber Gedanken machen? Wir hatten ja genug mit uns selbst zu tun! Gert würde sicher darüber lachen. Also beschloss ich, nichts von diesem Gespräch zu erwähnen. Ich musste ja froh sein, dass die Oberärztin mir ihre Hilfe angeboten hatte, obwohl ich hier nur Gast war. Was gingen mich da ihre Männergeschichten an!

Dienstag! Die entscheidende Chefvisite für Frau Schmidt. Die kleine Mannschaft blieb zuerst an meinem Bett stehen. Ich war auf die Fragen des Chefarztes vorbereitet. Sicher fand er wieder tröstende Worte, um mir die Unzufriedenheit über meine langsamen Fortschritte zu nehmen.
„Guten Morgen, meine Damen!", begrüßte uns Chefarzt Dr. Bauer strahlend.
„Heute haben wir eine frohe Botschaft für Sie!" Er hielt meine Hand fest umschlossen zwischen seinen Händen. Verunsichert sah ich zu ihm auf. Was sollte das sein?
„Es ist so weit! Wir haben mit Dr. Neumann verhandelt. Er wird morgen Ihren Hals wieder in Ordnung bringen!" Der Chefarzt lachte mich an. Ich konnte meine Freude nicht zeigen, fühlte mich irgendwie überrumpelt. Mit dieser plötzlichen Wende hatte ich nicht gerechnet.
„Aber Frau Greif wusste doch vorige Woche noch nichts davon. Warum geht es jetzt so schnell?", fragte ich verständnislos. Keiner der Ärzte ging auf meine Frage ein.
„Sie werden doch jetzt nicht etwa Angst haben, wenn diese blöde Öffnung nach ...", der Chefarzt rechnete, „... fünfzehn Monaten geschlossen wird!"
„Nein, nein! Ich bin sehr froh darüber!", sagte ich und bedankte mich bei Dr. Bauer. Nun erfuhr ich, die Initiative ging von der Oberärztin aus. Sie trieb alles voran.

„Wir dürfen nicht zu viel Zeit verstreichen lassen", ergriff sie nun selbst das Wort. „Je früher Sie mit den Übungen im Wasser beginnen, desto schneller kräftigt sich Ihre Muskulatur. Aber das wissen Sie ja alles."
Frau Dr. Ruminski erklärte mir nun ausführlich den Ablauf der kleinen OP. Dr. Neumann kam dazu extra mit seinem HNO-Team hierher, um den Eingriff hier in der Orthopädie im OP-Saal vorzunehmen. So wurde mir der anstrengende Transport zum Hauptgebäude erspart.
„Ich bin sicher, es geht alles glatt! Unsere OP-Schwestern und ich selbst werden dabei sein. Dann fühlen sich die HNO-Kollegen nicht so verlassen!" Der Chefarzt ging zu Frau Schmidt, bevor ich mich nochmals bedanken konnte.
Ich war so in Gedanken, dass ich nicht mitbekam, was mit ihr besprochen wurde.
„So, nun ist wieder eine Woche sinnlos vergangen!", jammerte sie, als wir dann allein waren.
Es tat mir auch Leid, dass ihre OP verschoben wurde. Aber die Aussicht auf eine Osterfeier zu Hause tröstete meine Nachbarin etwas.
„Dann werde ich ja auch erleben, wie gut Sie sprechen, wenn das Loch zu ist", freute sie sich.
„So schnell geht das sicher nicht", lachte Frau Zernigk. Sie wollte mich zum Turnen abholen. „Aber wir können dann besser mit der Bauchatmung arbeiten."
Je länger ich über die positiven Folgen des bevorstehenden Ereignisses nachdachte, desto zuversichtlicher wurde ich. Mochte die Oberärztin ein nicht gerade vorbildliches Privatleben führen, sie setzte sich für mich ein! Und nur das galt!
Abends konnte ich nur Gert mit der Neuigkeit überfallen, denn Carsta hatte Spätdienst.
Wir fragten uns wie ich später dann wohl sprechen würde, denn darüber hatte mir niemand Genaueres gesagt. „Hoffentlich wird es keine auffallende Narbe!" Ich dachte an die kosmetische Seite, nachdem ich Gert von der Ungefährlichkeit der Aktion überzeugt hatte.
Er lachte: „Es gibt ja Rollkragenpullover!"

Ich war am Mittwoch als letzte Patientin für den OP vorgesehen.
Gegen Mittag wurde ich unruhig, da sich seit der Visite keine Schwester bei uns sehen ließ.
„Haben Sie Angst?", fragte Frau Schmidt.
„Ja, ich habe Angst, dass sie mich vergessen haben", würgte ich mühsam hervor.
„Das glaube ich nicht! Man lässt Sie doch nicht umsonst hungern!", stellte Frau Schmidt fest. Schon verschwand meine Nachbarin in Richtung Schwesternzimmer. Nach wenigen Minuten war sie zurück „Etwa vierzehn Uhr werden Sie geholt!" hatte sie in Erfahrung gebracht.
Jetzt war das Warten leichter.
„Es hat sich leider etwas verzögert", Schwester Helga zog mir das bekannte Engelshemd an. „Dr. Neumann ist mit seinen Schwestern schon unterwegs. Auf geht's!"
„Alles Gute! Bis bald!", rief Frau Schmidt mir zu und endlich rollte meine Liege in den OP. Nun hieß es, die üblichen Fragen des Narkosearztes zu beantworten.
„Wie geht es Ihnen?" Dr. Neumann schüttelte mir die Hand, zog die Kanüle heraus.
„Danke, es geht mir sehr gut!", hauchte ich – völlig tonlos. Ich sah die Oberärztin und einige OP-Schwestern, beantwortete Fragen, dann wurde es angenehm dunkel.

Durch ein leises Surren wurde ich wach. Es kostete viel Kraft, die schweren Augenlider zu öffnen. Ich blinzelte. Wir waren im Aufzug. Neben meiner Trage erkannte ich Schwester Helga und Christa – eine OP-Schwester. Mit ihr war ich schon viele Jahre befreundet. Ich war nicht darauf gefasst, ihr hier zu begegnen. „Da bist du ja schon!", Christa lachte mich an.
„Hab ich's geschafft, Christa?" Meine Stimme klang heiser und sehr leise. Aber ich lachte laut.
„Du bleibst doch das alte Stehaufmännchen! Kaum aus der Narkose raus und schon lachst du wieder!" Christa nickte mir zu. „Hast Recht, lass dich nicht unterkriegen!"
Inzwischen waren wir in meinem Zimmer angekommen. „Du warst heute die letzte Patientin. Jetzt müssen wir noch den OP schrubben", verabschiedete sich Christa. „Wenn ich Zeit habe, komme ich morgen mal kurz rauf. Grüße Gert und Carsta von mir!"
„Na, wie fühlen Sie sich ohne Halsschmuck?", wollte Helga nun wissen. Langsam hob ich die Hand, um nach der Stelle zu tasten, wo die Trachealkanüle gesteckt hatte. Ich fühlte nur sehr schwach, dass das Silberrohr durch einen Pflasterverband ersetzt war.
„Ist das Loch wirklich zu?", zweifelnd sah ich zu Helga auf.
„Aber natürlich, Sie Witzbold! Sie atmen wieder normal!"
Zur Kontrolle schob ich das Kinn auf die Brust. „Da ist nichts mehr! Nur der Verband zum Schutz der kleinen Wunde mit den Fäden", erklärte Helga. „Morgen wird Dr. Neumann Ihnen sagen, wie es weitergeht. Und nun wird geschlafen. Einverstanden?" Ich gab nach, da ich noch recht müde war. Frau Schmidt sah verständnisvoll zu mir rüber. Sie stellte keine Fragen.
Als Gert am Abend kam, war ich vollkommen fit. Eine große Tasse Puddingsuppe hatte mich gestärkt. Wir freuten uns, dass ich auch das Abendbrot ohne Schmerzen schlucken konnte.
„Ob du morgen nach Hause darfst?", fragte Gert plötzlich. Einen Augenblick hatte ich das Gefühl, er hatte Angst, mich nach Hause zu holen. Vielleicht aber wollte er auch mal ein Wochenende ohne Belastung verbringen? Aber sofort schämte ich mich meiner Gedanken.
„Ich werde versuchen, morgen mit dem HNO-Arzt zu sprechen", entschied Gert.
„Dr. Neumann kommt morgen zu mir", sagte ich erleichtert, „sicher hat er nichts dagegen. Es geht mir gut. Dann werden wir das Osterfest ohne Kanüle feiern!"

Am Donnerstagvormittag wechselte Dr. Neumann den kleinen Verband. „Die Wunde sieht sehr gut aus", sagte Helga. Ich hatte dabei keinerlei Bedenken. Ich wusste, wie schnell Verletzungen bei mir heilen. Der Arzt spiegelte sorgfältig meinen Kehlkopf. „Na ja, wir werden sehen", lautete sein Urteil. Was war das für eine Auskunft?
„Werde ich bald wieder normal sprechen können?", flüsterte ich ängstlich und enttäuscht.
„Man kann nicht voraussehen, wie sich alles entwickelt. Es ist doch ein großer Erfolg, dass Sie nun ohne Trachealkanüle leben können." Der Doktor wich meiner Frage aus. Er wollte gehen.
„Heute darf ich aber wieder nach Hause?"
„Nein, das Risiko ist zu groß", er schüttelte den Kopf. „An diesem Wochenende müssen Sie schon mal hier bleiben. Ihr Mann kann Sie ja jederzeit besuchen."
„Aber ich wohne doch nur wenige Minuten von hier! Wir könnten Sie schnell erreichen!" Ich weinte, verschluckte mich, musste husten vor Aufregung.

„Morgen sehe ich wieder nach Ihnen. Sie sind noch sehr verschleimt und können nicht abhusten. Ich kann Sie nicht gehen lassen."
Ich wusste, jedes weitere Bitten wäre sinnlos gewesen. Schwester Helga blinzelte mir zu, als beide hinausgingen.
Ich schluchzte, konnte Frau Schmidt nicht ansehen. Sie versuchte, mich zu trösten.
„Sie dürfen vorläufig keine Puddingsuppe essen und keine Milch trinken, das verschleimt. Üben Sie mal, kräftig abzuhusten!", riet sie mir. „Vielleicht hat er morgen seine Meinung geändert."
Verzweifelt versuchte ich, den Schleim loszuwerden. Es ging nicht! Ich weinte vor Kummer über das verlorene Osterfest. Das Mittagessen schmeckte nicht. Bei den Physiotherapeutinnen konnte ich mein Herz ausschütten.
Frau Schmidt packte leise ihre Heimreisetasche. Beinahe schuldbewusst sah sie zu mir.
„Ich muss ja nach Hause", sagte sie, „wenn man mich schon operiert hätte, dann hätten wir uns Gesellschaft leisten können. Es tut mir so Leid für Sie!"
Da kam Gert. Er wusste schon Bescheid. „Beruhige dich. Ohne Erlaubnis darf ich dich nicht mitnehmen", er streichelte mich, wischte die Tränen ab. Jetzt bekam ich tatsächlich schlecht Luft. Doch Gert durfte jetzt auf gar keinen Fall einen Arzt holen! Ich wollte ganz allein damit fertig werden!
„Ich gehe jetzt ins Ärztezimmer und versuche, mit Dr. Neumann zu telefonieren", Gert sah mich zuversichtlich, aber sehr ernst an.
„Ja, sag ihm bitte, dass ich zu Hause gut betreut werde. Hier bin ich nachts allein im Zimmer. Wenn es mir schlecht geht, kann ich mich nicht bemerkbar machen. Das weiß er ja nicht!"
Gert nickte und verließ das Zimmer. Eine Ewigkeit schien zu vergehen. Frau Schmidt hatte sich längst verabschiedet, als er zurückkam.
„Die Oberärztin ist noch da", Gert setzte sich neben mich. „Sie sagt, es wäre sicherer, wenn du hier bleiben würdest."
„Das kann doch die Oberärztin nicht wissen!" Ich wurde wütend vor Ärger und Enttäuschung. „Warum warst du bei ihr? Du wolltest mit Dr. Neumann sprechen!"
Gert versuchte noch einige Zeit, mich zu beruhigen – vergeblich. „Morgen früh komme ich wieder", versprach er zum Abschied. „Ich gehe jetzt zu Werner. Vielleicht weiß er, was wir machen können. Bitte reg dich nicht mehr auf! Du weißt, wie negativ sich das auf deinen Zustand auswirkt!" Ich bekam einen Abschiedskuss – flüchtiger als gewohnt, wie mir schien. War er verärgert? Hielt er mich für unvernünftig? Aber ich hatte große Angst, gerade jetzt allein zu sein! Erstmals hatten wir ernste Unstimmigkeiten während meiner langen Krankenhauszeit. So etwas durfte nicht mehr vorkommen!
Trotz der starken Schlaftablette fand ich keine Ruhe. Carsta hatte jetzt Dienst. Sie glaubte sicher, mich nach Feierabend zu Hause zu begrüßen. Sie ahnte nicht, dass alles ganz anders gekommen war. Was würde Werner wohl sagen? Wird er mich verstehen? Er fand sich vorgestern überrumpelt von der plötzlichen Aktion. Ich grübelte lange und bekam Angst.
Ich versuchte, tief und ruhig zu atmen. Musste husten. In der vergangenen Nacht schlief ich ruhig, denn neben mir wusste ich die hilfsbereite Frau Schmidt. Inge sah nicht nach mir. Sicher rechnete sie mit der Wirkung der starken Schlaftablette.

Karfreitag! Gert kam. Ich saß am Betttisch. Vor mir stand eine Tasse mit kaltem Malzkaffee. Die Schülerin hatte mich vergessen. Die Klingel hing unerreichbar am Fußende des Bettes.
„Warum hast du keinen Bohnenkaffee?" wunderte sich Gert.
„Weil Frau Schmidt nicht da ist. Sie brüht uns immer den Bohnenkaffee auf und hilft mir beim Frühstück. Die Schwestern stellen einfach was hin. Sie fragen nicht. Ich hab schon böse Blicke geerntet, weil ich Milch und Puddingsuppe abgelehnt hab. Das schleimt ja noch mehr. Ich möchte Dr. Neumann keinen Grund geben, mich hier zu behalten!" Ich redete, so schnell ich nur konnte und schnaufte dabei. Ich atmete wohl falsch. Aber Gert verstand mich.
Er schimpfte, weil auch das Brötchen hart war. Damit eilte er zum Schwesternzimmer, wo alle gemütlich frühstückten. Es war ja Feiertag und nur wenige Patienten waren hier geblieben.
„Ich hätte jetzt Lust, mich zu beschweren! Warum hilft niemand meiner Frau?", hörte ich Gert.
„Tu das, wenn Dr. Neumann kommt! Zu Hause würden wir jetzt alle drei gemeinsam frühstücken. Da hätte ich keinen Ärger", sagte ich, als Gert zurückkam.
Er war gerade im Begriff, mir ein frisches Frühstück zuzubereiten und Kaffee aufzubrühen, als Dr. Neumann in der Tür stand. „Wie war die Nacht?", fragte er gleich nach der Begrüßung. „Die Nachtschwester hat keine besonderen Vorkommnisse eingetragen."
Ich erzählte, dass ich wenig geschlafen hatte. Und dass ich Angst hatte, weil ich im Dunkeln den Klingelknopf nicht ertasten konnte, falls ich Hilfe gebraucht hätte.
Nun beschrieb Gert noch, wie er mich vorgefunden hatte. Dr. Neumann äußerte sich nicht. Er wechselte meinen Verband und bestand darauf, dass ich weiterhin auf Station bleibe.
„Die Verschleimung hat zwar nachgelassen. Der Kehlkopf sieht gut aus, aber wenn es Komplikationen geben sollte, muss ich schnell zu erreichen sein!"
„Dann möchte ich auf eigene Verantwortung gehen! Ich fühle mich zu Hause sicherer als hier!", sagte ich schnell. Vor Aufregung fing ich an zu weinen.
„Falls es erforderlich sein sollte, hole ich Sie mit meinem eigenen Wagen ab", warf Gert ein.
„Bei Ihrer Unvernunft beurlaube ich Sie nur auf eigene Verantwortung!" Dr. Neumann sah uns finster an. Gert musste meine Beurlaubung schriftlich bestätigen und zusichern, eventuelle Unregelmäßigkeiten sofort zu melden.
Ich hatte mich durchgesetzt! Ich wusste genau, wie froh die Schwestern waren, wenn an den Wochenenden möglichst viele Patienten beurlaubt wurden. Wenn es Erfolg gebracht hätte, wäre ich auch am Osterfest in der Klinik geblieben.

Gut gelaunt wurden wir von Carsta begrüßt. Sie hatte überall bunte Ostersträuße aufgestellt und sogar Osterhäschen gekauft. „Damit du nicht traurig bist, weil wir den Osterhasen nicht ins Wochenendhaus einladen können!" Ich freute mich über ihren liebevollen Einfall.
Gert kam mir ungewöhnlich still vor. Vielleicht hatte er nun doch Bedenken?
Carsta war neugierig. Gegen meinen Willen entfernte sie den Halsverband.
„Oh, das ist aber nicht ordentlich gemacht! Da hab ich aber schon bessere Nähte gesehen!"
„Reg die Mami nicht auf!", schimpfte Gert. „Das ist doch jetzt unwichtig!"

Im Spiegel sah ich das Ergebnis. Die Haut war wirklich unordentlich zusammengezurrt und wulstig vernäht! „Vielleicht sieht es besser aus, wenn die Fäden gezogen sind", hoffte ich.
„Wichtig ist nur, dass es keine Schwierigkeiten gibt", meinte Gert beim Betrachten der Naht.
Ich hatte mich wunderbar beruhigt. Carsta stellte den Verband wieder so her, dass nichts zu bemerken war. Ohne Schwierigkeiten aß ich Ostereier. Auch das Mittagessen rutschte gut - bis auf die üblichen Verschlucker, die auch mit Kanüle passiert waren.
Am Nachmittag wurde Carsta von Jörg abgeholt. Sie fuhren mit dem Motorrad zur Klinik - zum Spätdienst. Ich sah das sehr ungern. Immer hatte ich dabei Angst vor einem Unfall. Unser Kontingent an Pech war wahrlich ausgeschöpft!
Am Nachmittag trank Gert mit mir Kaffee. Wir machten Sprachübungen, wobei mir Gert die Unzufriedenheit über den ausgebliebenen Erfolg nahm. „Wir müssen abwarten, was die nächste Untersuchung ergibt", sagte er zuversichtlich. „Die Übungen im Wasser sind ja nun in greifbare Nähe gerückt!" Gert freute sich jetzt, da er sah, dass ich mit der veränderten Situation keinerlei Probleme hatte.
Werner wusste nichts von meinem Glück. Gert hatte ihn gestern nicht angetroffen.
„Bei dem schönen Wetter wird er uns sicher im Wochenendhaus vermuten", stellte Gert fest.
„Ich habe ein schlechtes Gewissen, weil du meinetwegen zu Hause bleiben musst!"
„Unsinn!" Gert drückte mich und lachte. „Wir haben ja den ganzen Sommer noch vor uns! Außerdem kann das Wetter morgen schon wieder umschlagen!"

Wie Recht er damit hatte! Der Samstag war sonnig, aber kalt. Als es nach dem Frühstück klingelte, dachte ich an Werner. Ich freute mich bereits auf seine Reaktion, wenn er von den Turbulenzen der vergangenen Tage erfuhr. Stattdessen stand Dr. Neumann vor der Tür!
Mein Herz raste. Ich verschluckte mich am eigenen Speichel – jetzt pfeift er mich zurück! Weiter konnte ich nicht denken.
„Nicht so aufgeregt", sagte er, sogar ein kleines Lächeln huschte über sein Gesicht. „Ich wünsche Ihnen allen ein frohes Osterfest! Die Patientin soll zur Feier des Tages einen neuen Verband bekommen. Ich möchte eine Infektion verhindern."
War ich erleichtert! Carsta musste beim Verbandswechsel helfen. Sie war ganz stolz, weil sie ein Lob dafür bekam
„Morgen Vormittag komme ich wieder! So eine hartnäckige Patientin hatte ich noch nicht!"
„Er kam ohne Aufforderung", stellte Gert fest, als Dr. Neumann gegangen war. „Also ist er uns nicht böse und wir können beruhigt sein."
Am Nachmittag machte Carsta den Vorschlag, die Großeltern zum Kaffee einzuladen.
„Sie freuen sich sicher, mal wieder zu uns zu kommen. Im Sommer sind wir ja wieder im Bungalow."
Gert holte die vier mit dem Auto ab. Während sich seine Mutter über meine Beurlaubung und den Verlust der Kanüle freute, kritisierte mich meine Mutter: „Gert hätte sich bestimmt gern mal erholt. Er hat ja nie ein freies Wochenende. Das ist nicht böse gemeint. Aber du musst auch mal an ihn denken!"
Diese Worte taten verdammt weh! Niemand reagierte auf diese Anschuldigung.
Carsta blitzte ihre Oma missbilligend an. Ich befürchtete eine freche Antwort.

„Man müsste doch bald eine Besserung sehen", kommentierte nun auch noch mein Vater.
„Ihr braucht mich ja nicht. Ich gehe mit Jörg spazieren. Zum Abendbrot bin ich zurück!"
Unsere Tochter verschwand, ohne eine Antwort abzuwarten.
Eine peinliche Pause entstand. „Ich kann mir ein Wochenende allein nicht vorstellen", ergriff Gert nun sichtlich ungehalten das Wort. „Es würde etwas fehlen. Wir schaffen das schon! Mischt euch nicht in unsere Angelegenheiten!"
Hätte ich nur ausreißen können! Warum wurde es uns durch diese Miesmacherei noch schwerer gemacht? Um wieder eine ungezwungene Unterhaltung anzuregen, erklärte ich, wie Gert mich mit dem Sessel durch die ganze Wohnung schieben konnte.
Unsere Eltern verabschiedeten sich, als Carsta mit hochroten Wangen nach Hause kam.
„Es ist ungemütlich kalt draußen!", fröstelnd rieb sie sich die Hände. „Nicht so schlimm, dass wir zu Hause bleiben müssen!"
„Ich musste vorhin weggehen, Mami!" Wir waren allein. Gert fuhr unsere Eltern nach Hause. „Oma Jenni ist manchmal unmöglich! Einerseits versucht sie, uns jeden Wunsch zu erfüllen. Dann kränkt sie uns wieder. Verstehst du das?"
„Ich glaube schon", überlegte ich. „Sie kann nicht nachvollziehen, weshalb ich mich nicht wieder normal bewegen kann. Dann sagt sie unüberlegte Dinge. Darüber bin ich oft sehr enttäuscht. Leicht haben wir es alle nicht!"
„Oma Lotte macht dir immer Mut", gab Carsta zurück. „Sie versteht uns sicher besser."
„Das kann man nicht so einfach sagen. Wahrscheinlich zeigt sie ihren Kummer nicht. Wer weiß schon genau, was in dem anderen Menschen vorgeht?", schloss ich unsere kleine Unterredung.
„Das hab ich in letzter Zeit auch feststellen müssen!", antwortete Carsta ernst. Ich war befremdet über diese Feststellung. Ob das mit Jörg zusammenhing? Ich fragte nicht nach.
Am Ostersonntag besuchten uns Rita und Werner. Beide zeigten deutlich ihre Freude darüber, dass ich einen großen Schritt in die Normalität, wie es Werner nannte, getan hatte.
Wir erzählten von den Aufregungen der letzen Tage. „Vergiss das schnell!", sagte Werner. „Sobald die Wunde verheilt ist, kannst du bei mir in der Neurologie im großen Wasserbecken üben! Wir brauchen dazu nur genügend Physiotherapeuten."
Rita bewunderte gerade Carstas hübsche Osterdekoration, als es klingelte. Dr. Neumann kam!
Die beiden Ärzte äußerten ihre Zufriedenheit über die Wunde. Über den Zustand der Stimmbänder gaben sie jedoch kein Urteil ab.
Damit hatte ich den Osterurlaub erstmals ohne Trachealkanüle gut bestanden!

In der letzten Aprilwoche wurde Frau Schmidt operiert. Sie bekam ein künstliches Hüftgelenk – von der Oberärztin! Im Gegensatz zu Frau Ebeling zog meine jetzige Zimmerkollegin den Chefarzt vor. „Wenn die Oberärztin so arbeitet, wie ihr Ruf ist, dann krieg ich Angst und bezweifle den Erfolg!", stellte Frau Schmidt mit trockenem Humor fest.
Dazu konnte ich ihr erzählen, dass Frau Dr. Ruminski fachlich sehr gut sein soll und als Ärztin von vielen Patienten geschätzt wird.
Die Operation war gut verlaufen. Aber Frau Schmidt musste einige Tage liegen. Das bedeutete für die Schwestern doppelte Arbeit. Die ausbleibende Hilfe meiner Nachbarin machte sich negativ bemerkbar. Beide mussten wir laufend klingeln. Da hatte man das Essen unerreichbar weit abgestellt - dann vergaß man unseren Bohnenkaffee aufzubrühen

- meine Bettkiste stand auf dem Tisch statt an meinen Füßen - Pullis und Hosen lagen unordentlich herum.
Um Ordnung und all die vielen Kleinigkeiten hatte sich Frau Schmidt stets gekümmert. Jetzt wurden wir von Schülerinnen versorgt, die mit ihren Gedanken offensichtlich nicht bei der Sache waren. Nachdem ich mich bei Schwester Helene beschwert hatte, weil eine der Schülerinnen meine Beine ständig nachlässig wickelte, wurde ich von den jungen Damen als Nörglerin bezeichnet.
Ich war eben eine Patientin, bei der immer gleichbleibend viel Arbeit anfiel. Bei mir trat keine schnelle Besserung ein, so wie es bei anderen Patienten üblich war.
Die tröstenden Worte von Frau Schmidt halfen wenig. Sie machte deutliche Fortschritte. Bald würde sie die ersten Schritte mit dem neuen Hüftgelenk machen.

Nach dem Entfernen der Kanüle ging es nicht so voran, wie ich gehofft hatte. Auch durch die tägliche Elektrobehandlung der Stimmbänder und des rechten Armes änderte sich nichts.
Meine Unzufriedenheit verbarg ich hinter einer gespielten Zuversichtlichkeit.
Mein Motto: Mit entsprechender Geduld wird sich schon irgendwann der Erfolg einstellen! Nach den routinemäßig ablaufenden Wochentagen freute ich mich auf jeden Freitag, an dem Gert mich abholte.
Die erste Maiwoche kam! Gert wollte mich schon am Donnerstag abholen, da der 1. Mai auf einen Freitag fiel. Carsta hatte dienstfrei und wollte daheim bleiben, bis Gert von der Kundgebung zurückkommen würde. Carsta drückte sich damit vor der langweiligen Maidemonstration durch die Stadt. Ich dachte daran, dass ich im vergangenen Jahr nichts von alledem mitbekam. Ich lag noch auf der ITS. Ich lächelte bei der Vorstellung. Wie viel hatte sich in dem vergangenen Jahr doch zum Positiven verändert!
Am Vorabend des 1. Mai wartete ich abholfertig auf Gert. Ich freute mich auf eine längere Unterhaltung mit Carsta. Sie war noch immer auffallend ernst und zurückhaltend zu Gert.
Gab es einen Grund? Sie würde es mir morgen erzählen.
Als Gert gegen 18 Uhr noch nicht da war, wurde ich unruhig.
„Vor dem Feiertag hat er sicher viel im Betrieb zu tun“, begründete Frau Schmidt die ungewöhnliche Verspätung.
„Dann hätte er angerufen. Hoffentlich ist nichts passiert!“ Ängstlich sah ich zur Uhr.
„Oh, jetzt kommt er!“, rief Frau Schmidt im selben Augenblick. Sie lachte mich an.
Wir hörten, wie Gert sich lange mit Helene unterhielt.
„Ich dachte schon, es wäre etwas passiert oder du hättest mich heute vergessen“, erleichtert lachte ich Gert an, als er endlich hereinkam.
„Wie kannst du nur so was denken!“, liebevoll wie immer wurde ich begrüßt. „Aber ich kann dich nicht mitnehmen. Ich habe Bereitschaftsdienst und muss heute Abend im Betrieb sein.“ Wie zur Entschuldigung streichelte Gert meine Hände.
Ich sah ihn ganz entsetzt an. Das kam so unerwartet! Doch schon sah ich eine Lösung!
„Carsta ist ja zu Hause! Ich komme gut mit ihr allein zurecht, bis du wiederkommst!“
„Carsta weiß nichts davon, dass ich am Abend noch einmal weg muss“, erklärte Gert hierauf.
„Sie will mit Jörg zum Feuerwerk gehen. Ich möchte ihr diese Freude nicht nehmen. Und ich weiß auch nicht, wie lange ich im Betrieb zu tun habe. Es kann spät werden.“

Ich spürte, wie meine Augen feucht wurden und sah zu Boden. Gert merkte, dass ich mit mir kämpfte. Er redete mir gut zu und versuchte, mir glaubhaft zu machen, weshalb er diesen Bereitschaftsdienst nicht ablehnen konnte. Aber seine Worte gingen an mir vorbei. Ich hörte nur oberflächlich zu.
„Nach der Demonstration hole ich dich morgen sofort ab. Carsta soll schon alles einpacken. Dann fahren wir von hier aus gleich zum Bungalow. Versöhnt dich das etwas?"
„Aber morgen soll es kalt sein und regnen", antwortete ich auf den gut gemeinten Vorschlag.
„Sei nicht so traurig! Vielleicht haben wir doch noch Glück mit dem Wetter!" Gert sah zur Uhr. „Ich muss mich beeilen!", eilig verabschiedete er sich.
Schwester Helene kam, um mich wieder auszuziehen und ins Bett zu bringen. Sie sah, wie niedergeschlagen ich war und startete ein geschicktes Ablenkungsmanöver.
„So, nun mal nicht so faul herumgesessen! Wozu haben Sie Ihre Beine!"
Schulter zuckend sah ich Helene an. Sie lachte mich an, fasste dann unter meine Achseln.
„Wir versuchen jetzt aufzustehen! Beugen Sie sich mal vor – und nun fest hochstemmen!"
Meine Füße standen auf dem Boden. Die Fußstützen des Rollstuhls hatte Helene seitlich abgeklappt. Mit aller Kraft drückte ich meine Füße nach unten und versuchte, die Knie durchzudrücken, um zum Stand zu kommen. Vergeblich! Helene musste kräftig nachhelfen.
„Sie brauchen unbedingt die orthopädischen Schuhe und das Stützkorsett! Nächste Woche rufe ich dort selbst an! Nicht den Kopf hängen lassen. Alles braucht seine Zeit."
Helene wollte mir Mut machen. Aber diesen Satz mochte ich nicht mehr hören!
Weil nur wenige Patienten zu versorgen waren, nahm sie sich Zeit für mich. Sie bereitete mir Spiegeleier und Kakao zum Abendbrot. Die übrigen Patienten hatten gegessen, während ich auf Gert gewartet hatte. Frau Schmidt sollte nicht zusehen. Sie bekam noch eine Bockwurst.
„Ich werde wohl noch einige Wochenenden hier verbringen müssen. Das ist kein Trost für Sie, aber wir können uns beide freuen, nicht allein zu sein!"
Wir erzählten noch, bis die Nachtschwester das Licht löschte. Dank einer Schlaftablette hatte ich eine ruhige Nacht.

Wie versprochen, holten mich Gert und Carsta kurz nach dem Mittagessen ab. Den gestrigen Abend erwähnte ich nicht mehr. Ich freute mich über das schöne Wetter, das den Wetterbericht mal wieder Lügen strafte. Zweieinhalb Tage mit meinen beiden in unserem geliebten Wochenendhaus!
So freundlich, wie es anfangs aussah, blieb das Wetter dann doch nicht.
Dick eingepackt konnten wir draußen unseren Mittagsschlaf halten. Mein antiker, gepolsterter Liegestuhl kam wieder zum Einsatz.
Ich blinzelte in die Sonne und sah den weißen Wölkchen nach. Wie schnell sie ihre Gestalt änderten! Dabei drängte sich mir ein Vergleich zum vergangenen Sommer auf.
Ich konnte den Oberkörper nicht aufrichten, nicht frei sitzen, die Bewegungsfähigkeit des rechten Arms und Beins war nur wenig besser geworden. Aber ich konnte den Kopf gut halten, im Auto recht sicher sitzen und die Geschicklichkeit der linken Hand verbesserte sich zunehmend! Doch wie weit war ich noch davon entfernt, ein normales Leben führen zu können! Wie oft werde ich mich das noch fragen müssen?

Wenn nicht das Stützkorsett und die Bewegungsübungen im Wasser eine deutliche Besserung bringen, dann werden Rasentennis, Federballspiel, Baden im Wasserbassin, Spaziergänge im Wald – all diese selbstverständlichen Dinge – auch in der folgenden Bungalow-Saison wieder unerreichbar für mich sein. Dann werde ich wieder zusehen müssen, wie Gert arbeitet und wie Carsta ihm hilft.
Ob beide ähnlichen Gedanken nachgingen? Sie durften auf keinen Fall etwas von meiner Traurigkeit spüren!
Carsta sah mich verschlafen an. „Wie war es gestern beim Feuerwerk?", fragte ich sie.
„Es war nur kurz. Anschließend waren wir auf dem Rummelplatz. Jörg hat mir da einen süßen Plüschaffen geschossen! Der Fackelumzug war uns zu blöd! Wir waren im Freilichtkino! Ich war erst um 23 Uhr zu Hause. Wann Papi kam, weiß ich nicht."
„Er hatte Bereitschaftsdienst. Habt ihr nicht darüber gesprochen?" Ich wunderte mich.
„Ja, ja! Ich finde es nur traurig, dass du deshalb nicht nach Hause kommen konntest", bedauerte Carsta. Es kostete einige Überzeugungskraft, ihr glaubhaft zu machen, dass dieser uneingeplante Kliniktag mich nicht belastet hatte.
Die erholsamen Tage an der frischen Luft und die Fürsorge Gerts ließen mich den verlorenen Tag vergessen.

„So ein Wochenende allein ist schrecklich langweilig!", empfing mich Frau Schmidt, als wir am späten Abend in der Klinik eintrafen. Ich musste genau erzählen, wie diese drei Tage verlaufen waren.
„Sie sind zu beneiden!", unterbrach sie mich bei der Beschreibung unseres Grundstücks.
„Ja! Ich weiß das erst jetzt richtig zu schätzen. Wir sind froh, dass wir das Häuschen haben! Ich muss alles daransetzen, ganz schnell wieder auf die Beine zu kommen", sagte ich.
„Vielleicht geht das schneller, als Sie denken! Sie haben einen so guten Mann, der zu Ihnen hält. Ich bewundere Ihre Geduld! Ich hab jetzt schon keine rechte Ruhe mehr!" Frau Schmidt klopfte demonstrativ auf ihre Beine.

Meine Narbe am Hals sah hässlich aus. Sie sollte sich glätten, nachdem die Fäden gezogen waren. Das Gegenteil war der Fall. Dr. Neumann hatte die Haut wulstig zusammengezogen. Der Anblick erinnerte mich an Carstas ersten Stopfversuch. Sie hatte das Loch in ihrem Lieblingssöckchen einfach zusammengezurrt. Als ich es wieder auftrennte, war sie sehr beleidigt. Meinen verunstalteten Hals würde niemand auftrennen!
Die Visite riss mich aus diesen Erinnerungen. Länger als gewohnt sah sich die Oberärztin meine Krankenakte an. „Ich komme im Laufe des Tages mal und werde allein mit Ihnen sprechen", sagte sie schließlich, ganz ohne Zusammenhang. Bevor ich nach dem Grund fragen konnte, war sie bei meiner Nachbarin und äußerte sich zufrieden über deren Fortschritte.
Ein ungutes Gefühl beschlich mich. Sollte ich etwa schon zur Neurologie zurück? Aber dort mangelte es noch immer an Physiotherapeuten.
„Ich weiß nicht, was die Oberärztin mit Ihnen vor hat", Frau Zernigk schüttelte den Kopf.
„Vielleicht ist das Stützkorsett fertig zur Anprobe", vermutete Frau Schmidt. Aber weshalb sollte daraus ein Geheimnis gemacht werden? Statt zu schlafen, rätselten wir beide, was ich falsch gemacht haben könnte.

Schon vor der nachmittäglichen Übungsstunde befreite mich die Oberärztin vom Grübeln.
Sie setzte sich auf den Rand meines Betts und sah mir wohl die Angst vor einer negativen Auskunft an. Ohne Umschweife begann Frau Dr. Ruminski zu erzählen.
„Ich finde es an der Zeit, Ihnen ehrlich zu sagen, dass wir hier in der Stadt und in der Nähe keine Einrichtung haben, die Ihren Zustand noch bessern könnte."
„Aber ich soll demnächst zur Wasserbehandlung in die Neurologie zurück!", unterbrach ich.
„Dort hat man nicht die geeigneten Möglichkeiten", belehrte mich die Oberärztin, als hätte sie meinen Widerspruch schon erwartet.
„Ich habe bereits mit Chefarzt Dr. Wittig und mit Ihrem Gatten gesprochen", fuhr sie fort.
„Dann wüsste ich davon! Bei uns gibt es keine Geheimnisse!", unterbrach ich sie abweisend.
„Sie verstehen mich falsch. Ich möchte Ihnen helfen", die Oberärztin lächelte verständnisvoll. Als hätte sie nicht bemerkt, wie misstrauisch ich war, sprach sie weiter: „Ich habe Ihrem Gatten gegenüber lediglich angedeutet, dass wir nach einer Möglichkeit suchen sollten, Ihnen schnell zu helfen, statt noch mehr Zeit ungenutzt vergehen zu lassen! Heute komme ich, um Ihnen einen Vorschlag zu machen. Die Entscheidung überlasse ich natürlich Ihnen."
Ich wurde neugierig. Warum konnte und wollte diese fremde Ärztin mir helfen? Warum nicht Werner, dem mein ganzes Vertrauen galt? Frau Dr. Ruminski schien diese Fragen zu ahnen. Sie erzählte nun sehr ausführlich und anschaulich, dass sie eine Rehabilitationsklinik kenne, welche die besten Voraussetzungen für meine schnelle Genesung habe.
„Ich kenne den Chefarzt dieser Klinik persönlich. Falls Sie es wünschen, würde ich mich für Sie einsetzen", endete die Oberärztin ihre Ausführungen.
„Natürlich möchte ich alles tun, um bald wieder selbstständig zu werden", sagte ich daraufhin interessiert. Mein Pessimismus wurde kleiner.
„Lassen Sie sich Zeit mit der Entscheidung", lächelte sie mich an und machte eine Pause.
„Da wäre nämlich noch zu bedenken, dass diese Klinik an der Grenze zur BRD - also im Sperrgebiet - liegt. Das heißt, Ihre Familie braucht für jeden Besuch eine polizeiliche Genehmigung. Sie könnten Ihren Gatten also nur selten sehen. Mindestens vier Monate müssen sie für die Behandlung einplanen. Ihre Aufnahme könnte bereits Mitte Mai erfolgen."
„Ich nehme Ihren Vorschlag sicher an", meinte ich.
„Besprechen Sie es mit Ihrer Familie." Die Oberärztin verabschiedete sich, ohne weitere Fragen meinerseits abzuwarten.
„Sie können doch nicht einfach zusagen!" Frau Schmidt war keineswegs begeistert von dem Vorschlag. „Überdenken Sie das ganz genau!" Sie redete mir regelrecht ins Gewissen. Es machte mir Spaß, mit ihr zu diskutieren.

An diesem Nachmittag verging die Zeit langsam. Ich legte mir genau zurecht, wie ich meine große Neuigkeit mit Gert und Carsta bereden würde.
„Was würdet ihr sagen, wenn ich euch für einige Monate allein lasse?", fiel ich gleich mit der Tür ins Haus. Carsta sah mich entsetzt an. Gert lachte. Er wusste scheinbar nichts mit meiner Andeutung anzufangen.

Ich erzählte von meiner langen Unterhaltung mit der Oberärztin, dass sie mir helfen möchte.
„Sie weiß von einer Reha-Klinik, die mit modernen westdeutschen Geräten ausgestattet ist", begann ich. „Dort gibt es ein großes Schwimmbecken und mehrere kleinere Wasserbecken zur Behandlung. Man wird dort rund um die Uhr von speziell ausgebildeten, erfahrenen Physio- und Ergotherapeuten betreut. Frau Dr. Ruminski kennt den Chefarzt dieser Klinik persönlich und würde sich für mich einsetzen. Ich möchte es gern versuchen. Auch wenn es mir sehr, sehr schwer fällt, von euch wegzugehen! Ich möchte doch nur endlich wieder auf die Beine kommen! Ich will wieder gesund werden! Für euch! Dafür lohnt sich doch das Trennungsopfer! Was meint ihr?"
Bei meinem langen Vortrag merkte ich nicht einmal, wie ich mir selbst Mut zuredete. Noch nie waren wir drei für längere Zeit getrennt. Aber es ging jetzt nicht anders. Ich musste weggehen, um wieder Ordnung in mein Leben - in unser Leben - zu bringen.
„Halt! Du scheinst dich ja schon voll und ganz entschieden zu haben", unterbrach mich Gert. „Als mich die Oberärztin damals wegen meiner Rückenschmerzen zu sich holte, erwähnte sie diese Klinik im Zusammenhang mit deiner Lähmung. Aber für mich war das uninteressant. Ich hätte nie geglaubt, dass du deshalb so lange und so weit von uns weggehen würdest! Deshalb hab ich das auch gleich wieder vergessen."
„Und die Oberärztin sagte zu mir, dass sie dir gegenüber angeblich noch nichts Konkretes erwähnt hätte", fiel mir jetzt auf.
„Überleg es dir gut! Das sind mindestens 300 km! Du lässt dich jetzt darauf ein und später bekommst du Heimweh und bereust deine übereilte Entscheidung."
Carsta hatte bisher kein Wort gesagt. Noch immer spürte ich Spannungen zwischen ihr und ihrem Vater. Aber das konnte auch Einbildung sein. Carsta würde mir sehr fehlen!
„Ich kann dir die Entscheidung nicht abnehmen", sagte Gert sehr nachdenklich. „Aber ich gehe heute noch zu Werner und frage, weshalb er uns nicht diesen Vorschlag gemacht hat!"
Das war eine gute Idee! Als erfahrener Neurologe wusste er sicher Rat!
An diesem Tag hätte ich sicher zwei Schlaftabletten verkraftet. Ich stellte mir vor, wie intensiv man in dieser Klinik mit mir arbeiten würde. Ich wollte so lange bleiben, bis ich wenigstens mit Stützen laufen und beide Hände gebrauchen konnte. Bis zur völligen Wiederherstellung könnte ich dann in die Neurologie – zu Werner – zurückgehen. Der Oberarzt Dr. Ahlert sollte staunen! Ihm würde ich es beweisen!

Am nächsten Tag gab es für mich nur dieses eine Gesprächsthema.
Die drei Physiotherapeutinnen verstanden zwar meine Zuversicht. Sie äußerten aber auch Bedenken, dass ich mit zu großen Hoffnungen nach Sylzburg - so hieß der kleine Ort - ginge. „Ich würde meinen Mann nicht so lange allein lassen", flüsterte mir die hübsche Frau Apel zu.
Aber ich hatte Vertrauen zu Gert. Jetzt war er ja auch allein, bis auf die wenigen Stunden am Tag und unsere gemeinsamen Wochenenden. Außerdem hatte er mir unzählige Male versprochen, mich niemals im Stich zu lassen.
Chefarzt Dr. Bauer gestand mir, dass er keinerlei Anteile an der Initiative der Oberärztin habe. Das kam mir wie ein Selbstvorwurf vor. Vielleicht glaubte er, ich wäre unzufrieden.
„Durch den Aufenthalt hier bin ich ein großes Stück vorangekommen", sagte ich schnell. „Schließlich haben Sie mir ja ihre Physiotherapeuten geopfert!"

„Aber das war doch ganz selbstverständlich!", lachte er. „Wer spricht hier von einem Opfer! Überdenken Sie Ihre Entscheidung gut!" Der Chefarzt drückte vertrauensvoll meine Schulter, bevor er ging.
„Ich würde es sehr bedauern, wenn Sie gehen", gestand Frau Schmidt. „An Ihrer Stelle wäre ich hier geblieben. Ich verstehe nichts davon. Es ist nur so ein Gefühl. Sie gehen doch ziemlich ins Ungewisse und verlassen sich völlig auf das Urteil der Oberärztin. Ich mag sie nicht, auch wenn sie fachlich sehr beliebt ist!"
„Machen Sie mich nicht unsicher!", ich lachte. „Wenn es mir nicht gefällt, komme ich wieder!"

Ich hoffte auf die Zustimmung Werners. Aber Gert hatte ihn nicht angetroffen.
„Er will am Wochenende zu uns ins Wochenendhaus oder zu einem kurzen Besuch nach Hause kommen", beruhigte mich Gert, als er meine Enttäuschung sah. „Ich hab lange mit Rita gesprochen", fuhr er fort. „Ich soll dich ganz lieb grüßen! Sie kennt diese Klinik nicht. Aber du darfst dich nicht von der ersten Begeisterung hinreißen lassen und musst die Entscheidung gut überlegen. Das soll ich dir sagen!"
„Wenn es doch aber hier keine Möglichkeit gibt, meinen Zustand zu verbessern", verteidigte ich mich. Gert schlug vor, das Thema zu beenden. Er war der Oberärztin vor der Klinik begegnet. Wir sollten uns erst am Wochenende endgültig entscheiden.
Ich spürte Gerts Unschlüssigkeit und war plötzlich sehr verunsichert. Wie er mir erzählte, war Carsta nicht sonderlich begeistert von dem Vorhaben, wegzugehen. Zu Pfingsten und vor allem zu ihrem achtzehnten Geburtstag wäre ich dann nicht daheim! Die Entscheidung wurde schwerer und schwerer! „Ich werde alle Für und Wider genau abwägen", sagte ich, um unsere Diskussion abzuschließen. „Das müssen wir tun!" Gert nickte zustimmend.
Das Wochenende war da und ich hatte mich noch nicht entschieden. Gert holte mich am Freitag pünktlich ab. Er hatte sich mit Werner verabredet. Deshalb war unsere Fahrt zum Bungalow erst für Samstag geplant. Das Thema Sylzburg vermieden wir vorerst.
Carsta hatte Spätdienst. Zu ihrer größten Freude wurde sie jetzt im OP eingesetzt. Damit hatte das begonnen, um das sie so hartnäckig gekämpft hatte: die Ausbildung zur OP-Schwester.
Lange würde mir Carsta nichts von ihrer interessanten Arbeit erzählen können.
Die Gespräche mit meiner erwachsen werdenden Tochter würde ich sehr vermissen. Sie wird ohne mich auskommen müssen. Aber nach Ansicht der Oberärztin kann ich hier nicht gesund werden.
„Hallo! Hallo!" Gert beobachtete, dass ich zwar zum Fernseher sah, aber ein ganz anderes Programm im Kopf hatte. „Warum denkst du nicht laut und zusammen mit mir?", versuchte Gert seit langem mal wieder zu spötteln. Die Antwort erübrigte sich, da es im gleichen Moment klingelte. Werner kam. „Na, du Treulose!", begrüßte er mich.
„Mach es mir bitte nicht so schwer!", gab ich zurück. „Ich rechne mit deinem Rat und deiner Erfahrung. So fest entschlossen wie anfangs bin ich jetzt nämlich nicht mehr!"
Ich redete mir alles vom Herzen, was sich in den letzten Tagen an Widersprüchen und Zweifeln angesammelt hatte. Meiner Ansicht nach sprach trotz allem mehr für Sylzburg.
Werner hörte geduldig zu. Er unterbrach mich nicht.
Als ich fertig war, meldete Gert seine Bedenken an. „Ich möchte dich auf gar keinen Fall beeinflussen. Aber überleg es dir gut, ob du nicht Heimweh bekommen wirst und doch lieber hier bleiben willst."

„Bitte, versucht mich zu verstehen. Haltet mich nicht für undankbar. Ihr habt beide so viel für mich getan. Aber meiner Gesundheit zuliebe muss ich Heimweh in Kauf nehmen! Wenn ich hier nicht mehr vorankomme, muss ich die angebotene Chance doch ergreifen, oder?“
„Es kann dir niemand garantieren, ob und wann du in Sylzburg gesund wirst. Das ist das, was ich dir mit Sicherheit sagen kann!“, antwortete Werner. „Deshalb habe ich dir auch nichts davon erzählt, als die Oberärztin mich diesbezüglich ganz unverhofft ansprach.“
Werner sprach eindringlich, auffallend langsamer als sonst. Nun rückte er mit seinem Sessel näher heran, nahm meine Hände und fuhr ganz ruhig im gleichen Tonfall fort.
„Es wird eine große psychische Belastung für dich, wenn du auf die täglichen Besuche deiner Lieben verzichten musst. Das wird auch bei der besten und modernsten Behandlung einen Rückfall bringen. Aber die Entscheidung liegt allein bei dir. Und mit sechs Monaten Behandlungszeit, wenn diese wirklich intensiv ist, musst du schon rechnen. Und wie bereits gesagt, es gibt keine Garantie! Es ist ein Versuch!“
Das klang beinahe abschreckend für mich. So, als wollte Werner mir verständlich machen, es wäre ratsam, hier zu bleiben. Dennoch wollte ich den Versuch wagen!
Nach Auskunft der Oberärztin gab es hier keine annähernd so gut ausgestattete Klinik wie Sylzburg. Das Weggehen fiel noch schwerer, als Werner mir dazu entgegenhielt, dass er bereits bemüht war, eine Möglichkeit zu schaffen, mit mir und Gert in die Schwimmhalle zu gehen. Als Gegenargument blieb mir nur der Trost, dass dies nur improvisiert wäre, so gut es auch gemeint war.
Ich wollte es wagen. Mit gemischten Gefühlen verabschiedeten wir uns. Sehr erleichternd waren dann Werners Worte: „Na, wenn dein Heimweh größer ist, als die Aussicht auf Erfolg, dann kommst du eben zurück!“

Am späten Abend saßen wir beide auf der Couch. Gert hatte seinen Arm um meine Schulter gelegt. Wie oft hatten wir im vergangenen Jahr hier schon darüber gesprochen, ob sich wohl bald größere Erfolge einstellen würden.
„Ich werde die Ärzte in Sylzburg fragen, was es mit meinen Doppelbildern auf sich hat“, unterbrach ich das Schweigen. „Ich habe den Eindruck, Werner weicht einer eindeutigen Antwort aus. Immer vertröstet er mich, Geduld zu haben.“
„Sei nicht ungerecht“, mahnte Gert. „Du weißt, von heut auf morgen ändert sich nichts.“
„Ja, aber niemand - auch nicht der beste Arzt – kann nachempfinden, wie unbeschreiblich grausam es ist, wenn der Körper plötzlich nicht mehr das tut, was man will! Wenn man zusehen muss, wie alle sich bewegen, laufen, so selbstverständlich mit ihren Händen hantieren. Du ahnst nicht, wie jämmerlich ich mich fühle, weil ich nicht richtig sprechen kann!“ Ich begann hemmungslos zu schluchzen.
„Du weißt genau, das ist nicht wahr!“, sagte Gert vorwurfsvoll. Er wischte mir die Tränen ab.
„Wenn es ginge, dann würde ich auf der Stelle mit dir tauschen und dir ein paar Jahre deines Leidens abnehmen! Ich weiß genau, wie du dich fühlst! Ich sehe ja tagtäglich wie du dich quälst! Darüber brauchen wir nicht sprechen. Da müssen wir durch!“
„Du hast ja Recht. Ich bin so froh, dass ich dich hab!“ Ich schluckte die Tränen weg. „Heulen macht unsere verteufelte Situation nicht besser. Ich wollte nicht jammern. Warten wir lieber auf Carsta.“

Wie gewohnt schwärmte unsere Tochter von ihrer Tätigkeit im OP. An diesem Tag konnte ich nicht an ihrer Freude teilhaben. „Anfang Mai werde ich nun doch für längere Zeit nach Sylzburg gehen", unterbrach ich ihren Enthusiasmus.
„Oh! Ich habe gehofft, dass es doch noch eine andere Lösung gibt!" Carsta zeigte deutliche Enttäuschung.
„Morgen fahren wir zum Wochenendhaus", lenkte Gert ab. „Und im Sommer machen wir auf alle Fälle draußen Urlaub!"
„Ich komme natürlich mit. Jörg ist zwar zu Hause, aber das ist ja vorläufig unser letztes gemeinsames Wochenende im Bungalow", sagte Carsta ganz leise.
„Ich lasse mir trotzdem nicht die Hoffnung nehmen, dass es mir – vielleicht schon im Sommerurlaub – viel besser gehen wird! Freut euch doch auch ein bisschen!", sagte ich und dachte, dass wohl so ähnlich Galgenhumor sein müsste. Die gewohnte Wochenendstimmung kam diesmal trotz unserer Bemühungen nicht auf.

Das vorerst letzte Wochenende mit Gert und Carsta in unserem geliebten Bungalow brach an!
Sonne pur! Ich versuchte, mir die Umgebung noch einmal fest einzuprägen, auf Vorrat zu genießen. Es war ja ein kleiner Abschied. Den zarten Maiwuchs an den Blaufichten und Koniferen werde ich nicht sehen oder gar anfassen können, wie ich es mir im vorigen Jahr vorgenommen hatte. Das Fingerspitzengefühl, der Tastsinn, war seither um keinen Deut besser geworden. Auch darüber wollte ich mir in Sylzburg Auskunft geben lassen. Gewiss konnte man dieses lästige Problem dort behandeln. Gut, dass meine beiden keine Gedanken lesen konnten! Carsta räkelte sich neben mir in der Sonne. In der Garage polterte es – Gert war beim Aufräumen. Flüchtig betrachtet war es ein ganz normales Frühlingswochenende. Nur das bedrückende Gefühl in meiner Brust wollte nicht weichen.

In der Aufregung meiner letzten Klinikwoche wirkte es beruhigend, dass die Oberärztin alle erforderlichen Formalitäten selbst übernahm. Sie sorgte dafür, dass meine gesamte Krankengeschichte noch vor meiner Ankunft in Sylzburg vorlag. Sogar Frau Schmidt, die ja die Oberärztin nicht sonderlich mochte, fiel diese Eilfertigkeit auf.
„Die weite Fahrt wird sehr anstrengend für Sie! Möchten Sie nicht doch lieber mit dem Krankentransport fahren?", fragte Frau Dr. Ruminski besorgt, als sie hörte, dass Gert und Carsta mich mit unserem Auto nach Sylzburg bringen wollten.
Der letzte Besuchsnachmittag reichte kaum aus für die vielen Abschiedsbesuche von Kolleginnen, Freundinnen und Bekannten. Sogar Schwestern der Neurologie und die nette Chefsekretärin kamen, um mir Erfolg zu wünschen. Da musste es einfach gut gehen! Lange würde ich all diese vertrauten Menschen nicht sehen.

Der Gedanke, viele der folgenden Wochen unter völlig fremden Menschen verbringen zu müssen, schwebte wie eine dunkle Wolke über mir. Aber der Verzicht auf meine Familie und die gewohnte Umgebung waren der Preis für meine Rehabilitation. Immer und immer wieder sagte ich mir das, je näher der Tag der Abreise kam.

„Petrus versucht, uns zu trösten", sagte Carsta am Freitagmorgen. Es goss wie aus Kannen. „Da hätten wir im Bungalow nur drinsitzen müssen!"

Am Nachmittag holte Gert unsere Eltern. Er hatte ihnen klargemacht, dass wir uns die Chance nicht entgehen lassen dürfen. Mir blieben damit weitere Erklärungen erspart. Meine Mutter dachte sofort an den bevorstehenden achtzehnten Geburtstag Carstas. Falls sie Gäste einladen wollte, versprach Oma Jenni, die Feier zu organisieren.
„Ich weiß noch nicht, ob ich an diesem Wochenende Dienst habe", wich das zukünftige Geburtstagskind einer Antwort aus.
Gerts Mutter hatte eine stattliche Sammlung köstlicher Mostsorten für mich mitgebracht.
„Wer weiß, ob du dort Fruchtsäfte bekommst! Wir sehen uns ja lange nicht!"
Der Nachmittag war schnell vergangen. Trotz aller Anstrengungen flossen Abschiedstränen.
„Wenn wir uns wieder sehen, wirst du laufen! Verstanden!", rief mein Vater mir zu, als er an der Tür stand. Sogar Opa Karl nickte aufmunternd. Worte fielen ihm schwer.

Auch von Rita und Werner galt es, Abschied zu nehmen. Der Samstagnachmittag war für sie reserviert. Rita sprach mir Mut zu. Sie verstand meine anfangs so wechselhafte Einstellung zur Sylzburg-Sache. „Werner nimmt dich ganz bestimmt wieder auf, falls das Heimweh dich krank macht." Rita drückte mich ganz fest.
Gert unterhielt sich mit Werner. Sie sprachen über die bevorstehende lange Autofahrt.
„Wenn du dein Frauchen dann nicht mehr jeden Tag besuchen kannst, hast du ja viel Zeit", hörte ich Werner sagen, „da könntest du dich in meinem Keller beschäftigen. Dort findest du noch einige reparaturbedürftige Antiquitäten!" Wieder hatte ich das Gefühl, dass Werner mich nur ungern gehen lässt. An der vorerst letzten gemeinsamen Kaffeetafel kam nicht die sonst übliche, lockere Stimmung auf.

Sonntag – der letzte Tag vor der Abreise. Gern hätte ich die Zeit angehalten. Aber das würde gleichzeitig meine Genesung verzögern. Also hieß es: Durch! Durch eine ungewisse, mit großen Erwartungen erfüllte Zeit.
Carsta kam mit dem gepackten Koffer ins Wohnzimmer. Es durfte nichts vergessen werden. Nun konnte ich nicht mehr sagen: „Ach, am Nachmittag kommt mein Mann! Er bringt mir ein frisches Nachthemd, einen Pulli, löslichen Bohnenkaffee ..."
Die Entfernung von zirka 300 km wird jede Vergesslichkeit zur unüberwindbaren Hürde werden lassen. Deshalb hatte Gert eine Liste mit allen erforderlichen Dingen angefertigt, die etwa für einen Monat ausreichten.
Carstas Packkünste brachten uns zum Lachen. Der Kofferdeckel sperrte. Er blieb nicht zu.
„Ich hab mir wirklich Mühe gegeben! Es passt nicht alles rein! Du hast bestimmt zu viel aufgeschrieben, Papi!", verteidigte sich unsere Tochter. Woher hätte sie das Kofferpacken auch lernen sollen? Bisher hatte ich es stets allein getan. Auch Gert kam damit nicht zurecht. Als auch sein Versuch scheiterte, kam eine zusätzliche Reisetasche zum Einsatz.
Diese Begebenheit war der letzte Anlass zur Heiterkeit. Dabei stellte ich zu meinem eigenen Erstaunen fest, dass ich in letzter Zeit bedeutend weniger an unangebrachten Stellen und gegen meinen Willen lachen musste. War das ein Schritt zur Besserung meines Zustands?
In der Nacht schlief ich kaum. Viel öfter als gewohnt musste mich Gert von einer Seite zur anderen lagern. Ich spürte, wie unruhig auch er war. Für eine lange Zeit wird es nun unsere letzte gemeinsame Nacht sein. Sogar im Halbschlaf tauchte dieses aufdringliche

„Zuletzt" dauernd auf! Dieses „Zuletzt" gab es nicht wirklich! Es war vorübergehend! Nur eine Zwangspause, die ich mir selbst auferlegt hatte, in der ich lernen wollte, mich selbst umzudrehen. Nicht nur das! Alles soll so schön werden wie früher!

6

Sonnenschein! Herrliches Reisewetter! Auf nach Sylzburg!
Wir verließen die Stadt in Richtung Autobahn. „Sag mir nur, wenn du müde wirst, dann machen wir eine Pause", Gert sah mich fürsorglich an. Es war 7 Uhr morgens. Diese Fahrt glich nicht annähernd unseren Urlaubsfahrten, aber ich wollte sie genießen!
Carsta hatte ihre Hand nur leicht auf meine Schulter gelegt. Ich saß mühelos sicher.
Die Autobahn war auf dieser Strecke in gutem Zustand. Gert ließ sich zu 130 km/h verleiten. „Sei nicht so leichtsinnig, Papi!", meldete sich Carsta. „Du willst wohl deine Fahrerlaubnis loswerden? Wenn uns nun die Polizei stoppt!"
„Die sollten sich besser um die Westautos kümmern!", schimpfte er ärgerlich, weil uns diese Raser dauernd überholten.
Wie gern würde ich jetzt hinterm Lenkrad sitzen, dachte ich und sah neidvoll auf eine attraktive Frau, die in einem schwarzen Mercedes an uns vorbeirauschte.
„Wieder selbst Autofahren – das steht an letzter Stelle deines Lehrplans." Gert war meinen Gedanken gefolgt. „Aber dazu hast du mich ja!" Er streichelte wie zum Trost mein Bein. Ich nickte nur.
Nachdem wir eine Stunde auf der Autobahn gefahren waren, ging es weiter durch kleinere Ortschaften und oft sehr holprigen Straßen. Gert fuhr jetzt langsam. Ich saß nach wie vor gut und war nicht müde. „Wenn wir dich besuchen kommen, dann fahre ich natürlich schneller", sagte er mit einem Blick zum Tacho. „Wir haben ja ein schnelles Auto! Damit sind wir ruck zuck bei dir – so oft es nur geht!"
Die Fahrt verging schneller, als ich es mir wünschte. Carsta unterhielt uns mit den neuesten Ereignissen vom OP. Das lenkte ab. Als dann das Ortsschild mit der Aufschrift „Sylzburg" vor uns aufleuchtete, holte ich tief Luft. Gert sah mich an und drückte ganz fest meine Hand. „Es wird schon gut gehen. Und denk daran, dass ich dich sofort zurückhole, wenn du hier nicht bleiben möchtest!"
„Ich verspreche euch, durchzuhalten. Ganz egal, wie schwer es wird. Ich will wieder auf die Beine kommen!" Tränen erstickten meine Flüsterstimme.
„Ich kehre sofort wieder um, wenn du es dir anders überlegt hast!" Gert hielt an.
Ich schüttelte energisch den Kopf. Feige wollte ich nicht sein und meine beiden durften nicht merken, wie mir zu Mute war.
Die Straße führte durch dichten Mischwald. Es ging steil bergauf. Rechts plätscherte ein kleiner Bach. Dann sah ich mein vorläufiges Zuhause - ein burgähnlicher, riesiger, düster wirkender Bau: Rehabilitationszentrum Sylzburg. Am Eingang unter einem Vordach, das neu war und wie unpassend angeklebt wirkte, stand ein Krankenwagen. Gert parkte daneben. „Ich sehe erst mal rein und frage, wo wir uns melden müssen", sagte er, sich umsehend, da niemand von uns Notiz nahm. Schwestern und Pfleger gingen an uns vorbei.
Carsta kletterte vor zu mir. Sie sah sich nach allen Richtungen um. Es schien ihr nicht sonderlich zu gefallen, da sie ungewohnt still war. Ich behielt die Eingangstür im Auge.

Vor Aufregung sah ich wieder alles doppelt und dreifach. Drei Türen nebeneinander - es war aber nur eine! Das fing ja gut an!
„Papi kommt!“, rief Carsta. Sie klang erleichtert. Er kam allein mit einem breiten Rollstuhl zurück. Und ich hatte naiv geglaubt, man würde uns erwarten und abholen!
Die folgende Stunde erlebte ich wie im Traum. Gert setzte mich in den viel zu großen Rollstuhl, worin ich kaum Halt fand. Hinter einem winzigen Fensterchen im Vorraum saß eine unfreundliche Frau. Sie nahm meine Personalien auf. „Sie wissen Bescheid“, sagte sie dann und nannte eine Zimmernummer.
Dem Vorraum schloss sich ein heller, breiter Gang an, der mit wunderschönem Teppichboden ausgelegt war. An allen Fenstern waren duftige Gardinen. In vielen kleinen Nischen standen Grünpflanzen. Rollstuhlfahrer grüßten uns freundlich, als gehörten wir schon dazu.
Der Flur schien unendlich lang zu sein. Er war einem Rundgang ähnlich. Ich hatte den Eindruck, im Kreis zu fahren und fragte Gert. „Nein, das Gebäude ist so gebaut“, erklärte er. „Für Rollstuhlfahrer ist es zweckmäßig, wenn sie nicht an Ecken abbiegen müssen.“ Wir hielten an einer der wenigen Türen, die auffallend breit waren.
„Oh, ist das hier groß!“ Carsta war vorausgegangen. Sie stand staunend in dem riesigen, hellen Raum.
Zwei Betten – weit voneinander entfernt – daneben geschlossene Nachtschränke waren die einzigen Möbel, die frei im Raum standen. Die gegenüberliegende Wand schmückte ein moderner, weißer Einbauschrank mit Schiebetüren, daneben zwei niedrig angebrachte Waschbecken mit einem Spiegel und einer Konsole.
„Hier ist alles behindertengerecht eingerichtet“, hörte ich Gerts Stimme. „Sicher dient das dazu, dass du alles schneller lernst“, unterbrach ihn Carsta.
Ich konnte nicht antworten. Fasziniert sah ich auf das überdimensionale Fenster, das eine ganze Seite des Zimmers einnahm.
„Hier hast du eine herrliche Aussicht!“ Gert schob meinen Rollstuhl ans Bett neben dem Fenster. Das Bett neben der Tür schien belegt zu sein. Auf dem Nachtschrank standen Blumen und das Foto eines kleinen Jungen. Wenn ich ein Auge zukniff, erkannte ich alles.
Das gepflegte, helle Zweibettzimmer übertraf meine Vorstellungen. Trotzdem kämpfte ich mit den Tränen, als Gert hinausging, um meinen Koffer zu holen.
„Hier ist es wunderschön!“ Carsta sah zum Fenster hinaus. „Sieh mal, die riesigen Fichten dort drüben!“ So weit man sehen konnte – nur Wald in allen Grünschattierungen.
Es war ja Mai! Der Abschiedsschmerz fing an, an mir zu nagen. Er ließ mich die Schönheit der Natur nicht recht wahrnehmen.
Gert kam mit dem Gepäck. „Ich lege dich gleich ins Bett. Die Schwestern haben mich darum gebeten.“ Vom Bett aus konnte ich zusehen, wie sorgfältig er meine Pullis, Nachthemden, Unterwäsche und all die vielen Kleinigkeiten im Schrank unterbrachte. Carsta beschäftigte sich mit den Toilettenartikeln, die sie auf der Konsole aufbaute.
Als die Schwester kam, war alles geordnet. „Es wäre gut, wenn Sie sich gleich verabschieden! Alles Weitere werde ich veranlassen“, sagte sie ohne Umschweife.
Jetzt konnte ich ein lautes Schluchzen nicht mehr verhindern. Nur zu gern wäre ich mit meinen beiden noch ein Weilchen allein geblieben! Nun wurde es ein Abschied unter Aufsicht.
Wir drückten uns ganz fest. Carsta wischte mir die Tränen ab. Sie hatte selbst nasse Wangen.

„Wir besuchen dich, so oft wir dürfen!“, versprach Gert. Auch er kämpfte mit Abschiedstränen, nahm Carsta bei den Schultern und ging mit ihr zur Tür, ohne sich nochmals umzusehen.
Jetzt gab es kein Zurück mehr! Nun war ich allein unter fremden Menschen. Wieder schüttelte mich ein Weinkrampf.
„Na, na! Nun ist es aber gut!“ Die Schwester setzte sich an den Bettrand. „Jetzt werden wir erst etwas essen!“ Ich schüttelte den Kopf und sah zum Nachtschrank. Dort stand mein Batteriewecker. Es war 14 Uhr. Die Schwester folgte meinem Blick. „Ja, das Mittagessen ist vorbei. Ich werde Sie jetzt füttern und dann schlafen Sie. Morgen sieht die Welt ganz anders aus!“
Um nicht gleich unangenehm aufzufallen, ließ ich mir abwechselnd ein Stück kaltes, leicht angebranntes Bratwürstchen und ein Stück trockene Semmel in den Mund schieben.
„Sie haben Schluckbeschwerden?“ Bedauernd wurde ich angesehen. „Das vergeht, ist nur die Aufregung!“
Nach dieser ersten Mahlzeit stellte die Schwester das Kopfteil ganz flach und brachte mich, ohne zu fragen, in die stabile Seitenlage. „Gute Mittagsruhe!“ wurde mir gewünscht. Dann war ich allein.
Die Lagerung war völlig neu und auch unbequem. Aber ich war froh, mit niemandem reden zu müssen. Das Panorama, das sich mir vor meinem Fenster bot, war traumhaft schön! Das Gebäude stand sicher auf einer Anhöhe. Ich sah auf Baumkronen und dahinter hohe Fichten.
Schlafen konnte ich nicht, obwohl ich jetzt sehr müde war.
Da stand der mitgebrachte Rosenstrauß auf dem Nachttisch. Daneben das einzig mir Vertraute – mein Wecker. Vorige Woche war er beinahe zum Streitobjekt geworden, denn ich hatte mit Gert geschimpft, als er mir eigens für Sylzburg diesen teuren Wecker schenkte.
„Wie kannst du nur 50 Mark für einen Wecker ausgeben! Das können wir uns doch jetzt nicht leisten!“, kritisierte ich.
Jetzt tat es mir Leid, dass ich damals so reagiert hatte.
„Für dich ist mir nichts teuer genug!“ Diese Worte Gerts würde ich wohl nie vergessen.
„Durch die Batterie hast du immer die genaue Zeit. Du brauchst niemanden zu bitten, den Wecker aufzuziehen!“ Wie gut das gemeint war, wusste ich erst jetzt!
Wahrscheinlich waren beide nun schon an der Kontrollstelle vom Sperrgebiet. Unzählige Gedanken wirbelten durch meinen Kopf. Fortan brauchten Gert und Carsta am Nachmittag nicht mehr zur Klinik zu hetzen. Dann wieder sah ich beide allein im Bungalow.
Ein leises Knacken vor der Tür ließ mich aufhorchen. Die Klinke wurde heruntergedrückt und mit leisem Rauschen ging die Tür auf. Da der Raum mit flauschigem Teppichboden ausgelegt war, hörte ich keine Schritte, spürte aber, dass jemand im Zimmer war. Ich hatte gelernt, Geräusche zu deuten. Als dann am anderen Bett herumhantiert wurde, wusste ich, meine Nachbarin war gekommen. Sie konnte ja nicht ahnen, dass ich hellwach war, mich aber nicht umdrehen konnte. Aber da wurde bereits wieder die Tür aufgerissen und flott zugeknallt. Eine junge Schwester stürmte herein.
„Hallo! Ich bin Schwester Karin“, stellte sie sich vor. Geschickt setzte sie mich auf. Ich kippte eben so schnell wieder um. „Oh je! Sie können wohl nicht frei sitzen?“ Die Schwester griff sofort zu. Beinahe wäre ich aus dem Bett gefallen.
Neugierig sah ich zu meiner Nachbarin. „Ich bin Birgit Falt“, freundlich winkte sie mir zu.

Sie saß frei und ganz aufrecht in ihrem Bett! Davor stand ein Rollstuhl, worauf Hose, Pulli und Strümpfe lagen. Schnell rekonstruierte ich die leisen Geräusche: Meine Nachbarin war auch noch auf den Rollstuhl angewiesen, aber ansonsten schon sehr selbständig.
Schwester Karin sah mir an, dass ich mich nicht entschließen konnte, zu fragen. Sie stellte mich vor und erklärte meine Sprachschwierigkeiten.
„So, nun lasse ich Sie beide allein. Frau Falt ist ja schon lange bei uns. Sie erklärt Ihnen gern, was Sie wissen möchten, denn sie hat sich schon auf die neue Patientin gefreut - stimmt's?" Flink huschte die Schwester hinaus.
Ganz selbstverständlich begann Frau Falt von sich zu erzählen. Sie war schon vier Jahre querschnittsgelähmt. Ursache war ein Tumor im Rückenmark, der operativ entfernt wurde. Dabei wurde das Rückenmark durchtrennt. Und seitdem war sie unterhalb der LWS gelähmt.
„Es besteht demnach keine Hoffnung, dass Sie wieder laufen können", fragte ich und wusste nicht, wie ich meinen Aufenthalt hier begründen sollte, ohne sie traurig zu stimmen.
Frau Falt lächelte und sah zu ihrem Rollstuhl. „Man kann sich an dieses Gefährt gewöhnen! Das heißt, ich habe gelernt, mich damit abzufinden. Mein Arzt hat mir sehr dabei geholfen."
Bevor ich weitere Fragen stellte, erzählte Frau Falt weiter. Nach der Operation hatte sie hier gelernt, mit dem Rollstuhl umzugehen und wieder selbstständig zu werden. Anschließend kam sie in bestimmten Zeitabständen wieder her, um das Erlernte ständig zu festigen.
„Aber diesmal kam ich aus einem ganz anderen Grund", wurde ich aufgeklärt.
„Ich hatte mir nämlich beim Umsetzen die Haut am Po etwas abgeschürft und nicht darauf geachtet. Weil ich kein Gefühl dort habe, ist ein großes Loch daraus geworden. Mehrmals täglich wird es nun ausgewaschen und tamponiert, bis es sauber ist und zugenäht werden kann. Vielleicht muss sogar Haut verpflanzt werden Das ist eine sehr langwierige Angelegenheit. Aber ich bin ja selbst schuld. Ich hätte früher kommen müssen!"
„Hat denn Ihr Mann nichts davon bemerkt?", fragte ich vorsichtig. Ich vermutete, sie wäre verheiratet - wie ich nach dem Foto auf ihrem Nachttisch schloss.
„Ich lebe allein mit meiner Mutter und meinem Sohn", erhielt ich bereitwillig Auskunft. „Mein Mann ließ sich scheiden, als er erfuhr, dass ich für immer auf den Rollstuhl angewiesen bin. Damals dachte ich, mein Leben wäre zu Ende. Die Behinderung, die Scheidung, mein kleiner Sohn. Ich war erst siebzehn, als er geboren wurde! Jetzt ist er schon sieben Jahre alt. Heute bin ich froh, dass ich nicht aufgegeben habe. Andi entschädigt mich dafür. Er hat sich an seine Mami im Rollstuhl gewöhnt. Und meine Mutter wird uns nie im Stich lassen. Sie ist erst Anfang Vierzig. Demnächst bekommen wir eine behindertengerechte Wohnung."
Ich kam mir wegen der Frage nach dem Ehemann ziemlich taktlos vor. Aber Frau Falt verstand es, mein schlechtes Gewissen zu beruhigen.
„Jetzt müssen Sie mir Ihre Geschichte erzählen!" Sie nickte mir aufmunternd zu. „Wir müssen ja nun einige Monate miteinander auskommen. Da ist es schön, wenn man sich gut kennt."
Es fiel mir ganz leicht, von unserem Winterurlaub und den Folgen zu berichten. Auch von Gerts Basteleien und Carstas Initiative betreffs der Physiotherapie berichtete ich. Unsicher wurde ich dann aber bei der Schilderung der Tatsache, dass ich hergekommen

war, um schnell wieder auf die Beine zu kommen. Aber auch das entkräftete meine aufmerksame Zuhörerin. „Ich hab hier schon einige Patienten gesehen, die im Rollstuhl kamen und nach einigen Monaten wieder laufen konnten. Das macht mich nicht unglücklich!“ Wie zur Bestätigung lachte sie mich an.
Meine Stimmung hatte sich während unserer angeregten Unterhaltung enorm gebessert. Meine sympathische Zimmerkollegin gab mir nun noch Ratschläge zum Tagesablauf und erläuterte die Einrichtung der Klinik.
So ertönte nach Betätigung der Klingel die Stimme einer Schwester aus dem Lautsprecher, die nach dem Wunsch des Patienten fragte. Dafür gab es eine moderne Wechselsprechanlage. Meine Nachbarin bot mir ihre Hilfe an, falls dabei Verständigungsschwierigkeiten auftraten. Da die Klingel am Kopfteil des Betts fest installiert war, hätte ich sie nicht erreichen können, wenn Gert nicht Vorsorge getroffen hätte. Glücklicherweise hatte er meine eigene Klingel mit Verlängerungsschnur angeschlossen! Jetzt lag sie griffbereit auf der Bettdecke.
Es gab einen Telefonanschluß. Auf Wunsch wurde auch ein Telefon gebracht.
In der mittleren Etage waren die bettlägerigen Patienten untergebracht. Hier hatte jedes Zimmer einen Fernsehapparat. Im Gebäude gab es außerdem einen Speise- und Unterhaltungsraum, Café und Konditorei sowie eine Verkaufseinrichtung.
Alle Etagen konnten von den Rollstuhlfahrern leicht mit einem Fahrstuhl erreicht werden. Von all diesem Komfort war ich überaus beeindruckt und angenehm überrascht.
„Wenn Sie erst gelernt haben, selbst mit dem Rolli zu fahren, wird es Ihnen sicher hier gut gefallen“, plauderte Frau Falt weiter. „Ich komme immer wieder gern hierher. Man schließt schnell Freundschaften und vergisst das Heimweh. Wenn Sie nichts dagegen haben, stelle ich Ihnen mal meine Freundin vor.“
Natürlich hatte ich nichts gegen diesen Besuch. Viel lieber wollte ich aber Patienten kennen lernen, die hier nicht das Rollstuhl fahren, sondern das Laufen erlernt hatten. Für mich sollte der Rollstuhl ja nur eine Übergangslösung sein. Eine derartige Andeutung wagte ich aber nicht schon am ersten Tag.
„Sie haben übrigens Glück mit diesem Zimmer“, meldete sich Frau Falt wieder.
„Nur etwa zehn Meter entfernt ist das Schwimmbad. Der kurze Weg ist günstig, weil sie dann vom warmen Bad nicht so lange über den kühlen Flur fahren müssen.“
Ich freute mich, dass mir Frau Falt ihre Erfahrungen so bereitwillig mitteilte.
„Sie können sich auch draußen im Park sonnen. Eine der vielen Krankenschwestern wird Sie anfangs begleiten. Ich bin tagsüber nur selten im Zimmer. Ich bastle gern. Deshalb halte ich mich oft in den Räumen der Arbeitstherapie auf.“ Frau Falt lachte verschmitzt. „Sie werden staunen! Vom Webstuhl bis zur Töpferei mangelt es dort an nichts!“
Die vielen Neuigkeiten vertrieben meine Traurigkeit mehr und mehr. Die Einrichtung war vielversprechend! Und ich hätte mir keine bessere Zimmerkollegin wünschen können!
„Das Abendessen ist fertig“, ertönte die Stimme einer Schwester aus dem Lautsprecher.
Nun beobachtete ich, wie flink sich meine Nachbarin ankleidete und sich vom Bett in den Rollstuhl setzte. Sie hatte – im Gegensatz zu mir – viel Kraft in beiden Armen, um sich hochzustemmen.
„Das hab ich alles hier gelernt“, sagte sie, als sie mein Interesse bemerkte. „Ich fahre jetzt hoch in den Speiseraum. Dort gibt es das Abendbrot.“
Flink bewegte sie ihren Rollstuhl zur Tür. Hier war die Klinke in günstiger Höhe angebracht und leicht zu handhaben. Bevor sie die Tür schloss, winkte Frau Falt mir zu.

Wie selbständig sie trotz ihrer Behinderung ist, dachte ich. Wenn ich es erst so weit geschafft habe, dann ist der Weg zum Laufen sicher nicht mehr weit. Wie schön wird es sein, wenn ich mich wieder normal bewegen kann! Unbeschreiblich schön wird es sein, wenn ich nicht mehr auf Hilfe angewiesen bin! Allen werde ich dankbar sein, die mir geholfen haben, nicht zu verzweifeln! Wo werden Gert und Carsta jetzt wohl sein?
„Nicht schlafen! Jetzt wird schön gegessen!" Ich zuckte zusammen. Eine äußerst korpulente Schwester riss mich unsanft aus meinen Träumen. Sie stand mit einem Teller belegter Brote vor mir und wollte mich füttern. Wortlos zog sie mich an den Armen nach oben. Da aber meine Bettkiste zum Abstemmen fehlte, rutschte ich sofort wieder abwärts. Nachdem wir das peinliche Spielchen mehrmals wiederholt hatten, rannte die Schwester kopfschüttelnd aus dem Zimmer. Mit einem Packen Schaumgummi kam sie zurück. Diesen stopfte sie ans Bettende – vor meine Füße. Und ich saß! Dass ich gern selbst gegessen hätte, konnte ich ihr nicht klarmachen.
Die wortkarge Schwester gab sich keine Mühe, mich zu verstehen. Bei der Lagerung hüllte sie mich förmlich in eine Schaumgummiwolke ein. Es war unbequem. Aber ich schlief sofort ein und merkte nicht, wann Frau Falt zurückkam.
Nachts wurde ich wach. Ich hatte Schmerzen. Es war hell. Der Mond stand über dem dunklen Wald und schien direkt ins Zimmer. Eine romantische Kulisse - aber ich musste klingeln! „Was ist denn?", kam die Stimme aus dem Lautsprecher. Ich flüsterte, dass ich gern meine Lage wechseln möchte.
„Sprechen Sie lauter!" Ein mürrisches Murmeln war zu hören. Dann ging die Tür auf.
Ich äußerte meinen Wunsch. Die Nachtschwester sah mich erstaunt an.
„Das gibt es aber bei uns nicht! Bei uns werden die Patienten nicht dauernd umgelagert! Das werde ich morgen gleich dem Stationsarzt sagen!"
Mit diesen Worten verschwand sie. Missmutig drehte sie mich dann doch auf den Rücken.
„Die gehört doch zu den bettlägerigen in die mittlere Etage!", schimpfte sie laut auf dem Flur. Ich konnte ein Schluchzen nicht verhindern. Frau Falt war wach geworden.
„Nehmen Sie es nicht so schwer. Schwester Ines ist sehr launisch. Aber der Stationsarzt ist ganz nett. Sie können morgen mit ihm sprechen."
In dieser ersten Nacht schlief ich kaum. Obwohl es überall drückte, wagte ich nicht, nochmals zu klingeln. Über der Tür sah ich eine große Uhr. Sie wurde angeleuchtet. Es war zwei Uhr.
Frau Falt setzte sich im Schlaf auf, um sich dann auf die andere Seite zu legen.
Ob man mir das auch bald beibrachte? Meine Gedanken drohten, nach Hause zu wandern. Deshalb konzentrierte ich mich auf das Studium meiner Umgebung. Wenn die Behandlungen dem Komfort der Klinik entsprachen, konnte ich mich glücklich schätzen. Bei diesem Gedanken musste ich wohl doch eingeschlafen sein.
„Guten Morgen! Aufstehen zum Waschen!", tönte es aus dem Lautsprecher. Es war sechs Uhr.
Behände schwang sich meine Nachbarin in ihren Rollstuhl und fuhr ans Waschbecken, um sich salonfähig zu machen, wie sie ihre Morgentoilette scherzhaft nannte.
Schwester Karin kam, um mich zu waschen. Zum Frühstück fuhr Frau Falt wieder in den Speiseraum.
Zur gleichen Zeit stellte sich bei mir eine junge Frau in hellblauem, kurzem Kittel und engen, weißen Hosen vor. „Ich bin ihre Arbeitstherapeutin", lachte sie, „wir sind alle so gekleidet!"

Sie hatte mein Erstaunen bemerkt. „Mein Name ist Hildebrand. Ich hoffe, wir werden uns gut verstehen!“ Sie nahm meine reglose Rechte und drückte sie ganz fest. „Ich werde jeden Tag mit Ihnen üben. Jetzt gebe ich Ihnen das Frühstück. Einverstanden?“
Ich nickte und erklärte, wie schlecht ich mich verständigen konnte.
„Wenn wir uns beide bemühen, klappt das sicher“, sagte Frau Hildebrand freundlich. „Wir haben hier ständig Patienten mit Trachealkanülen. Manche sprechen noch schlechter als Sie.“
Das machte mir Mut.
Das Frühstück war ein richtiges Menü! Von einem vollen Tablett konnte ich auswählen: mehrere Brotsorten, Butter, Margarine, Honig, Konfitüre, Milch, Fruchtsaft oder Malzkaffee – sogar ein Ei war dabei! Ich war sprachlos. Das übertraf mein Vorstellungsvermögen.
„Oh, Sie vermissen Ihren Bohnenkaffee!“, entschuldigte sich die Therapeutin. „Den hab ich in der Eile in der Küche vergessen! Ihr Mann hat daran erinnert, dass Sie diesen löslichen Kaffee so gern trinken. Er ließ sogar ein Glas davon hier.“
Mit viel Geduld übte nun Frau Hildebrand mit mir das Aufnehmen einer Scheibe Brot, das Halten der Tasse und das Köpfen des weich gekochten Eis.
Fast eine Stunde verging dabei. Eine wohltuende Ruhe ging von der Arbeitstherapeutin aus. Inzwischen hatte sich Frau Falt wieder eingefunden. „Heute ist Chefvisite“, kündigte sie an.
Aufgeregt und voller Erwartungen sah ich dieser ersten Visite entgegen.
Etwa zehn Ärzte und ebenso viele Schwestern, Physio- und Arbeitstherapeuten füllten den Raum. Der Chefarzt war etwa Mitte Fünfzig, ein großer, breitschultriger Mann. Sein mächtiger Schädel mit der Vollglatze wirkte irgendwie Respekt einflößend.
Ich hatte Zeit für diese erste Einschätzung, denn die Schar umringte zuerst das Bett meiner Nachbarin. Sie wurde wie eine alte Bekannte angesprochen. Ihre Wunde wurde begutachtet.
„Das Loch kriegen wir bald zu. Sie kennen ja unsere altbewährte Methode!“ Verschmitzt sah der Chefarzt seine Patientin an und klopfte ihr vertraut auf die Schulter. Diese kleine Geste machte ihn mir sympathischer.
Die große Gruppe wanderte zu meinem Bett. Die Stationsschwester reichte dem Chefarzt einen Stapel von Papieren – sah so meine Krankenakte aus? Der Chef blätterte lange in den Papieren. Niemand hatte sich vorgestellt. Ich sah in gleichgültige Gesichter. Hier war ich kein besonderer Fall – nur einer von vielen.
„Wer hat denn diese Patientin bei uns aufgenommen?“ Die ungewohnt laute, fast drohend klingende Stimme des Chefarztes ließ mich zusammenzucken. Er gab dem neben ihm stehenden Arzt ein Blatt Papier und deutete energisch mit dem Finger darauf.
„Das ist doch eine zerebrale Schädigung! Ein uralter Vorgang! Liegt sechzehn Monate zurück!“
Nun zeigten auch die anderen Ärzte Interesse. Einige schüttelten den Kopf. Es wurde geflüstert. Ich konnte nichts verstehen, außer den Worten: „... gehört hier nicht her ...“
Ich saß wie versteinert.
„Eigentlich sind Sie kein Fall für unsere Klinik“, wandte sich endlich der Chefarzt an mich, „wir behandeln hier Querschnittsgelähmte. Das hätte man vor Ihrer Einweisung beachten müssen. Bei Ihnen liegt eine Schädigung des Zentralnervensystems vor.“
Eiskalt lief es mir über den Rücken. Woher hatte der Chefarzt diese Diagnose?

„Sie kamen auf Empfehlung von Frau Dr. Ruminski zu uns", sprach er weiter. „Wir kennen uns. Die Einrichtung dürfte ihr ausreichend bekannt sein. Aber offensichtlich liegt hier ein Missverständnis vor, das bei der Aufnahme übersehen wurde."
„Wir werden sehen, wie wir den Fall behandeln", sagte er dann zu einem anderen Arzt. Vielleicht war das der Stationsarzt.
Ich nahm nicht wahr, ob und wie sich die weiße Mannschaft verabschiedet hatte.
Meine großen Hoffnungen waren mit wenigen Worten in wenigen Minuten zerstört worden!
Wie im Traum hörte ich die tröstenden Worte von Frau Falt. Sie meinte, es würde sich bestimmt alles zum Guten wenden und vielleicht läge eine Verwechslung vor.
„Wenn ich hier fehl am Platz bin, dann gehe ich natürlich wieder nach Hause", sagte ich geistesabwesend. „Mein Mann wird mich sofort abholen, wenn er erfährt, wie ich hier enttäuscht wurde. Wäre ich doch nur nicht hierher gekommen!"
Ich redete mir die Enttäuschung vom Herzen, denn Frau Falt war eine gute Zuhörerin.
„Sie sind ja ganz durcheinander", stellte sie nach einer Weile besorgt fest. „Ich rufe mal Schwester Thekla! Die Visite ist sicher fertig auf unserer Station."
Als ich mit der Stationsschwester sprach, weinte ich hemmungslos. Ich bekam kaum Luft und war schlecht zu verstehen. Frau Falk übersetzte meine Stammelei geduldig.
Schwester Thekla versuchte, mir klarzumachen, dass ich demnächst gründlich untersucht werde. Es sollte erneut eine Diagnose gestellt werden. Erst hiernach würden dann betreffende Behandlungen angesetzt.
Wem sollte ich glauben? Nichts konnte mich beruhigen. Ich fühlte mich betrogen!
Ich war nicht querschnittsgelähmt und gehörte hier nicht her!
Diese Worte waren deutlich genug! So konnte man mit mir nicht umspringen! Auch nicht in dieser Super-Reha-Klinik!
„Bitte benachrichtigen Sie meinen Mann! Ich möchte wieder nach Hause!", wiederholte ich mehrmals, ohne auf die Worte der Schwester einzugehen.
Schließlich versprach sie, Gert anzurufen und ihm die Worte des Chefarztes sowie meinen Wunsch mitzuteilen.
Ich beruhigte mich nur langsam. Niemand sollte mir meinen Entschluss streitig machen. Lieber wollte ich zu Hause in der Neurologie mit wenig Physiotherapie ganz langsame Fortschritte machen, als hier wie ein Außenseiter geduldet werden. Ich dachte an Werner. Er war ja nie begeistert gewesen von meiner Entscheidung.
Es würde lange dauern, bis Gert mich abholen kam. Er brauchte dazu eine polizeiliche Genehmigung. Aber Warten hatte ich gelernt.
„Sie sind ja so ernst!" Meine Arbeitstherapeutin kam mit dem Mittagessen. Auf einem hübschen Servierwagen stand ein mehrteiliges Menü.
„Soll das eine Entschädigung sein?", fragte ich abschätzend. Frau Hildebrand verstand nicht. Sie war gekommen, um mit mir das selbstständige Essen zu üben.
„Es ist besser, wenn Sie mich füttern", erklärte ich. „Ich bleibe nicht hier, denn ich möchte den querschnittsgelähmten Patienten nicht den Platz streitig machen!"
Trotz meiner abweisenden Art blieb Frau Hildebrand ruhig. Denn an der vorangegangenen Chefvisite hatte auch sie teilgenommen. Sie fütterte mich und erzählte dabei, wie gut sie mich verstehe. Die Therapeutin war der Meinung, dass sich für mich eine Lösung finden würde.
Ich sollte mir überlegen, ob ich nicht doch bleiben wolle. Es wäre sicher nicht zum Nachteil.

„Weshalb bekomme ich wochentags ein so auffallend gutes Essen?“, lenkte ich ab.
Jetzt lachte meine Betreuerin herzhaft. „Das ist keine Ausnahme! Sie werden bald merken, wie Sie hier verwöhnt werden!“ Dabei gab sie mir von der köstlichen Crémespeise, die mir völlig unbekannt war.
„Lassen Sie sich nicht entmutigen“, plauderte Frau Hildebrand weiter, während sie die Teller vom Tablett wieder auf den Rollwagen stellte. „Unser Chef ist etwas barsch. Aber er meint es nicht so. Auch Sie können bei uns viel lernen.“
In diesem Moment ging die Tür auf. Frau Falt kam vom Speiseraum zurück. Sie wollte mir bei der Mittagsruhe Gesellschaft leisten. Wieder beneidete ich meine Nachbarin um die Kraft und Geschicklichkeit, mit der sie sich in ihr Bett schwang.
Da wir beide keine Lust zum Schlafen hatten, entschloss sich meine Zimmergenossin zu einem kleinen Aufklärungsgespräch zum unterschiedlich gekleideten Personal der Klinik. Da waren die vielen Krankenschwestern mit ihren kurzen, weißen Rückenschlusskittelchen und den engen, langen, weißen Hosen. Die Physiotherapeutinnen trugen rosa Kittelchen mit weißen Hosen, die Arbeitstherapeutinnen unterschieden sich durch ihre hellblauen Kittelchen und ebensolche weißen Hosen dazu. Mich beeindruckte das alles sehr.
Durch die auffallende Kleidung wusste man sofort zu unterscheiden, was bei der Vielzahl an Personal auch angebracht war.
„An finanziellen Mitteln scheint es hier nicht zu mangeln“, stellte ich fest.
Frau Falt sah mich ernst an. „Vielleicht entscheiden Sie sich doch noch dazu, hier zu bleiben?“
„Die Ärzte machen mir keine Hoffnung. Ich bin hier fehl am Platz.“ Ich schüttelte den Kopf.
Inmitten dieser Unterhaltung unterbrach uns eine Schwester. Sie hielt mir das Telefon entgegen. „Ihr Mann möchte Sie sprechen!“
Ich war so aufgeregt und freudig erschrocken! Ich wusste nicht, was ich tun sollte. Frau Falt half. Sie gab der Schwester hilfreiche Anweisungen. Und dann hatte ich den Hörer am Ohr.
„Hallo, mein Schätzchen! Versuch mal, zu sprechen! Mein Telefon ist so präpariert, dass ich auch den leisesten Ton verstehen kann! Also – keine Angst! Hat man dich heute untersucht? Welche Behandlungen wirst du bekommen?“ Ich hörte die so vertraute Stimme!
„Nein – nein – nichts!“ Ich brachte keinen Satz zustande. „Hol mich bitte nach Hause!“
Ich wusste nicht, ob Gert mich verstanden hatte. Tränen verhinderten den Versuch, weiter zu sprechen. Es war still in der Leitung. Die Schwester nahm den Hörer von meinem Ohr.
„Es geht schon alles in Ordnung!“, sagte sie zu Gert. „Wir tun hier alles, um Ihrer Frau zu helfen. Sie brauchen sich keine Sorgen machen!“
Noch mal drückte sie den Hörer an mein Ohr. „So, nun verabschieden Sie sich! Beunruhigen Sie Ihren Mann doch nicht unnötig! Sie können nicht verlangen, dass wir am ersten Tag schon mit den Behandlungen beginnen. Sie sind nicht die einzige Patientin hier!“
Unter dieser Zurechtweisung schnürte sich meine Kehle endgültig zu.
„Du bist zu aufgeregt. Sei nicht traurig. Ich rufe morgen wieder an. Dann kannst du mir sicher schon mehr sagen.“ Gert legte auf. Auch seine Stimme hatte gezittert.

Kopfschüttelnd verschwand die Schwester mit ihrem Telefon im Dienstzimmer, das direkt an unseren Raum grenzte.
„Das war Schwester Hilde! Sie hat heute schlechte Laune. Ärgern Sie sich nicht!", ergriff meine Nachbarin das Wort.
„Ich hab mir alles ganz anders vorgestellt", antwortete ich abwesend.
Inzwischen war Kaffeezeit. Frau Falt schickte sich an, ins Café der oberen Etage zu fahren.
„Ich bin Schwester Ines!" Nach einem leisen Anklopfen ging die Tür auf. Eine hübsche, junge Schwester kam mit Kaffee und Kuchen zu mir. Freundlich erklärte sie, dass sie mich füttern möchte, da die Arbeitstherapeuten nur bis 16 Uhr im Haus sind. Ich nickte zustimmend. Sie wusste nicht, dass ich das Kuchenstück selbst halten konnte. Mit Information an das Personals nahm man es scheinbar nicht so genau. Und ich hatte nun nicht mehr die Nerven, Erklärungen zu geben. Ich war nur froh, von der launischen Hilde verschont zu bleiben.
Außerdem hatte ich nur einen Gedanken: Wie komme ich schnell hier weg?
Bis zum Abendessen wäre ich gern allein geblieben. Aber es kam ganz anders. Frau Falt brachte ihre Freundin mit. Das hatte ich vergessen.
„Stören wir? Wenn Sie lieber schlafen möchten, dann bleiben wir draußen", fragte meine Nachbarin.
„Ach, es ist sicher besser, wenn ich abgelenkt werde." Ich versuchte, der Freundin die Hand zu reichen. Es misslang. Der Arm wackelte stark hin und her.
„Das ist meine Freundin Renate", überspielte Frau Falt die für mich peinliche Situation.
Leider zu spät! Renate grinste, vollführte mit ihrem Rollstuhl eine geschickte Drehung und fuhr dann schnell rückwärts weg.
„Ich verstehe Sie nicht, Birgit", sagte sie dabei zu Frau Falt.
„Man muss sich nur etwas Mühe geben! Wir können uns gut verständigen!", kam die Antwort. Renate hob zweifelnd die Schultern. „Sie sprechen zu leise", wiederholte sie dauernd.
Plötzlich schoss sie blitzartig aus dem Zimmer. „Meine Hose ist nass! Muss mich umziehen!"
Frau Falt sah ihr nach. „Sie ist sehr verbittert", sagte sie, so als wollte sie Renates Verhalten entschuldigen. „Sie kann ihre Blase nicht beeinflussen - deshalb ist Renate sehr oft nass."
Durch einen so genannten Kunstfehler bei einer Rückenmarkuntersuchung wurde die Freundin querschnittsgelähmt, erfuhr ich nun. Renate war Krankenschwester. Sie konnte sich nicht damit abfinden, dass sie auf Vieles verzichten muss, was für Andere selbstverständlich war. Sie war nicht verheiratet und hatte nur noch ihre Eltern, die beide bereits Rentner waren.
Ich konnte mich in Renates Lage versetzen. Sie tat mir Leid. Ich hatte Gert und Carsta, meine Eltern, die Schwiegereltern, viele Freunde und Bekannte - und vor allem meinen Arzt, der mir ständig Mut machte.
Frau Falt verstand es, mich noch bis zum Abendessen vom Grübeln abzulenken. Sie zeigte mir ihre Strickarbeiten. Da ich selbst leidenschaftlich gern und viel gestrickt hatte, kam es zu einem regen Erfahrungsaustausch.
Als aus dem Lautsprecher die Aufforderung ertönte, machte sich meine Nachbarin auf den Weg zum Speisesaal. Zur gleichen Zeit kam eine freundliche Studentin, um mich zu füttern. Wieder war ich überrascht von dem reichhaltigen Angebot.

Frau Falt war schnell zurückgekommen. „Es schmeckt immer zu gut! Aber ich darf nicht zunehmen“, plauderte sie, während sie wieder in ihr Bett stieg. „Meine Wunde soll schnell sauber werden für die Operation.“
Unwillkürlich beobachtete ich meine Nachbarin. Sie legte sich eine dicke Platte von Schaumgummi mit kreisrunder Ausstanzung zurecht und klingelte.
„Was ist?“ kam die Lautsprecherstimme.
„Ich bin in zehn Minuten fertig“, antwortete Frau Falt. Ich sah sie fragend an. Gestern hatte ich den Ablauf des Nachmittags nicht wahrgenommen.
„Ich muss mich fünfmal täglich katheterisieren“, wurde ich aufgeklärt. „Denn meine Blase entleert sich nur auf diese Weise. Die Schwester kommt, wenn ich fertig bin. Sicher werden Sie dann auch gleich versorgt.“ Wieder bewunderte ich die außerordentliche Geschicklichkeit.
Die Schwester kam, um den Dekubitus zu versorgen.
Ich konnte nicht glauben, was ich da sah. Frau Falt hatte ein faustgroßes, etwa fünf Zentimeter tiefes Loch in ihrer Pobacke, welches die Schwester mit einer nach Chlor riechenden Lösung austupfte. Ziemlich grob hantierte sie dabei und meinte, dass die Wunde schon sehr gut aussähe. Fassungslos starrte ich auf das erschreckend große Loch.
Ich merkte nicht, dass die Schwester mich beobachtete.
„Sie können schon mit dem Blasentraining beginnen“, sprach sie mich an, stellte einen Schieber griffbereit neben mein Bett und wandte sich wieder Frau Falt zu.
„Bitte, was meinen Sie, soll ich tun? Ich kann mich nicht allein auf den Schieber setzen.“
Ich war ratlos und schämte mich, weil ich falsch eingeschätzt wurde.
Die Schwester wandte mir in diesem Moment den Rücken zu. Sie hörte mich nicht.
Nachdem die Wunde austamponiert und mit Mull bedeckt war, balancierte sich Frau Falt so über die Schaumgummiunterlage, dass die Wunde genau die Aussparung traf.
„Gut gemacht!“, lobte die Schwester. „So wird das verdammte Loch nicht gedrückt und bekommt Luft! Wir können sicher bald operieren.“
Währenddessen saß ich noch immer unverrichteter Dinge im Bett.
„Sie haben ja noch nicht einmal angefangen!“, wurde ich gerügt. Nun bemühte ich mich, der Schwester zu erklären, dass ich mit dem Begriff Blasentraining nichts anzufangen wusste.
„Jetzt stellen Sie sich mal nicht so an! Ich denke, Sie sind schon sechzehn Monate gelähmt! Da müssten Sie es aber können!“ Das klang vorwurfsvoll und barsch.
Ich kämpfte mit Tränen der Verzweiflung und Wut. Wohin war ich nur geraten? Hier wird mir niemand helfen, weiterzukommen! Gedanken wirbelten durcheinander. Die Wut siegte.
„Offensichtlich ist hier niemand über meinen Zustand informiert!“, fauchte ich - und das sogar gut verständlich. Am verdutzten Gesicht der Schwester erkannte ich, dass sie mich verstanden hatte. Ihre Reaktion machte mir Mut, weiter zu sprechen.
„Sie wissen scheinbar nicht, dass ich ohne Hilfsmittel Wasser lassen kann und auch den Stuhlgang beherrsche! Setzen Sie mich jetzt bitte auf den Schieber! Sie können gleich warten! Es geht schnell.“
Zu meiner Verwunderung folgte sie meiner Bitte ohne weitere Worte. Ich bat sie darum, die Nachtschwester zu informieren, dass ich gedreht werden möchte, da ich meine Lage nicht selbst wechseln kann.
Darauf erntete ich ein Schulterzucken während sie aus dem Zimmer ging. „Ich kann das nicht entscheiden.“

„Jetzt hab ich mich wohl endgültig unbeliebt gemacht", sagte ich zu meiner Zimmerkollegin, die mich verschmitzt anlachte. „Das war richtig so! Die Schwestern hier unten sind verwöhnt, weil die Querschnittsgelähmten fast alle allein zurechtkommen."
„Morgen kommt der Stationsarzt zur Visite. Er ist sehr nett. Ihm können Sie Ihre Sorgen anvertrauen", versicherte Frau Falt. Sie erklärte mir nun, was mit diesem ominösen Blasentraining gemeint war. Hierbei setzt sich der Patient auf den Schieber und klopft so lange auf den Unterleib, bis sich die Blase entleert.
Die Nachtschwester legte mir die Schienen an. Sie war freundlich, betonte aber, dass es auf dieser Station nicht üblich sei, die Patienten zu lagern.
Ungeachtet dieser Warnung klingelte ich nachts, weil die Schienen drückten und meine Füße wie Feuer brannten. Der Schaumgummi erhitzte sich wie ein Heizkissen. Er war nicht annähernd ein Ersatz für meine Bettkiste.
„Meine Füße brennen auch", wetterte die Schwester. „Bei der Hitze ist das nun mal so!"
„Aber Sie können sich selbst helfen!", konterte ich, wurde aber nicht verstanden.
Die endlos erscheinende Nacht verging mit dem Trost, dass ich nicht mehr lange hier bleibe.

Am Morgen kam wieder Frau Hildebrand mit dem Servierwagen und einem reichhaltigen Frühstück. „Nach der Visite zeige ich Ihnen mal unser schönes Haus", ermunterte mich die Arbeitstherapeutin. „Ich werde gleich einen passenden Rollstuhl für Sie besorgen."
Ich widersprach nicht, denn sie gab sich viel Mühe mit mir.
Der Stationsarzt Dr. Bertram war ein sympathischer, junger Mann. „Sie bekommen heute eine Antidekubitusmatratze", versprach er. „Das Ding ist zwar etwas geräuschvoll, aber zweckmäßig. Sie werden sich sicher daran gewöhnen. Wir wollen doch nicht, dass Sie sich bei uns auflegen."
Als ich ihn unterbrach und erklärte, weshalb ich so bald wie möglich wieder nach Hause möchte, schüttelte er ernsthaft den Kopf. Dr. Bertram blätterte in einer Akte, die Schwester Thekla ihm reichte und welche offenbar mir gehörte.
„Jetzt sind Sie erst einmal gut bei uns aufgehoben. Wir müssen uns erst mit Ihrem Fall vertraut machen, bevor die erforderlichen Behandlungen angeordnet werden. Bitte werden Sie nicht ungeduldig!" Er umfasste vertrauensvoll meine Schultern.
„Aber der Chefarzt ist der Meinung, ich bin hier fehl am Platze", erwiderte ich. „Ich bin ja nicht querschnittsgelähmt!"
„Deshalb müssen Sie nicht von hier weg! Wir werden auf jeden Fall alles versuchen, um Ihnen zu helfen. Ich verspreche es Ihnen. Und wenn Sie Kummer haben, dann sagen Sie es mir. Wir sehen uns ja täglich." Damit verabschiedete er sich und ließ mich ratlos zurück.
Jetzt fehlte der gute Rat von Werner. Was sollte ich tun ohne Gert? Am Telefon verstand er das gewiss nicht. Ich war restlos durcheinander.
„Warten Sie nur einige Tage ab", hörte ich Frau Falt sagen. „Wenn die Behandlungen anfangen, sieht sicher alles ganz anders aus."
Ich konnte nur den Kopf schütteln. Der ablehnende Empfang konnte durch nichts ungeschehen gemacht werden!
Mit ihrer munteren Art versuchte Frau Falt, mich umzustimmen. Sie erzählte von den Rollstuhlfahrern, die sich hier alle zwei bis drei Jahre zur Rehabilitation trafen.
Im Turnsaal wurde Korb- und Handball gespielt.

„Vorläufig muss ich aber dabei zusehen!“, bedauerte meine Nachbarin. „Denn mit dem Loch in meiner Pobacke darf ich mich nicht zu sehr bewegen. Im Rollstuhl sitze ich deshalb auf einem aufblasbaren Gummiring.“
Die Unterhaltung wurde durch Frau Hildebrand unterbrochen. Sie brachte einen Rollstuhl. Nachdem sie mich angekleidet hatte, rief sie durch die Wechselsprechanlage eine Schwester. Sie sollte helfen, mich in den Rollstuhl zu setzen. Dabei gab es eine unerfreuliche Auseinandersetzung.
„Seit wann machen wir denn die Arbeit der Physiotherapeuten?“, empörte sich die Schwester.
„Entschuldigen Sie“, sagte meine Arbeitstherapeutin leise. „Frau Meinhard ist gerade nicht erreichbar, deshalb bat ich um Ihre Hilfe.“
Die Schwester rollte missmutig mit den Augen, fasste dann aber doch zu.
„Versuchen Sie, den unangenehmen Zwischenfall schnell zu vergessen“, bat Frau Hildebrand.
Aber dies bestärkte nur meinen Entschluss, nicht hier zu bleiben. Ich gab ja sogar Anlass zu Streitigkeiten unter dem Personal. Weshalb also sollte ich bleiben?
„Beginnen wir mit der Führung“, scherzte meine Begleiterin. Wir fuhren durch den hellen, breiten Flur. Der Teppichboden verschluckte nicht nur jegliche Geräusche von Schritten, auch die Rollstühle glitten darauf schneller. Frau Hildebrand öffnete die Tür zum Bad. Sie schob mich vorbei an riesigen, rechteckigen Wasserbecken. Davor standen Hebevorrichtungen mit Sitzen aus breiten Gurten. Ein Patient wurde gerade in eines dieser Becken geschwenkt. Weiter ging es durch eine breite Flügeltür. Dahinter verbarg sich ein Schwimmbecken der Größe von zirka 4x5 Metern. Außer einem beleibten Herrn im Bademantel war niemand zu sehen. Er grüßte mit einem freundlichen „Hallo“. Überall blitzte es vor Sauberkeit. An der Decke waren hier Laufschienen mit Rollen angebracht, ebenfalls mit Gurten.
„Diese Laufkatzen dienen der Sicherheit der Patienten. Aber das lernen Sie alles kennen, wenn die Wasserbehandlung angeordnet wird. Ich möchte unseren Physiotherapeuten nicht vorgreifen“, erklärte Frau Hildebrand.
So toll hatte ich mir das nicht vorgestellt. Ich war sehr beeindruckt. Ich dachte an Werners Erklärung, dass man im Wasser die Muskelkraft besser trainieren kann. Ich ertappte mich bei der Vorstellung, in diesem schönen Pool – mit Gurten gesichert – zu schwimmen. Zu Hause hatte ich diese Möglichkeiten nicht.
Zu gern hätte ich auf Patienten gewartet und bei den Übungen zugesehen.
„Ich möchte Ihnen vor dem Mittagessen noch das ganze Erdgeschoss und die oberen Etagen zeigen“, drängte Frau Hildebrand zur Eile.
Wieder auf dem Flur entdeckte ich mehrere Sitzecken mit Grünpflanzen, hübschen runden Tischchen und Stühlen davor. Hier konnten sich die Patienten mit ihren Angehörigen treffen. Eine Tür stand offen. Ich sah eine moderne Einbauküche. Hier wurden Frühstücks- und Abendbrotplatten für Patienten zusammengestellt, die nicht zum Speiseraum fahren konnten.
Als Nächstes fiel mir eine Gruppe von Rollstuhlfahrern auf, die vor etwas anstanden. Es gab eine Verkaufsstelle!
„Heute gibt es Bananen und Apfelsinen“, lachte Frau Hildebrand. Ich warf einen kurzen Blick in den Raum. Das Angebot reichte von Bohnenkaffee, Naschereien und einheimischem Obst bis zu Kurzwaren, Handtüchern und Wäsche.

„Sie brauchen es mir nur sagen, wenn ich Ihnen etwas holen soll", sagte sie, während wir weitergingen. Aber ich lehnte dankend ab. Das war zukunftsorientiert und davon wollte ich nichts wissen.
Neben diesem „Tante-Emma-Laden" befand sich ein Leseraum. An kleinen Tischen saßen Patienten, die Schach oder Kartenspiele zum Zeitvertreib nutzten. Die Stirnseite des Raums schmückte ein wuchtiger, rustikaler Bücherschrank – daneben eine wunderschöne antike Standuhr! Ich bewunderte diese beiden Prunkstücke.
„Die Standuhr macht ihrem Namen Ehre. Sie geht nicht!", schmunzelte meine Begleiterin.
Nun erzählte ich, dass Gert und ich für antike Uhren schwärmten und diese sogar sammelten.
„Zu Hause haben wir inzwischen sechs alte Uhren, alle mit Schlagwerk. Einige davon hat mein Mann selbst repariert", berichtete ich stolz. „Ist Ihr Mann Uhrmacher?", fragte sie interessiert. Ich erzählte von Gert und auch von Carsta. Es tat gut, mit jemandem über Daheim zu sprechen.
Mit dem Lift ging es in die erste Etage. Hier waren die bettlägerigen Patienten untergebracht. Ich besichtigte den Speiseraum, wo man gerade die Tische deckte. Es sah aus wie in einem gepflegten Restaurant. Nur standen an einigen der weiß gedeckten Tische keine Stühle. Hier brachten die meisten Gäste ihren Stuhl mit!
An einer langen Theke im hinteren Teil des Saales konnten sich die Patienten Getränke holen. Neben diesem Speiseraum befand sich ein weiterer Saal für Veranstaltungen und Feiern. Die Besichtigung schien kein Ende zu nehmen.
„Jetzt zeige ich Ihnen einige Räume der Physiotherapie."
Was ich jetzt sah, übertraf alle bisherigen Eindrücke. Erstmals konnte ich die Behinderten mit den Physiotherapeuten bei der Arbeit beobachten. Im ersten Saal lagen riesengroße, mit Leder bezogene Matten auf dem Fußboden. Weitere Matten lagen auf verschieden hohen Podesten. In Regalen lagen Hanteln, Stäbe, Keulen, Ringe, Bälle – unzählige Übungsmaterialien.
Der zweite Saal brachte noch größere Überraschungen. Hier standen unterschiedlich große Barren. Zwischen den Holmen standen Patienten und machten Schrittübungen. Dabei leisteten Physiotherapeuten Hilfestellung. Ich sah daneben auf die unbemannten Rollstühle.
„Die gehören den Patienten", lachte Frau Hildebrand. „Aber bald werden sie auf diese Hilfe verzichten können!"
Jetzt verstand ich gar nichts mehr! Der Chefarzt hatte mir deutlich gesagt, hier würden nur Patienten mit einer Querschnittslähmung aufgenommen. Und eine Querschnittslähmung ist doch etwas Endgültiges.
Ich fragte nicht, denn die Besichtigung war recht anstrengend und ich sollte mir noch das kleine Café ansehen. Hier standen farblich passende Stühle an runden Tischen. In einer großen Glasvitrine sah ich leckere Backwaren.
„Möchtest du einen Kaffee, Freia?", rief eine Serviererin und begrüßte Frau Hildebrand.
„Danke! Ich möchte unserer neuen Patientin noch den Balkon zeigen."
Bereitwillig wurde uns die Glasschiebetür geöffnet. Ich durfte die herrliche Aussicht und die gesunde Waldluft genießen. Die Baumkronen ragten direkt an den Balkon. Sogar einen Gimpel konnte ich entdecken. Es war traumhaft schön hier oben!
Nach diesem erlebnisreichen und anstrengenden Vormittag war ich froh, als wir wieder nach unten fuhren. Unterwegs trafen wir Frau Meinhard. Sie stellte sich als eine meiner

Physiotherapeutinnen vor. Sie setzte mich vom Rollstuhl ins Bett. Damit vermieden wir eine erneute Auseinandersetzung mit der Schwester.
Ich ließ mir die Eindrücke der vergangenen Stunden nochmals durch den Kopf gehen.
Noch gestern war meine Aufnahme hier unangebracht! Und heute wurden mir bereits Physiotherapeuten zugeteilt! Ich war nun restlos verunsichert und sehnte mich nach Gert. Er wusste immer Rat, war aber unerreichbar! Es war schwer, ganz allein zu sein. Gern hätte ich die Meinung meiner Zimmerkollegin gehört, aber nach dem Mittagessen schlief ich sofort ein.
Auch danach blieb keine Zeit. Frau Meinhard setzte mich wieder in den Rollstuhl und fuhr mich zu Frau Hildebrand, die mit dem Kaffee wartete und los ging es mit dem Lift zu den Räumen für die Arbeitstherapie, die im Keller lagen. Meine Erwartungen wurden auch hier weit übertroffen. Es herrschte ein lebhaftes Durcheinander von Rollstuhlfahrern, Patienten mit und ohne Gehhilfen und den Arbeitstherapeuten. Ein junger Mann saß am Webstuhl. Ein anderer bastelte an einem Lederrahmen für einen Spiegel.
„Solche Dinge kann man bei uns in Kunstgewerbeläden kaufen", sagte ich bewundernd.
„Die Arbeiten werden nicht verkauft", wurde ich belehrt. „Jeder bastelt für den Eigenbedarf."
Ich war sehr beeindruckt. Warum war der Chefarzt nur so abweisend zu mir?
Zu weiteren Überlegungen kam ich nicht. Frau Hildebrand zeigte mir eine so genannte Schreibhilfe. An Daumen und Zeigefinger wurde der Stift mit einer Schlaufe befestigt. Eine Patientin übte damit ihre Unterschrift. Eine andere tippte auf einer Schreibmaschine. Ich sollte es mit der linken Hand probieren, verspürte dazu aber nicht die geringste Lust.
„Übungen mit der rechten Hand wären mir lieber!", lehnte ich ab.
Wir fuhren in den Nebenraum: Wände aus roten Ziegelsteinen, Fenster mit Rundbögen und die Decke gewölbt. „Das ist unser Töpferraum", stolz zeigte mir meine Begleiterin die vielen Tongefäße, die in den Regalen und auf dem Fußboden standen. „Alles was Sie hier sehen, haben unsere Patienten selbst angefertigt. Viele haben durch das Kneten mit Ton oder Lehm wieder Kraft zur Bewegung in den Fingern bekommen. Das hängt natürlich vom Krankheitsbild und vom eigenen Willen ab."
Dass es bei mir gewiss nicht am Willen liegt, verkniff ich mir zu sagen.
Es war sehr heiß im Raum. Dafür sorgte ein großer Ofen, in dem die Krüge, Vasen und Schalen gebrannt wurden. Eine Patientin formte eine kleine Figur. Die Künstlerin saß im Rollstuhl.
„Hier entdeckt Mancher sein ungeahntes Talent", lächelte Frau Hildebrand. Sie war meinem Blick gefolgt.
Hiernach ging es wieder nach oben. Weil es recht schwül geworden war, fuhr sie mit mir in den gartenähnlichen Hof, der von einer mit Blumen und Pflanzen bewachsenen Natursteinmauer umgeben war.
„Setzen wir uns noch ein Stündchen in den Schatten, einverstanden?" Frau Hildebrand machte es sich auf einer der vier Bänke bequem und stellte meinen Rollstuhl so, dass wir uns gut unterhalten konnten.
„Nun, wie gefällt Ihnen unser Haus?" Sie sah mich forschend an, als wollte sie die Antwort an meinem Gesichtsausdruck ablesen. Ich gestand, dass ich von der Einrichtung der Klinik angenehm überrascht war. Aber ich äußerte auch meine Zweifel. Die abwertende Art des Chefarztes und die Unfreundlichkeit der Schwestern machten mir sehr zu schaffen.

Ich lud allen Kummer bei meiner Arbeitstherapeutin ab. Sie hörte geduldig zu.
„Warten Sie wenigstens zwei Wochen ab, bevor Sie sich entscheiden, wieder zurückzugehen“, sagte sie nach einer Bedenkpause. „Dr. Bertram setzt alles daran, Ihnen zu helfen.“
„Gut, lassen wir die Zeit entscheiden“, stimmte ich schließlich zu.
Ein Gewitter überraschte uns. Wir flüchteten ins Haus. Dann saß ich lange allein im Zimmer. Frau Hildebrand musste eine Physiotherapeutin holen, die half, mich ins Bett zu bringen.
Keine der Schwestern wollte zufassen, obwohl sie tatenlos herumstanden. Ich fragte mich, ob ich mich an diese eigenartige Arbeitsteilung gewöhnen würde.
Am Abend unterhielt ich mich lange mit Frau Falt über meine Unentschlossenheit.
„Ich möchte Sie nicht beeinflussen“, begann meine aufmerksame Zuhörerin. „Aber eine so gut eingerichtete Reha-Klinik finden Sie in der DDR nicht noch einmal. Ich kenne viele Patienten, die diese Meinung vertreten. Alle wollen nur wieder hierher kommen.“
Ich hatte nicht mehr die Energie, alle Für und Wider gegeneinander abzuwägen.
„Also ich werde es versuchen“, versprach ich Frau Falt.
„Da bin ich beruhigt! Wir verstehen uns so gut. Man weiß nie, wen man als nächsten Zimmerpartner bekommt. Es gibt schon eigenartige Typen“, lachte sie.
Ich erfuhr nun die seltsame Geschichte meiner Vorgängerin. Ihr Mann hatte eine Affäre und deshalb war sie mit voller Absicht aus dem Fenster des zweiten Stocks gesprungen und seitdem querschnittsgelähmt. Frau Falt schüttelte bei der Erinnerung an diese Frau den Kopf.
„Der Mann ist zwar bei ihr geblieben, aber fährt sie jetzt im Rollstuhl! Diese Frau hat sich hier ganz schlimm aufgeführt! Die Physiotherapeuten hat sie traktiert. Alles wusste sie besser! Den ganzen Tag hat sie nur gejammert, weil ihr das passiert war. Ich war sehr froh, als sie entlassen wurde!“
„Und wir beide sind schuldlos in diese Situation gekommen. Wo bleibt da die Gerechtigkeit?“, überlegte ich laut. „Ich wäre froh, wenn ich genau wüsste, was in meinem Kopf passiert ist.“
Meine Nachbarin machte mir Hoffnung, indem sie mir erklärte, dass hier jeder dem Neurologen vorgestellt wird. Wieder hatte sie es verstanden, mich abzulenken.

Dass Gert trotz seines Versprechens nicht anrief, beunruhigte mich. Es konnte so viel passiert sein und ich war so weit weg! Wenn sich dieses Opfer doch nur lohnen würde!
Kurz vor der Nachtruhe brachte ein junger Mann die versprochene Spezialmatratze. Vorsichtig bettete er mich auf das Luftkissen. Am Kopfende war ein Schlauch zu sehen, welcher zu einer elektrischen Pumpe führte. Das Ansaugen und Ausstoßen der Luft wurde von einem fauchenden Geräusch begleitet. Und ständig war eine leichte Bewegung unter meinem Körper. Daran wollte ich mich gern gewöhnen, denn ich wusste, das verhinderte einen Dekubitus.
„Hoffentlich stört Sie dieses zischende Geräusch nicht?“, fragte ich besorgt Frau Falt.
„Ach nein!“, lachte sie. „Ich lag auch schon auf diesem Schiff! Übrigens, dieser junge Mann ist ein Medizinstudent. Er macht hier sein Praktikum. Wundern Sie sich nicht, wenn er Sie mal in ein Gespräch verwickelt. Er interessiert sich für jedes Krankheitsbild.“
„Bei meiner Fistelstimme wird er kaum Freude an einer Unterhaltung haben“, antwortete ich.
„Da brauchen Sie wirklich keine Bedenken haben! Der Norbert ist sehr verständnisvoll. Er wird Sie bestimmt verstehen!“

Weniger erfreulich war der Auftritt der Nachtschwester. „Na, ein Glück!", rief sie, als sie meine neue Unterlage sah. „Jetzt brauch ich nachts nicht mehr hier her, um Sie zu lagern!"
„Darf ich trotzdem klingeln, wenn ich Hilfe brauche?" Ich sah die Schwester freundlich an.
„Wenn's unbedingt sein muss!" Eine ähnlich patzige Antwort hatte ich befürchtet.
Ab jetzt war ich also dazu verurteilt, nur noch auf dem Rücken zu liegen. Und das, nachdem ich mich durchgerungen hatte, es hier zu versuchen!
„Noch mehr solcher Freundlichkeiten und ich ändere meinen Entschluss wieder!"
„Das hab ich jetzt aber überhört!", drohte Frau Falt.

Der Donnerstag verlief so, dass ich annahm, die Behandlungen würden bald beginnen.
Man fuhr mich in die Röntgenabteilung - Röntgen der Lunge, der Wirbelsäule und des Schädels stand auf dem Programm. Anschließend ging es zum EEG und EKG. Den Abschluss bildete eine gynäkologische Untersuchung.
Diese Gründlichkeit machte mir Mut. Demnach hatte man mich akzeptiert und eingegliedert.
Beim Durchlaufen der Untersuchungszimmer waren mir die vielen chromblitzenden Instrumente aufgefallen. Alles wirkte neu und sehr modern. Da gab es Hebevorrichtungen, fahrbare und Höhen verstellbare Liegen und Tische und eine Waage, wie ich sie noch nie gesehen hatte. Sicher angegurtet hing man mich an eine Art Federwaage: 52 kg. Meine Größe wurde einem Krankenblatt entnommen. „Stimmt 1,64 m?", frage eine Schwester. Alles lief sehr routinemäßig ab. Es wurde nur wenig gesprochen.
Diese Generalinspektion war dann auch mein Gesprächsstoff mit Frau Falt. Sie war der Meinung, die Klinik wäre größtenteils mit Geräten aus der BRD ausgestattet. Unsere Unterhaltung wurde unterbrochen. Eine Schwester stürmte ins Zimmer: „Ein Anruf für Sie!"
Aufgeregt, mit zittriger Hand hielt ich den Hörer ans Ohr. Aber es war nicht der ersehnte Anruf. Es war nicht Gerts Stimme. Ich war enttäuscht und erschrocken.
„Na, wie geht es dir? Hast du dich etwas eingelebt? Welche Behandlungen bekommst du?" Es war Werner!
Wie sollte ich seine Fragen in Gegenwart der Schwester beantworten?
„Danke, es geht so! Behandlungen hab ich noch nicht bekommen!", stammelte ich mühsam heraus.
„Ich soll dich ganz lieb von Rita und vom ganzen Klinikpersonal grüßen! Sei weiterhin so tapfer! Es wird schon gut gehen!" Klick - Werner hatte aufgelegt. Hatte er mich verstanden?
„Hat mein Mann heute angerufen?", fragte ich die Schwester, als sie mir das Telefon abnahm.
„Natürlich nicht! Wir hätten Sie doch benachrichtigt!" Mit dieser knappen Antwort ging sie.
„Machen Sie nicht so ein trauriges Gesicht!", meldete sich Frau Falt. „Er hat es vielleicht versucht und bekam keinen Anschluss. Vielleicht ruft er morgen an."
Meine Nachbarin verstand es mal wieder, mich vom Grübeln abzulenken. „Hat Ihnen schon jemand gesagt, dass Sie Ihre Wäsche hier waschen lassen können?"
Davon wusste ich nichts. Gert hatte für vier Wochen vorgesorgt.

„Wenn es Ihnen recht ist, wasche ich für Sie mit. Dann brauchen Sie die Schwestern nicht zu bitten. Und mir macht das nichts aus. Wir haben hier einen schönen Trockenraum. Ihr Mann freut sich sicher auch, wenn er weniger Hausarbeit hat."
Ich nahm das Angebot dankend an.
In dieser Nacht schlief ich etwas besser. Nach kurzen Wachphasen übermannte mich wieder der Schlaf. Der anstrengende Tag machte sich auf diese Art bezahlt.

Den folgenden Tag verbrachte ich im Bett.
„Mit dem Löffel werden Sie schon bald allein essen können", versicherte Frau Hildebrand.
Ich stöhnte bei diesen Worten. Denn dazu war ich nicht hergekommen! Mit Messer und Gabel wollte ich lernen zu essen! Sollte es hier nicht einen Weg geben, der mir diese Fähigkeit zurückbringt?
Durch das lange Liegen auf dem Rücken wurde ich missmutig.
Am Nachmittag rief Gert endlich an! Er erkundigte sich besorgt und liebevoll nach meinem Befinden. Nach jedem Satz betonte er, wie sehr ich ihm fehle. Er wollte mir damit sagen, dass auch ihm diese Umstellung, so plötzlich allein zu sein, schwer fällt. Ich sollte tapfer sein. Trotzdem beklagte ich mich über alles Negative, was mir bisher widerfahren war.
„Jetzt weiß ich erst, wie viel es wert war, dass du immer allen Ärger von mir ferngehalten hast. Es ist so schwer! Ich kann mich so schlecht verständlich machen. Viele nutzen das aus! Aber reg dich deshalb bitte nicht auf! Ich habe auch schon ganz liebe Menschen gefunden, die mir gern helfen. Ich schaffe schon, was ich mir vorgenommen habe!"
Bei meinen Worten stand die Schwester gleichgültig neben meinem Bett. Als ich sie ansah, zog sie die Schultern hoch und warf ihren Kopf zurück. Sie hatte mich also verstanden und fühlte sich getroffen!
Nach einer kleinen Pause kam wieder die vertraute Stimme. „Pass auf, mein Schatz! Ich versuche, jeden Tag anzurufen. Aber es klappt nicht immer. Du weißt ja, wie schwer es ist, eine Verbindung nach außerhalb zu bekommen. Deshalb will ich mit Carsta am nächsten Wochenende zu dir kommen. Die polizeiliche Genehmigung kann ich am Dienstag abholen. Kannst du ein Zimmer zur Übernachtung für uns besorgen?"
„Ja, ja! Oh, Gert, ich freue mich so sehr! Wie geht es Carsta?"
„Wir besprechen dann alles in Ruhe. Ich merke schon, wie aufgeregt du bist! Mach dir unseretwegen keine Sorgen! Wir sind ganz brav! Carsta hat wenig Zeit für mich. Sie hat ja ihren Jörg. Ich bin abends oft bei deinen Eltern und bei Werner, denn die Zeit, die ich früher mit dir in der Klinik verbracht habe, muss ich ja jetzt anderweitig totschlagen!"
Jetzt lachte Gert sogar.
„Also ... Wir fahren am Sonnabend ganz früh los und sind am Vormittag bei dir. Wir fahren erst am Sonntagabend zurück. Wir freuen uns schon sehr! Ach, natürlich ganz liebe Grüße von Carsta, unseren Eltern, Rita, Werner und von deinen Kolleginnen und Kollegen! Ich treffe sie manchmal beim Einkaufen. Alle fragen nach dir und wünschen schnelle Besserung!"
„Danke! Danke! Wir müssen jetzt wohl Schluss machen! Das Gespräch wird teuer! Vorläufig verdiene ich nichts. Vergiss nicht, ich bekomme nur wenig Invalidenrente!" Das war eine Ausrede, denn Tränen erstickten meine Stimme.
„Ach, Unsinn! Das ist unser kleinster Kummer! Sieh nur zu, dass du bald wieder so hergestellt bist, dass wir dich zu Hause behalten können. Alles Weitere findet sich dann schon!"

Gert klang so zuversichtlich. Ich brachte vor Freude kein Wort mehr zustande.
„Ich rufe bald wieder an, wenn es mir glückt! Jetzt kannst du mir ja nichts verbieten!"
Er lachte und ich wusste, wie er das meinte. „Also, ganz liebe Grüße und viele Küsse von uns beiden! Lass dich nicht unterkriegen!"
„Danke ... Tschüß", hauchte ich, bevor die Tränen unaufhaltsam rollten. Stille in der Leitung. Gert war wieder weit weg.
„Sind Sie fertig?" Ich nickte nur. Teilnahmslos nahm die Schwester das Telefon und ging.
Meine Nachbarin saß still in ihrem Bett und las. Erst als ich mich etwas beruhigt hatte, sah sie zu mir herüber. „Weinen Sie nur! Ich verstehe Sie! Ich gestehe, dass ich nicht richtig gelesen, sondern zugehört hab und etwa weiß, um was es geht."
„Ich freue mich so sehr, weil beide herkommen! Aber ich vergaß in der Aufregung, dass unsere Tochter am nächsten Freitag Geburtstag hat. Sie wird achtzehn! Ich kann ihr nicht gratulieren!" Ich schluchzte erneut.
„Das wird sie bestimmt verstehen! Für Ihre Tochter ist es doch wie ein Geschenk, bei Ihnen zu sein! Und bei der Zimmerbestellung bin ich Ihnen gern behilflich. Darin habe ich genügend Erfahrung, denn meine Mutter und mein Sohn waren auch schon oft hier."
Verschmitzt lachte Frau Falt. „Übrigens hab ich mich über Sie gefreut", erzählte sie schnell weiter, „weil Sie der Schwester Karin indirekt einen Denkzettel verpasst haben!"
Das hatte sie offensichtlich getroffen und weitergegeben, denn Schwester Ines begrüßte mich freundlich: „Na, nach so einem langen und lieben Telefonat mit Ihrem Mann werden Sie heute sicher besonders gut schlafen!"

Obwohl Gert noch mehrmals anrief, schlichen die Tage bis zum Besuchswochenende nur so dahin. Einzige Abwechslung waren die kurzen Zeiten mit meiner Arbeitstherapeutin.
Den ganzen Tag verbrachte ich im Bett. Von der Auswertung meiner Untersuchungen und von Behandlungen wurde nichts erwähnt. Vom ständigen Stillliegen fühlte ich mich zunehmend steifer. Bei der Chefvisite nahm ich mir dann Mut und bat um Physiotherapie.
„Wir können es ja mal versuchen. Dr. Bertram, kümmern Sie sich bitte darum!" Das waren die wenigen Worte, die der Chefarzt für mich übrig hatte. Wenn ich also nicht selbst die Initiative ergriffen hätte, würde sich niemand um mich kümmern!
Am darauf folgenden Tag versprach mir Dr. Bertram, dass bald zwei Physiotherapeutinnen täglich einmal mit mir üben werden. Dieses „bald" war der Freitag vor dem Besuch von Gert und Carsta.
Gegen zehn Uhr erschienen die beiden jungen Frauen. Frau Meinhard, die ich bereits kannte, stellte mir ihre Kollegin, Frau Korn vor. Sie bewegten meine Arme und Beine passiv durch und erklärten mir den Zweck dieser Übungen. Sie nahmen offensichtlich an, es wäre neu für mich. Dann führten die beiden Privatgespräche, ohne mich weiter zu beachten.
„So, das wär's!", hieß es nach fünfzehn Minuten. Ich fragte, ob demnächst mehr gemacht wird.
„Nein, wir bekamen die Anweisung, nur ihre Arme und Beine durchzubewegen." Frau Korn sah mich verwundert an.
Jetzt verlor ich die Beherrschung! Ich schimpfte, dass ich mir weitaus mehr erhofft hatte, als nur im Bett zu liegen. Ich beschrieb alle Übungen, die ich bereits beherrschte. Meine Stimme überschlug sich. Aber beide Damen verstanden mich in meiner Empörung.

„Da verstehe ich aber nicht, weshalb Sie hierher gekommen sind", wunderte sich Frau Korn.
Das klang recht unfreundlich und abwertend.
„Auf dieser Station werden alle Patienten nur durchbewegt", bestätigte auch Frau Meinhard.
Ich beließ es bei dieser Auskunft. Die Physiotherapeuten mussten sich an die Anweisungen der Ärzte halten.
Die Freude auf den bevorstehenden Besuch verdrängte den Ärger. Gert würde das Problem lösen, falls ich mich entschließen sollte, trotz aller Unstimmigkeiten hier zu bleiben.

Mein Besuchs-Sonnabend begann mit einem weiteren Ärgernis.
Da Frau Hildebrand ein freies Wochenende hatte, brachte mir eine junge Hilfsschwester das gedeckte Frühstückstablett.
„Schwester Thekla kommt gleich", sagte sie, blieb aber abwartend neben meinem Bett stehen. Ich griff nach dem Marmeladenbrötchen. Dabei flog meine Hand fahrig hin und her.
Ich war froh, dass mir das unhandliche Teil nicht entglitt und wollte abbeißen. In diesem Moment fing die Schwester laut zu kichern an. „Huch, die kann nicht richtig essen", feixte sie.
Ich erschrak heftig und schämte mich. Nun klatschte das Brötchen auf die Bettdecke und hinterließ einen hässlichen Marmeladenfleck. Wieder hörte ich ein merkwürdiges Kichern.
„Mach deine Arbeit, Sigrid! Steh nicht herum!" Schwester Thekla war gekommen. Sie entschuldigte sich. Die Hilfsschwester war geistig behindert.
Dieses unschöne Ereignis machte mich erneut unsicher, im Beisein Fremder zu essen. Ich wollte nicht auffallen. Dann begann ich zu zählen. Noch zwei Stunden! Um Elf werden sie sicher schon bei mir sein! Fast zwei Tage konnte ich mit Gert und Carsta verbringen - unbeschreibliche Vorfreude! Frau Falt hatte ein Zimmer im Dachgeschoß der Klinik reservieren lassen und auch Mittagessen für meinen Besuch angemeldet, denn die Privatunterkünfte unten im Ort sowie das Essen im Gasthof waren viel teurer. Außerdem war es schöner, die beiden Lieben in der Nähe zu wissen. Frau Falt hatte alles bestens für uns geregelt.
Ich ließ die Tür nicht aus den Augen. Sie mussten jeden Moment kommen! Schon Viertel nach Elf ... halb Zwölf! Der Zeiger der großen Uhr rückte unaufhaltsam weiter. Warum kamen sie nicht? Eine Autopanne? Ein Unfall? Mir wurde ganz heiß vor Angst.
Kurz vor Zwölf brachte Sigrid – wieder kichernd – das Mittagessen. Thekla gab sich große Mühe mit mir. Aber ich brachte auch mit gutem Zureden nur die Nachspeise herunter.
Mit den Tränen kämpfend starrte ich danach wieder die Tür an. Nach weiteren bangen dreißig Minuten war ich auf das Schlimmste gefasst. Es war etwas passiert, denn auf Gert war immer Verlass! Ich schloss die Augen, wollte den unerbittlich rückenden Uhrzeiger nicht mehr sehen. Ich verfluchte den Teppichboden. Schritte hörte man hier nie. Da ging leise die Tür auf. Das konnte jemand vom Personal sein. Ängstlich öffnete ich ein Auge.
Langsam schob sich ein mit Blumen beladener Rollstuhl durch die Tür! Niemand war zu sehen! Was hatte das zu bedeuten? Ich fing an zu weinen.

„Hallo! Hallo! So haben wir uns die Begrüßung aber nicht vorgestellt!“ Es war Gert! Carsta schob sich an ihm vorbei. Und dann beugten sich beide über mich. Wir drückten und küssten uns, als hätten wir viel nachzuholen. Lange hielt mich Gert in den Armen. Beide hatten Tränen in den Augen.
„Ich hatte so furchtbare Angst!“, stammelte ich immer wieder. „Alles, alles Gute zum Achtzehnten“, flüsterte ich Carsta ins Ohr. Ob sie mich verstanden hatte?
„Ich freue mich so sehr, dass wir endlich bei dir sind, Mami! Wir haben dir alle meine Geburtstagsblumen mitgebracht!“ Carsta wollte mich gar nicht mehr loslassen. Sie kam mir irgendwie verändert vor.
„Nun freu dich!“, unterbrach uns Gert. „Die Polizei hat uns lange aufgehalten und eine Umleitung brachte uns auch fast eine Stunde Verspätung ein!“ Verstohlen wischte sich nun auch Gert die Augen.
„Jetzt bekommen Sie aber kein Mittagessen mehr!“, rief Schwester Karin unwirsch herein. „Sie haben ja eine Ewigkeit gebraucht, um die vielen Blumen aus dem Auto zu räumen!“
„Das macht doch nichts!“, antwortete Gert ruhig. „Wir essen nachher ein großes Stück Torte!“
„Sind hier alle so freundlich?“ Carsta sah die Schwester abschätzend an.
„Wie fühlst du dich?“ Gert setzte mich an den Bettrand und umfasste meine Schultern. So hatte ich hier noch nie gesessen. „Jetzt haben wir Zeit, über alles zu reden!“
Carsta verteilte die Blumen in die mitgebrachten Vasen. Als beide dann gemeinsam die riesige Reisetasche leeren wollten, unterbrach ich ihre Geschäftigkeit.
„Ich brauche die vielen Sachen leider nicht! Bis auf zwei Tage lag ich immer nur im Bett!“
„Das darf doch wohl nicht wahr sein!“, schimpfte Gert. „Ich dachte, die Klinik ist auf dem neuesten Stand! Das verstehe ich nicht!“
Schnell wurde ich angezogen, in den Rollstuhl gesetzt und raus ging es zur Bank auf den kleinen Hof. Hier hatten sich bereits viele Besucher eingefunden.
Endlich konnte ich mir alles vom Herzen reden! Meine Hoffnung setzte ich auf Gerts Urteil. „Du kommst wieder mit nach Hause!“ Carsta reagierte, noch bevor ich geendet hatte.
Aber Gert war dann nach langem Überlegen der Meinung, dass wir nach so kurzer Zeit nicht kampflos aufgeben dürfen. Am Wochenende war nur der stellvertretende Stationsarzt erreichbar. Und er war über mich nicht informiert.
„Am Montag werde ich mich telefonisch mit dem Chefarzt in Verbindung setzen und verlangen, dass eingehalten wird, was uns versprochen wurde! So darf das auf keinen Fall weitergehen!“, sagte Gert entschieden.
Nur wenig beruhigt vom Ausgang unserer Diskussion ließ ich mich zu einer Spazierfahrt rund um das hübsche Klinikgelände überreden.
Carsta musste wohl gemerkt haben, dass meine Stimmung etwas gesunken war. Schuld daran war wieder diese verdammte Ungewissheit. Ich durfte uns das Wochenende nicht vermiesen!
Gert wird sicher das Richtige durchsetzen, tröstete ich mich.
Langsam schob er den Rollstuhl die stark abschüssige Schotterstraße hinab. Carsta hielt sich dicht neben mir. Sie erzählte jetzt von ihrer kleinen Geburtstagsfeier mit den Großeltern. Es war schön hier draußen in der würzigen Waldluft. Gert machte uns auf den kleinen Bach aufmerksam, der dicht neben der Straße leise glucksend zum Ortseingang floss. Als sich der Autoparkplatz aber immer mehr füllte, entschlossen wir uns, das Café aufzusuchen, bevor uns die vielen Besucher den Platz streitig machten.

„Solch leckeres Gebäck hab ich schon lange nicht gesehen!“, stellte Carsta begeistert fest, als sie mit prall gefülltem Teller vom Kuchenbuffet an unseren Tisch zurückkam. Auch Gert hatte sich reichlich bedient.
„Möchtest du wirklich nichts essen oder einen Kaffee trinken?“, fragte Gert wiederholt. „Hier am Tisch geht es sicher gut. Und ich helfe dir gern, das weißt du.“
Aber ich konnte mich beim besten Willen nicht dazu überwinden. Ich fühlte mich beobachtet. Beobachtet von den Besuchern an den Nachbartischen, die dort so selbstverständlich mit ihren querschnittsgelähmten Angehörigen ihren Kaffee tranken und Kuchen gabelten.
Warum sollten sie sehen, dass es mir schlechter ging als ihnen? Dass ich nicht mal in der Lage war, die Kuchengabel ruhig zu halten und an den Mund zu führen. Alle saßen sie ganz gerade am Tisch. Erst vor wenigen Stunden hatte mich Sigrid bei meinem Essversuch ausgelacht.
Einen kurzen Moment hatte ich den törichten Wunsch, nur querschnittsgelähmt zu sein.
„Ach, esst ihr nur! Ich bin jetzt so aufgeregt. Und ihr müsst ja das Mittagessen nachholen“, sagte ich und konnte nun sogar ganz natürlich lachen.
„Ich glaube, du hast abgenommen“, wandte ich mich an Carsta, als ich ihr gegenüber saß.
„Kann schon sein“, gab sie missmutig zu. „Es schmeckt mir nicht, wenn ich allein essen muss! Papi ist selten da, wenn ich nach Hause komme.“
„Ich habe jetzt oft Bereitschaftsdienst. Deshalb bleibe ich nach Dienstschluss auch gleich im Betrieb“, klärte Gert mich auf.
Das verstand ich. Seit Beginn meiner Krankheit waren Gerts Kollegen immer hilfsbereit gewesen und hatten seine Dienste übernommen, damit er ausreichend Zeit für mich hatte. Nun konnte Gert sich erkenntlich zeigen.
Carsta schien das nicht zu akzeptieren. Scheinbar fühlte sie sich von Gert vernachlässigt.
Auf meinen Vorschlag, die gewonnene Freizeit mit Jörg zu verbringen, rümpfte sie die Nase. „Jörg hat durch seine Handballspielerei auch selten Zeit. Außerdem lernt er jetzt für seine theoretische Prüfung.“
„Siehst du, so ist das mit ihr“, lachte Gert. „Erst ist sie froh, endlich achtzehn und erwachsen zu sein. Dann krieg ich wieder Vorhaltungen, dass sie zu oft allein ist!“
Carsta antwortete nicht. Das stimmte mich wiederum nachdenklich. Der Umzug nach Sylzburg musste sich unbedingt lohnen! Ich wurde zu Hause gebraucht!
Der Nachmittag verging wie im Flug. Wir sprachen über die Arbeit im Wochenendhaus und darüber, dass ich in diesem Jahr den zarten Maitrieb der Blaufichten versäumt hatte. Aber im nächsten Jahr gab es wieder einen Mai!
Zum Abendessen gingen wir in mein Zimmer. Gert hatte dafür eine kalte Platte besorgt.
Bis 22 Uhr waren wir allein. Frau Falt hielt sich bei ihrer Freundin auf.
Nach langer Zeit durfte ich mich wieder von Gert und Carsta bettfertig machen lassen.
Als sich beide liebevoll verabschiedeten, genoss ich die wunderbare Gewissheit, mit ihnen unter einem Dach zu schlafen.
Gemeinsam mit Frau Falt kam die Nachtschwester. Wie üblich versorgte sie den Dekubitus.
„Ich habe gehört, dass Sie den ganzen Tag über von Ihrem Mann versorgt wurden“, sagte sie. Dabei sah sie mich durchdringend an. „Er beherrscht die Pflege ja perfekt!“
Ich hörte darin den unausgesprochenen Vorwurf, dass die Schwestern mit mir mehr Arbeit hatten, als mit anderen Patienten dieser Station. Ich ging nicht darauf ein.

Weder Frau Falt noch ich hatten Lust zu schlafen. Plötzlich hatte ich den dringenden Wunsch, vom vergangenen Nachmittag zu erzählen. Wie immer hatte ich eine interessierte Zuhörerin. Sie war der Ausgleich für die gleichgültigen Schwestern. Von ihr bekam ich einen Hinweis.
„Morgen ist Frau Meinhard im Haus", überlegte sie. „Wenn Ihr Mann mit ihr sprechen würde, könnte die Behandlung vielleicht vorangetrieben werden." Darüber beratschlagten wir noch ausführlich. So erfuhr ich an diesem Abend auch, dass während der Pfingstfeiertage, in zwei Wochen, fast alle Patienten beurlaubt wurden. Niemand hatte mich darüber informiert!
Ich war ganz aufgeregt bei dem Gedanken, so bald zum Besuch nach Hause zu kommen. Sofort dachte ich an unseren Bungalow, an das Grundstück - schneller als erhofft, würde ich alles wieder sehen!

Der Sonntagmorgen weckte uns mit strahlend blauem Himmel. Gert und Carsta waren vor der festgesetzten Frühstückszeit bei mir. Sie halfen mir beim Essen und kleideten mich zur Spazierfahrt an. In einem romantischen, kleinen Pavillon, der ganz mit Knöterich bewachsen war, fanden wir leere Bänke.
„Es ist schön hier", meinte Gert, als er sich, tief Luft holend, neben Carsta niederließ.
Hier konnten wir uns ungestört unterhalten! Ich lachte, stellte mir ihre freudig überraschten Gesichter vor, wenn ich vom unverhofften Pfingsturlaub berichtete.
„Lachst du über uns? Was erheitert dich so?" Gert kontrollierte sich und dann Carsta. „Haben wir was gemacht?" Das war eine seiner vertrauten Albereien, die ich so an ihm liebte.
Darüber musste ich erst recht herzhaft lachen. Meine Stimme versagte vor Aufregung, als ich meine Beurlaubung in Aussicht stellte. Carsta war sofort begeistert. Spontan drückte sie mich. „Das ist ja ganz toll, Mami! Wirst du öfter Urlaub bekommen, wenn du hier bleiben musst?"
Ganz anders reagierte Gert. Er fragte zweifelnd, weshalb ich so sicher sei, schon nach vier Wochen beurlaubt zu werden. Er äußerte in vielerlei Hinsicht Bedenken. Und er freute sich nicht so, wie ich es mir ausgemalt hatte. Sicher spürte er, wie meine Vorfreude schwand.
„Versteh mich jetzt bitte nicht falsch", sagte er leise. „Ich hatte gehofft, dass du hier intensiv behandelt wirst. Stattdessen liegst du nur im Bett. Und nun wird von Beurlaubung gesprochen."
So hatte ich Gert noch nie erlebt! War seine Enttäuschung so groß?
„Ich hole dich natürlich nach Hause!" Er umarmte mich, als wollte er sich für seine Worte entschuldigen. „Morgen spreche ich auch mit dem Stationsarzt", versprach Gert.
Carsta war es dann, die unser Gespräch in eine andere Richtung lenkte. Lange hatte ich nichts von unserem vierbeinigen Freund, von Quartus, gehört.
„Oma Lotte wollte ihn mit zu meiner Geburtstagsfeier bringen", erzählte Carsta, „aber er ist in der Wohnung nicht mehr zu bändigen. Da hätte er wahrscheinlich Schaden angerichtet!"
„Carsta und Jörg gehen oft mit Quartus spazieren. Das ist besser für ihn!", warf Gert dabei ein.
Der Vormittag war schnell vergangen. Zum Mittagessen sollte ich im Zimmer sein. Diesmal war die Schwester auffallend freundlich – sicher, um bei den Besuchern einen

guten Eindruck zu machen. Sie brauchte mich ja auch nicht füttern. Das übernahm Carsta.
Auf dem Weg zum Speisesaal, wo Gert und Carsta das Mittagessen bestellt hatten, trafen wir meine Physiotherapeutin. Gert nahm die Gelegenheit war! Wir verabredeten uns zu einer zusätzlichen Übungsstunde am Nachmittag.
Vorher zwang uns ein kräftiges Gewitter, im Haus zu bleiben. Wir spazierten durch alle Etagen. Ich erklärte die vielen Einrichtungen, die mir meine Arbeitstherapeutin gezeigt hatte.
„Was nützt der ganze Komfort, wenn du nichts davon nutzen darfst? Dann kannst du auch wieder nach Hause kommen!", schimpfe Carsta.
„Ich kümmere mich darum! Verlasst euch darauf!", versicherte Gert. „So einwandfrei, wie die Klinik eingerichtet ist! Du musst dementsprechend behandelt werden!"
Gerts Entschlossenheit machte mir viel Hoffnung. Auch unser Treffen mit Frau Meinhard erwies sich als ausgesprochen positiv. Wir demonstrierten ihr, dass ich mit geringer Unterstützung aus dem Rollstuhl zum Stehen kam, auf der Bettkante sitzen und dabei beide Beine bewegen konnte.
„Wenn meine Frau hier Tag und Nacht auf dem Rücken nur im Bett liegt, dann wird sich ihr Zustand bald verschlechtern! Das Durchbewegen war vor über einem Jahr der Anfang aller Übungen. Dazu kam sie nicht in diese Klinik! Uns wurden da ganz andere Versprechungen gemacht!" Gert war sichtlich ungehalten. Ich spürte, welche Mühe es ihn kostete, nicht auszurasten. Jetzt tat mir die Physiotherapeutin beinahe Leid. Betroffen stand sie neben uns.
„Aber wir müssen uns an die Anweisungen der Ärzte halten", sagte sie schüchtern.
„Dann sprechen Sie bitte mit dem zuständigen Arzt!" Gert ließ nicht locker. Ich stand noch immer vor dem Bett, nur an den Schultern leicht von ihm gehalten. Gert erklärte noch, dass ich nicht mehr den Schieber, sondern einen Toilettenstuhl benutzte. Trotz dieser Zurechtweisung verabschiedete sich Frau Meinhard freundlich.
„So, das war erst der Anfang!", lachte Gert wieder. „Genießen wir noch den Rest des Tages!"
Durch diese Auseinandersetzung war ich sehr erleichtert und zuversichtlich, so dass ich mich im Café sogar zu einem Stück Torte überreden ließ. Das Gewitter war weiter gezogen. Wir gingen nach draußen an die frische Luft.
Hier begegneten wir einem Ehepaar. Die Frau ging mit Stützen. Ich sah ihr neidvoll nach.
„Wenn ich doch wenigstens bald so laufen könnte!"
„Ja! Das verstehe ich eben nicht!", schüttelte Gert den Kopf. „Diese Frau kam doch sicher auch nicht querschnittsgelähmt hierher! Warum will man dann dich hier nicht behandeln! Ich werde der Sache auf den Grund gehen!"
Unsere Unterhaltung drehte sich fast ausschließlich um diesen einen Punkt. Wie anders hatte ich mir das noch vor zwei Wochen vorgestellt! Würde es Gert schaffen, mir zu der Behandlung zu verhelfen, die mir die Oberärztin Frau Dr. Ruminski so vielversprechend beschrieben hatte?
Bis zum Abendessen hatten wir noch Zeit. So wanderten wir auf dem Klinikgelände bis zum Parkplatz. Mit großer Anstrengung erkannte ich unser Auto. Die Doppelbilder machten mir wieder sehr zu schaffen. Ich ließ es mir nicht anmerken. Je näher der Abschied rückte, desto ruhiger wurde Carsta. „Sei nicht traurig!", sagte ich, um sie zu trösten. "In zwei Wochen sehen wir uns schon wieder!"
Sie nickte nur: „Wenn wir so spät zu Hause sind, sehe ich Jörg nicht mehr."

„Das nächste Mal fahre ich allein!“, fauchte Gert sie an. „Du bestimmst nicht, wann wir zurückfahren! Merk dir das!“
„Nun zankt ihr euch meinetwegen“, sagte ich, ein bisschen enttäuscht.
Früher hätte Gert eine solche Situation ins Lächerliche gezogen und Carsta gefoppt. Jetzt war durch mich alles verändert. Ich drängte die beiden zur Rückfahrt: „In der Dämmerung fährt es sich nicht gut!“
„Wenn du uns los werden willst, bringen wir dich aber vorher ins Bett“, bestimmte Gert. „Die Schwestern sollen sich mit dir nicht überanstrengen!“
Der Abschied zog sich in die Länge. Ich spürte, wie schwer es Gert fiel. „Es fehlt etwas, wenn ich nachmittags nicht mehr zu dir in die Klinik fahren kann“, flüsterte er, als er mich küsste und sich langsam von der Bettkante erhob. Dieser Satz trieb mir wieder die Tränen in die Augen.
„Das soll aber nicht heißen, dass du hier aufgeben sollst!“, setzte Gert schnell hinzu.
Carsta drückte mich, als wollte sie sich nachträglich für die unüberlegten Worte entschuldigen.
„Wir schaffen das schon!“, stammelte ich. Beide gingen in Richtung Tür und winkten mir zu.

Die folgende Woche begann ohne die erhoffte Veränderung. Die Arbeitstherapeutin lobte meine Fortschritte beim selbstständigen Essen. Nachmittags ging sie mit mir in den Hof. Dabei erzählte ich über die Umstände, die zu meiner Krankheit geführt hatten. Frau Hildebrand verschaffte sich ein Bild über mein Zuhause, mein Leben vor dem Unfall. Sie war die Einzige, die ehrliches Interesse an mir zeigte.
Enttäuschend war die Chefvisite am Dienstag. Meine Handschiene, die ich bisher zur Verhinderung einer so genannten Krallenhand getragen hatte, wurde als sinnlos bezeichnet.
Ohne jegliche Begründung bekam ich hierfür eine starre Lederkonstruktion, die starke Ähnlichkeit mit einem Boxhandschuh hatte und alle Finger fest in einer gekrümmten Krallenstellung hielt. Ich fand das paradox und weigerte mich, das Teil anzulegen. Fortan galt ich als uneinsichtig und stur.
Kaum hatte ich mich von der Zurechtweisung erholt, folgte die nächste Aufregung.
Zwei unbekannte Ärzte kamen ins Zimmer. Ich nahm sofort an, dass Gert den Anstoß für diesen Besuch gegeben hatte. Aber sie sahen mich nur kurz an. Dann blieben sie mitten im Raum stehen, um eine Krankenakte zu studieren, die offensichtlich etwas über mich aussagte.
Sie sprachen über mich. Aber sehr leise - ich verstand nur unzusammenhängende Worte: „... Schädigung bleibend – zerebrale Lähmung – spastische Lähmung – Schädigung des Zentralnervensystems – kein Fall für eine Reha-Klinik – Fall liegt zu lange zurück ...“
Mir wurde ganz schwindelig bei diesen Worten! Etwas verkrampfte sich im Nacken.
Warum sprachen die Ärzte nicht mit mir? So, wie sie zu mir herüber sahen, glaubten sie wohl, ich sei geistig behindert und würde nichts verstehen! Plötzlich lachten beide, weil das Krankenblatt zu Boden flatterte. Ohne mich zu beachten, gingen sie wieder hinaus.
Was gab es hier nur für Menschen! Ich war gekränkt und zugleich verzweifelt.
Jetzt nur nicht weinen! Ich werde später darüber nachdenken, waren meine ersten Gedanken. Zu meiner Rettung kamen die Physiotherapeutinnen. Die beiden Damen stellten mich tatsächlich auf die Beine! Aber wie! Sie hakten mich zu beiden Seiten unter und

plauderten dabei lustig über die Streiche ihrer Sprösslinge. Dass ich schief zur Seite hing oder in der Hüfte wegnickte, merkten sie nicht.
„Was haben denn unsere Neurologen bei Ihnen gemacht?", wollte Frau Meinhard wissen, als ihnen der private Gesprächsstoff ausging.
„Wen meinen Sie?" Absichtlich stellte ich mich gleichgültig, obwohl ich wusste, dass die beiden unnahbaren Ärzte gemeint waren, die vor wenigen Minuten mein Zimmer verlassen hatten. Frau Meinhard nannte mir die Namen.
„Sie sprachen nicht mit mir. Das bin ich nicht gewöhnt. Aber ich versuche, mich anzupassen!"
„Es wäre gut, wenn Sie selbst mit dem Stationsarzt sprechen würden", riet Frau Meinhard. Sie war die Zugänglichere von den beiden. „Ich verstehe nicht", mischte sich Frau Korn ein. „Warum sind Sie überhaupt hergekommen, wenn zu Hause alles besser war?"
„Du bist unmöglich, Karin!", schimpfte Frau Meinhard ihre Kollegin aus.
Damit wusste ich, dass Frau Korn über die Aussprache mit Gert informiert war.
Am Nachmittag beschäftigte mich Frau Hildebrand in der Arbeitstherapie. Ich bekam eine mit breiigem, warmem Lehm gefüllte Schüssel, in der ich meine Hände bewegen sollte.
„Ich möchte damit Ihre Finger kräftigen", erklärte Frau Hildebrand. Sie drückte die rechte Hand in den warmen Lehm. Mit der linken knetete ich selbst und wurde dafür gelobt. Es ging überraschend gut. Schon nach etwa zehn Minuten waren auch die Finger der rechten Hand so locker, dass sie von meiner Arbeitstherapeutin problemlos gestreckt und gebeugt werden konnten. Über dieses kleine Erfolgserlebnis freute ich mich besonders, gab es mir doch die Hoffnung, dass meine rechte Hand nun doch nicht ruhig gestellt wird.
„Bedrückt Sie etwas?" Frau Hildebrand kannte inzwischen meine Gewohnheiten und merkte, dass ich nachdachte. Ich erzählte vom Boxhandschuh und bis ins kleinste Detail von meinem Erlebnis mit den Neurologen.
„Aber, aber! Nicht gleich so schwarzsehen! Auch Ärzte können sich irren!"
Sie drückte mich an sich. Wieder kämpfte ich mit den Tränen. Einige Patienten und andere Arbeitstherapeutinnen beobachteten uns. Ich schämte mich. Neben mir wurde gewebt, gemalt, Leder bearbeitet und die Schreibmaschine klapperte.
„Die anderen Leutchen stören uns nicht! Manche haben auch so wie Sie angefangen", Frau Hildebrand sagte das ganz leise zu mir. „Sie kneten fleißig weiter und ich erzähle Ihnen dabei etwas aus meinem Berufsleben."
Sie berichtete nun von einem Tischlermeister, der aus ungeklärten Gründen beide Arme und Hände ganz plötzlich nicht mehr bewegen konnte. Die Ärzte waren der Meinung, dass er seinen Beruf an den Nagel hängen müsse und schlugen eine Umschulung vor. Aber das Schicksal dieses Mannes endete – ganz gegen die Diagnose der Ärzte – positiv.
„Herr Herzog begann bei mir auch mit dem Kneten!", freundschaftlich wurde ich angestubst. „Ich brachte ihn dann so weit, dass er zwar nicht voll belastbar war wie früher, aber er konnte seine Werkstatt behalten und noch zwei Tischler einstellen!"
Stolz klang in der Stimme von Frau Hildebrand. Auch den Kolleginnen war der Fall bekannt. Dieses Beispiel blieb noch lange in meiner Erinnerung.

Die Woche schien endlos zu sein. Erst am Freitag brachte mir Dr. Bertram die ersehnte Nachricht von Gerts Anruf.

„Ihr Gatte lässt Sie ganz herzlich grüßen! Er hatte schon mehrmals vergeblich versucht, mich zu erreichen. Und Sie waren gestern gerade fleißig in der Arbeitstherapie, als der Anruf kam", Dr. Bertram lachte sympathisch. „Wir haben uns lange unterhalten. Ich konnte versprechen, dass am Montag Ihre intensiven Behandlungen beginnen."
Ich war erleichtert! Wieder hatte Gert den Anstoß zur Wende gegeben!

Es folgte ein schrecklich langweiliges Wochenende. Niemand fand sich, der mich aus dem Bett holte. Doch ich machte dadurch eine neue Erfahrung. Noch nie wurde mir so sehr bewusst, wie froh ich sein konnte, dass weder meine Blase noch der Darm von der Lähmung betroffen waren. Zwangsläufig wurde ich Zeuge bei der Darmentleerung meiner Bettnachbarin.
Sie legte sich dazu auf die Seite. Durch Nachtasten beförderte Frau Falt ihren Stuhl vom Darm auf bereitgelegten Zellstoff. Dabei diente ein aufgestellter Spiegel zur Kontrolle ihres Vorgehens. Das Ergebnis wanderte säuberlichst in den Schieber. Anschließend folgte am Waschbecken gründliches Händeschrubben. Mit dem Schieber auf dem Schoß fuhr sie dann zur Toilette.
„So haben die Schwestern keine Arbeit mit Ihnen", sagte ich bewundernd, als sie zurückkam. „Es ist mir nur peinlich, dass ich Sie dabei nicht allein lassen konnte!"
„Im Gegenteil! Ich muss fragen, ob es Sie sehr gestört hat! Ich kann diese unangenehme Prozedur ja nur im Bett machen", entschuldigte sie sich.
„Mir macht das wirklich nichts aus! Aber Sie fühlten sich sicher beobachtet", antwortete ich schnell. „Bewundernswert, wie Sie damit zurechtkommen!"
„Das ist kein schöner Gesprächsstoff! Wechseln wir schnell das Thema!"
Damit hatten wir kein Problem. Frau Falt zeigte mir stolz mehrere Fotos von ihrem Sohn.
„Er sieht seinem Vater sehr ähnlich", sagte sie gedankenverloren. „Hoffentlich hat er nicht seinen Charakter geerbt!"
Wir freuten uns beide auf unseren Heimurlaub und erzählten von den Plänen für das Pfingstfest.
Vor dem Einschlafen wanderten meine Gedanken zu Gert und Carsta. Sicher war Gert im Wochenendhaus – und Carsta? Ob sie Dienst hatte? Der Motor unter meinem Bett schnaufte. Gezwungenermaßen gewöhnte ich mich daran und auch an die unbequeme Dauerrückenlage.
Der Sonntag verging im Schneckentempo. Frau Falt leistete mir Gesellschaft. Sogar ihre Freundin Renate kam für ein Stunde zu uns. Ihre Unterhaltung beschränkte sich leider nur auf Selbstmitleid. Statt sich auf den bevorstehenden Urlaub zu freuen, klagte sie über die Langeweile, die sie daheim bei den Eltern erwartete.
„Gestern traf ich einen jungen Mann", erzählte Renate, „der auch gelähmt bleiben wird."
Das klang so, als wollte sie sagen, dass es anderen auch nicht besser gehen soll als ihr selbst.
„Woher willst du das wissen? Hoffentlich hast du ihm mit deinem ewigen Pessimismus nicht den Mut genommen!", tadelte Frau Falt lautstark.
Nun war Renate in ihrem Element! „Man hat ihn nach einer läppischen Blinddarm-OP von der Trage fallen lassen! Als er aus der Narkose kam, konnte er seine Beine nicht mehr bewegen! Ich bin gespannt, ob das Gesundheitswesen seine Rente zahlt!"
„Vielleicht wird er wieder gesund", sagte ich.
„Unmöglich!", tat Renate überheblich. „Er soll hier lernen, mit seiner Behinderung umzugehen und sich damit abzufinden!"

Diese Bemerkung war sicher auf mich gemünzt. Renate mochte mich nicht. Das hatte ich schon bei unserer ersten Begegnung gespürt. Ich konnte mir ihre Abneigung nicht erklären.
Als wir wieder allein waren, befragte ich darüber Frau Falt. Sie hob dazu nur ihre Schultern.
„Man muss Renate nehmen, wie sie ist! Sie hat niemanden, der ihr Mut macht. Von ihren alten Eltern wird sie nur bedauert. Aber wenn es zu arg wird, dann rücke ich sie mir ernsthaft zurecht und mache ihr klar, dass es anderen noch schlechter geht als ihr."
„Da kann ich mich ja glücklich schätzen, dass ich Sie – und nicht Renate – als Zimmerkollegin bekommen habe!" Frau Falt lachte.

Erwartungsvoll sah ich am Montag der Visite entgegen. Mitten in meine Überlegungen trat Dr. Bertram, begleitet von einer attraktiven, jungen Ärztin ins Zimmer.
„Ist es Ihnen Recht, dass ich Verstärkung mitbringe?", lächelte er mich an.
„Ich bin Dr. Leonhard und gehöre hier zu den Neurologen." Die Ärztin reichte mir die Hand. Auf diese freundliche Begrüßung war ich nicht gefasst. Meine Linke fuchtelte aufgeregt hoch.
„Da haben wir aber eine temperamentvolle Patientin!" Die Ärztin griff schnell mit beiden Händen zu, um meine Hand einzufangen. Peinlich, gleich meine Unfähigkeit zu präsentieren!
„Wir wollen prüfen, was Sie schon – oder noch – können", erklärte die sympathische Ärztin.
Diese Art der Muskelfunktionsprüfung war mir geläufig. Mir fiel allerdings auf, dass sehr gewissenhaft dabei vorgegangen wurde.
„Auch rechts sind noch gute Restfunktionen vorhanden", stellten die beiden Ärzte fest. „Diese kleinen Ansätze müssen aber intensiv gefördert werden!"
„Ich werde mir dabei alle Mühe geben", sagte ich erfreut. „Deshalb kam ich in diese Klinik, weil mir versprochen wurde, dass man mir hier hilft, wieder selbstständig zu werden. Zu Hause hab ich diese Möglichkeiten nicht."
Frau Dr. Leonhard setzte sich neben mich und nahm meine Hände. „Zerstörte Nerven wachsen nicht nach. Aber oftmals übernehmen dann gesunde Nerven deren Funktion. Unser Gehirn ist so eingerichtet. Das ist ein langwieriger Prozess. Und dass der Wille Berge versetzen kann, lehrt uns die Erfahrung!" Die offene und präzise Art der Ärztin gefiel mir sehr.
Dr. Bertram teilte mir mit, dass demnächst mit Übungen im Wasser begonnen wird. Außerdem sollte ich zur Kräftigung der Stimmbänder inhalieren und eine Reizstrombehandlung bekommen.
Dazu hätte ich gern Fragen gestellt, doch Frau Hildebrand wartete schon, um mich zur Arbeitstherapie abzuholen.
Schon am Nachmittag durfte ich unter der Aufsicht von Frau Meinhard inhalieren.
„Ich drücke die Daumen, dass es den erhofften Erfolg bringt", sagte sie.
Vor dem Abendessen kam sie nochmals, um mir Frau Kant vorzustellen. Sie sollte mich demnächst im Wasser beüben.
„Heute bewegen wir Sie noch einmal kurz passiv", erklärte Frau Meinhard freundlich. „Ab Morgen haben wir dann ein ganz neues Programm für Sie."
Frau Kant verzog das Gesicht. „Ich habe den Eindruck, Ihnen wird hier eine Sonderstellung eingeräumt! Scheinbar haben wir noch nicht genug zu tun!"

Die bissige Bemerkung reizte mich. Ich überhörte das und bat freundlich darum, noch einige Minuten zu stehen. Dafür erntete ich einen vielsagenden Blick von Frau Kant. Aber ich durfte stehen! Darauf kam es an, denn der Wille kann Berge versetzen!
Am Abend freute sich Frau Falt mit mir über die Erfolg versprechenden Aussichten.

Das neue Programm verkürzte den Tag bis zum ersehnten Urlaub.
Vormittag: Reizstrom für die Stimmbänder, danach im Lehm kneten und Aufenthalt im Freien, nach der Mittagsruhe folgte Inhalieren. Zur Physiotherapie ging es hinauf in den Turnsaal auf die Matte. Ich kannte alle diese Übungen bereits. Aber gemessen an den gegenwärtigen Verhältnissen war es ein Schritt nach vorn.
Drei Physiotherapeutinnen waren mir nun zugeteilt. Frau Meinhard war die Netteste. Frau Korn und Frau Kant hatten oft üble Laune und zeigten sich lustlos. Ich hatte Mühe, die Namen der beiden letzteren auseinander zu halten.
Gespannt wartete ich am Mittwoch auf die erste Wasserbehandlung mit Frau Kant. Sie zog mir den Badeanzug an. Das heißt, sie zerrte mich mehr ungeschickt und grob hinein. Dabei machte sie mürrische Bemerkungen, da die Querschnittsgelähmten sich selbst anzogen. Ich überhörte das Gestöhne, wunderte mich nur, als sie durch die Sprechanlage nach einer Schwester rief.
„Ines, du musst mir helfen! Die Patientin soll ins Bad. Ich schaffe das nicht allein!"
Ich befürchtete einen Protest, da das nach meiner Kenntnis nicht Aufgabe der Schwestern war. Aber die junge Schwester zeigte sich hilfsbereit. Sie setzten mich in einen sehr flachen Wagen, der Ähnlichkeit mit einem Kindersportwagen hatte. Ich saß in Gurten. Von hinten geschoben, ging es im Eiltempo durch den Flur. An den Gesichtern vorbeifahrender Patienten erkannte ich, dass mein Anblick wohl recht kurios war. Ich hing schief in den Gurten und glaubte, jeden Moment umzukippen oder mit dem Po den Boden zu streifen. Zum Glück war das Bad nicht weit vom Zimmer entfernt, denn es war kühl im Flur. Frau Kant hatte mich nicht zugedeckt. Im Bad war es angenehm warm. Wir hielten vor einem der großen, rechteckigen Wasserbottiche. Frau Kant befestigte die Gurte an einer Hebevorrichtung, womit ich sitzend nach oben über die Wasseroberfläche des Behälters geschwenkt und dann bis zum Hals hineingesenkt wurde. Das Wasser war herrlich warm. Nun war ich auf die Behandlung gespannt.
„Na, Sie haben doch nicht etwa Angst, Sie Leichtgewicht! Die Gurte halten!"
Frau Kant war nach oben geklettert und lugte über den Rand.
„Wir lassen Sie jetzt allein. Baumeln Sie mit den Beinen. Bewegen Sie die Arme und eben alles, was noch geht!"
Damit verschwand sie aus meinem Blickfeld. Eine Tür klappte und ich war allein. Ich hörte und sah nichts als die braunen Bottichwände und die Laufschienen an der Decke. Ich brauchte einige Zeit, um mit der unerwarteten Situation fertig zu werden.
Das ist wohl nur zum Eingewöhnen. Das nächste Mal wird sicher richtig geübt, sage ich mir.
Ich bewegte Arme und Beine gestreckt und gebeugt, so gut es ging. Das Abspreizen der Arme und Beine gelang mir sehr gut. Ich ersann mir allerlei Übungen. Dabei hatte ich wohl das Zeitgefühl verloren. Es war niemand da, der sich mit mir freute. Frau Kant musste mich vergessen haben, denn das Wasser kühlte merklich ab. Ich fröstelte. Reglos lauschte ich nun, ob vielleicht jemand käme, der mich aus der ungemütlichen Lage befreit. In dieser Situation wurden die Minuten zu Stunden. Endlich hörte ich, wie jemand die

Tür öffnete! Ich machte mich durch lautes Plätschern bemerkbar. Schlürfende Schritte näherten sich.
„Sie sind ja immer noch drin!" Ein kahlköpfiger älterer Mann beugte sich über das Becken. „Ich hole Hilfe", kopfschüttelnd stieg er hinunter.
Wieder schien eine Ewigkeit zu vergehen, bis Frau Kant mit einer Schwester kam. Keine der beiden sagte ein Wort. Die Hebevorrichtung setzte mich behutsam in den Transportwagen.
Mit tropfendem Badeanzug ging es nun ins Zimmer zurück. Ich fror und zitterte jämmerlich.
„Ihnen ist doch nicht etwa kalt?", lachte die Schwester. „Draußen ist eine Hitze! Gut, dass es in den Zimmern kühl ist!"
Mir war jetzt alles gleichgültig. Ich wollte nur raus aus dem nassen Badeanzug und rein in mein warmes Bett. Aber ich landete auf einer Gummiunterlage, wurde zugedeckt und musste auf meine Arbeitstherapeutin warten, die mir trockene Sachen anzog.
„Diese Frau Kant ist unmöglich!", schimpfte sie. „Wurden Sie nach der Wasserbehandlung durchbewegt?"
Ich schüttelte den Kopf. „Sie sind ja auch ganz steif! Das tut mir aber Leid!"
Beim Abtrocknen stellte Frau Hildebrand fest, dass ich Druckstellen am Rücken hatte. Die Matratze war ganz platt, weil die Pumpe nicht angeschlossen war. Frau Hildebrand brachte alles in Ordnung. Aber dieser Tag war für mich gelaufen. Völlig erschöpft schlief ich ein.

Die Tage bis zum Wochenende vergingen dann doch noch recht schnell. Frau Meinhard besprach mit mir den genauen Tagesablauf, der nach Pfingsten eingehalten werden sollte. Sie versprach, dass Pannen – wie die bei der Wasserbehandlung – nicht mehr passieren.
„Dass Sie derart viele Behandlungen bekommen, haben Sie nur Dr. Bertram zu verdanken", betonte die Physiotherapeutin immer wieder. Sie wusste nicht, dass ich erst durch ein Telefonat Gerts mit dem Stationsarzt ernst genommen wurde.
Als wir am Donnerstag aus dem Turnsaal kamen, bestellte mir Schwester Thekla liebe Grüße von Gert. Er wollte mich am Samstagvormittag abholen. Also hieß es noch zweimal schlafen.

Schon am Freitag herrschte auf der ganze Station Aufbruchstimmung.
Auch Frau Falt bereitete sich auf die Heimreise vor. Als ich vom Turnsaal zurückkam, fand ich das Zimmer leer. Meine Nachbarin war bereits auf dem Heimweg. Wir hatten es verpasst, uns zu verabschieden.
Am Nachmittag besuchte mich Renate. Völlig überrascht, glaubte ich, sie hätte ihre Abneigung überwunden. Dass das ein Trugschluss war, sollte ich bald merken.
„Nun haben Sie bis morgen das Zimmer ganz für sich allein!", das Lachen klang gekünstelt.
„Ich bin ja heute kaum noch im Zimmer, denn nachher holt mich Frau Hildebrand ab", konterte ich. „Und morgen um diese Zeit bin ich auch zu Hause!"
Renate gab mir die Hand: „Auf Wiedersehen! In einer Stunde holen mich meine Eltern ab. Es hat eben auch Vorteile, in unserer Situation nicht verheiratet zu sein! Da braucht man nicht zu grübeln, was der Mann so zu Hause treibt!"
Was hätte ich darauf antworten sollen? Der berühmte Kloß im Hals verhinderte jeglichen Sprachversuch. Das war wieder eine ihrer Bösartigkeiten, die auf mich gemünzt waren!

Da ich im Rollstuhl saß, gelang mir sogar ein ordentlicher Händedruck. Renate vollführte eine flinke Drehung und rollte blitzschnell hinaus. Sie hatte ihr Ziel erreicht und mich allein erwischt. Mir gingen ihre Worte nicht aus dem Kopf. Hätte mich Gert nicht schon heute nach Hause holen können?

Alle Zweifel waren vergessen, als Gert und Carsta am nächsten Morgen schon nach dem Frühstück vor mir standen. Stürmische Begrüßung wie gewohnt! Aber nichts war zur Abreise vorbereitet. Gert klingelte und rief die Dienst habende Schwester. Sie hatte nicht daran gedacht, weil die anderen Patienten dies immer selbst erledigten.
„Wieder so ein versteckter Vorwurf", flüsterte ich.
„Lass nur", sagte Carsta. „Wir haben einige Zeit rausgeschunden!", sie feixte ihren Papi an.
„Was meinst du? Erzählt mal! Was habt ihr denn gemacht?" Ich dachte an Renates Stichelei.
Gert lachte verschmitzt, so wie immer, wenn er jemanden verulkt oder überlistet hatte.
Beide berichteten mir nun unter herzhaftem Lachen, wie sie mit überhöhter Geschwindigkeit durch die Ortschaften gerast waren, zuletzt aber doch von der Polizei erwischt wurden. Ich zuckte zusammen! Denn so kannte ich Gert nicht. Er war ein vorsichtiger Autofahrer.
„Es war so komisch!", Carsta bog sich vor Lachen. Sie versuchte, Gerts Stimme nachzuahmen.
„Ich fahre genau so schnell weiter! Meine Frau liegt in der Reha-Klinik! Es geht ihr schlecht! Ich habe keine Zeit! Geben Sie mir einen Strafzettel, wenn es sein muss!"
„Da schlug der Polizist die Hacken zusammen, griff sich an die Mütze ... und wir durften ohne weitere Kontrolle sogar durchs Sperrgebiet fahren", ergänzte Gert.
„Entschuldigt hat er sich auch noch, weil er uns aufgehalten hat!", Carsta lachte noch immer.
„Ihr solltet nicht so leichtsinnig sein!", mahnte ich, verkniff mir dabei das Lachen.

Während der Fahrt erzählte Gert, dass er gestern vorhatte, mich zu überraschen.
„Aber dann musste ich unverhofft den Bereitschaftsdienst eines erkrankten Kollegen übernehmen. Deshalb klappte es gestern nicht und wir haben uns heute so sehr beeilt."
Ich war unendlich erleichtert! Diese Bereitschaftsdienste hatte ich völlig vergessen. Meine Zweifel lösten sich demnach von selbst. Hinter mir schnatterte Carsta. An ihrer Ausgelassenheit merkte ich, wie sehr sie sich freute.
„Du sitzt sehr sicher, so schön aufrecht!", stellte Gert anerkennend fest. „Hast du das geübt?"
Das musste ich verneinen. Ich saß gezwungenermaßen so stocksteif, weil ich angstvoll merkte, wie sich meine Blase mehr und mehr füllte. Ich hätte an die lange Autofahrt denken und auf den Frühstückskaffee verzichten müssen!
Ich gab Gert zu verstehen, was mich bedrückte. Parkplätze ohne Toilette! Ich konnte mich ja nicht wie früher in die Büsche schlagen, um den Kaffee loszuwerden.
„In zehn Minuten sind wir zu Hause. Schaffst du das?" Gert sah mich besorgt an.
Ich nickte, war mir aber keinesfalls sicher, ob ich den Kampf gewinnen würde. Ich malte mir die Folgen aus und schämte mich schon jetzt jämmerlich.

„Auch das noch!“, riefen Gert und Carsta wie im Duett. Zu meinem Entsetzen fuhren wir auf eine Schlange stehender Autos zu. Stau! Nun war also der Lauf der Dinge vorprogrammiert!
Aber Gert verlangsamte die Geschwindigkeit nicht. Er lenkte auf den Grünstreifen der Autobahn. Andere Fahrer drohten, schimpften, machten unmissverständliche Handzeichen.
Plötzlich ein Ruck, der mich nach vorn schob. Ich erschrak heftig. Das Auto stand.
Die drückende Blase war vergessen. Vor unserem Auto drohte ein Polizist! Gert kurbelte die Scheibe auf meiner Seite herunter. „Entschuldigen Sie! Ich muss dringend mit meiner Frau in die Klinik! Können Sie mir helfen?“
Der Uniformierte musterte mich. Wie ich so eigenartig schräg auf meinem Sitz hing, erweckte ich wohl Mitleid. „Genosse Seifert!“, rief er nach vorn. „Helfen Sie dem Kollegen!“
Jetzt ging alles blitzschnell. Ein Polizeiwagen lotste uns ohne weiteren Aufenthalt durch den Stau bis zur Autobahnabfahrt.
„Geht es noch?“, fragte Gert, als er zügig durch die Stadt fuhr. Es ging gewiss noch länger! Durch die Aufregung war die Dringlichkeit vergangen.
„Jetzt hast du wieder die Polizei verkohlt, Papi! Dabei musste ich auch noch ernst bleiben!“
Carsta fand es lustig. „Warum nannte dich der Polizist eigentlich Kollege? Ich fand das komisch! Hat er dich mit jemandem verwechselt?“
„So ein Unsinn!“, knurrte Gert beleidigt. „Du weißt genau, dass das überall so üblich ist!“
„Ist bei uns im Krankenhaus aber nicht so!“, hatte Carsta mal wieder das letzte Wort.
Zu Hause angekommen, trug Gert mich zur erlösenden Toilette.
„Ich bin so froh, dass ich es geschafft hab! Aber ohne deinen genialen Einfall wäre mein Problem nicht so gut ausgegangen“, bedankte ich mich bei Gert.
„Es war sehr anstrengend für mich“, war seine Antwort, die ich beinahe als Vorwurf empfand.
Gert kam mir tatsächlich überanstrengt vor, denn er hätte sonst anders reagiert, als Carsta darum bat, Quartus zu holen.
„Morgen fahren wir ins Wochenendhaus. Den heutigen Nachmittag wollen wir lieber in Ruhe verbringen“, meinte er dazu.
Zu allem Überfluss kam dann Werner gegen Abend. Er hatte in der Klinik alles vorbereitet, um mit mir im Wasserbecken der Physiotherapie zu üben. Das bedeutete nochmals Autofahren sowie an- und ausziehen! Eine aufwendige Arbeit für alle. Schließlich lag ich dann doch mit Bikini im herrlich warmen Wasser. Das Becken war kleiner als das in der Reha-Klinik. Da es hier weder Hebe- noch Haltevorrichtungen gab, musste sich Gert über den Beckenrand beugen, um mich unter den Achseln zu fixieren. Werner gab mir Anweisungen für verschiedene Übungen. Er war äußerst zufrieden mit dem Ergebnis. Carsta war begeistert, weil mir die Bewegungen im Wasser so leicht fielen. Dabei erzählte ich ausführlich von meiner enttäuschenden Wasserbehandlung in Sylzburg. Wie sehr ich danach gefroren hatte.
„Jetzt aber genug“, sagte Werner, obwohl das Wasser nach einer Stunde noch angenehm warm war. „Ich wollte euch nur beweisen, was du schon alles kannst!“ Er strahlte Gert an.
„Wenn wir besser ausgerüstet wären, dann hätte ich dein Frauchen nicht weggehen lassen!“

Erst jetzt merkte ich, dass der Raum einer Sauna glich. Beide Männer hatten freie Oberkörper, waren dennoch krebsrot. Sogar Carsta schwitzte.
„Die Wärme ist bei dieser Behandlung außerordentlich wichtig" erklärte Werner, als er mich gemeinsam mit Gert aus dem Becken hob. „Du darfst keinesfalls frieren, denn dann wirst du spastisch und alle Mühe bleibt sinnlos! Das musst du in Sylzburg sagen!"
Die drei frottierten mich trocken und zogen mich für die Rückfahrt warm an.
Werner blieb in der Klinik. Er versprach uns einen Besuch im Wochenendhaus.

Es war ein anstrengender, ereignisreicher Tag. „Jetzt bin ich aber froh, wieder zu sitzen", sagte ich aufatmend, als Gert mich daheim auf die Couch setzte.
„Was soll ich dazu sagen?", bekam ich ungehalten zur Antwort. „Hast du mal gezählt, wie oft ich dich heute gehoben und getragen habe? Ich bin völlig erschöpft!"
Wo war die Wiedersehensfreude geblieben? Ich schluckte, wollte den Vorwurf überhören. Es ging nicht. Tränen kullerten. Gert erschrak. Offensichtlich hatte er diese Reaktion nicht erwartet.
„Aber deshalb brauchst du doch nicht gleich weinen!" Er nahm mich fest in die Arme. „Ich hab das nicht so gemeint, wie du es verstanden hast! Aber der Tag war nervlich und auch körperlich sehr anstrengend für mich. Da sagt man schnell was Unüberlegtes."
„Ist es mit mir jetzt soweit, dass ich jedes Wort auf die Goldwaage lege?", schluchzte ich laut.
„Nein, das klang sicher taktlos, war wirklich nicht so gemeint, wie es bei dir ankam. Nun lach doch wieder!" Gert schüttelte mich und lachte mich an. Das Thema war für ihn beendet.
Carsta kam aus dem Bad. Sie hatte nichts von dieser unschönen Diskussion mitbekommen.
„Du kannst jetzt duschen, Papi! Diese Hitze in der Physiotherapie war schlimm! Stimmt's?" Gert murmelte etwas Unverständliches, bevor er ins Bad ging.
Carsta kam zu mir. „Ich finde das nett vom Chef, sich gleich heute Zeit für dich zu nehmen! Schade, dass es so schwer ist! Du konntest ja nicht sehen, dass Papi während der ganzen Zeit gebückt stand, um dich über Wasser zu halten. Er sah ganz geschafft aus vor Anstrengung."
„Und ich dachte schon, Papi hätte sich nicht gefreut", sagte ich leise.
„Doch, bestimmt hat er das! Nur der Chef hätte den Papi beim Halten mal ablösen können!"
Carsta hatte damit Recht. In der Begeisterung hatte Werner daran sicher nicht gedacht. Er war nur bemüht, meine Bewegungsfähigkeit im Wasser zu demonstrieren. Eine weitere Unterhaltung darüber erübrigte sich. Gert setzte sich zu mir. „Trinken wir noch ein Gläschen?" Er hatte schon zwei Gläser und die Weinflasche in der Hand. Carsta verschwand in ihr Zimmer. Mit allen alkoholähnlichen Getränken hatte sie nichts im Sinn.

Bevor wir am Sonntag zum Bungalow fuhren, suchten wir unsere Eltern auf.
Gert hielt am Gartentor und öffnete die Autotür. Freudig begrüßten mich die Schwiegereltern. „Du siehst gut aus!", umarmte mich Gerts Mutter. „Wie gut du im Auto sitzt! Man sieht nicht, wie krank du bist! Bestimmt wird es bald besser!" Ich sah ihr an, wie sehr sie sich und mir das wünschte. Diese Zuversicht tat gut!

Mit Quartus machte ich eine neue Erfahrung. Stürmisch wedelnd sprang er auf Gert und Carsta zu, während er mich misstrauisch anbellte. Ich hatte Angst! Dieses Gefühl war mir fremd. Quartus kannte mich nicht mehr. Für ihn gehörte ich nicht zur Familie!
„Er ist zu wild! Ich muss den Hund jetzt öfter an die Kette legen“, sagte Opa Karl wie zur Entschuldigung. Er hatte feuchte Augen, als wir uns verabschiedeten.

Die Wiedersehensfreude war auch bei meinen Eltern groß.
„Es ist so schlimm für uns, dass wir dich nun immer so lange nicht sehen können!“ Mein Vater beugte sich zu mir ins Auto und drückte fest meine Hände.
„Wir sind so froh, dass Gert zu dir hält und dich nach Hause geholt hat!“, beteuerte meine Mutter. Warum nur hatte ich so etwas erwartet? Sie machten mir ein schlechtes Gewissen!
Doch Gert wehrte schnell ab. „Ach, Oma! Sag doch so was nicht! Das ist selbstverständlich!“
„Ja! Wenn wir nur sehen könnten, dass es besser wird!“ Oma Jenni ging nicht darauf ein. Und ich konnte und wollte das nicht mehr hören! Meine Mutter stieg zu mir ins Auto. Bedauernd drückte sie mich. An den Fenstern des großen Wohnblocks zeigten sich inzwischen einige Schaulustige. Sie warteten sicher darauf, dass ich endlich aussteigen würde.
„Wir verabschieden uns, bevor wir nach Sylzburg fahren! Jetzt ruft das Wochenendhaus!“ Gert wollte den Aufenthalt nicht in die Länge ziehen. Wir erregten Aufsehen.

Auf der Autobahn hatten wir freie Fahrt ohne Stau. „Die Pfingsturlauber sind alle schon am Ziel! Das ist unser Glück“, stellte Gert froh gestimmt fest.
Der Sonntag zeigte sich von seiner Sonnenseite. Den ganzen Tag über konnten wir uns an der frischen Luft erholen. Mein Polsterliegestuhl kam wieder zum Einsatz. Unter den blühenden Sträuchern betrachtete ich die prächtigen Blaufichten. Der Maitrieb war längst nicht mehr so zart silbergrün, dass er mich zum Anfassen aufforderte – das hatte ich verpasst! Es war wieder wunderschön hier draußen! Viele Wochen hieß es nun auf diese Idylle zu verzichten – zu Gunsten meiner Gesundheit.
„Schläfst du?“ Gert unterbrach meine Gedanken. „Du hast doch wieder gegrübelt!“
„Oh! Ich dachte nur daran, wie sehr ich unser Häuschen im Grünen vermissen werde.“
Gert zwang sich zu einem Lächeln: „Freust du dich nicht auf unseren Urlaub im August?“
Diese drei Wochen waren aber noch in weiter Ferne. Für Gert und Carsta gab es nun schon das zweite Jahr keine Urlaubsreise. Und alles nur durch mich!
Er stellte die Rückenlehne meines Polsterstuhls aufrecht. Carsta war gerade im Begriff, Kaffee zu kochen. „Komm besser hierher“, rief Gert, „und leiste der Mami Gesellschaft! Dabei kannst du nichts falsch machen!“
Diese vertraute Frotzelei brachte mich endgültig in die Gegenwart zurück. Wie vereinbart besuchten uns Werner und Rita nach dem Kaffeetrinken.
In Rita fand ich einen guten Zuhörer und auch Ratgeber. Sie konnte sich noch besser als Werner in meine Lage versetzen. Er sah meine Probleme hauptsächlich aus ärztlicher Sicht.
„Ich schreibe dir mal!“, drückte Rita meine Hände. „Wie wär’s, wenn du deiner netten Zimmerkollegin mal einen Brief diktierst? Not macht erfinderisch! Aber ich wette, du hältst bald wieder selbst den Stift in der Hand!“

Unsere Unterhaltung ließ uns die Zeit vergessen. Die Männer drängten zum Aufbruch. Werner wollte die Kinder in dem nahe gelegenen Wochenendhaus nicht länger allein lassen.
„Die beiden Buben werden leichtsinnig, wenn sie unbeaufsichtigt sind", entschuldigte er sich. „Wenn du im August beurlaubt wirst, könnt ihr beiden Frauen ausgiebig miteinander schnattern! Bis dahin sei schön fleißig und weiterhin so tapfer!"
Das war leicht gesagt! Was sollte ich tun? Am Fleißigsein wurde ich bisher gehindert!
Rita verstand meinen Blick: „Ach – die Männer! Ich freu mich schon auf unser Wiedersehen!" Sie klopfte Werner liebevoll auf den Rücken. Gert und Carsta begleiteten unseren Besuch bis zum Tor. Alle hatten sich daran gewöhnt, dass ich allein zurück blieb. Mir wurde dieses Ausgeschlossensein immer wieder schmerzhaft bewusst.
Ich muss es schaffen! Der Wille kann Berge versetzen, sagte ich mir.

„Schade, dass wir schon heute zurückfahren müssen", stöhnte Carsta, als sie ins Auto stieg.
Ich sagte nichts dazu. Ich wäre auch gern einen Tag länger geblieben. Denn dafür hätte Gert ja seinen Haushaltstag nehmen können. Aber danach mochte ich nicht fragen.
Gert wurde sicher im Betrieb gebraucht. Meinetwegen hatte er schon viel ablehnen und verschieben müssen. Ich dachte an einen Lehrgang, an welchem er nicht teilgenommen hatte, um mich täglich in der Klinik besuchen zu können.
Die Fahrt verlief recht schweigsam. Jeder hing seinen eigenen Gedanken nach.
„War es heute wieder sehr schwer für dich?" Ich konnte mir diese Frage nicht verkneifen.
„Fang doch nicht schon wieder damit an!" Gert setzte sich zu mir auf die Couch. „Wie oft muss ich dir noch sagen, dass ich dich gern nach Hause hole!"
„Ich bin eben unzufrieden mit mir, weil ich nicht recht voran komme", klagte ich.
„Jetzt bist du wieder ungerecht zu dir! Hast du vergessen, wie es vor einem Jahr aussah?"
Gert und Carsta schafften es, meine Niedergeschlagenheit zu vertreiben. Wieder mal zogen wir gemeinsam Bilanz. Der erste Transport zum Bungalow, liegend im Krankenwagen, dann folgte die Unsicherheit auf dem Autositz – viel war in Vergessenheit geraten, denn ich dachte nur daran, ganz schnell wieder auf die Beine zu kommen. Jetzt musste ich alle Hoffnung auf Sylzburg setzen!
Pfingstmontag. Die Sonne lugte durch die Schlafzimmergardinen.
Wegen meiner Unfähigkeit, schnellere Fortschritte zu machen, war uns dieser Feiertag nun auch verdorben. Ich hatte schlecht geschlafen. Zweimal musste ich mit Gerts Hilfe die Seitenlage wechseln. Ich hatte mich so sehr auf mein eigenes Bett gefreut. Nun war es mir unbequem geworden. Mit Entsetzen stellte ich fest, wie schnell ich mich an das zischende Ungetüm – die Antidekubitusmatratze gewöhnt hatte!
„Haben wir es verschlafen? Bist du schon lange wach? Warum hast du mich denn nicht geweckt?" Das war der Gert, wie ich ihn liebte! Der Frühaufsteher, sofort hellwach sprang er aus dem Bett. Jetzt musste ich herzhaft lachen, denn das sah so drollig aus! Das war eine Situation ganz wie früher!
Doch wie anders verlief nun unser Feiertagsmorgen. Es verging noch eine ganze Stunde, bis mich Gert und Carsta an den Frühstückstisch setzen konnten.
Das Mittagessen wurde vorverlegt. Wir wollten schon bald danach losfahren, um nicht wieder in einen Stau zu geraten, der durch den Rückreiseverkehr der Pfingsturlauber zu befürchten war. Die bedrückende Abschiedsstimmung ließ sich auch durch Gerts Festessen nicht vertreiben. Kartoffeln, Schnitzel und Spargel – Gert fütterte mich vor-

sichtshalber. Auf das leckere Kirschkompott und den Most von Oma Lotte verzichtete ich. Meine Blase sollte uns nicht wieder in Bedrängnis bringen. Viel zu schnell verging die Rückfahrt. An der Grenze des Sperrgebietes wurden wir nur flüchtig kontrolliert. Gegen sechzehn Uhr waren wir bereits in der Klinik.
Gern wäre ich nun mit meinen beiden noch ins Café gegangen. Doch Gert räumte eilig meine Wäsche in den Schrank. Carsta schien diese Hektik zu spüren und zog mich unaufgefordert aus. Als Schwester Ines zur Tür herein sah, lag ich bereits im Bett.
„Erst in vier Wochen sehen wir uns wieder!“ Die Worte fielen mir unendlich schwer.
„Ich rufe dich an, so oft ich kann!“, versprach Gert. „Aber mach dir keine Sorgen! Du weißt ja, wie schwer es ist, durchzukommen!“
„Ich schreibe dir!“ Carsta drückte mich lange, als wollte sie den Abschied hinausschieben.
„Sei nicht traurig! Ich denke immer an dich“, flüsterte Gert mir ins Ohr. „Die Zeit wird auch vergehen! Sei schön fleißig, dann wird es bald besser!“ Beide drückten und küssten mich. Der Abschied fiel von Mal zu Mal schwerer. Dennoch gelang es mir, die Tränen zurückzuhalten, bis sich die Zimmertür hinter beiden schloss.
„Sie dürfen nicht weinen!“, Schwester Ines kam unerwartet. Sie wischte mir die Tränen ab. „Morgen ist Frau Falt wieder da, dann vergeht die Zeit schneller. Für heute habe ich Ihnen einen Fernseher besorgt. Im ZDF kommt ein sehr guter Film. Das schafft Ablenkung.“
Ines verwirrte mich nahezu. So nett hatte ich sie noch nicht erlebt. Zum Abendbrot brachte sie mir besondere Leckerbissen. Das war gut gemeint, aber ich brachte nur wenige Häppchen herunter. Warum war dieses Reha-Zentrum nur so weit von daheim entfernt? Warum brauchte man für jeden Besuch eine polizeiliche Genehmigung? Verrückt war das!
Der Blick aus dem Fenster reichte bis zur BRD! Dieser Ausblick war genehmigungslos!
Wut kroch in mir hoch. Wut auf diese unsinnige Grenze und das Sperrgebiet, welches die Besuche unnötig erschwerte.
„Ich störe nur ungern“, Ines trat leise an mein Bett. „Ihr Mann rief soeben an. Er lässt Ihnen nur sagen, dass er gut angekommen ist!“
Diese Nachricht beruhigte mich. Aber gleichzeitig rekonstruierte ich, dass Gert ungewöhnlich schnell gefahren war. Auch fragte ich mich, woher er wohl angerufen hatte. Werner und Rita waren ja noch in ihrem Wochenendhäuschen. Und die wenigen Telefonzellen waren selten funktionsfähig. Mit einem eigenen Telefonanschluss wäre uns jetzt sehr geholfen, überlegte ich. Aber damit war in den nächsten Jahren nicht zu rechnen.
Der Fernsehfilm war gut, brachte aber keine Ablenkung. Ich war aufgedreht nervös. Ohne Schlaftablette hätte ich nicht schlafen können.
Die Tage der folgenden Wochen schlichen dahin. Ich war zwar täglich nur wenige Stunden im Zimmer, aber hier lauschte ich auf jedes Telefonklingeln. Gert rief mich mehrmals in der Woche an. Er erzählte von seiner Arbeit, vom Wochenendhaus und dass er fast jeden freien Abend bei Werner auf dem Grundstück verbringt, um ihm dort beim Ausholzen alter Bäume zu helfen. So konnte ich in Gedanken immer bei Gert sein. Carsta schrieb mir liebe Briefe.
„Ist es denn schon etwas besser geworden? Kannst du deine rechte Hand schon mehr bewegen?“ Diese und ähnliche Fragen kamen am Ende eines jeden Anrufs von Gert. Vor diesen Fragen hatte ich mehr und mehr Angst, denn nichts besserte sich.

Die Physiotherapeutinnen erledigten freundlich und routinemäßig ihr Pensum mit mir. Aber ich merkte, wie unbeteiligt sie dabei waren. Ich war unzufrieden, denn es brachte mich nicht voran, wenn man mich im Bett liegend passiv durchbewegte.
Eine erfreuliche Ausnahme dabei war Frau Meinhard. Bei den Reizstrombehandlungen der Stimmbänder und der Inhalation dachte sie sich Sprechübungen für mich aus. Sie sprach mir Mut zu, wenn ich am Erfolg der Behandlungen zweifelte. Die Stimme wurde kaum stärker.
Frau Meinhard erzählte oft von ihrer kleinen Tochter und von ihrem Mann, der als Kraftfahrer in der Klinik angestellt war.
Mit ihr hätte ich gern im Turnsaal geübt. Leider war dafür nur noch Frau Korn zuständig. Einmal täglich brachte sie mich dort auf eine der Ledermatten, gab mir eine Holzkeule in die linke Hand und zeigte mir, welche Bewegungen ich damit ausführen konnte. Danach blieb ich mir allein überlassen. Diese Übungen waren von unterschiedlicher Dauer. Sie erstreckten sich von zehn Minuten bis zu einer Stunde.
Als bedrückend empfand ich dabei, dass im Saal immer mehrere Patienten mit ihren Physiotherapeuten übten. Alle waren bedeutend beweglicher als ich. Sie unterhielten sich über ihre Erfolge. Es ging lustig und oft sehr laut zu.
Im Turnsaal allein gelassen, war ich sehr unsicher. Ich hatte Angst, von anderen Patienten angesprochen zu werden. Man sah mir meine Verständigungsschwierigkeiten ja nicht an. Unbewusst hatte ich mir angewöhnt, im Telegrammstil zu antworten. Ich hatte festgestellt, dass kurze Sätze verständlicher ankamen. Wegen dieser Wortkargheit wurde ich oft als unnahbar oder schlecht gelaunt angesehen. Dass dies nicht zu verallgemeinern war, bewahrheitete sich ausgerechnet bei einer Übung im Turnsaal.
Um nicht angesprochen zu werden, tat ich sehr beschäftigt mit meiner Keule.
Aber ausgerechnet neben mein Podium wurde ein junges Mädchen geschoben, das unförmig dick im Rollstuhl saß.
„Na, nun zeig mal, was du kannst!" Die Physiotherapeutin klopfte ihr auf die Schulter. Behände nahm die Dicke ein Seitenteil ihres Rollstuhls heraus und wälzte sich schnaufend auf die Matte – unmittelbar neben mich!
„Annette, heute kannst du mir die großen Hanteln bringen", das Mädchen lachte selbstsicher.
„Du brauchst nicht hier bleiben! Kannst mich in einer halben Stunde wieder abholen."
Die Physiotherapeutin hob die Arme. „Sylvia, dein Wunsch ist mir Befehl!"
Sie kennen sich also, stellte ich fest. Die Dicke musterte mich. Das war mir unangenehm. Unverständlich, wie man so dick sein konnte!
„Sind Sie schon lange hier?", wurde ich nun doch zu einer Unterhaltung gezwungen.
„Seit Mitte Mai", antwortete ich knapp. Ich war darauf gefasst, nicht verstanden zu werden.
„Oh! Sie können schlecht sprechen", wundere sich das Mädchen. „Ich kenne das. Nach meinem Unfall lag ich nämlich mit einer Patientin im Zimmer, die eine Beatmungskanüle im Hals hatte. Wenn Sie mich beim Sprechen ansehen, verstehe ich Sie gut. Wir könnten uns doch beim Muskeltraining etwas unterhalten! Dann ist es nicht so langweilig."
Jetzt durfte ich nicht unhöflich sein. Darum drehte ich meinen Kopf zur Seite. Sie lag wie ich auf dem Rücken und stemmte zwei schwere Hanteln.
„Ich bin Sylvia. Sie können mich duzen. Ich bin siebzehn. Hier sind viele Patienten per Du. Sind Sie auch querschnittsgelähmt?"

Ich erklärte ihr die Art meiner Lähmung. Sylvia verstand mich. Statt weiterer Fragen folgte nun ein erneuter Redeschwall, der mich über ihren Unfall aufklärte. Mit knapp fünfzehn Jahren hatte sie sich wegen Liebeskummer aus dem Fenster gestürzt. Die Knochenbrüche waren ohne Folgen verheilt, aber Sylvia blieb querschnittsgelähmt.
„Nun muss ich damit leben und das Beste daraus machen. Sie verstehen sicher nicht, warum ich das gemacht hab“, schloss sie ihren Vortrag. Mit großen Augen sah sie mich an.
„Verstehen kann ich es nicht“, schüttelte ich den Kopf. „Aber Erwachsene handeln in solchen Situationen manchmal ebenso unüberlegt.“ Mehr fiel mir nicht dazu ein.
Sylvia arbeitete wie besessen mit ihren Hanteln. Schweißgeruch zog in meine Nase.
„Ach, unsere Schnatterente ist auch wieder da! Du hast ja noch immer nicht abgespeckt!“
Frau Korn kam rechtzeitig. Ich wusste nicht, wie ich die Unterhaltung hätte fortsetzen können.
„Schön, dass Sie keine Gewichtsprobleme haben“, stellte Frau Korn fest, als sie mich mit Hilfe einer anderen Therapeutin in den Rollstuhl setzte. Diese anscheinend gute Laune nutzte ich, um zu fragen, wann auch mit meinem rechten Arm geübt würde.
„Meine Kollegin bewegt doch Ihren rechten Arm immer nach dem Bad durch - oder?“, erstaunt sah Frau Korn mich an. „Mehr können wir wirklich nicht machen!“
Ich antwortete nicht. Es war sinnlos. Meine rechte Hand wurde täglich mit gekrümmten Fingern in diese Boxhandschuhkonstruktion gepresst. Ich kam nicht dagegen an. Meine Rechte war vom Chefarzt zum Nichtstun verurteilt worden! Die Zeit verging mit bedrückender Gleichmäßigkeit. Eine Behandlung löste die andere ab. Jeder wollte bei mir den Eindruck erwecken, dass ich bevorzugt behandelt werde. Leider war mir dabei bewusst, dass mir zu Hause mehr geholfen würde, wenn man dort – wie hier – die dafür erforderlichen Bedingungen hätte.
Das so genannte Bewegungsbad nahm ich einmal wöchentlich. Es blieb eine Enttäuschung! Etwa zwanzig Minuten hing ich – mir selbst überlassen – im warmen Wasser. Anschließend wurde ich durch den kalten Korridor gefahren, ins Bett gelegt, abgetrocknet, angezogen und dann passiv durchbewegt. Dabei äußerte Frau Korn mehrmals ihren Unwillen, da ich sehr spastisch war. Hier wurde alles anders gehandhabt, als Werner es mir erklärt hatte.
Mehr und mehr wuchs in mir die Abneigung gegen all diese Behandlungen, die mich keinen Deut weiterbrachten.
Frau Hildebrand hatte mir beigebracht, sicher mit dem Löffel zu essen. Mit geringer Hilfe war ich in der Lage, mir die Zähne zu putzen. Das Kneten im warmen Lehm wurde abgesetzt. Stattdessen sollte ich im Therapieraum Bauklötzchen stapeln. Ich lehnte dies ab, denn ich mochte nicht zwischen den schöpferisch tätigen Patienten meine Unfähigkeit demonstrieren. Frau Hildebrand verdankte ich es, dass ich im Zimmer unter ihrer Anleitung Häuschen bauen durfte.
Für Schreibversuche stülpte man mir eine Haltemanschette für den Stift über Daumen und Zeigefinger. Ich bewies, dass ich auch ohne dieses Hilfsmittel einen Bleistift führen konnte. Verärgert schrieb ich Zahlen auf ein liniertes Blatt.
Bei der Visite zeigte es der Chefarzt der ganzen Schar von Ärzten. Ohne Kommentar wurde mein Versuch belächelt.
„Wann kommt Ihr Gatte?“, wollte der Chefarzt wissen. Er wandte den Blick nicht vom Papier, als würde er darauf lesen. Trotz meiner Aufregung konnte ich mich verständlich machen.

„Ich möchte mit dem Ehemann sprechen! Machen Sie einen Termin aus", wurde der Stationsarzt beauftragt. Gern hätte ich noch gesagt, wie unzufrieden ich mit den oberflächlichen Behandlungen war, doch die Ärzte gingen wieder viel zu rasch hinaus.

In den nächsten Tagen war Frau Falt meine beste Gesprächspartnerin. Da wir uns tagsüber kaum sahen, nahmen wir uns nach dem Abendessen Zeit für lange Diskussionen.
Nach dieser letzten Chefvisite war ich fest entschlossen, wieder nach Hause zur Neurologie zurückzugehen.
„Hier vertrödle ich nur Zeit! Ich mache hier nicht die Fortschritte, die ich mir erhofft hatte."
Ich rechnete mit der Zustimmung meiner Zimmerkollegin.
„Wird Ihr Mann nicht sehr enttäuscht sein, wenn Sie so schnell aufgeben?", fragte Frau Falt ganz gegen meine Erwartung.
„Aufgeben werde ich auf gar keinen Fall!", rechtfertigte ich mich schnell. „Aber mein Gefühl sagt mir, dass mich hier alle aufgegeben haben! Die Behandlungen, die ich hier bekomme, empfinde ich nur als einen Zeitvertreib. Mein Mann wird meinen Entschluss sicher verstehen. Und der Chefarzt unserer Neurologischen Klinik versprach, mich wieder aufzunehmen, falls ich hier keinen Erfolg habe."
Frau Falt riet trotzdem von einer übereilten Entscheidung ab. Wieder war ich verunsichert. „Sprechen Sie noch mal ganz in Ruhe mit Ihrem Mann und mit Ihrer Tochter. Die beiden können besser feststellen, ob Sie in den vergangenen vier Wochen nicht doch Fortschritte gemacht haben", Frau Falt lachte mir zu. „Ich sehe Sie täglich und kann das nicht beurteilen."
Damit gab ich ihr Recht. Die endgültige Entscheidung sollten Gert und Carsta treffen. Sie hatte mir in den vergangenen Wochen fleißig geschrieben.

Sonnabend! Acht Uhr! Ich wartete auf meinen Besuch.
Frau Falt war schon früh an die frische Luft gefahren, denn es sollte sehr heiß werden.
Unzählig oft hatte ich mir in der Nacht zurechtgelegt, was ich Gert und Carsta erzählen wollte. Diesmal brauchte ich die geschlossene Tür nicht lange fixieren.
Carsta kam zuerst – hinter ihr Gert. Beide sahen von der langen Fahrt sehr abgespannt aus. Carsta setzte sich auf mein Bett und umarmte mich so fest, als wollte sie Gert verdrängen.
Ich lachte, denn das erinnerte mich an unsere Tochter im Kindergartenalter.
Gert stand abwartend hinter ihr. Er sah ungewohnt ernst aus.
„Ist etwas passiert?" Ich war besorgt. Carsta wollte mich nicht loslassen. Verstohlen wischte sie sich die Augen.
„Ach, es ist nur, weil wir uns so lange nicht gesehen haben", beeilte sich Gert zu sagen, bevor er Carsta zur Seite schubste, mich lieb in die Arme nahm und wie immer begrüßte.
Viele Blumen, Naschereien, Obstsäfte, frische Wäsche und sogar einen teuren Trainingsanzug hatten sie mitgebracht. Sie ahnten nichts von meinem Rückreiseplan.
Da ich bereits ausgehfertig war, fuhren wir zu unserer Bank im Hof, wo wir ungestört im Schatten sitzen konnten.
„Was hat sich denn nun in den letzten Wochen gebessert?", begann Gert unsere Unterhaltung.
Diese Frage bezog ich nicht auf meinen Gesundheitszustand, sondern auf die Behandlungen.

Ich redete mir allen Kummer von der Seele. Weder Gert noch Carsta unterbrachen mich. „Jetzt werde ich von drei Physiotherapeutinnen behandelt! Aber ich werde nicht im Geringsten gefordert! Alle Übungen sind nur Spielerei im Vergleich zu dem, was ich zu Hause schon gemacht hab! Wenn ich hier noch länger bleibe, verschlechtert sich mein Zustand! Da bin ich sicher!" Meine Stimme versagte vor Aufregung.
Während meiner langen Rede hielt Gert meine Hände fest umschlossen.
„Nun sieh doch nicht gleich so schwarz! Jetzt bist du erst acht Wochen hier. Du weißt, wie lange es dauert, bis sich Erfolge zeigen." Gert druckste herum. Er kam mir unangebracht verlegen vor. Ich sagte mir aber im gleichen Augenblick, dass diese Reaktion verständlich war, nach dem was er sich anhören musste. Carsta schwieg. Sie sah auf ihre Schuhe, als stünde dort die Lösung unseres Problems.
„Du hast am Telefon ständig gefragt, ob sich etwas gebessert hat", klagte ich weiter. „Nichts bessert sich! Von den miesen Behandlungen kann sich mein Zustand nicht bessern!"
„Laufen wir ein Stück", wich Gert der Antwort aus. Er räkelte sich. „Vom langen Sitzen im Auto bin ich schon steif geworden!"
Das waren unbedacht dahergesagte Worte, die mich aber hart trafen. Denn ich musste ja schon froh sein, sitzen zu dürfen. Und an die Stehübungen dachte niemand mehr. Ich sagte nichts. Während Gert den Rollstuhl schob, konnten wir uns schlecht unterhalten.
„Ich hab mit Werner gesprochen", setzte Gert die Unterhaltung fort. „Er ist der Meinung, dass du erst nach mindestens vier Monaten Erfolge erkennen kannst."
„Das wäre ja erst im September!", rief Carsta entsetzt und unangemessen laut.
„Reiß dich zusammen! Du kannst da nicht mitreden!", schrie Gert sie unbeherrscht an.
Ich fand, Carsta war mit ihrem Gefühlsausbruch nicht im Unrecht, da Werner mit Sicherheit nicht mit derart unzureichenden Behandlungen rechnete. Ich wollte das heikle Thema vorerst beenden und drängte zum Mittagessen.

Am Nachmittag fanden wir wieder Platz in dem kleinen, mit Knöterich bewachsenen Pavillon.
„Es wäre besser, wenn Mami wieder nach Hause kommen würde", Carsta ergriff gleich das Wort. Nur zu gern hätte ich das Gespräch noch hinausgeschoben. Ich sah Gert fragend an.
„Das müssen die Ärzte entscheiden", sagte er diesmal ganz ruhig. „Die Mami darf die Behandlung nicht einfach abbrechen. Das musst du doch einsehen!"
Ich antwortete nicht. Gert wollte, dass ich noch länger hier blieb. Er sprach es nicht aus, aber wir kannten uns gut genug. Unausgesprochene Worte sagten hier mehr als lange Erklärungen. Ein Kloß im Hals erschwerte mir das weitere Sprechen.
„Carsta, du siehst so blass aus!", gelang es mir, das bedrückende Schweigen zu unterbrechen.
„Ach, das hat nichts zu bedeuten", erklärte sie. „Es kommt daher, dass ich es noch nicht gewöhnt bin, im Spät- und Nachtdienst zu arbeiten. Aber das macht mir nichts aus. Der Dienst im OP wird später noch härter. Jörg holt mich oft ab. Er fährt mich auch zum Dienst."
Gerade das machte mir Sorgen. Ich sah die beiden nicht gern mit dem Motorrad fahren.
„Manchmal bringt mich auch Papi zum Nachtdienst", Carsta schien meine Besorgnis zu erkennen. „Aber er ist oft nicht zu Hause, weil er Bereitschaft hat oder dem Chef im Wochenendhaus hilft."

„Ja, es ist nicht einfach. Alle denken, ich hätte jetzt Langeweile, weil ich allein zu Hause bin", Gert lachte wieder. „Aber Carsta fährt doch lieber mit ihrem Jörg!"
Das klang ja stark nach Eifersucht! Ich beugte mich hinüber zu Gert und lehnte meinen Kopf an seine Schulter. War Gert deshalb so gereizt, weil unsere Tochter das Zusammensein mit ihrem Freund vorzog? Die restlichen Stunden des Nachmittags verbrachten wir im Café.
„Das geht aber schon viel besser als vor vier Wochen!", lobte mich Gert beim Tortelöffeln.
„Das ist der Verdienst meiner Arbeitstherapeutin. Sie ist die Einzige, die sich Mühe mit mir gibt." Mehr mochte ich dazu nicht sagen. Gert antwortete nicht auf meine Andeutung.
Wir vermieden nun das verfängliche Thema, erzählten weiter über unsere Eltern, die Kollegen, vom Wochenendhaus, das ich erst im August wieder sehen würde. Es kam keine ungezwungene Wiedersehensfreude auf. Carsta schien etwas sehr zu bedrücken. Sie hatte wohl gehofft, dass ich in Kürze wieder nach Hause komme. Auch Gert war ernster, als ich ihn kannte. Ich gab mir die Schuld an diesem missglückten Tag und nahm mir vor, tapfer bis zum September hier durchzuhalten.
Wie bei ihrem ersten Besuch brachten mich Gert und Carsta zu Bett.
Da wurde plötzlich die Tür aufgerissen! Außer Atem stürmte Schwester Eva herein: „Endlich treffe ich Sie! Wir dachten schon, Sie wären getürmt!"
„Schön wär's, wenn ich das könnte!", sagte ich. Sie verstand es nicht und wandte sich an Gert.
„Sie möchten bitte am Montag in einer Woche zu einem Gespräch zu unserem Chefarzt kommen. Können Sie das einrichten?"
Gert sagte sofort zu. „Siehst du", seufzte er erleichtert, „manche Dinge erledigen sich von selbst! Da werde ich dem Chefarzt natürlich von deiner Unzufriedenheit berichten und fragen, wie es weitergehen soll."
Das war die Lösung! In der ganzen Aufregung hatte ich vergessen, was bei der vorigen Chefvisite angesprochen wurde. Jetzt konnte Gert mir helfen! Er würde die richtige Entscheidung treffen! Da war ich sicher!
Es war ein gutes Gefühl, meine beiden wieder in der Nähe zu wissen. Entsprechend war der Abschied, der nur der einen Nacht galt. Vor der Nachtruhe musste sich Frau Falt noch meinen ereignisreichen Tagesablauf anhören.

Durch die unerwartete Wendung verlief der Sonntag in ausgeglichener Stimmung. Ich konnte meine Freude auf das zusätzliche Wiedersehen kaum verbergen. Nur Carsta war unverändert still. Den Grund hierfür konnte ich ihr nur schwerlich entlocken.
„Ich wollte ab Dienstag für zwei Wochen mit Jörg zelten fahren. Dann kann ich nicht am nächsten Wochenende mit Papi zu dir kommen", sagte sie leise.
Das war zwar wieder eine völlig unerwartete Eröffnung, aber ich ließ mir keine Enttäuschung anmerken. Carsta sollte meinetwegen nicht auf ihren Urlaub verzichten. Ich konnte Gert sogar dazu überreden, ein kleines Zelt für beide zu kaufen. Alles Nötige fürs Zelten bekamen sie aus unserer Zeltausrüstung. Wir brauchten diese Dinge vorerst nicht mehr.
Für den Dienstag nahm sich Gert Urlaub, um Carsta und Jörg samt Gepäck mit dem Auto zum Zeltplatz zu fahren. Den Rücktransport der Urlauber wollte Jörgs Vater übernehmen.

„Erinnere dich mal an unseren ersten Zelturlaub", Gert schmunzelte. „Wie viel sich seit dem geändert hat! Jetzt haben wir eine achtzehnjährige Tochter, der alles so bequem wie möglich gemacht wird! Wir fuhren damals mit der Bahn zur Ostsee – eine ganze Nacht hindurch – mit einer primitiven Zeltausrüstung! Später sind wir dann mit dir gefahren – alles mit dem Zug! Das könnt ihr euch heute nicht mehr vorstellen!", missbilligend sah Gert Carsta an.
„Mit dem Zug wären wir auf keinen Fall gefahren!", schnippisch zuckte sie mit den Schultern.
Aber heute ließ ich mir nicht die gute Stimmung nehmen. Carsta hatte gewiss einen schönen Urlaub vor sich und Gert war nächstes Wochenende wieder bei mir. Schon am frühen Nachmittag wollten sie zurückfahren.
„Die Urlaubssachen müssen gepackt werden und ein neues Zelt soll ich auch noch kaufen! Das war deine Idee!", sagte Gert ziemlich vorwurfsvoll. Ich überhörte es, denn schließlich konnten die beiden nicht unser großes Hauszelt nehmen.
Der Abschied fiel diesmal etwas knapper aus als sonst. Carsta war urlaubsreif, das spürte ich.
Doch trotz des bevorstehenden Urlaubs war sie nicht so unbeschwert fröhlich.
„Sicher bedrückt es Ihre Tochter, dass Sie in diesem Jahr wieder nicht verreisen können", meinte Frau Falt bei unserem allabendlichen Rapport.

In der folgenden Woche konnte mich nichts erschüttern. Wusste ich doch, Gert wird das kommende Wochenende bei mir verbringen und dann am Montag eine endgültige Entscheidung herbeiführen. Entweder die Behandlungen wurden intensiver und Erfolg versprechend – oder aber er nahm mich gleich wieder mit nach Hause! Beide Möglichkeiten waren mir gleichermaßen recht.
Am Donnerstag kam schon am Vormittag ein Anruf von Gert. Diese Zeit war ungewöhnlich. Bisher rief er stets abends an, um sicher zu gehen, dass ich im Zimmer war.
Zufällig aber lag ich mit nassem Badeanzug im Bett und wartete auf Frau Kant, als Schwester Thekla im Sturmschritt angerannt kam – das Telefon schwenkend.
„Schnell, schnell! Das klappt ja gut! Da kann Ihr Mann gleich selbst mit Ihnen sprechen. Ich sollte Ihnen nur etwas ausrichten. Er hat nämlich nicht damit gerechnet, dass Sie da sind!" Thekla hielt mir lachend den Hörer ans Ohr.
Der Anruf war jedoch kein Grund zur Freude. Mit wenigen Worten teilte mir Gert mit, dass er erst am Montag gegen neun Uhr kommen wird. Am Sonnabend hatte er wieder Bereitschaftsdienst und am Sonntag wollte er im Wochenendhaus den Rasen mähen.
„Kannst du das Rasenmähen nicht verschieben und schon am Sonntag kommen? Ich habe mich so sehr auf dich gefreut!", flüsterte ich mit erstickter Stimme. Aber da knackte es schon in der Leitung. Gert hatte mich nicht verstanden. Oder hatte er aufgelegt? Das Gespräch war unterbrochen.
Mein Herz raste vor Aufregung und Enttäuschung, aber ich musste Thekla bitten, das fürs Wochenende reservierte Zimmer zu stornieren. Sie sagte lange nichts, drückte mich nur fest an sich. Als ich zu weinen anfing, rüttelte sie meine Schultern.
„Na, na! Nicht gleich das Handtuch werfen! Es wird nichts so heiß gegessen, wie es gekocht wird! Ich habe heute bis 17 Uhr Dienst. Da gehen wir beide auf den Hof und Sie sprechen sich mal richtig aus. Das hilft immer."
Frau Kant löste Thekla ab. Ich war aber derart spastisch, dass ein Durchbewegen sich als unmöglich erwies. Verärgert deckte mich die Physiotherapeutin zu und ging.

Die Zeit verging wie im Traum. Dauernd ertappte ich mich bei dem Gedanken, dass Gert vielleicht noch einmal anrief und doch schon am Sonnabend kommen würde. Der Nachmittag mit Schwester Thekla brachte mir keinen Trost. Ich hatte den Eindruck, sie war nur neugierig und wollte mich aushorchen.
Als hätte sie mich erwartet, kam Frau Falt uns entgegen. „Ich fahre zum Zimmer!“, rief sie.
„Ich habe Post geholt! Für Sie hab ich auch einen Brief!“
Thekla brachte mich ebenfalls ins Zimmer und ausnahmsweise gleich ins Bett.
Der Brief war von Carsta. Auf zwei Seiten teilte sie mir mit, dass sie immer an mich denkt und traurig ist, weil sie am Wochenende nicht mit zu mir kommen kann. Demnach wusste Carsta nichts davon, dass Gert erst am Montag zu mir kommt. Der lange Brief war so lieb und tröstend geschrieben, dass meine angeschlagenen Nerven wieder versagten. Ich heulte beim Lesen. Den Brief anstarrend, versuchte ich zu rekonstruieren, wie zu Hause alles abgelaufen sein könnte. Zu viele Möglichkeiten gab es!
Frau Falt bot meinen Gedanken Einhalt. Sie hatte Nachricht bekommen, dass ihre Mutter daheim bleiben musste. Andy hatte eine Erkältung.
„Also trösten wir uns gegenseitig, weil wir den eingeplanten Besuch abschreiben müssen!“, scherzte meine Nachbarin. „Aber ich soll Sie von Renate grüßen. Sie wird morgen entlassen.“
Das war eine willkommene Nachricht. Renates beleidigende Bemerkungen brauchte ich also nicht mehr befürchten. Aber es mussten zwei Tage ohne Besuch durchgestanden werden!

Am Wochenende war ich zu allem Übel auch noch dazu verurteilt, das Bett zu hüten. Es fand sich niemand, der mich in den Rollstuhl setzte und mit mir an die frische Luft gehen wollte. Doch Frau Falt leistete mir gezwungenermaßen Gesellschaft. Da am Montag ihr Dekubitus operiert werden sollte, wollte sie die Wunde schonen und kein Risiko eingehen.
Damit hatte ich Unterhaltung, die mich vom Grübeln abhielt.
„Ich bin so froh, nicht mehr warten zu müssen!“, gestand meine nette Nachbarin mehrmals.
Mit Schrecken dachte ich daran, dass ich dann bald eine neue Zimmerkollegin bekommen würde, falls ich hier bleiben sollte.
„So schnell entlässt mich Chefarzt Dr. Stielig nicht!“, beruhigte sie mich. „Er ist zwar eine Kapazität auf diesem Gebiet, aber das Loch ist einfach zu groß!“
„Und Sie haben wirklich keine Angst, doch etwas zu spüren, wenn ohne Narkose an Ihnen herum geschnitten wird?“ Es war mir fast peinlich, diese Frage so oft zu stellen.
Aber Frau Falt lachte mich an. „Nein, ich hab mich daran gewöhnt. Erinnern Sie sich – man nahm mir ja auch die vereiterten Zehennägel ohne Betäubung ab.“
Bei Gelegenheit wollte ich mit Carsta darüber sprechen. Eine OP ganz ohne Narkose würde sie bestimmt interessieren. Vor dem Einschlafen ging ich noch einmal genau durch, was ich morgen mit Gert besprechen musste. Es wäre so schön gewesen, wenn wir dafür das Wochenende gehabt hätten!

Montag! Ich hatte alle Behandlungen abgesagt, um genügend Zeit für Gert zu haben. Schon nach dem Frühstück war er da!

„Endlich! Ich hab am Wochenende so oft an dich gedacht!“, flüsterte ich vor Freude, nun nicht mehr warten zu müssen. Die Begrüßung fiel flüchtig aus, denn zur gleichen Zeit wurde Frau Falt aus dem Zimmer gefahren und zum OP gebracht. Fröhlich winkte sie und wünschte viel Erfolg bei der Besprechung. Ich klärte Gert über das hektische Treiben auf.
Die Besprechung bei Chefarzt Dr. Stielig war für 14 Uhr angesetzt. Wir nutzten die Zeit, um nach draußen zu unserer Lieblingsbank im Pavillon zu gehen. Hier war es angenehm kühl. Wir konnten uns ungestört unterhalten.
Gert setzte sich mir gegenüber. „Du siehst sehr abgespannt aus“, stellte ich besorgt fest.
„Ich hab zurzeit viel Stress und Ärger im Dienst. Aber mach dir darüber keine Gedanken!“ Er verschränkte seine Arme auf der Brust und sah mich nachdenklich an. Wie er so vor mir saß, als wollte er niemand an sich heranlassen, tat er mir Leid. In diesem Augenblick beschloss ich, nicht danach zu fragen, weshalb er nicht schon gestern gekommen war.
„Wenn Werner hier in der Klink Chefarzt wäre, dann ginge es mir jetzt bestimmt besser“, überlegte ich. Gert kam mir ungewohnt schweigsam vor. Aber vor dieser alles entscheidenden Besprechung mussten wir noch mal meine Sorgen gründlich besprechen.
„Heute muss dir der Chefarzt unbedingt sagen, ob es Zweck hat, dass ich noch länger hier bleibe“, bohrte ich weiter. Gert nickte nur. Ich fühlte mich aufgefordert, weiter zu sprechen.
„Bei meiner Aufnahme sagte der Chefarzt wörtlich: Dieser Vorgang ist uralt! ... Ich muss wissen, was damit gemeint war! Und warum wird hier meine Hand in die Krallenstellung gezwungen? Werner möchte mit Hilfe der Schiene die Krallenbildung verhindern! Im Gegensatz zu den Querschnittsgelähmten hab ich ein Gefühl im gelähmten Arm und Bein! Ist das ohne Bedeutung? Warum werden dann die vorhandenen Restfunktionen nicht gefördert – so, wie das Frau Dr. Leonhard anregte? Warum werde ich im Wasser nie bewegt oder wenigstens angeleitet? Nach jeder Sitzung im Wasser friere ich! Wie soll ich mir denn diese vielen Widersprüche erklären?“
„Ich werde Chefarzt Dr. Stielig alles fragen.“ Gert blieb im Gegensatz zu mir ganz ruhig. Er drückte meine Hände. „Bitte reg dich nicht so auf! Du weißt, das ist nicht gut für dich!“
„Ich denke sehr oft daran, dass sich nicht annähernd bewahrheitet hat, was mir Frau Dr. Ruminski in Aussicht stellte.“ Ich schüttelte ärgerlich den Kopf.
„Das ist ungerecht!“, unterbrach mich Gert ziemlich schroff. „Niemand hat dich gezwungen! Es war allein deine Entscheidung!“
Eine weitere Diskussion hätte mich nur noch mehr aufgeregt. Deshalb war ich froh, als mich Schwester Eva zum Mittagessen ins Zimmer bat. Es gab eine Vorsuppe, Kartoffelpüree mit Königsberger Klops, Karamell-Schaumspeise als Nachtisch.
„Ihr lebt ja hier wie die Fürsten! Montags gibt es bei uns im Betrieb immer nur Suppe!“ Gert lachte endlich wieder! Schwester Eva brachte ihm auch ein Gedeck. Damit ersparte er sich den Weg zum Speiseraum und konnte mir beim Essen helfen. Nach dem Essen fand ich noch Gelegenheit, nach unseren Zelturlaubern zu fragen. Gert hatte beim Aufstellen des neuen Zeltes geholfen. Dieser Gesprächsstoff war weitaus erfreulicher. In Windeseile war es Zeit für den alles entscheidenden Gesprächstermin. Als Gert zum Chefarzt gerufen wurde, entführte mich Frau Hildebrand zu einer kleinen Spazierrunde auf den Hof.
„Hoffentlich erreicht mein Mann etwas!“ Das war meine große Sorge. Ich ließ die Eingangstür nicht aus den Augen. Gert schien mir unendlich lange beim Chefarzt zu sein. Ich

wurde zunehmend unruhiger und fragte Frau Hildebrand dauernd, wie spät es ist. Fast zwei Stunden waren vergangen, als Gert endlich zurückkam!
„Ich lasse Sie jetzt allein“, verabschiedete sich meine verständnisvolle Therapeutin. „Morgen erzählen Sie mir dann, was unser Chef entschieden hat.“
Gert ließ sich erschöpft auf eine Bank fallen und stellte meinen Rollstuhl so, dass wir uns gegenübersaßen.
„Mach es nicht so spannend! Hast du etwas erreicht?“ Ich war voller Erwartung. In meiner Aufregung merkte ich nicht, wie ernst und niedergeschlagen Gert vor mir saß. Er stützte seine Unterarme auf die Knie, presste die Hände fest zusammen und sah schweigend auf den Boden. Blitzartig schwanden meine Hoffnungen. Ich wusste, Gert hatte nichts Erfreuliches zu berichten. Langsam, jedes Wort überlegend, begann er zu erzählen.
„Die Aussprache mit dem Chefarzt war nur so allgemein. Nichts von Wichtigkeit. Aber ich musste auch mit den Leiterinnen der Arbeits- und Physiotherapie sprechen. Beide sind der Meinung, du würdest dir absichtlich keine Mühe geben und die Anordnungen nicht befolgen.“
„Das ist nicht wahr! Diese Behauptung ist erfunden!“ Meine Stimme war laut und deutlich. „Ich kenne diese angeblichen Leiterinnen gar nicht! Das ist eine unverschämte Unterstellung! Sie wollen mich abschieben, weil sie keine Erfolge mit mir erzielen! Oder glaubst du ihnen?“
„Ich musste mir deine Zahlenkrakelei ansehen“, Gert ging nicht auf meine Frage ein. „Du hast absichtlich so geschmiert! Ich weiß, dass du es besser kannst!“
„Ja, das ist wahr! Warum soll ich hier etwas üben, was ich schon vorher konnte? Dazu kam ich nicht hierher! Ich dachte, dass ich hier mit meiner rechte Hand üben werde, aber sie wird gewaltsam ruhig gestellt! Niemand sagt mir den Grund für diese Behandlung. Wenn mir gleich bei der ersten Chefvisite gesagt wird, dass ich nicht in diese Klinik gehöre, wie kann ich mich denn dann hier wohl fühlen? Ach, Gert, bitte nimm mich mit nach Hause!“
„Das kann ich nicht“, Gert sah an mir vorbei, sprach aber nach einer ganz kurzen Pause gleich weiter. „Es wurde vereinbart, dass du vier Monate hier bleibst.“
Ich hatte das Gefühl, mein Kopf würde jeden Moment zerspringen. Ich konnte nur flüstern. „Wir haben doch mit niemandem etwas Derartiges vereinbart! Du hast mir sogar versprochen, mich nach Hause zu holen, falls ich Heimweh bekomme. Mit Werner sprachen wir auch darüber. Hast du das vergessen?“
„Hör auf mit Werner!“, Gert sah mich böse an. „Er macht dir etwas vor! Ich muss dir das so deutlich sagen!“
„Oh, Gert! Warum sagst du so etwas? Wer hat dir das eingeredet? Oder hast du mit Werner gesprochen?“
„Nein! Ich habe Werner schon wochenlang nicht gesehen!“
„Ach, Gert! Das kann doch alles nicht wahr sein. Dann hast du mich ja schon länger belogen. Warst du gestern wirklich im Wochenendhaus?“
„Ja, aber ich war nicht allein dort. Frau Dr. Ruminski war bei mir.“
„Das verstehe ich nicht. Was wollte sie denn in unserem Wochenendhaus?“
Doch nicht etwa diese Frau! - Wie ein Blitz traf mich diese Eröffnung. Ich glaubte zu träumen. Wie ein Film, der mich nicht betraf, lief der nun folgende Wortwechsel ab. Ich musste nicht weinen. Alles war sicher ein Irrtum, ein Streich meiner überanstrengten Nerven.

Plötzlich hörte ich mich lachen. Das wollte ich doch nicht! Heulen wäre jetzt besser angebracht!
„Bist du so naiv oder tust du nur so?“ Gert sah mich nur ganz kurz an.
„Hast du ernsthaft geglaubt, ich würde die ganze Zeit ohne Frau leben können?“, er sprach ganz leise, wie mir schien, schuldbewusst und den Kopf wieder gesenkt.
Ich war völlig durcheinander. Alles hatte ich an diesem Tag befürchtet - nur das nicht.
„Oh, Gert! Warum beleidigst du mich? Natürlich habe ich damit gerechnet, dass du während meiner Abwesenheit Seitensprünge machen würdest. Das würde dir auch jeder zugestehen. Aber ich habe es immer verdrängt. Ich hatte dir das schon im Voraus verziehen und hätte auch nie danach gefragt!“
Ich wunderte mich, wie schnell ich meine Gedanken wieder unter Kontrolle hatte. Ich durfte jetzt nichts Unbedachtes sagen.
„Das ist kein Seitensprung“, fuhr Gert fort. „du weißt, ich bin schon lange bei der Oberärztin in Behandlung. Sie fragt immer nach dir und hat mich getröstet, weil sich dein Zustand nicht bessert. Du musst verstehen, dass aus diesem Trost mehr wurde. Es ist mir sehr ernst. Ich kann nicht mehr von dieser Frau lassen. Ich bekomme doch nie mehr so eine Gelegenheit! Unser Fall ist mehr als nur stadtbekannt. Du weißt das. Alle Frauen meiden mich, weil sie wissen, dass ich an eine kranke Frau gebunden bin. Irmgard, ich meine Frau Dr. Ruminski, ist die Einzige, die mich versteht. Ich kann nicht mehr zurück.“
„Hör bitte auf! Ich wurde noch nie in meinem Leben so gekränkt. Musst du auch noch ihren Vornamen erwähnen? Ich kenne ihr Privatleben“, unterbrach ich Gerts Redefluss.
Blitzartig fiel mir das Gespräch mit Frau Schmidt, meiner Zimmerkollegin in der Orthopädie, ein. Nie hätte ich geglaubt, dass auch Gert dieser Ärztin verfallen würde!
„Zweimal geschieden, aus erster Ehe einen siebzehnjährigen Sohn. Sie ist dafür bekannt, schon einige Ehen auseinander gebracht zu haben, wechselt laufend ihre Männerbeziehungen“, verzweifelt redete ich im Telegrammstil. „Als Ärztin soll sie allerdings sehr gefragt sein“, fügte ich schnell hinzu.
„Chirurgische Oberärztin ist sie!“, tat Gert so stolz, als wäre dieser Titel sein Verdienst. Meine Anschuldigungen bestritt er nicht. „Es wird viel geklatscht. Aber das stört mich nicht“, verteidigte er sich.
„Wirst du mich wegen dieser Frau verlassen? Hast du vor, dich scheiden zu lassen?“, ängstlich hoffte ich, dass er diesen letzten entscheidenden Schritt nicht tun würde.
„Das kann passieren. Ich kann nicht auf zwei Hochzeiten tanzen. Das würde keine Frau mitmachen!“ Ganz selbstverständlich und beinahe wie geplant kam diese Antwort.
„Oh, Gott! Nein, Gert! Womit hab ich das verdient? Was habe ich falsch gemacht? Kommst du dir dabei nicht gemein und schuftig vor?“
Ich fand keine Worte mehr, sah ihn nur an. Ganz unerwartet zog er mich an sich. Er drückte sein Gesicht an meine Schulter. Gert weinte.
„Ja und nein. Ina, ich kann nicht mehr! Ich brauche doch auch noch Liebe! Du kannst sie mir aber jetzt nicht geben.“
„Ich kann auch nicht mehr! Immer soll ich tapfer sein! Ich hasse diesen Satz! Für wen soll ich wieder auf die Beine kommen, wenn du mich verlässt?“
Plötzlich hatte ich Hoffnung, Gert würde sich umstimmen lassen. Er weinte wie ein Kind.
„Wie lange soll ich denn warten?“, schluchzte er. „Drei ... fünf ... zehn Jahre – niemand kann sagen, wann du wieder gesund sein wirst! Bis du das geschafft hast, bin ich vielleicht Fünfzig. Dann ist das Leben vorbei. Aber ich will noch etwas vom Leben haben.“

Gert wischte sich die Tränen ab. Er sah mich fragend, aber wieder gefasst und entschlossen an. Ich unternahm einen weiteren Versuch, ihn von seinem unheilvollen Entschluss abzubringen.
„Dann hast du mich also belogen, als du so oft versprachst, mich nie im Stich zu lassen. Das habe ich dir geglaubt. Ich hab mich bei dir immer sicher gefühlt. Jetzt kommst du mit der absurden Ausrede, mit Fünfzig alt zu sein!"
„Damals habe ich es wirklich so gemeint, wie ich es sagte! Damals wusste ich nicht, dass ich eine Frau kennen lerne, die so viel Verständnis für mich hat. Die mir zeigt, dass das Leben auch für mich noch schön sein kann. Ich muss nur den Mut aufbringen, einen Schlussstrich zu ziehen! Ich muss neu anfangen!"
„Du bist also wirklich fest entschlossen, mich zu verlassen? Ich kann das nicht glauben! Das hätte ich dir niemals zugetraut!", schüttelte ich energisch den Kopf.
„Ich habe es dir gesagt und bleibe dabei. Ich möchte mich überall mit ihr zeigen. Alle Leute sollen wissen, dass wir uns getrennt haben. Je schneller wir das hinter uns bringen, desto weniger Klatsch wird es geben. Spätestens in einem Jahr ist es kein Gesprächsstoff mehr."
Gert sprach hastig – so, als würde er eine auswendig gelernte Rede halten. Ich kam nicht dazu, ihn zu unterbrechen.
„Ich habe ein Recht zu leben!", jedes Wort betonend fuhr er fort, unnatürlich und gekünstelt. „Ich gehe einen offenen, ganz geraden Weg. Du bringst mich davon nicht ab. Du darfst mir mein Leben nicht verderben. Ich habe ein Recht auf ein eigenes Leben!"
So geschwollen hatte er noch nie gesprochen. Das waren niemals Gerts Worte! Mit Sicherheit war ihm das von der Oberärztin suggeriert worden! Hatte die Frau ihn schon so in ihrer Gewalt? Sicher. Sie hatte ja Erfahrung. Gert war für sie leichte Beute. Jetzt bekamen die Worte von Frau Schmidt einen Sinn. Jetzt war ich die Betroffene! Nach dieser Erkenntnis wurde ich ungewöhnlich ruhig. Ich nahm alles wahr, als wäre ich in einen Horrorfilm geraten, den ich zwar ansehen musste, der mich aber nicht gruselte.
„Bei unserer Scheidung kannst du alles behalten", unbeirrt fuhr Gert in seiner Rede fort, „ich brauche nichts. Sie hat ja alles. Nur einige von unseren alten Uhren würde ich gern haben."
Ich hörte nur noch zu. Das war nicht mehr der Gert, den ich vor neunzehn Jahren geheiratet hatte! Das war ein fremder, herzloser Mann, der mir ganz fürchterlich wehtat. Bald würde sich alles wieder normalisieren und aus diesem fremden Mann wieder mein Gert – Carstas Papi – werden!
Aber dieser herzlose Mann vor mir begann nun zu schwärmen. Seine Irmgard habe einen fabelhaft netten und intelligenten, unkomplizierten Sohn, der wunderbar Klavier spiele und hübsch sei.
Ich wollte das nicht wissen! All das traf doch auch auf unsere Tochter zu!
‚Carsta!', schoss es mir plötzlich durch den Kopf. „Weiß Carsta von deinem ... Verhältnis?", hörte ich mich plötzlich fragen.
„Ja, sie hat es sofort gemerkt. Ich habe ihr verboten, dir davon zu erzählen!" Gerts Stimme klang wieder ganz fremd.
Die Vorstellung, dass Carsta sich schon länger mit dieser Belastung quälte und deshalb keinen unbeschwerten Urlaub hatte, war zu viel für mich. Ich schluckte. Die Tränen ließen sich nicht aufhalten. Gert wischte über meine Wangen. Er redete beruhigend auf mich ein. Den Sinn der Worte erfasste ich nicht mehr. Wie durch einen Nebel bemerkte ich, dass Gert mich in Richtung Eingangstür schob.

Erst im Zimmer kam mir das ganze Elend der vergangenen Stunden zu Bewusstsein. Sprechen konnte ich nicht. Die Angst, Gert würde gleich gehen, schnürte mir die Kehle zu.
Ist er böse mit mir ... kommt er wieder ... darf ich im August zu ihm ins Wochenendhaus kommen? – Die Fragen blieben unausgesprochen.
Ich fand mich im Bett wieder. „Was machen Sie denn für Sachen?“, Schwester Thekla strich mir übers Haar. Sie hatte ein Blutdruckmessgerät in der Hand. Auf dem Nachttisch sah ich eine aufgezogene Spritze. Gert saß auf der Bettkante. Er sah mich ernst an.
„Was ist denn?“, brachte ich leise heraus.
„Nichts Schlimmes“, Thekla lachte, „sie waren nur kurz weggetreten. Ich gebe Ihnen eine kleine Spritze, dann fühlen Sie sich wieder besser.“
Nach dieser Aktion verabschiedete sie sich von Gert. Sie hatte gemerkt, dass ich mit ihm allein sein wollte. Langsam kam die Erinnerung zurück. „Geht es dir wieder besser? Soll ich noch bleiben?“ Gerts Frage reizte mich!
Die Antwort darauf sollte er sich selbst geben! War das nur so dahingesagt oder erwartete er etwa, dass ich ihn anbettelte!
„Wann kommst du wieder?“ Ich hatte eine Heidenangst vor der Antwort. Angst, die ich mit großer Beherrschung hinter einem Lächeln verbarg. Aus Mitleid durfte er auf gar keinen Fall wiederkommen!
„In zwei Wochen komme ich mit Carsta.“ Gert drückte meine Hände, als hätte es keine erschreckende Auseinandersetzung, nie diese unheildrohende Wende gegeben. Er sah eigenartig fremd aus. Diesen Gesichtsausdruck kannte ich nicht an ihm.
Ich nahm noch mal all meinen Mut zusammen, um mir Gewissheit über die nächstfolgende Zeit zu verschaffen. Eine Ablehnung würde ich besser ertragen als vergebliche Hoffnung.
„Werden wir im August im Wochenendhaus Urlaub machen?“ Kaum ausgesprochen, kam mir die Frage unglaublich dumm und naiv vor. Hatte ich das schon einmal gefragt? Ich war völlig durcheinander! Die Frage zurücknehmen, das ging nicht! Aber ich wollte doch nicht betteln!
Da beugte sich Gert schon über mich und drückte mich, als wäre es selbstverständlich. „Das wird schon klappen. Mach dir jetzt bitte keine Sorgen mehr!“, flüsterte er und nickte.
Ich traute meinen Ohren nicht, verbarg aber meine Verwirrung und Freude über diese unerwartete und doch so ersehnte Antwort.
„Kann ich beruhigt nach Hause fahren? Fühlst du dich wirklich wieder besser?“ Gert fühlte sich schuldig, das war nicht zu übersehen.
„Aber ja“, ich konnte jetzt sogar lachen, „ich fühle mich ganz normal! Wenn man das von mir überhaupt noch behaupten kann!“
„Ina, das war jetzt aber ein sehr schlechter Witz! Ich rufe dich wieder an. Carsta wird dir ja schreiben.“ Krampfhaft vermied es Gert, mich an unser Gespräch zu erinnern. Ein Abschiedskuss, Grüße an die Eltern, Wünsche für eine gute Heimfahrt - alles wie immer!
War es das wirklich? Ich sollte mir keine Sorgen mehr machen. Hieß das, es käme alles wieder in Ordnung? Das wäre wunderschön! Ich könnte und würde Gert verzeihen. Aber es blieb eine große Wunde, die nur langsam heilen und eine unschöne Narbe hinterlassen würde.
Diesen Tag werde ich ganz bestimmt nie vergessen! Diese schrecklichen Worte, die so gar nicht zu Gert passten, blieben wohl für mein restliches Leben in mein Gedächtnis ein-

gebrannt! Gleichzeitig war mir eines klar: Ich durfte ihm keine Vorwürfe machen, ihn nie daran erinnern! Es würde mir nicht leicht fallen, aber auch das könnte ich schaffen!

Heute war mir klar, ich hätte nicht weggehen dürfen! Ich hätte das wissen müssen! Die Oberärztin hatte geplant, Gert in seiner sensiblen Phase für sich zu gewinnen.
Wie skrupellos musste diese Ärztin sein, um in meine Ehe einzudringen, die durch meine lange Abwesenheit und schwere Krankheit bereits stark belastet war! Gert war meine einzige Stütze und die sollte mir nun genommen werden! Selbst dann, sollte Gert diese Beziehung selbst angestrebt haben, durfte doch eine Ärztin die Situation nicht derart ausnutzen! Wie war das mit dem ärztlichen Eid zu vereinbaren? Mir blieb unbegreiflich, wie diese Frau es geschafft hatte, Gert so zu manipulieren. Äußerlich hatte sie doch nichts von dem, was er an Frauen anziehend fand. Ich sah sie vor mir mit ihren kleinen, durchdringenden Augen, den schmalen Lippen und der Lücke zwischen den oberen Schneidezähnen. Die kräftigen Beine gaben ihrer Figur etwas Gedrungenes. Auffallend allerdings war ihr gepflegtes, dunkles Haar.
„Sie besitzt wohl andere Qualitäten", hatte Frau Schmidt damals gesagt. Wie Recht sie hatte!
Grausam und überdeutlich drängte sich dieses Gespräch jetzt in meine Erinnerung.
Warum hab ich ihre Hinweise in den Wind geschlagen?
Vielleicht kommt Gert schon bald dahinter, welchen Fehler er mit dieser Frau gemacht hat. Immerhin hatte er den Urlaub im Wochenendhaus nicht abgelehnt.
Sicher hätte ich noch Stunden mit dieser quälenden Grübelei verbracht, wäre Thekla nicht mit dem Abendbrot gekommen. Sie wischte mir den Schweiß von der Stirn und wunderte sich, weil ich trotz Spritze nicht geschlafen hatte.
Niemand durfte von meinem Kummer erfahren! Gert sollte für alle mein treu sorgender Ehemann bleiben!
Meine Appetitlosigkeit entschuldigte ich damit, dass ich zu viel Torte gegessen hatte.
Plötzlich fiel mein Blick auf das leere Bett von Frau Falt. Der Nachttisch, die Konsole ihres Waschbeckens – alles war abgeräumt!
„Wo ist denn Frau Falt?", ich sah ängstlich zu Thekla.
„Sie liegt jetzt in einem anderen Zimmer. Mit einer Patientin, die auch heute operiert wurde." Thekla lachte mich an. „Morgen bekommen Sie eine neue Bettnachbarin. Von Frau Falt soll ich Sie grüßen. Es geht ihr gut."
Heute war es mir recht, allein zu sein. So wurde mir die Entscheidung abgenommen, Frau Falt als Einzige alles zu erzählen oder auch ihr etwas vorzuspielen. Hätte ich ihr meinen Kummer aufbürden dürfen? Wo doch ihr Mann sie auch wegen ihrer Behinderung verlassen hatte?
Was sagte Gert hierzu noch vor wenigen Wochen: „Das ist hart! Der Mann ist charakterlos!"
Ich habe nichts davon bemerkt, dass Gert zu dieser Zeit schon eine Beziehung mit dieser Ruminski hatte - ich konnte sie nicht einmal mehr in Gedanken als Ärztin bezeichnen. Damals hatte sie ihn wahrscheinlich noch nicht davon überzeugt, dass er sich von mir trennen müsse.
Weder die Beruhigungsspritze noch die Schlaftablette hinderten mich am Grübeln.
Aber noch war nicht alles verloren! Mir blieb die Hoffnung auf Urlaub im Wochenendhaus.

Ruhe fand ich in dieser Nacht nicht. Öfter als sonst sah die Nachtschwester zur Tür herein. Thekla kannte sicher den Grund für mein plötzliches Wegtreten. Vielleicht hatte sie mit Gert darüber gesprochen? In diesem Fall würde bald die ganze Station informiert sein.
Sollten sich nur alle ihre Köpfe zerbrechen! Ich bleibe dabei: Nichts anmerken lassen!
In zwei Wochen wollte Gert mit Carsta wiederkommen. Wenn er wirklich fest entschlossen war, mich zu verlassen, brauchte er nichts Derartiges versprechen. An diesen Gedanken klammerte ich mich Tag für Tag. Aber die gewohnten Anrufe blieben aus. Das musste auch dem Personal auffallen. Ich wusste nicht, was mich mehr quälte - die Ahnung, dass alle Betreuer meine vorgetäuschte Unbeschwertheit heimlich belächelten oder der ständige Wechsel von Zuversicht und Hoffnungslosigkeit.
Nach Gerts Aussprache mit dem Chefarzt änderte sich nichts. Die Behandlungen liefen im gleichen, teilnahmslosen Trott weiter. Die Chefvisite war weiterhin oberflächlich und unpersönlich.
Als neue Zimmerkollegin bekam ich Jana, ein hübsches, junges Mädchen von gerade vierzehn Jahren. Unbefangen schnatterte sie den ganzen Tag. Anschaulich und ohne Selbstmitleid erzählte sie mir von ihrem Unfall. Eine riesige Bahnschranke war unverhofft auf Janas Schultern gestürzt und hatte sie lebensgefährlich verletzt. Jetzt war sie bis auf eine Querschnittslähmung unterhalb der LWS wieder hergestellt. Hier in der Reha-Klinik sollte sie nun lernen, mit ihrem neuen Leben zurechtzukommen.
Beeindruckt darüber, wie tapfer sich Jana mit ihrem schlagartig veränderten Leben abfand, zog ich unbewusst mein linkes Bein hoch, stellte den Fuß auf, um die Hand unter den Po zu schieben – das Nachthemd drückte.
Da sah Jana mich mit erstaunten Augen an. „Oh! Sie können ja schon ein Bein bewegen! Sie können bestimmt irgendwann wieder laufen!“
Ich war ganz verlegen. Die Natürlichkeit des Mädchens war entwaffnend. Meine Bewegung musste ja wie Angeberei ausgesehen haben. Zu meinem Glück kam jetzt Frau Meinhard mit dem Reizstromgerät. Interessiert beobachtete Jana, wie die Elektroden an meinem Hals befestigt wurden. An den Fragen, die sie stellte, war zu erkennen, wie intelligent sie war.
Nach der Stimmbandbehandlung entführte mich Frau Kant zum Wasserbecken. Jana bedauerte es jedes Mal lautstark, wenn sie allein im Zimmer bleiben musste. Vorerst war sie dazu verurteilt, den Transfer vom Bett zum Rollstuhl zu üben.
Obwohl Frau Falt mir sehr fehlte, hatte ich Glück mit meiner neuen Zimmergenossin. Sie fragte nur kurz nach meinem Krankheitsbild und erkundigte sich nach meiner Familie. Jana war weder neugierig noch aufdringlich. Sie war zum richtigen Zeitpunkt gekommen. Ohne sie hätte ich oftmals Trübsal geblasen.
Von Carsta kam so oft Post, dass die Schwestern schlechtes Urlaubswetter vermuteten. Aber ich las zwischen den Zeilen – sie wollte mich trösten und hoffte, dass sich inzwischen alles zum Guten gewendet hatte. Vielleicht behielt sie sogar Recht. Gert hatte angerufen und nach einer Besserung gefragt. Darauf konnte ich ihm keine positive Antwort geben. Nachts lag ich sehr oft wach und dachte an Gert. Die Ruminski hatte ein so leichtes Spiel mit ihm! Es käme einem Wunder gleich, wenn er seinen Irrtum eingestehen würde.
Hoffnungslosigkeit und Zuversicht wechselten sich nach wie vor ab.
Zu allem Unglück wurde ich am Freitag vor dem ersehnten Besucherwochenende in ein anderes Zimmer verlegt. Den Grund für die Umquartierung erfuhr ich nicht. Das Zimmer

war sehr groß und dunkel. Die dichten Tannen vor dem Fenster ließen nur wenig Licht herein. Mein Bett stand neben der Tür. Das Bett am Fenster sollte unbelegt bleiben. All das trug nicht zu einer besseren Stimmung bei. Nach außen mimte ich weiterhin unveränderte Gelassenheit.
In meiner ersten Nacht im fremden Zimmer tobte ein Furcht erregendes Gewitter. Es schien sich an den alten Mauern auszulassen. Noch in den Morgenstunden rumpelte es in der Ferne.
Ich rechnete damit, dass Gert und Carsta sich wegen des Unwetters verspäten würden. Aber meine Ungeduld wurde diesmal schnell beendet. Erleichtert atmete ich auf, als Carsta leise und ungewöhnlich langsam hereinkam. Ohne ein Wort zu sagen, schlang sie die Arme um mich. Über sie hinweg sah ich Gert. Er hatte ein merkwürdig verzerrtes, gezwungenes Lächeln aufgesetzt. Als Nächstes registrierte ich sein äußerst nachlässiges Äußeres. Ein unmodernes und ungebügeltes Hemd, zerknitterte, viel zu große Jeans, die ich nicht kannte! Auch war er recht dünn geworden. So hatte ich meinen eitlen Mann noch nie erlebt! Was hatte das zu bedeuten?
Ich verbarg meine Enttäuschung und lächelte Gert zu, als er versuchte, mich ebenfalls zu drücken. Es blieb jedoch beim Versuch, denn Carsta beschlagnahmte mich noch immer.
Ich erschrak heftig, als sie sich aufrichtete. Es war nicht zu übersehen, wie schlecht es ihr ging. Unendlich viele Fragen schwirrten durch meinen Kopf. Vor den Antworten hatte ich Angst! Carsta wischte sich die feuchten Augen. Eine Schülerin bot uns Hilfe beim Anziehen an und befreite uns damit vorerst aus der bedrückenden Situation.
Ich beobachtete Gert. Er sah übermüdet aus und stand untätig daneben. „Die Fahrt ist immer sehr anstrengend“, sagte er, als müsste er sich verteidigen.
Carsta schob meinen Rollstuhl in Richtung unseres kleinen, mit Knöterich umwucherten Pavillons. Gert ging betont lässig neben uns. Wollte er damit andeuten, er wäre nur aus Pflichtgefühl, um nicht zu sagen Carsta zuliebe, gekommen? Oder schämte er sich wegen seines schlampigen Aussehens? Was wollte er nur damit demonstrieren? Mein Herz raste! Gleich würden wir darüber sprechen!
Meine Angst stieg, je näher wir unserem Ziel, den hübschen weißen Bänken kamen. Carsta setzte sich mir gegenüber. Gert ließ sich in auffallend großem Abstand von uns nieder, die Beine weit von sich gestreckt, die Arme auf der Brust verschränkt. Ich musste mich weit nach rechts drehen, wenn ich mit ihm sprechen wollte. Gert wusste, wie schwer mir das fiel.
„Setz dich doch bitte mit zu uns, damit wir uns besser unterhalten können!“, bat ich ihn.
„Ach, ich sitze hier gut! Es ist ja noch genug Platz da für andere Besucher!“, kam die ausweichende Antwort. Damit hatte ich nicht gerechnet. Das war nicht mehr mein Mann! So flegelhaft war er noch nie! Das war peinlich!
„Es hat keinen Sinn mehr, Mami!“, ergriff Carsta das Wort. „Papi hat während der letzten beiden Wochen, als ich im Urlaub war, immer nur bei der Ruminski gewohnt!“
„Sprich nicht so abfällig von ihr! Für dich ist sie immer noch die Oberärztin!“, wies er Carsta zurecht. Dabei sah ich, wie Gert versonnen grinste.
Dann hat SIE es also geschafft, ihn so zu verändern. SIE hat ihn gegen mich aufgehetzt! Wie konnte ich nur so töricht sein und etwas Anderes erhoffen! Ich kam mir bei diesem Gedanken ganz hilflos vor.
Gert machte keine Anstalten, mit mir zu sprechen. Er streckte sich lang auf der Bank aus und schob beide Arme unter den Kopf. Der Anblick war unfassbar, aber vor Carsta musste ich Haltung bewahren. Gert drückte sich auf eine ganz primitive Art vor einer

endgültigen Aussprache. Carsta schwieg. Gert hatte ihr sicher nahe gelegt, mich mit Einzelheiten zu verschonen. Sie sah mich ängstlich an und befürchtete sicher, dass ich in Tränen ausbreche oder die Nerven verliere.
„Wäre sich Papi ganz sicher, dass er uns für immer verlässt, dann würde er die Gelegenheit jetzt nutzen, um mit uns zu sprechen", versuchte ich ihr klarzumachen.
„Meinst du wirklich?", Carsta zuckte die Schultern.
„Ich gebe so schnell nicht auf. Du weißt das! Es ist noch nicht das letzte Wort gesprochen!" Ich drückte ihre Hände, die sie wie zum Trost auf meine Beine gelegt hatte. Obwohl ich selbst Halt brauchte, versuchte ich, Carsta Mut zu machen. Ich wollte sie davon überzeugen, dass man auch gegen ausweglos scheinende Situationen ankämpfen muss. Wie ein Häufchen Unglück – blass und hohlwangig – saß Carsta vor mir. Sie tat mir unendlich Leid.
„Kopf hoch, Carsta! Irgendwie schaffen wir das!", gelang mir jetzt sogar ein Lächeln.
„Mami, du hast es leichter als ich!", sie sah mich traurig an. „Du siehst nicht, wie Papi jeden Tag zu der Ruminski in die Klinik rennt!"
Bei diesem verzweifelten Ausbruch zuckte ich zusammen, als hätte man mich geschlagen. Carsta erschrak ebenso. Sie sah zu Gert hinüber. Aber er war auf seiner Bank eingeschlafen. Warum wirkte dieses übertrieben demonstrative Gehabe jetzt so eigenartig beruhigend auf mich?
Gert benahm sich so unnatürlich! Damit verfehlte er aber den Zweck, ich ärgerte mich nicht mehr. Er machte sich selbst lächerlich! Das konnte nicht von Dauer sein. Nahe liegend und weitaus schlimmer wäre es, wenn er uns beiden überzeugend klargemacht hätte, dass es eine gemeinsame Zukunft für uns nicht gibt. Außerdem hatte er bei seinem vorherigen Besuch den Urlaub im Wochenendhaus nicht ausgeschlossen. Das musste er widerrufen! Also hieß das: Abwarten!
Ich spürte, Carsta erzählte ungern Einzelheiten darüber, was sich zu Hause abspielte. Wegen einer Gastritis konnte sie nur wenig essen und hatte deshalb sehr abgenommen. Jörgs Vater hatte Gert zur Rede gestellt. Er sollte sich besser überlegen, was er tut. Aber Gert hatte darüber nur gelacht, das wäre allein sein Problem.
„Siehst du, das ist alles so ungewöhnlich für ihn. Ich denke, Papi kommt irgendwann zu Vernunft", ich zwang mich, an das zu glauben, was ich mir wünschte. Und wieder hob Carsta zweifelnd ihre Schultern. Ich war wohl wenig überzeugend.
„Es ist Mittag! Wollt ihr nichts essen?" Gert sah zu uns herüber, räkelte sich und gähnte laut.
Ich übersah sein seltsames Gehabe, gab ihm nicht die Genugtuung, dies zu bemerken. Wir gingen in mein Zimmer. Beim Essen brauchte mir Carsta kaum helfen.
„Da beklagst du dich dauernd, hier keine Forschritte zu machen! Du isst ja bedeutend besser als anfangs!", lobte mich Gert unerwartet.
„Aber nur mit der linken Hand und nur mit dem Löffel", konterte Carsta empört, „das hätte sie zu Hause auch gelernt!" Um den drohenden Streit zu verhindern, überredete ich sie, meine Vorsuppe und die Nachspeise, einen Eisbecher mit Sahne, zu essen.
„Wir könnten oben alle drei noch etwas trinken!", ich überhörte Gerts Absicht, allein zum Speiseraum zu gehen. Zu meiner Verwunderung widersprach er nicht. Er schob sogar den Rollstuhl. Niemand, der uns begegnete, ahnte, wie es hinter der Fassade aussah.
Weil es am Nachmittag sehr heiß wurde, bat ich Gert um einen Waldspaziergang. Ich schöpfte Zuversicht, denn Gert schob wieder meinen Rollstuhl. Die Schotterstraße hatte

ein starkes Gefälle. Die Seiten waren nicht befestigt. Links plätscherte ein winziger Bach. Ich nahm an, Gert würde in den Waldweg einbiegen, aber er ging weiter geradeaus.
„Wo fährst du hin?“, der Rollstuhl bekam für mich ein beängstigendes Tempo. Es holperte. Jetzt konnte ich zeigen, wie sicher ich sitze. Ich gab mir Mühe, nicht zur Seite zu kippen.
Wenn ich das Gleichgewicht verliere, schlage ich mit dem Gesicht auf den Schotter, dachte ich und schloss vor Angst die Augen und umklammerte fest die Seitenlehne. Ich hörte, wie Carsta rannte.
„Bist du verrückt, Papi! Was soll denn das!“, schrie sie. Dann gab es einen Ruck und die wilde Fahrt war beendet.
Ich holte tief Luft, aber gegen den Spasmus kam ich nicht an. Mein rechtes Bein ragte stocksteif nach vorn, während sich der rechte Arm angebeugt fest an den Oberkörper presste.
„Seid ihr aber Angsthasen! Was soll denn schon passieren?“, lachte Gert. Aber sein Lachen kam mir fremd vor. Ich fühlte mich ausgelacht. Um die Angst zu verbergen, lachte ich mit.
„Ich wollte doch nur zum Auto fahren“, lachte Gert immer noch. Nur Carsta blieb ernst. Sie bemühte sich, mein Bein wieder anzubeugen. Gerts Lachen reizte mich. „Dann lass endlich los! Ich kann auch allein zu unserem Auto rollen! Vielleicht überschlage ich mich und lande unten im Bach. Oder ein Auto überfährt mich, dann ...“
„Was redest du für einen Unsinn!“, amüsierte er sich. „Du verstehst keinen Spaß mehr!“
„Was willst du am Auto?“, fragte ich, das Thema wechselnd.
„Ich möchte mal mit dir durch den Ort fahren. Da kann ich dir zeigen, wo ich heute mit Carsta übernachte“, bekam ich zur Antwort. Dass mir ein Waldspaziergang lieber gewesen wäre, hätte Gert wissen müssen.
„Ihr hättet wieder in der Klinik bleiben können. Das ist bequemer und billiger“, sagte ich.
„Ach, ich wollte mal was Anderes sehen!“, schüttelte Gert den Kopf.
Inzwischen saß ich wieder gerade. Gert hatte mich im Rollstuhl zurechtgerückt.
„Soll ich loslassen?“ Versuchte er mir Angst zu machen? Oder bildete ich mir das nur ein?
„Lass los!“, hörte ich mich sagen, obwohl ich das gar nicht wirklich wollte.
Da ratterte der Rollstuhl schon los – wurde immer schneller! Vor Angst beugte ich mich vor und legte die Stirn fest auf die Knie.
Wenn ich so zusammengerollt falle, kann mir nicht viel passieren, waren meine Gedanken, bis ich Gert wieder laut lachen hörte. Dann verlangsamte sich die Fahrt und der Rollstuhl blieb sanft stehen. Ich war an der linken Straßenseite im Grasstreifen abgebremst worden.
Dicht vor mir sah ich einen wackligen Birkenzaun, dahinter den Bach. Beim Aufrichten wünschte ich mir, durch diesen Zaun hindurch in den Bach zu stürzen. Hätte ich dazu die Kraft gehabt, dann hätte ich es getan! Erstmals während meiner Krankheit überfielen mich solche Gedanken. Ich schämte mich dieser Schwäche sofort, als ich Carsta neben mir sah.
So sehr ich auch versuchte, in ihrem Gesicht zu lesen, ich sah nur Traurigkeit - keinen wütenden Blick zu Gert, der noch immer lachte.
„Na, merkst du endlich, dass nichts passieren kann?“, sagte er.
„Ich hatte keine Angst“, verteidigte ich mich, obwohl mir übel war von diesem zweiten Schreck in so kurzer Zeit.

„Das sah aber ganz anders aus!", erheiterte sich Gert meinetwegen. Ich zeigte nicht, wie verzweifelt ich war. Vielleicht wollte er nur einen Scherz mit mir treiben, den ich missverstand. Dabei war ich so in Gedanken versunken, dass ich nicht bemerkte, wie wir zum Parkplatz gelangt waren.
„Schon überstanden, den Schreck in der Mittagspause", scherzte Gert. Vor uns stand eine Reihe parkender Pkws. Darunter erkannte ich unser Auto mit dem winzigen Aufkleber auf der Motorhaube - ein schwarzes Pferdchen!
Gert öffnete die Beifahrertür, um mich auf den Sitz zu heben. Plötzlich sah ich meinen Knirps auf der Ablage! Wie kam mein Schirm dorthin? Nur diese Ruminski konnte ihn benutzt haben! Deutlich sah ich sie neben Gert in unserem Auto sitzen. Es traf mich wie ein Blitz! Wie elektrisiert zuckte ich zusammen. Mein ganzer Körper wurde spastisch. Langsam rutschte ich nach unten. Es gelang Gert nicht, mich aus dem Rollstuhl zu heben.
„Was machst du denn?", schrie Gert mich an. „Reiß dich zusammen!"
Ich wollte mich nicht ins Auto setzen und fing an zu weinen. Carsta sah mich erschrocken an.
„Jetzt drehst du wohl auch noch durch! Oder was soll die Schauspielerei?", Gerts Stimme klang so zynisch, als spräche er zu einer Fremden. Gewaltsam zog er mich auf den Sitz zurück.
„Das Theater hättest du mir ersparen können! Wie soll ich wissen, dass du nicht mit dem Auto fahren willst? Ich hab es nur gut gemeint!" Damit schlug er die Tür zu.
Der Knall brachte mich in die Wirklichkeit zurück. Schweigend gingen wir zurück zur Klinik. Auf dem Hof waren jetzt alle Bänke besetzt. In der letzten Stunde hatte ich alles falsch gemacht! Niemals hätte ich so die Beherrschung verlieren dürfen! Ich fühlte mich wie zerschlagen. Obwohl es noch früh am Nachmittag war, suchten wir mein Zimmer auf. Die Schwestern wähnten mich gut versorgt und wollten erst zur Nachtruhe nach mir sehen. Ich widersprach nicht, als Gert mich zu Bett brachte.
Dann lümmelte er sich mit weit von sich gestreckten Beinen in meinen Rollstuhl, den er ans Fenster gestellt hatte. Gert beachtete uns nicht mehr. Er drehte uns den Rücken zu.
„Was war los mit dir, Mami?", flüsterte Carsta. Sie setzte sich zu mir auf die Bettkante.
„Mein Schirm! Wie kommt er ins Auto?", fragte ich mit vager Hoffnung, dass Carsta ihn benutzt hatte.
„Den hat sicher die Ruminski gehabt. Sie sind jeden Tag mit unserem Auto unterwegs. Ich dachte, du weißt das. Papi sagte, er hat dir alles erzählt."
„Ja, das hat er. Aber er darf dieser Frau doch nicht einfach meine Sachen geben!" Ich wehrte mich gegen die Vorstellungen, die der Schirm in mir ausgelöst hatte.
Wie sollte ich Carsta den Zusammenhang verständlich machen?
„Sieh mal, Carsta", begann ich, „als sich Papi vor zwei Wochen von mir verabschiedete, hatte ich den Eindruck, dass er doch noch nicht fest entschlossen ist."
„Aber du bist nicht zu Hause, Mami! Die Ruminski hat ihn völlig in der Hand! Die anderen Frauen, deren Ehen sie auseinander brachte, kamen auch nicht gegen sie an!"
Carsta sah verzweifelt auf den Boden: „Glaub mir, diese Frau hat Übung darin! Papi ist ihr völlig hörig! Damit müssen wir uns abfinden."
Wieder war Gert eingeschlafen. Diesmal in meinem Rollstuhl! Der Anblick war unglaublich für mich. Was war nur aus meinem pedantischen Mann geworden! Wo hatte er seine guten Manieren gelassen? Ohne Worte sagte er, dass er ein Anderer geworden war und nichts mehr mit uns zu tun haben will. Ich deutete das als Protest gegen unsere harmo-

nische Vergangenheit. Carsta war meinem Blick gefolgt. „Das tut er nur, um uns zu ärgern", sagte sie wütend, „gut, dass wir allein sind!"
Das tat sehr weh. Und doch blieb immer wieder die Hoffnung, dass sich alles wieder einrenken könnte.
Unwillkürlich dachte ich jetzt an diese abgegriffenen Schmöker, die Oma Jenni von ihren BRD-Reisen manchmal mitbrachte. Wenn ich Carsta beim Lesen dieser niveaulosen Lektüre ertappte, gab es stets Ärger. Wie ähnlich war unser Leben diesen unglaubwürdigen Erzählungen geworden!
„Woran denkst du?" Carsta entwickelte schon ein Gespür für meine Grübelei.
„Was hältst du davon, an Papi einen Brief zu schreiben? Ich hätte ihm so viel zu sagen. Aber du siehst ja, er würde bestimmt nicht zuhören. Würdest du für mich schreiben und ihm den Brief zu Hause geben? Etwas zu schreiben ist viel leichter als zu sagen", abwartend sah ich Carsta bei diesem spontan gefassten Entschluss an. Sie war nicht leicht von meiner Idee zu überzeugen. Aber als sie Gert betrachtete, wie er, fest schlafend, im Rollstuhl flegelte, holte sie Stift und Briefpapier.
Hastig diktierte ich, was ich Gert in der jetzigen Situation nie gesagt hätte. Ich entschuldigte sein Verhalten der letzten Wochen, erwähnte aber nichts Direktes von seinem Verhältnis mit der Oberärztin. Ich sprach von der positiven Beurteilung Frau Dr. Leonhardts. Wie sie mir glaubhaft erklärte, dass bisher ungenutzte Nervenzellen die Funktion der abgestorbenen übernehmen können. Ich beschrieb meine Restfunktionen, die entgegen der Anordnung von Frau Dr. Leonhardt hier nicht gefördert wurden. Sie und auch der Stationsarzt waren der Meinung, dass kein Arzt mit Sicherheit sagen kann, wie sich mein derzeitiger Gesundheitszustand demnächst verbessern würde. Ich erinnerte Gert daran, dass auch Werner dieser Meinung war. Ich beteuerte, dass ich den festen Willen habe, wieder gesund zu werden und dass ich das nur mit seiner weiteren Hilfe kann.
Ich schloss den Brief mit den Worten: „Ich nehme an, dass Chefarzt Dr. Stielig dir gesagt hat, meine Behinderung sei unabänderlich. Und nun schreckst du davor zurück, noch länger auf eine Besserung zu warten. Das verstehe ich. Aber erst die Zukunft wird zeigen, welcher der vielen Ärzte, die mich bisher behandelt haben, Recht behält."
Trotz der vorangegangenen Spannungen und Kränkungen verabschiedete ich mich im Brief mit lieben Grüßen. Carsta fand das unpassend. Ich ließ es mir nicht ausreden, denn Gert sollte wissen, dass ich Verständnis für seinen Irrtum habe. Ich kannte Gert gut genug – es würde ihm sehr schwer fallen, seinen Fehler zuzugeben.
Carsta versprach, den bedeutungsvollen Brief wie vereinbart abzuliefern. Ich hoffte nur, Gert hatte wirklich fest geschlafen und nichts von unserem Vorhaben gemerkt.
„Er ist so müde, weil er gestern wieder die ganze Nacht bei der Ruminski in der Klinik verbrachte! Auf der Autobahn ist er bald eingeschlafen!" Carsta sagte das nicht gerade leise.
„Das ist ja furchtbar!", ich erschrak so sehr, dass Carsta mich sofort wieder beruhigte.
„Keine Angst, Mami! Ich hab mich dann mit ihm gestritten, da blieb er vor Ärger wach!"
Auch das passte so gar nicht zu Gert. Er war bisher immer ein gewissenhafter Autofahrer.
Plötzlich sprang Gert hoch! „Wir müssen los! Unsere Wirtin wartet mit dem Abend-essen! Komm, Carsta!"
„Schade! Ich hätte gern hier mit euch gegessen!" Ich konnte meine Enttäuschung nicht verbergen, als sich Gert flüchtig verabschiedete. Er hatte es auffallend eilig.
„Ich hätte gern wie immer in der Klinik übernachtet", flüsterte mir Carsta ins Ohr. Sie drückte mich, als wäre es ein Abschied für lange Zeit.

Schon nach wenigen Minuten kam Schwester Karin mit dem Abendbrot. Sie fragte nicht nach meinem Besuch. Während sie mir beim Essen half, plauderte sie lustig von einem Patienten. Er hatte sich bei seiner Geburtstagsfeier betrunken. Anschließend war er mit seinem elektrischen Rollstuhl unkontrolliert durch den Flur gerast. Karin musste sich einen Pfleger zu Hilfe holen, um den wilden Zecher einzufangen.
Aber die Schilderung des lustigen Zwischenfalls lenkte mich nur kurz von meinem Kummer ab. Ich dachte an den Brief. Ob ich damit das Richtige getan hatte? Ich rechnete damit, dass sich Gert beim Lesen dieser Zeilen Zeit nehmen und sich Gedanken machen wird.
Mehrmals ließ ich alle Ereignisse des Tages Revue passieren. Gerts Verhalten blieb unerklärlich. Ich durfte nicht mehr so empfindlich sein, mich nicht mehr provozieren lassen! Alle Hoffnung setzte ich auf den Sonntag.

Meine guten Vorsätze wurden am Sonntagmorgen auf eine weitere Probe gestellt. Obwohl Gert ein Frühaufsteher war, kamen meine beiden erst gegen zehn Uhr.
„Du hast sicher schon lange auf uns gewartet", begrüßte mich Carsta, „aber Papi kam nicht aus den Federn!"
„Wir haben noch lange genug Zeit! Schließlich muss ich ja mal ausschlafen! Oft genug war ich die ganze Nacht zum Bereitschaftsdienst im Betrieb!", verteidigte sich Gert.
Diese primitive Lüge war nicht mehr nötig! Carsta reagierte entsprechend. Sie funkelte ihn böse an.
„Du hast gewusst, dass Mami auf uns wartet! Warum hast du dann das Frühstück so lange ausgedehnt und noch ewig mit Frau Hanig erzählt?", fragte sie angriffslustig.
„Wenn du ständig Streit suchst, fahre ich sofort nach Hause! Es geht dich nichts an, was ich mit unserer Wirtin bespreche! Merk dir das!", Gert war schlecht gelaunt.
„Streitet euch jetzt nicht. Ich freue mich auf den Tag mit euch", versuchte ich zu schlichten.
Aber leider verlief der ganze Sonntag so spannungsgeladen, wie er begonnen hatte. Als wir endlich nach draußen kamen, waren alle Bänke im Park besetzt, nur auf dem Hof fanden wir noch freie Stühle im Schatten. Hier konnten wir uns allerdings nicht ungestört unterhalten, da andere Besucher in unmittelbarer Nähe saßen. Am Nachmittag hatten wir mehr Glück. Wir eroberten unseren Stammplatz und waren allein! Dies wiederum hatte den Nachteil, dass Gert sich, wie am Tag zuvor, von uns distanzierte, sich auf die Bank legte und schlief. So blieb mir nur wieder die Unterhaltung mit Carsta.
„Papi wird heute zeitig zurückfahren, weil die Ruminski Wochenenddienst hat", begann sie unser Gespräch. „Er merkt nicht, wie lächerlich er sich macht, wenn er dauernd zu ihr in die Klinik rennt. Er ist stolz darauf, dass er dort ein- und ausgehen kann, als würde er schon dazu gehören. Mir ist das alles so peinlich!" Carsta war verbittert.
„Siehst du", lenkte ich ab, „das passt doch so gar nicht zu Papi! Sicher kommt alles ganz anders, als wir befürchten."
„Du irrst dich, Mami! Er bildet sich was darauf ein, mit einer Ärztin zusammen zu sein! Wenn du wüsstest, wie er damit prahlt! Es ist ihm egal, dass sie einen schlechten Ruf hat!"
In ihrem Kummer merkte Carsta nicht, wie weh mir diese Darstellung tat. Sie musste schon viel zu lange alles allein verkraften. Sie musste es ertragen, dass ihr Vater sich mit einer Frau eingelassen hatte, deren Lebenswandel von allen Bekannten vielsagend belächelt wurde.

„Ich sehe das anders!“, sagte ich. „Die Initiative ging ganz bestimmt von der Ruminski aus! Das begann schon damals, als sie Papi in ihre Sprechstunde bestellte. Erinnerst du dich?“
„Ja, ich weiß! Aber das ist keine Entschuldigung für sein Verhalten!“, sie war nicht umzustimmen. Mir schien, sie war in den letzten Wochen um Einiges reifer geworden.
Der Nachmittag war schnell vergangen. Unvermutet rappelte sich Gert von seiner Schlafbank auf. Er sah es offensichtlich als selbstverständlich an, dass er sich nicht mit uns unterhalten hatte. Wir gingen in mein Zimmer. Carsta zog mir das Nachthemd an. Gert hob mich ins Bett. Er wollte im Hellen nach Hause fahren. Wieder eine unpassende Ausrede, denn es vergingen noch Stunden bis zum Beginn der Dämmerung.
„Vielleicht könnt ihr mich bei eurem nächsten Besuch mit heim nehmen? Wir wollen ja im August im Wochenendhaus Urlaub machen.“ Meine Frage war äußerst unangebracht, das wusste ich. Aber bekanntlich ist Angriff die beste Verteidigung. Ich wollte um jeden Preis meine Familie retten. Da musste ich diese Frage stellen.
„Ja, ich weiß nicht genau, wann wir wiederkommen werden“, Gert war sichtlich verblüfft. „Und ... na, du weißt, wie schwer man die polizeiliche Genehmigung bekommt“, stammelte er.
Jetzt hätte er sagen können, dass er mich nicht nach Hause holt. Dass er nicht mit mir den Urlaub im Wochenendhaus verbringen will, dachte ich blitzschnell.
„Du schaffst das schon!“, fiel ich ihm ins Wort und gab mich unbefangen.
„Ich schreibe dir gleich“, lenkte Carsta geschickt ab.
Gert hatte nicht den Mut, meine Frage eindeutig zu beantworten. Ich wertete das als positiv für mich. Er war also noch immer unentschlossen! Ich blieb mit dem kleinen Trost zurück, keine Ablehnung erhalten zu haben.

Die Woche begann wie üblich. Ungewohnt war nur, dass mich niemand unterhielt. Jana fehlte mir! Angeblich war sie zu unruhig für mich. Ich hätte gern gewusst, wer sich diesen Unsinn ausgedacht hatte. Aus unerklärlichen Gründen sollte ich allein in dem großen Zimmer bleiben, das mir jetzt noch düsterer erschien als bei meinem Einzug.
Ich war unruhig. Gert hatte gestern Abend nicht wie üblich angerufen, um mir zu sagen, dass sie beide gut angekommen waren. Als ich dann nebenan im Schwesternzimmer das Telefon hörte, lauschte ich ängstlich. Wenn Gert vormittags anrief, bedeutete es nichts Gutes! Ich erinnerte mich an seine Absage für den geplanten Wochenendbesuch. Mein Herz raste!
Unsinn, sagte ich mir, böse Vorahnungen gibt es nicht! Gert wird am Nachmittag anrufen!
Da stand auch schon Schwester Thekla neben meinem Bett! Sie hielt das Telefon in der Hand: „Ihr Mann wollte mir was vom Urlaub erzählen. Aber ich sagte, dass er besser selbst mit Ihnen sprechen soll!“ Thekla hielt mir den Hörer ans Ohr. Sie meinte es gut. Aber was ich hörte, war wie ein bitterböser Traum.
Gert räusperte sich. Seine Stimme klang fremd und sehr verlegen. Mir kam der Verdacht, dass die Ruminski bei ihm war und das Gespräch mithörte. „Aus unserem Urlaub im Wochenendhaus wird nichts! Du weißt, weshalb. Wir brauchen darüber nicht mehr sprechen!“, Gert machte eine Pause.
Ich reagierte geistesgegenwärtig – niemand sollte etwas davon erfahren! Thekla durfte keine Schlüsse aus meinen Worten ziehen!
„Danke! Ich richte mich danach. Schön, dass du gleich angerufen hast!“, antwortete ich.

„Am Donnerstag nehme ich meinen Haushaltstag und fahre mit Irmgard zum Ärztekongress", war Gerts Antwort darauf. Es knackte in der Leitung. Ohne Gruß hatte er aufgelegt.
„Darf ich wieder gehen?", lachte mich Thekla an. Sie hatte also nichts mitbekommen. Ich nickte ihr zu, zum Zeichen, dass das Gespräch beendet war.
Wieder allein, erfasste ich erst das drohende Unheil. Es gab keinen Urlaub für mich!
Aber warum erzählte mir Gert, dass er einen freien Tag, den Haushaltstag, nimmt, um SIE zu begleiten? Ich wollte das nicht wissen! Jetzt war ich sicher, Gert sprach in IHREM Auftrag! So unendlich brutal war Gert nicht! Diesen Haushaltstag – einen arbeitsfreien Tag monatlich – bekam er, um mehr Zeit für mich zu haben. Werner hatte das für uns durchgesetzt. Und nun nutzte Gert dieses Privileg für eine andere Frau! Wie konnten beide nur so dreist sein! Damit hatte mich Gert bewusst gekränkt! Er wusste, wie sehr er meinem Gesundheitszustand damit schaden konnte. Vielleicht hatte SIE Gert zu diesem Gespräch gezwungen, weil er unseren Urlaub im Wochenendhaus wieder nicht abgesagt hatte? Vielleicht ... vielleicht! Verrückte Gedanken rasten mir durch den Sinn.
Heute kam es mir gelegen, dass Frau Kant mich ins Wasserbecken hing und auf unbestimmte Zeit verschwand. So konnte ich ungestört nachdenken. Hatte es diese Oberärztin geschafft, dass nun endgültig alles vorbei war? Wie sollte ich von hier wegkommen? Gert hatte nicht gesagt, wann und ob er noch einmal herkommt. Vielleicht wurde er gestern noch von ihr vor die Wahl gestellt: Entweder sie oder ich! Meine Verzweiflung wuchs von Minute zu Minute.
Als Frau Kant mich aus dem Wasser holte, war ich verkrampft wie nie zuvor. Beim Mittagessen verschluckte ich mich häufig. Frau Hildebrand war sehr verständnisvoll.
„Zwingen Sie sich nicht zum Essen. Jeder hat mal einen schlechten Tag. Am Nachmittag üben wir Schreiben. Das wird Ihnen Freude machen."
Während der Mittagsruhe grübelte ich, wie ich mich mit Carsta in Verbindung setzten könnte. Wer würde für mich einen Brief schreiben? Ich könnte Werner um Hilfe bitten. Aber hier war niemand, dem ich meinen Kummer anvertrauen konnte.
Wie vereinbart holte mich Frau Hildebrand zu Schreibübungen in den Arbeitstherapietrakt.
Als sie mir die Schreibhilfe an der linken Hand befestigte, kam mir der Gedanke, dass ich sie um Hilfe bitten könnte. Dabei atmete ich laut auf. Das führte zu einem Missverständnis.
„Oh! Das ist kein Grund zum Seufzen!", lachte Frau Hildebrand. „Sie schaffen das! Zunächst probieren Sie, Ihren Namen zu schreiben. Das muss nicht so exakt aussehen. Es ist ja möglich, dass Sie bald mal etwas unterschreiben müssen!"
Ich erschrak! War das eine Anspielung? Die Unterschrift brauchte ich bei einer Scheidung! Und die Therapeutinnen waren anwesend bei Gerts Aussprache mit dem Chefarzt. Hatten sie darüber gesprochen? Was wusste Frau Hildebrand? Ich verwarf meine Idee, sie zu Rate zu ziehen.
„Ich gehe mal kurz rüber zu meiner Chefin. Sie kommen allein zurecht?" Meine Therapeutin unterbrach das Puzzlespiel meiner Gedanken. Ich nickte nur und sah ihr nach. Eine andere Arbeitstherapeutin sprach bereits mit ihrer Chefin. Dazu trat nun auch Frau Hildebrand. Die drei rechneten nicht mit meinem guten Gehör und meinem Sinn für Diplomatie. Angeregt unterhielten sie sich. Es ging darum, dass Gert und Carsta bei einer Bekannten dieser Chefin übernachtet hatten. Noch spät am Samstagabend hatte die Ruminski dort angerufen und Gert gebettelt, er möchte doch nach Hause kommen. Ich

war schockiert von der Vorstellung, dass meine Rivalin vor nichts zurückschreckte. Sie gönnte mir nicht einmal mehr ein Wochenende mit Gert! Das erklärte sein Verhalten am Sonntag.

„Was hat diese Frau für einen Charakter! Wie kann sie nur so dreist sein und hier anrufen! Sie macht kein Hehl daraus, einer kranken Frau den Mann wegzunehmen!", empörte sich eine der Therapeutinnen.

„Er ist trotzdem erst am späten Sonntagnachmittag zurückgefahren", Frau Hildebrand sah zu mir herüber. Sie merkte wohl, dass ich der Unterhaltung gefolgt war, denn sie wurde auffallend verlegen. Die drei Frauen flüsterten jetzt. Aber ich war weiterhin Gegenstand ihres Gesprächs. Ihre Blicke wanderten oft zu mir. Mechanisch führte ich den Stift übers Papier. Ich hoffte nur, dass Carsta nicht Zeuge dieses unverschämten Anrufs gewesen war.

„Na, das sieht aber recht gut aus!", unbemerkt war Frau Hildebrand hinter mich getreten. Taktvoll lobte sie meine kümmerlichen Schreibversuche.

Zum weiteren Grübeln fehlte mir nun die Gelegenheit. An diesem Nachmittag schien sich das ganze Personal bei mir verabredet zu haben. Nach der Arbeitstherapie beschäftigte mich Frau Meinhard mit der Reizstrombehandlung. Gleich anschließend rollte Schwester Hilde eine Personenwaage ins Zimmer. Dr. Bertram folgte mit einem Stapel von Krankenblättern.

„Mal sehen, ob wir Sie gut gefüttert haben", schmunzelte Hilde. Ich lächelte zurück. Wenn schon alle von meinem Unglück wussten, wollte ich keine Schwäche zeigen. Helfen konnte mir hier niemand. Ich wollte nicht bemitleidet werden!

Mein Gewicht hatte sich seit der Aufnahme nicht geändert. Dr. Bertram war nicht zufrieden. „Sie müssen zunehmen, damit Sie mehr Kraft bekommen", er redete mir gut zu. Mein Gewicht sollte nun öfter kontrolliert werden.

Danach blieb ich allein im Zimmer. Schwester Hilde wollte eine Arbeitstherapeutin schicken, die bis zum Abendessen mit mir auf den Hof gehen sollte. Fast zwei Stunden saß ich wartend vor meinem Bett. In so einer Situation war ich häufig! Aber ich ärgerte mich nun nicht mehr darüber. Jetzt gab es Schlimmeres! Ich fühlte mich elend. Ich suchte verbissen nach einem Weg, die Verbindung mit meinem Zuhause wieder herzustellen.

Erst zum Abendessen kamen zwei Studentinnen. Sie brachten mich ins Bett und halfen beim Essen. Ich war froh, dass die beiden Mädchen keine Fragen stellten. Ich wollte nur schnell einschlafen. Das war ein Wunsch, der selten in Erfüllung ging.

Die folgenden Tage vergingen wie ein Film, der neben mir ablief. Mechanisch absolvierte ich alle Aufgaben und Übungen. Sie brachten keinerlei Fortschritte. Ständig dachte ich daran, dass Gert sich nicht mehr um mich kümmern wird. Wozu sollte ich mich anstrengen? Was wird mit mir, wenn meine Zeit hier abgelaufen ist?

Ich aß wenig und hatte zum Entsetzen von Dr. Bertram in einer Woche 5 kg abgenommen. Ich ging davon aus, dass dem ganzen Personal der Grund meiner plötzlichen Gewichtsabnahme bekannt war. Zweimal war ich kopfüber aus dem Rollstuhl gekippt. Ich war kurz ohnmächtig, deshalb durfte ich nur noch halbtags das Bett verlassen. Jetzt war ich froh, allein im Zimmer zu sein. Alle Schwestern verhielten sich unverändert. Schwester Else schnauzte mich nachts sogar an, als ich sie bat, den Schaumgummi an meinen Füßen zu lockern. Es war sehr heiß. „Meine Füße brennen auch!", schrie sie und warf die Tür mit lautem Knall zu, ohne mir zu helfen.

Eine neue Schwester hatte zu dieser Zeit angefangen. Helene war mir sympathisch. Sie war etwa in meinem Alter, sehr gepflegt und immer gleich bleibend freundlich. Oft brachte sie mir abends noch eine Scheibe Brot mit selbst gemachtem Schweineschmalz.
„Essen Sie nur! Ich freue mich, wenn es Ihnen schmeckt! Sie erinnern mich an eine Patientin, die das gleiche Krankheitsbild hatte wie Sie“, sagte sie oft, wenn sie sich zu mir setzte.
Schließlich fragte ich dann nach dieser Frau. Ich dachte, die Unterhaltung könnte mich etwas ablenken. Aber das Gegenteil war der Fall! Ich hätte nicht fragen sollen!
„Ach, die Arme!“, seufzte Helene. „Zwei Jahre nach Ausbruch der Krankheit starb sie. Bis zuletzt glaubte sie daran, wieder gesund zu werden. Ich war dabei, als sie in den Armen ihres Mannes einschlief.“
Bei dieser Eröffnung würgte ich schnell den letzten Bissen hinunter. Ich musste mich sehr beherrschen. Warum erzählte Helene mir das? Also hatte ich mich in ihr getäuscht!
„Na gut“, sagte ich, „dann habe ich ja zum Glück nur noch etwa sechs Monate vor mir!“
„Oh! Das habe ich nicht so gemeint!“, Helene wurde ganz rot. „Bitte vergessen Sie das! Sprechen Sie bitte nicht darüber! Das könnte meine Entlassung bedeuten!“
Darauf konnte ich nicht antworten. Ohne Worte machte ich Helene klar, dass ich schlafen möchte. Nach diesem seltsamen Gespräch war sie ganz außergewöhnlich um mich besorgt. Das kam mir besonders nachts zu Gute. Helene drehte mich dann ohne Aufforderung, gab mir zu trinken und lagerte meine Füße so, dass der Schaumgummi nicht drückte. Helene baute auf meine Verschwiegenheit und ich verschaffte mir dadurch Vorteile. Eine Eigenschaft, die mir bisher fremd war. Das grenzte an Erpressung. Aber was konnte mir schon passieren in dem halben Jahr, welches ich – laut Helenes Prophezeiung – noch hatte.
Ich zählte nun nicht mehr die Tage wie in den vergangenen Wochen. Wozu auch? Besuch war nicht zu erwarten. Ein Tag war wie der andere.
Einzige Abwechslung waren Carstas Briefe. Darin beteuerte sie immer wieder, sie würde niemals zulassen, dass man mich in ein Pflegeheim bringt. Immer endeten ihre Briefe mit Sätzen wie: „Meine liebe Mami, mach dir bitte keine Sorgen! Wenn ich mein Studium beendet habe, werde ich dich pflegen, bis du wieder selbst für dich sorgen kannst. Ich halte mein Versprechen!“ Unzählige Male las ich diese Sätze. Dabei weinte ich hemmungslos.
Wie mochte es daheim zugehen, wenn Carsta mir so etwas schrieb! Vielleicht hatte Gert mich bereits in einem Pflegeheim angemeldet? Ich konnte die Einweisung ablehnen. Aber wo sollte ich hin? Carsta meinte es so gut. Aber mit ihren achtzehn Jahren konnte sie noch nicht überblicken, was da eigentlich auf uns zukam. Sie war zu jung, um mir die Hilfe Gerts zu ersetzen. Immer wieder musste ich daran denken, wie oft er versprochen hatte, mich niemals im Stich zu lassen.
Und welche Sorgen werden sich meine Eltern machen? Sie hatten sicher schon erfahren, dass Gert mich verlassen will. Meiner Mutter wird es besonders schwer fallen, das Verhalten ihres geliebten Schwiegersohnes zu verkraften.
Wäre in diesem Augenblick nicht Norbert ins Zimmer gestürmt, dann wäre ich wieder in endloses Grübeln verfallen. Norbert war der Medizinstudent im Praktikum. Nach anfänglichen Schwierigkeiten klappte es bald gut mit unserer Verständigung. Der Kummer hatte mir im wahrsten Sinne des Wortes die Sprache verschlagen. Norbert war immer freundlich und verständnisvoll. Er interessierte sich für den Verlauf meiner Krankheit

und war ein guter Zuhörer. Ihm vertraute ich meine Familientragödie an. Es tat gut, mit ihm darüber zu reden.
Auch über das Todesurteil von Helene sprach ich mit Norbert. Dazu meinte er, Helene nehme es mit der Wahrheit nicht so genau. Sie wolle sich damit nur wichtig tun.
„Sie haben dieses Märchen doch hoffentlich nicht geglaubt?", fragte er besorgt. „Dann müssen Sie darüber unbedingt mit Dr. Bertram sprechen! Er wird Ihnen erklären, wie unbegründet diese Behauptung ist." Aber davon sah ich ab, da mich die Angelegenheit nicht sonderlich berührte. Ich glaubte Norbert. Durch ihn hatte ich gelernt, dass man mit großen Sorgen nicht durch Einigeln fertig werden kann. Er verstand es, mich etwas von meinem Kummer abzulenken.
Dass Norbert auch zu mir Vertrauen hatte, zeigte er, indem er offen über politische Probleme diskutierte. Er vertraute mir an, dass er gezwungen wurde, der SED beizutreten, nur um einen Studienplatz zu bekommen. Norbert bezeichnete sich nicht als treuen Staatsbürger.
„Wenn es so einfach wäre, hätte ich der DDR schon längst den Rücken gekehrt", sagte er oft.
Norbert setzte auf meine Verschwiegenheit – so wie ich auf die seine. Von ihm erfuhr ich, was sich außerhalb der Klinik – im Grenzgebiet – ereignete. So erzählte er mir von drei Jugendlichen, die in der vergangenen Nacht durch den Wald in die BRD flüchten wollten. Die Schüsse, die mich geweckt hatten, galten also nicht dem Wild, sondern den Republikflüchtlingen. Einer der drei war angeblich tödlich verletzt worden. Die beiden anderen wurden verhaftet.
„Vor der Wahl wird die Grenze verschärft bewacht. Das hätten die drei wissen müssen!", erzählte Norbert. Ich selbst hatte auch nicht an die bevorstehende Wahl gedacht.
„Man liegt hier völlig abgeschirmt", überlegte ich, „wozu soll ich dann wählen? Ich habe genug mit mir selbst zu tun! Die Partei hilft mir bestimmt nicht!"
„Sie haben ja so Recht!", murmelte Norbert. „Unser Erich bekommt wie immer 99,8 % der Stimmen! Man dürfte aus Protest nicht zur Wahl gehen!"
„Tun Sie das lieber nicht! Denken Sie an die Folgen! Dann hätte ich niemanden mehr, mit dem ich mich so schön unterhalten kann!" Das fand er dann doch lustig. Er hatte Wochenenddienst, da brachten die Gespräche mit ihm Abwechslung – ein kleiner Trost!
Norbert war in jeder Situation ein kritischer Beobachter. Diese Erfahrung machte ich bei meinen Stehversuchen mit Frau Meinhart und Frau Kant. Sie platzierten mich wie gewohnt vor dem Bett und hakten mich links und rechts unter. Dabei schnatterten sie lebhaft.
Keine der beiden achtete darauf, wie ich langsam zur Seite kippte und schließlich zusammengesunken an ihren Armen hing. Norbert beschäftigte sich währenddessen mit meiner Antidekubitusmatratze. Als ich aber ins Bett gelegt werden sollte, meldete er sich lautstark.
„Ich hab euch beobachtet!", schimpfte er. „Was habt ihr denn für eine Arbeitseinstellung! So könnt ihr nicht mit Patienten umgehen!"
„Es geht nicht besser! Sie steht immer schlechter!", verteidigte sich Frau Korn wütend. „Was geht dich das überhaupt an? Kümmere dich um deine Angelegenheiten!"
„So steht Sie sicher! Dabei könnt ihr natürlich nicht dumm rumquatschen!" Norbert hielt mich fest an beiden Schultern und richtete mich auf. So wie es Gert damals mit Frau Meinhard abgesprochen hatte. Sie blieb ruhig, nickte mir aber schuldbewusst zu.
„Du hast dauernd und überall was zu meckern!", Frau Korn nahm die Kritik nicht an.

Als beide gegangen waren, wollte ich mich bei Norbert bedanken. Da zog er schmunzelnd einen Brief aus seiner Kitteltasche. Die Schrift kannte ich nicht. Sofort bekam ich Herzrasen! Ich ließ Norbert das Kuvert öffnen. Er breitete zwei dicht beschriebene Blätter vor mir aus und ließ mich dann allein. Der Brief war von Rita! Sie schrieb sicher im Auftrag von Werner! Ohne Umschweife erzählte sie mir, dass sie beide wüssten, was Gert sich geleistet habe. Sie verurteilten sein Verhalten sehr und hätten ihm das niemals zugetraut. Aber ich solle immer daran denken, dass alles wieder in Ordnung kommen kann. Dass Gert den Charakter dieser Frau über kurz oder lang durchschauen würde. Und ich dürfe nicht vergessen, dass diese enorme psychische Belastung mich weit in meiner gesundheitlichen Weiterentwicklung zurückwerfen kann. Ich solle auf keinen Fall aufgeben, sondern weiter kämpfen und tapfer sein. Ich solle Gert beweisen, wie viel Kraft in mir steckt und ihm die Möglichkeit geben, zu mir zurückzukommen. Mehrmals las ich die abschließenden Zeilen des liebevollen Briefes: „Vergiss bei all deinem Kummer nicht, wir sind immer für dich da, wenn du Hilfe brauchst! Werner nimmt dich selbstverständlich wieder in der Neurologie auf. Was auch geschieht – du bist und bleibst unsere Freundin!"
Wieder auf etwas hoffen können – das tat unsagbar gut! Ich konnte wieder nach Hause kommen! Aber wie? Für Gert wäre das kein Problem – er hatte sich des Problems entledigt. Werner und Rita hatten keine Vorstellung von dem, was Gert mir gesagt, wie er sich zu Carsta und mir verhalten hatte. In ihren vielen Briefen erwähnte Carsta ihren Papi nie. Ich wusste nicht, ob er zu Hause war oder schon bei der Ruminski wohnte.

Am Wochenende zog ich Norbert wieder ins Vertrauen. Er freute sich mit mir und bot mir an, an Carsta zu schreiben. Doch was hätte ich ihr schreiben sollen? Ich durfte sie mit meinem Kummer nicht noch zusätzlich beunruhigen.
Unser diesbezüglicher Wortwechsel wurde unterbrochen. Zwei gut gekleidete Herren, das Parteiabzeichen am Jackett, standen plötzlich im Zimmer. Nach ihnen Schwester Karin und eine junge Frau, die einen Pappkarton trug. Die drei sahen mir sicher die Verwunderung an.
„Die Genossen geben Ihnen Gelegenheit, an der Wahl teilzunehmen", klärte mich Karin auf. Sie schloss die Tür hinter der Pappkartonträgerin. Auf die Frage, ob ich mich über die Wahl informiert habe, schüttelte ich den Kopf.
„Mein Mann ist Genosse und so pflichtbewusst, dass er mich im Stich lässt, um sich mit meiner ehemaligen Ärztin zu vergnügen! Ist das üblich in ihrer Partei? Die Partei hilft mir nicht! Warum sollte ich sie wählen?"
„Wir können Sie leider nicht verstehen!" Die Genossen blickten sich ratlos an. Die junge Frau hielt mir drei verschiedenfarbige Zettel hin. Ich hob die Schultern.
„Lesen Sie alles in Ruhe durch. Dann stecken Sie die Zettel gefaltet in unsere Wahlurne", freundlich wurde ich von einem Genossen unterrichtet.
„Die Patientin ist gelähmt! Sie kann die Zettel weder falten, noch in diesen Karton stecken", meldete sich jetzt Norbert. Unbewegt blieb er am Waschbecken stehen.
„Dürfen wir das für Sie tun?", fragte ebenso freundlich die junge Genossin.
„Meinetwegen! Diese Wahl ist doch längst entschieden!" Ich sah die drei wütend an.
„Wir helfen gern. Schade, dass wir uns nicht verständigen können. Es ist sicher in Ihrem Sinne, wenn wir Ihre Stimmzettel in die Wahlurne tun. Sie sind doch nicht gegen unsere Partei und Regierung?" Ohne mich nochmals anzusehen, faltete der redegewandte Genosse meine ungelesenen Zettel und steckte sie in den Schlitz des Pappkartons.

Dankend und überaus freundlich verabschiedeten sich die drei Wahlhelfer. Ich hatte mein Ja gegeben!
„Ich hätte Ihnen nicht zugetraut, dass Sie so aggressiv werden können!", Norbert sah mich erstaunt an. „Sie waren gut zu verstehen und ganz schön mutig. Die drei haben sicher begriffen, um was es Ihnen geht. Hoffentlich bekommen Sie keinen Ärger! Der Chefarzt soll ein hundertprozentig Überzeugter sein!"
„Was soll mir schon passieren? Vielleicht werde ich entlassen?" Bei dieser Vorstellung lachte ich. Mir war alles egal. Auch wenn sich Gert jetzt meinetwegen bei seinen Genossen rechtfertigen musste.

Das Wochenende verging, auch ohne Besuch. Da es regnete, bemühte sich keine Schwester, mich aus dem Bett zu holen. Norbert wertete meine seltsame Wahlbeteiligung aus. Das brachte mir Ablenkung.
Ich musste nicht dauernd über meinem Unglück nachdenken.

Wäre es möglich gewesen, dann hätte ich das darauf folgende Wochenende abgeschafft. Norbert hatte dienstfrei und Helene Nachmittagsdienst. Sie wollte mir Gutes tun und mit mir auf den Hof fahren. Aber gerade davor scheute ich zurück. Denn am Wochenende wimmelte es hier von Besuchern. Da ich allein war, stimmte mich das nicht gerade fröhlich. Es musste also eine glaubwürdige Ausrede her, damit ich im Zimmer bleiben durfte. Ich hatte nach wie vor Schwindelanfälle. Da ich aber in letzter Zeit nicht mehr aus dem Rollstuhl gekippt war, fand ich bis Freitag keine passende Erklärung. Da half mir am Samstagmorgen der Zufall.
Etwas verfrüht zeigte sich meine Regel. Bisher hasste ich diese Tage wie eine ungerechte Strafe. Warum funktionierte mein Körper in dieser nutzlosen Angelegenheit, während sich am Bewegungsapparat kaum etwas besserte!
„Da bleiben Sie heute im Zimmer. Draußen ist es wieder sehr heiß", ordnete Schwester Karin an. Damit hatte ich erreicht, was ich wollte. Ich hatte Ruhe zum Nachdenken.
Kaum war ich allein, klopfte es leise an der Tür. Ich vermutete, dass fremde Besucher das Zimmer verwechselt hatten. Da wurde ich aber bereits vorsichtig von hinten umarmt.
„Mami!", flüsterte es an meinem Ohr. Ich zuckte erschrocken zusammen! Es war unfassbar! Da stand Carsta neben mir! Hinter ihr meine Eltern! Und Gert! Ich war völlig durcheinander. Damit hatte ich keineswegs gerechnet!
„Oh, du siehst müde aus! Du willst sicher schlafen!", begrüßte mich meine Mutter.
Ich verstand nicht, wie sie das meinte. Weshalb sollte ich vormittags und im Rollstuhl sitzend schlafen?
„Nein, nein! Ich freue mich so sehr! Das ist eine so schöne Überraschung!", sagte ich schnell.
Carsta wischte sich verstohlen ein paar Tränchen weg. Es konnten ja nur Freudentränen sein. Es geschahen also doch noch Wunder! Ich streckte meinem Vater die linke Hand entgegen. Er hielt sie lange zwischen seinen Händen, bevor er sein Gesicht an meine Wange schmiegte. Ich registrierte diese verschiedenartigen Begrüßungen und sah dabei zu Gert. Er stand hinter meinem Vater und sah recht verlegen zu mir herunter. Diese Zurückhaltung fand ich nur zu verständlich nach all den Bösartigkeiten der letzten Wochenendbesuche.
Sicher brachte er meine Eltern mit, damit ich mir nicht anmerken lasse, was zwischen uns vorgefallen ist, überlegte ich. Gert nahm ganz kurz meine Hand, murmelte ein

undeutliches „Guten Morgen“, dann stellte er sich weitab von uns ans Waschbecken. Dieses Verhalten passte nicht mehr in mein Konzept. Die Tatsache, dass Gert entgegen aller Absprachen gekommen war, deutete ich als den Versuch einer Versöhnung.
Meine Eltern fingen an, ihre Taschen auszupacken. Schokolade, Kekse, Kaffee, Kakao und die Seife sollte ich den Schwestern schenken. Köstlichkeiten vom Besuch in Bayern kamen zum Vorschein. Carsta beschäftigte sich am Schrank. Sie sortierte mitgebrachte Wäsche ein und stopfte alle benutzten Sachen in einen Beutel.
Gert sah betont gelangweilt vor sich hin.
„Was macht ihr denn?“, wagte ich leise zu fragen. „Ich dachte, ihr seid gekommen, um mich nach Hause zu holen. Wie lange muss ich noch hier bleiben?“
„Ich kann dich nicht nach Hause holen. In der Neurologie nimmt man dich nicht mehr auf. Außerdem wird dort renoviert. Die Handwerker sind im Haus!“ Gerts Stimme klang sehr streng, so als würde er zu einem Kind sprechen. Der altbekannte Kloß kroch in meinen Hals. „Oh, Gert! Warum lügst du denn?“, stotterte ich. „Ich hab Post von Rita! Werner nimmt mich wieder auf!“
„Was du dir einbildest!“, lachte Gert jetzt überheblich. „Ich fahre ab Montag für zwei Wochen in die CSSR, ich habe Urlaub! Wo willst du dann bleiben?“
Wie ein Kartenhaus brach alles zusammen! Gerts Worte und seine Arroganz taten unsagbar weh!
Wie konnte er sich dermaßen verändern?
„Dann bist du also nur gekommen, um mir das zu sagen? Um mich wieder zu kränken? Sag auch noch, mit wem du fährst!“, ich schrie mehr, als das ich sprach. Es hörte sich schlimm an.
„Ich habe mich auf ein paar Tage im Wochenendhaus gefreut! Warum quälst du mich so?“ Meine Stimme war laut. Sie wurde von der großen Enttäuschung gesteuert. Trotz aller Anstrengung siegte aber nun der Spasmus. Wieder machte mein Körper, was er wollte! Stocksteif rutschte ich nach unten. Dieser Gewalt konnte ich keinen Einhalt gebieten.
Dann spürte ich, wie Gert mich unsanft – nahezu grob – an beiden Armen festhielt.
„Da seht ihr selbst mal, was wirklich mit ihr los ist! So unmöglich führt sie sich dauernd auf! Versteht ihr nun, dass ich das nicht länger ertragen kann?“, er zog mich wieder nach oben.
Beinahe triumphierend sah er dabei meine Mutter an. Sie hielt ängstlich die Hände vor den Mund. Sie tat mir Leid. Ich wurde plötzlich ganz ruhig bei diesem Anblick.
„Bitte helft mir!“, wandte ich mich an meine Eltern. „Ich möchte wieder zurück in die Neurologische Klinik, weil ich hier nicht gesund werden kann!“
Gert schüttelte den Kopf und sah wieder meine Mutter an, als sollte sie bestätigen, dass ich auch geistig behindert sei.
„Hör auf!“ Mein Vater fauchte Gert böse an. „So beruhige sie doch endlich! Du regst sie ja mit deinem dummen Gerede absichtlich auf!“
„Mami, bitte bleib ruhig!“ Carsta griff nach meinen Händen. „Es hat alles keinen Zweck mehr! Ich helfe dir!“
Ich vergaß meinen Stolz und bat wiederholt, sie möchten mich nach Hause holen.
„Hör auf zu betteln!“, wieder lachte Gert laut, wie über einen guten Witz. Ich weinte. Gert lachte mich aus! In diesem Moment war mir klar, dieses Lachen werde ich niemals vergessen.
„Ach, mein Mädel!“, seufzte meine Mutter. „Du verstehst Gert nicht! Er möchte doch auch mal auf andere Gedanken kommen. Er hat sich den Urlaub verdient.“

„Urlaub mit meiner Ärztin!“, vollendete ich den Vortrag
„Ich habe nie gesagt, dass ich allein Urlaub mache!“, wieder lachte Gert arrogant. Das war alles so unglaublich! Meine Mutter hatte für ihren Schwiegersohn mehr Verständnis als für ihre kranke Tochter! Der ganze Auftritt war absurd und unverständlich für mich. Ich war darauf gefasst, auch meinen Vater als meinen Verbündeten zu verlieren. Fragend sah ich ihn an. Zu meiner großen Verwunderung entdeckte ich Tränen in seinen Augen.
„Ich mache euer Theater nicht mit! Hätte ich das geahnt, wäre ich nicht mitgefahren!“, zornig schrie er Gert an. „Nimm Ina heute mit zurück! Ich werde selbst mit Chefarzt Dr. Wittig sprechen! Er nimmt sie bestimmt wieder auf. Und Gert – verdirb es dir nicht mit mir! Sonst wirst du mich kennen lernen!“ Mein Vater zitterte vor Zorn. Ich fühlte, dass ich ihm sehr Leid tat. Trotz der furchtbar lauten Worte hatte er feuchte Augen. In seiner Aufregung suchte er nach einem Taschentuch. Aus Dankbarkeit wäre ich ihm jetzt gern um den Hals gefallen.
Schon hatte ich wieder ein wenig Hoffnung. Gert konnte nun nicht mehr ablehnen, mich mit zurückzunehmen.
„Na, du machst mir Spaß!“, lachte er stattdessen sogar über meinen Vater. „Der Chef denkt nicht daran, sie wieder aufzunehmen! Daran wirst du wohl kaum was ändern! Außerdem überlade ich mir mein Auto nicht! Wir haben nicht genügend Platz!“
„Lüg nicht so!“, mischte sich nun auch Carsta ein. „Du hast Oma und Opa nur mitgenommen, weil du Mami nicht mitnehmen willst und dafür eine Ausrede brauchst! Aber in unserem Auto hatten wir bisher immer alle Fünf genügend Platz!“
Gert wurde verlegen: „Es geht nicht! Begreift das endlich!“ Indem er laut wurde, glaubte er, seine Befangenheit zu überspielen.
„Du glaubst wohl, mit dieser Ärztin jetzt etwas Besseres zu sein? Wenn du Ina heute nicht mitnimmst, dann brauchst du dich bei uns nicht mehr sehen lassen!“, drohte mein Vater.
„Ach, Edwin! Übertreib doch nicht! Lass Gert seinen Urlaub!“ Meine Mutter wollte einfach nicht verstehen, worum es ging. Oder tat sie nur so?
Wieder antwortete Gert darauf mit seinem überheblichen Lächeln. Diesen Gesichtsausdruck kannte ich sehr gut! So verhielt er sich, wenn er sich gegenüber anderen überlegen fühlte.
Die Erkenntnis traf mich hart. Gert behandelte uns wie Fremde. Wir haben uns immer so gut verstanden! Nichts war davon übrig geblieben! Jetzt, wo ich die Ruhe am nötigsten brauchte, musste ich diese Streitereien ertragen. Ich hätte mir gern die Ohren zugehalten, aber das ging ja nicht. Deshalb schloss ich die Augen ... alles drehte sich ... ich rutschte!
Als ich von meinem Wegtreten erwachte, lag ich im Bett. Schwester Helene fragte nach meinem Befinden. Langsam registrierte ich, was geschehen war.
„Möchtest du nicht doch etwas essen, Mami?“ Carsta sah mich traurig an.
„Ach, mein Mädchen! Du hast so sehr abgenommen! Deshalb bist du schon so oft umgefallen. Das sagte uns die Schwester“, meine Mutter tat besorgt. Unentwegt streichelte sie meine Wangen. Das war unangenehm und peinlich! Sie sollte mich nicht bedauern! Mein Blick ging zu Gert. Er stand teilnahmslos am Fußende meines Bettes.
„Gert muss gegen Abend daheim sein. Er hat Bereitschaft.“ Noch immer wurde ich tröstend gestreichelt. Ich kam mir vor wie ein kleines Kind. Warum hielt mich meine Mutter für so dumm? Ich war zu müde, um zu widersprechen.
„Fahrt nur. Ich möchte jetzt schlafen“, gab ich erstaunlich ruhig zur Antwort, „es war nett, dass ihr mich besucht habt.“ Damit hatte ich Gert getroffen. Verlegen räusperte er

sich. Dabei griff er mit der linken Hand an die Wange. Wie gut ich ihn und seine Körpersprache kannte! Diese eingeschliffenen Gesten hatte er nicht abgelegt! Wenn sich auch sein ganzes Benehmen, sein Verhalten, völlig verändert hatte. Ich lächelte ihn an.
Gert hatte verstanden, dass er nicht alles vor mir verbergen konnte. Er fühlte sich durchschaut.
„Es scheint dir wirklich wieder gut zu gehen! Also kommt! Fahren wir!“ Er sah böse an mir vorbei.
„Sei nicht traurig, Mami! Ich wollte hier bleiben. Aber Papi verbietet es mir. Aber ich bin bald wieder hier! Ich lasse dich nicht allein!“ Carsta verabschiedete sich zuerst.
„Es wird schon gut gehen, Ina! Ich gehe zum Chefarzt und erzähle ihm alles“, flüsterte mir mein Vater ins Ohr.
„Ach Gott! Mein Mädel!“, waren die Abschiedsworte meiner Mutter.
Gert gab mir flüchtig die Hand, ohne dabei richtig zuzufassen und ohne mich anzusehen. Er wusste genau, wie ich über diese Art von Händedruck dachte. Mit großen, energischen Schritten stapfte Gert aus dem Zimmer. Wieder fiel mir auf, dass auch dieses Veralten typisch für ihn war. Er ärgerte sich. Carsta drückte mich noch, als die drei anderen schon auf dem Flur waren.

Danach schlief ich sofort ein. Ob es Erschöpfung oder die Wirkung eines Beruhigungsmittels war, konnte ich nicht sagen, als ich am Sonntagmorgen aufwachte.
„So geht das nicht weiter! Gestern haben Sie nur Ihr Frühstück gegessen!“, schimpfte Karin.
Artig schluckte ich irgendwelche unbekannten Tropfen und ließ mir Puddingsuppe einflößen. Ihren Kommentar „Sie sehen aus wie ein Schulkind!“ überhörte ich.
Nach Meinung des Dienst habenden Arztes, ein äußerst unsympathischer Neurologe, war ich zu schwach, um zu sitzen. Ich durfte im Bett bleiben. Das gab mir Gelegenheit, den vergangenen Tag auszuwerten.
Gert hatte meine Eltern mitgebracht, um ihnen zu demonstrieren, wie unmöglich ich mich aufführte. Carsta und auch mein Vater durchschauten ihn. Aber meine Mutter hatte er für sich gewonnen. Bei ihr war dazu wenig Überzeugungsarbeit zu leisten.
Carsta tat mir schrecklich Leid! Wie lange wird sie das Dilemma noch ertragen können?
Sie versprach wiederzukommen. Aber wir wussten beide, das war nicht möglich. Es war nur ein gut gemeinter, aber hoffnungsloser Trost. Hoffen konnte ich nur auf die Hilfe meines Vaters, der mit Werner sprechen wollte. Er würde eine Möglichkeit finden, mich nach Ablauf meines Aufenthalts zurückzuholen.
Ich musste lernen, die Realität zu akzeptieren und nicht mehr auf Wunder zu warten! Ich glaubte nicht daran, dass ich ohne Gert die Kraft aufbringen würde, weiter zu kämpfen. Ständig sah ich Gert, wie stolz und glücklich er mit der Ruminski seinen Urlaub verbringt, während er weder an Carsta noch an mich denkt. Es tat verdammt weh! Aber ich konnte diese Gedanken einfach nicht abschalten. Ob gesund oder krank – für den Rest meines Lebens werde ich allein bleiben.
Da drängten sich Gedanken an unsere gemeinsam verbrachten Jahre auf. Einundzwanzig Jahre! Beide hatten wir uns aus dem Nichts eine sehr schöne, moderne Wohnung und das Wochenendhaus erarbeitet und daneben noch eines der teuersten Autos angeschafft. Dass wir deshalb von Vielen beneidet wurden und uns manchmal sogar Missgunst einhandelten, erfüllte Gert nur mit noch mehr Stolz, was wiederum als Überheblichkeit angesehen wurde.

Ich dachte zurück an die schweren Jahre, als Carsta klein war und Gert täglich nach seiner Arbeit die Abendschule aufsuchte, um sich vom Facharbeiter zum Ingenieur und Abteilungsleiter emporzuarbeiten. Wie selbstverständlich habe ich damals auf vieles verzichtet, nur um ihm das Abendstudium etwas zu erleichtern. Und nun, da Carsta erwachsen war und wir beide gut verdienten, war ich krank. Eine andere Frau drängte sich skrupellos in unser Leben! Sie kam in den Genuss dessen, was ich mir erarbeitet hatte.
Wie oft hatten wir von einer Auslandsreise, einem Urlaub am Schwarze Meer geträumt! Jetzt, wo all unsere Träume Wirklichkeit geworden wären, lag ich hier bewegungsunfähig im Bett, weitab von daheim und allein! Gert ließ mich im Stich, um sein weiteres Leben, wozu ich viel beigetragen hatte, mit meiner ehemaligen Ärztin zu verbringen.
War das jetzt Selbstmitleid? Nein, das war die Realität!
Achtzehn Monate Krankheit! Die Gewissheit, dass Gert immer für mich da war, hatte mir bisher die Kraft gegeben, nicht die Nerven zu verlieren. Wie sollte es ohne ihn weitergehen? Aber da war noch Carsta! Ich durfte sie nicht enttäuschen!
Nicht zuletzt war da auch Werner, der mich beharrlich aufbaute und entgegen der Meinung anderer Ärzte eine Genesung für erreichbar hielt. Ich wusste nicht wie, aber Werner und Rita würden einen Weg finden, mir zu helfen! Sie würden mich nicht allein lassen! Den ganzen Sonntag verbrachte ich mit derartigen Grübeleien. Sicher war, dass ich machtlos der Zukunft ausgeliefert war. Was nützten da alle Sorgen? Zu meiner eigenen Verwunderung war ich jetzt ruhiger als in den vergangenen Wochen.

Am Montag erkundigte sich Norbert nach meinem vermeintlich einsamen Wochenende. Bei meiner Berichterstattung überfiel mich wieder das verhasste, unangebrachte Lachen. Vergeblich glaubte ich, diese peinliche Eigenart hätte sich verloren. Nun war sie in voller Stärke wieder da! Norbert übersah es taktvoll. Nur selten unterbrach er meinen Redeschwall.
„Diese Ärztin sollte sofort entlassen werden!“, bemerkte er nachdenklich. „Ich verstehe den Chefarzt dort nicht. Warum duldet er das? Sie ist als Ärztin völlig unzumutbar! Ich würde an seiner Stelle dafür sorgen, dass sie nirgendwo mehr eingestellt wird! Das gibt es nur bei uns! In der BRD dürfte sie sich das nicht ungestraft erlauben!“
„Mein Mann ist nicht unschuldig. Da trösten mich auch politische Zusammenhänge nicht. Wir leben nun mal in der DDR!“, erwiderte ich.
„Wie Sie mir erzählten, war Ihr Mann ein guter Vater und Ehemann“, Norbert überlegte. „Ausgeschlossen ist es also nicht, dass er nach dem Urlaub reumütig zurückkommt.“
„Das ist für mich ausgeschlossen!“, unterbrach ich ihn. „Diese Frau ist zu berechnend. Sie gibt meinen Mann niemals auf! Ich kann nur tatenlos zusehen, wie sie ihn negativ verändert!“
„Sie ist unmenschlich! Herzlos! Keine Ärztin!“, beharrte er. „Sie verbringt ihren Urlaub gewissermaßen auf Kosten ihrer Patientin. Diese Oberärztin brachte Sie doch hier runter. Sie müsste sich demnach auch nach Ihrem Befinden erkundigen. Stattdessen nutzt sie Ihre Abwesenheit, um Ihnen den Ehemann wegzunehmen! Um ihn zu manipulieren! Ich kann Ihren Mann nicht von Grund auf verurteilen! Ohne den Einfluss dieser Frau wäre er sicher bei Ihnen geblieben – Seitensprünge einbezogen!“ Norbert redete sich regelrecht in Ekstase.
Ähnliche Überlegungen hatte ich schon oft angestellt. Aber sie halfen mir nicht weiter.

„Ihr Mann wird in Ihrem ganzen Verwandten- und Bekanntenkreis versuchen, sein Verhalten zu rechtfertigen. Ganz sicher hat er Schuldgefühle, die er hinter seinem überheblichen Auftreten zu verstecken sucht. Zu Hause wird er wohl Spießruten laufen. Vielleicht hat er deshalb bei Ihrer Mutter Verständnis gesucht und auch gefunden. Sie können sich ja nicht verteidigen, da hat er leichtes Spiel."
„Norbert, Sie verteidigen ja meinen Mann!", ich lachte, diesmal aber bewusst. Aus dieser Sicht hatte ich meine Niederlage noch nicht betrachtet. Stimmt, Gert wird Gewissensbisse haben! Das wurde mir plötzlich klar.
„Ich könnte mir vorstellen, dass sein Urlaub eine gewisse Art von Flucht ist", setzte Norbert seine Überlegungen fort.
„Die letzten Wochen mit den dauernd wechselnden Ereignissen, zwischen Hoffnung und Ausweglosigkeit hin und her gerissen, fressen an meinen Nerven! Ich weiß nicht, ob ich das noch lange durchhalte!", schoss es aus mir heraus.
„Oh, ich will Sie nicht verunsichern! Ich versuche nur, alle Seiten zu verstehen. Warten Sie ruhig ab und versperren Sie Ihrem Mann nicht den Rückzug!"
Norbert beobachtete meine Reaktion. Ich nickte. Die Unterhaltung mit ihm tat mir gut. Das wusste er.
„Sie reden wie ein Psychologe, nicht wie ein junger Medizinstudent", sagte ich.
Dafür gab er mir eine Erklärung. Norbert wohnte bei einem älteren Herrn, einem Psychologen, mit dem er gern fachsimpelte. Unser Gespräch bekam eine andere Richtung. Der angehende Mediziner beschäftigte sich viel mit Psychologie. Dafür hatte er sich Fachbücher aus der BRD beschafft. Ich fragte nicht, wie ihm das geglückt war, allerdings kamen dabei wieder Erinnerungen auf. Gert hatte sich vor Jahren mathematische Fachbücher von seinem Vater aus der BRD schicken lassen. Die Bücher waren nie angekommen. Auf unsere Nachforschungen hin erhielten wir nur eine Liste, worauf alle zur Einfuhr verbotenen Waren aufgeführt waren. Dazu gehörte so genannte politische Propaganda- und Hetzliteratur, wozu offensichtlich auch diese mathematische Fachliteratur zählte. Gert war damals bereits Parteigenosse. Er ärgerte sich sehr über diese Willkür. Den Verlust der wertvollen Bücher musste er aber hinnehmen.
Unsere Unterhaltung wurde von Frau Kant unterbrochen. Meine Wasserbehandlung stand auf dem Plan. Im Wasserbecken war ich zwanzig Minuten allein, da drängten sich dann wieder quälend die Gedanken an Gert auf.
Er war jetzt mit unserem Fiat unterwegs in die CSSR. Er verbrachte dort seinen Urlaub mit der Ruminski. Sie war gewiss sehr stolz, denn sie hatte ja nur einen Trabbi. Für Gert war das kein Auto. Ob er jetzt anders über diese „Rennpappe" dachte?
Am Dienstagmorgen überbrachte mir Schwester Karin eine traurige Nachricht: Norbert wurde völlig unverhofft auf die obere Station versetzt. In den nächsten Wochen seines Praktikums sollte er bei den bettlägerigen Patienten Erfahrungen sammeln.
Trotz aller Eile fand er noch Zeit für einen kurzen Schwatz, wie er so oft scherzte.
„Ich hätte so gern Ihre Tochter und Ihren Mann kennen gelernt! Daraus wird nun nichts mehr! Es war schön, dass Sie mir Ihre privaten Sorgen anvertraut haben!" Norbert machte eine Pause. Er suchte nach Ratschlägen für meine ungewisse Zukunft. „Wehe, wenn ich erfahre, dass Sie kapitulieren! Sollte sich Ihr Mann entgegen aller Vernunft und Erwartungen doch absetzen, beweisen Sie ihm, dass Sie auf seine Hilfe verzichten können! Irgendwie geht es immer weiter. Immer daran denken! Versprochen?"
Ich nickte. Wem sollte ich jetzt mein Leid klagen?

„Versprochen und danke! Sie haben mir sehr geholfen und werden mir fehlen", brachte ich dann doch heraus.
Statt des oftmals gedankenlos dahingesagten „Alles Gute", klopfte mir Norbert kumpelhaft auf die Schulter. „Ich bin sicher, Sie schaffen es! Sie müssen das nur ganz fest wollen!" Dann reichte er mir seine Linke. Dadurch fiel es mir leicht, ebenfalls mit meiner linken Hand zuzugreifen. Solche, für mich so bedeutsamen Kleinigkeiten, hatte er schnell herausgefunden.
Rückwärts laufend ging er zur Tür, hob beide Arme und drückte die Daumen. Dabei stieß er mit der ahnungslos eintretenden Frau Hildebrand zusammen. Sie musste ihn zwangsläufig umarmen.
„Gehst du immer so durch die Tür?" Wir lachten alle drei herzhaft.
Meiner Arbeitstherapeutin erzählte ich, weshalb es Norbert so eilig hatte.

Da Frau Kant krank geworden war, fiel die Wasserbehandlung aus. Ich musste vorerst im Bett bleiben. Langeweile zwischen den Behandlungen war vorprogrammiert. Wieder ging ich in Gedanken alle Möglichkeiten durch, die eine Verbindung mit Carsta, Werner oder Rita herstellen konnten. Ich kam zu einem brauchbaren Ergebnis.
„Schläfst du, Mami?" ... Ich hörte diese vertraute Stimme und schloss schnell die Augen. Da waren also wieder diese verdammten Wahnvorstellungen! Wunschdenken! Einbildung! Das war kein Wunder! Mein Herz raste!
„Ich wollte dich nicht erschrecken!", flüsterte es deutlich ... diesmal direkt über mir. Gleichzeitig spürte ich, wie sich ein Gesicht fest an meine Wange drückte. Das konnte kein Traum sein! Ich öffnete ganz vorsichtig die Augen: Carsta! Wenn sie mich nicht wieder und wieder fest gedrückt hätte, dann wäre ich wohl jetzt weggetreten! Befreit lachten wir beide. Gleichzeitig rollten unaufhaltsame Freudentränen. Ich war nicht fähig zu fragen, ob sie mit ihrem unerwarteten Besuch schlechte Nachrichten bringen würde. Carstas Worte überschlugen sich.
„Mami, ich hab's geschafft! Ich hab's geschafft!" Stolz und glücklich klangen diese Worte.
„Was hast du geschafft? Weiß Papi, dass du hier bist? Wo ist ...", weiter kam ich nicht. Ich ärgerte mich sofort!
„Nein. Ich weiß nicht, wo er ist. Er ist schon lange nicht mehr zu Hause gewesen. Jetzt ist er doch im Urlaub." Carsta sah mich nur entsetzt an. Sie reagierte nicht auf meine Enttäuschung und lüftete nun das Rätsel ihres unverhofften Auftauchens.
Da sie bis Ende August Ferien hatte, wollte sie mich nicht länger allein lassen und hatte sich kurz entschlossen in den Zug gesetzt, um nach Sylzburg zu fahren. Erst unterwegs war ihr eingefallen, dass sie keine polizeiliche Genehmigung zur Einreise ins Sperrgebiet hatte.
Glücklicherweise war sie bei der Kontrolle übersehen worden. Mir wurde übel bei der Vorstellung, Carsta wäre wegen illegaler Einreise ins Grenzgebiet erwischt worden. Auch war sie noch nie allein mit der Bahn gefahren, musste mehrmals umsteigen. Streckenweise war sogar Schienenersatzverkehr, dabei fuhr man mit dem Bus zum nächsten Bahnhof. Ganz stolz und anschaulich erzählte mir Carsta ihre aufregende Reise. Diesen Mut konnte ich nicht hoch genug anrechnen!
„Ich habe mir unten im Dorf schon eine Unterkunft bei netten Leuten besorgt", Carsta strahlte. „Dort schlafe ich aber nur. Ich bleibe den ganzen Tag über hier bei dir!"
„Das wird nicht gehen", befürchtete ich, „ich muss mein Tagesprogramm einhalten!"

„Was meinst du, wozu ich hergekommen bin?", Carsta beeindruckte das nicht. Sie wirkte sehr entschlossen. Ich gab mich geschlagen. Sie war in den letzten Wochen deutlich erwachsen geworden.
„Ich hole dich nach Hause! Und dann werden wir weiter sehen! Der Chef lässt uns bestimmt nicht im Stich!" Trotz aller Nackenschläge hatte Carsta ihren Optimismus wieder gefunden.
Ich war glücklich und sehr stolz auf meine Tochter, obwohl ich nicht an eine baldige Rückreise glaubte.
Carsta zog mich an und klingelte wie selbstverständlich nach einer Schwester. Gemeinsam setzten sie mich in den Rollstuhl. Die Arbeitstherapie sagte ich ab. Bis zum Mittagessen gingen wir in den Park. Am Nachmittag ließ ich mich von beiden Physiotherapeutinnen behandeln. Dabei erzählte Carsta von ihrer Absicht, mich nach Hause zu holen. Frau Korn hielt das Vorhaben für unüberlegt und nicht durchführbar. Ein peinliches Gespräch für mich, da Frau Korn wie immer sehr rechthaberisch und pessimistisch war.
„Ihre Tochter hat Humor", kopfschüttelnd sah sie mich an. „Warum kommt Ihr Mann nicht?"
„Er ist bis zum Herbst dienstlich im Ausland", log ich.
Im Gegensatz zu mir ließ sich Carsta nicht entmutigen. Unerschrocken erzählte sie jedem, der zu mir kam, dass sie gekommen war, um mich nach Hause zu holen.
Das hatte zur Folge, dass Dr. Bertram mich um Aufklärung des Gerüchts bat.
Ehrlich gestand ich ihm, wie gern ich nach Hause möchte. Dabei vermied ich die Lüge von der Auslandsreise meines Mannes. Der Stationsarzt war einer der Wenigen, die Verständnis zeigten. Wahrscheinlich waren ihm auch die diesbezüglichen Zusammenhänge bekannt.
„Sie müssten unterschreiben, dass Sie auf eigenen Wunsch gehen möchten und jemand haben, der zu Hause für Sie Verantwortung übernimmt", Dr. Bertram sah mich nachdenklich an.
„Das würde meine Tochter für mich tun! Darf sie das?" Ich hatte Angst vor eine Ablehnung.
Tatsächlich schüttelte der Doktor den Kopf: „Dazu müsste sie volljährig sein", bedauerte er. „Sie ist achtzehn Jahre alt", sagte ich erleichtert. Dr. Bertram entschuldigte sich.
„Das sieht man dem zierlichen Mädchen nicht an! Dann gebe ich mein Einverständnis, wenn die Rückreise gesichert ist." Er zeigte Verständnis für unseren Wunsch, hatte aber kein geeignetes Fahrzeug für unsere Rückfahrt.
„Wenn Sie es wünschen, spreche ich mit dem Chefarzt und den Neurologen", schlug er vor. Zu denen hatte ich zwar kein Vertrauen, aber vielleicht waren sie froh, mich loszuwerden.
Ohne Entlassungspapiere kam ich von hier nicht weg. Es gab so viel zu bedenken. Ich durfte keine Möglichkeit außer Acht lassen.
Obwohl sie vom Ort bis zur Klinik etwa 2 km immer bergauf laufen musste, war Carsta schon vor dem Frühstück bei mir. Ich unterrichtete sie vom Gespräch mit dem Stationsarzt. Daraufhin zogen wir alle Freunde und Bekannten in Erwägung, die uns die Rückreise ermöglichen könnten. Unser Vorhaben scheiterte aber daran, dass wir niemandem zumuten konnten, sich eine polizeiliche Genehmigung zur Einreise ins Sperrgebiet zu besorgen, denn das würde vermutlich stundenlanges Warten im Polizeipräsidium

bedeuten. Außerdem wusste ich nicht, ob vielleicht nur mit mir Verwandte die Einreise erhielten.
„Carsta, daran scheitert unser Plan!“, meinte ich verzweifelt. „Wir brauchen auch beide die Rückreisegenehmigung. Wer soll die besorgen?“
„Ich fahre ohne dich nicht nach Hause!“ Carsta wurde trotzig wie ein Kind.
„Lass uns überlegen“, beruhigte ich sie. „Wir kommen ohne Papis Hilfe hier nicht weg! Er hat doch die Papiere von uns beiden.“
„Ja! Die hat er mit Berechnung behalten! Er hat mir verboten, zu dir zu fahren! Du ahnst nicht, wie furchtbar alles ist! Ich wollte dir nichts davon erzählen, damit du dich nicht aufregst.“ Jetzt wich die Wut. Carsta schluchzte.
Ich ließ ihr Zeit und tröstete sie. Ich versuchte ihr klarzumachen, dass man manchmal Kompromisse eingehen muss, um etwas zu erreichen.
„Wenn du zu Papi zurückgehst, dann siehst du mich nie wieder!“
Jetzt war ich endgültig verwirrt. Ich würde doch niemals etwas unternehmen, um Gert zurück zu gewinnen! Oder trug ich mich etwa unbewusst mit diesem Gedanken und Carsta spürte das? Wie konnte sie mir das zutrauen!
„Wahrscheinlich werden wir beide klein beigeben müssen und Papi bitten, uns von hier abzuholen.“ Ich war ganz durcheinander von der unverhofften Wende.
„Das ist ganz ausgeschlossen! Er kommt erst in zwei Wochen aus dem Urlaub zurück. Da müssen wir zu Hause sein!“, Carsta ließ sich nicht erweichen.
Unsere Diskussion wurde von Dr. Bertram unterbrochen. Er gab sein Einverständnis, dass Carsta tagsüber bei mir bleiben durfte. Am Nachmittag suchten wir uns ein schattiges Plätzchen im Park. Im Laufe unserer Unterhaltung wurde mir erstmals richtig bewusst, was Carsta in den vergangenen Wochen durchgemacht hatte. Gert hatte jedes Wochenende mit der Ruminski in unserem Wochenendhaus verbracht. Für Carsta war da kein Platz mehr. Gert erlaubte ihr lediglich, das Zelt auf dem Grundstück aufzustellen. Um nicht allein zu sein, wollte sie Jörg mitnehmen. Deshalb verlangte Gert, dass auch der siebzehnjährige Sohn der Ruminski im Zelt wohnen sollte. Auch er störte im Haus! Alles war so grotesk, so unglaublich!
„Nachmittags halten sie immer lange Mittagsschlaf! Bei geschlossenen Fensterläden!“ Carsta schüttelte traurig den Kopf. „Das ist alles so schrecklich! Dieses Flittchen hat nicht die geringsten Hemmungen, in deinem Bett zu schlafen! Sie hat nicht mal andere Bettwäsche aufgezogen!“
„Ich verstehe Papi nicht!“, mehr konnte ich dazu nicht sagen. Die Vorstellung, Gert mit dieser Frau in unserem Bungalow, schmerzte unerträglich. Und doch musste ich es mir anhören. Carsta wollte ihren Kummer mit mir teilen, sich endlich alles vom Herzen reden.
„Ich kann Papi nicht mehr sehen! Ich schäme mich seinetwegen! Alle Wochenendhäusler sind entsetzt!“ Carsta stocherte mit einem Stock im Sand, als wäre ihr etwas sehr peinlich.
„Erzähl nur weiter! Ich weiß, wie das erleichtert!“
„Bevor er abends zu ihr in die Klinik rennt, putzt er sich ewig die Zähne, duscht und nimmt massig viel Spray. Weil ich darüber mal gelacht hab, wurde er mächtig zornig und drohte mit Schlägen. Dabei drückte er mich mit dem Rücken gegen den Heizkörper. Die blauen Flecken sind noch zu sehen!“
„Oh nein! Carsta, das hat es doch bei uns nie gegeben!“, entsetzt griff ich nach ihrer Hand.

„Oh doch, Mami! Jetzt schon", kam leise die Antwort. „Jörgs Vater hat auch ernsthaft mit Papi gesprochen. Aber er ist völlig verblendet und stolz auf seine tolle Eroberung. Er begreift nicht, dass er der Fisch am Haken ist!"
Carsta sprühte innerlich vor Zorn. Sie versuchte, es zu verbergen, um mich nicht zu beunruhigen. Sie war verstört und tat mir so Leid! Ich musste diesem Unheil Einhalt gebieten! Aber wie?
„Das ist noch nicht alles", Carsta machte sich weiter Luft. Ich ließ sie erzählen.
„Wegen Schmerzen im Unterleib lag ich zwei Tage auf der Gynäkologie. Da hat mich die Ruminski besucht und West-Deospray mitgebracht. Sie hat sich aufgespielt, als wäre sie meine beste Freundin. Sie sagte, dass Papi keine Zeit hätte, mich zu besuchen. Die blöde Ziege behauptete, sie wäre jetzt für mich verantwortlich! Sie ist so falsch und denkt, ich merke das nicht!" Carsta tippte sich an die Stirn. Aber ich zuckte erschrocken zusammen. Das sah ganz danach aus, als sollte mir nun auch noch die Tochter genommen werden!
„Mach dir keine Sorgen, Mami! Es ist alles in Ordnung!", wurde ich da beruhigt. „Dr. Kersten hat mich untersucht. Er lässt dich herzlich grüßen und sagt, dass solche Beschwerden psychische Ursachen haben. Das ganze Krankenhauspersonal weiß inzwischen Bescheid. Niemand versteht, weshalb Papi so dumm ist und sich mit dem Flittchen einlässt. Dr. Kersten sagt, wir sollen den Kopf nicht hängen lassen, es kommt bestimmt alles wieder in Ordnung."
„Dr. Kersten meint es gut", ich nickte, „aber Ordnung müssen wir selbst schaffen."
Im Laufe des Nachmittags erfuhr ich auch noch, dass Frau Oberärztin, wie Carsta spottete, sich von jeglicher Hausarbeit fernhielt. Im Wochenendhaus sonnte sie sich, während Gert die Hausfrau spielte.
Es tat Carsta gut, sich ungestört aussprechen zu können. Demnach musste Gert völlig den Verstand verloren haben! Ich konnte mir jetzt annähernd ein Bild von dem machen, was daheim ablief. Immer wieder war alles unfassbar und es tat so verdammt weh! Aus der Ferne konnte ich nichts beeinflussen! Ich musste nach Hause!
Beim Erzählen war die Zeit wie im Flug vergangen. Carsta durfte noch bis nach dem Abendessen bleiben. Dieser Tag war anstrengend und gleichermaßen schön. Ich schlief ohne Schlafmittel ein.

„Ich hörte, Sie wollen uns verlassen!", begrüßte uns Frau Meinhard, als sie wie üblich am Donnerstagmorgen mit dem Reizstromgerät anrückte. Ich kam nicht dazu, darauf zu antworten, denn Carsta verwickelte die Physiotherapeutin sofort in ein aufklärendes Gespräch. Trotz der geschilderten Schwierigkeiten betreffs der fehlenden polizeilichen Genehmigung sagte uns Frau Meinhard ganz überraschend Hilfe zu.
„Sie wissen ja", wandte sie sich an mich, „mein Mann ist in der Klinik als Krankenfahrer angestellt. Er hat jetzt ein freies Wochenende und könnte Sie mit unserem Wartburg nach Hause fahren."
Ich war so überwältigt von dem unverhofften Angebot, dass ich nicht antworten konnte.
„Wir helfen Ihnen gern! Es wird schon gut gehen. Sie können sich auf meinen Mann verlassen!" Frau Meinhard drückte mich.
„Siehst du, Mami, es geht immer irgendwie weiter!", jubelte Carsta. Sie war glücklich.
Wir vereinbarten die Abreise für Sonnabend. Nun ging alles Schlag auf Schlag! Dr. Bertram beschaffte die erforderlichen Entlassungspapiere. Carsta gab stolz ihre Unterschrift dazu, dass sie die Verantwortung für mich übernimmt und dass ich zu Hause weiterhin ärztlich betreut werde. Damit war ich auf eigenen Wunsch entlassen.

Schon am Donnerstag fing Carsta an, meinen Koffer zu packen. Diese letzten zwei Tage in Sylzburg schienen endlos für mich. Angst und Freude wechselten sich ab. Es war eine Reise ins Ungewisse. Carsta war optimistisch wie eh und je.
Die letzte Nacht in der Reha-Klinik! Grübeln ...
Werden wir ohne Probleme durch das Sperrgebiet kommen?
Wie wird Gert reagieren, wenn er mich unverhofft zu Hause antrifft?
Erwarten mich neben dem Kummer mit ihm noch weitere Hürden oder ist das endlich das Ende meiner Pechsträhne?
Mit diesen Gedanken schlief ich nur wenige Stunden.

So fröhlich und aufgeregt wie an diesem Sonnabend hatte ich Carsta schon lange nicht mehr erlebt. Wir frühstückten gemeinsam. Allerdings konnte ich vor Aufregung kaum etwas essen. Auch trank ich vorsichtshalber wenig, in der Erinnerung an meine drückende Blase.
Pünktlich um 8 Uhr kam Herr Meinhard und zu meiner Erleichterung brachte er seine Frau mit. Dr. Bertram und Frau Hildebrand waren die Einzigen, die mich verabschiedeten. Allen anderen war ich gleichgültig. Interessant war ich nur, weil ich Anlass zum Klatsch gab. Ich spürte das, auch wenn es hinter Heuchelei versteckt wurde. Der Abschied fiel mir leicht. Dankbarkeit empfand ich nur für Frau Meinhard, die diese Rückreise möglich gemacht hatte.
Vom letzten Besuch meiner Eltern hatte ich noch das große Westpaket mit Kaffee, Duschbad, Seife, Deospray, Schokolade und vielen anderen Süßigkeiten behalten. Jetzt war ich froh, dass ich das nicht den Schwestern gegeben hatte. Carsta schenkte alles Frau Meinhard.
„Sie brauchen aber nicht schon vorher bezahlen!“, voller Freude betrachtete sie die Schätze.
Geschickt platzierte mich Herr Meinhard auf dem Beifahrersitz, verstaute Rollstuhl und Koffer. Carsta setzte sich hinter mich.
Herr Meinhard war mir sehr sympathisch. Er fuhr vorsichtig. Während der Fahrt sprach er wenig. Er lächelte mir nur hin und wieder aufmunternd zu. Er bemerkte meine Unruhe.
„Keine Sorge, es passiert nichts!“, sagte er und drehte sich kurz zu Carsta um.
„Meine Frau hat mir alles erzählt.“ Tatsächlich durchfuhren wir problemlos das Sperrgebiet, ohne angehalten zu werden. War es Zufall oder kannte Herr Meinhard einen Trick? Ich fragte nicht und achtete auch nicht auf die schöne Landschaft. Erst jetzt wurde mir richtig bewusst, worauf ich mich eingelassen hatte. Alles hatte ich allein Carsta zu verdanken. Ob wir wirklich alles bedacht hatten?
„Wenn es dir in Sylzburg nicht gefällt oder wenn du Heimweh hast, dann hole ich dich sofort wieder zurück nach Hause!“ Das waren Gerts Worte, als wir vor drei Monaten auf genau dieser Strecke, aber in die andere Richtung fuhren. Seine Worte hatten mir die Kraft gegeben, von daheim wegzugehen.
Er hatte mein Vertrauen missbraucht. Die Erinnerungen taten zu weh! Es musste endlich aufhören! Auf dieser Fahrt nach Hause wurde mir endgültig klar, ich könnte Gert niemals verzeihen! Auch wenn er reumütig zu uns zurückkehren würde, ich hätte kein Vertrauen mehr zu ihm. Es hatte lange gedauert, bis ich zu dieser Erkenntnis kam. Vielleicht hatten die Erinnerungen auf dieser Rückreise dazu beigetragen.

Während ich mit Herzklopfen diesen Gedanken nachhing, lenkte der Wartburg am Ortseingangsschild vorbei. Ich hatte nicht bemerkt, dass wir die Autobahn verlassen hatten und durch das Wäldchen am Stadtrand fuhren. Die Fahrt war viel zu schnell vergangen. Jetzt kam ich nicht mehr zum Überlegen. Carsta lotste Herrn Meinhard durch die Stadt.
Als wir vor dem Haus hielten, sah ich krampfhaft geradeaus. Ich wollte die neugierigen Blicke hinter den Gardinen nicht sehen. Carsta grüßte laut, als wollte sie allen sagen, dass wir wieder da sind. Was wohl jetzt über uns gedacht wurde? Ein undefinierbares Gefühl zwischen Unsicherheit und Scham überkam mich, aber da legte Herr Meinhard schon die Arme um mich, hob mich aus dem Auto und ehe ich mich versah, saß ich auf der Couch in unserem Wohnzimmer.
Als er draußen war, um den Rollstuhl zu holen, stupste Carsta mich an.
„Wie viel werden wir noch bezahlen müssen? Das Westpaket war ja dazu auch mindestens 300 Mark wert!" Sie hielt 80 Mark in der Hand. Ich hatte nicht die geringste Ahnung von Taxipreisen, nahm aber an, es wäre ausreichend. Wie verblüfft waren wir dann beide, als Herr Meinhard 150 Mark verlangte. Jetzt verblüffte mich Carstas schnelle Reaktion!
Sie kochte unserem Fahrer einen starken Kaffee und verschwand für einige Minuten, um das fehlende Geld von Jörgs Mutter zu leihen. Ein kurzes Dankeschön und unser Fahrer ließ uns allein.

Endlich daheim! Wir atmeten auf! Als Erstes stellten wir fest, dass nichts in der Wohnung darauf schließen ließ, Gert wäre hier oder würde in Kürze kommen. Aber nun gab es viel zu bedenken. Wir hatten kein Bargeld. So schnell wie möglich, musste ich von unserem gemeinsamen Konto Geld abheben.
„An Geld hab ich nicht gedacht! Und Papi hat mir nichts gegeben! Ich kann dich doch nicht zur Sparkasse bringen! Was machen wir bloß?", Carsta war ratlos.
„Wir finden eine Lösung!", tröstete ich, wusste aber auch keinen Weg. Was tun, wenn man weder laufen noch sprechen noch schreiben kann?
Da klingelte es. Teils wirkte es störend, teils lenkte es vom anstrengenden Nachdenken ab. Jörgs Mutter überraschte uns mit ihrem Besuch. Sie begrüßte mich mit vielsagenden Worten.
„Na, nun sind die beiden doch zusammen. Da können wir nichts mehr machen!"
Sie meinte Carsta und Jörg. Darauf wusste ich keine Antwort, deshalb bedankte ich mich für das geliehene Geld und erzählte kurz von unserer Fahrt. Sie hörte nicht zu. Sicher verstand sie mich schlecht. Sie verabschiedete sich bald, wollte nicht stören. An diesem ersten Tag gönnten wir uns Erholung von der anstrengenden Reise. Carsta erzählte mir, dass in der ersten Septemberwoche der Unterricht an der Medizinischen Fachschule beginnt. Nachfolgend begann der Drei-Schicht-Dienst mit Bereitschaft im OP. Ich wusste, wie sehr sie sich darauf freute. Obwohl dieser Dienst körperlich wie nervlich sehr anstrengend war und für Carsta eine große Umstellung brachte.
Unendlich viel hieß es vorher zu erledigen! Neben den finanziellen Angelegenheiten die Einweisung und Fahrt zur Klinik. Es schien schier unmöglich. Wie sollte Carsta das alles bewältigen, denn sie hatte auch noch mich rund um die Uhr zu versorgen!
Ungeahnte Schwierigkeiten bauten sich vor uns auf. Aber Carsta übertraf sich selbst! Sie überraschte mich mit ihrem Organisationstalent, welches sie unbestreitbar von ihrem

Vater geerbt hatte. Sogar Jörg wurde mit eingespannt. Mit dem Moped fuhren beide zu Werner. Er erholte sich noch mit seiner Familie im Wochenendhaus.
Er war sofort bereit, mich wieder in die Neurologie aufzunehmen.
Als Nächstes bestellte Carsta die Leiterin der Sparkasse zu uns nach Hause. Wir kannten uns. Ich war erstaunt, wie einfach es mir gemacht wurde, ein Konto nur auf meinen Namen zu eröffnen. Genau die Hälfte des Guthabens von unserem gemeinsamen Konto und meine kleine Rente wurden hierauf überwiesen. Carsta erhielt die Verfügungsberechtigung.
Wie niedergeschlagen war ich, als ich die Kontoauszüge unseres gemeinsamen Kontos durchsah! Gert hatte unsere Ersparnisse mit vollen Händen ausgegeben! In verschiedenen Städten hatte er an Tankstellen, in Exquisitgeschäften und Kaufhäusern größere Summen ausgegeben. Offensichtlich spielte er den Lebemann vor der Ruminski. So lange war es doch noch nicht her, als er mir verzweifelt gestand, dass er gern mehr sparen möchte. Damals lachte ich darüber, fand es unwichtig – und nun? Meine Wut besiegte die Enttäuschung. Ich ließ kurzerhand noch einen zusätzlichen Geldbetrag von dem alten Konto auf mein neues Konto überweisen. Diese Frau Doktor hatte nicht das Recht, unsere Ersparnisse aufzubrauchen. Gert sollte sich wundern! Völlig machtlos war ich nicht!

In diesen wenigen Tagen zu Hause, in der vertrauten Umgebung unserer Wohnung, fühlte ich mich wohl. Carsta ging ausgesprochen geschickt mit mir um. Jörg war verständnisvoll und sicher froh, dass Carsta es geschafft hatte, so bald von Sylzburg zurückzukommen. Alles klappte nun doch überraschend problemlos. Aber da war die ständige Angst vor einer Begegnung mit Gert. Meine Hoffnung, dass er nach seinem Urlaub bei der Ruminski bleiben würde, erwies sich als Trugschluss.
Ich saß auf der Couch im Wohnzimmer. Carsta hockte im Schneidersitz vor mir auf dem Teppich. Das plötzliche Aufschließen der Wohnungstür ließ unsere Unterhaltung stocken. Die Wohnzimmertür stand weit offen. Mein Herzklopfen wurde beängstigend laut.
„Was ist denn hier los?“, Gert stand wie erstarrt im Flur, einen eleganten Lederkoffer in der Hand! Ohne eine Antwort abzuwarten, brachte er den Koffer ins Schlafzimmer.
Jetzt tobt er gleich! Ist er bereits von meiner Rückkehr informiert worden? Weiß er vom geschrumpften Konto?
Gert hatte sich schnell wieder in der Gewalt. Er begrüßte uns freundlich. Dann setzte er sich zu mir und legte seine Hand auf meinen nackten Arm. Eine Gänsehaut überflog mich. Meine Verwunderung wuchs, als Gert mich freundlich anlächelte, als wäre alles ganz normal.
„Du bist ja ganz kalt! Komm, ich zieh dir eine Jacke an!“, verblüffte er mich weiter.
„Nein, danke! Ich möchte dich nicht aufhalten! Wie war dein Urlaub?“, tapfer versuchte ich, meine Aufregung hinter dieser Frage zu verbergen.
„Ja, es war ganz schön. Wir hätten euch gern etwas mitgebracht, haben aber nichts Passendes gefunden. Es war überall sehr voll!“ Gert strahlte mich an. „Aber wir haben uns gut erholt!“
Das war der Gipfel der Unverschämtheit! Er wollte mich erniedrigen und kränken, um jeden Preis! Was war nur aus meinem einfühlsamen Mann geworden? Was wird mir noch bevorstehen? Eine unbändige Wut verdrängte meine Aufregung.
„Es ist besser, wenn du jetzt gehst! Sonst bekommst du meinetwegen noch Ärger!“, konterte ich.

„Das meinst du doch nicht wirklich!" Die Antwort klang etwas enttäuscht. Wieder legte Gert seine Hand auf meinen linken Arm. Ich zog ihn zurück.
„Bitte, reiche so bald wie möglich unsere Scheidung ein. Das ist es, was ich wirklich will!" Darauf war er nicht gefasst. Ich bekam keine Antwort. Betont langsam erhob er sich. Während unseres Wortgefechts saß Carsta reglos auf dem Teppich. Sie starrte auf die bunten Noppen, als würde sie dort die Lösung unserer Auseinandersetzung finden.
„Möchtest du auch, dass ich wieder gehe?", Gert strich langsam über Carstas Kopf. Sie blieb stumm, den Blick beharrlich auf den Boden gerichtet.
„Na, wenn ihr es so wollt, dann gehe ich wieder", Schulter zuckend reichte er erst Carsta und dann mir die Hand. Carsta regte sich nicht. Wie von einem Mechanismus gesteuert, streckte ich Gert schnell meine Linke entgegen, als wollte ich verhindern, dass er uns noch länger mit Worten quält. Schweigend sah er mich an. Länger als in dieser prekären Situation angebracht, hielt er meine Hand. Dann ging er langsam mit gesenktem Kopf aus dem Wohnzimmer. Ich fürchtete sein überhebliches Lächeln. Aber er drehte sich nicht um. Ich war erstaunt darüber, dass die Flur- und auch die Haustür ganz leise ins Schloss fielen. Bedrückt von dem unerfreulichen Besuch saßen wir noch einige Minuten schweigend da. Ich fühlte mich nicht recht wohl in meiner Haut.
„Ich finde alles so schrecklich! Ich möchte nicht darüber nachdenken. Wenn ihr doch nur bald geschieden wärt!"
Erst jetzt fiel mir auf, dass Carsta sich verlegen die Augen wischte.
„Das geht sicher schnell", erklärte ich. „Das Auto und zwei bis drei von unseren antiken Uhren, mehr möchte Papi nicht haben."
Wieder dachte ich daran, wie Gert damals erwähnte, welch' wunderschöne Wohnung die Ruminski hat und dass er auf materielle Dinge keinen Wert lege. Der selbstgebaute Kamin, die rustikale Balkenwand waren Gerts größter Stolz. Jetzt bedeutete ihm dies nichts mehr. Dass die Ruminski „andere Qualitäten" aufzuweisen hatte, war hinreichend bekannt. Aber mehr noch wird es wohl ihr Doktortitel sein, worauf Gert so stolz war. Dafür gab er alles auf, was wir uns jahrelang erarbeitet hatten.

Vor der Neueinweisung in die Klinik wollten wir meine Eltern über unsere Zukunftspläne informierten. Dazu hatte Carsta einen festlichen Kaffeetisch vorbereitet. Aber statt sich über meine Rückkehr und Carstas abenteuerliches Unterfangen zu freuen, klagte meine Mutter.
„Ach, Carsta! Du schaffst das nicht! Du verdirbst dir deine ganze Jugend. Versteh doch deinen Papi! Er hat schon einen schönen Heimplatz für deine Mami besorgt."
„Misch dich nicht dauend ein!", rief mein Vater sie zur Ordnung. „Die beiden werden wissen, was richtig ist!" Es drohte eine unschöne Auseinandersetzung. Wieder hatte ich den Eindruck, meine Mutter hielt mich für geistig behindert.
„Ihr werdet sehen, wie schnell es der Mami besser geht, wenn erst die ganze Aufregung vorbei ist!", konterte Carsta. „Chef Wittig nimmt sie wieder auf! Aber wenn du lieber zu Papi hältst ..." Das wollte die Oma dann aber doch nicht. Carsta wechselte geschickt das Thema.
„Mami braucht für die Klinik einen neuen, kleinen Fernseher. Ihr wisst ja, dass wir nicht mehr ins Wochenendhaus dürfen. Dort steht unser Junost und Papi gibt ihn uns nicht! Könnt ihr uns helfen?"

„Den Fernseher bezahlen wir!“ Als plötzlich ihre Hilfe gefragt war, änderte sich die Einstellung meiner Mutter. Die Oma war umgestimmt! Carsta hatte eine weitere Hürde genommen.
Gleich am Montag brachten mir Carsta und Jörg einen hübschen kleinen Fernsehapparat.
„Wir hatten großes Glück“, strahlte Carsta, „im Konsum ist heute Liefertag!“
Jörg bastelte eine kleine Zimmerantenne, womit ich eventuell ARD empfangen konnte. Es war nicht leicht für ihn, mich zu verstehen. Durch die Aufregungen der letzten Wochen war meine Stimme sehr leise. Aber Jörg gab sich Mühe, wenn es auch manchmal zu merkwürdigen Missverständnissen kam. Oft ertappte ich mich dabei, dass ich auf Schritte und Geräusche im Hausflur lauschte. Ich wollte nicht mehr mit Gert zusammentreffen. Wie sollte ich mich dann verhalten?
Diese Frage stellte ich Werner und Rita, die uns am Samstag besuchten.
„Du musst dich damit abfinden, dass Gert kommen und gehen kann, wann er will. Trotz allem hat er hier auch Wohnrecht. Zur Ruhe kommst du erst nach der Scheidung. Aber wir helfen dir, diese Zeit durchzustehen!“ Rita konnte sich gut in meine Lage versetzten. Das tröstete sehr.
„Ihr Frauen seht die Situation nur aus eurer Sicht“, griff Werner in unsere Unterhaltung ein. „Versetzt euch mal in die Lage von Gert. Ich möchte ihn nicht verteidigen, aber diesem Weib sind schon viele Männer ins Netz gegangen. Gert wird nicht der Letzte sein. Bei ihm hatte sie ja ganz leichtes Spiel. Wissen wir, was jetzt in ihm vorgeht?“ Werner sah mir eindringlich in die Augen: „Was würdest du sagen, wenn Gert zu dir zurückkommen möchte?“
Ich zuckte zusammen. Ähnlich hatte Norbert gefragt.
„Ich kenne Gert zu gut!“, antwortete ich hastig. „Er würde das niemals tun! Auch wenn er feststellen sollte, einen Fehler gemacht zu haben, er wird das nie zeigen oder gar zugeben!“
Werner winkte ab: „Du weichst aus. Das war keine Antwort auf meine Frage!“
Als Zeichen meiner Resignation zog ich die linke Schulter hoch.
„Ja, ja – das kannst du!“, Werner lachte. „Ab Montag wird fleißig geübt, bis das beidseitig klappt!“
Wir vereinbarten, dass ich mit dem Krankentransport zur Klinik gebracht werde. Nun galt es, auf unser Auto zu verzichten.

Sonntag, der 30. August 1981. Es klingelte um siebzehn Uhr!
„Ach, Mami! Wenn du doch hier bleiben könntest!“, seufzte Carsta. Ich hatte die gleichen Gedanken und nickte zustimmend. Beide verkniffen wir uns die Tränen.
Die Krankenfahrer waren mürrisch, weil ich mich beim Tragen nicht selbst festhalten konnte. Ungeschickt fasste der Größere unter meine Arme, während der Kleine meine Beine ergriff. So schleppten sie mich keuchend durch das Treppenhaus, hinaus, über den Gehweg bis zum Krankenwagen. Es schmerzte, nicht nur körperlich - auch seelisch! Ich schämte mich, weil ich wie ein lebloses Gepäckstück transportiert wurde. Carsta wagte es nicht, etwas zu bemängeln. Jetzt mussten wir für jegliche Hilfe dankbar sein. Während der kurzen Fahrt zur Klinik hielt Carsta still meine Hand. Ein bekannter Weg. Und doch war alles ganz anders als vor einem halben Jahr! Niemals habe ich mit dieser Wende meines Schicksals gerechnet! Vor der Klinik wurden wir von Schwester Johanna freudig begrüßt. Sie achtete darauf, dass ich vorsichtig in den bereitstehenden Rollstuhl gesetzt

wurde. Sie stellte keine Fragen. Alles war, als kämen wir vom Wochenendurlaub. Nur Gert fehlte.
Im Zimmer war alles unverändert. Auf dem Nachtisch stand ein großer, bunter Blumenstrauß. „Aus dem Garten, vom Chef", lachte Johanna.
Ausziehen, Nachthemd anziehen, rein ins Bett und Carsta räumte den Schrank ein, stellte den Fernseher auf und dann schwerer Abschied von Carsta!
Nun hieß es, wieder da anzufangen, wo ich hier vor knapp sechs Monaten aufgehört hatte.
Wenn ich damals nicht auf die Orthopädie geflüchtet wäre, würde mein Leben jetzt anders aussehen!

7

Die erste Nacht in „meinem alten Bett". Auf der Seite liegend studierte ich die allzu vertrauten Löcher im abblätternden Ölsockel. Gert hatte mir vorgegaukelt, die Klinik würde renoviert! Nötig wäre das! Warum erinnert mich jede Kleinigkeit an Gert! Das muss aufhören! Ich konnte lange nicht einschlafen. Diese Unruhe war ich nicht mehr gewöhnt.
Ein Betrunkener wurde eingeliefert. Sein lallendes Gestammel und das laute Schimpfen der Schwestern hielten mich wach. Die Beinschienen drückten. Aber ich hatte meine Bettkiste wieder! Das Anlegen der Handschiene verhinderte meine verkrampften Finger.
Gegen 4 Uhr morgens gesellte sich zum ununterbrochen dudelnden Radio und dem Getrappel von Schuhen noch das Scheppern der Küchengeräte. Das waren lauter bekannte Gepflogenheiten, an die ich mich wieder zu gewöhnen hatte.
Zum Waschen begrüßte mich Schwester Christa. Sie war unverändert nett und lustig wie bei meiner hoffnungsvollen Umsiedlung zur Orthopädie. Keine einzige neugierige Frage wurde gestellt.
„Ach, wären Sie doch bei uns geblieben! Dann hätten Sie sicher mehr Fortschritte gemacht", sagte Christa nur. „Schlafen Sie noch ein Stündchen!" Sie drückte mich, bevor sie ging.
Den weiteren Tagesablauf kannte ich aus dem FF:
Gegen 7 Uhr kam Birgit zum Fußbodenwischen. Sie hatte immer ein paar nette Worte oder Informationen über die Ereignisse auf der Station parat. Hin und wieder kam auch die ältere Frau Hartmann. Sie hatte noch immer Mühe, ihre ständig klappernde Zahnprothese unter Kontrolle zu halten, was wiederum zur Erheiterung beitrug.
Etwa um 8 Uhr bekam ich Frühstück. Das bedeutete: Eine große Plastiktasse mit Puddingsuppe, eine Scheibe Weißbrot mit Butter und Marmelade, ein Kännchen Bohnenkaffee – dieser musste mitgebracht werden – ansonsten gab es Malzkaffee.
Auch am zerkratzten Plastikgeschirr hatte sich nichts geändert. Aber Carsta hatte mir ja meine kleine Porzellantasse mitgegeben. Dieses Menü wurde mir auf dem Betttisch serviert. Essen und trinken konnte ich nun ohne Hilfe. Das war eine der wenigen in Sylzburg erlernten Selbstständigkeiten.
Um 10 Uhr kam – mehr oder weniger zahlreich – die Visite. An diesem ersten Tag nahm Schwester Marita meine zur Genüge bekannten Personalien neu auf. Dabei befürchtete ich die jetzt wohl unumgänglichen Fragen nach dem Verbleib von Gert. Doch Marita war

sehr diplomatisch und ausgesprochen taktvoll. Sie drängte die Weißkittel eilig ins Nachbarzimmer.
Nach Beendigung der Visite kam sie dann allein zu mir. Konnte sie meine Gedanken lesen?
„Machen Sie sich keine Gedanken", Marita setzte sich zu mir aufs Bett. „Es wird niemand nach Ihrem Mann fragen. Sie wissen ja, wie schnell so was im Krankenhaus die Runde macht. Frau Dr. Ruminski ist bekannt für derartige Skandale. Geben Sie sich keine Schuld!"
Marita umfasste vertraut meine Schultern. „Jetzt dürfen Sie nur noch daran denken, ganz schnell wieder auf die Beine zu kommen. Beweisen Sie es Ihrem Mann! Der Chefarzt hat sich sehr viel mit Ihnen vorgenommen!"
Ich konnte nicht antworten, nur nicken. Für eine Unterhaltung waren die Tränen zu nah.
„Wir werden versuchen, alle Aufregungen von Ihnen fernzuhalten, damit Sie nicht wieder zurückgeworfen werden!", versprach Marita. Dabei drückte sie ganz fest meine Hände. Bei der Stationsschwester fühlte ich mich geborgen.
Welch ein Gegensatz zu Sylzburg!
Bevor ich in meine gewohnte Grübelei verfiel, kamen zwei Schülerinnen, um mich anzuziehen und in den Rollstuhl zu setzen. Dabei stellten sich die beiden so ungeschickt an, wie ich es lange nicht erlebt hatte. Traurig dachte ich an die vergangene Zeit mit Carsta. Mit welcher Leichtigkeit sie zu Hause mit mir umgegangen war.
Weil ich zu all dem auch noch ganz schräg im Rollstuhl hing, blieb mir nur die Möglichkeit, nach Hilfe zu klingeln.
„Was ist denn nun schon wieder los?", missmutig kam eins der Mädchen zurück. Ich bat sie, mich etwas aufzurichten. Sie warf aber nur den Kopf zurück und ging wieder.
Es vergingen endlose dreißig Minuten. Ich wagte nicht, nochmals nach der Klingel zu greifen.
„Wir hatten noch keine Zeit, Sie zu begrüßen!" Schwester Gitta und Ralf erlösten mich. Ungezwungen erzählten beide so, als hätte sich nichts geändert. Dabei stellte sich heraus, dass sich die beiden Schülerinnen unbeauftragt mit mir beschäftigt hatten.
„Maren und Sonja sollten hier nur Staub wischen!", schimpfte Ralf. „Die beiden nehme ich mir vor! Ohne vorherige Anleitung darf keine Schülerin mehr zu Ihnen!"
Das beruhigte mich. Mein Tagesablauf musste sich erst wieder einspielen. Der Montags-Graupeneintopf blieb mir erspart. Birgit erinnerte sich, dass ich mich dabei stets verschluckte und hustete. Heimlich brachte sie mir zwei Schälchen leckere Quarkspeise. Zur Mittagsruhe brachten mich Gitta und Ralf mit der mir so vertrauten, lustigen Art ins Bett. Da mein Fernseher noch stumm auf dem Nachttisch verharrte, wurde ich wider Willen zum Grübeln verleitet.
Warum hatte Gert nicht nach der Auflösung unseres Kontos gefragt? Er hatte auch nicht reagiert, als ich die Scheidung verlangte. Weiß er wirklich, was er will?
Carstas verfrühter Besuch beendete die Fortsetzung dieser nutzlosen Überlegungen.
„Ich hab heute den ganzen Nachmittag frei und darf bis zum Abendessen bei dir bleiben", erzählte sie fröhlich. „Du möchtest doch sicher fernsehen!" Geschickt brachte sie das von Gert angefertigte Schaltkäschen an meinem Bett an. Diese Fernbedienung Marke Eigenbau wird mich dauernd an ihn erinnern! Damit hieß es fortan zurechtzukommen!
Beim Abendessen merkten wir beide, wie mich die Ereignisse der vergangenen Wochen zurückgeworfen hatten. Die Bewegungen der Hand waren hier in der Klinik viel unsicherer als zu Hause.

„Du machst bestimmt bald wieder Fortschritte! Du musst dich ja erst wieder eingewöhnen!" Carstas jugendlicher Optimismus war nicht zu erschüttern. Immer deutlicher wurde mir, wie viel Mühe sie sich gab, die Stelle ihres Vaters zu übernehmen. Ich durfte Carsta nicht enttäuschen! Trotz aller Rückschläge musste ich wieder auf die Beine kommen! Auch ohne Gerts Hilfe!

Am Dienstag bekam ich bei der Chefvisite einen genauen Tagesplan: zweimal täglich Physiotherapie, Reizstrombehandlung, in Kürze auch Bewegungsübungen im Wasser!
„Lass dich nicht unterkriegen!" Werner nahm sich Zeit für ein kurzes Gespräch. „In deinem Fall ist es ganz normal, dass du vorerst zurückgeworfen wirst. Und in der Angelegenheit mit Gert ist längst noch nicht das letzte Wort gesprochen. Vergiss das nicht!"
„Ich möchte so schnell wie möglich geschieden werden! Vorher komme ich nicht zur Ruhe! Bitte sag es Gert. Ihr seht euch doch sicher noch!", hastig fiel ich Werner ins Wort.
„Unsinn!", kopfschüttelnd, nahezu böse sah er mich an. „Wenn du ihn nicht dazu drängst, dann lässt er sich nicht scheiden!"
Jetzt war ich sprachlos. Demnach hatte Gert mit Werner über mich gesprochen. Draußen rief jemand nach dem Chefarzt. Ich blieb allein mit meinen Vermutungen.
Meine Stimmung besserte sich erst am Nachmittag mit der Unterhaltung von Carsta.
„Dann läuft morgen alles richtig an! Wenn du nicht zufrieden bist, spreche ich mit dem Chef", sagte sie energisch. Ich verkniff mir ein Lächeln, denn das war die Tonart ihres Vaters.
„Du hast genug Zeit verloren! Jetzt müssen sie hier mehr für dich tun!"
Ich widersprach nicht. Aber der Zeitverlust ging allein auf mein Konto. Ich hätte nicht von hier weggehen dürfen, dann wäre heute alles anders!

Der Mittwoch brachte tatsächlich den erhofften Neubeginn. Welch' ein Gegensatz zu Sylzburg!
Ralf baute meinen Bettgalgen mit allen Hängevorrichtungen für Beine und Arme wieder auf. Unaufgefordert hing er meinen rechten Arm zum Üben in die Schlinge.
So sehr ich mich auch abmühte, der Arm bewegte sich nicht! Verzweifelt sah ich Ralf an.
„Das hat wohl keinen Sinn mehr!", seufzte ich.
„Ach, nee! Wollten Sie hier faul rumliegen?", Ralf half etwas nach. „Na, es geht doch! Wozu haben wir denn die verrückte Konstruktion aufgehoben?"
„Woher wussten Sie, dass ich wiederkomme?"
„Na ja, weil es nirgendwo so schön ist, wie bei uns!", feixte Ralf. Sein Humor tat mir gut.
Da wurde schwungvoll die Tür geöffnet. Die leitende Physiotherapeutin kam, um mir ihre Kollegin vorzustellen. Ich hatte gehofft, von der Leiterin selbst behandelt zu werden, denn sie war äußerst beliebt und gewissenhaft. Sie verfügte über umfangreiche Fachkenntnisse. Viele Patienten hatte sie wieder auf die Beine gebracht.
„Ich bringe Ihnen Sonja! Sie und eine unserer Schülerinnen werden jetzt gemeinsam zweimal täglich mit Ihnen turnen!" Frau Specht klopfte aufmunternd auf meinen rechten Arm und gab Sonja beim passiven Durchbewegen entsprechende Anweisungen. Wie angekündigt, brachte Sonja am Nachmittag eine Schülerin mit. Beim Üben unterhielten sie sich zwar freundlich mit mir, aber ich dachte wieder an die temperamentvolle, anspornende Art von Marion. Ob ich jemals gleichwertigen Ersatz finden werde? Ob ich mit Sonja auch so gute Fortschritte machen werde?

Nach dem Kaffeetrinken wartete ich auf Carsta. Sie hatte sich bereits etwas verspätet. Eilige Schritte auf dem Flur erinnerten mich an Gert. Wann hörte das endlich auf?
Da flog aber schon stürmisch die Tür auf. „Ich hab es nicht schneller geschafft, Mami!", keuchend ließ sich Carsta auf mein Bett fallen. Sie hatte auf Jörg gewartet. Er begann heute seine Ausbildung zum Datenfacharbeiter.
„Ruh dich erst mal aus! Du darfst dich meinetwegen nicht so abhetzen", sagte ich besorgt. Es war stürmisch und anstrengend, mit dem Fahrrad zu fahren.
„Das Wetter macht mir nichts aus. Aber du kannst dir nicht vorstellen, wie Papi sich wieder benimmt!" Carsta richtete sich auf. Ich war auf einen unerfreulichen Bericht gefasst.
„Als ich gestern nach Hause kam, saß er vor dem Fernseher und sann so komisch vor sich hin. Ich grüßte und nahm mir ein Glas aus dem Schrank. Da schrie er mich böse an, ob das unbedingt sein muss!"
„Warum ist Papi daheim? Ich dachte, er wohnt bei der Ruminski", fragte ich dazwischen.
„Das hab ich ihn auch anständig gefragt. Da sprang er vom Sessel hoch und drohte mir Schläge an. Es ginge mich nichts an, weshalb er daheim sei. Kurz vor 22 Uhr ging er dann zur Klinik, kam aber schon nach zehn Minuten wieder zurück. Dann knallte er wütend die Schlafzimmertür zu und ging ins Bett."
„Das alles hast du beobachtet? Das ergibt doch keinen Sinn!" Ich stellte mir Carsta dabei vor.
„Na, klar!", kam die prompte Antwort. „Ich kann mir denken, was da läuft! Papi hat sich mit der Ruminski gekracht, deshalb auch seine schlechte Laune! Sie hat Nachtdienst, deshalb ging er zu ihr. Mit der Versöhnung wird's wohl nicht geklappt haben!"
„Carsta, du bist ein wahrer Detektiv!" Ganz wohl war mir bei dem Gedanken nicht.
„Ja, aber heute hatte ich kein Glück", Carsta wirkte auf einmal sehr bedrückt. „Am Nachmittag war Papi wieder daheim, da hab ich ihn gefragt, wann ich mit dir mal ins Wochenendhaus fahren darf. Da lachte er mich aus und sagte ganz zynisch, ich sollte endlich kapieren, dass wir dort nichts zu suchen hätten." Carsta putzte sich lautstark die Nase. Ich sollte die Tränen nicht sehen. Wie gern hätte ich sie jetzt tröstend in die Arme genommen!
„Ach, Mami! Ich schrie ihn laut an! Er lässt sich von diesem Flittchen gegen uns beeinflussen! Ich schäme mich für ihn! Ich will nichts mehr mit ihm zu tun haben! Der September hat noch schöne Tage. Du könntest frische Waldluft gut gebrauchen!" Carstas Stimme überschlug sich. „Er packte mich an beiden Armen, schüttelte mich und drohte mit Schlägen, wenn ich noch einmal nach dem Wochenendhaus frage."
Ich konnte nicht antworten. War Gert jetzt völlig verrückt geworden? Normal war das nicht! Das sah ja aus, als hätte er Angst, wir könnten unverhofft im Wochenendhaus aufkreuzen.
Es war doch bisher unser zweites Zuhause! Hatte er vergessen, wie eifrig unsere kleine Carsta bei Wind und Wetter bei der Bepflanzung des Grundstücks geholfen hat? Hier war sie aufgewachsen! Hier hatte sie Freunde. Hier hatte sie ihre erste Erfahrung mit Tieren auf dem Bauernhof gemacht. Unglaublich, dass Gert vorhatte, unser Wochenendhaus jetzt mit dieser skrupellosen Frau zu nutzen!
„Carsta, du brauchst mich nicht zu schonen! Erzähl mir alles! Das erleichtert dich! Aber wir können jetzt nur abwarten!", tröstete ich. „Du musst versuchen, dem Papi aus dem Weg zu gehen! Scheinbar will er uns beide nervlich fertig machen!"

Schwester Johanna kam zur rechten Zeit mit dem Abendbrot. Ich wusste nicht mehr, womit Carsta von diesem niederschmetternden Thema abzubringen war.

Die Rückkehr zur Neurologie brachte einige Veränderungen. Während Werner und Gert bisher alle Besucher von mir ferngehalten hatten, ließen sich meine Freunde und Bekannten nicht mehr abweisen. Schnell hatte es sich herumgesprochen, dass Gert uns verlassen will. Vielen war der Lebenswandel der Ruminski bekannt. Alle glaubten, dass Gert seinen Fehltritt längst bereute, aber nicht zugeben wollte. Deshalb sein unberechenbares Verhalten.
Es tat so gut, sich mit Freunden auszusprechen und sich beraten zu lassen! Auch Werner sah das Positive daran.
Eine Kollegin hatte Gert in der Kaufhalle gesehen. „Stell dir vor", erzählte Hannelore, „ich sah Gert beim Einkaufen! Er hatte nur ein tropfendes Eis in seinem Einkaufskorb und stellte sich ans Ende einer langen Warteschlange. Er war ganz durcheinander! An der Kasse zog er ganz zerknülltes Geld aus der Hosentasche!"
Diese Nachricht gab mir sehr zu denken. Gert, dieser Pedant, hatte nie sein Geld lose in den Taschen. Mit nur einem einzigen Artikel stellte er sich früher niemals in eine Warteschlange! Mit einer lustigen Bemerkung ging er stets vor an die Kasse! Außerdem war es ganz gegen seine Gewohnheit, allein einzukaufen. Wo war seine Doktorin?
Eine andere Kollegin, mit der wir oft auch privat verkehrten, wurde von Gert unverhofft besucht. Er fragte sie, ob er wegen seines Verhaltens verurteilt würde. Oder ob sie Verständnis für ihn hätte. Diese Meinungsumfrage passte nicht zu Gerts Selbstbewusstsein. Sogar bei unseren besten und ältesten Freunden, Carola und Martin, wollte sich Gert rechtfertigen. Die beiden verurteilten ganz offen sein Verhalten.
„Ich kann nicht vergessen", sagte Carola, „wie bitterlich Gert geweint hat, als du auf der ITS gelegen hast. Er beteuerte damals, dass er immer bei dir bleiben wird, ganz gleich, wie sich dein Zustand entwickelt! Und jetzt will er uns tatsächlich mit seiner Doktorin besuchen! Glaub mir, Ina, Gert ist nur von dem Doktortitel geblendet! Den schlechten Ruf nimmt er dafür in Kauf. Wir haben Gert ausgelacht! Er kann wiederkommen, wenn er wieder vernünftig ist!"
Diese Schilderung tat nun wieder verdammt weh! Anderseits war ich froh über Carolas Offenheit. Ich wollte lernen, solche Negativberichte besser zu verkraften. Ich wollte so viel wie möglich über Gert wissen und nicht mehr geschont werden.

Werner hatte veranlasst, dass Carsta wunschgemäß im großen Operationssaal eingesetzt wurde. Vor Dienstbeginn huschte sie zu mir und erstattete Bericht über die Vorkommnisse zu Hause. Wir rätselten, weshalb Gert immer dann daheim übernachtete, wenn die Ruminski Nachtdienst hatte. Durfte er etwa nicht allein in ihrer Wohnung bleiben?
Bald hatte es sich eingespielt, dass mich Carsta an ihren freien Wochenenden nach Hause holte. Unsere Freunde übernahmen abwechselnd den Transport mit ihren Pkws. Hier bewies sich, wie wertvoll wirkliche Freunde sind. Immer wünschte ich, diese Hilfe einmal irgendwie ausgleichen zu können. Oft kam dann der Satz: „Reden wir nicht davon! Es kann jeden von uns so hart treffen wie dich!"
Die Wochenenden in der vertrauten Umgebung waren Ansporn für mich. Zur Erleichterung durften wir nun den Rollstuhl mit nach Hause nehmen. Es waren schöne Stunden für uns beide. Meine Bedenken, Gert würde unverhofft aufkreuzen, erwiesen sich als unbegründet. Wahrscheinlich war ihm mein häufiger Hausurlaub zugetragen

worden. Darüber wird er sich wohl ärgern und er wollte nicht mit Carsta und mir zusammentreffen. Diese Vermutungen bekamen einen Sinn, als Carsta mir sagte, Gert hätte unsere Wohnung zum Taxen angemeldet. Er traf also Vorbereitungen zu unserer Scheidung.
Oft genug hatte ich ihn dazu gedrängt. Jetzt, da es Wirklichkeit wurde, bekam ich Angst. Wie wird das vonstatten gehen? Ich hatte nicht die geringste Vorstellung.
Bei seinem nächsten Besuch sprach ich darüber mit Werner. Er war bereits im Bilde.
„Wozu will Gert unsere Wohnung taxen lassen? Er hatte mir doch versprochen, dass er nur zwei bis drei unserer antiken Uhren behalten möchte! Weil er auf materielle Dinge keinen Wert legt. Könnten wir uns dann nicht anders einigen?"
„Mach dich nicht verrückt!", schimpfte Werner, weil ich meine Aufregung nicht verbergen konnte. „Das ist ein raffiniertes Spiel von Gert! Er will dich einschüchtern und dir klarmachen, wie hilflos du bist."
„Aber ich bin ja wirklich nicht fähig, irgendetwas dagegen zu unternehmen!"
„Pass auf", Werner unterbrach mich, „du darfst jetzt auf gar keinen Fall Schwäche zeigen! Das ist nur dieses verdammte Weib! Sie hat Erfahrung mit ihren zwei oder sind's sogar drei Scheidungen! Sie beeinflusst Gert. Sie möchte eure schöne Wohnung haben. Solch eine Schätzung ist noch längst keine Scheidung! Du musst jetzt kämpfen!"
Werner war wütend. „Schick' Carsta zu mir!", sagte er danach ganz ruhig überlegend. „Carsta soll sich am Schätzungstag frei nehmen und dich nach Hause holen. Darauf ist Gert dann nicht gefasst. Wirst du ein Zusammentreffen mit ihm in dieser angespannten Situation verkraften?"
„Ich bereite mich darauf vor. Es wird schon gehen." Das klang kläglich.
„Du schaffst das!" Werner drückte meine Schultern. Er wurde wieder gerufen.

Schätzungstermin für unsere Wohnung war der 18. September, ein Freitag. Es war unser neunzehnter Hochzeitstag! War das Zufall oder ein geplanter Schachzug von Gert? Wollte er mich damit wieder demütigen?

Ich saß im Rollstuhl, Carsta neben mir auf der Couch. Pünktlich erschien Gert gemeinsam mit dem Schätzer und dessen Sekretärin. Gert sah uns verwundert an. Offensichtlich hatte er nicht damit gerechnet, mich hier und heute anzutreffen. Er grüßte nur mit einem Kopfnicken. Die beiden anderen stellten sich vor und gaben uns freundlich die Hand.
Ohne Umschweife ließ sich Herr Zehm alle Räume zeigen. Dann begann er im Wohnzimmer vom Teppich bis zur Couchgarnitur, über die Schrankwand mit deren Inhalt und den Büchern alles genau aufzulisten. Die Sekretärin notierte alles. Gert versuchte mehrmals vergeblich, den Schätzwert in die Höhe zu treiben. Als kleine Gruppe bewegten wir uns von Raum zu Raum. Carsta schob mich im Rollstuhl voran. Mein Herz klopfte so laut, dass ich Bedenken hatte, die anderen würden es hören. Werner hatte mir ein Medikament zur Beruhigung gegeben. Dafür war ich ihm jetzt dankbar. Das ganze Geschehen lief wie ein schlechter Film vor mir ab. Ich vernahm alles so, als beträfe es mich nicht. Der Wert der vielen hübschen antiken Gegenstände, die ich gemeinsam mit Gert bei Haushaltsauflösungen ersteigert hatte, wurde jetzt geschätzt. Das war so grotesk!
„Bitte nehmen sie die Tapete des Korridors mit auf! Sie war ausgesprochen teuer!", Gerts Stimme holte mich in die Gegenwart zurück.
„Also, das hat noch niemand verlangt", Herr Zehm schmunzelte vielsagend, „Tapeten gehören nicht zum Inventar!"

Gert war sehr verlegen. Als auch der Kamin und die Balkenwand nicht aufgelistet wurden, konstatierte er lautstark, dass beides seine eigene Arbeit und mehrere Tausend Mark wert sei. Dies sollte berechnet werden. Herr Zehm sah seine Kollegin ungläubig an. Beide widersprachen energisch und verabschiedeten sich höflich. Die unangenehme Aktion war beendet! Mit einem flüchtigen Kopfnicken und großen Schritten verließ Gert die Wohnung.
Damit war mir klar, Gert hatte mehr von der Schätzung erwartet. Seine Körpersprache verriet es mir! Wieder hatte er bewiesen, dass er ein völlig anderer Mensch geworden war.
Dieser Tag hatte nicht nur mich, sondern auch Carsta sehr deprimiert. So wurde es ein Wochenende, an dem wir rätselten, was demnächst wohl noch auf uns zukommen würde.

Die folgende Woche begann erfreulicher. Ich wurde ab sofort von der leitenden Physiotherapeutin, Frau Specht, behandelt! Einfühlsam übersah sie meinen Bewegungsrückschritt. Mit ihrer Berufserfahrung hoffte ich, die verlorene Zeit bald aufzuholen. Tags darauf überraschte mich Werner.
„Wir können loslegen mit den Bewegungsübungen im Wasser! Die Termine in der Schwimmhalle hab ich vereinbart. Entsprechende Hilfsmittel hab ich gebastelt. Frau Schwarz wird uns begleiten!“, Werner strahlte. „Nun freu dich doch!“
Ich war sprachlos. Wo gab es noch Derartiges? Der Chefarzt und seine Sekretärin gehen mit einer gelähmten Patientin zur Wasserbehandlung in die Schwimmhalle!
Ausgerüstet mit einem prall aufgepumpten Lkw-Schlauch, diversen Gewichten und Seilen brachte ein Krankenwagen uns drei zur Schwimmhalle. Da Frau Schwarz mich schon vor der Abfahrt in den Badeanzug gestopft hatte, war ich im Handumdrehen badebereit. Der riesige Reifen, mit Gewichten beschwert, schwamm vor mir am Beckenrand. Mit Hilfe von Werner und Frau Schwarz ließ ich mich vom Rand in den Reifen gleiten ... und stand im Wasser! Mit meinen beiden Helfern an der Seite gelangen mir mühelos einige Schritte.
Darüber war ich dermaßen erstaunt, dass ich meinen ganzen Kummer als zweitrangig empfand.
Kündigte sich eine unerwartete Wende meines Schicksals an? Wollte mein Körper der seelischen Belastung trotzen?
„Zufrieden?“, Werner lachte, als Frau Schwarz mich abtrocknete und zur Rückfahrt anzog. „Das machen wir jetzt zweimal wöchentlich“, sagte sie.
Meine Freude darüber war so groß, dass ich es noch am Nachmittag Carsta ausführlich schilderte. Durch sie wiederum wurden all unsere Freunde und Bekannten informiert.
„Ob das auch zu Papi vordringt“, Carsta schmunzelte, „dann kriegt er ganz sicher schöne Gewissensbisse. Weil der Chef dir so sehr hilft!“ Daran wollte ich nicht denken.
Einen gewaltigen Dämpfer erteilte mir der Oberarzt Dr. Ahlert. Vor der ganzen Visite erklärte er, diese Schritte im Wasser wären nur mit erheblicher Hilfe möglich.
„Der Zustand stagniert nach wie vor“, schloss der Oberarzt zynisch.
Da Werner zu dieser Zeit außerhalb war, konnte ich ihm erst Tage später davon erzählen.
„Du weißt doch, dass der Oberarzt anderer Meinung ist als ich“, sagte er ganz ruhig, „beweise ihm, dass er im Unrecht ist! Glaubst du etwa, wir gehen zum Vergnügen mit dir in die Schwimmhalle? Ich bin sicher, wir werden Einiges erreichen! Du, weißt, es wird lange dauern. Lass dich nicht entmutigen! Mit dem Oberarzt spreche ich!“

Werner war bereits an der Tür, drehte sich um und hielt die Hand an die Stirn: „Beinahe hätte ich es vergessen! Ich soll dich von Frau Schwarz grüßen. Sie lässt fragen, ob du mit einem Du einverstanden bist." Natürlich war ich es! Ich freute mich über den Vertrauensbeweis.

Der Herbst begann mit vielen Aufregungen. Täglich berichtete mir Carsta von neuen Vorkommnissen. Die häufigen Streitigkeiten mit Gert ließen sie zu Jörg und seinen Eltern flüchten. Dass meine Angst vor Gerts Jähzorn nicht unbegründet war, erwies sich bald.
„Gestern rastete Papi mal wieder völlig aus", schimpfte Carsta aufgeregt, als sie vom Dienst direkt zu mir kam. Sie setzte sich dicht neben mich. Ich erwartete nichts Gutes.
„Papi brachte gestern die Ruminski mit in unsere Wohnung!" Ich sah Carsta entsetzt an. Es folgte nun eine anschauliche Schilderung dieser für mich unglaublichen Begebenheit. Carsta hatte es sich auf dem Sitzkissen vor dem Fernseher bequem gemacht. Sie erschrak, als Gert plötzlich mit der Ruminski vor ihr stand. Ohne Gruß schrie er Carsta drohend an.
„Wiederhole, was du von Frau Oberärztin behauptet hast! Entschuldige dich sofort bei ihr!" Carsta wusste nicht, worum es ging. „Ziehen Sie erst einmal Ihre Schuhe aus! Bei uns ist das so üblich! Sie haben hier nichts zu suchen! Ich wüsste nicht, wofür ich mich entschuldigen soll!", fauchte Carsta die Ruminski an.
„Ich möchte mich gern mal in Ruhe mit dir aussprechen", versuchte die Doktorin einzulenken.
„Aber ich möchte nicht mit Ihnen reden! Verlassen Sie unsere Wohnung!", konterte Carsta.
Da sie keinerlei Anstalten machte, das unschöne Wortgefecht fortzusetzen, setzte Gert seine überhebliche Miene auf. „Du wirst dich bald sehr wundern!", sagte er mit unterdrücktem Zorn. Mit langen und lauten Schritten stampfte er unverrichteter Dinge aus der Wohnung, Frau Oberärztin an der Schulter nehmend.
„Hast du zu Papi wieder etwas Negatives über die Oberärztin gesagt?" Ich hatte Carsta schon oft beschwichtigt, nicht so impulsiv zu sein. Ich wusste, wie schwer ihr das fiel.
„Ja! Ich hab ihm gesagt, dass man sich im ganzen Krankenhaus über sie lustig macht! Und dass niemand versteht, weshalb er sich mit ihr eingelassen hat!"
„Wir müssen uns beide bemühen, durchzuhalten! Bitte versprich mir, Papi nicht mehr zu provozieren! Er ist so wütend, weil er den schlechten Ruf der Ruminski kennt."
„Mami, ich halte das bald nicht mehr aus! Ich kann mir nicht alles gefallen lassen!", war dazu immer die Antwort. Carsta tat mir sehr Leid. Sie drängte zur Scheidung. Und ich hatte Angst.

Unser Fall war nahezu stadtbekannt, gab Anlass zur Klatscherei. Deshalb blieb es nicht aus, dass Carsta von der Schätzung unseres Wochenendhauses erfuhr. Gert verhielt sich so, als wären er und die Ruminski bereits die Eigentümer. Sie feierten dort ausgiebig mit ihren Bekannten und Kollegen irgendwelche Partys. Auch wochentags wohnten beide im Bungalow. Sie fuhren von dort morgens zum Dienst und nachmittags wieder zurück. Auch das passte nicht zu Gert! Er hielt so etwas für unangebracht und zu teuer. Sobald ich allein war, grübelte ich. Je mehr ich nachdachte, desto schlechter ging es mir.

Werner und Ruth, seine Sekretärin, ließen sich nicht entmutigen. Regelmäßig fuhren sie mit mir zur Schwimmhalle und versuchten, mich vom Trübsinn abzulenken. Oft huschte

Ruth zu mir ins Zimmer. Sie verstand es, mich zu trösten. Neben meinen Freunden hatte ich jetzt jemanden, der stets erreichbar und gut über mein Leben und meinen Gesundheitszustand informiert war. Da sie selbst eine Ehescheidung hinter sich hatte, konnte ich sie um Rat fragen. Allerdings hatte sie zu ihrem Ex-Mann ein gutes Verhältnis, was in meinem Fall schon jetzt unmöglich erschien.

Nach einem Schwimmhallenbesuch vereinbarte ich mit Ruth einen Abstecher in unsere Wohnung. Werner setzte mich im Wohnzimmer auf die Couch und machte eine Zigarettenpause.
„Ich lasse euch Frauen mal allein, hab noch was zu erledigen. In einer Stunde hole ich euch ab", verabschiedete er sich kurz.
Ruth bewunderte die Wohnung. Mein Stolz bekam einen bitteren Beigeschmack als ich an Gerts Worte zu Carsta dachte: „Du wirst dich bald sehr wundern!"
Was hatte er damit gemeint?
„Die Wohnung kann er euch nicht wegnehmen! Da bin ich mir sicher!", tröstete Ruth. Sie lenkte mich ab, indem sie nach der Funktion des Kamins fragte. Zu einer Erklärung kam ich nicht mehr. Wir hörten Schlüssel rasseln, da stand Gert auch schon vor der offenen Wohnzimmertür.
„Was ist denn hier los?", stammelte er. Die Situation machte ihn sichtlich verlegen. Ich war gleichermaßen erschrocken, hatte ich doch keinen Augenblick mit diesem Zusammentreffen gerechnet. Gert hatte sich schnell wieder in der Gewalt. Er ging zum Angriff über.
„Wie stinkt es denn hier! Wer raucht solch furchtbares Kraut?" Er wurde beleidigend!
„Das ist die Zigarette vom Chef", antwortete Ruth freundlich, „aber den Geruch müssten Sie kennen! Wie ich weiß, rauchen Sie auch Duett!" Statt zu antworten, räusperte sich Gert verlegen und kramte dann in einem Schubfach in der Schrankwand. Es war wohl aus Unsicherheit, denn was suchte er unter den Besteckkästen?
„Gibt es noch was?", fragte er mich. Sein Blick hatte etwas Drohendes. Ich fühlte mich elend und verletzt. Er hatte uns weder begrüßt noch ein normal höfliches Wort mit uns gewechselt.
Wo waren seine guten Umgangsformen geblieben? Er gab sich gezielt überheblich.
„Reiche endlich die Scheidung ein!", sagte ich in einem Anflug von Stolz. Wieder traf mich Gerts stechender Blick. Er ging, ohne zu antworten.
„Das hättest du besser nicht sagen dürfen", Ruth drückte meinen Arm.
„Meinst du, er hat mich verstanden?", zweifelte ich.
„Du klangst laut und deutlich", lobte Ruth meine Stimme. „Aber vergiss nicht, dass der Chef der Meinung ist, du solltest Gert nicht freigeben!", mahnte sie mich.
„Werner hat gut reden!", klagte ich. „Wie lange soll ich diese Demütigungen noch ertragen? Ich kann so nicht auf die Beine kommen! Ich mache ständig einen Schritt vorwärts und zwei Schritte zurück! Ich kann nicht mehr! Du hast ja selbst gesehen, was aus Gert geworden ist."
Als Werner kam, um uns abzuholen, fand er mich schluchzend auf der Couch liegen.
„Nimm es nicht so schwer", sagte er, „ich glaube nicht, dass Gert bei diesem Weib bleibt. Er macht sich ja lächerlich. Aber wenn du ihn zur Scheidung drängst, wird er es aus verletzter Eitelkeit tun. Glaub mir, ich kann mich in seine Lage versetzen. Wenn du dich nicht scheiden lässt, ist es bald aus mit den beiden!"

Wie oft werden wir darüber noch spekulieren, dachte ich. Jetzt fühlte ich mich regelrecht krank. Der Tag hatte so schön angefangen. Warum ging es dauernd auf und ab?

Die Wochen bis Ende November vergingen im gewohnten Gleichmaß. So oft es ihre Zeit erlaubte, holte Carsta mich mit Hilfe unserer Freunde nach Hause. Es waren stets schöne und erholsame Stunden für mich. Seit der letzten Begegnung zu Hause gab es keinen Ärger mehr mit Gert. Trotzdem hatte ich keinerlei Fortschritte zu verzeichnen. Meine ungewisse Zukunft machte mir sehr zu schaffen. Erstmals bemerkte ich, dass bei meiner Grübelei der Spasmus verstärkt durch meinen Körper schoss. Ich maß dieser Tatsache keine besondere Bedeutung bei, bis zu dem Tag, als die Schar der Weißkittel das Einschießen eines Spasmus miterlebte.
„Haben sie das öfter?“, fragte sofort der Oberarzt. „Ich verordne ihnen ein Medikament dagegen! Der Chefarzt ist nicht erreichbar. Er ist zum Ärztekongress.“
Ich ärgerte mich, dass ich Werner nichts davon gesagt hatte. Er hätte sicher eine Erklärung dafür gehabt und nicht gleich mit Tabletten geschossen. Während der Oberarzt auf ständige Medikamenteinnahme bestand, befürchtete der Stationsarzt, dass es zur Gewöhnung kommen könnte. Wieder einmal gingen die Meinungen der Ärzte auseinander.
Beim Besuch meiner Eltern erzählte ich davon. Es war nicht einfach, eine Unterhaltung mit ihnen in Gang zu halten. Meine Mutter bedauerte mich. Mein Vater blickte meistens traurig vor sich hin. Er sprach wenig. Nie kamen sie ohne Blumen und Naschereien. Immer wieder versicherte ich meinen Eltern, dass das gesamte Personal nett und einfühlsam sei. Und sie glaubten, dies mit Geschenken wie dem beliebten westlichen Bohnenkaffee, Schokolade, Seife und Deospray aufrechterhalten zu müssen.
Mit meinem langen Klinikaufenthalt und der Tatsache, dass Gert mich verlassen wollte, waren meine Eltern mit ihren siebzig Jahren überfordert. Aber beide gaben sich die größte Mühe, Carsta möglichst viel der Hausarbeit abzunehmen.
Umso mehr enttäuschte es mich, als Carsta durchblicken ließ, Oma Jenni behaupte, ich hätte oft schlechte Laune. Das konnte nur an einer kleinen Auseinadersetzung liegen.
Als mein Vater meinte, er könne mich in dem blöden Rollstuhl nicht mehr sehen, erklärte ich ihm, dass ich nun mal nicht von heute auf morgen laufen werde. Meine Mutter klagte darauf, es wird nie besser werden und Carsta würde lügen, wenn sie dauernd von meinen kleinen Fortschritten erzählt. Ich hätte die beiden am liebsten rausgeworfen! Sie merkten nicht, wie weh sie mir taten. Natürlich hatte ich dann übelste Laune, als sie sich verabschiedeten.
„Hallo! Ich soll nachsehen, ob du fleißig bist!“ Rita kam danach wie gerufen. Werner war länger als vorgesehen zum Ärztekongress. Ich klagte Rita meinen neuesten Kummer.
„Ach, mach dir nichts draus!“, sie lachte. „Sie meinen es gut mit dir und Carsta. Alte Leute sind manchmal wunderlich! Im Übrigen steht es dir zu, auch mal schlechte Laune zu haben! Aber weder Werner noch ich haben bisher was davon gemerkt!“
Dr. Krause lugte vorsichtig zur Tür herein. „Na, wenn die Gattin vom Chef hier ist, bin ich wohl überflüssig?“ Hörte ich da einen Unterton oder wurde ich tatsächlich überempfindlich? Dank Rita wurde es doch noch ein schöner Nachmittag.

Anfang Dezember wurde mein Kehlkopf gespiegelt. Ich gab mein Einverständnis zu einem gleichzeitigen kleinen Eingriff. Der HNO-Arzt erklärte mir das so, dass unter

Vollnarkose ein Präparat auf die Stimmbänder gespritzt wurde, wodurch ein besseres Schließen der Stimmritze erfolgte. Dadurch sollte sich meine Stimme deutlich verbessern. Mit neuer Zuversicht ließ ich die Prozedur über mich ergehen. Um mich wieder normal zu verständigen, hätte ich jedes Risiko in Kauf genommen! Entsprechend groß war meine Freude, als ich bereits nach dem Erwachen aus der Narkose laut und ohne Anstrengung sprechen konnte. Allerdings empfand ich meine Stimme als fremd und sehr tief.
Ich dachte zuerst an Carsta. Wie wird sie sich freuen! In Gedanken unterhielt ich mich schon mit meinen Eltern und Freunden. Endlich gab es mal wieder einen Lichtblick! Was wird Werner sagen? Auch an Gert dachte ich. Sicher wird er von diesem enormen Schritt nach vorn erfahren.
Bei meiner Träumerei wurde ich vom Oberarzt unterbrochen. Mit rauer aber lauter Stimme erzählte ich ihm von der gelungenen OP. Ich hatte das Gefühl, einen Trumpf gegen ihn auszuspielen. Doch plötzlich bemerkte ich, wie mitleidig er lächelte.
„Ich will Ihnen nicht die gute Laune verderben", fiel er mir ins Wort, „aber vergessen Sie nicht, dass Ihr rechtes Stimmband schlaff gelähmt ist. Und daran ändert auch diese Beschichtung nichts! Sie werden bald feststellen, dass diese Verbesserung Ihrer Stimme nur vorübergehend ist." Höflich lächelnd verabschiedete er sich.

Völlig deprimiert fand Carsta mich am nächsten Tag vor. Oberarzt Dr. Ahlert hatte leider Recht behalten! Nur mühsam ging die Unterhaltung. Die Enttäuschung über den Misserfolg war zu groß. Wieder musste ich erfahren, wie widersprüchlich die Ärzte urteilten. Mir schien, Carsta war nicht nur meinetwegen bedrückt.
„Papi hat die Scheidung eingereicht", rückte Carsta nach längerem Schweigen leise heraus.
Ich spürte, wie sie mich ängstlich abwartend beobachtete.
„Wie soll es nun weitergehen?" Mein Hals schnürte sich zu. Oft genug hatte ich Gert zur Scheidung gedrängt. Jetzt, da er meiner Aufforderung nachkam, war ich erschrocken. Hatte ich unbewusst gehofft, er würde von diesem letzten, endgültigen Schnitt absehen? Das, was ich in den letzten Wochen verdrängt hatte, brach nun mit unerbittlicher Realität über mich herein.
„Mami, wenn du dich nicht scheiden lässt, dann gehe ich!" Die Antwort klang sehr energisch.
„So meine ich es nicht!", wich ich aus. „Ich weiß nur nicht, was ich jetzt tun muss."
„Der Chef hat schon mit mir gesprochen. Wenn du einverstanden bist, soll ich mich mit Rechtsanwalt Hagedorn in Verbindung setzen. Der Chef hat ihn mir empfohlen."
Ich war einverstanden. Ich wollte Carsta nicht verlieren. Außerdem war der jetzige Stand der Dinge für uns beide zu unsicher. Unser Recht am Wochenendhaus! Das plötzliche Erscheinen der Ruminski in unserer Wohnung! Es musste eine Entscheidung getroffen werden!

Am späten Abend besuchte mich Werner. Ich hatte den Eindruck, er wollte mich umstimmen. Vielleicht wäre ihm das sogar gelungen, wenn ich nicht an Carstas Worte gedacht hätte.
„Hast du es dir auch ganz genau überlegt? Willst du Gert wirklich freigeben?", fragte Werner eindringlich. Ich nannte ihm die Beweggründe, die mich zu meiner Entscheidung veranlassten.

„Oft kommt es anders, als man denkt. Lassen wir den Dingen ihren Lauf!“, Werner zweifelte.

Wie anders war die Vorweihnachtszeit im vorigen Jahr! Damals machte mir Gert Mut. Nicht im Entferntesten dachte ich damals daran, dass ich mich in einem Jahr mit meiner Scheidung auseinandersetzen müsste.
Trotz aller Bemühungen der Physiotherapeutinnen und der regelmäßigen Übungen in der Schwimmhalle war mein Zustand schlechter geworden. Zeitweise versagte meine Stimme ganz.

Ich saß im Rollstuhl vor meinem Bett. Mein Herz klopfte bis zum Hals, wo der altbekannte Kloß sich breit machte. Elf Uhr! Ich hypnotisierte meinen Wecker. Für diese Zeit hatte sich Herr Hagedorn zum ersten Gespräch angemeldet. Er war ganz pünktlich. Nach einem freundlichen Händedruck stellte er sich vor und nahm neben mir Platz.
Der Rechtsanwalt war ein attraktiver, gut aussehender Mitte Fünfziger. Warum erinnerte er mich an Gert? Vielleicht, weil er damals sagte, sein Leben wäre in zehn Jahren, also mit Fünfzig vorbei? Aber der Anwalt sah keineswegs so aus, als wäre sein Leben vorbei! Weiter kam ich nicht mit meinem seltsamen Gedankensprung.
„Ich gebe mir Mühe bei unserer Verständigung“, begann Herr Hagedorn. Damit nahm er mir die Befangenheit. „Ihre temperamentvolle Tochter hat bereits gute Vorarbeit geleistet. Aber wenn Sie nicht einwilligen, wird Ihr Gatte nicht geschieden!“
„Ich möchte diesem unerträglichen Zustand ein Ende setzen“, antwortete ich. Er verstand mich tatsächlich überraschend gut.
Mit meinem Einverständnis stellte Herr Hagedorn die Forderungen auf. Ich sollte Alleineigentümer von Wohnung und Wochenendhaus mit dem jeweils dazugehörenden Inventar werden. Gert sollte das Auto und die Garage bekommen sowie die Kosten des Verfahrens tragen. Ich befürchtete, Gert würde dieser ungleichen Aufteilung nicht zustimmen.
„In Ihrem Fall ist das gerechtfertig“, erklärte mir Herr Hagedorn darauf. Er wollte mich bei allen kommenden Verhandlungen vertreten. Nur beim Scheidungsverfahren musste ich persönlich anwesend sein. Ich war erleichtert, denn ich hatte Angst vor dem Zusammentreffen mit Gert.
„Als Nächstes werde ich dem Kläger, also Ihrem Ehemann, verbieten, seine Freundin mit in die eheliche Wohnung zu bringen“, notierte sich mein Rechtsanwalt. Damit würde auch Carsta jetzt Ruhe vor unliebsamen Überraschungen haben.
„Machen Sie sich keine Sorgen! Ich sehe keine Schwierigkeiten!“, verabschiedete er sich zuversichtlich.
Ich war verhältnismäßig zufrieden nach diesem Gespräch.
Ich muss da durch! Ein Ende mit Schrecken ist besser als ein Schrecken ohne Ende, sagte ich mir. Doch am Nachmittag ereilte mich ein Gegenschlag. Werner kam ungewohnt aufgeregt zu mir ins Zimmer.
„Gert war soeben bei mir im Büro. Er sagte wörtlich zu mir: Das Wasser steht mir bis zum Hals! Ich soll ihm helfen!“
„Was meint Gert damit? Wobei sollst du ihm denn helfen?“ Ich war erschrocken.
„Gert hat Bedenken, den Bungalow zu verlieren. Ich soll dich dazu überreden, darauf zu verzichten.“ Werner strich mir beruhigend über den Rücken. „Gib Gert nicht frei! Wenn er das Häuschen nicht bekommt, dann lässt ihn Dr. Ruminski fallen!“

„Ich lasse mich scheiden! Wie kann Gert das verlangen!", energisch schüttelte ich den Kopf.
Ich erzählte Werner, was ich vor wenigen Stunden mit meinem Rechtsanwalt vereinbart hatte.
„Ah, der Staranwalt!", Werner überlegte. „Das hatte ich vergessen! Bei ihm bist du in guten Händen! Lass es gut sein! Kämpfe um dein Wochenendhäuschen! Ich helfe dir! Ganz egal, wie sich alles entwickelt!"
Was sollte sich entwickeln? Was er nun wieder damit meinte, wusste ich nicht und fragte auch nicht. Werner hatte es wie gewohnt sehr eilig. Dass die Doktorin aber nicht nur nach dem Bungalow, sondern auch nach unserer Wohnung trachtete, wusste ich von meiner Mutter. Sie war Zeuge eines Gesprächs während ihres Friseurbesuchs. Unfreiwillig musste sie sich anhören, wie die Oberärztin von Gerts Wohnung und dem Wochenendgrundstück schwärmte, so, als würde beides bereits ihr gehören.
Schon vor dem ersten Termin musste ich die Hoffnung auf eine schnelle und problemlose Scheidung aufgeben.
Gert bekam nun zu spüren, dass ich nicht ganz so hilflos war, wie er annahm. Nachdem ihm verboten wurde, mit der Ruminski in unsere Wohnung zu kommen, richtete sich sein Zorn erneut gegen Carsta. Wutentbrannt verbot er ihr, weiterhin mit Jörg zu Oma Lotte und Opa Karl zu gehen. Das war so ungerecht! Was hatten die beiden damit zu tun!
„Papi schrie mich furchtbar an und sagte, wir würden ihn noch kennen lernen." Carsta schien wegen dieser Drohung recht verstört.
„Du hast Papi doch nicht etwa wieder provoziert? Du musst jetzt wirklich damit aufhören!" Ich wusste nicht, wie ich Carsta bremsen sollte.
„Ich lasse mir das nicht länger gefallen!", schimpfte sie dann nach einer Pause. „Ich sagte ihm wieder meine Meinung! Das Flittchen ist im ganzen Krankenhaus verrufen! Mir ist das so peinlich! Er lobt sie und ihren Sohn! Ich bin ihm nichts mehr wert!" Carsta war sehr aufgebracht, aber gleichzeitig den Tränen nahe.
Sie hegte Bedenken, dass Gert meine Benachrichtigungen vom Gericht öffnen würde. Deshalb ließ sie vorsorglich alle Post zu Jörgs Eltern schicken. Ich hielt das für übertrieben vorsichtig. Andererseits war ich den Erfahrungen der Ruminski nicht gewachsen. Und Gert profitierte davon.
Im folgenden Gespräch empfahl mein Rechtsanwalt, Gert zur Herausgabe der Schlüssel für den Bungalow aufzufordern. Außerdem wurde ein Unterhalt in Höhe von 295 Mark für mich veranschlagt. Alles war so fremd und auch so schwer nachvollziehbar für mich. Ich verließ mich völlig auf Herrn Hagedorn. Er machte mir Mut. Er war sicher, dass Gert im Falle einer Scheidung fast leer ausgehen würde.
Als ich das Protokoll dieses ersten Termins erhielt, musste ich es mehrmals lesen, um mir eine Vorstellung machen zu können. Geladen waren: mein Rechtsanwalt, Gert und sein Rechtsbeistand, Herr Kohl und Chefarzt Dr. Werner Wittig als mein behandelnder Arzt. Die Verhandlung führte eine Richterin, Frau Uhlig.
Gert lehnte die Herausgabe der Bungalowschlüssel ab. Er begründete es damit, dass der Bungalow im Winter nicht nutzbar sei. Und ich wolle ihm mit dieser Forderung offensichtlich nur Ärger bereiten. Die Unterhaltszahlung lehnte Gert ebenfalls ab. Als mein behandelnder Arzt schilderte Werner die Situation. Im Falle einer Nichtscheidung forderte er die Nutzung des Bungalows von beiden Parteien im vierzehntägigen Wechsel. Begründung: „Meine Patientin erholte sich während des Aufenthalts dort zunehmend. Es ist für sie die einzige Möglichkeit, sich im Freien ungestört aufzuhalten."

Auch das lehnte Gert strikt ab.
Dieses erste Protokoll beschäftigte mich besonders nachts. Ich wachte oft auf und wünschte mir, dass alles nur ein böser Traum wäre. Gerts Drohung, „Ihr werdet mich noch kennen lernen!“, machte mir Angst. Was hatte er vor?

Im nächsten Schreiben ließ Gert mir mitteilen, dass er mir monatlich 100 Mark und an Carsta 150 Mark überweisen wird. Er bat um meine Kontonummer. Mit keiner Silbe erwähnte er das von mir aufgelöste gemeinsame Konto. Weshalb lenkte er plötzlich ein? Alles war unberechenbar für mich. Wie zwei Fremde verhandelten wir miteinander.
Noch mehr verwirrte mich das nächste Protokoll. Hier erklärte sich Gert bereit, mich mit dem Pkw zu fahren. Das widersprach allen Erwartungen! Bereute Gert sein bisheriges Verhalten? Oder war es Taktik, der Ratschlag seines Rechtsbeistands? Bisher wurde ich immer von Werner und von Freunden zum Wochenendurlaub nach Hause gefahren. Das ging ganz problemlos. Sicher wusste Gert davon! Weshalb wollte er das jetzt übernehmen? Das konnte nur Berechnung sein. Wenn es ehrlich gemeint war, dann hätte er die Herausgabe der Schlüssel zum Bungalow nicht verweigert.
Folgerte ich richtig?
Ich lehnte ab.
Wieder gingen Protokolle der Anwälte hin und her. Die jeweiligen Abschriften sammelte ich mit Carstas Hilfe in einer Mappe. Bis spät abends las und verglich ich. Alles andere war jetzt zur Nebensache geworden.

Carsta hatte Überstunden gesammelt, um mich schon am 4. Advent nach Hause holen zu können. Da der nächste Gerichtstermin erst für Januar angesetzt war, wollten wir beide während der Feiertage einmal richtig abschalten. Ärger mit Gert brauchte ich vorerst nicht befürchten, davor wollte mich mein Anwalt schützen.
Für Sonntagnachmittag waren Freunde eingeladen. Carsta hatte den Kaffeetisch weihnachtlich mit Kerzen geschmückt. Carola und Martin waren die ersten Gäste. Die beiden konnte ich ins Vertrauen ziehen. Ich berichtete über den Stand der Scheidung.
„Wie hättest du dich an meiner Stelle verhalten?“, fragte ich meine Freundin.
„Die gleiche Frage stellte mir Gert“, Martin antwortete an Carolas Stelle. Er erzählte nun, dass Gert mit seiner Freundin unverhofft zu ihnen gekommen war, um sie vorzustellen.
„Es war eine furchtbar peinliche Situation für uns!“, warf Carola empört ein. „Ich finde das dreist und unverschämt von dieser Frau! Wir kennen sie nicht, aber sie tat, als wären wir gut befreundet! Ich war so abweisend, dass sie sich nach kurzer Zeit wieder verabschiedeten!“
„Unter vier Augen sagte ich zu Gert, dass er auf diese Doktorin wohl kaum stolz sein kann“, erklärte Martin dazu.
Die Vorstellung, dass Gert mit einer anderen Frau bei unseren besten Freunden war, trieb mir Tränen in die Augen. Es war unfassbar für mich!
„Weine nicht!“ Carola nahm mich in die Arme. „Du hast ja Carsta. Wenn ihr Hilfe braucht, sind wir für euch da! Aber über die Scheidung musst du selbst entscheiden.“
„Gert hat sich so verändert! Ich erkenne ihn nicht wieder! Er wollte dich nie verlassen. Es würde mich nicht wundern, wenn er eines Tages wieder zur Vernunft kommt“, sagte Martin leise - mehr zu sich selbst, „aber wenn er annimmt, wir hätten Verständnis für seinen plötzlichen Sinneswandel, da müssen wir ihn enttäuschen!“

Ich kam nicht mehr zum antworten, denn die nächsten Besucher klingelten. Da kamen meine Kolleginnen, Brigitte und Ellen, und unsere Flurnachbarn, Frau und Herr Gärtner. Es dauerte nicht lange, bis alle durcheinander schnatterten. In solch großer Runde fiel mir die Verständigung schwer. Aber es tat gut, liebe Freunde bei mir versammelt zu haben. Carsta beschäftigte sich in der Küche. Es duftete nach aromatischem Bohnenkaffee.
„Du bist zu beneiden um deine fleißige Tochter", flüsterte Ellen mir zu.
„Carsta, ich helfe dir!", lustig sprang Martin auf. Wohnzimmer- und Küchentür ließ er offen. Plötzlich hörte ich Carsta rufen: „Papi kommt!"
Schlagartig waren alle still. Da hörte ich auch schon Schritte im Treppenhaus und das Klappern von Schüsseln. Gert stand in der Tür und sah wie erstarrt auf die Kaffeetafel.
„Was ist denn hier los?", brachte er nur unpassend und ohne zu grüßen heraus. Diesen Spruch kannte ich.
Niemand antwortete. Gert ging ins Schlafzimmer und dann kurz ins Bad. Er kam zurück und verließ eilig und wieder ohne Gruß die Wohnung. Gert hatte weder etwas geholt noch etwas hierher gebracht. Ratlos sahen wir uns an. Tausend Gedanken schossen mir plötzlich wirr durch den Kopf: Was wollte er hier?
Er war nicht darauf gefasst, unsere Freunde hier anzutreffen. Wie er sich wohl jetzt fühlt? Weshalb ergriff er die Flucht?
Wo war seine Überheblichkeit geblieben?
In seiner eigenen Wohnung wurde er wie ein unerwünschter Gast angesehen. Vielleicht wollte er mich zur Rede stellen, weil unsere Anwälte in Sachen Gütertrennung recht erhebliche Meinungsverschiedenheiten hatten. Eine Trennung im Guten rückte nach der heutigen Erkenntnis in weite Ferne!'
Durch den unliebsamen Zwischenfall war die vorweihnachtliche Kaffeerunde recht gestört. Es dauerte einige Zeit, bis wir wieder erfreulicheren Gesprächsstoff fanden.

Am Tag vor dem Heiligen Abend schmückte Carsta den Baum. Es war rührend, wie sie sich bemühte! Alles versuchte sie so zu machen, wie ich es früher handhabte.
„Es wäre schön, wenn ich dir im nächsten Jahr dabei helfen könnte", sagte ich. Dabei dachte ich daran, dass ich mir das schon im vergangenen Jahr vorgenommen hatte.
„Aber den Baum besorge ich wieder!", lachte Carsta schelmisch. Sie war nachts gemeinsam mit Ralf und Herrn Gärtner im Wald, um drei frische Bäume zu sägen.
„Das war richtig abenteuerlich", erzählte sie, „wir drei mit den großen Kiefern im Skoda! Herr Gärtner fuhr ganz langsam, weil er Äste im Gesicht hatte! Und Ralf war voller Harz!"
Vor zwei Jahren war ich mit Gert auf ähnlicher Tour unterwegs gewesen. Allerdings hatte er sich dazu die Genehmigung vom Förster geholt. Diese schmerzlichen Erinnerungen mussten aufhören! Die Gegenwart hatte jetzt Vorrang!
Dass Jörg oft bei uns war, lenkte ab. Carsta verstand sich auch gut mit seinen Eltern. Die üblen Zwischenfälle der vergangenen Wochen hatten uns näher gebracht.

Pünktlich 24. Dezember kam das ersehnte Westpaket von Oma Emmi und Opa Max. Es enthielt auch Geschenke für Gert. Carsta hatte ihnen von seinen Scheidungsabsichten geschrieben. Sie gingen nicht darauf ein. Wie im vergangenen Jahr verwöhnten sie uns drei gleichermaßen. Alles schien unverändert für diese beiden.

Doch von Oma Lotte und Opa Karl erhielten wir nicht einmal Grüße zum Fest. Obwohl Carsta ihnen geschrieben hatte.
Am Heiligen Abend kamen meine Eltern zu uns. Wie üblich fand eine Bescherung statt. Oma Jenni und Carsta hatten gemeinsam ein gutes Essen zubereitet. Trotz aller Mühe war unsere Stimmung gedrückt.
„Was Papi wohl jetzt macht?", entfuhr es Carsta beim Abendessen. „Die Ruminski ist doch gar nicht häuslich und kochen soll sie auch nicht können - wird erzählt!"
„Da muss Gert eben selbst für ein besinnliches Fest sorgen", überlegte meine Mutter. „Oder er wird sich im Laufe der Zeit anpassen."
„Na, das kann ich mir bei Gert aber nicht vorstellen", zweifelte mein Vater, „er hat es doch gern gemütlich." In Gedanken gab ich ihm Recht.
Warum wurde ich das Gefühl nicht los, dass meine Mutter Verständnis für Gert hatte? Aber was halfen Spekulationen.

Zwei lange, schöne Wochen zu Hause hatte ich allein Carsta zu verdanken. Sie gab sich größte Mühe, Gerts Arbeit zu übernehmen. Nie hatte ich den Eindruck, dass sie es aus Mitleid tat oder sich dazu verpflichtet fühlte. Sie kam gut mit mir zurecht.
„Es ist nicht so schwer, wie es aussieht", sagte sie oft, wenn sie jemand bewunderte.
Ich war sehr stolz auf meine Tochter. Und wünschte nur, der Alptraum Scheidung ginge schnell vorbei, dass ich mich endlich darauf konzentrieren konnte, wieder auf die Beine zu kommen. Den Abend vor meiner Rückkehr in die Klinik verbrachte ich mit Carsta und Jörg am Kaminfeuer. Dabei stellte Carsta fest, dass nur noch wenige Birkenscheite da waren. Auf dem Wochenendgrundstück lagerte Nachschub. Würden wir den jemals holen dürfen?
Jörg erklärte sich zwar bereit, Kaminholz zu besorgen. Aber werde ich die Wohnung auch behalten? Niemand konnte sagen, was die Zukunft bringt.

4. Januar 1982 – der erste Tag in der Klinik war unendlich lang. Ich war müde, denn trotz Schlaftablette hatte ich kaum geschlafen. Der Abschied von Carsta war sehr schwer gefallen. Das Zimmer mit dem schäbigen Mobiliar und dem bröckeligen Ölsockel schlug auf mein Gemüt. Carstas nächstes freies Wochenende war Ende Januar. Wohl oder übel musste ich mich also wieder an die Tippel-Tappel-Tour des Klinikalltags gewöhnen. Obwohl ich mich kaum konzentrieren konnte, fuhren Werner und Ruth weiterhin mit mir zur Schwimmhalle.
Um mich von den Gedanken über die erfolglose Stimmband-OP abzulenken, versprach Werner, mir eine Logopädin zu schicken.
Freudig überrascht war ich, als Frau Greif sich bei mir meldete.
„Wir kennen uns ja schon von meinem ersten Einsatz!", lachte sie zur Begrüßung.
Ihr vertraute ich an, was sich nach dem Aufenthalt in der Orthopädie ereignet hatte. Frau Greif war sehr einfühlsam. Schon bald sprachen wir über meine familiären Probleme.
„Vorerst werden Sie stimmlich nur wenig Besserung erreichen", erklärte Frau Greif, „denn dazu ist die seelische Belastung zu groß!" Enttäuscht sah ich sie an.
„Aber sobald Sie die Scheidung hinter sich und verarbeitet haben", fuhr Frau Greif fort, „schlage ich eine weitere Stimmbandbeschichtung vor. Und vorher trainieren wir fleißig!"
Da war wieder ein kleiner Schimmer Hoffnung! Frau Greif kam zweimal wöchentlich zu mir.

„Wer Sie verstehen will, der versteht Sie auch jetzt“, tröstete sie, wenn ich klagte. Sie konnte gut zuhören. Und das erleichterte!

Täglich brachte Carsta Post vom Gericht. Mitte Januar teilte Gerts Rechtsbeistand kurz und knapp mit, dass er seine weitere Verteidigung ablehnt.
Was bedeutete das für mich? Suchte Gert nun einen anderen Anwalt, weil er sich mit Herrn Kohl überworfen hatte?
Tatsächlich kam das folgende Schreiben von einem Herrn Pentmann, Gerts neuen Anwalt.
In ungewohnt scharfem Ton gab er mir zu verstehen, dass meine Forderung, betreffs der Herausgabe der Schlüssel zum Bungalow, lediglich dazu diente, Gert Ärger zu bereiten. Einen Zweitschlüssel hätte es nie gegeben. Außerdem wäre ich nicht in der Lage, das Wochenendgrundstück aufzusuchen.
Das war so absurd! Es gab sogar drei Schlüssel zum Bungalow! Außerdem hatte ich Freunde und Bekannte, die mich zum Bungalow fahren würden. Auch im Winter hätte ich mir das Häuschen gern mal wieder angesehen. Es wäre eine schöne Abwechslung. Niemals hätte ich es Gert zugetraut, dass er so lügt und mir das verweigert!

In einem Gespräch mit Frau Greif erfuhr ich, dass Herr Pentmann bekannt war für seine Erfolge bei Scheidungen.
„Das gibt sicher einen harten Kampf zwischen den beiden Anwälten“, sagte sie, „denn ich weiß, Herr Hagedorn ist nicht weniger erfolgreich in Sachen Ehestreitigkeiten.“
„Vielleicht hat die Oberärztin meinem Mann diesen Anwalt vermittelt. Vielleicht kennt sie ihn durch ihre eigenen Scheidungen“, sagte ich nachdenklich. Ich hatte ein ungutes Gefühl. Am Wochenende wollte ich mit Carsta darüber sprechen.

Gisa und Hans holten mich wieder von der Klinik ab. Diesmal hatten es beide sehr eilig. Hans setzte mich schon im Hausflur in den Rollstuhl. Dann verabschiedeten sie sich ungewohnt schnell.
„Mami, du darfst dich jetzt nicht aufregen!“ Carsta schlang ihre Arme um mich. Gisa und Hans waren gewissermaßen geflüchtet. Die Wohnzimmertür war eigenartigerweise noch zu.
„Es ist nicht so schlimm wie es aussieht! Hauptsache, du wirst gesund!“, stammelte Carsta. Ich verstand nichts! Mein Herz klopfte laut. Ich hatte Angst, wusste aber nicht wovor. Bevor ich fragen konnte, schob mich Carsta ganz langsam ins Wohnzimmer.
Was ich dann sah, war zu viel für meine strapazierten Nerven. Ich glaubte, zu träumen.
Da stand der Fernseher nicht mehr auf unserer schönen Truhe, sondern auf einem schäbigen Holzstuhl! Die hübsche antike Truhe war weg! Die beiden Gobelinsitzkissen waren auch verschwunden!
„Was ist passiert? Wurde eingebrochen? Gestohlen? Meine schöne Truhe!“
Der Spasmus streckte meine Beine. Mein Hals! Ich glaubte zu ersticken!
„Das war Papi!“ Carsta drückte mich fest an sich. „Er war hier, während ich Nachtdienst hatte. Mit dem Sohn von der Ruminski nahm er alles mit, was ihnen gefällt. Gärtners haben beobachtet, wie sie alles zur Garage trugen!“, aufgeregt sprudelte es aus Carsta heraus.
„Ich war schon bei Herrn Hagedorn. Er kommt nächste Woche zu dir in die Klinik. Du sollst dir keine Sorgen machen. Papi muss alles zurückbringen!“

Ich hatte Mühe, den Sinn von Carstas Worten zu erfassen. Dann sah ich mich suchend um. Erst jetzt erfasste ich die Ursache ihrer Bestürzung. Außer der Truhe und den dazugehörenden Sitzkissen waren die wertvolle Kuckucksuhr, die kleine Kaminuhr, einige Vasen, Bücher, antike Bierkrüge sowie Holzschatullen mit Schnitzereien verschwunden.
Es sah aus wie nach einem Einbruch! Gert hatte den größten Teil unserer antiken Sammlerstücke mitgenommen!
Weshalb tat er so etwas? Die Gütertrennung war nicht abgeschlossen. Er widersetzte sich den Gerichtsverfügungen. Jetzt wurde schmutzige Wäsche gewaschen! Das konnte nicht allein Gerts Werk sein!
Es dauerte lange, bis ich diesen Schock überwunden hatte. Zunächst war Carsta ebenso ratlos wie ich. Dann beschlossen wir, genau aufzulisten, welche Gegenstände Gert entwendet hatte. Diese Aufzeichnungen wollte ich meinem Anwalt vorlegen.
Jetzt erinnerte ich mich wieder daran, dass Gert sofort, nachdem er die Scheidung eingereicht hatte, das zwölfteilige Ess- und Kaffeeservice sowie das Silberbesteck mitgenommen hatte. Da all dies Geschenke seiner Mutter waren, maß ich es damals keiner Bedeutung bei. Ich nahm an, er würde es seiner Mutter zurückgeben. Und ich wollte keinen Streit. Carsta sah das allerdings damals schon ganz anders. Kurz entschlossen versteckte sie deshalb zwei wunderschön bemalte kleine Obstkörbchen aus Meißner Porzellan, die uns ebenfalls Gerts Mutter geschenkt hatte, und die Carsta später einmal bekommen sollte.
„Die Körbchen hat mir Oma Lotte versprochen! Papi nimmt sie mir vielleicht auch weg!“, begründete Carsta damals ihr Handeln. Das war für mich unwichtig. Die bevorstehende Scheidung beschäftigte mich zu sehr. Ich ahnte nicht, welche Folgen das haben würde und wie Gert es verstand, diese unüberlegte Reaktion Carstas für sich zu nutzen.
Während sie ihre Liste sorgfältig vervollständigte, erzählte Carsta, dass Gert nach diesen Porzellankörbchen gesucht und diese auch mitgenommen hatte.
„Ich nehme an, dass Papi auch deinen Schmuck haben möchte“, eröffnete sie mir danach.
„Das glaube ich nicht! Wie kommst du denn darauf?“ Ich erschrak.
„Weil er sagte, den Ring und die Kette mit Medaillon hätte er nur gekauft, um das Westgeld anzulegen. Er hätte dir das nie geschenkt“, Carsta sah mich verzweifelt an. „Ich habe deshalb deinen ganzen Schmuck zu Jörgs Eltern gebracht. Bist du damit einverstanden, Mami?“ Eiskalt lief es mir über den Rücken! Das hätte ich nie für möglich gehalten! Gert wollte demnach Geschenke zurück haben und auch Schmuck, den ich mir gemeinsam mit ihm ausgesucht hatte!
Mir schwirrte der Kopf! Das war nicht mehr der gleiche Gert, der in Sylzburg zu mir sagte: „Du kannst alles behalten. Sie hat ja alles! Ich möchte nur einige von unseren alten Uhren.“

Am Sonntagnachmittag kam Jörg. Beim gemütlichen Kaffeetrinken wollten wir uns etwas ablenken. Als uns die Klingel unverhofft störte, ging Carsta nichtsahnend zur Tür.
„Ich hoffte, euch hier anzutreffen, hab meine Schlüssel vergessen!“ Gert! Er gab uns dreien auffallend fröhlich zur Begrüßung die Hand. Ich bemerkte sofort, das war Schauspielerei. Trotz der großen Anspannung gelang es mir, ebenfalls zu lächeln.
„Kann ich mit dir reden?“, fragte mich Gert. Er sprach übertrieben langsam und laut, jedes Wort betonend. Ich empfand das beleidigend. Warum sprach er nicht normal wie immer zu mir?

„Ich schäme mich für das, was du hier angerichtet hast! Was wohl mein Anwalt jetzt von uns denkt, wenn ich ihm davon erzähle!", entfuhr es mir deshalb, aber laut und deutlich.
„Ändere doch deinen Namen, wenn du dich für mich schämst!", lachte Gert amüsiert.
„Du scheinst neuerdings über Leichen zu gehen", antwortete ich wütend und ärgerte mich im gleichen Augenblick über diesen dummen Satz.
„Was hat sie gesagt? Übersetz mal!", überheblich lachend wandte er sich nun an Carsta, die ohne Kommentar meine Worte wiederholte.
„Na klar! Wenn sie im Weg liegen, dann steige ich über Leichen drüberweg!" Gegen Gert kam ich nicht an. Er amüsierte sich, wie über einen Witz.
Diese primitive Redensart war auch neu an ihm. Er wollte mich kränken! Deshalb tat er plötzlich so, als würde er mich nicht verstehen. Ich sollte wohl nicht vergessen, wie überlegen er mir war.
„Gert, erinnere dich mal daran, was du mir in Sylzburg versprochen hast! Und nun fängst du an, unsere Wohnung heimlich auszuräumen. Ich finde das unfair von dir! Warum wartest du die gerichtliche Entscheidung nicht ab? Weshalb bist du eigentlich gekommen? Worüber möchtest du mit mir sprechen?", fragte ich.
Jetzt tut er wieder so, als würde er mich nicht verstehen, waren dabei meine Gedanken.
Aber Gert sah mich nur an, dann winkte er energisch ab und ging mit großen Schritten zur Tür. Dort drehte er sich ruckartig um.
„Zwecklos!", murmelte er und verabschiedete sich mit finsterem Blick.
„Ich bin sicher, Papi hat dich genau verstanden", Carsta bestätigte meine Gedanken.
Als wir wieder allein waren, kam es mir so vor, als hätte ich einen kleinen Sieg errungen. Denn Gert musste unverrichteter Dinge wieder gehen. Peinlich aber war, dass Jörg Zeuge dieser hässlichen Auseinandersetzung wurde.
„Jetzt können wir in Ruhe Kaffee trinken! Er kommt bestimmt nicht zurück!" Carsta überspielte die unangenehme Situation.
Nach diesem kurzen, aber aufschlussreichen Wortwechsel befürchtete ich, es würde weder eine schnelle Einigung noch eine Trennung im Guten geben. Durch den Einfluss seiner scheidungserfahrenen Freundin wähnte Gert sich wahrscheinlich schon siegessicher. Für seine Freundin kämpfte er nicht nur um das Wochenendhaus, sondern auch um einen Teil der Wohnungseinrichtung.

Der darauf folgende Gerichtstermin war Anfang Februar. Die Protokolle umfassten mehrere A4-Blätter. Wieder las ich alles mehrmals. Ich wollte mir die Verhandlung genau vorstellen. Mein Anwalt drohte mit der Einleitung rechtlicher Schritte, falls Gert weiterhin die Herausgabe der Bungalowschlüssel verweigerte. In seiner Funktion als mein behandelnder Arzt und Chefarzt sagte Werner aus, die Art und Weise des Scheidungsbegehrens von Gert sei menschlich und ärztlich unverständlich und nicht einfühlbar. Ausführlich legte Werner dar, wie rührend und außergewöhnlich sich Gert um mich sorgte, bevor er außereheliche Beziehungen mit meiner kurzzeitig behandelnden Ärztin einging. Außerdem wurde Gert von meinem Anwalt aufgefordert, alle aus der Wohnung entfernten Gegenstände unverzüglich zurückzubringen.
Gert verweigerte dies mit der absurden Begründung, er habe alle Gegenstände „lediglich vor dem Zugriff unserer Tochter sichergestellt".
Gert bezichtigte demnach Carsta des Diebstahls, weil sie diese zwei Porzellankörbchen in ihrem Zimmer versteckt hatte! Damit machte er sich lächerlich. Sicher ärgerte er sich auch, weil mein Schmuck verschwunden war. Wollte er diesen seiner Freundin schen-

ken? Ich würde es Gert jetzt zutrauen. Vielleicht schlug er deshalb zurück? Es war alles so traurig!
Was war nur aus uns geworden?
Ein Abschnitt des Protokolls war mir völlig unverständlich. Hier wurde geschildert, dass Gert vom Chefarzt der Reha-Klinik Sylzburg ein verschlossenes Schreiben erhalten hatte. Dieses hatte Gert angeblich bei der Abteilung Sozialwesen hinterlegt. Gleichzeitig hatte Chefarzt Dr. Stielig ihn gebeten, er möchte mir den Inhalt des Schreibens schonend beibringen.
Warum hatte Gert das nie erwähnt? Was beinhaltete dieses ominöse Schriftstück?
Wenn es vom Chefarzt der Reha-Klinik kam, enthielt es nichts Positives, was meine Gesundheit betraf. Ich überlegte und rekonstruierte die Zeit in Sylzburg, kam aber zu keinem Ergebnis.

Ich war froh, nicht an den Verhandlungen teilnehmen zu müssen. Denn zum nächsten Gerichtstermin war auch Gerts Freundin geladen. Nach ihrer Aussage hatte sie mich nach Sylzburg geschickt, weil ich dort die besten Genesungsmöglichkeiten hatte. Angeblich hatte sie Gert erst kennen gelernt, als ich bereits dort war und er sich wegen eines Rückenleidens von ihr behandeln ließ. Dabei waren sie sich näher gekommen und hatten später gemeinsam mit dem Sohn im Wochenendhaus übernachtet – aber stets getrennt geschlafen.
„Wir verstehen uns gut und wollen zusammen leben“, bemerkte sie abschließend.
Ich starrte auf diese Zeilen, las die unheilvollen Worte und diese Lügen immer und immer wieder. Wie konnte diese Ärztin nur derart skrupellos sein? Sie wusste, dass ich die Protokolle lese und mich gegen ihre Lügen nicht wehren konnte! War das Berechnung, weil die Gütertrennung noch ausstand? Wollte sie mich damit zwingen, aufzugeben?
Diese Verhandlung war öffentlich. Wie viele Neugierige waren wohl Zeuge meiner Niederlage? Gert hätte verhindern können, dass ich so gedemütigt wurde. Er wusste, dass ich der Scheidung zustimmen würde.
Ich hätte noch lange über diese niederschmetternden Sätze gebrütet, wenn Carsta nicht gekommen wäre und mich erlöst hätte. Wortlos schob ich ihr die vielen Blätter hin. Beim Lesen entfuhr ihr des Öfteren ein entrüstetes „Pah!“ Letztendlich warf sie die Schriftstücke wutentbrannt auf den Tisch.
„Die Ruminski ist unverschämt“, war Carstas erste Reaktion, „das glaubt ihr niemand! Wir wissen doch beide, dass alles ganz anders war! Papi hat es uns damals erzählt. Für den Oberarzt Dr. Seitz hatte Papi die Überweisung! Und die Ruminski griff sich einfach Papis Karteikarte und übernahm, ohne zu fragen, die Behandlung! Das war, bevor sie dich nach Sylzburg geschickt hat! Das war damals schon Berechnung! Ach, du meine Güte … kann die lügen!“ Carsta war ganz rot vor Zorn.
„Ich hatte immer Vertrauen zu Papi. Und damals hätte ich meiner Ärztin solche Berechnung nicht zugetraut.“ Ich verteidigte mich jetzt selbst, wollte meine Leichtgläubigkeit vor Carsta nicht eingestehen.
„Was im Wochenendhaus los war, hab ich dir ja erzählt. Sie haben sogar nachmittags allein drin geschlafen! Niemand durfte rein! Warum dürfen wir denn dazu nicht aussagen?“
„Hör auf, Carsta! Mein Rechtanwalt weiß das alles!“, beschwichtigte ich sie. „Wir können nur abwarten, wie sich alles entscheidet.“

Carsta blieb noch bis zum Abendbrot. Aber immer wieder kreisten unsere Gedanken um die leidigen Themen: Scheidung und Gütertrennung.

Wie von einer unsichtbaren Kraft ließ ich mich von einem Tag zum anderen treiben. Ich hatte keine Langeweile. Fast täglich – abhängig von ihrem Dienst – kam Carsta. Die Vormittage waren ausgefüllt mit physiotherapeutischen Übungen, Logopädie und Fahrten zur Schwimmhalle. Nachmittags gab es nochmals Physiotherapie, bevor mein Anwalt kam oder meine Eltern, Freunde und Kolleginnen mich besuchten.
Mitte Februar stellte Carsta fest, dass Gert Wein- und Likörgläser, wertvolle Römer, einen großen Regulator aus der Wohnung und den Schaukelstuhl aus der Bodenkammer abgeholt hatte. Vor Gericht behauptete Gert wiederum, er habe diese Gegenstände nur sichergestellt.
„Ich kann doch nicht ständig aufpassen!“ Carsta fühlte sich schuldig. „Während ich im Dienst bin, räumt uns Papi die Wohnung aus! Ich kann mich im OP deshalb schlecht konzentrieren.“
Ich tröstete Carsta, doch ich hatte ständig Angst vor weiteren unliebsamen Überraschungen.

Zwei Tage vor der nächsten Gerichtsverhandlung ließ mir Gert mitteilen, dass ihm das Alleineigentum am Wochenendhaus, Pkw und Garage übertragen werden soll. Er würde die Kosten des Verfahrens tragen. Da ich das Wochenendhaus weder erhalten noch unterhalten kann, räumte er mir die Mitnutzung ein. Dabei bestritt Gert, dass mein Gesundheitszustand durch den dortigen Aufenthalt positiv beeinflusst würde. Mit dem Wertausgleich sollte ich die Wohnung, Hausrat und die Hälfte des noch vorhandenen Bargeldes erhalten.
Diese Nachricht ließ mich erneut verzweifeln. Was mutete Gert mir noch alles zu? Sollte ich Gast in meinem eigenen Haus sein? Da schlafen, wo er auch mit seiner Freundin schläft?
Gert rechnete gewiss damit, dass ich diese Demütigungen nicht mehr lange ertrage.

Werner hatte mir seine Hilfe beim Streit um das Wochenendhaus zugesagt. Gespannt und aufgeregt überflog ich das folgende Gerichtsprotokoll.
„Aussage des Chefarztes, OMR Dr. med. W. Wittig“ las ich. Es ging zunächst um Sylzburg. Werner ging auf dieses rätselhafte, verschlossene Schreiben des Chefarztes Dr. Stielig ein. Hierin wurde Gert mitgeteilt, mein derzeitiger Zustand werde sich nicht mehr bessern. Für den Rest meines Lebens wäre ich ein Pflegefall.
Werner widerlegte diese Aussage u. a. mit den Fortschritten, die ich im Schwimmbecken gemacht hatte. Er bestätigte, dass sich nach jedem Aufenthalt auf dem Wochenendgrundstück eine Besserung meines Gesundheitszustandes abzeichnete. Deshalb sei ich von ärztlicher Seite aus dringend auf das Alleinnutzungsrecht am Wochenendhaus angewiesen, unabhängig davon, ob ich es selbst unterhalten kann.
Hiernach ging Werner ausführlich auf meine Einweisung in Sylzburg ein. Er erläuterte, dass die Oberärztin, Frau Dr. Ruminski, mich in diese Klinik für Querschnittsgelähmte geschickt hatte, obwohl sie wusste, man würde dort nichts für mich tun können, da eine Schädigung des Zentralnervensystems die wahrscheinliche Ursache der Lähmung ist. Werner wies darauf hin, dass man mir dies kurz nach meiner Einweisung unterbreitet hatte und dass Gert sich trotzdem strikt weigerte, mich zurückzuholen.

Es folgte eine genaue Schilderung darüber, wie Carsta mich nach Hause geholt hatte. Und dass sie den größten Teil ihrer Freizeit dazu benutzte, mich daheim zu pflegen.
Abschließend betonte Werner: „Ich schließe mich der Meinung der Klinikärzte von Sylzburg – meine Patientin wird ein Dauerpflegefall bleiben – nicht an. Deshalb halte ich es für außerordentlich wichtig, ihren Genesungswillen zu aktivieren und ihr das alleinige Nutzungsrecht am Wochenendhaus zu übertragen."
Damit hatte ich es schriftlich! Nach den unseligen Erfahrungen in Sylzburg glaubte ich Werner! Ich war sicher, er würde auch das Gericht überzeugen.

Das folgende Protokoll besagte endlich die Teileinigung! Mir wurde der Bungalow mit Inventar zugesprochen! Aber ich durfte ihn nicht anderen zur Nutzung überlassen. Gert erhielt das Vorkaufsrecht!
Nach der langen, grauenvollen Zeit fühlte ich mich wieder anerkannt. Zwar hatte ich diesen Sieg hauptsächlich Werner zu verdanken, aber ich hatte wieder ein Ziel!

Verständlicherweise verkraftete Gert den Verlust des Wochenendhauses nicht. Er bereitete mir erneut Schwierigkeiten, indem er Carsta des Diebstahls seiner wertvollen Münzen beschuldigte. Hierbei handelte es sich aber lediglich um seltene Zehn- und Zwanzigmarkstücke, die Gert in einem Sparschwein gesammelt hatte. Deshalb weigerte er sich trotz einer Einstweiligen Verfügung, die von ihm „sichergestellten" Gegenstände zurückzugeben. Carsta bestritt, das Geld genommen zu haben.
Wollte Gert nun einen Keil zwischen Carsta und mich treiben? Ich war der ewigen Streitereien überdrüssig. Deshalb verzichtete ich auf alle entwendeten Sachen, bestand nur auf Herausgabe der antiken Truhe.

Zur Ehescheidung – am 2. April 1982 – musste ich persönlich erscheinen. Die Verhandlung wurde meinetwegen in den Aufenthaltsraum der Neurologischen Klinik verlegt. Die Nacht zuvor erschien mir endlos. Üble Träume plagten mich trotz des Schlafmittels. Rechtzeitig vor Verhandlungsbeginn kam Carsta. Sie war nicht weniger aufgeregt als ich. Gemeinsam mit Schwester Marita steckte sie mich in meinen geliebten dunkelbraunen Cordoverall.
„Ihr Mann wird sich wundern! Sie sehen gut aus!" Marita wollte mir Mut machen, bevor mich Carsta im Rollstuhl durch den langen Flur vorbei an neugierigen Patienten schob.
„Da sitzt ja Oma Lotte!", hörte ich Carsta flüstern. Gerts Mutter sah verbissen an uns vorbei. Carsta durfte an der Verhandlung nicht teilnehmen. Schwester Gitta und Marita waren uns gefolgt. Ruth wartete schon auf uns. Sie schob mich in den Aufenthaltsraum, der heute zum Verhandlungsraum umfunktioniert war. An der linken Seite des Raumes sah ich mehrere Stühle, vor dem breiten Fenster einen langen Tisch - dahinter ebenfalls Stühle. In der Raummitte stand ein zweiter Tisch - davor ein Stuhl. Ich registrierte das, während meine Begleiterinnen an der Seite Platz nahmen.
„Du schaffst das schon", jemand klopfte auf meine Schulter. Ruth setzte sich neben mich.
„Wenn Sie nicht möchten, dann werden Sie nicht geschieden. Ihr Mann kann nichts dagegen unternehmen", die Richterin lächelte freundlich, gab mir die Hand und stellte sich vor.
Ich nickte nur, da in diesem Moment die beiden Anwälte, ein Prozessbevollmächtigter und die Protokollantin eintraten und mit der Richterin am Fenstertisch Platz nahmen.

„Keine Angst, es geht alles gut!“, begrüßte mich Herr Hagedorn. Ob die Anwesenden mein Herz klopfen hörten? Da hörte ich Gerts Schritte auf dem Flur. Mir wurde ganz heiß. Wie durch einen Schleier vernahm ich, wie er eintrat, grüßte und dann stehen blieb. Gert wurde aufgefordert, am Tisch in der Mitte Platz zu nehmen. Die Richterin erschien mir jetzt recht unfreundlich. Aus weiter Ferne hörte ich ihre Stimme. Es war, als beträfe mich dies alles nicht. Ich beantwortete Fragen. Ruth wiederholte meine Antworten laut.
Ich beobachtete Gert. Schlecht sah er aus. Abgespannt. Er trug seine braune Lederjacke, dazu eine graue Flanellhose. Sachen, welche ich immer gern an ihm sah. Erst als ich Gert sprechen hörte, wurde ich aufmerksam. Er behauptete, wir hätten nie eine harmonische Ehe geführt. Bei der Erziehung der Tochter habe es ständig gravierende Meinungsverschiedenheiten gegeben. Ich hätte seine Hilfe seit September vorigen Jahres abgelehnt. Gert log und verdrehte die Tatsachen zu seinem Vorteil. Er schilderte die Beziehung zu seiner Freundin.
„Frau Ruminski ist dem Gericht ausreichend bekannt!“ Der Gesichtsausdruck der Richterin verriet, dass sie Gert nicht glaubte.
„Wir verstehen uns gut und wollen heiraten“, verteidigte sich Gert.
„Hoffentlich sehen wir uns dann nicht wieder!“, fiel ihm die Richterin ins Wort.
Es folgten noch Ausführungen der Anwälte, dann wurde das Urteil verkündet: Die Ehe wird geschieden. Die AWG-Wohnung und der dazu gehörende Hausrat werden der Angeklagten zugesprochen. Das vorhandene Bargeld wird geteilt. Der Kläger erhält den Pkw und die Garage. Die Kosten des Verfahrens werden dem Kläger auferlegt. Es erfolgt ein finanzieller Wertausgleich innerhalb eines Monats.

Abschließend verpflichtete sich Gert, mir persönlich die Schlüssel zum Wochenendhaus bis siebzehn Uhr gegen Quittung auszuhändigen. Es schmerzte! Aber es war geschafft! Dieses letzte Zusammentreffen galt es also noch zu bewältigen!

Am Nachmittag erkundigten sich meine Eltern nach dem Ausgang der Gerichtsverhandlung. Sie boten mir sofort an, den finanziellen Wertausgleich zu übernehmen. Mir fiel ein Stein vom Herzen, denn den hohen Betrag hätte ich nicht aufbringen können. Gert wusste das. Er rechnete mit meiner Zahlungsunfähigkeit.
„Du musst endlich zur Ruhe kommen! Mach dir keine Sorgen wegen des Geldes! Wir können ja nicht anders helfen.“ Meine Mutter seufzte. Sie weinte, als sie mich drückte. Da wusste ich, dass sie für Gerts Verhalten nun kein Verständnis mehr hatte.
„Es tut uns so Leid, dass du soviel durchmachen musst! Aber Gert kriegt auch noch seine gerechte Strafe!“, sagte mein Vater. Ich dachte mir bei diesen Worten, dass sich Gert mit dem Verlust des Wochenendhauses selbst bestraft hatte. Meine Eltern waren im Begriff zu gehen, da platzte Carsta ganz aufgeregt ins Zimmer.
„Ich möchte bei der Schlüsselübergabe dabei sein!“, erklärte sie uns. „Wir werden uns wohl wieder böse Worte von Papi anhören müssen!“
„Na, wir drücken euch die Daumen! Es wird schon gut gehen!“, sagte meine Mutter. Beide waren sichtlich erleichtert, als sie sich verabschiedeten.
Die Wartezeit war nervenaufreibend. Zur Ablenkung übte ich meine Unterschrift. Ängstlich beobachtete ich die Zeiger meines Weckers. Der große Zeiger rückte bedrohlich über die Zwölf hinaus! Siebzehn Uhr vorbei! Von Carstas guter Laune war gegen siebzehn Uhr dreißig nichts mehr zu spüren.

„Er kommt nicht! Mami, er macht wieder, was er will! Papi gibt das Wochenendhaus nie ab!" Carsta wurde sichtlich nervös. Ich fühlte mich nun wieder hilflos und nicht ernst genommen.
Kurz vor achtzehn Uhr fuhr Carsta nach Hause. Sie wollte nachsehen, ob Gert die Schlüssel dort hinterlegt hatte. Vielleicht wollte er ein Treffen mit mir vermeiden.
„Vielleicht ist er im Wochenendhaus", überlegte Carsta. Ich erwog auch diese Möglichkeit.
Deshalb erlaubte ich ihr, mit Jörg zum Grundstück zu fahren und dort zu übernachten, falls sie die Schlüssel bekam. Ich sah die beiden nicht gern mit dem Motorrad fahren, aber jetzt waren die Umstände wieder so verworren, dass wir alles versuchen mussten, um zu unserem Recht zu kommen.
„Wenn du die Schüssel bekommst, dann sieh bitte genau nach, ob das Inventar vollständig ist", verabschiedete ich Carsta. Wir waren beide sehr aufgeregt.
Nach etwa einer Stunde informierte sie mich telefonisch, dass sie Gert zu Hause nicht angetroffen hatte und mit Jörg zum Wochenendhaus fahre.

Vor Angst und Ungewissheit konnte ich nicht schlafen. Was hat Gert vor? Beginnt ein neuer Albtraum? Am Samstagmorgen wartete ich unruhig auf eine Nachricht.
Meine bösen Vorahnungen bestätigten sich. Carsta kam schon vor dem Frühstück angehetzt.
„Ach, Mami! Ich hab mir mein freies Wochenende ganz anders vorgestellt!", legte sie los. „Was ich dir jetzt erzähle, ist furchtbar! Aber wir sind von Papi ja schon allerhand gewöhnt!"
Erleichtert darüber, dass Carsta so schnell gekommen war, erwartete ich ihren Bericht.
Sie fanden den Bungalow verschlossen. Gert war nicht dort. Um nicht bei Dunkelheit zurückzufahren, ließen sie die Haustür von einem Schlosser öffnen. Denn Gert war jetzt laut Gerichtsbeschluss nicht mehr der Eigentümer des Bungalows. Doch was sie drinnen vorfanden, war nahezu unglaublich!
„Papi hat auch das Wochenendhaus geplündert!" Carsta berichtete voller Entrüstung und gleichzeitig traurig. Die Eckbank des Wohnzimmers war weg, das große Küchenregal war beschädigt und stand unbefestigt auf der Spüle. Geschirr fehlte. Die Heizungsverkleidung war beschädigt. Elektrokabel waren durchtrennt. Sogar Außenlampen und die schmiedeeisernen Ziergitter der Fenster und Tür waren weg. Gert hatte alles abgebaut!
Für das vorgefundene Chaos brauchten wir Zeugen. Das Türschloss musste ausgewechselt werden. Also fuhren Carsta und Jörg wieder zum Wochenendhaus, um sich mit unseren Nachbarn, Familie Gerlach, zu beraten.

An diesem Wochenende überdachte ich, wie ich die entwendeten Sachen zurückbekommen konnte.
Obwohl mir das gesamte Inventar des Bungalows zugesprochen war, entnahm und beschädigte Gert Gegenstände, um mir zu schaden. Ich musste verhindern, dass er weiterhin meine Hilflosigkeit ausnutzte.
Immer wieder fragte ich mich: Kann sich ein Mensch so gravierend ändern? Ist das wirklich nur der Einfluss seiner Freundin? Oder habe ich etwa nicht gesehen, dass er früher schon so war?
Ich begann, an meinem Urteilsvermögen zu zweifeln.

Carsta besuchte mich am Sonntagabend zur kurzen Berichterstattung. Sie war mit Jörg im Wochenendhaus geblieben, um Vorbereitungen für ein Wochenende zu dritt zu treffen. Gert hatte ganze Arbeit geleistet! Er wollte meinen Aufenthalt hier verhindern oder zumindest erschweren. Er war am Sonntagnachmittag völlig unerwartet erschienen. Von der vereitelten Schlüsselübergabe erwähnte er nichts.
„Na, ihr lebt ja hier wie Gott in Frankreich", sagte er nur zynisch. Carsta fragte nach den verschwundenen Gegenständen. Da lachte er überheblich und sah sich spöttisch grinsend um.
„Das ist mein persönliches Eigentum! Ich werde alles behalten", war seine Antwort.
Am folgenden Dienstag sprach ich mit meinem Anwalt über das Vorgefallene. Hierauf teilte er Gert mit, dass er weder auf Hausrat noch auf das Bungalowinventar Anspruch habe. Der Wert der entwendeten Gegenstände wurde mit dem Betrag des Wertausgleichs verrechnet.
Gert schlug zurück! Er bestritt die Beschädigungen. Die versäumte Schlüsselübergabe an mich begründete er damit, dass er Carsta zur vereinbarten Zeit nicht am Bungalow antraf. Er beschuldigte Carsta, den Bungalow aufgebrochen zu haben. Ich wusste, Gert kann Niederlagen nicht ertragen. Um Recht zu bekommen, verdrehte er wieder die Tatsachen.

Dank Carstas Organisationstalent war unser Wochenendhaus in wenigen Wochen im alt gewohnten Zustand. Sie hatte einen Tischler und einen Polsterer ausfindig gemacht, welche die entwendete Eckbank nach unseren Angaben anfertigten.
Herr Gerlach ließ für die Eingangstür ein hübsches schmiedeeisernes Gitter anfertigen. Er lieh uns seinen elektrischen Rasenmäher, denn Gert hatte auch alle Gartengeräte mitgenommen. Es musste vieles gekauft werden. Meine Eltern unterstützten uns finanziell sehr. Die erste Hürde war also genommen.
Wir nutzten unser Häuschen im Grünen, so oft uns unsere Freunde und Bekannten mit Sack und Pack transportieren konnten. Das durfte natürlich kein Dauerzustand werden. Gert wusste das für sich zu nutzen. Dass er gegen den Gerichtsbeschluss schon längst Berufung eingelegt hatte, erfuhr ich merkwürdiger Weise erst Ende Juni. Nachdem ich annahm, endlich zur Ruhe gekommen zu sein, schienen die Dinge erneut ins Ungewisse zu laufen. Gert kämpfte mit allen erdenklichen Mitteln, um das Wochenendhaus zurückzubekommen. Er wollte mich zum Aufgeben zwingen.

Zu dieser Zeit hatte Carsta durch Zufall festgestellt, dass alle unsere Versicherungspolicen verschwunden waren. Ich hatte dadurch keinerlei Versicherungsschutz für den Bungalow und für den Hausrat. Das machte mir große Angst! Warum nur hatte ich diese wichtigen Papiere nicht sichergestellt? Gert nutzte meine Unerfahrenheit! Er ließ sich sogar die Töchterversicherung auszahlen, die Carsta zu ihrem zwanzigsten Geburtstag bekommen sollte.
Noch hatte Gert das Wohnrecht. Diese Papiere hatte er wahrscheinlich genommen, als Carsta nicht zu Hause war. Ich befürchtete, dass er mir weiterhin Schaden zufügen konnte.

Anfang Juli brachte Carsta mehrere Briefe vom Gericht.
„Hoffentlich bedeutet das was Positives", misstrauisch öffnete sie die Kuverts.

Tatsächlich kam endlich die erlösende Nachricht! Ich behielt das Alleineigentum am Wochenendhaus! Die Berufung Gerts wurde abgewiesen. Jedoch ging der Rechtsstreit in Sachen Teileinigung weiter. Eine schnelle Einigung war nicht in Sicht. Herr Hagedorn versprach, alles in meinem Sinne zu regeln. Ich war froh, dass ich mich damit nicht beschäftigen musste.

Ein Brief kam von der Versicherung. Man teilte mir mit, dass ich mir die beantragten Policen abholen kann. Mein Vater hatte meinen Fall der Versicherungsanstalt gemeldet. Anhand der dort vorhandenen Unterlagen erhielt ich nun Duplikate. Damit war nun auch das leidige Versicherungsproblem gelöst.

„Heute hast du mir ja nur gute Nachrichten gebracht! Ich wünschte mir, das würde immer so weitergehen“, sagte ich erleichtert, als wir alle Briefe durchgesehen hatten.

„Die beste Nachricht hab ich noch“, Carsta schmunzelte. „Deine antike Truhe ist wieder da!“

Das war eine Überraschung! Carsta fiel mir um den Hals. „Papi hat sie heimlich zurückgebracht, als ich Spätdienst hatte!“

Demnach musste Gert der Aufforderung meines Rechtsanwalts Folge leisten.

Den folgenden Wochenendtransport übernahmen unsere Bungalownachbarn. Diesmal war unser Gepäck besonders umfangreich. Herr Gerlach hatte Mühe, alles zu verstauen. Die neuen Bastmatten, eine Kabeltrommel und Gartengeräte mussten mit. Da Jörg nicht mitkommen konnte – er war mit der Sportgruppe verreist – war dafür Platz auf dem Rücksitz. Gerlachs waren außerordentlich verständnisvoll und hilfsbereit bei jeder Gelegenheit.

Neben all unseren Freunden waren sie es, die uns in letzter Zeit besonders oft transportiert hatten. Der Bungalow konnte mir nun nicht mehr streitig gemacht werden! Deshalb suchte ich verbissen nach einer Möglichkeit, irgendwie ein eigenes Auto zu bekommen.

Am Wochenendhaus angekommen, halfen Gerlachs wie immer beim Auspacken. Anschließend wurde gemeinsam Kaffee getrunken. Carsta beschäftigte sich mit dem neuen Rasenmäher, als ich eine Autotür klappen hörte.

„Na, ihr beiden!“ Es waren Werner und Rita! Besuch, der gern gesehen war. Sofort begann eine rege Unterhaltung über den neuesten Stand der Gütertrennung.

„Und wie klappt es mit Jörg?“, fragte Rita, als ich kurz allein mit ihr war.

„Wir kommen alle gut miteinander aus! Er will noch im Herbst die Sträucher auslichten und das Holz der Seitenverkleidung streichen“, sagte ich nicht ohne Stolz.

„Gert scheint hier nur das Allernötigste gemacht zu haben“, Rita sah sich missbilligend um.

„Vergessen wir das! Es läuft alles bestens! Rita, wir brauchen dringend ein Auto!“, ich lachte.

Das hatte Carsta gehört. Auch Werner kam von der Grundstücksbegehung zurück zu uns.

„Wenn ich jetzt meine Unfallversicherung ausgezahlt bekäme, dann könnte ich von dem Betrag einen Trabi kaufen“, ich sah abwartend zu Werner. Er könnte die Auszahlung veranlassen. Schließlich gilt der Skiunfall als Auslöser meiner Lähmung. Mit Ritas Zuspruch griff Werner meinen Gedanken auf.

„Wenn ich diese Auszahlung befürworte, dann heißt das keineswegs, dass sich dein jetziger Gesundheitszustand nicht mehr bessert!“ Werner blickte mich Stirn runzelnd an.

„Ich werde mir das genau überlegen! Und du musst versprechen, nie aufzugeben – ganz egal, was passiert. Natürlich helfe ich euch, soweit es mir möglich ist", versprach er.
Ich konnte nur zustimmend nicken.
„Dann muss ich sofort meine Fahrerlaubnis machen!", fiel Carsta uns ins Wort. „Vor zwei Jahren hat Papi mich dafür angemeldet! Ich müsste bald an der Reihe sein!"
„Na, gut", meinte Rita, „aber wo wollt ihr so schnell einen Trabi hernehmen? Ich weiß, die Wartezeiten betragen jetzt schon zehn bis zwölf Jahre!" Rita hob zweifelnd die Schultern und sah Hilfe suchend zu Werner. Er wusste Rat.
„Für solche Fälle gibt es ein Sonderkontingent. Hier könnte ich das Auto als dringend notwendig beantragen. Aber – hast du nicht zufällig eine Pkw-Anmeldung?", fragte er mich.
Die hatte ich! Vor fünf Jahren hatte mich Gert für einen Wartburg angemeldet. Nun kam mir dieses Formular zugute.
Werner und Rita waren länger geblieben, als sie eingeplant hatten. Wir diskutierten noch eifrig über das Gelingen unseres Vorhabens. Carsta war hellauf begeistert. Gerlachs erfuhren zuerst von unserem Auto-Plan. Das ganze Wochenende wurde von diesem Thema beherrscht.

Mein Traum vom eigenen Auto wurde schneller Wirklichkeit, als ich zu hoffen gewagt hatte.
Mit der Anforderung aus dem Sonderkontingent und meiner Wartburg-Anmeldung hatte Werner das Wunder vollbracht. Schon Mitte August konnte der Trabant-Kombi abgeholt werden. Carsta durfte den Fahrschullehrgang vorzeitig beginnen. Nur die Prüfung stand noch aus. Die Unfallversicherung zahlte mir 8.000 Mark. Meine Eltern steuerten den Restbetrag zum Kauf des Trabis bei. Alles klappte überraschend problemlos.
Herr Gerlach erklärte sich sofort bereit, die „Rennpappe" – wie er neckend sagte – gemeinsam mit Carsta abzuholen. Carola und Martin stellten uns ihre zurzeit ungenutzte Garage zur Verfügung. So viel Glück in so kurzer Zeit! Da fiel es mir nicht schwer, die Sorgen um die noch ausstehende Gütertrennung zu verdrängen.
Ebenso verdrängte ich ein ernsthaftes Problem mit Carsta – den Trabi betreffend. Während das Auto noch nagelneu in der Garage stand, eröffnete mir meine Tochter: „Aber Jörg will auch mit dem Auto fahren!"
Ich wusste nichts mit dieser völlig unerwarteten Forderung anzufangen.
„Aber wozu? Du darfst doch selbst noch nicht fahren. Wir könnten beide mit Jörg darüber sprechen. Was meinst du?", antwortete ich, ohne mich festzulegen. Statt darauf einzugehen, lenkte Carsta das Gespräch auf ihre bevorstehende Fahrprüfung. Ende August war auch diese Hürde genommen! Carsta hatte die Fahrerlaubnis!

Dank der vielen positiven Ereignisse hatte sich mein Gesundheitszustand wieder gebessert. Mit nur wenig Unterstützung gelang es mir jetzt, vom Sitz im Rollstuhl aufzustehen.
Der Gedanke, durch den Besitz eines Autos ein Stück Unabhängigkeit erlangt zu haben, beflügelte mich nahezu.
Bei all den Turbulenzen der schönen Spätsommertage war Carstas Examensprüfung völlig ins Hintertreffen geraten. Wir unterhielten uns zwar über schulische Leistungen, aber unsere Gespräche drehten sich meist um den Dienst im OP. Anfang September präsentierte mir Carsta ihren Examensabschluss.

„Das ist doch nur Papier, Mami“, winkte Carsta ab, „die Prüfungen hab ich längst hinter mir.“
„Ja, ich weiß.“ Ganz in Gedanken versunken nickte ich nur.
Denn Carsta wollte an der Studienabschlussfeier nicht teilnehmen. Dazu waren auch die Eltern geladen. Und allein mochte sie nicht feiern.
„Ralf kommt gleich! Wir wollen dich anziehen! Ich hab schon ab heute frei! Unten wartet eine Überraschung auf dich“, lenkte Carsta mich ab.
Wie so oft kam ich nicht mehr zu Wort. Ralf wusste offensichtlich Bescheid. Er feixte, als wir im Eiltempo zum Ausgang fuhren. Dort stand die angekündigte Überraschung in Form meines voll gepackten Trabant Kombi!
„So, jetzt fahr ich mit dir zum Wochenendhaus!“, Carsta strahlte. „Hast du Angst, Mami?“
Natürlich hatte ich Angst. Aber die Freude überwog. Außerdem würde ich Angst nicht zugeben. Damit hätte ich Carsta die Freude an ihrer ersten Fahrt genommen.
„Sei um Himmels Willen vorsichtig mit der Rennpappe!“, antwortete Ralf an meiner Stelle.
„Einsteigen, bitte!“ Er schob den Rollstuhl vor die weit geöffnete Autotür.
Carsta stellte sich vor mich, sie fasste unter meine Arme, ich stand auf. Dann drehte sie mich, ließ mich langsam auf den Vordersitz gleiten, hob meine Beine ins Auto.
„Geschafft!“, Ralf klatschte Beifall. „Das muss ich unserer Johanna berichten! Das war super!“
„Carsta, das war bestimmt schwer für dich!“, aufatmend sah ich zu ihr hoch.
„Nein, nein! Du hast gut mitgemacht! Siehst du, wir schaffen das auch ohne fremde Hilfe!“
Wir waren beide ganz stolz auf unsere Leistung.
Zu dumm, dass ich gerade jetzt daran dachte, wie Gert mich immer zum Auto getragen und vorsichtig hingesetzt hatte.
Es war ein wunderbares Gefühl – meine Tochter neben mir hinterm Lenkrad! Verflogen war die Angst! Ich war nur noch stolz! Schon am Ausgang der Stadt konnte ich ihre Fahrweise loben. Carsta fuhr nicht wie ein Anfänger. Ich fühlte mich sicher neben ihr.
Carsta wählte die Tour über die Autobahn. Das war für mich weniger beschwerlich als die kurvenreiche Holperstrecke durch die Dörfer. Ich genoss die Fahrt! Endlich waren wir unabhängig bezüglich jeglichen Transports! Carsta fuhr zügig, aber vorsichtig. In den wenigen Kurven wankte ich zwar, fand aber gleich wieder Halt.
Das Maschendrahttor zur Siedlung war geschlossen. Carsta hielt und stieg aus, um zu öffnen.
„Das ist ja kaum zu fassen!“ Frau Gerlach hatte uns gesehen. Sie rief ihren Mann. Es folgte eine herzliche Begrüßung. Die beiden Gerlachs nahmen Carsta in die Arme und gratulierten.
„Ich bin so froh! Sie fährt wunderbar!“, bestätigte ich.
Unsere Nachbarn halfen beim Ausladen des Trabis. Wortlos hängte Herr Gerlach die schweren Fensterläden aus. Es war schön, solch hilfsbereite Nachbarn zu haben!
Zuletzt zeigte Carsta, wie sie mich ohne Hilfe aus dem Auto in den Rollstuhl befördern konnte. Frau Gerlach sah uns etwas skeptisch zu. Sie ließ es sich nicht nehmen, wenigstens den Rollstuhl dabei festzuhalten.
In den vergangenen Monaten hatte Carsta alle fehlenden Gartengräte besorgt. Sie mähte den Rasen – wobei manches Elektrokabel in den Mäher geriet. Herr Gerlach reparierte stets unverdrossen. „Übung macht den Meister!“, tröstete er.

Es gab unendlich viel zu tun! Erst jetzt wurde mir richtig bewusst, dass alle Arbeiten, die ich früher gemeinsam mit Gert erledigt hatte, nun allein von Carsta bewältigt werden mussten!
Wie soll sie das schaffen! Jörg ist nicht mehr lange hier. Er hat seinen dreijährigen Wehrdienst noch vor sich. Durch seinen Sport kann Jörg oft nicht mitkommen! Ich fing wieder an zu grübeln! Angst machte sich breit, wenn ich darüber nachdachte und tatenlos zusehen musste, wie Carsta herumwirbelte.
„Das schaffe ich schon, Mami! Es macht mir so viel Spaß!", beteuerte sie, wenn ich klagte. „Ich bin so froh, dass wir unser Wochenendhaus behalten haben!"
Wenn wir abends mit Gerlachs am Grill saßen, huschte sie noch nebenbei von einem zum anderen Rasensprenger, um überall gründlich zu wässern.
In diesen Tagen gelang es mir erstmals, mit Carstas geschickter Hilfe, die Toilette zu benutzen.
Carsta wusste, dass ich auf der schmalen Eckbank unbequem lag. Da Jörg erst am Wochenende nachkommen konnte, schliefen wir beide im Schlafzimmer auf dem fußbodengleichen Polsterpodest. Mich von dieser Liegefläche nach oben in den Rollstuhl zu setzen – das war eine enorme Leistung für meine zierliche Tochter! Ich gab mir erdenklich viel Mühe beim Aufstehen, aber wir wussten beide, bis zur Selbstständigkeit war es noch ein weiter Weg. Und ich hatte Angst, Carsta körperlich zu überfordern. Obgleich sie das stets bestritt.

Am Freitagabend fuhr Carsta zum nur wenige Kilometer entfernten Bahnhof, um Jörg abzuholen. Häuschen und Grundstück waren dank ihres Arbeitseifers in einem Vorzeige-Zustand. Ich saß auf der Terrasse, als der Trabi tuckernd anhielt. Laut diskutierend stiegen die beiden aus. Jörg behauptete, Carsta habe während der letzten Tage hier nur gefaulenzt und sich gesonnt. Das war ungerecht! Ich versuchte zu protestieren.
„Ach, das meint er nicht so!", beschwichtigte mich Carsta. Aber ich wunderte mich, dass Jörg kein lobenswertes Wort für sie fand. Am nächsten Tag war der kleine Disput vergessen. Nach dem Kaffeetrinken gingen beide spazieren. Auf der Liege genoss ich die herbstlichen Sonnenstrahlen.
„Darf ich dir Gesellschaft leisten?", flüsterte es plötzlich neben mir.
„Helga! Ich wusste nicht, dass ihr schon vom Urlaub zurück seid!"
Helga und Peter waren unsere Zelt-Urlaubsfreunde. Sie hatten ihren Bungalow am Rande der Siedlung. Wir freuten uns über das Wiedersehen. Ich berichtete vom Ausgang der Scheidung.
„Wir freuen uns so, dass ihr euer Häuschen behalten habt!", wiederholte Helga immer wieder.
„Hier sieht es ja richtig gepflegt aus! Du kannst sehr stolz auf deine fleißige Carsta sein! Und ein Auto habt ihr auch schon! Jörg und Carsta fuhren gestern bei uns vorbei."
Im Laufe unserer weiteren Unterhaltung erfuhr ich durch Zufall, dass Jörg gefahren war. Ich stutzte. Helga machte sich Vorwürfe, weil sie sich verplappert hatte. Sie nahm an, Carsta hätte noch keine Fahrerlaubnis. Ich erinnerte mich, dass Carsta mir sagte, Jörg wolle auch mit dem Auto fahren. Ob das schon gestern Anlass zum Streit zwischen den beiden gab?
„Ich möchte nur Carsta allein den Trabi anvertrauen. Ich weiß, sie fährt vorsichtig. Wie Jörg fährt, weiß ich nicht", erklärte ich Helga. Ich fühlte mich hintergangen.

„Ja, das verstehe ich! Du hast das Auto ja nur aufgrund deiner Behinderung bekommen und damit teuer bezahlt", meinte Helga, „da wäre es schon selbstverständlich, dass Jörg dich fragt." Helga gab mir den Rat, mit ihm darüber zu sprechen.
Da unterbrach ein lautes „Hallo" unsere Diskussion. Jana, die zehnjährige Tochter von Helga, brachte mir einen bunten Blumenstrauß. Peter folgte ihr. Nun hatte ich die ganze Familie hier! „Bei euch sieht es ja aus wie in einem Park!", rief er schon von weitem. Das Lob galt Carsta.
Der Nachmittag verging mit dem Besuch noch einiger Wochenendhäusler. Jeder sprach mir Mut zu. Niemand erwähnte Gert. Darüber war ich sehr froh.
Am Abend wurde wieder gegrillt. Wir saßen noch bis zur Dämmerung draußen. Bis zum Winterfestmachen blieben nur noch wenige Wochenenden. Den Sonntag nutzten Carsta und Jörg zum ausgiebigen Faulenzen. Meiner Tochter stand eine anstrengende Woche im OP bevor.
Das Thema Auto erwähnte niemand. Auf der Heimfahrt nörgelte Jörg allerdings unentwegt an Carstas Fahrweise herum. Ich merkte, wie sie zunehmend unsicherer wurde. Wieder tat mir Carsta Leid. Sie hatte das nicht verdient.
Vor der Klinik lud sie den Rollstuhl aus und brachte mich gleich ins Zimmer. Weil Jörg keine Anstalten gemacht hatte, ihr dabei zu helfen, verabschiedeten wir uns schnell, um ihn nicht warten zu lassen. Offensichtlich hatte ihn etwas verärgert.
Schwester Johanna nahm mich in Empfang. Sie war von Ralf bestens informiert worden. Sie freute sich mit mir über das Stückchen Unabhängigkeit, das wir gewonnen hatten.

Erst am darauf folgenden Mittwoch konnte Carsta mich wieder besuchen. Sie hatte durchgehenden Dienst mit Bereitschaft. Nach einer interessanten Berichterstattung über die neuesten Ereignisse im OP lenkte ich die Unterhaltung auf unsere unerfreuliche Heimfahrt.
Carsta war sichtlich erleichtert, nicht den Anfang dieser Debatte machen zu müssen.
„Wir haben dauernd Streit", begann Carsta. „Jörg kommt nicht mehr mit ins Wochenendhaus, wenn er nicht selbst fahren darf! Er sieht nicht ein, dass er nicht mit dem Trabi fahren soll. Als ich Jörg vom Bahnhof abholte, wollte er unbedingt fahren. Er meinte, das merkt keiner."
„Oh – das hört sich ja so an, als wollte er dich nie fahren lassen!", unterbrach ich erschrocken.
„Ja, er sitzt nicht gern daneben", bestätigte Carsta kleinlaut. „Auf der Rückfahrt war er deshalb so schlecht gelaunt. Er ist dann von der Klinik zur Garage gefahren. Ich weiß nicht, wem ich es recht machen soll!"
Ich hatte also richtig vermutet. Da kamen mit der Freude über den Trabi ungeahnte Probleme auf mich zu.
„Jörgs Eltern haben doch auch einen Trabi. Darf er damit nicht auch manchmal fahren?" Ich erhielt keine Antwort. „Wenn Jörg so gern Auto fährt, aber keine Möglichkeit dazu hat, dann bin ich damit einverstanden, dass ihr euch bei den Fahrten zum Wochenendhaus abwechselt", sagte ich. Statt sich darüber zu freuen, nickte Carsta nur und sah zum Fenster raus. Diese Reaktion war neu.
„Jörg muss verstehen", erklärte ich, „dass ich nur dir das Auto anvertraue. Ich bin auf deine gute Fahrweise angewiesen. Wenn du nur selten fährst, bekommst du keine Fahrpraxis. Wenn Jörg nicht mit mir darüber sprechen möchte, dann musst du ihm das erklären. Ich möchte nicht, dass der Trabi für uns zum Streitobjekt wird!"

Am Ende unserer Diskussion versprach Carsta, den Trabi nur mit meiner Zustimmung zu benutzen und dies auch mit Jörg abzusprechen.

Meine kleinen Fortschritte der vergangenen Wochen wollte ich nicht von diesen Unstimmigkeiten beeinflussen lassen. Ich fragte Werner nach seiner Meinung.
„Du musst sicher sein, dass die beiden nicht allein mit deinem Auto spazieren fahren!"
„Das tut Carsta bestimmt nicht!", dementierte ich diese Vermutung.
„Dann sorge dafür, dass das Rollstuhlzeichen an der hinteren Scheibe fest angebracht wird! Damit wird der Freund bestimmt nicht fahren wollen!", Werner klopfte auf meine Schulter. „Den Aufkleber hierfür besorge ich euch."
Nachdem der Trabi mit dem Rollstuhlaufkleber gekennzeichnet war, gestand mir Carsta, dass Jörg dazu ärgerlich kommentierte: „Muss denn das unbedingt sein?" Da wusste ich, das Richtige veranlasst zu haben.
Inzwischen war es merklich Herbst geworden. Schwester Johanna hatte schon an zwei aufeinander folgenden Wochen Spätdienst. Ich wunderte mich, denn sie hatte jetzt ihren Jahresurlaub eingeplant. Da würde sie mir fehlen. Beim Abendessen fragte ich sie danach.
„Ich darf keinen Urlaub nehmen. Es ist was passiert!", winkte sie ab.
Die ruhige Zeit vor dem Schichtwechsel nutzte Johanna oft für ein Schwätzchen mit mir.
„Wir haben Urlaubssperre. Ralf ist weg!", flüsterte sie und sah mich dabei merkwürdig an.
„Warum hat er denn gekündigt? Das ist aber schade! Wussten sie davon, Johanna?"
„Nein, nein! Ralf ist geflohen! Er ist im Westen. Das heißt, wir nehmen das alle an. Niemand weiß etwas Genaues!" Johanna setzte sich zu mir. Ich erfuhr nun den Zusammenhang.
Ralf war am vergangenen Freitag nicht zum Dienst erschienen. Am Samstag kamen zwei Genossen des Staatssicherheitsdienstes. Sie befragten das gesamte Personal der Station.
Aber niemand wusste etwas von der angeblich von Ralf und seinem Freund geplanten Republikflucht. Das ganze Kollektiv äußerte sich nur lobend über Ralf. Er war ein vorbildlicher Krankenpfleger. Niemand wusste, ob ihm die Flucht gelungen war.
In den folgenden Tagen gab es keinen anderen Gesprächsstoff. Alle machten sich Sorgen, bangten um das Glück des beliebten Kollegen. Man hörte so schreckliche Dinge über misslungene Fluchtversuche.
Carsta konnte nicht begreifen, dass der stets fröhliche Ralf abgehauen war. Am Donnerstag hatte sie noch ahnungslos mit ihm gealbert. Ich verlor mit ihm einen verständnisvollen und sehr gewissenhaften Pfleger.
Zwei Wochen später brachte Schwester Ulla die Nachricht, dass Ralf bei Freunden in Bayern aufgenommen wurde.

Das nächste Wochenende verbrachte ich in der Klinik. Carsta hatte Dienst. Sie hatte mich mit Büchern versorgt. Ich entschied mich für einen historischen Roman, dessen Autor mir bekannt war. Erstaunt stellte ich fest, wie gut mir das Umblättern gelang.
Meine Freude war nicht von Dauer. Unerwartet sah der Oberarzt nach mir.
„Darf ich?", er las den Buchtitel. „Aha, Sie flüchten wohl in die Geschichte, weil Ihnen die Gegenwart nichts mehr sagt!" Ich konnte nicht antworten, verkniff mir die Tränen, bis er ging.

Frau Specht übte täglich auf der Matte mit mir. Vergeblich versuchte ich, vom Rücken auf die Seite zu rollen. Ich beobachtete eine Patientin, die sich kullernd auf dem Boden fortbewegte.
„Das schaffen Sie auch", rief sie mir zu, „ich hab auch lange geübt." Sie machte mir Mut.

Am späten Freitagnachmittag holte Carsta mich ab. Fröhlich, wie immer, bugsierte sie mich in den Trabi. Ich deutete auf das Rollstuhlschild, das an der Heckscheibe leuchtete.
„Ist schon richtig so", sagte Carsta, „damit haben wir ja auch Vorteile."
Es wurde wieder eine schöne Fahrt. Die Buchen an der Landstraße hatten sich schon herbstlich bunt gefärbt.
„Jörg kommt morgen nach", Carsta erzählte unentwegt, „ich hole ihn vom Bahnhof ab. Er möchte die Rückfahrt übernehmen." Damit war ich einverstanden.
Leider meinte es Petrus an diesem Wochenende nicht gerade gut mit uns. Es regnete. In weiser Voraussicht hatte Carsta den kleinen Fernseher aus der Klinik mitgenommen. Aber auch beim schlechtesten Wetter war es schön hier! Ich liebte diese ländliche Ruhe. Hähnekrähen am Morgen, statt Geschirrklappern und lautes Radiogedudel.
Was hätte ich gemacht, wenn Gert den Kampf um das Häuschen gewonnen hätte? Diese Gedanken ließen sich nicht vertreiben. Wie abgesprochen, fuhr Jörg auf der Heimfahrt über die Autobahn. Er gab sich Mühe, die wenigen Kurven langsam zu durchfahren.
„Fahre ich zu schnell?", frage er mehrmals. Als wir an der Klinik ankamen, konnte ich ihm erleichtert bestätigen, dass er gut gefahren war.
Die letzten Wochenenden in unserem Häuschen galten der Winterfestmachung. Mit der Hilfe unserer Nachbarn hatte es Carsta gut bewältigt. Anfang Oktober hatte mich der Klinikalltag wieder voll im Griff. Carsta begann, freie Tage für das Jahresende zu sammeln. Trotzdem blieb uns hin und wieder ein gemeinsames Wochenende zu Hause. Wir hatten ja jetzt zum Transport unseren Trabi. Bei den wenigen Stufen im Haus kam Jörg uns zu Hilfe.
Im Oktober wurde eine neue Krankenschwester eingestellt. Schwester Steffi sollte scheinbar die Stelle von Ralf einnehmen, war aber noch sehr jung. Bald stellte sich heraus, dass sie Carsta kannte. Steffi beschäftigte sich auffallend oft in meinem Zimmer. Sie stellte viele Fragen und interessierte sich für meine Krankengeschichte. Als sich Steffi jedoch eines Tages neugierig nach Carsta erkundigte, wurde ich etwas misstrauisch.
„Ihre Tochter hat's gut", eröffnete mir Steffi. Und das klang direkt neidisch. „Sie hat schon ein eigenes Auto - zwar nur einen Trabant – aber immerhin!"
„Wie soll ich das verstehen? Meine Tochter hat es bedeutend schwerer als andere junge Mädchen ihres Alters", sagte ich empört. Sie verstand mich gut.
„Im Sommer hab ich Carsta mit ihrem Freund beim Baden getroffen! Er fuhr mächtig schnell!", stichelte die Neiderin weiter. Dabei wischte sie nervös mit tropfnassem Lappen am Fernseher herum. Jetzt wusste ich nicht, worüber ich mich mehr ärgerte.
„Wo sind Sie denn mit Ihren Gedanken?", schimpfte ich. „Haben Sie kein Staubtuch oder wollen Sie meinen Fernseher unter Wasser setzen?" Steffi erschrak, drückte ihren Lappen aus.
„Tut mir Leid! Ich wollte Sie nicht aufregen", entschuldigte sie sich schnell, nahm ihr Wischeimerchen und ging.
Ich dachte noch lange über dieses unerfreuliche Gespräch nach. Diese junge Schwester war neidisch auf Carsta. Aber mein Misstrauen wurde angestachelt. Carsta zur Rede

stellen wollte ich dennoch nicht. Am Nachmittag überfiel mich meine Physiotherapeutin mit einer neuen Aufgabe.
„Attentat!“, rief Frau Specht schon an der Tür. „Sie sollen nicht länger so faul herumsitzen!“ Ein Ungetüm von Schreibmaschine landete auf meinem Betttisch. „Uff! Ist das Teil schwer!“
„Was soll ich denn damit?“, missmutig sah ich auf die altmodische Tastatur und die vielen Knöpfe und Hebel. Mit Büroarbeit konnte ich mich schon früher nicht anfreunden! Und ausgerechnet jetzt sollte ich mich an diese Schreibmaschine setzen. Bewegen wollte ich mich!
„So, ich spanne Ihnen jetzt ein Blatt Papier ein. Dann können sie sich nach Herzenslust an diesem Gerät austoben!“, scherzte Frau Specht – unbeirrt von meiner Abneigung. „Na, dann, tschüß – bis morgen!“
Ich hatte schon die Klingel in der Hand, um nach einer Schwester zu rufen. Aber was sollte ich sagen? Langsam legte ich die Klingel zurück auf das Bett und fixierte dann doch neugierig die Maschine.
Als plötzlich eine Schwesternschülerin mit einem Teller belegter Brote neben mir stand, hatte ich bereits ganz in Gedanken alle Funktionen ausprobiert. Ich war überrascht, wie schnell der Nachmittag vergangen war.
Die Schülerin stellte zum Glück keine Fragen zu meinem eigenartigen Schreibergebnis. Sie schob die Maschine zur Seite und schaffte Platz für Tasse und Abendbrotteller. So schnell wie an diesem Abend hatte ich wohl noch nie gegessen! Das Fernsehprogramm interessierte mich nicht. Mit diesem alten Tippgerät hatte ich erstmals eine produktive Beschäftigung.
Anfangs ging das Tippen recht mühsam. Ich musste mit Schwung von oben auf der jeweiligen Taste landen. Mit dem linken Zeigefinger den richtigen Buchstaben zu treffen, war nicht einfach. Aber es war eine gute Übung für Arm und Finger – leider eben nur links! Aber es hieß, auf aufrechte Körperhaltung zu achten!
Am Morgen kam Ruth zu mir. Sie wollte mir die Funktion der Schreibmaschine erklären.
„Nicht mehr nötig!“, begrüßte ich die Chefsekretärin. „Ich kann's schon!“
Frau Specht hatte meinen Ehrgeiz angestachelt! Ich wollte schreiben!

Im November bekam Gert von der AWG endlich eine eigene Wohnung. Jetzt brauchten wir nicht mehr befürchten, dass wir ihm unverhofft zu Hause begegneten. Vorsichtshalber baute Carsta ein neues Türschloss ein. Dieses Misstrauen war schlimm, aber wir hatten mit Gert zu viele schlechte Erfahrungen gemacht. Verwunderlich war es, dass er sich allein eine kleine Wohnung nahm, statt bei seiner Freundin zu wohnen, deren Wohnung groß genug war.
Darüber sprach ich mit Frau Specht, als sie meine Schreibmaschinenkünste kontrollierte.
„Sie wissen wohl nicht, dass zwischen den beiden nichts mehr läuft?“, wunderte sie sich.
„Darüber müsste ich mich jetzt freuen. Es berührt mich aber nicht.“ Wir erzählten noch lange miteinander.
Von Carsta kam die nächste Neuigkeit. Gert hatte sich ein altes Bauernhaus gekauft, das er sich ausbauen wollte. Der Buschfunk funktionierte gut!
„Papi erzählt überall, er habe sich ein schönes Landhaus gekauft. Er legt keinen Wert mehr auf unsere kleine Hütte!“
Carsta kannte das Dörfchen. Sie wollte unbedingt mit mir dort hinfahren und dieses Landhaus ausfindig machen.

Ich hatte Bedenken, bei dieser Erkundungstour gesehen zu werden. Das würde mit Sicherheit falsch verstanden. Aber meine Neugier siegte schließlich! Ich ließ mich überreden!
An einem sonnigen Spätherbsttag begaben wir uns auf die Suche nach Gerts Landhaus.
„Ich fahre so gern mit dir, Carsta!" Ich lobte wieder ihre gute Fahrweise und empfand die Autofahrt als wohltuende Abwechslung. Ich war stolz auf meine Tochter!
Nachdem wir uns mehrmals verfahren hatten, standen wir vor dem gesuchten Ortsschild. Hier gab es nur eine einzige Straße. Wir fuhren bis zum Ortsende. Carsta fragte eine ältere Frau nach einem Bauernhaus, das kürzlich verkauft wurde. Dabei nannte Carsta den Namen! Sie tat sie so, als würden wir einen guten Bekannten suchen.
„Ach, Sie stehen ja direkt davor!", sagte die freundliche Frau. Sie wischte sich die Hände an ihrer geblümten Kittelschürze ab, bevor sie Carsta die Hand reichte. „Das ist sein Haus!"
Ich erschrak jämmerlich! Wenn Gert jetzt kommt! Wenn sie ihn ruft!
„Heute ist niemand da. Schade!" Die Frau ahnte nicht, dass das unser Glück war!
„Aber ich kann was ausrichten", bot sie Carsta an. Die behielt die Nerven, dankte höflich und verabschiedete sich. War ich froh, als wir uns wieder in Bewegung setzten!
„Puh! Das war aufregend!" Carsta hielt am Dorfausgang. „Ich wäre gerne mal rein gegangen. Aber hast du gesehen, wie es da aussah? Überall Modder und Gänsekacke! Das Haus ist ja völlig verwahrlost! Daneben dieser kaputte Holzschuppen! Kein Rasen – nur Hof! Was hat Papi da nur gekauft! Oje, damit kann er doch nicht angeben!", Carsta war bestürzt.
„Vielleicht hat er es drinnen schön eingerichtet", beschwichtigte ich sie. „Außerdem geht uns das ja gar nichts an! Oder?" Ich war aber ebenso fassungslos.
„Die Ruminski fühlt sich dort bestimmt nicht wohl! Da muss noch viel Geld und Arbeit reingesteckt werden. Meinst du etwa, dass Frau Oberärztin dort arbeitet?" Wir dachten beide an unser gepflegtes Grundstück. Auf der ganzen Rückfahrt wertete Carsta unser Erlebnis aus. Ich musste nur zuhören.
Zu Hause angekommen, hatten wir erneut ein Problem. Warum hatten wir beide vergessen, dass Jörg nicht da war! Wer sollte nun helfen, mich in die Wohnung zu bringen? Ratlosigkeit!
„Warum klingelst du nicht bei uns?", Herr Gärtner hatte uns gesehen. „Ich helfe dir, Carsta!"
Er kippte meinen Rollstuhl nach hinten an und zog mich rückwärts die wenigen Stufen nach oben. Dieses Verfahren war verhältnismäßig einfach und auch treppab anwendbar. Carsta brauchte nicht helfen.

Bis zum Jahresende blieben nur noch wenige Wochen. Ich setzte mir Ziele. Zunächst versuchte ich, mich allein auszuziehen. Eine Jacke mit Reißverschluss war zu bewältigen. Das dauerte allerdings zwanzig Minuten. Schneller ging es mit einem kurzärmeligen Pulli. Ich beugte mich herunter, band die Schnürsenkel auf und konnte so meine Schuhe abstreifen. Dabei wusste ich, wie lächerlich diese Verrenkungen aussahen. Aber ich war ja unbeobachtet.
Schwester Ulla trieb mich bei meinen Bemühungen immer scherzhaft an.
„Ich gehe jetzt Tee kochen! Wenn ich wiederkomme, sind Sie fertig fürs Bett!"

Gern hätte ich Ulla diese Arbeit mit mir abgenommen. Doch je mehr ich mich beeilte, desto stärker wurde der Spasmus. Die Hose auszuziehen, war ganz unmöglich, denn ich bekam mein Hinterteil nicht einen Zentimeter vom Sitz hoch.
In Schwerstarbeit hatte ich meinen Oberkörper der Kleidung entledigt. Ich angelte nun nach meinem Nachthemd. Ulla hatte es für mich griffbereit auf mein Bett gelegt.
„Jetzt ist die wohl durchgedreht! Die hat sich ganz ausgezogen!“, rief jemand laut zur Tür herein. Das war nicht Ulla!
„Was soll der Quatsch!“ Eine Schülerin stand plötzlich neben mir! Sie streifte mir das Nachthemd über. „Aber die Hose muss Ulla Ihnen ausziehen! Das ist mir zu schwer!“
Das Mädchen wetterte. Ich war den Tränen nahe, als Ulla trällernd ins Zimmer stürmte.
„Du sollst in der Küche helfen!“ Ulla schob die Schülerin energisch zur Tür hinaus.
„Machen Sie sich nichts draus, das Fräulein hat den Beruf verfehlt“, Ulla überspielte die peinliche Situation mit ihrer lustigen Art. Doch dieser Vorfall gab mir noch lange zu denken.

Ähnlich war eine andere Begebenheit.
Da ich nicht mehr zur Schwimmhalle ging, übte ich einmal wöchentlich im großen Wasserbecken der Physiotherapie. Dazu zogen mir die Schwestern einen Badeanzug an. Ich wurde beauftragt, gegen zehn Uhr zu klingeln, um die Schwestern hieran zu erinnern. Wie vereinbart klingelte ich und äußerte meinen Wunsch der herbei eilenden Schülerin.
„Ach nein“, sagte sie, „schlafen sie nur weiter. Sie brauchen doch keinen Badeanzug!“
Dabei streichelte sie mich, nahm mir die Klingel weg und ging. Zum Mittagessen fand mich Schwester Gitta weinend im Bett. Seit Ralf weg war, hatte ich oft Meinungsverschiedenheiten mit den Lehrschwestern.

Die Beschäftigung mit der Schreibmaschine ließ die Zeit schnell vergehen. Schon nach einer Woche gelang es mir, den ersten Brief an meine Schwiegereltern zu schreiben. Leider musste ich bei meinem Eifer auch schlechte Erfahrungen machen. Oft stand unverhofft eine Schülerin hinter mir und las laut vor, was ich geschrieben hatte. Deshalb zog ich den Briefbogen schnell zurück in die Maschine, sobald jemand die Tür öffnete. Darin bekam ich zwangsläufig bald Routine.
Nach wie vor war der Oberarzt der Meinung, mein Zustand würde stagnieren.
„Ich möchte mal sehen, wie Sie tippen und das Papier einlegen“, verlangte er bei einer Visite. Ich war wie versteinert. Alle sahen mich erwartungsvoll an. Da kam mir Marita zu Hilfe!
„Also, Herr Oberarzt! Ich könnte auch nicht schreiben, wenn mir so viele Leute zusehen!“
Die Situation war gerettet! Dr. Ahlert gab jedoch nicht auf. Er bat mich darum, ihm einen Brief zu schreiben. Das war schwierig! Was sollte ich jemandem schreiben, den ich täglich sah? Er wollte mich testen! Schließlich setzte ich ein Schreiben auf, womit ich ihn bat, einen Termin mit meinem Orthopädieschuhmacher zu vereinbaren.

Von Seiten des Gerichts war nichts mehr zu befürchten. Mein Anwalt hielt mich auf dem Laufenden. Gerts Widersprüche wurden abgewiesen. Ich sollte mich voll und ganz darauf konzentrieren, wieder auf die Beine zu kommen.
Zweimal täglich übten die Physiotherapeutinnen mit mir. Trotz aller Mühe gelang es mir nicht, mich ohne Hilfe aufzusetzen oder frei zu sitzen. Dies waren doch die Voraussetzungen, um stehen und laufen zu lernen. Wie sollte ich das jemals schaffen?

Ich war verzweifelt! In solchen Situationen wusste Werner mich immer wieder aufzubauen.
„Du hast deine Scheidung noch längst nicht überwunden! Mir kannst du nichts vorspielen! Du vergisst, was du trotz dieser Belastung erreicht hast! Ich spreche mal mit Frau Specht. Morgen fangen wir mit Laufübungen an!“ Werner schmunzelte geheimnisvoll.
Er verwirrte mich. Warum wollte er das Pferd von hinten aufzäumen?
Noch in dieser Woche löste sich meine Spannung. Der „Eisbrecher“ kam zum Einsatz!
Dies war ein etwa 1 m hohes, aus vier verbundenen Rohren bestehendes, fahrbares Gestell. Wer mit diesem weißen Ungetüm Bekanntschaft machen durfte, hatte das Eis gebrochen, so hieß es. Traf das auf mich zu? Ängstlich sah ich das Teil an. Zwei Physiotherapeutinnen stellten mich auf die Beine und legten meine Arme auf die gepolsterten Seitenteile.
Ich sollte mich aufrichten, Aber ich hing mehr, als ich stand. Warum kam ich mir so groß vor? Darüber nachzudenken, hatte ich keine Zeit. Die beiden Mädchen hielten meine Arme sicher fest und ließen den Eisbrecher einige Zentimeter vorwärts rollen. Mein linkes Bein machte einen Schritt! Überglücklich versuchte ich, auch den rechten Fuß vorzusetzen. Es ging nicht! Stocksteif – wie fest genagelt – blieb das Bein stehen! Nun kam eine dritte Physiotherapeutin. Sie schob das Bein gewaltsam vorwärts. Links allein – rechts geschoben – so durchwanderte der Eisbrecher mit mir den langen Flur, gefolgt von den neugierigen Blicken anderer Patienten.
Carsta und meine Eltern waren begeistert von meinem Erfolg. Oma Emmi und Opa Max informierte ich mit einem ausführlichen Brief. Dabei dachte ich wieder an Gert. Was wird er wohl denken, wenn er von meinen Gehversuchen erfährt?
Beim täglichen Lauf im Eisbrecher kamen die Physiotherapeutinnen tüchtig ins Schwitzen. Von Mal zu Mal fiel es mir leichter, aufrecht zu stehen. Nur wollte das rechte Bein absolut nicht gehorchen. Es rührte sich nicht von der Stelle! Erst, als ich auf den Rat von Werner hin aus der Hüfte Schwung holte, schwang es zu einem winzigen Schritt steif nach vorn.
Ich nahm an, diese Übung würde weiter ausgebaut. Die Physiotherapeutinnen fühlten sich aber schon nach wenigen Wochen überanstrengt. Ohne direkte Begründung wurden meine Gehversuche im Eisbrecher abgebrochen und durch Übungen auf der Matte ersetzt.
Werner entschuldigte diesen Tausch mit dem üblichen Personalmangel am Jahresende.

In diesem Jahr verbrachte ich den größten Teil der Adventszeit in der Klinik. Carsta hatte ihre freien Tage für die Weihnachtszeit gesammelt. Fast vierzehn Tage Heimurlaub waren das größte Geschenk für mich! Alles war so, wie im vergangenen Jahr. Carsta gab sich wieder erdenklich viel Mühe. Dennoch wurde mir in diesen schönen Tagen schmerzlich bewusst, wie wenig sich mein Zustand im vergangenen Jahr gebessert hatte.
Wie immer vergingen die schönen Tage viel zu schnell mit Besuchen meiner Eltern, Freunden und Kolleginnen. Alle lobten Carsta und sprachen mir Mut zu.
Für den Silvesterabend hatten Carsta und Jörg Karten für die Feier in einem guten Restaurant bekommen. Ich brauchte viel Überzeugungskunst, um Carsta klarzumachen, dass ich diesen Abend problemlos im Bett verbringen konnte. Ich war beruhigt darüber, die beiden nicht am Ausgehen zu hindern.
1982 – 1983. Der zweite Jahreswechsel ohne Gert war damit geschafft! Es brachte aber nichts, in diese Richtung zu zählen. Zählen musste ich die Jahre im Rollstuhl, die es un-

bedingt zu beenden galt. Im folgenden Jahr gab es keinerlei Belastung wie Scheidung und Kampf um das Wochenendhaus. Ich wollte mich ausschließlich darauf konzentrieren, wieder auf die Beine zu kommen.
Gleich in der ersten Januarwoche teilte mir Frau Specht mit, es wären keine weiteren Gehversuche im Eisbrecher vorgesehen. Ich war derart enttäuscht, dass ich noch weinte, als Carsta kam. Sie war wütend und wollte mir helfen. Postwendend rannte sie zu Werner, um sich darüber zu beschweren, dass meine Bemühungen nicht gefördert wurden. Aufgeregt wartete ich auf die Nachricht Carstas. Sie ist so resolut wie Gert, sagte ich mir voller Hoffnung.
„Der Chef sagt, du bist noch nicht so weit, um laufen zu lernen", Carsta war ebenso niedergeschlagen wie ich. „Er kommt heute noch her und bespricht das mit dir."
An diesem Tag fühlte ich mich hin und her gerissen. Was sollte ich glauben? Werner hatte von Personalmangel gesprochen! Jetzt sagte er, ich solle erst lernen, mich aufzusetzen!
„Du lässt dich aber hiervon nicht entmutigen! Kämpfe so tapfer weiter wie bisher! Du schaffst das!", verabschiedete er sich.

Mit meiner Logopädin machte ich gute Fortschritte. Für Ende Januar war eine Wiederholung der Stimmbandbeschichtung vorgesehen. Wieder hieß es, ab dem Abend davor nüchtern zu bleiben - sieben Uhr früh Transport, liegend zur HNO-Klinik. Ich nahm die Prozedur gern in Kauf. Es konnte ja nur besser werden.
Diesmal war ich die erste Patientin. Der Narkosearzt führte das bekannte Gespräch mit mir.
„Wir bekommen einen Unfall!", rief eine Schwester. Sie schob im Dauerlauf eine Liege an mir vorbei. Das bedeutete, ich musste mich auf eine lange Wartezeit einrichten. Nach drei Stunden wurde ich endlich in den OP geschoben.
Der Eingriff hatte etwas länger gedauert als der vorherige.
„Wir haben einen kleinen Polyp entdeckt und gleich mit entfernt", erklärte mir der Chefarzt der HNO-Klinik. „Aber das ist kein Grund zur Aufregung!", beruhigte er mich sofort. „Sie müssen nur einige Tage Ihre Stimme etwas schonen!" Er wünschte mir viel Erfolg und ging wieder zurück in den OP.

Dank der intensiven Sprechübungen mit Frau Greif wurde meine Stimme nach diesem Eingriff etwas kräftiger. Allerdings versagte sie schon bei der kleinsten Aufregung.
Diese gab es bei der nächsten Schabenbekämpfung. Alle Zimmer mussten geräumt werden. Die Patienten versammelten sich auf dem Flur. Ich hatte Angst, angesprochen zu werden. Deshalb wollte ich mich hinter einem Buch verschanzen. Bevor ich jedoch zum Lesen kam, sprach mich eine junge Frau an. Meine Kehle war wie zugeschnürt, obwohl ich mich gern unterhalten hätte. Nur mühsam gelang es mir zu antworten. Die sympathische junge Frau verstand mich nicht. Sie verabschiedete sich bald. Nach solchen Misserfolgen fand mich Frau Greif immer sehr deprimiert. Sie tröstete mich. „Wer Sie verstehen will und logisch denken kann, der versteht Sie gut!"

Dann gab es auch sehr lustige Vorkommnisse. Wie jeden Dienstag wartete ich darauf, von den Schwestern zum Bewegungsbad gefahren zu werden. Schwester Ulla und Johanna taten das auf eine derart lustige Weise, dass ich für kurze Zeit meine Hilflosigkeit vergaß. Ulla schob dann meine Liege vor das viereckige Wasserbecken.

„Na, heb an, Hanni!“, kicherte sie und hielt meinen Oberkörper schon über den Beckenrand.
Johanna griff nach meinen Beinen, war sich wegen ihrer Körperfülle dabei selbst im Weg.
„Oh, oh! Hanni!“ Ulla hielt reaktionsschnell meinen Kopf. Aber nicht nur meine Beine waren im Becken, auch Johanna steckte schon bis zu den Schultern im Wasser. Die herbeieilenden Physiotherapeutinnen sahen die tropfende Johanna erst erschrocken, dann laut lachend an. Denn zu allem Übel war bei dieser Aktion auch noch ihre exakt gefaltete Schwesternhaube verrutscht.
Die Wasserübungen mussten wir an diesem Tag abschreiben. Immer wieder überfiel uns ein Lachkrampf.
Am Nachmittag saß ich - mit den Beinen baumelnd - am Rand meiner Übungsliege. Frau Specht hielt mich nur leicht an den Schultern, als Carsta unverhofft vor uns stand.
„Siehst du“, sagte meine Physiotherapeutin, „deine Mutti rennt uns bald davon!“
Carsta strahlte. Aber wir wussten beide, dass das nur Mut machen sollte. Denn dieses freie Sitzen hatte ich schon oft mit Gert geübt. Jetzt hieß es, wieder den Anschluss an die verlorene Zeit zu bekommen. Die täglichen Übungen im Zimmer auf dieser hart gepolsterten Liege hatten kleine, aber kontinuierliche Fortschritte gebracht.
Es war Anfang Februar, als meine diesbezügliche Freude einen argen Dämpfer bekam. Während des Wochenendurlaubs hatte man meine Übungsliege entfernt und durch ein zweites Krankenbett ersetzt.
„Der Chef möchte, dass Sie sich wieder daran gewöhnen, mit anderen Menschen umzugehen“, klärte Johanna mich auf, „er meint, Sie fangen an, sich abzusondern.“
„Wie soll ich das verstehen?“, empörte ich mich. „Ich hab genügend Freunde, die mich regelmäßig besuchen! Warum muss ich jetzt auf meine Übungsliege verzichten?“
„Ja, Sie haben Recht! Das Zimmer ist zu klein für zwei Betten. Aber wir können uns den Anordnungen des Chefs nicht widersetzen“, bedauerte Johanna. Wohl oder übel musste ich mich mit der veränderten Situation abfinden. Ich konnte nur hoffen, dass ich mit meinen zukünftigen Zimmerkolleginnen gut zurecht komme.
Am Montagmorgen stellte mir Schwester Gitta meine Bettnachbarin, Frau Walter, vor.
„Wir werden uns sicher verstehen!“ Sie gab mir ganz unbefangen die Hand. „Ich helfe Ihnen gern, wenn Sie nichts dagegen haben. Wenn ich nachfrage, nehmen Sie es bitte nicht übel.“ Frau Walter war bereits über meine Verständigungsschwierigkeiten informiert worden. Damit waren meine Bedenken zerstreut.
Frau Walter war ein wahrer Gewinn für mich. Sie half mir, wenn die Schwestern etwas vergessen hatten. Sie ordnete meine Blumen, räumte das Zimmer auf und achtete darauf, dass meine private Kaffeetasse stets zurückgebracht wurde. Nachmittags kochte sie für uns beide Bohnenkaffee. Wir unterhielten uns oft stundenlang. Sie verstand mich gut.
Wegen eines Nervenleidens wurden bei Frau Walter die neuen Medikamente ausprobiert. Und das ging für meine Begriffe leider viel zu schnell. Schon nach vier Wochen wurde sie entlassen.
An einem Wochenendurlaub im März wurde ich mit einem riesigen Westpaket überrascht. Meine Ex-Schwiegereltern hatten meinen Geburtstag nicht vergessen!
Freudestrahlend präsentierte Carsta mir den Inhalt. Süßigkeiten, Kaffee, Seife, Deospray, duftendes Duschbad und zuletzt für jeden ein hübsches Nachthemd – all das wurde feierlich vor meinen Rollstuhl gelegt.

„Oh, Mami! Guck mal, haben wir ein Glück!" Carsta schob den Karton näher zu mir. Ganz unten erspähte ich mehrere bunte Blechdosen. Es war verboten, derartige Dinge zu schicken!
Carsta lachte schelmisch. Sie legte mir eine der Dosen auf den Schoß. Es war ein Holzschutzanstrich für unser Wochenendhaus! Über zukünftige Renovierungsarbeiten hatte ich mir schon Gedanken gemacht.
„Jörg will die alte Farbe am Dachvorsprung abschleifen und dann neu anstreichen", Carsta machte sofort Pläne, „dazu verwenden wir dieses Holzschutzmittel! Wir können uns wirklich freuen, dass Opa Max daran gedacht hat!"
Jörg hatte seine Prüfung zum Datenfacharbeiter gut bestanden. Er wartete jetzt auf seine Einberufung zum Wehrdienst bei der Nationalen Volksarmee. Drei Jahre waren eine lange Zeit. Dazu hatte er sich verpflichtet, weil ihm nach dem Abschluss ein Studienplatz zugesichert wurde.

Der April zeigte sich anfangs recht regnerisch. Aber die letzten beiden Wochenenden bescherten uns einen verheißungsvollen Auftakt in unserem Häuschen im Grünen.
Ich konnte mich über Jörg freuen! Er hatte sein Versprechen gehalten und die Holzverschalung mit dem neuen Schutzanstrich behandelt. Es sah sehr ansprechend aus!
„Es gefällt mir besser als vorher!" Jörgs Arbeit wurde nicht nur von Carsta und mir gelobt, auch unsere Nachbarn bewunderten die gelungene Renovierung.
„Ach, es freut uns auch, dass sie Ihr Ex-Schwiegervater weiterhin unterstützt", sagte Frau Gerlach abends beim Grill-Auftakt.
Diesen Aufschub im Wochenendhaus hatte ich zu dieser Zeit nötig. Denn ich war von meiner neuen Bettnachbarin ziemlich genervt. Im Gegensatz zu Frau Walter klagte diese dauernd. Von den Schwestern wurde sie getadelt, weil sie ewig im Bett lag und sich bedienen ließ. Ich musste dauernd meinen Fernseher einschalten, denn sie meinte, sich damit ablenken zu müssen. Eine Unterhaltung beschränkte sich ausschließlich auf Krankheiten.
Da sie sich vom Klappern meiner Schreibmaschine gestört fühlte, war ich froh, wenn mich Frau Specht vormittags im Therapieraum beschäftigte.
Ich saß dort am Tisch – vor mir verschieden große Gefäße, die teilweise mit Wasser gefüllt waren. Meine Aufgabe war es, drei der Gefäße randvoll zu gießen. Zum Glück hatte man mir eine Gummischürze umgebunden! Denn bald stand nicht nur die Tischplatte unter Wasser, auch auf dem Fußboden bildete sich eine Pfütze.
Die Ataxie war schlimm! Ich ließ mir meine Verzweiflung nicht anmerken.
Frau Specht lachte, als sie mich befreite. „Schon morgen kann es besser gehen!"
Nachmittags wurde im Rollstuhl, auf der Matte oder im Bett geübt. Das Aufstehen und Stehen ging nur mit Unterstützung. Deshalb wagte ich auch nicht, nach weiteren Laufübungen zu fragen.
Einige Tage vor der Einberufung kam Carsta mit Jörg. Er verabschiedete sich, weil er nun sechs Wochen lang nicht nach Hause kommen konnte. Diesen Besuch rechnete ich ihm hoch an! Kannte ich doch seine Abneigung gegenüber Krankenhäusern.
„Na, das war wohl der Freund Ihrer Tochter?", kam die neugierige Frage meiner Nachbarin.
Ich antwortete nicht gleich. Wer hätte es denn sonst sein sollen, dachte ich nur.

„Wer weiß, ob das so lange hält! Ihre Tochter ist ja sehr hübsch!“, kam dann die unpassende Bemerkung. Ich überhörte es. Obwohl ich dieser bissigen Alten gern gehörig die Meinung gesagt hätte.
Schon am darauf folgenden Morgen kam Carsta wieder. Sie war sehr aufgeregt.
„Mami, es ist etwas Merkwürdiges passiert!“, ungewöhnlich ernst klang das. Mein erster Gedanke – Gert! Hatte er wider Erwarten noch mal für Kummer gesorgt?
„Nein, von Papi hab ich nichts gehört“, Carsta winkte ab, „aber als ich gestern mit Jörg heim kam, stand ein Elektrorollstuhl vor unserer Wohnungstür!“ Mir wurde ganz heiß und elend bei dieser Vorstellung. Ich konnte dazu nichts antworten. Dann schüttelte ich traurig den Kopf.
„Ich war gestern Abend gleich beim Chef. Er sagte, du sollst lernen, damit zu fahren und somit wieder am Leben teilnehmen.“ Carsta sah zu Boden, als wäre sie schuld an dieser deprimierenden Auskunft. Also hatte auch Werner mich aufgegeben!
„Jörg fand es lustig! Er versuchte, mit dem Rollstuhl zu fahren. Als er anfuhr, ist er beinahe vornüber gekippt! Damit kannst du nicht fahren! Das Gefährt ist sogar für Jörg zu breit!“ Carsta wollte mich ablenken. Sie demonstrierte die Bewegung. Ich konnte keinen klaren Gedanken fassen. Wieder einmal war ich völlig durcheinander.
Da Carsta an diesem Tag Spätdienst hatte, blieb sie noch bis zum Mittagessen. Wir waren beide froh, dass meine Nachbarin am nächsten Tag entlassen werden sollte. So brauchte ich ihre aufdringlichen, neugierigen Fragen nicht mehr zu fürchten.

Eine fast schlaflose Nacht lag hinter mir, als Schwester Carmen gegen fünf Uhr mit ihren Waschschüsseln klapperte. Da ich gelernt hatte, mich mit der linken Hand, soweit es ging, allein zu waschen, stellte mir Carmen nur die Waschutensilien bereit.
„Na, heute geht es Ihnen aber gar nicht gut!“ Sie legte ihre Hand auf meine Stirn und fühlte den Puls. „Sie sind ja ganz heiß!“ In wenigen Sätzen berichtete ich von meinem Kummer. Sie bot mir an, den Chef zu benachrichtigen.

Erst am späten Nachmittag kam Werner. Er tat ganz stolz! „Na, was sagst du zum E-Rolli?“
Ich war so verblüfft, dass ich meinen Kaffee verschüttete und mich verschluckte.
„Warum hast du mir nie etwas davon gesagt? Ich denke, ich soll laufen lernen? Wozu brauche ich dann dieses elektrische Ding?“
„Ich wollte dir eine Freude machen!“ Werners Gesicht verfinsterte sich. „Du kannst dich glücklich schätzen! Weißt du, wie schwer es ist, einen Elektrorollstuhl zu bekommen? Manch anderer muss lange darauf warten!“
„Ich soll also das Laufen aufgeben! Findest du ganz plötzlich!“, brauste ich auf.
„Dafür kannst du weiterhin an dir arbeiten. Ich möchte nur, dass du beweglicher, unabhängiger wirst. Ich dachte daran, in eurem Wochenendhaus Schrägen anbringen zu lassen. Dann könntest du allein fahren – ins Dorf – in den Wald – wohin du möchtest! Wäre das nicht schön?“
Ein Schauer lief mir bei dieser Darstellung über den Rücken. Aber ich sah ein, es war sinnlos, mich gegen den Willen meines Arztes aufzulehnen.
„Na, gut – ich werde es versuchen“, sagte ich und dachte, damit diplomatisch zu sein.

Eine ganze Woche hörte ich nichts vom Verbleiben des Elektrischen. Er war von zu Hause abgeholt worden.

Wir sprachen darüber im Wochenendhaus. Auch Gerlachs fanden das Anbringen von Schrägen überflüssig, da Carsta mich im kleinen Faltrollstuhl gut über die niedrigen Absätze zu Terrasse und Haus brachte.
„Was soll mit den Schrägen werden, wenn du wieder laufen kannst? Dann ist der Bungalow verunstaltet!“, schimpfte Carsta.

Braungebrannt kam ich am Sonntagabend in der Klinik an. Carsta hatte sich gerade verabschiedet. Da hörte ich, wie hinter mir die Tür aufging. Ich vermutete Gitta.
„Hallo! Ich bin Ines Kötsch! Am Kopf operiert!“ Eine attraktive junge Frau streckte mir ihre Hand entgegen. Sie zeigte auf ihr elegant geschlungenes Kopftuch. „Man will mich hier wieder fit machen!“
Ich war erleichtert! Ich hatte wieder nette Gesellschaft! Schnell kamen wir ins Gespräch. Obwohl sie viel jünger war als ich, bot mir Frau Kötsch gleich das Du an.
„Wir werden bestimmt lange miteinander auskommen müssen!“, sagte sie lachend.
Am Montagmorgen sah ich ihren kahl rasierten Kopf. Eine lange Narbe zog sich von der linken Schläfe bis hinters Ohr. Dort wurde der Tumor entfernt.
„Ich bin so froh, dass ich keine Ausfälle habe“, plauderte Ines. Dabei ordnete sie unsere Betten
„Die Schwestern haben genug zu tun! Ich bin froh, wenn ich helfen kann!“ Damit brachte sie das Frühstücksgeschirr in die Küche. Da lugte eine Physiotherapeutin zur Tür herein.
„Überraschung!“, rief Antje und stürmte mit mir zum Aufzug. Unsicher sah ich mich um. Der Hausmeister eilte auf mich zu.
„Wir gehen jetzt beide in den Park zur Fahrschule mit dem E-Rolli. Sie haben doch nichts dagegen?“ Ich war so erschrocken, dass ich nicht antworten konnte. Ehe ich alles registriert hatte, setzte mich der kräftige Herr Martin in den bereit gestellten Elektrorollstuhl.
Die neue Sitzgelegenheit kam mir vor wie ein monströser Polstersessel.
„Wir fahren erst einmal raus an die frische Luft“, erklärte Herr Martin, „dann sprechen wir über die Bedienung des guten Stücks.“ Er bediente einen Knauf neben der linken Armlehne. Der Rollstuhl setzte sich in Bewegung. Am Absatz vom Haus zum Park gab es einen kräftigen Ruck. Ich kippte zur Seite, das rechte Bein schoss von der Fußstütze steif nach vorn.
„Das war meine Schuld!“, entschuldigte sich Herr Martin. „Ich hätte langsamer fahren müssen!“ Als wir auf dem schattigen Parkweg standen, erklärte er mir ausführlich die Funktion des Rollstuhls und welche Anweisungen der Chef hierzu gab. Die Überredungskunst meines Begleiters ließ mich schließlich den ersten Versuch starten.
Zuerst musste ein kleiner Kippschalter umgelegt werden, bis die Kontrolllampe leuchtete. Das gelang nach einigen Fehlversuchen. Dann legte Herr Martin meine linke Hand an den Knauf und schob diesen vorsichtig nach vorn. Der Rollstuhl fuhr langsam an.
„Den Knauf nach links – nach rechts – nach hinten – es ist ganz einfach“, Herr Martin führte meine Hand. Er hatte Spaß an seiner Aufgabe.
„Versuchen Sie es jetzt bitte mal allein! Ich passe auf, dass nichts passiert!“
Ich fingerte nach dem Kippschalter. Die Ataxi hinderte mich, gezielt zuzugreifen. Die Hand am Knauf wollte ich anfahren. Der Rollstuhl vollführte einen Hopser schräg seitwärts! Herr Martin sprang zur Seite und hielt reaktionsschnell meinen Arm fest. Sonst hätte ich mich wahrscheinlich selbst herauskatapultiert. Ich war sehr verunsichert.
„Das macht nichts! Ich hab mir heute Zeit genommen. Übung macht den Meister!“

Wir probierten fast eine Stunde lang. Einschalten – Anfahren – Lenken – Ausschalten. Es ging nicht viel besser als beim ersten Versuch. Mein Fahrlehrer war ausgesprochen geduldig und verständnisvoll. Aber ich hatte kaum Gefühl in der Hand. Ich konnte die Bewegungen nur koordinieren, wenn ich hinsah. Sobald ich auf den Weg achtete, schlenkerte meine Hand den Lenkknauf unkontrolliert hin und her. Der Rollstuhl vollführte einen grässlichen Tanz mit mir!

Dieser ersten Übungsstunde folgten täglich weitere Fahrversuche. Ein Erfolg blieb aus.

Die Niederlagen waren vergessen, als Carsta mich für eine ganze Urlaubswoche im Wochenendhaus abholte. Ich bewunderte immer, wie flink sie alles Erforderliche einpackte.

„Schade, dass ich nun so lange allein bin!“, bedauerte Ines. „Ach, du kannst stolz auf deine Tochter sein! Erhol dich gut!“, flüsterte sie mir zu, als Carsta den Fernseher zum Trabi brachte. Gern hätte ich ihr den Apparat überlassen, aber die Fernsehabende mit Carsta wollte ich nicht missen. Und am Wochenende wurde Ines von ihrem Mann nach Hause geholt.

Auf der Fahrt durch die Stadt hielten wir bei meinen Eltern. Wie selbstverständlich übernahmen sie das Wäsche waschen und nahmen Carsta den prall gefüllten Wäschebeutel ab. Sie beschenkten uns mit Raritäten zum Naschen und einem dicken Gartenbuch. Alles hatten sie von ihrer Reise nach Bayern mitgebracht. Carsta blätterte begeistert in dem hübschen Buch.

„Ich hab eine Idee!“, sagte sie schelmisch, „ihr könntet uns doch am Sonntag besuchen! Ich hole euch vom Bahnhof ab!“ Oma und Opa waren begeistert.

Es wurde ein schöner Tag für uns alle. Da unsere Nachbarn nicht da waren, warf Carsta ganz allein den Grill an. Meine Eltern ließen es sich nicht nehmen, das abgemähte Gras zusammenzuharken und die Rabatten zu hacken.

„Es ist so herrlich hier draußen! Carsta, du bist so fleißig“, sagte meine Mutter, als sie zur Rückfahrt ins Auto krabbelte. „Warum war Gert nur so dumm?“

Carsta fuhr Oma und Opa direkt nach Hause. Wir wollten ihnen die Bahnfahrt ersparen.

Ein Montagmorgen im Wochenendhaus! Wir waren ganz allein in der Siedlung. Nach dem ausgedehnten Frühstück entschlossen wir uns zu einer Einkaufsfahrt in das nahe liegende Städtchen. Seit meinem Unfall war ich nicht mehr dort gewesen. Ich dachte an den kleinen Gasthof, den wir drei oft zum Forellenessen aufgesucht hatten. Carsta verweigerte sich meistens dem Fischgericht und entschied sich zu meinem Ärger für ein deftiges Bauernfrühstück. Jetzt schmunzelte ich.

„Worüber lachst du, Mami?“ Carsta war im Begriff, das schmiedeeiserne Tor zu schließen. „Lachst du über den Rost? Demnächst werde ich das Tor streichen!“

Das Ein- und Aussteigen aus dem Auto gelang uns immer besser. Es war eine herrliche Fahrt über die schattigen Alleen. Früher empfand ich das nie so.

Wir suchten Geschäfte auf, die keine Stufen hatten und mit dem Faltrollstuhl gut befahrbar waren. Immer wieder sagte Carsta, wie schön es ist, wieder mit mir einkaufen zu gehen. Noch vor wenigen Wochen wusste ich nicht, dass ich uns das zumuten würde und wie viel Freude es auch mir machte. Wir unterhielten uns mit Verkäuferinnen. Es machte mir nichts aus, beim Einkaufen angesprochen zu werden.

Auf der Rückfahrt beschloss Carsta, jetzt öfter derartige Einkaufsfahrten zu unternehmen. Die restlichen Tage in unserem Häuschen vergingen wie immer viel zu schnell. Der

Rasen wurde nochmals gemäht. Mit einem bunten Blumenstrauß begaben wir uns am Sonntag schweren Herzens auf die Heimreise.
„Vielleicht habe ich zu Hause Post von Jörg. Ich werde heute gleich an ihn schreiben", erzählte Carsta während der Autofahrt. „Vorläufig wird er keinen Urlaub bekommen."
„Und ich habe der Ines viel zu erzählen!" Ich dachte daran, wie wir wieder plaudern würden.
Deshalb war ich ziemlich enttäuscht, als ich das leere Bett meiner Zimmerkollegin sah. Es war schon recht spät. Ich ließ mich von Carsta gleich zur Nachtruhe vorbereiten. Johanna hatte Nachtdienst. Ich nahm an, Ines würde erst am nächsten Morgen kommen. Deshalb erzählte ich Johanna die schönen Erlebnisse der vergangenen Woche.
Ich schlief so gut, wie lange nicht. Umso größer war der Schock, als Marita mir schonend beibrachte, dass Ines Kötsch verstorben war. An diesem Tag wollte ich nur noch allein sein.
Am Abend kam Carsta. Sie wusste, dass Ines einen bösartigen Hirntumor hatte. Sicher wussten alle davon. Aber hatte sie es selbst gewusst?
Zu allem Überfluss hatte Carsta an den beiden folgenden Wochenenden Bereitschaftsdienst.
Es bleibt mir also nur der Fernseher und ein Buch zur Unterhaltung - dachte ich. Aber meine Tochter hatte vorgesorgt! Täglich kam Besuch! Meine Freundin, Carola, kam mehrmals!
Sie brachte mir hübsche selbst gebastelte Blumengestecke.
In Sachen Elektrorollstuhl gingen unsere Meinungen auseinander. Carola redete auf mich ein.
„Du musst versuchen, damit zu fahren!", sagte sie eindringlich. „Sieh mal, der Chefarzt hat dir den Trabi besorgt und um euer Wochenendhaus gekämpft! Er wäre bestimmt nicht erfreut, wenn du den teuren Rollstuhl ablehnst."
„Du hast ja Recht", gab ich zu, „ der Chef kommt oft in den Park und gibt mir Ratschläge. Aber der Elektrische macht mit mir, was er will! Einmal hätte ich beinahe einen Besucher umgefahren, wenn Herr Martin nicht so schnell eingegriffen hätte." Ich stöhnte.
„Das kann ich mir nicht vorstellen", Carola schüttelte den Kopf. „Du bist doch gut mit dem Auto gefahren! Ich denke, du hast unbewusst eine Abneigung gegen den Rollstuhl."
Ich versuchte, meiner Freundin klar zu machen, dass ich die Bewegung meiner Hand nur beim Hinsehen beeinflussen konnte. In diese Angelegenheit war ich keine Kämpfernatur. Wie so oft behauptet wurde.

Jörg war in der Nähe stationiert. Oft hatte er ein bis zwei Tage frei. Dann kam er nach Hause. Seinen ersten kleinen Urlaub verbrachte er mit Carsta im Wochenendhaus. Dafür sammelte sie ihre Abbummelstunden. So spielte sich auch diese Veränderung im Zusammenleben der beiden gut ein.
Anfang September verbrachten wir wieder ein gemeinsames Wochenende im Bungalow. Jörg wollte unsere etwa 2 m hohe Buchenhecke schneiden. Da er aber keinerlei Erfahrung damit hatte, sah ich unsere grüne Umzäunung in arger Gefahr. Mit den Ratschlägen unseres Nachbarn, die Jörg so gar nicht mochte, stutzte er die Hecke so exakt, dass es von allen Seiten Lob gab. Auch zwei alte Kiefern fielen der Axt zum Opfer.
Nach dem Kaffeetrinken am Sonntag wurde zur Heimfahrt gepackt. Jörg musste am Abend wieder in der Kaserne sein. Da er hergefahren war, nahm ich an, Carsta würde, wie

vereinbart, die Rückfahrt übernehmen. Denn mit der rasanten Fahrweise Jörgs hatte ich Schwierigkeiten. Aber er setzte sich wie selbstverständlich hinters Lenkrad und fuhr los. Es wurde eine anstrengende Fahrt für mich. Bei den kurvenreichen, schlechten Dorfstraßen geriet ich oft aus dem Gleichgewicht. Bei jedem Schaltvorgang gab es einen Ruck. Ich hatte Mühe, meinen Kopf zu halten. Als wir an der Klinik hielten, spürte ich Schmerzen in der Halswirbelsäule. Carsta versprach, demnächst wieder auf die Autobahn zu fahren.
In Gedanken fragte ich mich, weshalb Jörg seinen Fahrstil so verändert hatte.
Im Zimmer wurde ich von Johanna begrüßt. Wir konnten Carstas Hilfe entbehren. „Geh nur! Ich hab wenig zu tun heute. Dein Freund wartet sicher“, Johanna blinzelte mir zu.
Meine Bettnachbarin war entlassen. Ich war froh, allein zu sein. Nach Ines hatte ich keine annähernd so liebe Zimmerkollegin. Johanna wusste das und nahm sich Zeit für mich.
Nach der anstrengenden Autofahrt wollte ich mich gleich bettfertig machen lassen. Johanna konnte mein Supernachthemd – hellblau und mit kleinen Blümchen bestickt – nicht finden.
Es war weg! Unauffindbar! Am Freitag lag es noch auf meinen Wäschestapel. Das wusste ich.
„Wahrscheinlich fand Frau Keller Gefallen daran!“, überlegte ich. Johanna war das äußerst peinlich. Ich tröstete sie. Schließlich konnten die Schwestern nicht überall aufpassen.
„Schwamm drüber, Johanna! Das bleibt unter uns! Wir können ja nichts beweisen!“
Am folgenden Tag tippte ich einen lustigen Brief an meine Ex-Schwiegereltern. Ich erzählte von unserem Wochenende und erwähnte zum Schluss das rätselhafte Verschwinden meines Nachthemds. Statt der erwarteten brieflichen Antwort kam ein kleines Päckchen. Neben Süßigkeiten und Kaffee enthielt es ein hübsches Nachthemd für mich und für Carsta zwei süße Pullis. Deshalb hatte ich aber den Diebstahl nicht so ausführlich dokumentiert!
Oma und Opa wussten, womit sie uns eine Freude machen konnten. Ich schrieb gleich dankend zurück.

Meine Fahrkünste mit dem E-Rollstuhl wurden nicht besser. Herr Martin wusste, dass ich noch unsicherer wurde, wenn ich mich beobachtet fühlte. Außerdem schämte ich mich, weil man mir zu beiden Seiten des Sitzes ein buntes Kissen - zum besseren Halt - gestopft hatte. Deshalb gingen wir in eine Ecke des Parks, die vom Klinikgebäude nicht einsehbar war.
Beim Rückwärtsfahren musste ich mich umdrehen und nach hinten schauen. Das war völlig unmöglich! Dabei schoss der Rollstuhl ständig in eine kreisförmige Rückwärtsbewegung.
„Ich glaube, das bringt Sie nicht weiter“, stöhnte mein geduldiger Fahrlehrer, nachdem er das schwere Gefährt aus einem Rosenbeet gezogen hatte. Ich überließ ihm die Steuerung. Wortlos fuhren wir zurück zum Klinikgebäude. Der Zufall wollte es, dass wir Werner begegneten.
„Na, wieder Fortschritte gemacht?“, fragte er und lachte mir freundlich zu.
„Herr Chefarzt, ich möchte mich gern mal mit Ihnen wegen dieses Fahrtrainings unterhalten“, antwortete Herr Martin schnell. Ich war froh, dass mir diese Aussprache erspart blieb.
Bei der nächsten Visite wurde mir gesagt, der E-Rollstuhl sei ungeeignet für mich.

Zu dieser Zeit war auch die Bungalow-Saison zu Ende. Nun hieß es wieder Warten bis zum nächsten Frühjahr und hoffen, dass ich mich dann besser bewegen konnte.
Während der Wintermonate hatte ich eine nette, etwa achtzigjährige Bettnachbarin. Geistig sehr rege und ausgesprochen Fußball begeistert kannte sie fast alle Vereine der BRD und deren Spieler. Die Spiele der DDR-Mannschaften interessierten sie nur wenig.
„Ich habe so ein Glück, dass ich mit Ihnen fernsehen kann!", sagte Frau Engler strahlend, wenn eine Fußballübertragung angekündigt wurde. Wir hatten viel Spaß miteinander. Obwohl Frau Engler fast doppelt so alt war wie ich, war es mit ihr nie langweilig.
„Ich wünschte, ich wäre bald ebenso agil wie Sie", sagte ich oft zu ihr.
„Nur Geduld – das schaffen Sie! Sie sind doch eine Kämpfernatur!", kam darauf die Antwort.
Leider wurde Frau Engler schon zwei Wochen vor meinem Weihnachtsurlaub entlassen. Meine Eltern ließen keine Besuchszeit aus. Oft schimpften sie, wenn sie warten mussten.
„Da sind wir aber froh, dass du endlich wieder allein bist!", kommentierte meine Mutter. Ich widersprach nicht, denn sie hätte sicher nicht verstanden, wie gut mir nette Gesellschaft tat. Weniger gut empfand ich die Nachricht, dass ich nur noch einmal täglich von den Physiotherapeuten beübt werden sollte. Da mir aber ein zweiwöchiger Jahresendurlaub bevorstand, geriet dies in den Hintergrund.

Das vierte Weihnachtsfest im Rollstuhl. Der geschmückte Baum – viele Geschenke – Heilig Abend mit meinen Eltern – das war wie in den vergangenen Jahren! Über mein Befinden sprachen wir selten, denn im Vergleich zum Vorjahr hatte sich wieder nur wenig gebessert. Aber ich war glücklich, mit Carsta in der vertrauten Umgebung zu sein.
Zwischen den Feiertagen hatten wir oft Besuch. Auch Rita und Werner kamen, um nach dem Rechten zu sehen. Dabei ergab sich eine Gelegenheit, das Thema E-Rollstuhl anzusprechen.
„Glaubt mir, ich schaffe es nicht, damit umzugehen! Außerdem sehe ich bei jeder kleinen Aufregung noch immer diese verdammten Doppelbilder! Wann hört das auf?"
„Nicht jeder ist Tag gleich. Das weißt du! Du darfst dich nicht aufgeben!", Werner wich aus. „Das habe ich nicht vor!" Ich sah ihn erstaunt an. Da schnitt Carsta mir jede weitere Frage ab. „Irgendwann geht es sicher wieder schneller vorwärts. Mamis Vorbild ist Frau Engler."
Carstas Rede wurde vom Klingeln meiner Eltern unterbrochen. Beim Kaffeetrinken überraschte ich mich selbst. Mühelos und ohne zu zittern aß ich eine dünne Scheibe Weihnachtsstolle. Noch vor einigen Wochen ärgerte ich mich, weil Gebäck in meinen Fingern zerbröselte. Sogar kleine Marzipankugeln konnte ich sicher greifen und zum Mund führen.
„Siehst du, Mami, es wird immer besser!", flüsterte mir Carsta zu. Ich wusste, es lag an meiner guten Stimmung, die ich allein Carsta zu verdanken hatte.

Jörg bekam erst wieder im Januar Heimurlaub. Carsta hatte für den Silvesterabend ihre Freundin eingeladen. Für mich waren das lustige Stunden mit den beiden jungen Mädchen.
Kurz nach Mitternacht gingen sie zu Jörgs Eltern, um ihnen Glück fürs Neue Jahr zu wünschen. Im Fernsehen begann gerade ein Spielfilm. Ich saß sicher auf der Couch.

Plötzlich wurde ich von einem Klopfen an die Fensterscheibe unsanft aus der Ruhe gerissen.
Instinktiv beugte ich mich nach vorn, um nicht gesehen zu werden. Ich hatte Angst.
„Alles Gute im Neuen Jahr!" Das war Gerts Stimme! Hatte er mich gesehen? Oder spielte mir jemand einen Streich? Mein Herz klopfte bis zum Hals! Ich blieb lange in dieser gebeugten Haltung. Erst als ich das fröhliche Lachen von Carsta und Gaby im Hausflur hörte, richtete ich mich wieder auf. Ich sagte nichts von dem soeben überstandenen Schreck. Damit würde ich den beiden vielleicht die gute Laune verderben. Müdigkeit vortäuschend, ließ ich mich zu Bett bringen.
Über diesen seltsamen Jahresbeginn dachte ich lange nach. Dabei kam ich zu der Erkenntnis: Was auch der Grund hierfür war und ganz egal was passiert - ich will Gert nie mehr sehen!

1984 – das fünfte Jahr meines Lebens in der Klinik begann.
Carsta hatte Tränen in den Augen, als sie mich ins Zimmer brachte. Das zweite Bett war bereits belegt. Die Patientin beobachtete mich auffällig mit neugierigen Blicken.
„Die kann wohl nicht laufen?", wandte sie sich taktlos an Carsta.
„Meine Mutti ist gelähmt. Sie kann auch nur leise sprechen."
Meine Tochter blieb ruhig. Aber ich spürte ihre Abneigung gegen diese neue Bettnachbarin. Ich sah, wie ungepflegt sie war.
„Pass bloß auf, Mami! Die Frau hat ein ganz schmutziges Nachthemd an! Hoffentlich beklaut sie dich nicht", flüsterte Carsta mir ins Ohr. Die Umstände machten uns den Abschied noch schwerer.
An diesem Abend wurde ich nicht mehr angesprochen. Aber die Frau schnarchte unerträglich laut. Ach die Lautstärke des Fernsehers hielt sie nicht davon ab. Ich konnte nicht einschlafen
Den abblätternden Ölsockel fixierend, ließ ich wieder mal das vergangene Jahr Revue passieren. In diesem Jahr hieß es nun: Nur einmal täglich Physiotherapie – Sitzen auf dem Bettrand, nur wenn ich daran erinnerte – nur noch vierzehntägig das Bewegungsbad. Verzweifelt wegen all dieser Rückschläge weinte ich. Mit zugestöpselten Ohren fand ich nur wenige Stunden Schlaf.
Am Morgen kam Ruth. „Ich wünsche dir alles Gute im Neuen Jahr und bringe gleich Arbeit!" Sie drückte mich und legte zwei Briefe neben meine Schreibmaschine. „Bist du etwa traurig? Was ist los?"
„Als Chefarztsekretärin weißt du sicher, dass meine Behandlungen stark reduziert wurden."
Ich erzählte zuerst ausführlich über den schönen Hausurlaub und danach von meinem Kummer.
„Der Chef nimmt dir wahrscheinlich übel, dass du den E-Rollstuhl abgelehnt hast", sagte Ruth. Jetzt machte ich ihr ernsthaft klar, weshalb ich mit diesem Gefährt nicht umgehen kann.
„Ich hab mich erfolglos damit abgemüht. Scheinbar glaubt er das nicht", ärgerlich sah ich Ruth an, „weißt du, wie mir zu Mute war, als völlig ohne Ankündigung dieser E-Rollstuhl vor meiner Wohnungstür stand? Ich habe dem Chef gesagt, dass ich nicht vorhabe aufzugeben. Warum bekomme ich dann weniger Behandlungen?" Ich war nicht traurig - eher wütend!

Ruth versprach, darüber mit dem Chef zu sprechen, sobald er von seiner Dienstreise zurückkommen würde.
„Wir haben viele andere Patienten, deren Zustand nicht so stagniert wie der Ihrige", drückte sich Dr. Ahlert aus. Er ordnete bei der Visite an, dass bei mir die physiotherapeutischen Übungen nicht erweitert werden sollen.

Ruth hatte Wort gehalten. Nach einer Woche brachte mich Frau Specht in den Therapieraum.
„Anordnung vom Chef", sagte sie geheimnisvoll und schob mich vor die Sprossenwand.
Mit der Hilfe einer Studentin stand ich auf. Frau Specht führte nun meine rechte Hand zur höchsten Sprosse. Mit der linken Hand krabbelte ich mehrmals allein von unten nach oben.
Im Rollstuhl sitzend stellte ich den linken Fuß von Sprosse zu Sprosse höher. Das rechte Bein wurde passiv nachgeführt. Solche Anstrengungen machten mir Spaß! Danach wurde ich fast täglich zu Übungen an die Sprossenwand gestellt. Es ging von einem zum anderen Mal besser. Warum musste ich ständig um Behandlungen bitten?
Ein großes Erfolgserlebnis hatte ich in der Osterwoche. Mit dem Rücken fest angelehnt stand ich an der Sprossenwand. Frau Specht hielt meine Hüfte. Ich sollte mich nach unten beugen.
„Die Hände auf den Fußboden! Sie sind doch gelenkig!", Frau Specht lachte. Ich stand stocksteif wie eine Kerze. Ich wusste nicht, was und wie ich das machen sollte.
„Na, dann binden Sie sich mal Ihre Schuhe zu!", kam lachend die nächste Aufforderung.
Plötzlich ging das! Ich griff mit der linken Hand nach meinen Schuhen und richtete mich ohne Hilfe langsam wieder auf. Glücklich über das gelungene Experiment lachte ich, geriet dabei ins Wanken. Aber Frau Specht hielt mich mit geübtem Griff.
„Es geh doch", lobte sie, „man muss Sie nur überlisten!"

Ich musste mich damit abfinden, dass es nach wie vor auf und ab ging. Erfolgserlebnisse hoben meine Stimmung. So nahm ich auch die weniger beliebten Fingerübungen in Kauf. Bauen mit unterschiedlich großen Legosteinen - die Übung mit dem bekannten Stoffläppchen, worauf Knöpfe mit dazu gehörenden Knopflöchern und ein Reißverschluss angebracht waren Dabei standen zwei Physiotherapeutinnen untätig neben mir und führten Privatgespräche, ohne mich zu beachten. Diese Fingerübungen hätte ich auch allein ausgeführt. Währenddessen könnten sich die Mädchen mit anderen Patienten beschäftigen. Hilfe brauchte ich für Bewegungsübungen mit dem rechten Arm. Das wurde mehr und mehr vernachlässigt.

All diese Erlebnisse wertete ich mit Carsta aus. Wir verbrachten wieder einige Tage im Wochenendhaus. Es war herrliches Osterwetter. Carsta hatte mich in einen Bikini gesteckt. „Du siehst ganz so aus wie vorher", sage sie. „Wenn du so liegst, kann ich nicht glauben, dass du dich nicht richtig bewegen kannst!"
Ich war so froh, dass Carsta sich nicht entmutigen ließ. Sie strich die Gartenmöbel, das rostige Eingangstor und mähte den Rasen. Dabei schob sie mich stets in ihre Nähe. Ich machte mir Sorgen, wegen ihres Übereifers. Sie war noch immer zierlich, hatte aber eine tadellose Figur.
„Morgen lege ich eine Ruhepause ein!", tröstete sie mich lachend, wenn ich Bedenken äußerte.

Als Carsta die Fensterläden lackieren wollte, nahm Herr Gerlach ihr den Pinsel aus der Hand.
„Das mache ich! Du legst dich jetzt lang und sonnst dich!“
Für uns war es jetzt viel wert, solch liebe Nachbarn zu haben. Auch wenn sie energisch widersprach, brauchte Carsta die Erholung. Die OP-Schwestern mussten oft viele Stunden ohne Pause am OP-Tisch stehen. Es war ein schwerer Dienst. Carsta konnte stundenlang davon erzählen, weil sie ihren Beruf liebte.

Nach dem Osterurlaub bekam ich Nachricht von meinem Anwalt. Die Gütertrennung war nun endgültig abgeschlossen. Ich hatte nur noch einen geringen Betrag an Herrn Hagedorn zu zahlen. Mit Gert war bereits eine Einigung erreicht worden. Er stellte keine Ansprüche mehr.
Mit den häufig wechselnden, unterschiedlichsten Zimmerkolleginnen hatte ich mich abgefunden. Die Langeweile vertrieb ich mir mit der Schreibmaschine. Durch regen Schriftwechsel mit der AWG hatte ich mir eine Eigentumsgarage erkämpft. Stolz auf diesen Erfolg tippte ich einen Brief an meine Ex-Schwiegereltern. Plötzlich kreischte meine Bettnachbarin hysterisch laut auf!
„Hilfe! Eine Ratte!“ Frau Grothe saß wie versteinert im Bett. Sei zeigte auf die bunte Stoffgardine. Dort kletterte eine fette, schwarze Ratte! Blitzschnell ergriff ich meine Klingel! „Was ist denn nun schon wieder los? Jetzt müssen Sie mal warten! Wir frühstücken gerade!“ Ulla war schlecht gelaunt. Aber Frau Grothe kreischte jetzt so laut, dass auch Marita gerannt kam. Da seilte sich die Ratte ab, rannte an den ahnungslosen Schwestern vorbei zur Tür hinaus. Nun waren es diese beiden Schwestern, die laut schrieen. Aber die Ratte war getürmt.
Ich war froh, nicht allein zu sein, auch wenn ich mich mit Frau Grothe nicht unterhalten konnte. „Hier kann man nicht gesund werden!“, schimpfte sie. Sie ließ sich nach diesem Zwischenfall auf eigene Verantwortung entlassen.
Aber was sollte ich tun? Immer öfter fragte mich: Wie lange noch? Wann werde ich wieder ein annähernd normales Leben führen können?
Bei einem Plauderstündchen mit Frau Specht sprach ich darüber. „Der Chef wird Sie so lange hier behalten, wie Sie möchten“, sagte sie. Wie sollte ich das verstehen? Ich wollte darüber nicht nachdenken.

Bei der folgenden Visite erhielt ich den nächsten Dämpfer. Der Oberarzt sprach mein so genanntes permanentes Schreibmaschinengeklapper an. Angeblich gab es deshalb schon Beschwerden anderer Patienten. Aber Werner schnitt dem Oberarzt sofort das Wort ab.
„In dieses Zimmer gehören keine Bettlägerigen! Wenn die Patientin spazieren ginge, träten derartige Probleme nicht auf!“
Nun richtete sich der Zorn meiner Mitbewohnerin erst recht gegen mich.
„Hier kann man sich nicht mal ausruhen! Spazieren gehen kann ich auch zu Hause!“, böse murmelnd zog sie sich an und verließ das Zimmer.
Am Freitagabend konnte ich diese ewig nörgelnde Frau verlassen. Wieder fuhren wir über eine Woche ins Wochenendhaus! Vielleicht war sie weg, wenn ich zurückkam!
Der August war heiß und trocken. Jeden Abend konnten wir lange auf der Terrasse sitzen. Wie immer hatte Carsta kein Sitzfleisch! Oft sprang sie auf, um die Sprenger umzusetzen.

„Wir brauchen noch einen kräftigeren Rasensprenger“, überlegte ich laut, denn Gert hatte auch unseren alten mitgenommen. Deshalb planten wir für den nächsten Tag einen Einkaufsbummel. Einerseits machte es mich glücklich, mit meiner Tochter durch die Geschäfte zu stöbern. Andererseits dachte ich wehmütig daran, wie schön es war, als ich noch mit ihr überall hin laufen konnte. Dieser verdammte Rollstuhl!
Wenn ich fragte, ob es nicht doch zu anstrengend sei, widersprach sie energisch. Ich sah, dass es ihr auch Freude machte.
„Was machen wir, wenn wir zufällig den Papi hier treffen?“ Carsta hielt vor einem Geschäft. Davor hatte ich auch Angst. Bei dieser Vorstellung wurde mir ganz flau in der Magengegend.
„Na, da müsste er sich aber sehr vor dir schämen“, antwortete ich schnell.
Statt des gesuchten Rasensprengers kamen wir mit einem großen Kuchenpaket zurück.
„Heute wollten Gerlachs kommen“, erinnerte sich Carsta, als wir zur Dorfstraße einbogen. „Sie freuen sich sicher, wenn wir mit dem Kaffeetrinken auf sie warten.“
Tatsächlich wurden wir schon erwartet. Aber nicht von unseren Nachbarn, sondern von Jörgs Eltern. Wir freuten uns über den unerwarteten Besuch und erzählten am Kaffeetisch von unserem Einkaufsbummel. Unsere Besucher verabschiedeten sich schon nach kurzer Zeit. Carsta begleitete sie bis zum Gartentor. Ich hörte, wie sie länger miteinander diskutierten.
„Du weißt hoffentlich, was du zu tun hast!“, rief dann Jörgs Mutter. Carsta antwortete nicht.
Ich hatte keine Erklärung für diesen eigenartigen Abgang. Carsta kam sehr langsam zurück.
„Ich soll noch heute nach Hause fahren. Jörg kommt heute. Wir sollen morgen beide zum Gartenfest seiner Eltern kommen“, ganz bedrückt sah sie mich an.
Ich brauchte einige Minuten, um alles zu begreifen. Warum haben die Eltern nicht mit uns beiden darüber gesprochen? Es war Freitag. Wir wollten erst am Sonntagabend zurückfahren.
Aber ich fasste mich. Ich durfte Carsta nicht bitten, hier zu bleiben!
„Dann fahren wir zurück, Carsta! Wir waren in diesem Sommer so oft hier! Jörg hat sicher unverhofft Urlaub bekommen. Nun möchte er zum Gartenfest. Oder was meinst du?“
Carsta zog zweifelnd die Schultern hoch und ließ sich unentschlossen neben mir nieder.
„Na, nun pack schon zur Rückreise!“, forderte ich sie scherzhaft auf. Ich konnte nicht feststellen, wie sie diese Worte aufnahm. Als unsere Nachbarn anrückten, war der Trabi fertig gepackt zur Heimfahrt und das Haus abgeschlossen. Gerlachs bedauerten unseren überstürzten Aufbruch. Da man mich erst am Sonntagabend in der Klinik erwartete, war mein Bett belegt. Wir mussten auf dem Flur warten, bis die Patientin in ein anderes Zimmer verlegt wurde.
Eine peinliche Situation, an der weder Carsta noch ich Schuld hatten.
Wusste Carsta etwa, dass Jörg kommt? Und hatte sie keine Lust, zum Gartenfest zu gehen? Wollte sie lieber im Wochenendhaus bleiben? Wieder gab es Anlass zum Grübeln.

Durch Carstas Wochenenddienste konnten wir danach nur noch drei sonnige Wochenenden in unserem Bungalow verbringen. Der kühle Herbst nahte viel zu schnell mit der üblichen Winterfestmachung. Dabei wurden wir tatkräftig von Gerlachs unterstützt.

Jörg erhielt oftmals wochentags Heimurlaub. Carsta versuchte dann, ihren Dienst danach einzurichten.
Beim ersten Wochenende daheim gestand sie mir etwas, das mir sehr lange zu denken gab.
„Es ist so furchtbar, wenn ich allein von der Klinik zurückfahre – dann in die leere Wohnung komme und deine guten Sachen in den Schrank lege bis zum nächsten Wochenendurlaub. Das fällt mir alles immer schwerer!" Ich schluckte – verkniff mir die Tränen. Mir ging es ja nicht anders. Ich hasste dieses öde, schäbige Krankenzimmer!
Hinzu kam, dass mir eine äußerst unangenehme Zimmerkollegin zugeteilt wurde. Sie kam wegen einer Kopfverletzung zur Beobachtung in die Klinik. Bei einer handgreiflichen Auseinandersetzung hatte sie ihr Ehemann brutal gegen den Kühlschrank gestoßen. Mehrmals am Tage musste ich mir die Geschichte von ihrem „blöden Alten" anhören.
So wollte sie auch Carsta in ein derartiges Gespräch verwickeln, hatte aber keinen Erfolg.
Wir merkten nicht, dass unsere Unterhaltung belauscht wurde. Einige Tage später hörte ich meine Nachbarin mit ihrem Besuch aufgeregt tuscheln. Sie zeigte mit der Hand auf mich.
„Das ist die Frau, die ihrem Mann alles weggenommen hat!" Das sagte sie laut genug.
„Die kann aber nicht reden!", lautete die weitere Erklärung.
Ich reagierte nicht. Im Laufe der Unterhaltung bekam ich mit, dass bedauernd über Gert gesprochen wurde. Wahrscheinlich arbeitete diese Frau im gleichen Betrieb wie Gert. Und sicher gab es dort ausreichend Klatsch und Gerüchte über mich.
Wer hatte mir ausgerechnet diese Frau geschickt? Es gibt schon verrückte Zufälle!
„Ach, was geht dich das jetzt noch an?" Ruth lachte, als ich ihr davon erzählte. „Gert wird seinen ganzen Verlust tragisch genug dargestellt haben", sagte sie. Damit hatte sie wohl Recht.

Einige Wochen vor dem Weihnachtsfest kam Frau Widge in mein Zimmer. Etwa gleichaltrig war sie mir sehr sympathisch. Weil sie mich gut verstand, blieb es nicht aus, dass wir unsere Familienprobleme austauschten. Sie hatte einen erwachsenen Sohn und war von Carsta begeistert. Oft unterhielten wir uns zu dritt. Nie ging uns der Gesprächsstoff aus.
„Solch eine Schwiegertochter wünschte ich mir", sagte Frau Widge oft.
Zufällig wurde sie am Tag meines Urlaubsbeginns entlassen. Wir tauschten unsere Adressen aus und es folgte ein reger Briefwechsel. Ein Briefwechsel, dem ich nun auch zu Hause nachkommen konnte, denn Carsta überraschte mich zu Weihnachten mit einer Schreibmaschine! Durch so genannte gute Beziehungen hatte sie das zurzeit beste Modell erworben. Es war das schönste Weihnachtsgeschenk in den vergangenen fünf Jahren! Ein Geschenk, das ich sinnvoll nutzen konnte!
Wieder waren die Feiertage so wie im vergangenen Jahr. Der dreiwöchige Urlaub zum Jahreswechsel war wie immer so schön, dass er viel zu schnell verging.
Was wird mir das Jahr 1985 bringen? Wie oft wird mich der Trabi noch zur Klinik fahren müssen, mit diesen Gedanken saß ich neben Carsta.
„Herzlich willkommen wieder bei uns - alles Gute fürs nächste Jahr!" Schwester Marita begrüßte mich wie selbstverständlich. Johanna und Gitta gesellten sich dazu. Ich musste von meinen Erlebnissen daheim erzählen. Die Schwestern wollten mir den Jahresbeginn in der Klinik erleichtern. Ich gab mir Mühe, ausgeglichen zu wirken, meine Sorgen und Zweifel zu unterdrücken.

Vor dem Einschlafen hörte ich, wie sich zwei Praktikantinnen an meiner leicht geöffneten Zimmertür unterhielten. Sie sprachen über meinen Krankheitsverlauf und die Behandlung.
„Weißt du, dass die Frau schon fünf Jahre hier ist!", erklärte eine der beiden, während sie leise die Tür schloss.
Diese Worte machten mir Angst! Was war das für ein Jahresbeginn!
Ja – am 29. Januar sind es genau fünf Jahre! Was man alles aushalten kann, wenn man muss! Wie schön war mein Zuhause! Hier gab es nur Löcher im Ölsockel, einen wackeligen Tisch mit bunter Wachstuchdecke, davor ein Stuhl, ein schmaler, abgeschabter weißer Spint – aber mein Fernseher auf dem Nachttisch – und mein Klinikbett! Wie lange kann ich das noch ertragen? Eine starke Schlaftablette half mir beim Einschlafen.

Am Morgen erwachte ich mit Kopfschmerzen. Mühsam quälte ich mich zum Frühstück mit Puddingsuppe und Marmeladenbrötchen ab. Auch der gute Bohnenkaffee schmeckte heute nicht.
„Na, bist du wieder gut angekommen?" Ruth begrüßte mich flüchtig. Sie hatte einen Stapel Akten im Arm. „Ich komme gleich wieder!", rief sie mir zu. Dann verschwand sie so eilig, wie sie gekommen war.
Gern hätte ich jetzt mit jemandem geredet. Aber es kam nur die alte Frau Hartmann mit Wassereimer, Schrubber und Wischlappen. Wie immer knackte sie mit ihrer wackeligen Zahnprothese. Bisher schmunzelte ich heimlich darüber. Heute trieb es mir die Tränen in die Augen. Jeden Tag das gleiche Ritual!
„Das Desinfektionsmittel brennt aber heute besonders stark!" Ruth zog sich einen Stuhl heran.
„Jetzt hab ich Zeit für ein Schwätzchen mit dir." Sie wischte mir die tränenden Augen.
„Eh ich es vergesse", begann sie, „ ich soll dir ganz liebe Grüße von Frau Greif bestellen! Du warst schon weg, als sie sich verabschieden wollte. Sie kann nicht mehr kommen, weil sie überraschend eine Stellung als Dozentin bekommen hat." Ich schluckte. Also hatte ich jetzt keine Logopädin mehr! Nun redete ich mir allen Kummer vom Herzen, den die beiden Praktikantinnen gestern bei mir ausgelöst hatten. Ich hoffte auf irgendwelche tröstenden Worte. Aber Ruth reagierte zu meiner Enttäuschung völlig anders auf dieses Thema.
„Mach dir mal jetzt noch keine Gedanken!", sagte sie. „Der Chef wird dich nicht rauswerfen! Aber was wird, wenn er nicht mehr hier ist?" Ruth sah, wie ich erschrak. Schnell lenkte sie ab. Aber ich konnte mich nicht auf eine weitere Unterhaltung konzentrieren.

Neben dem üblichen Ablauf verbrachte ich die folgenden Tage hauptsächlich damit, über Ruths Voraussage nachzudenken. Als Chefarztsekretärin war sie also davon überzeugt, dass ich in zehn bis fünfzehn Jahren noch immer hier sein werde. Warum sagte sie mir das? Demnach weiß Werner, dass ich kein normales Leben mehr führen werde! Es wäre sinnlos, mit ihm darüber zu reden.
Am Mittwoch fand mich meine Freundin mit rot geschwollenen Augen vor. Sie konnte gut zuhören. Ihr vertraute ich all meinen Kummer und die Erkenntnisse der letzten Tage an.
„Soll ich zu Carsta sagen, dass ich noch fünfzehn Jahre hier in der Klinik bleiben darf und dann in ein Pflegeheim gehe? Was soll ich nur tun?", verzweifelt sah ich Carola an.

Sie stellte schnell ein hübsches Sträußchen Alpenveilchen mit Tannengrün auf den Nachttisch. Dann rückte sie mit ihrem Stuhl ganz dicht zu mir heran.
„Ich wollte schon vor Weihnachten mit dir darüber sprechen!“, sagte sie leise und nahm mich in die Arme. „Aber ich wagte es nicht. Nun fragst du mich selbst um Rat. Hör mal - ich bin der Meinung, hier wird dir in letzter Zeit nicht mehr so viel geholfen. Vielleicht nahm es dir der Chefarzt übel, dass du den E-Rollstuhl nicht behalten wolltest.“
„Was soll ich mit diesem Ungetüm? Fang doch nicht wieder damit an!“, unterbrach ich meine Freundin. „Ich kann mich weder an- noch auskleiden, nicht allein die Toilette aufsuchen, kann mir keinerlei Essen zubereiten! Nichts kann ich ohne fremde Hilfe! Und mit Fremden kann ich mich nicht verständigen! Hätte mir der E-Rollstuhl dabei etwa geholfen?“ Jetzt war ich beinahe verärgert.
„Halt! Halt!“, Carola schüttelte mich. „Darüber will ich ja gerade mit dir reden. Unterbrich mich bitte nicht wieder! Ich hab mir was für dich überlegt. Es wird höchste Zeit für dich, nach Hause zu gehen – für immer, nicht nur zur Beurlaubung! Martin sieht das auch so.“
„Ach, Carola!“ Ich fing an zu weinen. „Du hast mich nicht verstanden! Das geht doch nicht!“
„Und ob das geht!“ Carola wurde energisch. „Ich hab mich genau erkundigt! Du kannst dich daheim von Gemeindeschwestern betreuen lassen. Sie versorgen dich mehrmals am Tag. Das Mittagessen würde die „Volkssolidarität“ bringen. Du müsstest nur einige Stunden allein bleiben können. Würde das gehen?“
Jetzt sah ich die Freundin dermaßen entgeistert an, dass sie lachen musste.
„Guck mich nicht so an! Du schaffst das! In der vertrauten Umgebung deiner schönen Wohnung wirst du eher Fortschritte machen als hier. Die Wochenenden im Sommer verbringt ihr sowieso in eurem Bungalow. Na, was meinst du?“
„Das ist alles zu schön, um wahr zu werden!“, antwortete ich nachdenklich. Wir diskutierten unser Vorhaben nochmals durch. Meine Verzweiflung wich langsam einer neuen Hoffnung und Zuversicht. Als Carola sich verabschiedete, versprach ich, umgehend mit Carsta zu sprechen. Von ihrem Einverständnis wollte ich meine Entscheidung abhängig machen.

„Immer wenn du denkst, es geht nicht mehr, dann kommt von irgendwo ein Lichtlein her.“
Ich dachte an das Sprichwort von Norbert. Es bekam jetzt wieder Bedeutung für mich. War ich etwa abergläubisch?
Carsta hatte mehrere Tage durchgehenden Dienst. Bevor ich mit ihr sprechen konnte, diskutierte ich mit Marita und Johanna über meine Absicht.
„Was hört man da über dich? Du willst uns verlassen?“ Werner klopfte mir auf die Schulter. Schnell erzählte ich ihm, was er sicher schon von den Schwestern wusste.
„Ich würde dich gerne noch hier behalten“, sagte er, „aber ich verstehe auch, dass du nach Hause möchtest. Deine Gedanken hierzu begrüße ich. Und gegen deinen Willen kann ich dich nicht hier festhalten. Ich werde dich und Carsta unterstützen, soweit es mir möglich ist.“
„Carsta weiß noch nichts. Sie ist bis morgen im OP. Sie hat Bereitschaftsdienst.“
„Wenn deine Tochter dich nach Hause holt“, ergriff Werner wieder das Wort, „dann werde ich mich dafür einsetzen, dass sie weniger Bereitschaftsdienste übernehmen muss.“
Es gab noch vieles zu bedenken.

Aufgeregt ging ich in Gedanken mehrmals alle Details meines Plans durch. Dann kam Carsta!
„Oh, ich bin fix und fertig!" Nach einer liebevollen Begrüßung ließ sie sich auf mein Bett fallen.
„So viele OP's hatten wir schon länger nicht! Auf der Autobahn waren mehrere Unfälle!"
Normalerweise hörte ich gern die Berichte von der Arbeit meiner Tochter. Aber diesmal bemerkte sie, dass ich ein unkonzentrierter Zuhörer war. Carsta wollte wissen, ob es Ärger gab. Ausführlich schilderte ich die Ereignisse der letzten Tage.
„Wie kann Frau Schwarz voraussagen, dass du in zehn oder fünfzehn Jahren noch hier bist!", Carsta war wütend.
„Tante Carola war danach hier. Sie hat mir einen Vorschlag gemacht. Damit hab ich diesen Ärger vergessen." Ich erweckte Carstas Interesse. Aufmerksam folgte sie meinen Worten.
„Das wäre schön", sagte sie leise, „aber ob wir das schaffen?"
„Deshalb möchte ich, dass du dir das in aller Ruhe überlegst. Wir können es aufschieben, so lange du möchtest. Oder auch ganz davon absehen. Denk bitte genau über alle Einzelheiten nach. Wir dürfen das nicht überstürzen!"
„Ich spreche gleich heute mit der Gemeindeschwester! Mal sehen, was sie dazu sagt."
Carsta schob Entscheidungen nie lange vor sich her. Sie verabschiedete sich bald.

Wenn Carsta von einer Sache begeistert war, handelte sie nach meiner Meinung oft zu spontan. Diesmal hing unser beider zukünftiges Leben von dieser Entscheidung ab. Ich hoffte nur, dass wir die Richtige trafen. Der Vorschlag meiner Freundin hatte einen Stein ins Rollen gebracht. Aber ich musste es auch verkraften, wenn diese Idee sich nicht verwirklichen ließ!
Viel Zeit zum Nachdenken blieb mir nicht. Schon am nächsten Morgen berichtete Carsta: „Schwester Simone wohnt in unserer Straße. Sie betreut auch andere Patienten und würde dich versorgen, wenn ich zum Dienst bin." Carsta war zuversichtlich. Sie machte Pläne, wollte alle erforderlichen Anträge für meine Betreuung möglichst schnell erledigen. Neben der Anfertigung mehrerer Schlüssel für meine zukünftigen Helfer waren noch allerlei Kleinigkeiten zu besorgen.
Wieder einmal hatte ich allen Grund, stolz auf meine fleißige Tochter zu sein. Das Organisationstalent hatte sie zweifelsohne von ihrem Vater geerbt.
Es verging nur noch ein Monat, bis ich mich auf eigenen Wunsch aus der Klinik entlassen ließ. Zuvor musste ich Werner davon überzeugen, dass mein Tagesablauf daheim abgesichert war. Werner blieb weiterhin mein behandelnder Arzt. Vorerst wollte er ein- bis zweimal wöchentlich zu uns kommen und nach dem Rechten sehen.

Mit gemischten Gefühlen verabschiedete ich mich vom Personal der Station. Bis auf Wenige hatte ich sie in der langen Zeit lieb gewonnen. Einige rieten mir davon ab, für immer heim zu gehen. Aber immerhin hatte ich es – mit kurzen Unterbrechungen – fünf Jahre hier ausgehalten!
Nun wollte ich wissen, wo ich hingehörte!

Den Tag meiner Heimkehr feierten wir mit meinen Eltern. Sie waren überraschend optimistisch - meine Zukunft betreffend. Sie lobten Carstas Elan.
„Wir kommen öfters her und helfen euch!“ Meinem Vater standen Tränen in den Augen.
„Nun brauchst du nicht mehr zur Mami in die Klinik fahren!“, sagte Oma Jenni zu Carsta.
„Und ich muss Mamis Sachen nie mehr in diesen schäbigen Klinikspint räumen!“, Carsta lachte. Aber das war das kleinste Übel. Ich wusste, was sie damit meinte.

Der erste Wochentag daheim! Carsta verabschiedete sich früh um fünf Uhr.
„Hoffentlich macht Simone alles richtig!“, fürsorglich schüttelte Carsta mein Kopfkissen auf.
„Mach dir keine Sorgen“, tröstete ich meine besorgte Tochter, „Schwester Simone hat sicher Erfahrung!“ Zögernd schloss Carsta die Schlafzimmertür. Nun war ich allein.
Wie abgesprochen, kam Schwester Simone gegen acht Uhr. Sie war kräftig. Ich schätzte sie auf Ende Zwanzig. Sie war ausgesprochen wortkarg.
Das Waschen und Ankleiden ging im Vergleich zu Carsta recht umständlich - aber problemlos. Beim Transfer vom Bett zum Rollstuhl hatte Simone Schwierigkeiten. Ich wusste, dass sie sich von Carsta nichts erklären ließ. Auch von mir nahm sie jetzt keinen Rat an. Ungeschickt wuchtete sie mich hin und her, bis ich schließlich auf dem Boden lag. Simone wurde äußerst nervös. Stöhnend zerrte sie mich wieder zurück ins Bett und ging ohne Erklärung.
So lag ich ohne gefrühstückt zu haben, angekleidet im Bett. Nur gut, dass ich keine Probleme mit meiner Blase hatte! Um zwölf Uhr kam eine nette ältere Frau der „Volkssolidarität“. Sie brachte das Mittagessen. Natürlich wusste sie nichts mit mir anzufangen. Sie stellte den Teller auf den Tisch, konnte aber nicht warten, da sie noch andere Patienten zu beliefern hatte.
Eine weitere Stunde verging, ehe Simone angehetzt kam. Nach einigen Fehlversuchen saß ich im Rollstuhl, wurde zur Toilette gefahren – das war jetzt höchste Zeit! Simone schob mich dann an den Tisch und ging wieder – ohne ein Wort zu sagen. Ich aß den inzwischen kalt gewordenen Milchreis. Wieder hieß es warten.
Zum Zeitvertreib hatte Carsta mir ein Buch hingelegt. Ich konnte mich nicht konzentrieren.
„Ach, Sie sind so schwer! Das sieht man Ihnen gar nicht an!“, stöhnte Simone, als sie mich gegen sechzehn Uhr ungeschickt auf die Toilette hievte. Ich hatte nicht die geringste Chance mitzuhelfen. Da konnte ich es mir nicht verkneifen, mein Gewicht zu nennen. Wenn sie 50 kg als zu schwer bezeichnete! Ich hätte ihr gern Ungeschicktheit vorgeworfen, aber ich war auf ihre Hilfe angewiesen und musste diplomatisch sein.
Als Carsta nach Hause kam, lag das Bettzeug ungeordnet herum, die volle Waschschüssel stand noch im Bad und das benutzte Geschirr auf dem Tisch! So hatten wir uns das nicht vorgestellt! Schimpfend brachte Carsta Ordnung in das Chaos.
Mit Schwester Simone gab es eine massive Auseinandersetzung. Carsta demonstrierte ihr, dass das Umsetzen weniger Kraft als Geschicklichkeit erforderte.
An diesem ersten Tag wurde mir bewusst, dass ich weiterhin zu kämpfen hatte. Nicht nur für mich – auch für Carsta! Denn es ging nicht an, dass sie nach ihrer schweren Arbeit im OP auch noch die Unordnung der Schwestern beseitigen musste.

Am zweiten Tag kam mir der Zufall zu Hilfe. Werner klingelte gerade, als Simone mich in den Rollstuhl setzen wollte. Mit kritischem Blick wurde jeder Griff der Schwester beobachtet. Ich war ängstlich, hatte aber Gelegenheit gut mitzuhelfen. Der Transfer zu Toilette gelang gut. Dann richtete Simone ordentlich das Bett, stellte das Frühstück bereit und versprach, um zwölf wieder hierzusein.
„Meldet euch, wenn es Probleme gibt“, sage Werner. Er verabschiedete sich eilig.
„Sie werden auch zu Hause von Chefarzt Dr. Wittig betreut?“, fragte Simone verwundert. Damit hatte sie scheinbar nicht gerechnet. Seit diesem Tag klappte es!

Es begann eine schwere Zeit für uns beide. Oft war ich nahe dran aufzugeben. Durch Zufall hatte ich ein Gespräch zwischen Carsta und Jörg mit angehört. Jörg behauptete, der Chef hätte mich abgeschoben. Und Carsta solle dafür sorgen, dass er mich wieder aufnimmt. Eiskalt lief es mir über den Rücken! Wie Carsta auf diese Worte reagierte, konnte ich nicht hören. Ich wollte mit ihr darüber reden, schob es aber immer wieder hinaus.
Ich versuchte, mich in Jörgs Lage zu versetzen. Auch für ihn bedeutete meine Entlassung eine gravierende Veränderung. Während der letzten zweieinhalb Jahre hatten er und Carsta meine ganze große Wohnung für sich allein gehabt. Jörg konnte kommen und gehen, wann er wollte. Nun war ich plötzlich wieder da. Es war eine bedrückende Situation für uns alle!

Bei ihrem nächsten Besuch hatte ich Gelegenheit, mit Rita und Werner darüber zu sprechen. „Nimm es nicht so tragisch“, wehrte Werner ab, „du bist hier nicht zu Gast in deiner eigenen Wohnung! Schließlich hast du hart darum gekämpft!“
Rita erinnerte an die Scheidung und an den Kampf um unser Wochenendhaus. Das war ein abgeschlossenes Kapitel. Es tat nicht mehr weh, darüber zu sprechen. Anderes war aktuell!
„Jörg meint, Carsta wäre durch meine ständige Anwesenheit überfordert. Was sagt ihr dazu?“ Ich hoffte auf eine ehrliche Antwort mit einer Diskussion über eventuelle Erleichterungen.
Stattdessen brauste Werner auf! Ich hatte ihn noch nie so böse gesehen.
„Wenn der Junge verlangt, dass auch Carsta dich im Stich lässt, dann wird sie hoffentlich wissen, was sie zu tun hat!“ Ich erschrak furchtbar. Ich hatte nicht damit gerechnet, dass Werner meine Frage so auslegen würde. Rita beschwichtigte die angespannte Stimmung. „Also Werner! An so etwas dürfen wir gar nicht denken!“ Geschickt lenkte sie unser Gespräch in eine andere Richtung.

Auf den Rat von Rita und Werner sprach ich mit Carsta nicht über dieses heikle Thema.
Im Laufe einiger Monate hatte sich mein Leben zu Hause gut eingespielt. Freunde und Bekannte kamen, um zu helfen. Mal saugte jemand Staub, brachte mich zur Toilette oder übte mit mir das Aufstehen vom Rollstuhl. Ruth besuchte mich oft. Sie half, wenn Not am Mann war.
Carsta fand eine Physiotherapeutin, die täglich mit mir übte. Das junge Mädchen war Studentin und wohnte in unmittelbarer Nachbarschaft. Gegen ein kleines Entgelt kam sie auch abends, um mich zu Bett zu bringen. Damit war ich nicht von Carsta abhängig, wenn sie kurzfristig etwas unternehmen wollte.

Not macht bekanntlich erfinderisch! So lernte ich eine eigenartige Fortbewegungsart mit dem Faltrollstuhl. Ich bewegte mit der linken Hand im Wechsel den linken und rechten Greifreifen. Das war zwar mühsam, aber ich rollte so durch meine ganze Wohnung - von Raum zu Raum! Bald gelang es mir, meinen Rollstuhl so an dem wuchtigen Schreibtisch zu platzieren, dass ich auch meine Schreibmaschine nach Belieben benutzen konnte. Auch die Schubfächer mit den erforderlichen Schreibutensilien räumte ich selbst ein. Sogar den Fernseher konnte ich jetzt selbst bedienen. Er stand ja gut für mich erreichbar wieder auf meiner schönen, antiken Truhe!
Jörg verlegte den Summer zur Öffnung der Haustür nach unten. Damit konnte ich nun auf ein vereinbartes Klingelzeichen die Haustür öffnen. Noch ein reichliches Jahr Armeedienst hatte Jörg vor sich. Carsta stimmte ihre freien Tage mit seiner Beurlaubung ab. Für unsere geliebten Einkaufsfahrten blieb auch noch genügend Zeit.
Allerdings gab es wiederholt heftige Auseinandersetzungen mit den Gemeindeschwestern. „Sie können am Nachmittag mit ihrer Tochter zur Toilette gehen!", ordnete Simone an.
Ich widersprach energisch und setzte mich zu ihrem Ärger durch! Weshalb sollte Carsta eine Arbeit übernehmen, wofür die Schwester bezahlt wurde? Außerdem hatte Carsta nachmittags recht unregelmäßig Dienstschluss. Da ich im Wechsel von mehreren Gemeindeschwestern betreut wurde, lernte ich auch deren unterschiedliche Arbeitseinstellung kennen. Bei einigen Schwestern hieß es nur all zu oft: „Das kann ihre Tochter machen!"
Ich machte mich dann unbeliebt, weil ich auf mein Recht bestand und Carsta verteidigte. Davon erzählte ich ihr selten etwas. Wir meisterten unsere Situation bestmöglich. Von Außenstehenden ließen wir uns nicht beeinflussen.
Carstas dienstfreie Tage verbrachten wir ab April im Bungalow. Abhängig von seiner Beurlaubung kam auch Jörg mit uns. Das klappte gut, bis zu einem Wochenende, an welchem Carsta Dienst hatte. Samstagnachmittag trank ich mit einer Kollegin Kaffee. Sie ging auch mit mir zur Toilette.
Am späten Nachmittag kamen dann meine Eltern, um mit mir zu Abend zu essen. Damit wurde Schwester Sieglinde der Weg zu mir abgenommen. Gegen achtzehn Uhr erschien Sieglinde. Sie teilte uns mit, dass sie mich nicht ins Bett bringen kann, da sie ins Theater gehe. Wir sahen die Schwester fassungslos an. Sie hatte doch Dienst! Ich dachte an einen unangebrachten Scherz. Aber sie verlangte dann noch allen Ernstes, dass Jörg mich auf die Toilette setzen könne. Sie hatte ihn vor der Haustür gesehen. Nach ihrem Theaterbesuch wollte sie kommen und mich ins Bett bringen. Ich war völlig sprachlos über so viel Dreistigkeit. Meine Eltern blieben, bis Sieglinde nach zweiundzwanzig Uhr kam.
Das Wasserlassen war jetzt dringend! Meine Mutter legte all meine Kleidungsstücke sorgsam zusammen, denn Sieglinde hielt nichts von Ordnung.
Am Sonntagnachmittag überraschte mich meine Freundin mit selbst gebackener Quarktorte. Carola trank gerade mit mir Kaffee, als Sieglinde auftauchte und furchtbar wetterte.
„Warum haben Sie mir nicht gesagt, dass Besuch kommt! Den Weg hätte ich mir sparen können! Ich bin auch froh, wenn ich in Ruhe Kaffee trinken kann!" Es war sinnlos, ihr darauf zu antworten. Das Wochenende war verrückt genug!
Danach stellte Jörg Schwester Sieglinde ernsthaft zur Rede. Diesmal war sie es, die nicht zu Wort kam! Carsta drohte damit, sich beim Chefarzt zu beschweren.
Nach diesem Krach war Sieglinde einige Zeit lang zurückhaltend.

Etwas Positives brachte Sieglindes Unzuverlässigkeit. „Ihr braucht unbedingt ein Telefon!", legte Werner bei seinem nächsten Hausbesuch fest. Ich wusste, dass Gert uns bereits vor etwa zehn Jahren angemeldet hatte. Aber nichts geschah!
Werner meldete mein Problem als Dringlichkeit. Nach einem Monat hatten wir den Anschluss und ein modernes Tastentelefon. Nun hatte ich wieder etwas zum Üben! Wer mich kannte, verstand mich auch am Telefon. Das war ein großer Schritt zur Normalität! Jetzt konnte mich keine Schwester mehr versetzen!

Im September kündigten meine Ex-Schwiegereltern ihren Besuch an!
Carsta stand erwartungsvoll am Wohnzimmerfenster. Sie hatte mich in schicke Jeans und ein bunt besticktes Shirt gesteckt. Nun saß ich aufgeregt in einem der breiten Ledersessel. Der Kaffeetisch wartete auf seine Gäste.
„Sie sind schon da! Sie haben einen neuen Audi! Ich gehe gleich raus, Mami!" Schon war meine temperamentvolle Tochter verschwunden.
„Na, du Faule!", lachend beugte sich mein Schwiegervater zu mir herab. Ich wusste, wie diese Worte gemeint waren. Er drückte mich ganz fest.
Oma Emmi legte von hinten die Arme um mich. Ich sah, wie sie sich die Augen wischte.
„Du siehst aus, als würdest du jeden Moment aufstehen und losrennen", sagte sie. Der Kloß in meinem Hals hinderte mich am antworten. Die Wiedersehensfreude war zu groß!
Nach unserer ausführlichen Berichterstattung wurden die Geschenke ausgepackt. Carsta wurde komplett westlich eingekleidet. Stolz begutachteten die Großeltern ihre einzige Enkelin. Vor Begeisterung hätte sie beinahe vergessen, Kaffee zu kochen.
„Sie wird immer hübscher", flüsterte mir die Oma zu, als Carsta von ihrem Opa zu einer Probefahrt mit dem Audi entführt wurde. Ich nutzte die Gelegenheit und fragte nach Gert. Hoffentlich wurde das nicht missverstanden!
„Er wurde am Magen operiert. Es war sicher alles zu viel für ihn", Emmi sah mich traurig an.
Sie zog mich an sich, denn ich war zusammengezuckt bei dieser unerwarteten Nachricht.
„Du weißt, dass du, trotz allem, was passiert ist, unsere Schwiegertochter bleibst. Für Max ist das schwer. Er verurteilt das, was Gert getan hat - kann aber nichts dagegen tun. Gert lässt nicht mit sich reden. Max möchte auch Gert nicht verstoßen!"
„Ich bin jetzt darüber hinweg", sagte ich wieder gefasst. Wir hörten, dass Carsta mit ihrem Opa von der Autotour zurückkam.
„Das war schön", seufzte sie, „das ist ein herrliches Gefühl, mit so einem Auto zu fahren!"
Unser lieber Besuch blieb bis spät am Abend. Fotos vom Wochenendhaus wurden angesehen. Carstas Fleiß wurde gebührend gelobt.
„Ich bin sehr stolz auf dich!", sagte Opa Max mehrmals zu ihr. „Es ist wirklich enorm, wie du das alles schaffst – mit deiner Mutti, der Wohnung, dem Bungalow und dem Grundstück! Dazu noch dein anstrengender Dienst im OP. Ich würde es nicht glauben, wenn ich es nicht selbst sehen würde!"
Ich freute mich über diese Anerkennung und stellte mir Gerts Gesicht vor, wenn sein Vater derart von Carsta schwärmte.

Das letzte Wochenende im Oktober verbrachten Carsta und Jörg allein im Bungalow. Ich war erleichtert, dass Jörg beim Winterfestmachen helfen konnte. Außerdem stärkte es mein Selbstvertrauen, wenn ich ohne Carstas Hilfe - nur mit der Gemeindeschwester - meinen Tagesablauf meisterte. Meine Eltern kamen zum Kaffeetrinken. Anschließend

brachte mir Frau Gärtner ein exquisites Abendbrot. „Wozu hat man denn Nachbarn!", meinte sie fröhlich.
Sie leistete mir Gesellschaft, bis Schwester Simone kam.
Am Sonntag fasste ich mir ein Herz! Ich rief Inge an. Sie war die einzige meiner Freundinnen, die über einen Telefonanschluss verfügte. Die giftgrüne Tastatur konnte ich recht gut bedienen. Aber der aalglatte Hörer fiel mir aus der Hand! Polternd rutschte er über den Schreibtisch und landete dann auf dem Teppich. Ich erschrak! „Tuut - tuut - tuut" - Der Hörer war also heil geblieben. Bei Inge war niemand zu Hause. Ich angelte den Hörer an der Ringelschnur nach oben, legte ihn erst auf meinen Schoß, dann auf den Apparat - geschafft! Das war eine Leistung für meine Ataxi gebeutelte Hand!
Langeweile gab es für mich nicht. Immer waren Briefe zu beantworten. Ich versuchte auch, die Heizung selbst zu regulieren. Das dauerte anfangs zwar lange – aber es ging!
„Komm mal her, Mami!" Im Schneckentempo setzte ich mich in Bewegung zum Bad.
„Wir baden jetzt!" bestimmte Carsta. Sie lachte mich schelmisch an.
„Carsta, das schaffen wir nicht! Du kriegst mich allein nicht in die Wanne - und raus schon gar nicht! Ich hab Angst! Wenn wir beide fallen, kann uns niemand helfen!"
„Quatsch", widersprach sie, „du musst nur schön mitmachen, dann geht das!"
Meine Einwände wurden ignoriert! Ich sah uns beide schon vor der Wanne liegen.
„Wir fallen doch weich!" Die flauschige Badgarnitur, die Oma Emmi uns mitgebracht hatte, wurde einer Prüfung unterzogen. Ich fand das nicht lustig! Das Wasser war aber schon eingelassen. Schnell war ich ausgezogen! Carsta entfernte das Seitenteil des Rollstuhls, setzte mich auf den Wannenrand und ließ mich langsam in das duftende Schaumbad gleiten.
Vor Aufregung wäre ich beinahe untergetaucht. Dann war es ein wunderbares Erlebnis, nach so langer Zeit wieder daheim in der Badewanne zu liegen! Carsta saß neben mir. Sie ließ warmes Wasser nachlaufen. Es war so wohltuend! Nach dreißig Minuten zwang ich mich zum Aussteigen. Schneller und sicherer als gedacht, saß ich wieder im Rollstuhl.
„Das glaubt uns niemand!", lobte ich Carsta. „Ich hätte nie gedacht, dass du das schaffst!"
„Ach das ist nicht schwer", versicherte sie, „beim Herausheben trägt ja das Wasser."

Nun dachte ich wieder daran, wie ich in der Klinik von der Trage mit zwei Schwestern ins Bewegungsbad gehievt wurde.

Meine Fortbewegungsart empfanden wir beide als zu langsam. Eine Methode, die ich von Sylzburg in Erinnerung hatte, sollte Abhilfe schaffen. Dazu wurden beide Beinstützen abgebaut. Durch zusätzliches Abstoßen mit dem linken Bein kam ich nun bedeutend schneller vorwärts. Das bewährte sich besonders an den hinderlichen Türschwellen. Im Rückwärtsgang befuhr ich das schmale Bad und konnte am Waschbecken meine Hände waschen. Im warmen Wasser bewegten sich die Finger der rechten Hand leider nur minimal. Bald lernte ich, zu Boden gefallene Gegenstände selbst aufzuheben.
Oft besuchte mich Inge. Fachmännisch übte sie mit mir das Aufstehen aus dem Rollstuhl.
„Wenn du das allein schaffst", sagte sie dabei, „dann hat es Carsta ganz leicht mit dir!"
Aber ich bekam mein Hinterteil ohne Hilfe einfach nicht hoch! Auch Rita machte sich diesbezüglich Gedanken.
„Wie wäre es mit einem Wandgriff, an dem du dich zum Stand hochziehen und wieder setzen kannst?", schlug sie vor. Carsta setzte den Vorschlag schon nach einer Woche in die Tat um.

Versteckt hinter dem Türvorhang brachte sie einen stabilen Haltegriff an. Damit hatte ich wieder eine Möglichkeit mehr zum Üben.

„Wenn man jemanden braucht, dann sind alle Nachbarn ausgeflogen!" Carsta kam schimpfend nach Hause. „Ich möchte mit dir zum Intershop fahren! Es gibt so hübsche silberne Mokkalöffel! Die musst du dir ansehen!" Ich freute mich immer wieder, wenn mein Urteil gefragt war.
„Wir müssen warten, bis Gärtners kommen! Allein können wir nicht die Stufen hinab!", bremste ich Carstas Eifer. Wie üblich, kam ich nicht gegen sie an!
„Ach, das schaffe ich allein!" Sie kippe den Rollstuhl nach hinten an – so, wie es Herr Gärtner und Jörg immer handhabten, wenn wir treppab fuhren. Diesmal hatte sie sich überschätzt! „Rattaattat"- der Rollstuhl rauschte mit mir die Stufen hinab! In der Ecke neben der Tür kippte er krachend um! Hinter mir rappelte etwas! Da lag Carsta auf den Fliesen!
„Oh weh! Ist dir was passiert, Mami?", blitzschnell sprang sie auf.
„Nein, nein! Ich bin in Ordnung!", stöhnte ich. Den Schmerz im Oberschenkel verschwieg ich. Ehe ich lange überlegen konnte, saß ich wieder im Rollstuhl. Der Schmerz war weg! Mit Dehnungsschmerz hatte sich ein verkürzter Muskel in Erinnerung gebracht.
Den Sturz hatten wir beide schadlos überstanden. Also fuhren wir zum Intershop. Ich wartete im Trabi vor dem Geschäft. Hastig eilten Passanten an mir vorbei. Es waren einige Jahre vergangen, seitdem ich noch laufen konnte und wir drei hier eingekauft hatten. Die Erinnerungen holten mich immer wieder schmerzhaft ein. Carsta kam zu rechten Zeit heraus! Sie zeigte mir eine Kassette mit sechs wunderschönen silbernen Mokkalöffeln.
„Sieh mal, Mami, die hübsche Rose hier am Griff!", Carsta strahlte. Ich war mit dem Kauf einverstanden.

Vor dem 1. Advent fuhren wir zum Wochenendhaus, um Zweige von Blaufichten, Koniferen und Kiefern zu holen. Hiervon zauberte Carsta Gestecke verschiedener Größe und Variationen. Beteiligen konnte ich mich nur mit meinen Ratschlägen. Und doch war diese Adventszeit etwas Besonderes – ich musste nicht nach jedem Sonntagskaffee zurück in die Klinik.
Herr Gärtner war mit Carsta und ihrer Kollegin zu einem Wäldchen nahe unserem Bungalow gefahren, um Weihnachtsbäume zu holen. Ich saß mit argen Bedenken zu Hause und hoffte, dass sie bei der verbotenen Aktion nicht ertappt wurden. Aber auch in diesem Jahr ging es gut! Carsta erzählte übermütig von der kuriosen Autofahrt. Herr Gärtner stellte unsere Kiefer gleich in den Ständer.

Wie in den vergangenen Jahren verbrachten wir den Heiligen Abend mit meinen Eltern. Carsta zählte all meine Fortschritte auf, die ich diesem Jahr zu Hause gemacht hatte. Statt sich mit uns zu freuen, war meine Mutter weniger zuversichtlich.
„Hoffentlich wird es nicht schlechter!", äußerte sie. „Carsta verdirbt sich ihre ganze Jugend! Das arme Mädel muss immer daheim sitzen! Sie kann nicht mal mit Freundinnen zur Disko gehen!", klagte die Oma weiter. Das traf nicht zu. Aber es tat so verdammt weh! Diese Anklage war Carsta entgangen. Deshalb sprang mein Vater für mich in die Bresche.
„Das geht dich doch gar nichts an! Jörg ist nicht da! Und ohne ihn geht Carsta nicht aus! Das weißt du doch! Was du dir nur immer zusammen denkst!"

Meine Mutter schüttelte zweifelnd den Kopf. Ich erklärte, dass Carsta sich auch Zeit für Jörg nahm.
„Wenn wir jünger wären, dann hätten wir dich zu uns genommen", sagte Oma Jenni mit Tränen in den Augen.

Zwischen den Feiertagen hatte Carsta keinen Dienst. Jörg konnte erst im Januar nach Hause kommen. Fast täglich waren Besucher zu bewirten. Aber sie hatte deutlich Spaß daran.
„Sie kennen mich doch alle schon als Kindergartenkind! Es ist immer so lustig!", lachte sie, als ich Bedenken wegen eventueller Langeweile äußerte.

Am Neujahrsvormittag klingelten Rita und Werner. Wir waren früh aufgestanden, da wir den Jahreswechsel 1985 – 1986 nur mit einem Fläschchen Sekt – diesmal allein – gefeiert hatten.
„Na, haben wir euch geweckt?", neckten sie uns. „Wir wollen mit euch spazieren gehen!"
Obwohl herrliches Winterwetter war, ließ ich mich nicht dazu überreden. Ich fürchtete die mitleidigen Blicke.

Am 3. Januar begann wieder Carstas Dienst im OP. Es war stets bedrückend, wenn sie sich verabschiedete. Ich blieb faul im Bett und musste auf Simone warten. Tröstend war: Bei meinem Jahresrückblick hatte ich eine Menge Pluspunkte zu verzeichnen. Es hatte sich bestätigt: Zu Hause wurde ich mehr gefordert als in der Klinik.

Zum ersten Jahrestag meiner Heimkehr hatte Carsta meinen Lieblingskuchen, eine leckere Quarktorte, gebacken. Wir erwarteten meine Freundin.
„Jetzt kommt Tante Carola!" Unverkennbar! Das ansteckende Lachen meiner Freundin!
„Mir ist was passiert!" Carola eilte in die Küche, stellte schnell ihre Tasche ab.
„Ich hab den Heringssalat umgekippt!", Carsta krümmte sich vor Lachen. Mit spitzen Fingern hob sie die Schüssel mit dem Salatrest aus der Tasche. Mit Fisch hatte sie nichts im Sinn.
„Martin meinte, ich soll nicht mit dem Fahrrad fahren! Nun ist's passiert!" Carola lachte noch immer. Sie kannte meine Vorliebe für ihren selbst gemachten Heringssalat.
„Sieh mal", Carola zeige mir die Schüssel, „es ist noch genug drin geblieben! Das reicht für dich zum Abendbrot!"
Nach der lustigen Einlage saßen wir drei bei Kaffee und Kuchen, als es wieder klingelte.
„In der Kaufhalle gibt es Apfelsinen!", teilte Jörgs Mutter uns mit.
Also nahm Carsta kurzerhand das Fahrrad von Carola und fuhr los, um von dem seltenen Angebot noch etwas zu bekommen. Aber schon nach wenigen Minuten kam sie zurück.
„Die Warteschlange ist zu lang! Ehe ich dran bin, sind die Apfelsinen sicher ausverkauft!" – „Weißt du, wie wir dich alle bewundern!" Carola nahm Carsta in die Arme.
„Ach, ich mache das alles gern. Und Mami kommt immer besser zurecht!", wehrte sie ab.
„Das vergangene Jahr war eine echte Probe für uns! Glaub nur nicht, dass bei uns immer nur eitel Sonnenschein ist! Wir haben auch oft Zoff – aus verschiedensten Gründen!", warf ich ein.
„Wir zanken uns aber nie ernsthaft! Wir vertragen uns schnell wieder!", verteidigte sich Carsta sofort. Wieder lachte Carola herzhaft. Sie kannte meine impulsive Tochter gut genug.

„Gibt es jemand, der dein Temperament bremsen kann? Vielleicht schafft das dein Jörg!"
Viel hatten wir an diesem Nachmittag noch zu erzählen. Carola verabschiedete sich mit dem Versprechen, dass wir jederzeit auf ihre Hilfe zählen könnten.
„Lasst euch nicht unterkriegen!", rief sie uns noch zu, als sie auf ihr Fahrrad stieg.
Es wird schon irgendwie weiter gehen, dachte ich zuversichtlich.

Und es ging weiter mit Höhen und Tiefen. Carsta wurde in diesem Jahr dreiundzwanzig Jahre alt. Im Sommer beendete Jörg seinen dreijährigen Dienst bei der NVA. Da er sich erfolglos um den versprochenen Studienplatz bewarb, nahm er eine Arbeit in seinem Beruf auf. Zur gleichen Zeit wurde unser Christoph – mein Enkel – geboren!
Die nachfolgenden Monate waren nicht leicht, aber andererseits auch wunderschön für mich. Nun mussten wir einen geregelten Tagesablauf für das Baby mit meiner Behinderung abstimmen. Aber auch das bewältigte Carsta!
Chris war ein ausgeglichenes, problemloses Baby. Wenn er friedlich in seinem Körbchen schlief, saß ich im Rollstuhl daneben und träumte davon, wie anders mein Leben als gesunde Oma verlaufen wäre.
Carsta und Jörg heirateten. Er bemühte sich eifrig um eine Wohnung für seine kleine Familie.
Diese Suche brachte im Winter Erfolg. Für mich bedeutete das: Alleinsein! Eine sehr große Veränderung, die ich – wieder mit Carstas Hilfe – gut verkraftete.
Tagsüber hielt sie sich mit dem süßen kleinen Kerl bei mir auf. Dazu wurde in meinem Wohnzimmer ein großes Laufgitter für Chris deponiert. Damit bekam auch die andere Oma Gelegenheit, uns Gesellschaft zu leisten. Ich wurde weiterhin von Gemeindeschwestern und Physiotherapeuten betreut. Außerdem vermittelte mir Rita eine Bekannte, die zweimal wöchentlich meine Wohnung reinigte. Anfangs war das sehr deprimierend für mich, da ich außer Staubwischen auf den unteren Schränken nichts tun konnte. Aber nach einigen Wochen hatte ich mich mit Frau Seifert sehr gut angefreundet. Sie übte mit mir das An- und Ausziehen.

Als Chris ein Jahr alt war, ging er in die Krippe. Carsta nahm ihren Dienst wieder auf. Weiterhin verbrachten die jungen Leute allein – und auch wir vier gemeinsam – viel Zeit im Wochenendhaus. Wenn auch Carsta jetzt noch weniger Zeit für mich hatte, bewältigten wir die folgenden Jahre. Sehr oft gab es heftige Auseinandersetzungen mit den Gemeindeschwestern. Weil manche noch immer kontinuierlich versuchten, ihre Arbeit Carsta zuzuschieben.
Jetzt war es Ruth, die sehr oft zu mir kam, um mir zu helfen und sogar für die Schwestern einzuspringen.
Obwohl für mich ein Tag wie der andere war, schien die Zeit zu rasen. Chris wurde ein Kindergartenkind. Mein Zustand besserte sich trotz aller Bemühungen kaum noch. Oft trug ich mich mit dem Gedanken, in ein Pflegeheim zu gehen. Deshalb gab es mit Carsta ernsthaften Zank. Auch Rita und Werner wollten davon nichts hören. Sie wichen mir aus, wenn ich fragte, wie lange ich noch allein in der großen Wohnung auf irgendeine Verbesserung hoffen soll.
Aber da war Chris, der meinem Trübsinn mit seiner unbeschwerten Ausgelassenheit entgegenwirkte. Der kleine Wicht kannte mich ja nur im Rollstuhl sitzend. Und wie hätte ich es ihm erklären sollen, dass ich nicht mehr zu Hause bleiben will?

Dann war es wieder Carsta, die alles Unangenehme ignorierte und mir immer wieder Mut machte.
Irgendwie wird es schon weitergehen, sagte ich mir dann oft. Falsche Hoffnung ist besser als keine Hoffnung!
Nicht mit einem „Irgendwie" ging das Jahr zu Ende – sondern mit ungeahnten politischen Turbulenzen, die mich nahezu überrannten!
Das bisher unmöglich Geglaubte geschah! Die Berliner Mauer fiel! Es gab keine DDR mehr! Wir waren freie Bürger! Diese Freiheit erlebte ich im Rollstuhl. All meine bisherigen Überlegungen wurden Nebensache. Draußen fand das Leben statt und ich saß drin!

Im darauf folgenden Jahr feierten wir meinen fünfzigsten Geburtstag. Das waren auch zehn Jahre Behinderung. Ablenkung von dieser unabänderlichen Tatsache erfuhr ich im Zusammenhang mit den Ereignissen der Wende, der Wiedervereinigung und dem in Kürze zu erwartenden Westgeld.
Am Fenster beobachtete ich die Veränderungen. Westdeutsche Autos, moderne Bagger und Lastautos mit bunten Werbeaufschriften prägten plötzlich das Straßenbild. Unser Trabi musste einem modernen Audi weichen. Plötzlich hatten wir alles, was es noch vor einigen Monaten nur in der BRD gab!
Obwohl sich Carsta und all meine Freunde bemühten, mich auf dem Laufenden zu halten, befürchtete ich Informationsverlust. Der Fernseher konnte meine diesbezüglichen Ängste nicht vertreiben. Alle sprachen von einer schnelllebigen Zeit. Rita und Werner diskutierten oft mit mir. Sie waren im Gegensatz zu mir davon überzeugt, dass die Wende auch für mich positive Veränderungen bringen wird.
Es bestätigte sich bald. Carsta brachte den unsagbaren Mut auf, gemeinsam mit mir und Chris mehrere Flugreisen ins Ausland zu unternehmen. Dies waren unvergesslich schöne Tage für mich! Mit Carstas unerschütterlichem Optimismus und ihrer Geschicklichkeit im Umgang mit mir - dazu der übermütige Chris - vergaß ich oft meine Behinderung.
Was mir zu DDR-Zeiten versagt blieb, ermöglichte mir jetzt meine Tochter. Und das trotz meiner hundertprozentigen Körperbehinderung!
Zurückgekehrt von einer dieser Reisen erfuhren wir, dass Werner nach kurzer, schwerer Krankheit völlig unerwartet verstorben war. Nun hatte ich keinen Arzt mehr, der mich beriet und so gut betreute. Um einen anderen Arzt mochte ich mich nicht bemühen.

... weitere sieben Jahre später ...
Meine Eltern und auch Ex-Schwiegereltern waren verstorben. Nach Einführung der Pflegeversicherung gab Carsta ihre Arbeit auf, um meine Pflege ganztags zu übernehmen. Damit war auch der inzwischen schulpflichtige Chris gut versorgt. Während dieser Zeit der enormen Arbeitslosigkeit hatte Jörg das große Glück, seinen gut bezahlten Job zu behalten.
Als Chris elf Jahre alt war, wurde es für uns vier zu eng im Bungalow. Schweren Herzens entschlossen wir uns zum Verkauf. Vorher aber musste eine unangenehme Hürde genommen werden. Gert hatte das Vorkaufsrecht!
Wir kannten weder Gerts Wohnsitz noch seine Arbeitsstelle. Wir erfuhren lediglich, dass er irgendwo in den alten Bundesländern, wieder von der Ruminski getrennt, lebte.
Der Zufall kam uns zu Hilfe. Carsta begegnete ihrem Vater beim Einkauf in unserem Supermarkt. Das Zusammentreffen nach so vielen Jahren verlief äußerst peinlich! Gert tat so, als würde er Carsta nicht kennen. Das war absurd, denn sie sah mir sehr ähnlich. Er hatte sich also nicht geändert! Aber er verzichtete auf sein Vorkaufsrecht und gab Carsta seine Adresse. Noch am gleichen Tag schickte ich ihm ein kurzes Schreiben mit der Bitte um seine Unterschrift.
Unser Bungalow fand bald einen neuen Besitzer.

Nun verwirklichten Carsta und Jörg das, was zu DDR-Zeiten nicht möglich war. Sie erwarben ein Grundstück und bauten ein Eigenheim! Bereits am Jahresende konnten wir unsere beiden AWG-Wohnungen abgeben und in das schöne Haus einziehen.
Ich bekam Wohnraum im behindertengerecht gebauten Erdgeschoß mit Tür zur Terrasse und Blick zum Garten. Die jungen Leute bezogen oben ihr separates Reich.
Mit dem Einzug ins neue Haus warf ich die Last der Erinnerungen endgültig ab.
Damit begann für mich ein neuer Lebensabschnitt.

... und weitere fünf Jahre später ...
Nach langem Kampf mit den Behörden erhielt ich einen komfortablen E-Rollstuhl, der entsprechend meiner Körpergröße und dem Grad meiner Behinderung ausgerüstet ist.
Weder Stufen noch Absätze hindern mich beim Verlassen des Hauses und bei Ausfahrten in die nähere Umgebung. Sehr gern fahre ich im Auto mit Carsta zum Einkaufen in die Stadt. Jetzt bringe ich auch den Mut für Theaterbesuche und andere Veranstaltungen auf. Mein Freundeskreis ist mir geblieben. Um die Freizeit von Carsta und Jörg nicht einzuschränken, kann ich jetzt zu jeder Zeit Pflegedienste in Anspruch nehmen. Zwar bleiben kleine Reibereien und Meinungsverschiedenheiten nicht aus. Sie sind aber immer bald wieder behoben. Unser Zusammenleben hat sich schnell und gut eingespielt.

Weniger erfreulich verläuft unser ständiger Kampf gegen die Willkür der Behörden. Oft müssen wir erfahren, dass Entscheidungen zu Gunsten der Krankenkasse - nicht aber im Sinne der Mitglieder getroffen werden. Gerade dann verteidigt mich meine Tochter hartnäckig. Sie versucht stets, unser Recht durchzusetzen.

Mein Enkel ist erwachsen geworden. Aus dem kleinen Chris wurde ein hübscher junger Mann, der sich in Kürze mit dem Problem der Berufswahl auseinandersetzen muss. Mit der Hilfe meiner Ärzte und einer erfahrenen Physiotherapeutin bemühe ich mich, meine Kräfte zu stabilisieren, um meine Tochter nicht zu überfordern.

Wenn sich auch an meiner Körperbehinderung nichts mehr bessert, so glaube ich doch, dass wir das Beste daraus gemacht haben – und noch weiterhin machen werden.

Und: Ich habe mich an mich gewöhnt!

***